온에어24

온에어24 2권

초판 인쇄 | 2018년 06월 19일
초판 발행 | 2018년 06월 28일

지 은 이 | 박하민
펴 낸 이 | 박성면
펴 낸 곳 | 도서출판 로담

등록번호 | 제 396-2011-000014호
등록일자 | 2011년 1월 19일
주   소 | 경기도 파주시 문발로 115, 세종출판벤처타운 201-A호
전   화 | (031) 8071−5201
팩   스 | (031) 8071−5204
E - mail | bear6370@hanmail.net

ISBN 979−11−5641−108−6 (2권)
      979−11−5641−106−2 [04810]

값 11,800원

RODAMROMANCESTORY

기획총괄 박하민

제 작 로담

YBS시사보도국 특집기획

온에어24

제 2 권

책임프로듀서 강재희
연 출 서정언, 김윤
구 성 송민혜

이미 한밤중이었고 방송국 문 앞을 가득 메웠던 사람들도 모두 철수한 지 오래였지만, 마치 언제라도 공습경보를 대비하는 벙커처럼 건물 전체에 들어찬 불안한 술렁거림까지 가시지는 않았다.

의자에 앉아 등을 기댄 재희는 피곤한 눈가를 눌렀다. 이사회가 취소된 걸 확인하자마자 종편실에 몇 시간을 붙어 있다가 막 나온 참이었다. 창가에 서 있던 현진이 재희를 돌아보았다.

"주예준 종편 끝났으면 들어가서 좀 자. 우리 거 아직 시작도 못 했는데 그 꼴로 어떡하려고 그러냐, 넌."

"그래서 사이즈 작은 걸로 했잖아요. 아웃라인 다 뽑았으니까 금방 쳐. 섭외는 끝났으니 제보자 인터뷰 좀 따고…… 이 시대 최고의 베테랑 한현진 작가님이 있는데 뭐 그런 거 한 사흘이면 안 끝나나?"

기지개를 켜며 나른하게 대꾸하자 현진이 대답 대신 들고 있던 커피를 끼얹으려는 시늉을 했다. 재희는 다급하게 어, 하며 두 손을 들어 보였다.

"사흘은 좀 그렇죠? 그래도 2주 안 걸릴 거야, 아마. 쉬어 가는 느낌으로 할 거니까. 소스도 <뉴스라이트> 쪽에 거의 다 있잖아요. 한 작가님이 구성만 잘 해 주면 금방 끝나요."

현진이 측은하다는 표정으로 재희를 쳐다보다 혀를 찼다.

"쉬어 가는 느낌이면 좀 쉬어라, 이 진상아. 너는 쉰다, 퇴근한다, 집에 간다 이게 무슨 뜻인지 모르는 거 아니냐? 국립국어원 사이트 가서 검색 좀 해 봐. 제발 요절하게 해 달라고 여기서 고사 지내지 말고. 하여튼 강재희 이 새끼 아주 싸가지 없는 건 알아줘야 돼. 어디서 아직 마흔도 안 된 새파란 새끼가 나도 가기 전에 먼저 과로사를 하려고 그래? 아무리 가는 데 순서 없다지만 찬물도 위아래가 있지."

반박할 새도 없이 쏟아지는 총알 같은 단어들에 잠시 말을 잃고 있던 재희가 항변했다.

"아니, 내 걱정 너무 하드하게 하는 거 아니에요? 좋은 말로 할 수도 있잖아. 한 작가님은 말을 꼭 그렇게 하고 그래요."

"지랄하네. 좋은 말로 하면 들은 척이나 하냐? 내가 강재희를 몰라?"

"그건 그렇지."

순순히 인정한 재희가 씩 웃는 얼굴에 현진이 눈을 부라렸다.

"어디서 실실 쪼개, 이게? 쪼갤 시간 있으면 가서 잠이나 자!"

"작가님도 미모 유지를 위해 퇴근하시죠, 내 걱정 그만하고."

재희가 더 듣기 싫다는 표정으로 손을 내젓자 현진이 자리로 돌아가 주섬주섬 짐을 챙겼다.

"말 안 해도 갈 거야. 아무튼 강재희 이건 마음에 드는 게 하나도 없어."

"얼굴은 좀 괜찮지 않나?"

말이 끝나기 무섭게 기어이 현진에게 한 대 쥐어박힌 재희는 아야, 하며 맞은 이마를 문질렀다. 무슨 농담을 못 해, 하고 투덜거리자 가방을 집어 든 현진이 나가려다 말고 다시 한 번 다짐을 두었다.

"제발 오늘은 집에 가서 잠 좀 자. 이건 뭐 날 받아 놓은 폐병 환자도 아니고…… 서정언이랑 너랑 있으면 사무실이 드라큘라 관짝 같아서 아주 칙칙해 죽겠어. 밖은 봄인데 니들은 천년만년 겨울왕국 찍고 앉았으니 내가 아주 관절 시려서 못 산다, 진짜."

"작가님, 1절만."

재희가 짐짓 두 손을 모아 비는 척을 하자 현진이 한숨을 푹 내쉬고는 간다, 하며 사무실을 나갔다. 바람 빠지는 소리로 웃은 재희는 고개를 뒤로 젖혔다가 아직 자리에 앉아 있는 혜주와 성옥을 보았다.

"조 작가랑 이 작가는 왜 퇴근 안 해? 일 많아?"

"저희도 금방 가려고요."

"차 끊기기 전에 가야지."

두 사람이 네에, 하고 대답했다. 재희는 의자를 창가 쪽으로 돌려놓고 등을 묻었다. 쓸데없이 좋은 날씨 덕에, 유리창 너머의 어둠 속으로 별무리를 엎어 놓은 듯한 야경이 멀리까지 펼쳐졌다. 평온하기까지 한 그 광경은 매일 밤 보는 것이었지만 늘 새로웠다.

저 수많은 불빛 하나하나가 모두 누군가의 일상이었다. 자신이 있는 이 사무실 역시 어딘가에서는 그 빛의 점 하나일 터였다. 매일 반복되는 삶. 그런데 왜 이렇게 쉬운 게 하나도 없을까,

하고 속으로 중얼거린 재희는 잠시 눈을 감았다. 얼마나 지났을까, 등 뒤에서 혜주의 목소리가 들렸다.

"피디님, 저희 들어갈게요."

"아, 응. 조심해서 들어가."

재희는 의자를 돌리며 혜주와 성옥에게 손을 흔들었다. 문이 닫히자 텅 빈 사무실에 적막이 내려앉았다. 이런 순간은 외롭고 편안했다. 무심결에 들이쉬는 숨으로 스미는 사무실의 냄새가 익숙했다. 희미한 먼지 냄새, 종이 냄새, 커피 냄새 따위가 서늘한 공기 안에 한데 뒤엉켜 있었다.

현진의 말대로 하루라도 집에 가서 쉴까 생각했으나 어차피 어디 있든 혼자이긴 마찬가지였다. 잠시 팔짱을 끼고 생각에 잠겨 있던 재희는 정언의 자리로 향했다. 아까 저녁때쯤 잠깐 들렀던 선준이 서온건설 게이트 취재 자료를 놓고 간 것이 기억나서였다.

몸을 숙여 책상 아래의 박스를 열자, 저녁 내내 자료를 보던 민혜가 붙여 둔 건지 그새 색색의 포스트잇이 몇십 장 자료 사이사이로 붙어 있는 것이 눈에 들어왔다. 재희는 박스를 안고 자기 자리로 돌아왔다.

오늘 밤은 이거나 읽어 볼까, 하고 생각하며 막 박스를 내려놓은 순간, 책상 위의 핸드폰이 진동하기 시작했다. 재희는 벽에 걸린 시계를 보았다. 이미 자정이 넘은 시각이었다. 이 시간에 전화할 사람은 그리 많지 않았다.

재희는 핸드폰 액정으로 눈을 돌렸다. 액정에 뜬 이름은 선명했다. 서정언. 고개를 갸웃한 재희는 전화를 받았다.

"어, 서 피디. 이 시간에 뭐야?"

『내려와서 제보자 만났는데 좀 재미있는 이야기를 들어서 확인 좀 하려고요. 아무래도 하루 더 있어야 할 거 같아서요. 현선준 기자 통해서 전에 서온건설 게이트 취재한 자료도 받았는데, 디지털화한 건 메일로 받아서 포워딩 놨어요. 나머지는 내 자리에 뒀다고 하더라고요. 송 작가님이 먼저 봤다니까 뭐 궁금한 거 있으면 내일 작가님한테 물어봐요.』

돌아온 정언의 목소리에 재희는 눈썹을 약간 좁혔다. 그 목소리가 잠겨 있는 것을 알아차린 탓이었다. 어딘지 아픈 것 같기도 했고, 혹은 울었던 사람 같기도 했다. 물론 정언이 후자일 리 없었으나, 그런 목소리를 듣는 건 드문 일이라 저도 모르게 신경이 쓰였다.

"현 기자가 자료 두고 간 거 봤어. 그래서 내일까지는 거기 있겠다고?"

『네. 가 봐야 될 데가 많아서…… 선배, 혹시 예전에 포항 취재 갔던 적 있어요? 포항서에 아는 사람 없나?』

"포항경찰서? 난 없고, 민 피디가 예전에 그 단란주점 살인사건 때문에 두 번인가 갔었어. 민 피디한테 문자 넣어 봐. 아직 안 잘 거 같은데."

『알았어요.』

"그런데 목소리 왜 그래?"

불쑥 묻는 말에 순간 핸드폰 너머에서 정언이 당황하는 것이 느껴졌다. 재희는 그 짧은 침묵에 귀를 기울였다. 답지 않게 잠시 머뭇거린 정언이 짧게 대꾸했다.

『뭐가요.』

"안 좋잖아. 무슨 일 있었어?"

9

『아무 일 없어요.』

"아무 일 없는 사람이 아닌데?"

물은 말에는 대답이 돌아오지 않았다. 대답하지 않는 게 아니라, 대답을 못 하는 거다. 직감한 재희는 손끝을 책상 위에 톡톡 쳤다. 의외로 정언은 지금처럼 알기 쉬운 순간이 있었다. 그러나 빤히 보인다고 그걸 건드린다면 정언은 즉시 조개처럼 껍데기를 닫아 버릴 게 뻔했다.

"지금 김 피디랑 같이 있어?"

『이 시간에 왜 같이 있어요. 자기 방에 있지.』

말을 돌리자 농담인지 진담인지도 분간이 가지 않는 말투로 정언이 내뱉었다. 재희는 그 말에 폭 웃었다.

"이 시간에 김 피디랑 같이 못 있을 이유는 뭔데, 내외해?"

약간 짜증이 묻은 대답이 한숨과 함께 되돌아왔다.

『헛소리하지 말고 끊어요. 그거 얘기하려고 전화했어요.』

당장이라도 전화를 끊을 기세였기에, 재희는 얼른 그 말끝을 잡았다.

"아, 농담 아냐. 목소리 진짜 안 좋은데 아픈 거면 약 먹고 자. 한 작가님이 요새 서 피디랑 나랑 사무실에 있으면 드라큘라 관짝 같다는데, 둘 중 하나라도 멀쩡해야 되는 거 아니냐?"

『선배나 좀 잘 해요. 지금도 사무실에 있는 거 다 아니까.』

"어디서 나 감시해?"

『몰랐어요?』

되물은 정언이 끊어요, 하고 내뱉었다. 곧 짧은 통화가 끊긴 핸드폰에서 통화 종료 메시지가 깜빡였다. 귀신을 속이지 날 속이냐, 하고 중얼거린 재희는 혀를 찼다.

물론 정언이 자신에게 약한 모습을 보인 적은 거의 없었다. 정언은 남들이 다 알도록 좋아하는 티를 내면서도, 그 오랜 세월 동안 단 한 번도 자신에게 어떤 종류의 실수도 하지 않을 만큼 빈틈이 없는 타입이었다.

그러니 어차피 더 이상 물어봐야 대답이 나오지 않을 게 당연했다. 그걸 잘 알기에 굳이 무슨 일인지 캐묻지는 않았지만 내심 걱정이 되었다.

정언이 그럴 만한 이유가 짐작이 가지 않았다. 생각을 되짚는 사이, 혹시 윤하고 뭐가 있었나 하는 생각이 퍼뜩 스쳤다. 재희는 미간을 좁히며 손끝으로 책상 위를 톡톡 두드렸다.

몇 달을 일하는 사이 정언이 재하고는 일 못 하겠다든지, 윤이 제발 다른 사수하고 일하게 해 달라든지 하는 말이 안 나온 것만 해도 내심 대단하다고 생각하고 있던 참이었다.

다들 앞에서는 정언의 눈치가 보여 차마 말을 못 했지만, 뒤에서는 팀원들 모두가 김윤이 서정언보다 더 대단하다고 수군거릴 정도였던 것이다. 다정함이나 자상함 따위와는 천만 광년쯤 떨어진 정언 밑에서 이렇게까지 말 한마디 안 나오는 후배는 처음이었다. 아무리 생각해도 그런 윤이 정언의 심기를 건드릴 만한 일을 했으리라는 생각은 들지 않았다.

물론 최근 들어 두 사람 사이에 뭔가 이상한 기류가 있다는 느낌을 받기는 했다. 눈치를 본다, 에 가깝다고 해야 할까. 서로 불편해하는 것 같기도 하고, 조심스러워하는 것 같기도 한 느낌이라 무슨 일이 있긴 있나 보다 싶었던 것이 떠올랐다. 설마, 하고 생각한 재희는 혼잣말을 내뱉었다.

"설마가 사람 잡는 건데, 원래."

재희는 의자에 몸을 파묻었다. 정확히 말하자면 눈치를 본다, 가 아니라 의식한다, 가 아닐까. 있을 수 없는 일은 아니었다. 그렇게 가까이 있다 보면 마음이 가는 건 쉬웠다. 정언이 자신에게 그랬던 것처럼.

재희는 정언을 가장 잘 아는 사람 중 하나였다. 남들이 듣는다면 질색할 게 뻔했지만, 윤 역시 정언에게 충분히 그럴 수 있다는 생각이 들었다. 몰두하는 여자가 아름답긴 하지, 하고 중얼거린 재희는 피식 웃었다.

"김 피디 생각보다 눈 높네."

장난처럼 뇌면서도 문득 가슴 부근이 싸해지는 건 묘한 감각이었다. 있지도 않은 딸자식 남자친구 생긴 기분이 이런 건가, 하고 부러 농담 같은 생각을 한 재희는 고개를 두어 번 저어 그 생각을 떨어 버렸다.

"늙긴 늙었나 보다, 남 일에 이렇게 관심도 많아지고."

공연히 민망한 기분에 투덜거린 재희는 박스 안의 내용물을 꺼내 책상 위에 올려놓고는 읽기 시작했다.

이 취재를 담당했던 사회부 전한동 부장은 보도국의 전설적인 존재였다. 신기가 있는 게 분명하다고 할 정도로 촉이 좋은 데다 YBS의 국정원이라고 불릴 만큼 정보력도 뛰어났다. 그가 한 번 특종이 될 만한 걸 물면 그게 실패하는 일은 전무했다.

재희가 아는 한 이 서온건설 게이트가 한동의 기자 인생에 거의 유일한 오점이었다. <조한일보>와 한선당의 총공세에 여론이 뒤집히며, 이 사건을 초반에 보도했던 YBS 역시 집중 포화의 대상이 된 탓이었다.

이 일로 민정수석까지 갈아 치우는 것을 본 유동욱 사장이 한동을 직접 불러, 이대로라면 정말 신변이 위험할 것 같으니 더이상의 추가 보도를 하지 말라고 했을 정도였다.

재희도 당시에 <뉴스라이트>와 공조해 심층 취재를 준비할 예정이었기에 대부분의 내용은 잘 아는 것이었다. 한동과 서로 이걸 터트리면 한선당에 타격이 대단할 거라는 이야기를 주고받은 적도 있었다. 당 주류인 엄대진계 의원들이 다수 엮여 있었고, 사건과 액수가 크다 보니 대부분 의원직 박탈의 위험이 컸던 것이다.

그렇지 않아도 한선당에 불리한 보도를 내보내면 즉시 다양한 루트로 압력이 들어오는 데 이골이 난 두 사람이었다. 이거 터트리고 아주 당 해체시켜 버릴 거라며 농담을 주고받을 때까지만 해도 괜찮았다.

물론 모든 일이 마음대로 되지 않는다는 것쯤은 잘 알고 있었다. 누구나 경악할 정도의 특종이라도 진짜 세상이 뒤집어지는 일은 거의 없었다. 다만 진실은 힘이 있다고 믿었던 것이다. 그건 재희를 움직이는 신념이기도 했다.

때문에 그런 식으로 뒤통수를 맞는 건 재희에게도 흔한 경험은 아니었다. 한동이야 말할 것도 없었다. 선경이 이사회에서 적극적으로 한동을 보호한 덕분에 인사 불이익이라든지 다른 징계는 받지 않았지만, 한동은 최근 이 일로 회사에 상당한 부채감을 갖는 중이었다.

만약 그때 자신이 말려들지 않고 여론을 다시 뒤집을 수 있었다면 청와대와 엄대진, 한선당이 공모하는 지금의 사태는 벌어지지 않았을지도 모른다고 생각해서였다. 그러나 이미 되돌릴 수 없는 일이었다.

민권당 의원들을 비롯해 여러 루트를 통해 입수한 수많은 문건과 증언을 다시 보자 그때의 기억이 되살아나는 기분이었다.

재희는 미간을 누르며 가벼운 한숨을 쉬었다. 이렇게까지 했는데도 이미 실패한 일이었다. 한 번 프레임 싸움에서 당하면 그걸 뒤집는 건 쉽지 않았다. 이건 거의 도박이나 다름없었다.

아무리 철저한 팩트로 무장한다 해도 질 확률이 훨씬 높은 전투. 언제나 진다는 걸 알아도 싸워야만 하는 순간이 온다. 그러나 그럴 때면 마음이 흔들렸다. 아직 되돌릴 수 있다, 눈을 감을 수 있다, 입을 다물 수 있다…….

아무리 잃을 것이 없다고 해도 두렵지 않은 건 아니었다. 그건 자신보다는 팀 때문이었다. 자신의 신념 때문에 다른 사람들이 소중한 것을 잃게 되는 상황에 내몰릴지도 모른다는 생각은 언제나 재희를 망설이게 했다.

이 일이 여기까지 올 줄 알았다면 그때 정언을 말릴 걸 그랬다고 생각하던 재희는 헛웃음을 뱉었다.

「팩트 가져오겠습니다. 승인해 주십시오.」

그렇게 말하며 자신을 똑바로 마주 보던 윤이 떠올라서였다. 자기가 뭘 안다고, 하고 중얼거린 재희는 피곤한 눈가를 눌렀다. 하기야, 모르는 게 용감하다는 말이 괜히 있는 건 아니었다.

그때 사무실 문이 열리더니 누군가가 고개를 내밀었다.

"있나 하고 오니까 딱 있냐. 너 뭐 편의점이야? 24시간 와도 24시간 있어, 어떻게 된 게."

한동이었다. 몸을 일으킨 재희는 짐짓 얼굴을 찌푸렸다.

"양반 못 되시네. 안 그래도 지금 딱 속으로 부장님 욕하고 있었는데."

"어쩐지 귀가 더럽게 간질간질하더라. 감히 나 욕하고 있을 싸가지 없는 새끼는 강재희밖에 없잖아."

한동이 낄낄거리며 안으로 들어섰다. 재희는 의자를 하나 끌어당겨 한동에게 자리를 권했다.

"부장님은 미아리 가서 돗자리 깔았으면 벌써 빌딩 건물주 되시고도 남았을 텐데, 직업 선택을 너무 잘못하신 거 아닙니까?"

의자에 풀썩 걸터앉은 한동이 귀를 후비적거렸다.

"아, 그러니까. 어제도 우리 와이프가 나보고 지금도 안 늦었다고, 당신 가진 거 그 주둥이로 야부리 터는 거 하나뿐이니까 지금이라도 돗자리 깔고 삼거리 무당이라고 간판 달자고 그러더라고."

"와이프 말 들어서 망하는 남자 없다던데요. 커피 한 잔 드실래요?"

재희가 커피 머신을 가리키자 한동이 손을 내저었다.

"인마, 그게 무슨 뜻이야? 진짜 관두고 점집 차리라고? 커피는 됐어. 선준이 그 새끼가 서정언이 자료 달랬다고 그래서 내가 주긴 했는데, 뭐하는지 말도 안 해 주고 그러니까 궁금해서 참을 수가 있어야지. 서정언 뭐 어디 갔다며? 언제 오는데?"

"지방 취재 있어서 내려갔습니다. 모레나 출근할 거예요."

재희의 대답에 한동이 팔짱을 끼며 물었다.

"그래서 뭐하는 건데, 도대체. 서온 게이트 이제 와서 터트려 봐야 역풍에 괜한 사람까지 다 날아가는 거 아니냐? 내가 자료 주고 나니까 더 불안해 죽겠다. 개는 왜 여자애가 그렇게 겁이 없어? 누가 서현국 딸 아니랄까 봐 아주……."

"콩 심은 데 콩 난단 말이 왜 있겠어요. 서 피디 오면 직접 들으세요. 담당 피디 있는데 제가 입 터는 거 좀 그렇잖아요."

한동이 기가 막힌다는 얼굴로 재희를 아래위로 훑어보았다.

"뭐가 좀 그래, 이 새끼야. 자료는 달래 놓고 말은 안 해주는 상도덕이 어딨냐? 그럼 그것만 말해 봐, 이거 될 거야 안 될 거야? 각 쟀을 거 아냐."

"서 피디가 언제 안 되는 일 한 적 있습니까."

한동이 긴 한숨을 쉬더니 얼굴을 벅벅 문질렀다.

"나 그러다 뒤통수 까인 거 못 봤냐? 아직도 그 땜빵이 있어 요, 내가. 겁 없는 것도 자리 가려가면서 해야지. 지금 엄대진이 뭐 무서운 게 있을 거 같냐? 청와대하고 조한일보 업고 방송국 죄다 길들이면 끝이야. 너나 서정언 같은 애들이 제일 먼저 타 깃 된다고. 니들 대단하지, 대단한 놈들인데 힘이 없잖아. 니들 무기가 방송인데 그거 못 하게 하면 어떡할 거야."

"어떡할까요, 그럼? 지금이라도 그만해요? 안 되는 거 아시잖 아요."

"선배라는 놈이 말렸어야지, 그걸 그냥 하라고 했냐?"

책망하는 한동에게 재희는 어깨를 으쓱해 보이며 대꾸했다.

"서 피디 제 말 안 듣습니다. 사장님 말도 안 들을 텐데 제가 뭐라고 제 말을 들어요."

"하이고, 그런 것도 지 애비랑 똑같지."

혀를 찬 한동이 고개를 돌려 창밖으로 시선을 주었다. 색색의 빛이 점멸하며 흘러가는 도시의 야경을 물끄러미 보고 있던 한 동은 한숨 섞인 투로 내뱉었다.

"생각보다 더 무서운 놈들이야. 만만하게 생각하지 마. 아무리 팩트 확실해도 말장난 걸면 넘어가는 사람들 반드시 생긴다고.

여성철 당하는 거 봤잖아. 그랬다는 증거 대는 건 쉽지. 안 그랬다는 증거를 어떻게 대나?"

"언제는 어떻게 될지 미리 알고 했습니까. 그냥 부딪쳐 보는 거죠."

그 말을 들은 한동이 재희의 정강이를 발끝으로 툭 찼다. 재희가 뭡니까, 하고 뜬금없이 얻어맞은 정강이를 문지르자 한동이 자리에서 일어나며 손짓을 했다.

"야, 나가서 해장국이나 한 그릇 먹자. 그래도 시보국 간판 피디라는 새끼가 어디서 이렇게 피죽 한 그릇 못 얻어먹은 꼴을 해가지고…… 좀 사람답게 하고 다녀. 강재희가 반질반질하게 하고 다녀야 남들이 아, 저 새끼들 이 정도로는 까딱도 안 하는구나 할 거 아냐."

"제가 해 보니까 말라야 화면발이 받더라고요."

농담처럼 대구하며 일어나자 한동이 고개를 절레절레 저었다.

"연예인 났다, 연예인 났어. 따라와, 인마."

한동의 뒤를 따라 사무실을 나선 재희는 남몰래 낮은 한숨을 쉬었다. 아무렇지 않은 척해도 자신 역시 한동이 걱정하는 게 뭔지 지나치게 잘 알고 있었다. 잘 돼야 할 텐데, 라고 생각하는 것 말고는 당장 아무것도 할 수 없다는 게 답답했다.

정언의 얼굴을 떠올린 재희는 애써 머리를 비우려 노력하며 걸음을 옮겼다.

18

　아침에 눈을 뜨면서부터 오전 내내 거의 발이 땅에 붙어 있을 새가 없을 정도였다. 수십 년 전 포항중학교 졸업앨범에서 남제선과 손경일의 얼굴을 발견하는 데는 그리 오랜 시간이 걸리지 않았다.

　당시의 교사들은 당연히 남아 있지 않았지만, 동네를 탐문한 결과 두 사람을 오래 전부터 안다는 사람들은 제법 있었다. 후현의 말대로 그들 중 대부분은 두 사람의 관계를 잘 알았다. 지역 경제를 떠받치던 회사다 보니 남정건설에서 일했다는 사람들을 발견하는 것도 어렵지 않았다.

　사람들은 지역 유지의 아들이었던 남제선을 생생히 기억하고 있었다. 집안의 독자로 돈 잘 쓰고, 콧대 높고, 자존심 강한 남제선이 어릴 적부터 손경일을 자기 수족처럼 부렸다는 것이었다.

　남제선의 아버지인 남강웅이 여러 차례 손경일과 어울리지 말라고 혼을 냈다는 이야기도 있었다. 철진의 도움으로 포항경찰서에서 얻은 정보를 보면 충분히 그럴 만도 했다. 손경일이 성인이 된 직후부터 이십 대 후반 사이의 폭력 전과만 열 번이 넘었던 것이다.

정언이 미리 짐작했던 대로, 손경일은 당시 포항의 폭력조직이었던 황구파 소속이었다. 손경일의 전과 기록이 끊긴 것은 마지막 출소 이후였다. 남제선이 회사를 물려받은 시기와 거의 일치했다. 당시 포항 조직폭력 사건 기록을 보면 황구파가 와해된 것은 그로부터 몇 년 뒤였다.

손경일이 황구파 조직원들을 데리고 남제선과 함께 수도권으로 이동한 것이 아닐까 하는 의심은 합리적이었다. 경일용역의 흔적을 역추적한다면 두 사람의 관계는 보다 선명해질 터였다.

늦은 점심 이후의 행선지는 <경상일보>였다. 이곳 역시 철진이 예전에 취재한 적이 있어, 박창도 국장에게 미리 언질을 주었다는 연락을 받은 뒤였다.

포항에서 영천을 지나 대구 시내로 진입한 윤이 <경상일보> 간판이 붙은 건물 앞에 차를 세운 건 포항을 출발해 한 시간 반쯤 지난 뒤였다. 아침부터 십 분도 쉬지 못해 피곤할 텐데도 윤은 그런 내색을 일절 하지 않았다.

아침에 얼굴을 보자마자 아무렇지도 않게 평소처럼 구는 윤 앞에서 도리어 불편해진 건 정언 쪽이었다. 선을 그으면 괜찮을 줄 알았는데, 모른 척할 때보다 더 난감한 기분이었다.

정언은 재희에게조차 단 한 번도 자신이 공과 사를 구분하지 못한다고 생각한 적이 없었다. 그러나 윤은 달랐다. 윤이 곁에 있을 때 그 경계는 자주 희미해졌다.

회사 사람들은 물론이고 누구도 방문한 적 없었던 자신만의 공간에 처음 윤을 초대했던 날 이후, 정언은 자신이 윤에게 경계를 먼저 무너뜨린 게 아닐까 생각하곤 했다. 그게 내내 마음에 걸리는 걸 어쩔 수가 없었다. 문을 열어 준 건 이쪽이면서 왜 허락도 없이 들어왔냐고, 그만 나가라고 적반하장으로 군 것 같아서였다.

윤의 진심이 뭐든, 윤이 그런 식으로 행동하는 데는 벽을 낮춘 쪽의 책임도 있다는 생각이 들었다. 정언이 밤새 잠을 이루지 못한 건 그 때문이었다. 침대에 눕자마자 윤을 밀어낸 게 그다지 현명한 선택이 아니었다는 걸 깨닫고 말았던 것이다.

어젯밤의 통화에서 재희가 목소리 왜 그래, 하고 묻던 것을 떠올린 정언은 짧은 한숨을 뱉었다. 전화로도 대번에 알아차릴 정도였나 생각하자 낯이 뜨거워졌다.

정언이 생각에 빠진 사이, 주차장에 차를 세우며 먼저 내린 윤이 조수석 문을 열어 주었다. 그 바람에 당황한 정언은 멈칫했다. 넙죽 받기에는 뭔가 민망하고, 선을 넘지 말라고 야단을 치기에는 깔끔한 태도였다.

정언이 순간 고뇌하는 걸 알아차렸는지, 윤이 뒷좌석 문을 열며 말했다.

"그냥 카메라 꺼내는 김에 열어 드린 거예요."

정언은 잠시 대답할 말을 잃었다. 이런 게 더 환장할 노릇이라는 걸 알기는 할까 싶었다. 태연한 척하는 게 이렇게까지 어려운 일이라는 걸 새삼 깨닫고 싶지는 않았다.

"아무 말도 안 했어."

애써 평소처럼 툭 내뱉은 말에 카메라 가방을 메고 뒷문을 닫은 윤이 웃었다.

"알아요."

늘 그렇듯 생글거리는 얼굴이었다. 그러나 무심코 눈을 맞춘 순간, 윤이 바로 시선을 비껴 피했다. 가슴이 덜컥 내려앉았다. 어젯밤 그 말을 던진 직후 윤이 상처 받았다는 건 당연히 알고 있었다.

「저 보고 얘기하시면 안 돼요?」

그 목소리를 들었다면 누구라도 모를 수가 없었다. 안쓰러울 정도로 떨리는 윤의 말투에, 뒤를 돌아보고 싶은 충동을 누르는 건 상상 이상으로 힘들었다.

윤을 보지 않은 건 자신에 대한 불신 탓이었다. 윤을 마주 보면서도 같은 말을 할 수 있다는 확신이 없었던 것이다. 그 눈을 보고도 모진 소리를 할 수 있다면 뭘 해도 성공할 사람일 거라고 속으로 생각한 정언은 한숨을 누르며 차에서 내렸다.

건물 2층의 <경상일보> 사무실로 들어서자, 입구에 앉아 있던 여직원이 누구냐는 듯 고개를 들어 두 사람을 쳐다보았다. 정언이 먼저 명함을 내밀자 미리 얘기가 되어 있었는지 여직원이 자리에서 일어나 안쪽 국장실로 두 사람을 안내했다.

두어 번 노크를 하니 안에서 예, 하는 목소리가 들렸다. 안으로 들어서자 초로의 남자가 먼저 말을 건넸다.

"<비하인드 24> 서정언 피디님이십니까?"

철진과 이미 얘기가 된 모양이었다. 책상 위에는 '국장 박창도'라는 명패가 놓여 있었다.

"아, 네."

"예, 민철진 피디님한테 연락 받고 기다리고 있었습니다. 여기 앉으세요. 차 한 잔 하시겠습니까?"

소파로 정언과 윤을 안내한 창도가 물었다. 두 사람이 모두 아닙니다, 하고 사양하자 창도가 자리에 앉았다. 윤이 촬영 준비를 하는 것을 지켜보던 창도가 자세를 고쳐 앉았다.

"무슨 일로 이렇게 멀리까지 오셨습니까?"

"서온건설 전신인 남정건설 관련해서 궁금한 게 좀 있어서요."

"남정건설이요?"

정언의 대답에 생각도 못 했다는 얼굴로 되물은 창도가 턱 끝을 만지작거렸다.

"남정건설 그게, 아주 오래된 건데요."

"<경상일보>에서 남정건설 관련 기사를 많이 내셨더라고요."

"아, 그렇죠. 포항 거점으로 해서, 경북 지역에서는 중견 건설 사였으니까요. 당시에 좀 규모 있는 공사 수주를 많이 땄어요. 아마 그래서 관련 기사가 많았을 겁니다."

"혹시 국장님도 취재하신 적 있습니까?"

정언이 묻자 창도는 기억을 되짚는 듯 잠시 눈을 굴리더니 고개를 끄덕였다.

"그렇죠, 그게 제가 기자 생활 시작하고부터…… 저 입사할 때 이미 남정건설은 상당히 규모가 있었죠."

"아시는 대로 설명 좀 해 주실 수 있을까요?"

"지금 남제선 사장 조부인 남평환 회장이 설립을 하고, 수완이 아주 좋았던 걸로 알려져 있죠. 요즘 말로 하면 로비를 잘 했다, 이렇게 말하는 게 적절하겠네요. 아들인 남강웅 사장에게 회사를 물려주고 나서도 거의 수렴청정이다, 이렇게 표현을 했죠. 남평환 회장이 죽기 직전까지도 회사 경영을 좌지우지했다니까요. 어쨌든 지역에서는 뭐 굉장히 기반이 탄탄한 회사였어요."

민혜가 이미 보내 준 정보 그대로였다. 그의 말을 주의 깊게 듣고 있던 정언은 물음을 던졌다.

"그 뒤에 남제선 사장이 승계하면서 이름을 바꾸고 수도권으로 진출한 거죠? 그런 결정이 쉽지는 않았을 것 같은데요."

"아, 그렇죠. 남강웅 사장이 갑자기 사망하면서, 거점 유지하고 경남 쪽으로 확장할 줄 알았는데 아들이 물려받고 나서 수도권으로 진출해 버렸으니까. 회사 거점을 아예 이동하니까 지역 경제에 타격이 상당히 있었단 말입니다. 여론이 나빴어요. 뭐 지금 생각하면 남제선 사장이 젊은 사람이었으니까, 아주 과감했다, 탁월한 선택이었다 그렇게 평가가 되지만 당시에는 중역들 반대 의견이 어마어마했습니다."

"남제선 사장이 그 나이로 중역들 반대 돌파하기가 쉽지 않았을 텐데요. 어떻게 가능했던 겁니까?"

"천운이죠, 천운."

창도가 약간 난감한 듯 웃는 소리를 냈다. 천운. 어쩐지 어울리지 않는 단어를 입 안으로 한 번 뇌어 본 정언은 재미있다는 얼굴로 몸을 약간 내밀었다.

"천운으로 될 일이 아닌데요."

창도는 뜻밖에도 순순히 정언의 말을 수긍했다.

"그렇죠. 사실상 그걸 천운이라고 말하기가 뭐하긴 합니다."

"남정건설 정도 규모였으면 회사 내 파벌도 분명히 있었을 테고, 남제선 사장에게 경영권 넘어가는 거 그냥 두고 보기 힘든 반대파도 있었겠죠. 맞습니까?"

"피디님, 이거 뭐 관련해서 취재하시는 겁니까?"

창도가 되물었다. 다소 방어적인 말투였다. 정언은 대답 대신 잠시 그를 빤히 바라보았다. 알이 두꺼운 안경 너머로 정언을 응시하던 창도가 팔짱을 끼며 소파에 등을 묻었다.

정언은 입매를 슬쩍 비틀어 웃는 표정을 했다.

"말씀하시기 어려운 부분이 있습니까?"

"어려운 부분이 있느냐, 이렇게 말씀을 하시니까 제가 뭐라고 답을 드릴 수가 없네요."

"그건 제 말이 맞다고 인정하시는 걸로 이해해도 될까요?"

말문이 막힌 듯 입가를 두어 번 문지르던 창도는 짧은 한숨을 쉬었다.

"피디님, 알겠습니다. 제가 그 부분은 인정을 하겠습니다. 대신에 제가 이 부분에 대해 하는 모든 얘기는 방송에 나가는 걸 원하지 않는다, 그건 확실히 하고 싶습니다. 오래된 일이기도 하고…… 제가 그래도 기자고 국장입니다. 취재하는 사람들 생리 잘 알죠. 그러니까 팩트가 없는 얘기를 한다는 게 제 입장에서도 아주 부담스러운 일이다, 그건 알아주셨으면 합니다."

"팩트가 없는 얘기라고 하시면?"

"그 부분은 문자 그대로의 의미다, 이렇게 받아들이시면 될 것 같습니다."

팩트가 없다는 건 결국 뜬소문, 심증, 짐작, 픽션, 무엇이라도 될 수 있다는 이야기였다. 창도가 닫힌 문 쪽으로 한 번 시선을 주고는 목소리를 낮추었다.

"그때가 아마 제가 한 2년 차였나, 확실히 기억은 안 나지만 아무튼 입사한 지 얼마 안 됐을 때일 겁니다. 남강웅 사장이 지병으로 급사했다, 그래서 부고를 우리 신문에서 크게 실었어요. 남정건설이 향후에 어떻게 될 것인가 이 부분이 지역에서는 상당한 이슈가 된 겁니다. 당시에 남정건설 내부에 파벌이 있었던 건 사실입니다. 남강웅 사장이 경영자로서의 능력은 그리 대단하지 않았다, 이렇게 봐야 하죠. 수렴청정 얘기가 나온 것도 그런 부분 때문이고요."

"아무리 남평환 회장이 뒤에서 조종한다고 해도 회사 전체를 완전히 컨트롤하기에는 부족했다는 거죠?"

정언이 다이어리에 메모를 하며 확인하듯 묻자 창도는 고개를 끄덕였다.

"그렇죠. 그래서 실무적으로 책임을 지는 중역이 필요했어요. 그 중에 이제, 김장순 이사. 이 사람이 회사 내에서 가장 파워가 있었죠. 남평환 회장 사후에 실질적으로 회사를 지탱한 게 김장순 이사였다고 봐야 합니다. 평사원에서부터 이사까지 올라온 사람이니까."

"평사원에서 이사라고요? 능력이 대단했나 보네요."

놀란 얼굴로 자신을 쳐다보는 정언에게 창도가 대답했다.

"네. 남평환 회장이 눈여겨보고 키운 사람이었습니다. 수완이 뛰어났으니까 아마 아들 깜냥이 객관적으로 보였던 게 아닌가, 그렇게 생각을 하죠. 그래서 똑똑한 김장순을 키워서 남강웅을 백업하게 하려고 했는데 뜻대로 되질 않았어요. 김장순이 너무 커졌으니까. 남강웅이 죽었을 때 다 김장순 이사한테 회사가 넘어갈 거라고 봤죠."

"남제선이 당시에 경영 수업을 따로 받고 있었습니까?"

"아니었죠. 그러니까 경영 능력에 대해 의구심을 갖는 사람이 많았습니다. 김장순 이사가 특히 그랬고요. 당시에 어떤 얘기가 있었느냐, 이사회에서 남제선 사장이 아주 심하게 공격당했다."

정언은 메모를 하던 손을 멈췄다. 남제선의 어린 시절에 대한 이야기를 들은 것이 떠올라서였다. 세상에 무서울 것 없는 부잣

집 도련님, 콧대가 하늘을 찌르고도 남았다는 남제선이 그런 모욕을 당하고도 가만히 있었을 리 없었다는 것은 쉽게 짐작할 수 있었다.

"자존심이 상당히 상했겠는데요."

"그렇습니다. 사실상 중역들이 거의 다 김장순 라인이라 남제선은 고립되어 있었다, 이렇게 볼 수 있죠. 남제선을 바지사장으로 앉히고 실질적인 경영은 김장순이 하든지, 혹은 아예 남제선에게 회사를 뺏는 데까지 갈 수도 있겠다, 당시에 우리는 일단 그렇게 짐작을 했습니다. 당시에 우리 신문에서 남정건설 출입하던 사람이 경제부 변구현 부장님이라는 분이셨는데, 돌아가신 지가 한 십 년 됐죠. 아무튼 변 부장님이 회사 분위기 보니 아무래도 김장순이 완전히 먹을 게 거의 분명하다, 그걸 거의 확신을 하셨어요. 남평환 회장 현역 때부터 출입하시던 분이니까 뭐 우리도 그게 틀릴 거라고는 생각하지 않았고요."

"그런데 변수가 생겼다?"

"네. 김장순이 갑자기 죽어 버렸어요."

촬영을 하던 윤이 그 말에 저도 모르게 고개를 번쩍 들었다. 정언 역시 눈썹을 좁히며 창도를 마주 보았다. 창도가 긴 숨을 뱉으며 미간을 긁적였다.

"남강웅이 죽고 한 서너 달 정도, 회사가 거의 김장순에 의해서 굴러갔죠. 그리고 열린 이사회 자리에서 남제선이 크게 모욕을 당했다, 제가 직접 취재한 건 아니지만 당시 변 부장님 말로 거의 뭐 아버지뻘 되는 사람들이 남제선한테 돈 챙겨 줄 테니 회사를 내놓고 나가라, 이렇게까지 얘기했다고 하니까요."

"상속분에 해당하는 지분을 제공하는 대신 경영권을 넘기라고 했다는 거죠?"

"네. 그런데 남제선이 아버지보다는 남평환 회장 기질을 닮았다, 그런 평이 있기는 했습니다. 남강웅 사장은 상대적으로 사람이 좀 유한 편이었죠. 회장이 아들보다 손자를 더 아꼈다는 얘기도 있었고요. 아무튼 남제선도 자기 나름대로 김장순이 회사를 굴리는 걸 보면서 무슨 생각을 했겠죠. 이사회에서 남제선이 궁지에 몰리고, 주주총회 열어서 김장순한테 회사 경영권 넘기기로 의결만 하면 되는 상황이었는데 갑자기 그렇게 된 겁니다."

"사인이 뭐였습니까?"

정언이 다급하게 묻자, 창도가 굳이 생각할 필요도 없다는 듯 즉시 대답했다.

"사고사였습니다. 현장에 갔다 돌아오는 길에 고속도로에서 추돌 사고가 났어요. 운전기사는 즉사했고, 김장순은 이십 분 뒤에 도착한 구급차에 실려 병원으로 이송되는 사이에 죽었습니다. 운전기사가 졸음운전을 했다, 일단 사고 원인은 그렇게 봤죠. 새벽 시간이라 목격자가 없었습니다."

"일단 그렇게 보셨다고 하시면 실제로는 다른 원인이 있었다는 걸로 들리는데요."

정언의 심장이 빠르게 뛰기 시작했다. 창도의 얼굴에 조금 망설이는 기색이 비쳤지만 잠시 사이를 두었다가 더 낮아진 목소리로 입을 열었다.

"제가 말씀드린 팩트가 없다, 그 부분은 여기서부터 시작을 합니다. 남정건설 차기 사장으로 거의 결정이 된 상태에서 김장순이 갑자기 죽어 버렸다, 그러니까 얼마나 난리가 났겠어요. 그때 제가 사회부였습니다. 취재를 나갔는데 이게 아무래도 영 느낌이 이상했어요. 당시에 지금처럼 기술이 발달하고 CCTV가 있었으면 그러지를 못했을 텐데 지금 생각해도 찝찝하죠."

"어떤 부분을 의심하신 겁니까?"

"졸음운전이다, 회전하면서 연속으로 충돌하다 마지막에 가드레일을 들이받았다, 경찰은 이렇게 얘기했어요. 그런데 현장에서 보니까 차 오른쪽을 박아서 오른쪽 보닛부터 조수석까지가 거의 뭐, 날아갔다 할 정도로 파손이 심했는데 정작 오른쪽 백라이트는 멀쩡하더라는 겁니다. 회전한 게 아니라 곧장 사선으로 이렇게 박은 거죠."

창도는 그 말을 하며 두 손을 나란히 해 오른쪽으로 기울여 보였다.

"당시에 김장순이 탔던 차가, 제가 차종을 아직도 기억합니다. 그라나다 V6[1]. 그때 기준으로 그게 아주 고급 자동차였습니다. 그런데 문제가 뭐냐, 제가 현장에서 확인하니 깨진 게 왼쪽 백라이트였다. 그리고 왼쪽 트렁크 부근에서부터 긁힌 자국이 상당히 컸어요. 거기서 도료 이염이 있었다, 이걸 제가 발견한 겁니다."

정언은 다이어리에 도료 이염, 하고 메모를 하며 밑줄을 그었다. 긁힌 자국에 도료가 이염됐다는 건 어떤 물체가 마찰로 인해 이쪽의 도료를 차체에 남겨 두었다는 뜻이었다. 고속도로를

---

1) 1978년 현대자동차에서 출시한 6기통 고급 승용차. 독일 포드사의 그라나다를 들여와 일부를 국산화해 판매한 제품으로, 출시 가격은 약 1,100만 원 이상이었다. 당시 아파트 한 채 가격과 맞먹는 고급 승용차였음에도 불구하고 몰리는 수요에 판매 지연이 일어날 정도로 인기가 높았다. 1984년 독일 포드사에서 차체 생산을 중단하며 국내에서도 1985년 단종되었다.

달리는 차에 이염을 시킬 만한 물체라면 다른 차량밖에 없었다.

정언은 눈을 가늘게 떴다.

"그러면 졸음운전이 아니라 사고 유발 차량이 있었다고 보신 거군요. 왼쪽에 긁힌 흔적이 있었다면 뒤에서부터 사고 유발 차량이 달려와서 운전석 방향으로 접촉했을 가능성이 높겠네요. 그 바람에 경찰 얘기와는 다르게 회전을 한 게 아니라 핸들을 급격히 꺾으면서 바로 가드레일에 충돌했다, 이렇게 보는 게 더 논리적이었을 테고요."

정언의 말에 창도가 고개를 끄덕였다.

"그렇죠. 그런데 당시 포항서에서 이 부분에 대해 전혀 수사하지 않았습니다. 지금이라면 아, 이게 너무 뻔하잖아요. CCTV 한 번 돌려 보고, 현장에 남은 스키드 마크(skid mark)[2]라든지 도료 분석 이런 걸로 충분히 전후 사정하고 용의자 알아 낼 수 있지 않습니까. 그런데 당시에는 그런 게 전혀 없었죠. 증언을 할 사람이 둘 다 죽었고 목격자도 없었고, 그냥 사고사로 종결이 돼 버린 겁니다. 우리 측에서도 기사로 내기가 어려워졌죠. 의혹이 있다고 데스크에 올렸더니 지역 경제에 기여가 큰 기업인데 이런 기사가 나면 좋지 않다, 그래서 반려를 당했습니다."

"당시에 기사를 반려한 사람은 누구였습니까?"

"문종헌 편집국장님이었습니다. 이분도 돌아가신 지 오래됐죠. 당시에는 지금보다 접대 문화, 이런 게 훨씬 당연시됐으니까 남정건설하고 언론사들 사이도 아주 좋았습니다. 김장순이 그렇게 갑자기 죽으면서 중역들이 구심점을 잃었어요. 갑자기 추가 남

---

2) 급제동이나 회전에 의해 노면에 생기는 타이어 자국. 제동에 의해 바퀴가 잠긴 상태에서 남는 자국을 스키드 마크라고 칭한다.

제선 쪽으로 확 기울어졌습니다. 그러니 아마 그분 입장에서는 빠르게 판단을 하신 거겠죠."

"그래서 결국 국장님은 남제선 사장이 사주를 했다, 그렇게 보신 겁니까?"

직접적인 질문에 창도가 난처하다는 얼굴로 웃었다.

"그렇게까지 딱 정해서 말을 한다, 이건 아닌 것 같습니다. 소문이 있었다, 이 부분까지는 말씀을 드리겠습니다. 김장순 죽음에 당시 포항 폭력조직이었던 황구파가 관여를 했다, 이런 소문이 돌면서 남정건설 내부에서 남제선 반대파들이 목소리를 못내게 됐어요. 그게 사실이든 아니든 자기들도 김장순처럼 어느 날 갑자기 제거당할 수 있다는 두려움이 상당히 컸겠죠."

황구파. 손경일이 몸을 담고 있던 조직의 이름이었다. 경영권을 얻기 위해 남제선이 손경일을 이용했다고 생각할 여지는 충분했다. 그러나 문제는 창도의 말처럼 팩트가 없다는 점이었다. 얼굴을 찌푸린 채 잠시 생각하던 정언이 물었다.

"소문이었다면 증명은 안 된 거겠네요."

"그렇죠. 증명할 길도 없었고, 증명할 의지도 없었고. 남정건설 정도 되면 지역 경제 의존도가 상당히 높습니다. 알아도 말할 수 없는 거죠."

"왜 하필 황구파와 관련이 있다는 소문이 돌았을까요? 혹시 손경일 때문이었습니까?"

손경일의 이름을 들은 창도가 흠, 하고 고개를 갸웃했다.

"손경일, 손경일이 누구더라…… 이름이 낯설지 않은 것 같기는 한데."

"중학교 시절부터 동네에서 같이 어울리던 후배인데, 황구파 소속으로 있었다고 하던데요."

"그래요? 그 부분은 잘 모르겠습니다. 어디서부터 시작된 소문인지도 확실하지가 않아요, 그게. 다만 남제선이 배후에 황구파를 꼈다, 이런 얘기만 언젠가부터 돈 겁니다."

이런 소문이 아무 근거도 없이 퍼졌을 리는 만무했다. 창도가 손경일의 존재를 모른다는 건 뜻밖이었다. 포항중학교 인근의 동네에서는 두 사람의 관계를 대부분 잘 알고 있는 까닭이었다.

지역 건설사와 지역 신문 기자들 사이는 가깝기 마련이었다. 손경일과 남제선의 관계가 계속 유지되었다면 두 사람의 관계를 모른다는 게 더 이상한 일이었다.

창도가 거짓말을 하는 게 아니라면, 손경일이 의도적으로 자신의 존재를 감췄거나 남제선이 그것을 드러내기 원하지 않았던 것은 아닐까.

그때 책상 위의 전화가 울렸다. 잠시만, 하고 양해를 구한 창도가 자리로 가 수화기를 들었다. 잠깐 건너편의 이야기를 듣고 있던 창도가 알았어, 하고 상대방에게 말하더니 수화기를 내려놓으며 정언을 보았다.

"죄송합니다. 일이 있어서 잠깐 사무실에서 얘기 좀 해야 할 것 같은데, 한 십 분 정도면 될 겁니다."

"아, 네. 괜찮습니다."

정언이 대답하자 창도가 바로 국장실을 나갔다. 곁에 앉아 있던 윤이 고개를 기울였다.

"복잡하네요. 결국 남제선이 손경일을 이용해서 경쟁자를 제거했다고 봐야 돼요?"

"심증은 있다 그거지. 물증이 없으니 문제야. 이런 경우가 까다로워. 만약에 재판을 갈 만한 일이었으면 기록이 더 있을 텐데, 그런 것도 아닌 데다 너무 오래전 일이고."

"여기를 먼저 왔으면 포항경찰서에서 기록 뒤져 봤을 텐데, 다시 가기도 그렇고……."

윤이 말끝을 흐리자, 정언은 그 말에 고개를 가로저었다.

"기자가 봤을 때도 한눈에 졸음운전이 아니라고 판단했을 정도면 경찰도 분명히 단순한 사고가 아니라는 거 알았을 확률이 높지. 그런데도 사고로 그냥 처리해 버렸다? 그러면 중요한 증거나 기록은 이미 다 없어진 지 오래라고 봐야 돼. 지역 유지들은 공권력하고 밀접하게 결탁돼 있는 경우가 많으니까. 차라리 국장님한테 당시 자료 좀 달라고 요청하는 게 나을걸."

정언은 다이어리에 메모한 내용들 위로 밑줄을 그으며 말하고는 가방에서 태블릿을 꺼냈다. 민혜가 보내 주었던 기사 링크의 사진을 따로 저장해 둔 것이 있었다. <경상일보>에 오래전 실렸던 것으로, 남강웅이 공사 수주 후 여러 사람과 함께 찍은 사진이었다. 이 사진에서 그와 함께 사진을 찍은 사람들이 누구인지 알고 싶어 가져온 것이었다.

정언이 그 사진을 확대해 들여다보자, 곁에서 윤이 이쪽으로 몸을 숙였다. 그러자 익숙한 향이 훅 스며들었다. 섬유유연제 향, 혹은 햇살 냄새 같은 그 향을 정확히 표현할 단어들이 생각나지 않았다.

곁에서 윤이 부슬부슬하게 쏟아져 내리는 머리칼을 쓸어 올리자, 그 사이사이로 희미한 비누 냄새의 입자들이 떠올랐다가 한순간 흩어졌다. 공연히 열이 오르는 기분이라, 정언은 귓가를 만지작거렸다.

그런 걸 알 리 없는 윤이 태블릿 위의 사진을 가리켰다.

"이게 다 누구죠?"

"모르지. 그래서 물어보러 왔잖아."

정언은 애써 윤에게 주의를 기울이지 않으려 노력하며 대답했다. 윤이 물었다.

"이 사람들이 무슨 관계가 있다고 생각하시는 거예요?"

"공사 수주 기념사진이니까 아마 당시 정부 부처 관계자거나 할 확률이 높아. 보통 사진 아래 이름 병기하는데, 그게 없으니까 신경 쓰여서 확인해 두려고 가져온 거야."

그렇구나, 하고 혼잣말처럼 중얼거린 윤이 태블릿을 한참 들여다보고 있다가 눈을 들어 정언 쪽으로 시선을 돌렸다. 무심결에 시선이 마주치자, 윤이 서둘러 자세를 고치며 아까처럼 조금 떨어져 앉았다.

그 찰나 윤이 멈칫했다는 걸 눈치챈 정언은 약간 괴로워졌다. 윤이 아무렇지도 않은 척하려고 애를 쓴다는 사실을 알아차린 탓이었다. 이딴 눈치는 있어 봐야 국 끓여 먹을 것도 아닌데, 하고 속으로 생각한 정언은 나오려는 한숨을 억지로 눌렀다.

짧은 정적이 흘렀다. 아무것도 아닌 침묵에 숨이 막혀 죽을 지경이었다. 조금만 더 있다가는 무슨 핑계를 대고서라도 이 자리를 뜨고 말 것 같다고 생각하는 순간, 다행히 때맞춰 돌아온 창도가 미안한 표정을 했다.

"죄송합니다. 급하게 처리해야 할 일이 좀 있어서요."

"괜찮습니다. 혹시 이 사진 한 번 봐 주시겠어요? 여기 있는 사람들이 누구죠?"

정언은 들고 있던 태블릿을 창도에게 건넸다. 사진을 확대해서 가만히 들여다보던 창도가 턱 밑을 만지작거리며 대답했다.

"이거 굉장히 오래전 건데, 이게 아카이브에 올라가 있었습니까? 아마 신축 학교 공사 수주한 뒤에 찍은 사진이었을 겁니다. 왼쪽부터 당시 경북도청장 김관석하고 포항시장이었던 김건욱, 그리고 아마 이 사람은 경북교육청장인가…… 이름이 확실하게 기억이 안 나네요. 오른쪽 이 사람은 포항 국회의원, 그때는 한선당이 아니라 대한자주당이었죠. 대한자주당 이노명이고, 그 옆은 재단 이사장 엄중길입니다."

"재단이요?"

"예, 사학재단. 정화재단이라고, 당시에 이게 정화재단 소유 초중고 건물 전체 공사를 남정건설에서 수주했던 겁니다. 대선초, 당시엔 국민학교였군요. 그리고 대선중, 대선고. 대선고가 나름 지역 명문고였어요. 여기 이 엄중길이 한선당 엄대진 아버지 아닙니까. 이 양반도 죽은 지 꽤 오래됐어요. 엄대진이 TK 벗어나면서 재단도 정리했죠. 아마 부친이 재단 비리로 말이 있어서, 향후에 정치하려면 걸림돌이 되겠다 판단했던 것 같아요."

갑자기 튀어나온 엄대진의 이름에 윤이 눈을 크게 떴다. 놀란 건 정언도 마찬가지였다. 엄대진의 집안이 예전에 사학 재단을 운영했다는 이야기는 들은 적이 있었지만, 그걸 여기서 이런 식으로 확인하게 될 줄은 상상조차 한 적이 없었다.

정언은 황급히 그 사진을 다시 확대해서 들여다보았다. 픽셀이 깨져 윤곽선이 흐려진 엄중길의 얼굴에는 엄대진의 흔적이 남은 것 같기도, 아닌 것 같기도 했다.

"그러면 남정건설하고 엄대진 사이는 이미 오래 전부터 관계가 있었다, 그렇게 볼 수도 있습니까?"

정언의 물음에 창도가 모호한 표정으로 관자놀이를 긁적였다.

"엄대진하고, 그렇게까지 하면 비약이 아닐까요? 일단 제가 말씀드릴 수 있는 부분은 엄중길하고는 확실히 관계가 있었다는 겁니다. 재단 학교 공사 전체를 맡긴 것만 봐도, 당시에 이 정도 규모의 공사가 아주 흔하지는 않았는데 남정이 입찰 단독으로 들어갔던 걸로 기억합니다. 물밑에서 무슨 작업을 했다, 충분히 그렇게 볼 여지는 있죠. 엄중길도 지역 유지였으니 서로 관계가 긴밀했고요."

"혹시 남강웅 사장 사망 이후에 남정건설이 수도권 진출하기 전까지의 자료가 있다면 저희가 좀 볼 수 있을까요?"

"자료라고 할 건 없고요, 이미 기사는 전부 아카이브화 돼 있습니다. 지금 이 사진도 거기서 가져오신 것 같은데요. 일단 저희 사이트에서 검색을 해 보시면 기사는 충분히 다 보시는 게 가능하죠. 저도 오래된 일이라 확실치가 않은데 추가로 드릴 게 있다면 나중에 보내 드리겠습니다."

"알겠습니다. 그러면 당시 남정건설 중역들 명단이라든가 이런 건 확인할 수 없을까요?"

정언의 물음에 창도가 한참 무언가를 생각하더니 자리에서 일어나 벽의 책장 앞에 한쪽 무릎을 꿇고 가장 아래 칸의 상자를 끄집어냈다. 뚜껑을 열자마자 먼지가 날릴 정도로 오래된 서류 같은 것들이 상자 안에 가득 차 있었다.

그런 상자를 몇 개인가 뒤져 보던 창도가 마침내 작은 책자 하나를 찾아내 몸을 일으켰다. 무릎 부근을 툭툭 턴 창도는 정언에게 그것을 내밀었다.

"이게 당시 경북, 경남 중견기업 목록하고 간부들 연락처 정리한 책인데, 남강웅 사장 살아 있을 때 만든 거라…… 매년 만들던 건데 워낙 오래돼서, 저도 이거 딱 하나 남아 있네요."

정언은 그 책자를 손끝으로 빠르게 넘기며 훑어보았다. 오래되어 황변한 종이는 금방이라도 바스라질 것 같았다.

질 나쁜 종이에 인쇄된 이름과 주소들이 눈에 들어왔다. 기업 이름은 가나다순으로 정리된 듯, 남정건설은 제법 앞쪽에 자리하고 있었다. 열댓 명 정도 되는 간부들의 이름이 직급과 함께 정리된 채였다.

창도가 물었다.

"남정건설 부분만 필요하신 거면 복사해 드릴까요?"

"그래 주시면 감사하고요."

정언이 다시 창도에게 책을 돌려주자 창도가 잠시 나갔다가 바로 다시 돌아왔다. 복사한 종이 두어 장을 정언에게 건네 준 창도가 먼지 묻은 손을 털었다. 윤이 카메라를 정리하는 사이, 망설이는 기색으로 주저하던 창도가 정언을 마주 보았다.

"피디님, 제가 노파심에 말씀을 드리겠습니다. 한국에서 무슨 사업 운영한다는 게 정말 다 그렇지만, 건설 쪽은 특히 로비라든가 이런 거 없이 돌아가기가 힘듭니다. 정계하고 아주 긴밀한 분야고요. 이거 가지고 뭐하려고 그러시는지 제가 지금 정확히는 모르겠지만, 일단 민철진 피디님이 특별히 부탁하셔서 피디님한테 협조를 해 드렸습니다. 이 부분은 확실히 하고 싶고요."

"무슨 말씀이신지 알고 있습니다. 팩트가 아니라고 말씀하신 부분은 일절 방송에 사용하지 않겠습니다. 그런 부분은 걱정하지 않으셔도 됩니다."

정언의 말에 창도가 고개를 가로저었다.

"아뇨, 피디님. 그, 제가 걱정하는 건 그게 아니고요. 아까 제가 남정건설하고 엄대진 사이에 관계가 있다는 건 비약이라고 했는데 그렇다고 그게 관계가 없다, 이 뜻도 아닙니다. 대기업 뒤 캔다는 거 가볍게 생각하시면 큰일 납니다. 제가 비록 지방지지만 기자 생활 오래 했고, 보고 들은 게 있어서 드리는 말씀입니다. 대한민국에 대통령보다 더 힘 있는 기업도 있습니다. 돈이 곧 권력이에요."

정언은 눈썹을 약간 좁혔다. 두 사람을 번갈아 보던 창도가 복잡한 표정으로 이마를 문질렀다.

"제가 민 피디님한테 얘기 듣고, 오늘 두 분을 봤는데 너무 젊은 분들이라 솔직히 좀 놀랐습니다. 제가 피디님들만 한 자식이 있는 사람입니다. 제 자식 생각나서 그래요. 저 같은 사람이야 그냥 지방지 기자고 살 만큼 살았지만, 젊은 사람들이 영향력 있는 프로그램 하다 잘못되면 어떡할 겁니까. 우리 사회가 그런 거 책임져 주지 않아요. 늙은 사람이 참견한다, 비겁하다, 이렇게 생각하셔도 할 수 없지만 일단 그 말씀을 드려야 할 것 같아서 그런 겁니다."

그 말은 진심으로 들렸다. 창도의 얼굴 위로 아버지의 얼굴이 찰나에 겹쳐졌다가 곧 사라졌다. 문득 머릿속이 서늘하게 가라앉았다. 만약 아버지가 살아 있었다면 지금의 자신에게 뭐라고 말했을까 하는 생각이 스쳤다. 그러나 정언은 이미 그 답을 알고 있었다.

"새겨듣겠습니다. 시간 내주셔서 감사합니다."

짧게 인사를 건넨 정언은 자리에서 일어났다. 창도가 뭐라고 말하려는 듯한 얼굴을 하다가 대신 가볍게 고개를 숙여 보였다.

윤과 함께 건물을 나선 정언은 하늘을 올려다보았다. 오후와 저녁의 경계에 걸친 하늘이 멀리서부터 붉은색과 보라색의 그러데이션으로 물들어 가고 있었다.

잠시 거기 시선을 주었던 정언은 그새 시동을 걸어 둔 윤의 차에 타며 시계를 보았다. 서울로 올라가면 빨라야 아홉 시는 될 것 같았다.

"김 피디는 바로 퇴근해. 집 근처에 버스 정류장이나 전철역 있으면 나 거기 좀 내려 주고. 사무실에 좀 들렀다 가야 될 것 같아서."

"그럼 사무실 들어갔다 가죠, 뭐."

정언의 말에 윤이 앞을 보며 대답했다. 정언은 눈썹을 약간 좁혔다.

"피곤하게 뭐 하러……."

"어차피 사무실에 두고 온 거 있어서 가지러 가려고 했어요."

윤이 말을 잘랐다. 정언은 뭐라고 더 말하는 대신 윤의 옆얼굴을 보았다. 윤이 쉽게 감정을 드러내는 편이라고 생각하는데도, 이런 순간이면 그 표정을 읽을 수 없는 건 왜인지 모를 노릇이었다.

눈이 마주치기 무섭게 움찔하며 떨어져 앉던 윤을 떠올리자 절로 한숨이 나왔다. 정언은 그것을 감추기 위해 창가로 고개를 돌렸다. 머릿속이 복잡했다. 어떤 말로도 규정할 수 없는 감정들이 수많은 정보 사이마다 스며들어, 생각을 피할 수가 없었다.

윤에게 상처를 주고 싶은 건 아니었다. 다만 두려웠다.

하지만 뭐가.

까닭도, 실체도 알 수 없는 감정이었다. 문득 아주 얇은 유리로 만든 공 안에 갇힌 사람 같은 기분이 되었다. 누구도 들어올 수 없고, 스스로도 깨질까 두려워 움직일 수 없는.

　낯선 풍경들이 창밖으로 지나쳐 흘러갔다. 이런 감정들도 내 버려 두면 삶의 속도에 휩쓸려 마음에 맺히지 않고 흘러가 버리 는 것일까. 정언은 문득 그런 것을 생각했다. 한적한 도로 위를 달리는 침묵은 길고 무거웠다.

19

윤은 회의실 테이블 위에 놓인 핸드폰으로 슬쩍 눈을 주었다. 연락이 올 곳이 있었는데, 아직까지는 잠잠했다. 그사이 테이블을 뒤덮을 정도로 자료를 쌓아 놓은 민혜가 턱을 괸 채 말했다.

"야, 이거 완전 대박이다. 그니까 포항에서 어릴 때부터 남제선하고 손경일이 아는 사이였다 이거잖아. 남제선이 조폭인 손경일 이용해서 회사에서 걸림돌 되는 김장순을 제거했다, 근데 중역들이 회의에서 대놓고 남제선 깔 정도였는데 김장순 죽자마자 입을 다물진 않았을 거 아냐. 손경일 가지고 무슨 수를 썼을 거 뻔하네. 아버지 대부터 남제선하고 엄대진도 서로 관계가 있었다는 거고. 지역 유지 아들들이고 그렇게 유착돼 있던 집안에서 서로 안면 한 번 없었다는 게 더 말이 안 되겠다."

화이트보드 옆 벽에 기대서 있던 정언이 그렇지, 하며 손가락을 튕겼다.

"남강웅하고 엄중길 사이에 유착 관계가 있었으면 남제선하고 엄대진도 그렇다는 거 충분히 짐작할 수 있죠. 애초에 남제선이 왜 지역 기반 다 버리고 수도권으로 왔겠어요. 엄대진 끼고 온 거 아냐. 엄대진이 국토위 움직여서 남제선한테 SOC하고 신도시 수주 따게 해 줬으니까 단시간에 그렇게 클 수 있었겠지."

"대신에 남제선은 엄대진에게 정치 자금을 지원해 왔다 이거지. 자기들 나름대로는 사람들 눈 피하려고 일반 직원을 전달책으로 사용했고, 그 중에 한 명이 박규형 씨였고."

민혜가 뭐라고 빽빽하게 적힌 자기 다이어리 위에 빨간색 펜으로 동그라미를 치며 정언의 말을 받다가 고개를 들었다.

"내가 니들 출장 간 사이에 또 생각을 해 봤잖아. 근데 뭔가 맘에 딱 걸리는 거야. 그 장해나 씨 있잖아, 제보해 준 사람."

"그분이 왜요?"

곁에 앉아 있던 윤이 대신 묻자, 민혜가 윤에게 가까이 오라는 손짓을 하며 테이블 위에 널린 프린트 물을 뒤적거리다 그 중의 한 장을 뽑아 올려놓았다. 해나와의 통화 녹취록이었다. 민혜는 형광펜으로 표시를 해 놓은 부분을 가리켰다.

"이거 한 번 봐요. '저 여기 왔을 때 윤 부장님이라고 계셨는데, 원래 그분이 하시던 일이래요. 근데 윤 부장님이 뭐 어떻게 돌아가시고 한동안 그거 하는 사람 없다가, 그게 본사 찍히면서 박 과장님이 하시게 된 거죠.' 박규형 씨가 출장 업무를 하기 전에 그 자리에 윤 부장이라는 사람이 있었다, 이 얘기잖아요? 그러면 이 사람도 전달책이었다고 생각할 수가 있잖아, 우리가."

"음, 그러네. 통화할 때는 그냥 별생각 없이 들었는데."

가까이 다가온 정언이 민혜 곁에서 몸을 숙이며 녹취록을 들여다보았다. 윤은 민혜에게 물었다.

"이게 그렇게 오랫동안 지속된 거라면 이전에도 전달책 역할을 하던 사람들이 계속 있었다는 뜻이죠?"

"그렇지, 그런데 내가 이상하게 생각한 건 이거라고. 이런 일은 아는 사람들이 적을수록 좋잖아. 누가 배신을 할 줄 알고 이 사람 저 사람 돌아가면서 시키겠어. 믿을 만한 사람 하나 찍어 놓고 계속 써먹는 게 회사 입장에서도 좋을 거 아니에요. 근데 윤 부장이라는 사람이 죽고 박규형 씨한테 그 일이 넘어가는 사이에는 뇌물을 안 줬을까? 그 사이에도 누가 일을 했겠지?"

"그 사이에도 누가 있었다면 왜 박규형 씨한테 이 일이 또 넘어왔을까요?"

"뭐 음모론이지만 내 생각에는 그 사람도 죽은 게 아닐까 이런 생각이 든단 말이야, 자꾸."

민혜가 미간을 찌푸리며 펜 끝으로 이마를 긁적였다. 정언이 팔짱을 끼며 고개를 약간 기울였다.

"가능성이 없진 않네요. 이런 비밀 아는 사람들을 회사 입장에서도 그냥 퇴사시키고 놔준다, 이건 리스크 큰 일이지. 전달책 그만두려면 자의든 타의든 죽는 수밖에 없을 거 같긴 하다."

"정언, 그런 무서운 말은 좀 더 부드럽게 해 주지 않을래?"

질색을 한 민혜가 손가락을 하나 흔들어 보였다.

"아무튼 그래서 서온건설로 사명 변경하고 올라온 뒤부터 사망한 직원이 얼마나 될까, 이게 갑자기 궁금한 거야. 우리도 회사에서 부고 알림 오는 거 보면 당사자 부고 나가는 경우는 드물잖아. 보통 뭐 부모님이나 시가, 처가 쪽, 그렇지. 특히 나이 많은 중역들 아니면 본인이 죽는 경우가 많진 않을 거라고."

"일리는 있네요."

"내가 언제 일리 없는 말 하는 거 봤어? 근데 문제는 이걸 어떻게 알아보느냐 그거지. 직원 수 적은 회사가 아닌데."

그때 테이블 위에 놓아두었던 윤의 핸드폰이 진동하기 시작했다. 윤은 바로 액정으로 눈을 주었다. 유원신. 세 글자의 이름을 확인한 윤은 바로 잠시만요, 하며 핸드폰을 들고 자리에서 일어났다. 기다리던 연락이었다.

정언이 어딜 가느냐는 듯한 표정으로 윤을 흘끔 쳐다보자, 그가 핸드폰을 들어 보이고는 회의실을 빠져나왔다.

"어, 형."

전화를 받자 핸드폰 너머에서 익숙한 목소리가 넘어왔다.

『그래, 나다. 어젯밤에 부탁한 거 알아봤어.』

원신은 윤의 대학 선배였다. 어젯밤 정언을 방송국에 내려 주고 집에 돌아와 한참을 뒤척이다, 아무래도 잠이 오지 않아 뭐라도 해야겠다는 생각이 들었던 것이다.

아무리 작은 단서라도 없는 것보다는 낫다는 생각에, 대학 동기며 선후배들 연락처로 서온건설에 다니는 사람 있으면 연락 달라고 메시지를 보낸 윤이었다. 원신에게서 전화가 온 건 삼십 분쯤 뒤였다.

윤은 앞뒤 사정 설명도 하지 않고 다짜고짜 혹시 남정건설 시절 중역들에 대해 알 방법이 있겠냐고 물었다. 원신은 너 무슨 약 잘못 먹었냐, 하고 얼떨떨해하면서도 일단 알아보겠다고 약속했는데, 아마 뭔가 실마리를 찾은 모양이었다.

비상구로 나와 조용한 계단에 걸터앉은 윤은 핸드폰을 고쳐 쥐었다.

"미안해요, 이상한 거 부탁해서."

『이상한 거 알긴 아네. 너 요리 프로 하는 거 아니었어? 이런 건 왜 알아봐 달래냐?』

가족한테도 아직 <비하인드 24>에서 일하게 됐다는 걸 말하지 못했다는 사실을 또 한 번 새삼 깨달은 윤은 이마를 짚었다.

"그게…… 뭐 사정이 좀 있어서요. 아무튼 어떻게 됐어요?"

『내가 인사과잖아. 과장님한테 물어보니까 사내 도서관에 연간 일람 비치돼 있다고 한 번 확인해 보라고 하더라고. 조금 전에 가서 찾아봤는데 70년대 일람 몇 권 있던데, 마지막에 사원 명단이랑 뭐 그런 거 있더라. 이런 거 필요한 거야?』

"아, 네!"

윤이 반색을 하며 대답하자 건너편에서 원신이 하품을 크게 하고는 말했다.

『스캔해서 메일로 보내 줄게. 그리고 인마, 뭐 필요한 거 있을 때만 연락하지 말고 언제 밥이나 한 번 먹자. 방송국 들어가니까 볼 수가 없어, 아주. 일 그렇게 바쁘냐?』

"요샌 뭐 좀 그래요. 바쁜 거 끝나면 술 한 잔 살게요."

『말만 하지 말고, 이 새끼야. 방송국 들어가면 다 연예인이냐? 아주 바쁜 척은 혼자 다 할래? 안 그래도 미정이 결혼한다고 한 번 모이자고 하던데 그때 오든가.』

미정은 학부 시절 과 소학회를 같이하던 후배였다. 미정이가 벌써 결혼을 하나, 하고 속으로 생각한 윤은 뒷머리를 긁적이며 대답했다.

"알았어요. 시간 내 볼게요."

『그때도 안 오면 넌 나랑 연 끊는 거야, 알간?』

"뭐 또 연을 끊기까지 하려고 그래요. 바쁠 텐데 그만……."

짐짓 투덜거린 윤은 전화를 끊으려다 말고 퍼뜩 조금 전 민혜의 말을 떠올렸다. 잠깐만요, 잠깐만요 형, 하고 다급하게 원신을 부른 윤은 마른 입술을 축였다.

"형, 혹시 총무과랑 친해요?"

『총무과는 또 왜 찾아? 야, 혹시 우리 회사 뭐 터지냐? 그런 거면 빨리 알려 주고.』

뭘 알고 하는 말일 리 없었으나 마음 깊이 약간의 죄책감이 느껴졌다. 윤은 두어 번 헛기침을 하고는 말을 이었다.

"아니, 뭐 그런 건 아니고요. 형, 혹시 서온건설로 사명 바꿨을 때부터 직원 부고 나간 거 알아봐 줄 수 있어요?"

『직원 부고? 몇 십 년 치 부고면 엄청날걸?』

"아니, 가족 부고 말고 직원 본인이 죽은 경우요."

윤의 말에 잠시 침묵하던 원신이 성질을 냈다.

『아이 씨, 뭐야 인마. 무섭게!』

"꼭 필요해서 그래요. 나중에 설명할게요."

『그런 케이스 별로 없을걸. 총무과에 아는 사람 있으니까 혹시 기록 있는지 한 번 물어는 봐 줄게. 이 새끼 하여튼 엄청 수상하네. 너 뭐 <비하인드 24> 이런 데로 옮긴 거 아니지?』

이 형 돗자리 깔아야 되는 거 아닌가, 하고 진지하게 생각한 윤은 말을 돌렸다.

"부탁 좀 할게요, 형. 모임 때 봐요."

『알았어, 알았어. 이거 뭐 김윤 얼굴 한 번 보려고 별짓 다 한다, 아주 그냥. 또 전화하자고. 메일 주소 문자로 보내 주고.』

"네, 진짜 고마워요."

원신의 전화가 끊어졌다. 원신에게 메일 주소를 전송한 윤은 잠깐 고개를 젖혔다. 비상구 복도의 벽에는 이사진 퇴진 요구 포스터가 끝없이 붙어 있었다. 한동안 그 포스터를 보고 있던 윤은 몸을 숙여 무릎에 얼굴을 묻었다. 속이 답답했다.

시보국은 늘 전시 상황이었다. 항상 긴장하고 있어야 한다는 건 어려운 일이었다. 좋든 싫든 정언 앞에서 아무렇지도 않은 척해야 한다는 것 역시도.

선을 넘지 않았으면 좋겠다, 업무 외적으로 해줄 수 있는 게 없다는 정언의 말이 무슨 뜻인지 모를 정도로 바보는 아니었다. 포기하지 않으면 불편해질 수밖에 없는데, 윤은 자신이 기꺼이 그 불편함을 택할 거라는 걸 누구보다도 잘 알고 있었다.

평소에 열 번 찍어 안 넘어가는 나무 없다는 말을 누구보다 질색하던 윤이었다. 그러나 지금 자신이 하는 짓이 딱 그렇다는 걸 생각하자 자괴감이 밀려왔다.

그러지 말아야지 하면서도 정신을 차리면 이미 시선이 정언을 따라가고 있었다. 애써 보지 않으려고 노력하면 정언의 목소리에 온 신경이 기울어졌다. 아예 다른 공간에 있으면 어느 순간 정언에 대해 생각하고 있는 자신을 깨닫곤 했다.

이 정도까지 오면 이미 부모가 뜯어말린다 해도 소용이 없는 레벨이었다. 다시 한 번 땅이 꺼질 정도로 긴 한숨을 뱉은 윤은 몸을 일으켰다.

회의실로 돌아가자 이야기를 나누고 있던 민혜와 정언이 이쪽을 보았다. 민혜가 먼저 물었다.

"갑자기 무슨 전화예요? 중요한 거였어?"

"학교 선배가 서온건설 인사과에 있어서요. 어제 혹시 남정건설 시절 중역들에 대해서 좀 알 수 있냐고 물어봤거든요. 지금 연간 일람이 몇 개 남아 있다고, 거기 사원 명단 같은 게 있는데 스캔해서 보내 주겠다고 하더라고요. 총무과 통해서 직원 본인 부고 사항 있는지도 확인해 줄 수 있냐고 부탁했는데 알아보겠다고 했어요."

"어머, 말도 안 했는데 혼자 사부작사부작 뭐야? 김 피디, 이렇게 아주 이쁜 짓만 골라서 할 거야?"

불시에 한쪽 볼을 잡아 흔드는 민혜의 손길에 화들짝 놀라 어, 하고 당황하자 민혜가 손을 놓아 주며 깔깔거렸다. 귀까지 빨개진 윤은 방금 잡혔던 볼을 문질렀다. 윤이 그러거나 말거나, 민혜는 테이블 위의 백지에 볼펜으로 무언가를 끄적거리며 흠, 하고 고개를 갸웃했다.

"그러면 일단 김 피디가 그쪽에서 명단 받으면 내가 지금 연락이 되고 우리 인터뷰에 응해 줄 수 있는 사람 있는지 체크하고, 당시에 남제선한테 회사 그렇게 스무드하게 넘어간 이유 한번 알아봐야겠다. 그리고 엄중길 재단, 그거 뭐랬지?"

"정화재단이요."

곁에 있던 정언이 대답했다. 민혜가 종이 위에 정화재단이라는 글자를 적고 동그라미를 쳤다.

"그래, 정화재단. 여기도 내가 일단 찾아볼게. 혹시 우리 DB에도 뭐 남아 있을 수 있으니까. 직원 부고 받으면……."

민혜의 말이 채 끝나기도 전 윤의 핸드폰에서 메일 알람이 울렸다. 윤은 메일 앱의 알람 아이콘을 클릭했다. 원신이 보낸 메일이 눈에 들어왔다. 스캔 파일 몇 개와 함께 원신이 적어 놓은 메시지를 보던 윤은 미간을 좁혔다.

"지금 메일 왔는데, 최근 십 년 사이에 직원 본인 부고가 나간 케이스가 여덟 명이래요. 그 전 사항은 확인하기 어렵다고 그러네요. 일단 포워딩해 드릴게요."

"십 년 사이에 여덟 명? 많은 거야, 적은 거야?"

민혜가 펜 끝으로 이마를 긁으며 아리송하다는 표정을 했다. 정언이 팔짱을 끼며 몸을 조금 내밀어 윤 쪽을 보았다.

"일 년에 한 명도 안 되는 거긴 한데, 글쎄. 사인이 뭔지가 궁금하네. 사인 같은 건 안 나와 있지?"

생각지도 못한 타이밍에 정언과 눈이 마주친 윤은 서둘러 시선을 돌렸다.

"아, 저기, 네. 그런 건 없고 그냥 날짜, 이름, 부서명, 장례식장, 연락처 이렇게……."

말을 더듬은 윤은 저도 모르게 아직 화끈거리는 귓가로 손을 가져갔다. 최대한 태연한 척하고 싶었지만 뜻대로 되지 않아 스스로에게 조금 짜증이 났다. 정언이 눈치채지 못했기를 바라는 수밖에 없었다. 남의 속을 알 리 없는 민혜가 턱을 괴었다.

"연락처 있으니까 다행이네. 혹시 사인 알 수 있나 연락 돌려 보지 뭐. 아, 그 다른 주소 인근 CCTV 화면 있잖아. 의정부서에 협조 공문 보냈는데 답 오는 대로 얘기해 줄게. 그리고 그 자재 관련해서 전문가 하나 섭외했어. 환경부 등록 법인 한국공기청정협회라는 데가 있는데 여기서 친환경 건축자재 인증제 주관하거든. 여기 소속 전문가 중에 한양대 건축공학과 오상근 교수님이라고 있는데, 이분이 그거 관련해서 자문 주겠대."

"약속 잡았어요?"

정언의 물음에 민혜가 고개를 가로저었다.

"날짜는 아직 안 정했고, 일단 섭외만. 몇 년 전에 신도시 신축 아파트에서 애들 아토피 발병해서 집단 소송 건 거 있잖아. 거기 원고 측 자문위여서 상생변 최변한테 소개받았어."

"이런 쪽은 완전 전문가겠네요. 알았어요. 일단 서온건설에서 자재를 대체 뭘 어떻게 속여서 쓰나 그게 문제네. 김 피디, 아까 그 선배는 인사과에 있다고?"

남의 속도 모르는 건 정언도 마찬가지인 듯했다. 아무렇지도 않게 묻는 말에 윤은 차인 사람은 죽을 지경인데 찬 사람은 속 편하다는 건가, 하고 약간 비뚤어진 생각을 했다. 좋아한다고 말 한마디 못 하고 차였다는 걸 떠올리자 당장 시멘트 바닥을 파고 들어 가고 싶은 기분이 된 윤은 애써 정언을 외면하며 대답했다.

"네."

"그러면 현장 업무는 잘 모르겠지? 안다고 해도 현장에서 자재 속이는지 아닌지 확인해 달라고 할 수도 없고."

정언이 혼잣말처럼 중얼거렸다. 민혜가 옆에서 찌푸려진 미간을 볼펜 뚜껑으로 콕콕 찍으며 물었다.

"단속 나와도 소용없다고 하지 않았어? 보통 관할 시청에서 준공 허가 낼 때나 단속 나올 때 어떻게 하지?"

"준공 허가 낼 때는 원래 시청에서 직접 확인해야 하는 게 맞는데 보통 그렇게 안 하죠. 현장 감리[3]하고 감리확인서 받아서 이상 없으면 허가하는 게 일반적이에요. 근데 감리를 시행사가 직접 선정하거나, 지자체에서 선정한대도 돈이 시행사에서 나가는 게 문제지. 단속은 시청에서 직접 하긴 하는데 글쎄, 큰 건이면 특별위원회 꾸리는 경우도 있고요. 여긴 지금 시청 단속이 안 먹힌다 그 얘기 같아요. 특위 조사 나갈 정도면 숨기려고 해

---

3) 건물을 지을 때 관계자들이 설계 및 시공에 있어 법령이나 규정 준수 여부를 확인하고, 공사나 안전 혹은 품질 등을 감독하고 지도하는 것.

도 힘드니까."

"그럼 지금 진송신도시 스타일하우스 감리업체 담당자부터 찾아봐야겠다. 아니, 왜 할 게 이렇게 많아? 미쳐 버리겠네, 정말. 몸이 열 개라도 모자라. 성옥이 붙여서 잡무라도 좀 시켜야지 사람 사는 게 아니야, 이게."

투덜거린 민혜가 으으, 하며 기지개를 쭉 켰다. 관절이 재조립되는 소리가 들렸다. 익숙한 일인 듯 어깨를 몇 번 툭툭 친 민혜가 시계를 보더니 말했다.

"나 <뉴스라이트> 작가들하고 점심 먹기로 했는데, 정언하고 김 피디는 알아서 먹을 거지?"

"알아서 먹지 언제는 누가 챙겨 줘서 먹은 것처럼 왜 그래요."

면박을 준 정언이 몸을 조금 앞으로 내밀었다.

"오늘 아침 포털 메인 뉴스가 싹 녹취록 조작이다 아니면 입수 경로 밝혀라 하면서 난리 났던데요. <뉴스라이트>는 분위기 어때요?"

"각오 다 했대. 그거 모르고 저질렀나? 걔들 그렇게 나올 거 알았으니까 터트렸지. 계속 발뺌하면 음성변조 없이 이름 까고 목소리 대조라도 해 줄 생각인 거 같더라고. 이사회도 어차피 당분간 못 열리니까 걔들이 막 가면 우리도 막 가자 이거지."

한숨을 폭 내쉬고는 다이어리와 핸드폰을 챙겨 자리에서 일어난 민혜가 맛점, 하고 발랄한 인사를 건네며 회의실을 나갔다.

그 바람에 얼결에 둘만 남은 걸 깨달은 윤은 황급히 테이블 위의 자료들을 정리하기 시작했다. 뭐라도 하지 않으면 어색해 죽어 버릴 것 같아서였다. 그 모양을 보고 있던 정언이 툭 내뱉듯 물었다.

"김 피디는 점심 안 먹어?"

"아, 네. 뭐…… 별로 생각 없어서요."

윤은 애써 정언 쪽을 보지 않으려 노력하며 대답했다. 정말 아무 생각도 없는 건 사실이었다. 최고의 다이어트는 실연이라는 말을 이렇게 몸소 깨닫고 싶지는 않았기에 약간 울적해졌다. 윤을 빤히 응시하던 정언이 몸을 일으키며 입을 열었다.

"밥 먹으러 가자."

"네?"

"생각 없어도 먹어. 남들도 다 입맛 있어서 먹는 거 아니니까."

아니 저, 하고 뭐라고 말하기도 전 정언이 회의실을 나갔다. 윤은 테이블 위에 널려 있던 프린트를 품에 안은 채 멍하니 서서 잠시 고뇌했다.

매몰차게 선을 그어 놓고 이렇게 구는 건 왜일까.

자신은 절대 정언처럼 쿨하지 못했다. 아무렇지도 않은 척하는 건 쉽지 않았다. 늘 차는 쪽보다는 차이는 쪽이 마음 편할 거라고 생각했는데, 왜 정언과 자신은 그렇지 않은 건지 이해할 수 없었다.

윤은 땅이 꺼지게 한숨을 뱉으며 고개를 푹 숙였다. 그렇다 한들 자신이 이 제안을 거절할 수도 없으리라는 걸 이미 잘 아는 탓이었다. 그러니까 애초에 반한 놈이 죄인이었다.

회사에서, 사수에게, 그것도 빈틈이라고는 바늘 찔러 넣을 틈만큼도 없는 사람에게 빠져 버린 게 이 모든 고통의 시작이었다. 빠졌다는 걸 알았으면 빨리 정신을 차릴 일이지, 무슨 부귀영화를 보겠다고 혼자서 일방통행로를 질주하는지 모를 노릇이었다.

"뭐해? 밥 먹자니까 종이 뜯고 있어?"

회의실 문으로 다시 머리를 들이민 정언이 미간을 찌푸렸다. 화들짝 놀란 윤은 아 네, 하고 저도 모르게 대답하며 프린트를 품에 더 꼭 안았다. 윤을 아래위로 훑어보던 정언이 따라오라는 손짓을 했다.

이 자존심도 없는 자식, 넌 싫다는 말 못 해서 언젠가는 망할 거야! 속으로 절규한 윤은 조종당하는 로봇처럼 뻣뻣하게 굳어 회의실을 나섰다. 안고 있던 프린트를 책상에 내려놓은 윤은 옆 자리에서 모니터를 끄는 정언을 흘끔 보았다.

시선을 느꼈는지 정언이 흘러내린 머리칼을 쓸어 올리며 윤을 돌아보았다. 이제는 익숙해진 그 서늘하고 무표정한 눈동자에 무의식적으로 눈을 붙들렸던 윤은 제풀에 깜짝 놀라 시선을 내렸다. 목덜미가 확 뜨거워졌다. 이건 이미 의지의 영역이 아니었다. 모든 감각보다 마음이 먼저 움직였다.

윤은 사무실을 나서는 정언의 뒤에서 말없이 반걸음 정도 떨어져 걸었다. 새까만 단발머리, 창백한 목덜미, 루스한 검은색 재킷 아래의 깡마른 실루엣. 눈을 감고도 그릴 수 있을 듯한 그 뒷모습이 눈에 박혔다.

"김 피디, 어디 안 좋아?"

엘리베이터 버튼을 누른 정언이 앞을 보며 물었다. 멈칫한 윤이 고개를 들자, 정언이 엘리베이터 문으로 비치는 윤의 시선을 비껴 피하며 말했다.

"몸 잘 챙겨. 아프지 말고."

문득 좋은 선배 원하는 거라면 내가 더 노력하겠지만, 하고 나지막하게 떨어지던 그 목소리가 뇌리를 스쳤다. 좋은 선배, 윤은 그 말을 입 안으로 뇌어 보았다. 정언이 말한 노력이라는 게 이런 걸까 생각하자 뭔가 설명할 수 없는 감각이 지났다.

캔디의 모서리에 입 안을 베이는 순간처럼 달콤하고 선뜩한 그 감각에 머릿속이 차가워졌다. 설령 유턴할 수 있는 기회가 있었더라도, 몇 번이나 시간을 되돌리더라도 자신은 어차피 똑같은 선택을 할 게 틀림없었다. 그러니 여기서 자신이 할 수 있는 일은 결국 단 하나뿐이었다.

"선배도요."

윤은 애써 웃으며 대답했다. 아무렇지도 않은 것처럼 보였으면 좋겠다고 바라면서.

그 말을 들은 정언이 눈썹을 약간 좁혔다. 무슨 뜻인지 읽을 수 없었지만 상관없었다. 어차피 되돌릴 수 없는 일이라면 후회하는 건 적성에 맞지 않았다.

재희에게서 '전한동 부장님이 서 피디 2층 휴게실에서 잠깐 보자고 그러시더라.' 하는 메시지가 온 건 조금 전의 일이었다. 윤과 지하 구내식당에서 점심을 먹고 커피 한 잔을 사기 무섭게 날아든 메시지에, 윤을 먼저 사무실로 올려 보낸 정언은 휴게실 문을 열었다.

한적한 휴게실 구석에 앉아 있던 한동은 정언을 보자마자 인사도 하기 전 다짜고짜 너 뭐하려고 그러는 거야, 하며 물었다.

맞은편에 앉은 정언이 대강의 개요를 설명하자, 한동은 심각한 표정으로 한마디도 하지 않고 정언의 말을 들었다. 이야기가 끝나자 한동이 슬슬 숱이 적어지기 시작하는 앞이마 부근을 긁적였다.

"야, 서정언아. 너 진짜 이거 꼭 해야겠냐?"

정언이 짐짓 진지한 얼굴로 되물었다.

"선배도 못 말린 걸 부장님이 말리시려고요?"

"하기야 강재희도 못하는데 내가 뭔 수로 하겠냐마는……."

말끝을 흐린 한동이 한숨을 폭 내쉬었다.

"너 이거 우습게 보면 안 돼. 나 당할 때 이사진 바뀌기도 전인데 걔들 어떻게 하는지 봤잖아. 사장님이 나 불러서 아주 신신당부를 했다. 쥐도 새도 모르게 죽기 싫으면 그만하라고. 엄대진이 이거 아직 모를 거 같냐?"

"글쎄요. 눈치 깠을 거 같은데요. 모른다고 해도 시간문제고."

태평하게 대꾸하자 한동이 혀를 차며 손가락질을 했다.

"뭘 남 얘기처럼 하고 있어?"

"안다고 하면 어떻게 하겠어요. 애초에 저도 서온건설 게이트는 생각도 안 했는데요. 파다 보니 거기까지 간 건데, 무서우면 찔릴 짓을 말아야죠."

정언의 대답에 한동이 앞에 놓여 있던 자판기 커피를 원샷하고는 다시 한 번 한숨을 뱉었다.

"하수도인 줄 알고 팠더니 간첩 땅굴이었다? 근데 잘못 들어가면 땅굴에서 총 맞아 죽는다고, 인마. 걔들이 찔릴 짓 하면서 들킬 거 생각하는 줄 아냐? 들키면 발견한 놈 묻으면 그만이지."

"걔들이 저 묻는 동안 저는 가만히 있고요?"

"지금 우리 꼴 봐라. 우리가 주둥이가 없어서 지금 이래?"

"닭 모가지를 비틀어도 새벽은 온다는 말이 왜 있는데요."

"하여튼 한마디를 안 지냐, 한마디를 안 져. 아주 강재희고 너고…… 니들이 내 밑에 있었으면 나 벌써 혈압 올라 죽었어."

진담처럼 들리는 농담을 던진 한동이 얼굴에서 웃음기를 걷어내며 의자를 조금 더 당겨 앉았다.

"그래서, 그 CCTV에서 주고받은 게 뇌물인지는 어떻게 증명할 거야?"

"자금 흐름 파악해야죠. 현금 받아서 집에 쌓아 두진 않았을 거 아닙니까."

"검찰에서 그거 못 해서 엄대진 못 엮었는데 무슨 수로?"

"검찰에서 못 한 겁니까, 안 한 겁니까? 그리고 실수 하나 안 한다는 건 말이 안 돼요. 엮인 사람 많은데 전부 입막음하는 것도 불가능하고요."

정언의 말을 듣고 잠시 생각에 잠겨 있던 한동이 흠, 하며 팔짱을 끼었다.

"엄대진 만만한 위인 아니야. 특검 실패한 거 이유 다 있다. 몸조심해. 내가 뭐 어떻게 좀 도와주고 싶긴 한데, 모가지 오늘 잘릴지 내일 잘릴지 그것만 기다리는 판에 이건 뭐 같이 잘리자고 할 수도 없고. 우리 팀 애들도 못 챙기는 마당에……."

"자료 주신 것만 해도 충분한데요 뭐. 신경 쓰지 마세요, 제가 알아서 합니다."

손을 내젓는 정언을 물끄러미 보던 한동이 아이구 모르겠다, 하고 한탄 같은 소리를 냈다. 정언은 주위를 한 번 둘러보고는 목소리를 낮추었다.

"위에서 징계 관련해서 무슨 얘기 들으셨어요?"

"일단 이사회 못 열렸으니까, 뭐. 근데 가만히 있겠냐? 아주 청와대에서 사장님 잡아 죽이려고 서슬이 시퍼렇다는데…… 사

55

장님이 얘기를 안 해서 그렇지 지금 프레서 장난 아닐걸. 기사 나가는 거 못 봤어? 음성파일 조작이라잖아. <조한일보>에서 아주 우리 골로 보내려고 난리야. 댓글에 뭐라는지 아냐? 북한 소행이래, 북한 소행. 북한에서 원규천 홍보수석 목소리를 컴퓨터로 조작해서 뿌렸댄다. 우리 기자들이 간첩이라 북한에서 조작한 파일 받아서 틀었고."

"창의적이긴 하네요."

기가 막힌다는 정언의 얼굴에 한동이 킬킬거리며 웃었다.

"포털 메인에 무조건 우리가 조작했다고 댓글 달고 SNS에 퍼 트리면서 여론 흔드는 거지, 뭐."

"그게 먹혀요? 그걸 누가 믿는데요?"

"먹히니까 하지, 안 먹히면 하겠어? 그런 댓글 다는 애들도 다 돈 줘 가면서 쓴다는데. 단돈 만 원이라도 더 먹어 보려고 눈깔 시뻘건 놈들이 돈 주면서 여론 조작할 때는 이유 있지 않겠냐?"

한동이 주머니에 손을 넣어 휘적거리다 얼굴을 구겼다.

"에이, 나가서 담배나 한 대 피우고 싶은데 뚝 떨어졌네."

그 말에 정언은 재킷 주머니에서 담배를 꺼내 내밀었다. 어어, 하며 담배 한 개비를 빼 귀에 꽂은 한동이 안쓰럽다는 표정으로 정언을 마주 보았다.

"고맙긴 한데 이 버릇 언제 고치냐, 넌. 여자애가 피우지도 않는 담배 들고 다니면 남자들이 오해해요."

이미 면역이 될 대로 된 소리에, 정언은 시큰둥하게 내뱉었다.

"요즘 담뱃값이 얼만데 제가 큰맘 먹고 드렸더니 은혜를 너무 원수로 갚으시는 거 아닙니까? 오해할 남자도 없으니까 걱정하지 마세요."

"오해할 남자가 왜 없어? 현선준이 너 잘생긴 놈 하나 달고 다닌다고 그러던데."

생각도 못 했던 말에 정언은 으으, 하며 이마를 짚었다. 선준이 그새 또 가서 입을 털어 댄 모양이었다. 하여튼 이 좁은 동네에서 남 얘기하는 거 되게 좋아해, 하고 속으로 중얼거린 정언은 손사래를 쳤다.

"달고 다니긴 누가 달고 다녀요. 그냥 부사수예요, 부사수."

"그 뭐, 부사수면 사수한테 딸랑딸랑 달려 있는 거 아냐. 현선준이 그놈 엄청 잘생겼다고 아주 입에 침이 마르도록 칭찬을 하던데. 엄청 잘생긴 놈 달고 뭐하냐, 작업이라도 좀 걸어 보지. 너 뭐 아직 이팔청춘이야? 너도 이제 서른 넘지 않았냐?"

"부장님, 제가 그래도 마인드는……"

정언이 애써 농담으로 넘기려 했으나 한동은 가차 없이 정언의 말을 잘랐다.

"마인드가 이팔청춘이면 연애를 해, 연애를. 왜, 걔 애인 있어? 아니면 걔가 너 관심 없대? 서정언의 매력을 아직 몰라?"

정언은 대답 대신 두 손으로 얼굴을 감쌌다. 걔는 저한테 관심이 너무 많은 게 탈인데요……라는 말이 목까지 치밀었으나 차마 그 말을 입 밖으로 낼 수는 없었다.

기껏 잊으려고 애를 쓰는 중이었는데, 한동 때문에 머릿속에서 바로 윤의 생각이 되살아났다.

정언이 한 번 결정한 일을 후회하는 건 드물었다. 그러나 최근 정언은 그날 윤에게 그렇게 말한 것이 실수가 아니었을까 자책하고 있었다. 자신이 그렇게 행동함으로써 윤에게 느끼던 그 난해한 감정들이 설명할 수 있는 것으로 변모해 버릴 줄은 미처 예상하지 못한 탓이었다. 자신과 윤 사이에 존재하는 호의, 동료애, 동질감, 존경, 인간적인 호감 따위의 많은 단어들 너머를 인식해 버린 게 문제였다.

윤이 자신에게 단순한 선후배, 사수와 부사수 이상의 어떤 감정을 가지고 있다는 걸 차라리 모른 척했어야 한다는 판단은 이미 때가 늦은 것이었다. 그 문제에 대해 생각할 때면 두통이 밀려들었다.

지금 정언은 자신이 그 감정을 외면하고 싶어 하는 이유가 그저 거의 하루 종일 붙어 있는 사람과 불편해지기 싫은 건지, 남들의 눈이 신경 쓰이는 건지, 윤이 자신에게는 어울리지 않는 상대이기 때문인지, 혹은 어떤 다른 이유가 또 있는 건지도 확실히 규정할 수가 없었다.

"부장님, 제 연애 사업은 제가 알아서 하겠습니다. 용건 다 마치셨으면 저 그만 올라가도 될까요?"

더 이상 그런 종류의 질문은 사절이라는 표정을 얼굴에 써 붙이고 묻자 한동이 킬킬 웃으며 손짓을 했다.

"그래, 그래. 그냥 해 본 소리야. 뭘 또 너는 부장한테 눈을 부라리고 그러냐. 난 내려가서 담배 한 대 피울 테니까 올라가. 내가 뭐 도와줄 거 있으면 연락할게."

"네."

정언이 자리에서 일어나자 한동이 의자를 뒤로 빼다 말고 뭔가 생각났다는 듯 손가락을 딱 튕겼다.

"아, 그 이정수 검사랑 진형은 검사 아직 안 만나 봤으면 거기 먼저 만나 봐. 내가 그쪽에 연락해 줄 테니까. 그리고 몸조심하라는 거 농담 아니다. <비하인드 24>가 마지노선이다, 그렇게 생각하고 몸 사려가면서 하라고, 인마."

"부장님도 <뉴스라이트> 반드시 사수하십시오."

장난스럽게 경례를 붙이자 한동이 바람 새는 소리로 웃었다.

"니들이나 잘 해, 우리는 우리가 알아서 할게. 가 봐."

네, 하고 대답한 정언은 휴게실을 나섰다. 가벼운 농담처럼 웃으며 이야기했지만 상황이 점점 더 심각해지는 건 확실했다. 핸드폰으로 포털 메인에 접속한 정언은 메인에 걸린 기사 하나를 클릭해 보았다.

'<YBS 뉴스라이트> 靑 홍보수석실 녹취록 파문, 불법이냐 조작이냐'. 의도가 빤히 들여다보이는 제목이었다. 언론사를 확인하자 예상한 대로 <조한일보> 로고가 선명하게 눈에 들어왔다.

기사 내용 역시 예상한 그대로였다. 뉴스에 나간 녹취록이 조작됐다는 청와대 측의 의견을 보도하며, 설령 조작이 아니라 해도 불법적인 방식으로 녹취된 것이라 아무런 증거가 될 수 없다는 주장을 하고 있는 기사였다.

불법 도청을 한 것도 아니고, 어디까지나 전화를 받은 쪽에서 녹취를 한 것이기에 법정 증거 능력도 충분한 파일을 이런 식으로 불법이라고 우기는 건 간단한 프레이밍이었다.

쌍팔년도도 아니고, 포털 메인에서 모든 기사를 내리고 보도를 막는다고 해도 퍼지는 여론을 막을 수 없기에 아예 메인에 이런 기사를 올려 정면 돌파하기로 전략을 수정한 모양이었다.

쓰레기 같은 새끼들, 하고 중얼거린 정언은 기사 아래의 댓글창을 보았다. 가장 위의 베스트 댓글을 보자마자 헛웃음이 나왔다. 한동의 말 그대로인 까닭이었다.

'rkfs****, 북한에서 조작한 파일을 남파간첩 이현림이 받아서 보도했다던데? 빨갱이 방송국 조사해야 한다!', 'jk00****, 대선 앞두고 대한민국 보수를 흔들려고 좌빨 세력이 날뛰는구나.', 'qwer****, 종북 빨갱이 유동욱이 공영방송 사장 하고 있으니 나라가 망한다!', 'fghd****, 좌빨당 민권당이 의석 먹더니 나라 말아 먹으려고 작정을 했네.'

끝도 없이 이어지는 댓글의 행렬에 없던 두통이 생길 지경이었다. 인터넷 앱을 꺼 버린 정언은 관자놀이 부근을 누르며 사무실로 돌아왔다.

어딘가에 전화를 하고 있던 민혜가 정언을 보더니 수화기를 막고는 입모양으로 어디 아파? 하고 물었다. 애써 웃으며 고개를 가로저은 정언은 자리에 앉았다.

"선배, 진송신도시 스타일하우스 감리업체 고원종합기술공사라는데요. 그런데 지금 뉴스 아카이브 검색 돌려 보니까 이것도 이상해요."

커피를 막 한 모금 마시기 무섭게 윤이 파티션 너머로 몸을 불쑥 내밀며 말했다. 미처 대비하지도 못했는데 갑자기 윤이 얼굴을 들이밀어 화들짝 놀란 정언은 사레가 들려 몇 번 콜록거리다 티슈를 뽑아 입을 막았다.

윤이 눈을 동그랗게 뜨며 선배, 하고 다시 한 번 불렀다. 그 얼굴을 보자 조금 전 한동의 말이 떠올라 공연히 민망해졌다. 서둘러 손을 내저은 정언은 입가를 닦으며 물었다.

"뭐가 이상한데."

윤이 책상 위에 놓여 있던 종이 하나를 보여 주었다. 홈페이지에 나와 있는 포트폴리오를 인쇄한 것이었다. 정언은 그 종이를 받아 들었다. 상단에 '고원종합기술공사'라고 쓰인 로고가 붙어 있었다. 윤이 펜 끝으로 포트폴리오를 가리켰다.

"여기가 95년도부터 서온건설이 수주한 공사 감리를 여러 번 맡아서 했어요. 특히 SOC 사업은 전부 고원에서 감리했고요. 제가 찾아보니까 공공건축물 감리는 지자체에서 입찰 받아서 해야 하는 거 같던데, 시행사 서온건설이면 매번 다른 사업인데도 항상 여기가 낙찰됐더라고요. 그리고 몇 년 전에 애포신도시 쪽에서 책임감리업체로 여기 선정해 놓고, 설계도면 제공도 안 된 추가 공사 감리까지 몰아 준 거 적발된 적도 있고요. 그때도 서온건설이 시행사였어요."

"도면 제공을 안 했다고? 감리 선정할 때 설계도서4) 반드시 들어가야 되는데. 도면 없었으면 나머지도 다 없었을 거 아냐. 그럼 업체하고 유착 있는 거네. 진송신도시도 여기가 감리하는 거면 감리확인서 속이는 건 일도 아니잖아. 애포신도시 때 기사 크게 안 났어?"

정언이 미간을 찌푸리며 묻자 윤이 고개를 흔들었다.

"그때 시에서 예산 절감을 위해서 통합 발주한 거라고 해명해서 그냥 흐지부지 넘어간 거 같더라고요. 감리 선정한 해당 직원 처벌도 없었어요."

"이 새끼들은 도대체 뭐 하나 정직하게 하는 게 없네. 엄대진 백이 얼마나 대단하길래 어떻게 이런 걸 한 번도 안 걸리고 넘어갔지? 진짜 이해가 안 간다."

한숨을 뱉은 정언은 지끈거리는 이마 위를 두어 번 눌렀다. 그때 통화를 마친 민혜가 몸을 뒤로 젖혔다.

---

4) 공사의 시공에 필요한 설계도와 시방서 및 이에 따르는 구조계산서, 설비관계의 계산서 등.

"나 지금 그 부고 명단에 있는 연락처로 전화 다 돌려 봤어. 박규형 씨 제외하고 일곱 명 중에 병사한 사람은 네 명이래. 심근경색, 당뇨 합병증으로 패혈증, 췌장암, 간암. 세 명은 사고사라는데 좀 맘에 걸리네. 총무과 과장 이훈주는 8년 전에 등산하다 추락사, 공사관리과 부장 윤대석은 3년 전에 운전 중 추돌사고, 작년에 회계과 과장 고정민은 교통사고라는데…… 고정민 씨는 연락처 남긴 거 동생이던데, 그 사람이 얘기를 좀 요상하게 하네."

"거긴 또 뭐가 문제예요?"

정언이 묻자 민혜가 고개를 한쪽으로 기울이며 심각한 표정을 했다.

"사고가 아니라 살인이야. 죽인 사람이 지금 감옥에 가 있다고 하더라고."

"살인? 원한 관계예요? 과장이면 젊을 텐데, 그런 사람이 원한 살 일이 뭐 그렇게 많아서?"

"범인이 법정에서 일면식도 없는 사이라고 주장했다는데, 뭐 어떻게 된 건지는 자세히 모르겠어. 형 죽은 얘기 캐묻는 거 싫어하더라고."

민혜의 말에 정언은 두 손으로 머리를 감싸며 책상 위로 고개를 숙였다.

"머리 터지겠네. 작가님, 메신저로 그 세 명 가족들 연락처 좀 보내 줘요. 혹시 뭐 이상한 거 없었냐고 물어보게. 뭐든 의심 가는 거 있으면 얘기해 주실 수 있냐고. 뭔가 이상한 부분 있었으면 가족들이 제일 먼저 알아차리니까 뭐라도 나오겠지."

"오케이. 아, 나 진짜 의심병 걸렸나 봐. 다 이상해."

투덜거린 민혜가 책상 앞에 앉아 키보드를 탁탁 두드렸다. 잠시 후 메신저 알림음과 함께 민혜가 보낸 쪽지가 정언의 모니터에 떴다. 이훈주, 윤대석, 고정민. 정언은 눈을 들어 그 이름을 빤히 보았다. 옆에서 민혜의 목소리가 날아왔다.

"정언, 박규형 씨 전에 출장 다녔다는 그 윤 부장이 윤대석 씨 맞는 거 같지 않아?"

"부고 명단에 다른 윤씨 없었어요?"

"없었어. 시기도 얼추 맞는 것 같고."

잠시 턱을 괴고 화면을 들여다보던 정언은 흠, 하며 민혜에게 물었다.

"장해나 씨 말로는 윤 부장님 죽은 뒤에 출장 다니는 사람이 없었다고 하지 않았어요?"

"윤대석 씨는 공사관리과니까 현장에 나와 있었던 거 아닐까 싶어. 만약에 이 사람들이 진짜 전달책이면 고정민 씨는 본사 사람이라 현장에서 일하는 사람들이 몰랐을 수도 있지 않아?"

"말은 되네. 고정민 씨 죽은 다음에 박규형 씨한테 넘어온 거면 시기도 맞고. 일단 알아보죠, 뭐."

정언은 핸드폰에 연락처를 입력하고 문자를 보냈다. <비하인드 24> 제작진인데 혹시 가족분의 죽음에 대해 얘기해 주실 수 있느냐, 혹시 돌아가실 당시에 이상한 부분은 없었느냐, 생각나는 게 있으시면 언제든 연락 달라는 내용이었다.

수도 없이 해 본 일이었지만 이런 연락을 할 때마다 마음이 작은 돌부리에 차이는 듯한 기분이 드는 건 어쩔 수 없었다. 가족의 죽음을 복기한다는 건 아무리 오랜 시간이 지나도 쉬운 일이 아닌 탓이었다. 정언 역시 그게 어떤 일인지 잘 알고 있었다.

"김 피디, 그 감리업체 말인데……."

정언은 윤에게 말을 걸다 멈칫했다. 윤이 그새 어딘가에 전화를 걸고 있어서였다. 통화중인 듯 한쪽 어깨에 핸드폰을 끼우고 네, 네, 하고 대답하던 윤이 정언에게 시선을 주더니 잠시만요, 하고 입모양만으로 말하며 살짝 웃어 보였다.

아, 하고 중얼거리며 서둘러 눈을 돌린 정언은 괜히 잠잠한 자기 핸드폰을 만지작거렸다. 윤이 정말 아무렇지도 않은 건지, 그런 척을 하는 건지 확신할 수가 없었다. 점심을 먹는 동안에도 윤은 평소와 그리 달라 보이지는 않았다.

의식하는 건가 싶은 순간이 몇 번 있기는 했으나, 정언은 도리어 자신 쪽이 윤을 더 신경 쓰고 있다는 걸 곧 깨달았다. 먼저 독하게 말하며 선을 그은 주제에 왜 그러는지 모를 노릇이었다.

하여튼 이 더러운 성격, 하며 중얼거린 정언은 한숨을 쉬었다. 윤의 통화가 끝난 건 몇 분쯤 뒤였다. 파티션을 가볍게 노크한 윤이 이쪽으로 몸을 숙이며 나지막하게 말했다.

"감리업체 때문에 선배하고 잠깐 통화했어요. 고원종합기술공사 여기가 아예 거의 서온건설 지정 업체라는데요. 입찰 있어도 형식적인 거라고 하고요. 다른 감리업체 쓰는 거 본 적 없대요. 저녁에 만나서 자세한 얘기 듣기로 했어요."

시키기도 전에 미리 알아서 잘 하는 건 역시 눈치가 빠른 까닭일 터였다. 윤이 그 기막힌 눈치로 지금 자신의 이 복잡한 심정을 알아차리지 않기를 바랄 뿐이었다. 정언은 애써 윤 쪽으로 눈을 두지 않고 대답했다.

"그래, 그럼. 잘 됐네. 갔다 와서 얘기해 줘."

"네."

그때 책상 위의 핸드폰이 진동하기 시작했다. 정언은 액정을 확인했다. 주소록에 없는 핸드폰 번호였다. 조금 전 보낸 메시지의 답인가 싶었으나 적혀 있던 번호도 아니었다. 누구지, 하고 생각한 정언은 바로 전화를 받았다.

"네, 서정언입니다."

『저, 문자 받고 전화 드렸는데요. <비하인드 24>…….』

젊은 남자의 목소리였다. 이십 대 중반쯤 되었을까, 조심스러운 말투로 끝을 흐리는 목소리에 정언은 자세를 고쳐 앉았다.

"아, 네! 맞습니다. 죄송하지만 누구시죠?"

『저희 아버지가 윤 대자 석자 쓰시는데요, 저는 작은아들이고요. 형이 그쪽에서 연락 받았다고 얘기를 해서요.』

"아, 그러시구나. 저희가…….”

『저, 그런데 이런 연락 안 하셨으면 좋겠어요.』

미처 무슨 말을 꺼내기도 전 상대가 말을 끊었다. 그 목소리는 조금 떨리고 있었다. 멈칫한 정언은 눈을 가늘게 떴다. 정언이 잠시 침묵하자, 건너편에서 낮은 한숨이 돌아왔다.

『엄마도 그렇고 형이랑 저도 그렇고, 이 일로 진짜 너무 힘들었거든요. 엄마는 이것 때문에 병원도 오래 다니셨어요. 방송국에서 이런 연락 계속 오는 거 아시면 엄마 또 쓰러지실지 모르고, 아무튼 저희는 정말 할 얘기 없으니까 연락하지 마세요. 답 없으면 계속 연락 올 것 같아서 전화 드린 거예요.』

그 즉시 전화가 끊어졌다. 당황한 정언은 핸드폰을 내려다보았다. 옆자리에 앉아 있던 민혜가 왜 그래, 하며 의아한 표정을 했다.

"아니, 윤대석 씨 작은아들이라는 사람이 전화를 했는데 이 일 때문에 자기들이 너무 힘들었대요. 아까 작가님이랑 얘기한 사람은 큰아들인가 봐요. 방송국에서 이런 연락 계속 오는 거 알면 엄마 또 쓰러질 수도 있다면서 연락하지 말아 달라는데?"

도무지 모르겠다는 정언의 얼굴에 민혜가 고개를 갸웃했다.

"거기도 말하는 거 묘하다, 그치?"

"이런 연락이 계속 온다는 말 이상하지 않아요? 전에도 방송국에서 연락 계속 받았다는 건가?"

"방송국에서 윤대석 씨 죽은 일로 연락이 갈 게 뭐가 있었을까? 사고 난 게 무슨 문제가 있었나? 윤대석, 윤대석…… 가만있자. 그러고 보니까 어디서 들어 본 거 같기도 하고. 나만 그런가? 김 피디, 윤대석이라는 이름 생각 안 나?"

민혜가 윤에게 묻자 윤이 미간을 좁혔다. 기억이 날 듯 말 듯 하다는 표정이었다. 세 사람이 나란히 앉아 윤대석, 윤대석, 하고 중얼거리자 자기 책상에서 뭔가를 적고 있던 재희가 목을 뽑아 이쪽을 보았다.

"셋이 뭐하는 거야? 무슨 주문 외워?"

의아해하는 재희의 얼굴에 민혜가 대답 대신 되물었다.

"강 피디, 혹시 윤대석이라는 이름 들어 본 적 있어? 왜 이렇게 낯이 익은 것 같지?"

"윤대석?"

재희가 잠시 뭔가를 생각하는 듯 입가에 손끝을 대고 있다가 바로 책상 위에 산더미처럼 쌓인 프린트를 뒤적이기 시작했다. 한참 무언가를 찾던 재희는 그 중 하나를 끄집어내 몇 장을 넘겨보더니 여기 있다, 하고 몸을 내밀어 손에 들고 있던 종이를 이쪽으로 건넸다.

"검찰 측에서 첫 번째로 소환했던 증인이야."

민혜가 어머머, 하며 재희의 손에서 종이를 낚아챘다. 서온건설 게이트 관련 자료였다. '공판 출석 예정이던 증인 윤○○ 사고사'라고 쓰인 부분이 형광펜으로 덧칠되어 있었다. 그것을 본 정언은 고개를 휙 돌려 재희를 쳐다보았다.

"교통사고로 죽었다는 그 사람이요?"

"맞아. 공판 전 주였나, 운전 중에 갑자기 가드레일 들이받아서 즉사했는데 감식하니까 졸음운전이었다고 나왔을걸. 그런데 누가 그 말 믿겠어."

"이 사람 전달책이었다고 그랬죠? 그거 증언하려고 법정 나가려던 거고."

"그렇지."

재희가 고개를 끄덕이자 민혜가 펜 끝으로 종이를 탁탁 쳤다.

"맞네, 맞아. 그러면 이거 사고로 죽은 사람들 다 전달책이었을 가능성이 높겠네."

"가족들 만나 봐야겠어요."

정언이 자리에서 일어나자 민혜가 눈을 동그랗게 떴다.

"작은아들이 연락하지 말라고 했다며."

"큰아들 쪽은 작가님이 연락하니까 얘기해 준 거 아니에요? 밤을 새서라도 일단 설득해 봐야지. 이런 거 한두 번도 아니고, 연락하지 말란다고 네 그래요, 그러고 말아?"

차 키를 집어 든 정언이 급히 가방을 챙겨 어깨에 멨다. 뒤에서 윤이 같이 가요, 하고 따라 일어났으나 정언은 윤 쪽을 보지도 않고 내뱉었다.

"저녁에 약속 잡았다며. 혼자 갔다 올 테니까 만나 보고 전화

줘. 선배, 나 나갔다 올게요."

재희가 그래, 하고 대답하기 무섭게 서둘러 사무실을 빠져나온 정언은 대석의 큰아들에게 메시지를 보냈다.

'비하인드 24 피디 서정언입니다. 아버님 사건 관련해 꼭 만나 뵙고 싶습니다. 연락 기다리겠습니다.'라고 막 문자를 전송했을 때, 사무실에서 뛰어나온 윤이 정언을 붙들었다.

"뭐야?"

깜짝 놀란 정언이 윤을 돌아보자, 윤이 숨을 고르며 말했다.

"혹시 오래 걸리시면 제가 약속 끝나자마자 그쪽으로 갈게요."

"아니, 괜찮……."

거절하려 했으나 윤은 정언의 말을 기다리지 않았다.

"밤샘하실 수도 있다면서요. 저녁에 연락할 테니까 어떻게 됐는지 얘기해 주세요."

엘리베이터 문이 열렸다. 윤이 정언을 열린 엘리베이터 안으로 밀어 넣고는 전화할게요, 하며 손짓을 했다. 순간 대답할 말을 찾지 못한 정언은 엘리베이터 바깥의 윤을 마주 보았다. 닫히는 문 사이로 언제나처럼 살짝 웃는 그 얼굴이 눈에 들어왔다.

문이 닫히는 순간 이마를 짚은 정언은 벽에 기대섰다. 아무리 벽을 치고 밀어내도, 어느 순간이면 다시 윤에게 무방비해지는 자신을 깨닫자 겁이 났다. 선을 긋기 위해 끊임없이 의식적으로 노력해야 한다는 건 정언에게 아주 낯선 일이었다.

낮게 웅웅대는 소리만이 가득 찬 엘리베이터 안에서 공기가 머리 위로 짓눌리는 듯한 기분이 들었다. 긴 한숨을 뱉은 정언은 눈을 감았다. 이래서 그랬던 건데, 중얼거린 말이 그 무거운 공기 사이로 흩어졌다.

◆

　아직 이른 저녁이라서인지 들어선 일식 술집 안은 조용했다. 윤이 주위를 두리번거리자, 안쪽에서 먼저 윤을 발견한 원신이 자리에서 일어나 손을 흔들었다.

　어 형, 하고 마주 손을 흔든 윤은 서둘러 원신의 맞은편으로 가서 앉았다. 원신이 윤을 아래위로 훑어보더니 팔짱을 끼었다.

　"야, 김윤 아직 얼굴 좋네. 저번에 보니까 태훈이는 얼굴 확 상했길래 방송국 들어가면 다 그런가 했더니."

　"원판 불변의 법칙 몰라요?"

　윤이 장난스럽게 되묻자 원신이 에라이, 하며 앞에 놓여 있던 물컵을 들어 윤에게 뿌리는 시늉을 했다. 소리를 내어 웃은 윤은 손을 저었다.

　"아니에요. 태훈이는 벌써 짬이 얼만데요. 전 이제 2년 차인데 아직 멀었죠."

　"하긴 YBS 요새 뭐 아주 난리라고 그러던데. 나 뉴스 잘 안 보는데도 뭔 일 난 건 알겠더라. 태훈이 걔는 다큐 만들고 그러는 데라 더 그런가?"

　"그렇죠 뭐. 위에서 지들 욕하는 소리 듣기 싫으니까 입 다물라고 하는 거라서……."

　윤이 말끝을 흐리자 원신이 혀를 찼다.

　"요새가 무슨 유신시대도 아니고 뭐 얼마나 가겠냐. 저녁 안 먹었지? 여기 초밥 맛있는데, 그거 하나 시키자. 술 한잔할래?"

　"저 술 못 마시잖아요. 이따 가 봐야 될 데도 있고요."

　"이 시간에? 뭐가 그렇게 바빠? 요리프로도 그렇게 힘드냐?"

원신의 물음에 윤은 순간 말문이 막혔다. 이걸 말을 해야 되는지 하지 말아야 되는지 선뜻 판단을 할 수가 없었다. 다행히 별 의미 없이 물은 것인 듯, 원신은 대답을 기다리지 않고 종업원을 불렀다.

"여기 초밥 B세트로 두 개 주시고요, 넌 안 마신다고 그랬지? 청주 하나 주세요."

윤은 속으로 안도의 한숨을 쉬었다. 원신이 매고 있던 넥타이를 풀어 가방에 쑤셔 넣으며 의자에 등을 기댔다.

"근데 아까 감리업체 관련해서 왜 물어본 거야? 그런 거 누가 궁금해하는데?"

"아니, 아는 사람이 뭐 좀 알아봐 달라고 그래서요."

윤이 말을 돌리자 원신이 낄낄 웃었다.

"나 너랑 전화하고 나서 하루 종일 일이 손에 안 잡혀 죽는 줄 알았어, 진짜로. 안 그래도 지금 이직하려고 오퍼 넣는 중인데 너까지 그러니까 이게 뭔 신의 계시 같고 그랬다는 거 아냐."

"이직한다고요? 형 서온 몇 년 다녔죠?"

"나 졸업하고 강영건설 4년 있다가 이리 옮겼으니까, 이제 여기 2년 됐나 보다. 뭐 재정 탄탄하고 그래서 처음엔 좋다고 다녔는데, 시간 지날수록 좀 아닌 거 같아. 은근히 돌아가는 게 주먹구구야. 아까 감리업체 얘기했지? 여기가 일을 다 그런 식으로 한다고."

원신이 한숨을 뱉으며 이마 부근을 긁적였다.

"중국 애들 흔히 말하는 꽌시[关系][5]라는 거 아냐? 일하다 보

_____

5) 흔히 '관계'로 번역되며, 중국 특유의 인맥을 기반으로 한 관계 맺기 문화를 말한다. 중국에서는 인맥과 감정적인 유대감을 중시

면 나 진짜 뭔 중국 애들하고 일하는 거 같다니까. 시스템이 기능을 못해, 이 회사는. 시스템은 그냥 인맥 받쳐 주는 장식이야, 장식. 들어와 보니까 낙하산도 엄청 많고, 겉보기랑 되게 다르다고. 공채 시즌만 되면 청탁 전화 들어오는 것 때문에 미치겠다니까. 아무래도 뭔 일 터질 거 같아서 그 전에 도망가야겠다 생각하고 있는데 자꾸 그런 거 물어보니까 내가 더 불안하고 안 배기냐."

투덜거린 원신이 충혈된 눈가를 두어 번 누르더니 윤을 마주보았다. 얼굴에서 웃음기가 걷힌 채였다. 갑자기 진지한 표정으로 자신을 빤히 바라보는 원신의 표정에 윤이 약간 당황하자, 원신이 심각한 투로 입을 열었다.

"야, 김윤. 이거 누가 부탁한 거길래 일부러 나 만나서까지 이런 거 물어보려고 그래? 솔직히 말해 봐. 까놓고 말하면 내가 얘기해 줄게."

"형, 그게…….."

"내가 인사과 짬이 얼만데, 인마. 분식집 개 삼 년이면 라면을 끓여. 척하면 척이지. 뜬금없이 오밤중에 문자 돌려서 서온건설 다니는 사람 찾고, 너 감리가 뭔지는 알아? 뭐 어떻게 돌아가는지도 모르는 거 들어서 뭐할 거야?"

윤은 잠시 망설였다. 원신에게 끝까지 숨길 수도 있겠지만, 아무것도 모르는 사람에게 이런 식으로 정보를 얻어 낸다는 건 아무래도 마음에 걸렸다. 대체 다른 선배들은 어떻게 취재를 하는 걸까, 하고 속으로 생각한 윤은 결국 순순히 대답했다.

하는 꽌시 문화가 개인 간의 관계뿐 아니라 경제 시스템과 국가 시스템의 근간을 이루고 있다.

"……서온건설 관련해서 취재하는 게 있어요. 진송신도시 현장 문제 때문에 하는 거고, 자세히는 설명 못 해요. 회사에 문제 생길 수 있는 것도 맞아요. 부담스러우면 대답 안 해도 돼요."

"너 요리프로 하는 거 아니었어?"

원신이 눈을 휘둥그렇게 뜨며 물었다. 윤이 대답 대신 원신을 응시하자 원신이 흠, 하며 턱을 매만졌다. 그때 종업원이 테이블 위에 초밥 두 접시와 사케를 내려놓고 물러갔다. 원신이 젓가락을 집어 들며 먹으라는 손짓을 했다.

"낌새가 이상하긴 했는데 너무 또 그렇게 솔직하게 불어 버리니까 갈등되네. 진송신도시 관련 건이면 그 현장 과장 죽은 것 때문에 그래?"

"형 그 사건 알아요?"

윤이 깜짝 놀라 되묻자 원신이 초밥을 하나 입에 욱여넣고는 우물거리며 고개를 끄덕였다.

"사람이 자살했는데 그걸 왜 몰라. 근데 그게 감리업체 비리까지 갈 문제야?"

"그냥 뭐 어쩌다 보니까 그렇게 됐어요."

윤이 얼버무리는 말에 원신이 한숨을 뱉었다.

"현장이 말 많긴 하지. 아, 나 진짜 그것도 언제 터질까 그 생각만 한다, 요새. 안 그래도 갑질 논란이니 뭐니 그런 것 때문에 대기업 두들겨 맞는 거 하루 이틀 아닌데, 회사에서 갑질하는 거 보면 언제 터지긴 터질 거 같아. 뭐 나랑은 상관없긴 한데 보고 듣는 게 있잖아."

"왜요?"

"하청업체들 납품 따려고 접대하는 거 장난 아니거든. 접대만 있는 대로 받아 처먹고 입 닦고 미리 얘기된 업체 쓰고 이러는 게 한두 번이어야지. 하청업체가 아무리 을 중의 을이지만 지렁이도 밟으면 꿈틀한다는 말이 왜 있는데. 저러다 누가 빡쳐서 확 터트려 버릴까 봐 겁나 죽겠다, 진짜. 그거 받아 처먹는 놈들도 그게 뭐가 잘못됐는지도 몰라. 그게 관행이니까. 갑질도 아무나 하는 게 아니더라. 난 간이 작아서 영……."

원신이 고개를 절레절레 젓고는 술을 마셨다. 윤은 초밥에는 손을 댈 생각도 하지 않고 몸을 약간 앞으로 내밀었다.

"하청업체들이 그런 게 심해요?"

"장난 아니지. 걔들은 완전 목숨 달린 거 아냐. 서온이 대형 공사 수주 많이 하니까 그거 한 번 들어가는 거랑 안 들어가는 거 차이가 크다고. 하청업체 사장들이 갑질 못 이겨 자살하는 것도 한두 번 아니라는데 윗대가리들이 눈 하나 깜짝 안 한다잖아. 듣기로 뭐 간부들이 하청업체 사장 아들딸 불러다가 지네 애들 과외시키고 봉사 활동 대리 출석시키고 대학 리포트까지 쓰라고 한다는데, 갑질을 아주 대를 이어서 하니까 그걸 누가 버텨."

윤은 입을 다물지 못하고 원신을 마주 보았다. 원신이 다시 술을 한 모금 마시고는 젓가락 끝으로 초밥 위를 집적거렸다.

"건설사 다 그런 거 알고 일하는 거긴 한데 진짜…… 룸에서 여자 끼고 접대하는 거 기본이고, 지들이 여자 끼고 2차 나가는 돈까지 하청에서 다 내야 돼. 상상이 가냐? 그거 안 해 주면 기분 상해서 니들하고 일 못 한다고 지랄을 한다고. 그렇게 받아 처먹었으면 하청이나 주든가. 희망고문만 죽어라 해대고 뜯어먹을 거 다 뜯어먹으면서 나중에는 어 미안한데 안 되겠어, 이래. 이 짓 몇 번 당하면 자살 안 하고 배겨? 나 같아도 죽고 싶겠다."

"그런 걸 위에서 다 묵인해요? 아무도 고발 안 하고?"

"고발하면 뭐 하나, 접대 받는 자리에 판검사 끼고 오는데. 내가 왜 이직하려고 하는데. 접대 안 하고 안 받으면 승진을 못해, 이 회사는. 안 받는 놈 병신 만든다고. 주는 걸 왜 안 받냐 이런 식이야."

규형이 접대를 못 해서 승진에서 계속 밀렸다던 동료들의 이야기가 떠오른 건 필연적이었다. 말이 없어진 윤을 마주 보던 원신이 초밥을 하나 더 입 안으로 밀어 넣고는 이마를 문질렀다.

"얘기하니까 입맛 떨어지네. 아까 뭐 알고 싶다고 그랬지? 감리업체?"

"아, 네. 그 고원종합기술공사, 거기 찾아보니까 서온 감리는 거의 다 거기서 하는 거 같던데요. 이거 문제 있는 거 아닌가 싶어서요."

"문제 있지, 왜 없겠어. 감리업체 그런 식으로 선정하면 안 돼. 특히 공공건설 쪽은 더 안 되고. 무조건 입찰 받아서 진행해야 되는데 애들이 입찰 나오면 더 저렴하고 경력 많은 회사도 떨어뜨린단 말이야. 아니면 타 업체 입찰 막든지."

"그게 가능해요?"

윤이 어이가 없다는 투로 묻자 원신이 목소리를 낮추었다.

"나도 자세히는 모르는데, 거기가 서온 자회사라는 얘기가 있더라고. 내가 내부 사정 다 아는 거 아니니까 뭐 여기서 이렇다 저렇다 말할 수는 없는데, 오너 일가에서 차명으로 주식 갖고 있다, 대주주다 그런 소문만 들었어. 그렇게 업체 선정하고 차액은 다른 주머니로 챙기고 그러는 거겠지."

저절로 한숨이 나왔다. 만약 이걸 방송한다고 하더라도 누가 어디서부터 손을 댈 수 있는 건지도 짐작이 가지 않을 정도였다. 현장 과장 한 사람의 죽음으로부터 시작된 이야기가 여기까지 왔다는 걸 과연 누가 믿어 줄지도 알 수 없었다.

문득 그렇게 죽은 사람이 얼마나 되는 걸까 생각하자 등줄기가 싸늘해지는 느낌이었다. 윤의 표정을 보고 있던 원신이 과장된 동작으로 어깨를 으쓱해 보이고는 턱짓으로 앞에 놓인 접시를 가리켰다.

"먹어, 인마. 먹고살자고 하는 건데. 돌아가는 꼴 거지같다고 안 먹고 살 수 있냐."

윤은 마지못해 앞에 놓인 초밥을 먹기 시작했다. 그러나 무슨 맛인지 하나도 느껴지지 않았다. 두 사람은 한동안 말이 없었다. 사이사이 술을 한두 모금씩 홀짝이던 원신은 긴 숨을 뱉으며 천장을 쳐다보다 윤에게 시선을 주었다.

"내가 여기서 제일 무서운 게 뭔지 아냐? 익숙해지는 거야. 나 그것 때문에 이직하려고 맘먹었다고. 여기 있으면 그런 게 다 당연해질 거 같아서 솔직히 무서워. 남한테 갑질하고, 돈이면 다 되는 줄 알고. 남들은 다 그런 거라는데 회사가 진짜 다 그렇게 돌아가냐? 방송국도 그래? 너도 그런 생각 해 봤냐?"

윤은 대답 대신 원신을 마주 보았다. 윤을 빤히 응시하던 원신이 피식 웃고는 혼잣말처럼 내뱉었다.

"사는 게 왜 이런지 모르겠다. 그냥 다들 정직하게 살면 좋은 거 아니냐? 그게 왜 안 되지? 다들 왜 그렇게 겁이 없어? 해먹는 놈들은 겁 없는데 우리 같은 사람들은 겁난다는 거 뭐가 잘못된 거 아니냐?"

그 말에 누군가 뒤통수를 내리친 것 같은 감각이 지났다. 몇 번이나 정언에게 물었던 것이 생각난 탓이었다. 선배는 겁 안 나요? 무섭지 않아요? 그건 자기 자신에게 하는 질문이나 다름 없었다.

그러나 단 한 번도 왜 평범한 사람들이 겁을 내야 하는지 생각해 본 적이 없었다. 그게 잘못된 것이라고도 여긴 적이 없었다. 평범한 사람들이 두려워하고 조심하고 숨는 것이 당연하다고 스스로도 생각하고 있었다는 것을 깨닫자 문득 가슴이 내려앉았다.

"아이 씨, 모르겠다 진짜. 나라고 뭐 잘나서 이런 말 하냐. 막상 안에서는 한마디도 못 하는데. 밖에 나오니까 좋은 사람인 척, 정의로운 사람인 척해 보는 거지."

머리를 흩은 원신이 남은 술을 단숨에 쭉 들이켰다. 윤은 위로 아닌 위로를 건넸다.

"형이 그런 생각하는 것만 해도 대단한 사람이에요."

"뭐가 대단해, 인마. 사람이 얼마나 나약한데. 망가지는 거 진짜 순식간이야. 넌 그러지 마라, 정말로. 나도 가끔 그런 짓 하다가 정신 들면 깜짝깜짝 놀란다니까."

정색을 한 원신이 가방을 열어 명함 케이스를 꺼내더니 무언가를 한참 뒤적이다 윤에게 명함 한 장을 빼어 건넸다. 명함에는 '고원종합기술공사 감리CM본부 민간1팀장 이종규'라고 적혀 있었다.

윤이 의아한 표정을 하자 원신이 고개를 까딱였다.

"그거 진송신도시 감리 담당자야. 나도 현장 감리 쪽은 잘 몰라서 뭐라고 말은 못 하겠고, 혹시 필요할까 싶어서 주는 거니까 뭐 알아볼 거 있으면 거기 물어봐."

"고마워요, 형."

"고마울 거 쪽도 없다. 또 어디 간다며, 빨리 마저 먹어. 속 비어서 무슨 일을 하냐. 아, 그리고 미정이 청첩장 돌릴 때 꼭 와. 이런 일 있을 때만 연락하지 말고."

"아까도 그러더니 또 그러네. 진짜 간다니까요. 형 그동안 나 못 봐서 되게 서운했어요?"

윤이 농담처럼 묻자 원신이 젓가락 끝으로 윤의 이마를 찔렀다. 윤이 아야, 하며 이마를 문지르자 원신이 손가락질을 했다.

"그래, 이 새끼야. 회사 여직원들이 소개팅 한 번 시켜 달라는데 시켜 줄 놈 없어서 서운해 죽겠더라. 그래도 김윤 정도는 내보내야 체면 서는데."

"아, 또 왜 그래요."

윤이 펄쩍 뛰며 민망해하자 원신이 남은 초밥을 집어 먹으며 낄낄거렸다. 그새 청주 한 병을 더 시켜 마신 원신은 시간을 확인하더니 술이 올라 빨개진 귓가를 만지작거렸다.

"어우, 간만에 마시니까 확 올라온다. 그만 일어날까?"

자기 지갑을 열며 자리에서 일어나는 원신을 만류한 윤은 계산서를 집어 들고 먼저 카운터에서 계산을 했다. 형이 돼서 얻어먹어야겠냐고 투덜대는 원신을 달랜 윤은 가게 앞 길가로 나섰다.

택시를 잡아 술이 취하긴 취했는지 꼭 연락하라고, 미정이 청첩장 줄 때 오라고 세 번째 같은 말을 되풀이하는 원신을 밀어 넣은 윤은 한숨을 쉬며 핸드폰을 보았다.

정언에게서는 여전히 연락이 없었다. 벌써 저녁 여덟 시를 넘긴 지 오래였다. 핸드폰을 만지작거리던 윤은 정언에게 전화를 걸어 보았다. 신호가 대여섯 번쯤 가자 정언이 전화를 받았다.

『짧게 얘기해. 전화 기다리는 중이니까.』

입도 떼지 않았는데 돌아온 말은 무정했다. 그러나 더한 말도 들은 이상 이제 이 정도로 상처 받을 윤은 아니었다.

"지금 끝났어요. 어디세요?"

『나 혼자 있어도 돼. 뭐라고 그래?』

"저녁 드셨어요?"

대답 대신 묻는 말에 한숨 섞인 목소리가 넘어왔다.

『짧게 얘기하라고 한 것 같은데.』

"선배 보고 얘기할게요. 전화로 얘기하기 힘들어서요."

뻔한 수작이었다. 말하면서도 윤은 스스로 기가 막혀 소리 없이 웃었다. 이렇게까지 해서라도 얼굴 한 번 더 보고 싶은 지경이라면 이미 중증 환자쯤은 되는 것 같았다.

잠깐 침묵하던 정언이 말했다.

『문자 확인해.』

전화가 끊어졌다. 액정에서 깜빡이는 정언의 이름을 내려다보던 윤은 허공에 가벼운 한숨을 내쉬고는 고개를 들었다. 길 건너편에서 환하게 불을 밝힌 샌드위치 가게의 간판이 눈에 들어왔다.

정언이 뭘 좋아할까 생각하던 윤은 때마침 바뀐 보행신호에 횡단보도를 뛰어 가로질렀다. 손에 쥐고 있던 핸드폰이 짧게 진동했다.

ㅡ 양천구 신월동 871-15

정언의 메시지였다.

◆

　정언은 담배를 한 대 꺼내 물고는 긴 숨을 뱉으며 핸들에 잠시 이마를 대었다. 문자를 받은 큰아들이 할 말이 없다고 답을 보냈기에, 계속 전화해 가며 잠깐이라도 좋으니 만나 달라고 사정한 게 몇 시간 전이었다.

　정언이 끈질기게 부탁하자 결국 혼자 결정할 수 없다며, 가족들과 얘기해 보고 연락을 주겠다더니 지금까지 감감무소식이었다. 그러나 이런 일이야 밥 먹는 것보다 흔해서 기다리는 건 아무렇지도 않았다.

　한밤중이든 새벽이든 좋으니 편하신 시간에 바로 가겠다고 애걸복걸해 간신히 받아 낸 집 주소 근처에 차를 대고 기다린 지가 벌써 다섯 시간이었다.

　차에서 잠시 내린 정언은 뻣뻣하게 굳은 몸을 쭉 펴고는 제자리에서 탁탁 뛰었다. 요즘은 새벽 조깅을 제대로 하지 못해 몸이 영 찌뿌둥했다.

　차게 굳었던 몸이 어느 정도 풀릴 때까지 움직이던 정언은 잠잠한 핸드폰을 다시 한 번 들여다보았다. 고개를 들어 맞은편을 보자, 오래된 단독주택의 거실에 아직 불이 켜진 것이 눈에 들어왔다. 대석의 집이었다.

　사람이 있긴 있나 보네, 하고 중얼거린 정언은 운전석 문에 기대섰다. 등으로 찬 밤공기 탓에 서늘해진 차체의 냉기가 스며들었다. 이대로 밤새 기다려야 할 수도 있었지만, 차라리 그 편이 나을지도 몰랐다.

　이런 식으로 기다리다 보면 적어도 새벽이든 아침이든 한 번은 사람이 나오게 되어 있었다. 욕을 먹을 때 먹더라도 그럴 때 붙잡아 한마디라도 듣는 게 나름의 요령이었다.

윤과 구내식당에서 점심을 대충 때운 후로 물 한 모금 마시지 않았다는 게 생각난 건 그때였다. 정언은 필터 끝을 입술로 까딱이며 허공에 대고 한숨을 쉬었다.

먹고살자고 하는 건데 이렇게까지 해야 하나 싶어지면 간혹 회한인지 뭔지 모를 감정이 밀려들었다. 그렇다 한들 이제 와서 새 직장 구할 것도 아니었으니 어쩔 수 없었다.

하루 이틀이냐, 하고 익숙한 자기 합리화를 한 정언은 잠시 눈을 감았다. 요즘은 머릿속이 온갖 생각들로 가득해 밤에도 잠을 제대로 잘 수가 없었다. 기억나지 않는 수많은 꿈들과 때로 식은땀이 날 정도의 악몽이 뒤엉켜 잠이 오는 것이 반갑지 않을 정도였다.

재희의 불면증도 이런 걸까 생각하던 정언은 창에 뒷머리를 대었다. 얼마나 그러고 있었는지, 문득 감은 눈꺼풀 위로 강한 헤드라이트 빛이 스몄다. 무의식적으로 손을 올려 눈가를 가리자 곧 바로 근처에서 시동 꺼지는 소리가 났다. 헤드라이트도 함께 꺼져 사방으로 다시 어둠이 내려앉았다.

입에 물고 있던 담배를 빼 주머니에 대충 쑤셔 넣으며 뭐지, 하고 생각하기 무섭게 차 문을 여닫는 소리와 함께 익숙한 목소리가 들렸다.

"선배, 아직도 연락 안 왔어요?"

윤이었다. 그제야 정언은 아까 윤과의 짧은 통화를 떠올렸다. 윤이 몸을 조금 숙여 정언을 가만히 보더니 손에 들고 있던 것을 내밀었다.

의아한 표정으로 무심코 그것에 시선을 줬던 정언은 곧 윤의 손에 들린 종이봉투의 샌드위치 가게 로고를 알아보고 멈칫했다. 윤이 웃는 얼굴로 물었다.

"저녁 안 드셨죠?"

이건 선을 넘는 행동일까, 아닐까. 어느 쪽인지 쉽게 판단할 수가 없었다. 자신이 윤에게 선을 긋기 위해 일부러 더 차갑게 군다는 걸 뻔히 알 텐데도, 매번 이렇게 아무렇지도 않게 구는 건 왜인지 모를 노릇이었다.

머릿속이 복잡해진 정언이 선뜻 그것을 받아들지 못하자, 윤이 봉투를 열어 포장된 샌드위치 두 개를 꺼내더니 하나를 정언에게 건넸다.

"저녁 약속 있었다며. 밥 안 먹었어?"

얼결에 받아 든 정언이 얼굴을 조금 찌푸리며 묻자 윤이 뒷머리를 긁적였다.

"얘기 듣고 있으니까 잘 안 들어가서요. 저 먹으려고 사면서 같이 산 거니까 그냥 드세요. 뭐 좋아하시는지 몰라서 제 마음대로 샀어요."

정언이 뭐라고 말하기도 전 윤이 안에서 음료수 컵을 꺼내 빨대를 꽂더니 정언에게 쥐여 주었다.

정언이 눈을 들어 쳐다보자 윤은 조금 떨어져 차에 기대며 자기 몫의 샌드위치 포장을 풀었다. 정언은 양쪽 손에 들린 샌드위치와 음료수 컵에 번갈아 시선을 두었다가 속으로 한숨을 쉬었다.

보닛 위에 컵을 올려 둔 정언은 포장을 풀어 샌드위치를 한 입 베어 물었다. 만든 지 얼마 되지 않은 건지, 얇은 유산지 안

쪽으로 아직 희미하게 빵의 온기가 남은 것이 느껴졌다.

까끌한 입 안에서 햄과 야채, 빵조각, 소스가 모래알처럼 굴러다녔다. 정언이 말없이 샌드위치를 씹고 있는 동안 윤 역시 아무 말도 하지 않고 나란히 서서 함께 샌드위치를 먹었다.

"뭐라고 그래?"

그 침묵이 어쩐지 견디기 힘들었다. 정언은 결국 샌드위치를 절반쯤 먹다 말고 먼저 윤에게 물었다. 그새 자기 몫을 다 먹고 콜라를 마시던 윤이 빨대를 입에 문 채 네? 하고 되물었다.

"서온건설 다니는 선배 만났다며. 뭐라고 했냐고."

"아, 그게……."

윤이 뭐라고 말을 하려다 말고 정언의 손에 아직 반쯤 남은 샌드위치가 들린 것을 보더니 고개를 가로저었다.

"다 드시면 얘기할게요. 먹다가 일 얘기하면 체하더라고요."

별 걸 다 챙긴다 소리가 목까지 나왔으나 정언은 애써 그 말을 눌렀다. 거리를 두고 싶은 건 사실이었지만, 그게 윤에게 굳이 못되게 굴고 싶다는 뜻은 아니었다.

시선을 돌리며 샌드위치를 꾸역꾸역 밀어 넣자 곁에서 그걸 보던 윤이 갑자기 웃는 소리를 냈다. 정언이 입 안을 가득 채운 빵을 씹으며 의아한 표정으로 바라보자, 윤이 대답 대신 곁에 놓아둔 음료수 컵을 정언의 손에 다시 쥐여 주었다.

"마시면서 드세요."

무심결에 콜라를 한 모금 마신 정언은 눈썹을 좁혔다. 생각해 보니 윤이 시키는 대로 먹으라면 먹고, 마시라면 마시고 고분고분하고 있는 게 어쩐지 말린 기분이 된 탓이었다.

속으로 이건 아닌데, 하고 생각했으나 그렇다고 갑자기 마시던 걸 내팽개치며 윤에게 화를 낼 수도 없는 노릇이었다. 남의 심중을 알 리 없는 윤이 물었다.

"여기서 만나기로 하신 거예요? 그런데 아직 연락 없고요?"

"가족들끼리 상의하고 얘기하겠다고 하더라고. 정 안 되면 누가 나올 때까지 기다렸다가 붙잡아서 물어봐야지 뭐. 어머니가 이 일 때문에 병원 다닌다는데 문 두드리면서 나오라고 할 순 없잖아."

컵을 내려놓고 손에 묻은 빵 부스러기를 탁탁 털어 낸 정언은 팔짱을 끼고 다시 등을 기댔다.

"그래서, 굳이 여기까지 와서 해야 되는 얘기 뭔지 좀 해 봐."

깜빡하고 있었다는 듯 아아, 하고 눈썹 위를 두어 번 문지른 윤이 입을 열었다.

"입찰 과정에서 더 좋은 조건 있는데도 고원종합기술공사 선택하거나 아예 단독입찰이 되는 경우가 많대요. 서온건설 자회사라는 소문도 있다는데 일단 자기는 확실히는 모르겠다고 했어요. 겉으로 보이는 거에 비해 시스템이 굉장히 부실하다는 얘기도 여러 번 했고요."

"시스템이 부실하다고?"

"규모나 그런 거에 비해 회사 돌아가는 게 좀 인맥 위주로, 그런 느낌이 있나 봐요. 공채 시즌에 청탁 전화도 엄청나게 온다고 하더라고요. 하청업체에 대해 갑질이 너무 심해서 조만간 뭐 터질 것 같아서 불안하다, 그 얘기도 했었어요. 접대는 접대대로 받으면서 정작 미리 얘기된 업체 선정하고 이런 식이래요. 하청업체 사장 중에 갑질 못 견뎌서 자살하는 사람도 꽤 있다는 얘기도 했고요."

갑질 때문에 자살할 정도라면 문제가 심각한 건 틀림없었다. 정언은 얼굴을 찌푸리며 물었다.

"어느 정도길래?"

"2차 나가면서 여자 대는 비용까지 하청 쪽에서 지불하는 건 당연하대요. 이거 안 해 주면 기분 상해서 일 못 하겠다는 경우도 있다고…… 심지어 하청업체 사장 자녀들 불러서 자기 자식들 봉사 활동 대리 출석이나 리포트 대필까지 시킨다고 하더라고요. 자기한테 그러는 것까지는 참아도 자식들한테까지 갑질 이어지니까 하청업체에서 버티기가 힘든가 봐요."

"요즘 세상이 어떤 세상인데, 미친놈들."

중얼거린 정언은 한숨을 뱉었다. 잠시 말이 없던 윤이 곧 덧붙였다.

"접대 받는 자리에 판검사들 끼고 오는 경우도 있다고 했어요. 그래서 하청 쪽에서 더 뭐라고 공론화하기 어려운 것 같고요."

"돌아 버리겠네, 진짜."

혼잣말로 중얼거린 정언은 눈가를 눌렀다. 어차피 서온건설이 권력과 밀접하게 유착돼 있다는 건 지금까지 벌어진 일만 해도 충분히 알 수 있었다. 그러나 이렇게까지 속속들이 썩은 채로도 조직이 유지된다는 건 얘기가 달랐다.

타인의 절박함을 그토록 쉽게 이용할 수 있다는 건 상상도 해 본 적 없었다. 누군가의 삶을 가지고 노는 것에 아무런 죄책감도 없는 이들은 어디서부터 비틀린 것일까. 그런 사람들을 한두 번 본 건 아니었으나, 매번 답을 구할 수 없는 질문이었다.

그때 운전석에 던져 둔 핸드폰이 울리는 소리가 났다. 번뜩 현실로 돌아온 정언은 바로 문을 열어 핸드폰을 집어 들었다. 낮에 통화했던 대석의 작은아들 번호였다.

"네, <비하인드 24> 서정언입니다."

『혹시 지금 저희 집 맞은편에 차 세워 두셨어요?』

화가 난 듯한 목소리였다. 뒤에서 뭐라고 하는 남자의 목소리가 들렸다. 아마 형인가 보다 짐작한 정언은 핸드폰을 고쳐 쥐었다.

"네, 맞습니다. 낮에 다른 분하고 통화했었는데……."

정언의 말이 채 끝나기도 전 날카로운 고함 소리가 돌아왔다.

『할 얘기 없다고 했잖아요! 진짜 누구 죽는 꼴 보고 싶어서 그래요? 빨리 차 빼요, 경찰에 신고하기 전에!』

"선생님, 잠시만요. 잠시만 얘기 들어주실 수 없습니까?"

『아니, 우리는 진짜 할 얘기 없어요. 지금도 너무 힘들어요. 우리 아빠가 정말 뭐 잘못하고, 그래서 그런 게 아닌데 방송에서 우리 아빠가 나쁜 사람인 것처럼 그러는 거 진짜 힘들고 죽겠어요. 저희 그리고 벌써 이사만 세 번을 온 거예요. 오죽하면 우리 엄마가 병원 다녔겠냐고요.』

"무슨 말씀이신지 알겠습니다. 저하고 얘기하기 싫어하시는 거 충분히 이해합니다. 그런데……."

『피디님이 그걸 어떻게 이해하는데요?』

되묻는 말에 순간 손끝을 종이에 베인 듯 섬뜩해졌다. 정언이 잠시 말이 없자 건너편에서 한숨 섞인 목소리가 넘어왔다.

『부탁드릴게요. 엄마가 불안해서 저녁도 못 먹고 잠도 못 자요. 제발 그냥 가세요.』

고통, 포기, 분노, 탈력…… 어떤 단어로도 명확히 설명할 수 없는 그 감정의 층위는 전파 너머로도 선명했다. 침묵하던 정언은 나지막하게 입을 열었다.

"선생님, 지금 아버님하고 똑같은 일을 당한 분이 있습니다. 서온건설 현장 과장이셨던 분인데 얼마 전에 현장에서 추락사한 채 발견됐습니다. 그분한테 여섯 살, 네 살짜리 딸이 둘 있어요. 애들은 아직 아빠가 어떻게 됐는지도 모릅니다. 부인 되시는 분이 저희한테 먼저 연락을 주셨습니다. 회사는 자살이라고 하는데, 이분은 절대로 안 믿으세요. 저희가 진실이 뭔지 취재하던 도중에 아버님 얘기를 알게 됐습니다. 아버님 사례가 굉장히 비슷하고, 그렇기 때문에 저희가 꼭 윤대석 씨 가족분들 얘기를 듣고 싶었습니다."

정언이 말하는 동안 상대편은 아무 대답이 없었다. 정언은 그 침묵에 귀를 기울이며 말을 이었다.

"잠깐이라도, 무슨 얘기라도 좋습니다. 저희는 진실이 뭔지 알리고 싶은 겁니다. 정말 아무 얘기도 하기 싫으시다면 제가 절대 강요 안 합니다. 기다릴 테니까 다시 한 번만 더 생각해 보시고 연락 주세요. 그때도 정말 아니라고 생각하시면 말씀하시는 대로 하겠습니다."

진심이 통하기를 바라는 수밖에 없었다. 길게 이어진 침묵 끝에 네, 하는 짧은 대답과 함께 전화가 끊겨졌다. 정언은 핸드폰을 이마에 대며 한숨을 쉬었다. 곁에서 몸을 조금 숙인 채 정언을 빤히 보고 있던 윤이 물었다.

"안 만나시겠대요?"

"한 번만 더 생각해 달라고 했어. 그래도 안 되면 할 수 없는 거지. 언론에 그렇게 시달렸다는데, 그런 사람들 내가 억지로 끌어다 다시 카메라 앞에 세워 놓을 수는 없는 거니까."

이런 경우도 그리 드물지는 않았다. 나름대로 인이 박였다면 박인 케이스였지만 그렇다고 아무렇지도 않은 건 아니었다. 그래도 마지막 말이 거절이 아니었다는 건 조금 위안을 주었다.

결과가 어떻게 될지 알지 못한 채로 그저 상대방을 기다린다는 게 즐거운 일은 아니었지만, 어차피 지금까지도 기약 없이 몇 시간을 버텼는데 조금 더 기다리는 걸 못 할 이유는 없었다.

"쉬운 게 하나도 없네요."

윤이 한숨처럼 웃었다. 정언은 바닥으로 시선을 내렸다. 희미한 빛 때문에 어둠과 그림자의 경계는 분명하지 않았다.

"내 마음처럼 되는 게 어디 있겠어."

혼잣말처럼 중얼거린 낱말들에 문득 머릿속이 서늘했다. 하기야, 바로 옆에 서 있는 윤 하나도 마음대로 되지 않는 판이었다. 헛웃음을 뱉은 정언은 팔짱을 끼며 차체에 등을 완전히 기댔다. 서늘한 밤공기가 무겁게 내려앉았다.

"얘기 끝났으면 그만 가. 내일도 할 일 많아."

"선배는요?"

윤 쪽을 애써 외면하며 말을 뱉자 윤이 되물었다. 정언은 어깨를 조금 더 말며 대답했다.

"난 연락 다시 올 때까지 기다려야지."

"그럼 저도 같이 기다리죠, 뭐."

"김 피디."

정언이 미간을 누르며 윤을 부르자, 윤이 웃었다.

"제가 지금 선 넘은 거 같진 않은데요."

위태롭게 쌓아올린 젠가 블록을 건드린 것처럼, 순간 마음의 어딘가가 흔들렸다. 선을 넘지 말라는 경고를 그렇게 정면으로 받아칠 거라고는 생각하지 못한 탓이었다. 확실히 윤의 말대로 였다. 방금 그 행동이 결코 선을 넘었다고는 할 수는 없었다.

이전 언젠가, 윤을 이길 수 없다고 생각했던 것이 불현듯 떠올랐다.

"마음대로 해. 퇴근하라는데 안 해 놓고 나 원망하지 말고."

자신이 할 수 있는 방어가 고작 이런 식의 회피라는 걸 깨닫는 일은 그리 유쾌하지 않았다. 정언은 주머니에서 담배 한 대를 다시 꺼내 물었다.

올려다본 밤하늘에는 별이 거의 보이지 않았다. 숨을 크게 들이쉬었지만 가슴은 여전히 답답했다. 목적지를 알지 못한 채 끝없이 걸어가야 한다는 건 간혹 지금처럼 멈추고 싶은 기분이 되는 일이었다.

정적은 아주 오랫동안 이어졌다. 이따금 오래된 도로 사이를 지나치는 차 소리나 야식을 배달하는 오토바이 소리, 늘어선 주택가의 담장 안에서 들리는 작은 생활 소음 따위가 그 정적 사이사이에 스몄다.

멍하니 그 정적에 몸을 맡기고 있던 정언은 건너편 집의 대문이 열리는 소리에 퍼뜩 고개를 들었다. 오래된 철문에서는 경첩의 쇳소리가 났다. 대문 사이로 얼굴을 내민 것은 젊은 남자였다. 정언은 물고 있던 담배를 황급히 주머니에 쑤셔 넣으며 한 걸음 다가섰다.

남자가 바깥으로 나와 경계하는 얼굴로 이쪽을 보았다. 키는 큰 편이었지만 깡마른 몸에 인상이 예민했다. 기껏해야 스물 두셋이나 되었을까 싶은 느낌이었다. 아마 계속 대화를 거부했던 작은아들인 것 같았다.

"선생님, 윤대석 씨 아드님 되십니까?"

정언이 먼저 목소리를 조금 높여 묻자 남자가 주춤하더니 네, 하고 조그맣게 대답했다. 몇 미터 정도의 거리를 두고 떨어져서 있던 남자가 윤 쪽을 흘끔 보았다.

"저, 혹시 그쪽도……."

"<비하인드 24> 김윤 피디입니다."

눈이 마주치기 무섭게 윤이 고개를 꾸벅 숙이며 말했다. 정언과 윤에게 번갈아 시선을 주던 남자가 망설이는 표정으로 한참 주저하다 들어오라는 손짓을 했다.

"엄마가 안에서 얘기하고 싶다고 그래서요. 들어오세요."

거절당할 것도 충분히 각오하고 있었기에, 그 말은 마치 천사의 나팔 소리처럼 들렸다. 당장 믿지도 않는 신에게 무릎을 꿇고 기도라도 드리고 싶은 심정이 된 정언은 네, 하고 목소리를 높여 대답하며 서둘러 차 안에서 카메라 가방을 꺼냈다.

"저 주세요."

말릴 틈도 없이 그 가방을 휙 가져가더니 자기 어깨에 멘 윤이 가요, 하며 정언을 잡아끌었다. 얼결에 윤과 함께 집 안으로 들어선 정언은 주위를 둘러보았다. 밤중이었으나 관리가 거의 되지 않은 듯한 마당이 쉽게 눈에 들어왔다. 깨진 항아리며 플라스틱 화분, 계단 난간까지 닿을 만큼 길게 자란 잡초 따위가 부산했다.

계단 몇 개를 올라가 열려 있는 현관문을 조금 젖히자, 거실의 푸르스름한 형광등 아래 앉아 있던 중년의 여인이 고개를 돌려 이쪽을 보았다. 곁에 다른 남자가 앉아 있었다. 운동선수처럼 체격 좋은 호남형의 인상이 눈에 들어왔다. 아마 큰아들인 듯했다.

"안녕하세요, <비하인드 24> 제작진입니다. 저희하고 얘기하고 싶다고 하셔서……."

정언의 말이 채 끝나기도 전, 일어난 여인이 비틀거리다 소파를 잡았다. 놀란 정언이 부축하려 하자 여인은 손을 내젓고는 작은아들 쪽을 향해 고개를 돌렸다.

"영우야, 가서 뭐 마실 것 좀 내드려."

영우라고 불린 작은아들이 석연치 않다는 표정을 하고 있다가 부엌으로 들어갔다. 큰아들이 여인의 팔을 잡아 소파에 앉혔다. 가슴을 몇 번 쓸어내린 여인이 정언과 윤에게 인사를 건넸다.

"예, 저기, 오래 기다리셨지요?"

"아닙니다. 만나 주셔서 감사합니다."

정언이 고개를 가로젓자 여인이 조그맣게 말했다.

"저는 이현숙이라고 하고, 윤대석 씨 아내 되는 사람입니다. 여기는 우리 아들, 큰애는 상우, 작은애는 영우예요. 피디님한테 연락을 받고, 제가 보시다시피 몸이 좀 안 좋아서…… 영우가 피디님들 만나는 거 반대가 심했어요. 그런데 말씀 듣고, 제가 한번 뵙고 싶다고 해서요."

그때 거실 테이블 위에 주스 두 잔을 내려놓은 영우가 방으로 들어가 문을 닫았다. 곁에 앉아 있던 상우가 민망해하는 표정을 했다.

"영우가, 애가 좀 예민해요. 아버지 돌아가셨을 때 한참 사춘기였어서…… 죄송합니다."

"아닙니다. 막무가내로 굴어서 저희가 죄송하죠. 말씀 들으셨는지 모르겠지만 저희가 서온건설 현장 과장 사망 사건을 취재 중인데, 이게 아버님 일하고 굉장히 비슷해서요. 혹시 어떻게 된 일인지, 석연치 않은 부분은 없으셨는지 여쭤보고 싶어서 실례인 줄 알면서 연락드린 겁니다. 저, 괜찮으시면 저희가 잠깐 촬영 좀 해도 괜찮을까요?"

정언의 물음에 상우가 현숙의 눈치를 살폈다. 현숙이 주저하며 대답했다.

"그, 저…… 저희가 친척들하고도 다 인연을 끊고, 그러다 보니까……."

"무슨 말씀이신지 알겠습니다. 방송에 사용될 경우에는 장소하고 대역 전부 섭외해서 새로 찍을 겁니다. 그런 부분은 걱정 안 하시게 하겠습니다. 저희가 기록용으로 필요해서요."

"아, 네."

현숙의 대답이 떨어지자 곁에서 윤이 재빨리 촬영 준비를 했다. 윤이 카메라를 세팅하는 동안 상우가 몸을 조금 앞으로 내밀었다.

"아까 말씀하신 그분은 어떻게 돌아가셨죠?"

"건설 현장에서 추락사하신 채로 발견됐어요. 사측은 자살이라고 주장했는데 아내분께서는 절대 남편이 자살할 사람이 아니다, 그렇게 생각을 하셔서 저희한테 제보하신 거고요. 저희가 취재 중에 이분이 서온건설하고 정계 쪽 전달책으로 일하고 계셨다는 증거를 찾았고, 비슷한 사례가 있었는지 조사하던 중에 아버님 일을 알게 된 겁니다."

정언이 대답하는 사이 입을 틀어막고 잠시 숨을 고르던 현숙이 중얼거렸다.

"……나는 여태까지, 여태까지 그런 게 우리 남편만 그런 줄 알고……."

"어머님, 절대 그렇지 않습니다. 굉장히 오래된 관행이고요, 저희는 아버님하고 돌아가신 현장 과장님 말고도 같은 사례가 몇 분 더 계신 걸로 추측하고 있습니다."

정언의 설명에 현숙의 얼굴이 창백해졌다. 도저히 안 되겠다고 생각했는지, 상우가 곁에서 현숙에게 나지막하게 말했다.

"엄마, 일단 들어가서 좀 쉬어요. 내가 얘기할게요."

"그렇게 하시죠."

아무래도 금방이라도 쓰러질 것 같은 얼굴이라, 정언은 얼른 상우의 말에 동의했다. 상우가 현숙을 데리고 안방으로 들어갔다가 잠시 후 나와서는 다시 소파에 앉으며 얼굴을 두어 번 문질렀다. 긴 한숨을 쉰 상우가 손을 깍지 끼어 입가에 대었다.

"아버지 그렇게 되고 나서부터 안정제 드시고 계세요. 워낙 오래돼서…… 조금만 스트레스 받거나 그러면 상태가 바로 안 좋아지셔서요. 그때 하도 시달려서 아직도 밖에 잘 못 나가세요. 누가 쳐다본다는 생각만 해도 불안해하시고…… 그래서 영우가 피디님들 절대 만나지 말라고 그랬던 거예요."

"죄송합니다."

정언이 사과하자 상우가 손을 저었다.

"아이, 아닙니다. 제가 낮에 전화 받고 생각을 진짜 많이 했거든요. 제가 거절 잘 못해서 영우한테 대신 연락해 보라고 했는데, 그러고 나서도 맘에 되게 걸리더라고요. 친척들하고 연 끊게된 것도 사실, 그때 아버지가 그렇게 되고 나서 욕을 엄청나게 먹었어요. 아버지가 다 알면서, 그러니까 뇌물 주고받고 그런 거다 알면서 해 놓고 이제 와서 정의로운 척, 내부 고발자인 척한다고……."

상우가 말끝을 흐렸다. 신상이 밝혀진 제보자들에게 자주 벌어지는 일이었다. 정언이 힘드셨겠어요, 하고 거들자 상우가 고개를 끄덕였다.

"인터넷에서 진짜 악플 어마어마했단 말이에요. 그때 영우가 고등학생이었는데 영우 신상까지 다 까발리고 그래서 학교로도 기자들 찾아오고 그랬거든요. 그러니까 애가 기자, 방송, 이런 거에 아주 학을 뗐어요. 영우 이름도 대학 가면서 개명한 거고요. 아버지 돌아가셨을 때도 이제 와서 증언하기 무서우니까 자살했다, 일부러 사고 낸 거다 사람들이 계속 그러니까."

"추돌사고였다고 들었는데 맞습니까?"

"네. 경찰이 처음에 CCTV 확인했을 때는 음주운전인 줄 알았다고 하더라고요. 차가 갑자기 이렇게, 이렇게 커브를 틀면서 차선 위반을 하다가 가드레일을 받았다는 거예요."

상우가 손으로 구불구불한 모양을 만들어 보이더니 이마 부근을 긁적였다.

"그게 전형적인 음주운전 형태래요. 그런데 원래 술을 잘 못 드시는 분이고, 대낮부터 술을 마실 이유가 없잖아요. 이해가 안 됐죠. 그날 남양주 사는 친구분하고 잠깐 얘기 좀 하러 가신다고 가신 거거든요. 술을 마셔도 친구랑 마시지, 친구 보러 가는 길에 술 먹고 가는 사람이 어딨어요. 그것도 운전을 하는데."

"실제로 부검 결과 알코올 검출이 됐나요?"

정언의 물음에 상우가 즉시 그 말을 부정했다.

"아뇨. 그런 건 전혀 없었죠. 대신에 그 뭐, 뭐라고 하더라, 아버지가 평소에 비염이 심한 편이라 환절기에는 거의 매일 드시는 약이 있었는데 그거 성분이 나왔대요. 그게 왜, 먹으면 졸린

약 있잖아요."

"항히스타민제[6] 말씀하시는 겁니까?"

상우가 기억을 더듬는 듯 잠시 뭔가 생각하는 얼굴을 하다 고개를 갸웃했다.

"그랬던 거 같기도 하고, 무슨 성분이라고 딱 말을 해 줬는데 생각이 잘 안 나네요. 아무튼 그랬는데 그때 담당 검사님이 이상하다고, 그럴 리가 없다고 그러시더라고요. 그게 같은 약이라도 졸린 게 있고 안 졸린 게 있고 그렇다면서요. 의료기록 조회했더니 아버지가 평소에 처방받던 건 그게 아닌데, 사고 나기 이틀 전인가 새로 처방받은 약이 성분이 다르다고 그랬어요."

"같은 병원에서 처방받으셨는데 그랬다고요?"

"네. 그런데 담당 의사 말로는 아버지가 평소에 드시던 게 잘 안 듣는 것 같다고 해서 다른 약으로 바꾼 거다, 그렇게 얘기를 했대요. 그게 누가 일부러 그렇게 하라고 시킨 건지, 진짜 우연히 그렇게 된 건지는 모르겠지만 어쨌든 아버지가 약을 그렇게 드셨으니까. 그래서 결과적으로 졸음운전이 된 거고, 우리는 억울해도 할 말이 없잖아요."

상우가 한숨 섞인 목소리로 내뱉었다. 다이어리에 메모를 하던 정언은 잠시 손을 멈췄다. 비염은 감기처럼 하루 이틀 앓는 병이 아니었다. 평소에도 먹던 약이 있었다면 상당히 오랫동안 같은 약을 먹어 왔을 것이 분명했다.

증언을 이틀 앞두고 갑자기 약을 바꿨어야 할 이유가 있을까. 담당 검사의 의심은 합리적이었다. 정언은 상우에게 물었다.

---

6) 두드러기, 발적(發赤), 소양감 등의 알레르기성 반응에 관여하는 히스타민의 작용을 억제하는 약물.

"담당 검사님이라면 이정수 검사님하고 진형은 검사님 말씀하시는 거죠?"

"네, 그랬던 것 같아요."

"그러면 당시에 아버님이 서온건설 게이트 관련 증인이라는 걸 아는 사람이 누구였습니까?"

상우가 흠, 하며 눈을 굴리다 약간 자신 없는 표정을 했다.

"일단 저희는 알고 있었어요. 엄마가 반대를 많이 했거든요. 일이 좀, 이렇게 될 수도 있다 그걸 엄마는 짐작을 했던 거 같아요. 아버지가 일단 그, 전달책 일을 오래 했고…… 아버지 얘기로는 처음에는 그런 일인 줄 몰랐다고 하더라고요. 건설사에 워낙 그런 게 많대요. 많으니까, 아버지는 그냥 관행적인 거라고 생각했던 거죠. 윗선에서 아버지를 인정해 준다고 생각하신 부분도 있었던 것 같고요."

"인정이요?"

"그런 일을 아무한테나 시키지는 않을 거 아니에요. 믿을 만한 사람이라는 인정을 받았다, 그런 거 있잖아요."

그 말을 발음할 때 상우의 얼굴에 헛웃음 같은 표정이 떠올랐다가 곧 지워졌다. 정언은 그의 얼굴을 유심히 보았다.

"그런데 왜 그 부분에 대해 증언하시기로 결심을 하신 겁니까? 회사에 대해 상당히 충성심이 강하셨던 것 같은데, 쉬운 결정은 아니잖아요."

상우는 정언의 말을 쉽게 수긍했다.

"그렇죠. 사실 아버지가 갑자기 왜 그런 생각을 하셨는지 정확히는 모르겠어요. 아버지는 무조건 해야 된다, 이건 사회를 위해서도 해야 되고, 너희들 앞에 부끄럽지 않기 위해서도 해야 된다, 그렇게 말씀하셨단 말이에요. 그런데 진짜 평범한 분이었거든요. 나쁜 사람은 아니었지만, 그냥 진짜 딱 남들 같은 그런 분이었어요. 평소에도 막 대단하게 정의감이 있고, 법 없이도 살 사람이고 그런 분은 아니었다고요."

마지막 말에는 복잡한 심경이 담겨 있었다. 정언은 영우의 목소리에서 느꼈던 감정의 층위를 떠올렸다. 결코 한 단어로 표현할 수 없는 그 감정들을 굳이 정의해야 한다면, 그건 고통이라는 말에 가장 가까울 것 같았다.

상우의 말속에도 아버지에 대한 원망인지, 풀리지 않는 의아함인지, 후회인지 명확하게 경계를 그을 수 없는 감정들이 숨은 채였다.

상우가 긴 한숨을 내쉬며 얼굴을 문질렀다.

"아까 영우랑 통화하시는 거 제가 옆에서 들었는데, 피디님이 아버지랑 똑같은 사람이 또 있다고 하셨잖아요. 그게 위안이 좀 되더라고요. 우리 아버지만 바보 같은 짓 한 게 아니구나, 우리 아버지만 멍청해서 당한 게 아니구나 싶고 그래서……."

몸을 조금 숙인 상우는 한동안 침묵했다. 그가 다시 입을 열었을 때, 정언은 조금 가라앉은 목소리의 끝이 떨리는 것을 알아차렸다.

"그 생각이 제일 괴로운 거예요. 남들이 손가락질하고 그런 건 다 참겠는데…… 우리 아버지가 바보 같아서 그런 일에 휘말린 건가, 남들은 안 그러는데 왜 아버지는 그런 짓을 해서 우리 가족을 이렇게 만들어 놨나, 그렇게 살 거면 끝까지 입 다물고 살지 왜 그랬을까, 그런 생각이 계속 드니까 너무 원망스럽고. 아버지는 그냥 좋은 일 하려고 했던 건데 그게 무슨 큰 잘못이라고 우리가 이렇게 범죄자처럼 도망 다니고, 이름까지 바꾸고……."

이럴 때는 어떤 말로도 위로가 되지 않기 마련이었다. 정언은 그저 묵묵히 상우를 지켜보았다. 곁에 있던 윤이 시선을 피했다. 윤이 이런 순간을 견디기 힘들어한다는 건 이미 잘 알고 있었다.

흘끔 윤 쪽을 보자 윤이 빨개진 눈가를 감추기 위해 공연히 머리를 만지는 것이 눈에 들어왔다. 한참이나 더 말이 없던 상우가 얼굴을 들며 애써 웃었다.

"아, 죄송해요. 옛날 생각하니까 기분이 또 좀 그래서요."

"괜찮습니다. 그러면 아버님이 돌아가시고 나서 의혹이 있는 부분에 대해 직접 문제 제기를 하시거나 그런 적은 없었나요?"

정언이 말을 돌리자 상우가 고개를 흔들었다.

"네. 검사님이 뭐 이것저것 알아보셨는데 의사도 조사가 안 된다고 그러고, 경찰에서도 약물 복용 부주의로 인한 사고라고 하니까. 저희는 당연히 의심이 가는 부분이 있었거든요. 그런데 증거가 없다고 하잖아요."

"의심 가는 부분이요?"

"아버지가 자꾸 누가 감시하는 것 같다, 그런 말을 많이 했어요. 증언하기로 결정하고 얼마 안 돼서부터 계속 그랬거든요. 밤중에 차 타이어에 못 같은 걸 박아 놔 가지고 운전하다가 앞바퀴가 펑크 나서 대형사고 날 뻔한 적도 있었고, 누가 집 베란다 유리창에 돌 던져서 깨기도 하고……."

정언은 눈을 가늘게 떴다. 상우가 그때 생각이 났는지 얼굴을 찌푸리며 말을 이었다.

"처음 한두 번은 그냥 장난인 줄 알았는데 느낌이 영 싸하더라고요. 엄마도 밖에 나갔다 올 때마다 누가 따라오는 것 같다고 했었고요. 영우도 학교 앞에서 매일 똑같은 차가 자기 집에 갈 때마다 서 있다고, 기분 나쁘다고 그 얘기 한 적 있어요."

정언의 머릿속으로 한 단어가 지나갔다.

경고.

만일 회사 측이든, 엄대진 측이든 그것이 단순히 대석의 동향을 살피기 위한 미행이었다면 그렇게 티가 나게 행동할 필요가 조금도 없었다. 그런 행동들은 사소한 듯하지만 당하는 사람에게는 신경 쓰이고 때로는 위협적인 것이었다.

누가 그런 행동을 주도하는지 들킬 위험을 무릅쓰고라도 그들이 대범하게 대석과 가족들에게 접근한 까닭은 단 하나뿐이었다. 입을 막기 위해서.

그러나 그들의 위협은 통하지 않았을 것이 분명했다. 대석이 죽은 건 그 때문이었다. 그가 경고를 받아들이지 않았기에, 놈들은 그를 침묵하게 만들 마지막 방법을 사용했을 터였다. 갑자기 바뀐 약, 졸음운전, 그림자 뒤에 숨은 위협……

마음 깊은 곳에서 무언가가 소용돌이쳤다. 분노에 가까운 감정 위로 젖어드는 건 막막함이었다. 일상을 한순간 박살내 버리는 거대한 힘 앞에서, 평범한 사람들은 어떻게 대항해야 하는 것일까.

"그 얘기도 담당 검사님이나 경찰에 하신 거죠?"

"네. 검사님이 그것 때문에 여러 가지로 알아보셨는데, 그 당시에 동네에 CCTV 같은 게 별로 없었어요. 그래서 뭐 우리만 기분 나쁜 거지 무슨 증거가 없으니까 미치겠더라고요, 진짜로."

정언은 고개를 끄덕이며 다이어리에 상우의 말을 빠르게 메모했다. 어찌 됐든 한동의 말대로 이정수 검사와 진형은 검사를 최대한 빨리 만나 봐야 할 것 같았다. 펜을 움직이는 정언의 손에 잠시 시선을 주던 상우가 말을 이었다.

"이게 뭐, 사실 저는 지금 그래요. 솔직히 진짜 사람들이 다 잊어버렸으면 좋겠다, 그 사건 아는 사람은 다 죽었으면 좋겠다 그렇게까지 생각을 했어요, 제가. 너무 괴로우니까. 그래서 피디님한테 전화 받고 좀 옛날 생각나서 힘든 것도 있었고…… 얘기 안 하고 싶었거든요. 그런데 우리 아버지만 그런 게 아니라니까, 진짜 마지막으로 한 번만 더 믿어 보자. 기자다 뭐다 하는 사람들한테 당한 게 너무 많은데, 그래도 <비하인드 24>면 뭐가 다르지 않을까."

누군가 심장 한가운데 추를 매단 듯 묵직하게 가슴이 가라앉았다. <비하인드 24>라는 이름의 무게는 언제나 가볍지 않았지만, 이런 순간 그 무게를 자각하는 건 정언에게 결코 편한 일은 아니었다. 상우가 멋쩍게 웃었다. 그 목소리가 떨렸다.

"그냥 진짜 아버지가 나쁜 사람 아니었다는 거, 그것만 사람들이 알아줬으면 좋겠어요. 우리 아버지가 정말 대단하고 멋있고 이런 사람이었다고 얘기하고 싶은 거 아니거든요. 그런데 사람들이 막 인터넷에서 댓글 다는 것처럼 비겁하고 나쁜 사람도 절대 아니었단 말이에요. 남들하고 똑같이 평범한 사람인데, 어느 날 용기가 조금 더 났던 건데……."

그 말은 끝까지 이어지지 못했다. 마치 아주 갑작스럽게 쏟아지는 소나기에 둑이 무너져 넘쳐흐르듯, 상우가 다음 순간 머리를 감싸며 울음을 터트렸다.

그 큰 덩치를 어린애처럼 작게 웅크린 채 상우는 소리도 크게 내지 못하고 어깨를 들썩였다. 아마 방 안에 있는 현숙이나 영우가 들을까 싶어 그런 모양이었다.

정언은 서둘러 장식장 위에 놓인 티슈를 상우 앞으로 밀어 두었다. 상우는 얼굴을 들지도 못한 채 티슈 몇 장을 뽑아 움켜쥐었다. 떨리는 손안에서 구겨진 티슈가 순식간에 젖어들었다.

정언은 상우가 이를 악물고 있다는 것을 알아차렸다. 소리를 내지 않기 위해서였다. 한참을 그렇게 울던 상우는 겨우 코가 잔뜩 막힌 목소리로 입술을 달싹였다.

"피디님, 진짜 죄송해요. 제가 그러려고 하는 게 아닌데……
어휴, 창피해서…….."

"괜찮으세요?"

습관적으로 튀어 나간 말에 정언은 스스로도 뜨끔해졌다. 괜찮을 리 없는 사람에게 괜찮냐고 묻는 게 무슨 의미가 있는지 문득 궁금해진 탓이었다. 다행히 상우는 고개를 끄덕였다.

"네. 저기, 제가 아는 건 뭐 이런 게 다고 더 말씀드릴 게 없네요. 혹시 영우나 엄마가 무슨 얘기 하게 되면, 뭐 생각나는 거 있으면 그때 다시 연락드려도 될까요? 시간이 너무 늦어서요. 내일 아침에 엄마 병원 예약 있거든요."

정언은 벽에 걸린 낡은 벽시계로 눈을 주었다. 시계바늘은 자정에 가까워지고 있었다.

"네, 그럼요. 저희가 늦은 시간까지 폐 끼쳐서 죄송합니다. 오늘 정말 감사했습니다."

정언은 자리에서 일어났다. 앞머리로 최대한 눈을 가린 윤이 황급히 카메라를 챙겼다. 보지 않아도 기어이 울었을 게 뻔했다. 속으로 혀를 찬 정언은 명함을 꺼내 테이블 위에 올려놓았다.

"제 연락처입니다. 혹시 도움 필요한 일 있으시거나 뭐든 생각 나거나 하시면 언제든지 연락 주세요."

"네, 저기…… 오래 기다리시게 해서 죄송해요."

"진짜 괜찮습니다. 신경 안 쓰셔도 돼요. 몇 달씩 기다리는 경우도 있는데 몇 시간 기다리는 건 일도 아닙니다. 어머님하고 영우 씨한테 인사 좀 드리고 가도 될까요?"

정언의 말에 상우가 정언을 안방 쪽으로 안내했다. 문을 열자 잠들지 못하고 있었는지 방 한가운데 앉아 멍하니 벽을 보고 있던 현숙이 깜짝 놀라 이쪽을 보았다.

정언은 고개를 꾸벅 숙여 보였다.

"어머님, 오늘 정말 감사했습니다. 늦은 시간인데 죄송합니다. 저희 그만 가려고요."

"아, 예. 조심해서 가세요."

현숙이 겨우 웃어 보였다. 정언이 네, 하고 대답하며 나오자 작은방에서 문을 반쯤 연 영우가 말없이 눈으로 짧은 인사를 건네고는 다시 문을 닫았다. 상우가 저 자식이, 하고 민망한 듯 중얼거렸다.

대문까지 따라 나오려는 상우를 만류한 정언은 윤과 함께 현관을 나섰다. 등 뒤에서 녹슨 철문이 삐걱대며 닫혔다.

돌아선 정언은 잠시 담장 너머의 집을 응시했다. 거실의 불이 곧 꺼지며 낡은 주택은 고요한 어둠 속으로 가라앉았다.

한동안 그 어둠을 보고 있던 정언은 가방을 뒤져 곁에 서 있던 윤을 보지도 않고 휴대용 티슈를 내밀었다. 멈칫한 윤이 그것을 받아들더니 잔뜩 잠긴 목소리로 물었다.

"어떻게 아셨어요?"

"뭘."

"저……."

윤이 말끝을 흐렸다. 자기가 우는 걸 어떻게 알았느냐는 뜻인 것을 눈치채는 건 어렵지 않았다. 정언은 몸을 돌리며 대답했다.

"이제 김 피디 언제 울지 안 봐도 알겠는데."

윤의 얼굴이 순식간에 새빨개졌다. 픽 웃은 정언은 세워 둔 차로 걸음을 옮겼다. 잠시 그 자리에 서 있다가 뛰듯이 정언을 따라온 윤도 자기 차에 시동을 걸었다. 도어 손잡이를 잡았던 정언이 문득 움직임을 멈추며 윤을 보았다.

"김 피디."

"네?"

화들짝 놀란 윤이 정언을 마주 보았다. 아직 젖은 눈가 끝이 빨갛게 달아 있었다. 센서티브하다고 했던가, 언젠가 민혜가 윤을 평가하던 단어를 떠올린 정언은 실없이 웃었다. 아까 그 얘기 하려고 여기까지 온 거야? 하고 묻고 싶었으나, 정언은 대신 다른 말을 택했다.

"샌드위치 잘 먹었다고."

윤이 뭐라고 말하기 전 운전석에 올라탄 정언은 문을 닫았다. 라이트에 비친 윤의 얼굴이 선명했다. 멍하니 서서 창 너머로 자신을 보는 윤에게, 정언은 윤의 차 운전석을 손끝으로 가리켜 보이며 차를 뒤로 뺐다. 그제야 퍼뜩 정신이 돌아온 윤이 시동을 걸어 둔 자기 차에 탔다.

윤에게 왜 여기까지 왔냐고 묻지 않은 건 이미 답을 아는 까닭이었다. 윤이 무슨 생각인지 뻔히 알면서도, 굳이 윤에게 이곳의 주소를 보내 준 건 어쩌면 잘못된 거였다는 생각이 스쳤다.

당의정의 겉면만을 녹이고 뱉어 버리는 아이가 된 기분이었다. 달콤한 감정은 주는 대로 받으면서 책임을 회피하는 건 분명 이기적이었다. 심장 한쪽이 기울어졌다.

애써 머릿속을 지우며 도로로 접어든 정언은 액셀을 밟았다. 손을 뻗어 라디오를 켜자 자정을 알리는 알림 소리와 함께 심야 라디오 프로그램의 시그널송이 흘러나왔다. 잠시 후, 차분한 디제이의 멘트가 그 위로 얹혔다.

『요즘 우리는 하루를 보낸다, 라는 말보다 하루를 견딘다, 라는 말을 더 자주 쓰는 것 같아요. 우리에게 삶은 매일 치열하게 싸워야 하는 것이기 때문이겠죠. 하지만 때로는 그저 시간을 흘려보내고 싶을 때도 있다는 것, 모두 공감하실 거예요. 오늘 저도 출근하면서 한강을 건너왔는데요, 문득 우리는 저렇게 그냥 물 흐르듯 마음을 맡기고 살 수는 없는 걸까 생각하게 되더라고요. 누구나 마음속에 그런 강이 있다면, 그래서 때로 우리의 치열함을 잠시 흘려보낼 수 있다면 참 좋을 것 같아요. 이루마의 'River flows in you'로 오늘 <미드나잇 라디오>의 문을 열겠습니다. 저는 여러분의 오래된 친구 조유정입니다.』

익숙한 선율이 차 안을 채우기 시작했다. 정언은 어두운 거리를 멀리 응시했다. 도로 위로 쏟아지는 가로등과 네온사인, 수많은 헤드라이트의 빛무리가 스치듯 흘러갔다.

오늘도 이렇게 하루를 견딘 건가, 무심히 뇌어 본 정언은 잠시 빨간 신호에 차를 세웠다. 그때 눈에 들어온 건 샌드위치 프랜차이즈의 간판이었다. 아까 윤이 샌드위치를 사 왔던 곳이었다. 저도 모르게 시선이 한동안 거기 머물렀다.

정언은 백미러를 보았다. 안전거리 밖에서 자신을 따라오는 윤의 차가 거기 비쳤다. 그러자 어쩌면, 오늘을 견디기 조금 더 쉬웠던 건 윤 때문일지도 모르겠다는 생각이 들었다. 선배 보고 얘기할게요, 하던 목소리, 손에 건네주던 샌드위치, 기어이 감추지 못하던 그 눈물이 차례로 뇌리를 지났다.

거리를 둔다는 건 무엇일까.

정언은 문득 그런 것을 생각했다. 백미러에서 시선을 뗀 정언은 초록색의 신호가 들어오기 무섭게 속도를 올렸다. 한산한 거리를 달리는 차 안에서 피아노 소리가 흩어졌다.

20

"아, 여자가 밖에서 일 좀 한다는데 왜 이렇게 보채, 진짜! 억울하면 우리 방송국 전화해서 빨리 그놈의 <비하인드 24> 폐지하라고 항의하든가! 나 바쁜 여자인 거 모르고 결혼했어? 내가 뭐라고 그랬어? 나 엄청 바쁠 거고, 애 낳아도 일할 거고, 그거 싫으면 결혼 못 한다고 했어, 안 했어? 그래서 당신이 알아서 다 하겠다고 말해서 결혼한 거 기억나, 안 나? 야, 그래, 너 말 잘했다. 너 내 수입 없이 대출금 언제 갚을래? 십 년 갚을 거 이십 년 갚고 싶니? 폐지되기 전까지는 안 들어앉을 거니까 빨리 전화 끊고 애나 보라고! 나 바빠!"

핸드폰에 대고 고래고래 소리를 지른 민혜가 전화를 끊으며 씩씩거렸다. 맞은편에 앉아 있던 호형이 휘익 휘파람을 불며 박수를 쳤다.

"야, 역시 이 시대의 참 작가 송민혜 작가님 아닙니까. 가정도 포기하고 일에 몰두하는 모습 아름답습니다."

"호형, 주둥이로 매를 버는 게 얼마나 쉬운지 알고 싶지?"

민혜가 눈을 부라리자 호형이 즉시 입을 다물었다. 그 모양을 보고 있던 재희는 코끝으로 웃는 소리를 냈다.

"이거 나 완전 가정 파괴범 된 거 같은데. 신랑이 집에서 내 인형 만들어 놓고 밤마다 바늘 찌르는 거 아냐?"

민혜가 짐짓 놀란 얼굴로 눈을 동그랗게 떴다.

"어머, 강 피디 우리 집에 CCTV 달았니?"

"어쩐지. 요새 자고 일어나면 온몸이 다 아프길래 드디어 갈 때가 됐나 했는데 범인이 송 작가 남편이었어? 서운하다, 나 송 작가 결혼할 때 축의금도 많이 냈는데."

재희가 능청을 떨자 옆에 앉아 있던 현진이 프린트 뭉치로 재희의 팔을 찰싹 후려쳤다.

"이 새끼가 말이 씨가 되는데 재수 없게 또 누나보다 먼저 간다고 지랄을 해!"

"깜짝이야, 말 좀 하고 때려요!"

재희가 항의하자 현진이 들은 척도 하지 않고 콧김을 뿜었다. 현진과 더 말해 봐야 건질 게 하나도 없다는 걸 잘 아는 재희는 얻어맞은 팔을 문지르며 다시 민혜에게 시선을 주었다.

"시간 늦긴 했네. 어차피 지금 서 피디랑 김 피디도 없는데 혼자 뭐 그렇게 열심히 해. 내일 둘이 오면 같이하고, 일 많으면 사비로라도 사람 붙여 줄 테니까 그만하고 가."

"아니, 진짜 뭐 조금만 더 보고 가려고 했는데 이 인간이 계속 보채니까 내가 살아, 못 살아? 내가 어디 도망갈까 봐 그래? 이럴 때마다 진짜 확 집 나갈까 싶다니까."

성질을 부리는 민혜를 본 재희는 진지한 표정으로 대꾸했다.

"송 작가 미모가 좀 뛰어나야지. 집에서 기다리는 사람은 불안하잖아. 미모의 와이프가 커리어까지 대단해서 집에 들어오질 않는데 남편 입장에서는 얼마나 안절부절못하겠어."

"물론 내가 미모와 실력을 겸비한 건 사실이야."

민혜가 심각한 얼굴로 재희의 말을 인정하자 현진이 저 정신 나간 것들, 하는 표정으로 혀를 차며 물었다.

"야, 니들 둘이 지금 노니?"

"아우, 놀고 싶다 진짜."

현진의 말에 기지개를 쭉 켠 민혜가 삭신이 쑤시는지 신음 소리를 내며 어깨를 두드렸다. 현진이 코웃음을 쳤다.

"폐지되면 계속 놀 텐데 벌써부터 놀고 싶어?"

"그런 말 하지 마요, 나 속상해! 근데 애들 너무 조용해서 불안하지 않아요? 엊그제 감사팀에서 <뉴스라이트> 사무실 다 뒤집어 놓고 갔다는데 왜 우리 쪽에는 아직 아무 말도 없지? 그때 기획안 미리 제출하라고 해서 강 피디가 성질낸 뒤로는 다른 얘기 없었지?"

민혜가 아무래도 이상하다는 표정으로 재희 쪽을 보았다. 의자에 등을 기댄 재희는 턱 부근을 만지작거리며 대답했다.

"나도 그게 좀 이상해. 우선 지금 방송 나가는 게 별문제 없어서 그런가 싶긴 한데……."

"일단 광고 수익은 건질 수 있으니까 별말 안 하는 건가? 요새 우리 예능이고 드라마고 영 재미 못 보잖아."

"뭐 그럴 수도 있지. 당장 폐지시켜 봐야 여기 파일럿 넣어서 시청률 얼마나 나오고 광고 얼마나 붙겠어. 한 푼이 아쉬운 건 회사지 우리 아니니까."

민혜를 향해 어깨를 으쓱해 보이며 대답하자 민혜가 나쁜 놈들, 하고 투덜거렸다. 두 사람의 대화를 듣고 있던 현진이 갑자기 생각났다는 듯 물었다.

"야, 그러고 보니 서정언 지금 하는 거 뭐야? 니들 지금 몇 달째 뭐 사부작사부작하던데."

"아직 보안."

재희가 입가에 손가락을 대며 대답하자, 현진이 팔짱을 끼며 수상하다는 표정으로 재희를 아래위로 훑어보았다.

"얼마나 대단해서 기획안 공유도 안 하고 보안이야?"

"짐작 가는 거 있어도 당분간 비밀이에요. 사이즈 커서 중간에 캔슬되면 타격 심해요. 진행 많이 됐고. 송 작가, 일단 그만하고 들어가. 다들 오늘은 퇴근 좀 합시다."

재희는 말을 돌리며 딱 소리가 나게 손뼉을 쳤다. 한숨을 폭 쉰 민혜가 에라 모르겠다, 하며 책상 위에 어지럽게 널려 있던 문서들을 대강 쓸어 모아 정리하기 시작했다.

현진이 재희에게 물었다.

"넌 안 들어가냐?"

"충민 선배랑 잠깐 얘기할 거 있어서요."

재희는 모호하게 말을 돌렸다. 퇴근 안 할 거라는 의미임을 쉽게 알아차린 듯 현진이 표정을 구겼으나, 어쩐 일인지 더 입을 대지는 않았다. 현진이 자리에 앉아 있던 성옥을 건너다보더니 손짓을 했다.

"성옥아, 너도 가자. 차 태워 줄게."

"진짜요?"

성옥이 반색을 했다. 그새 가방을 집어 든 호형이 먼저 손을 흔들었다.

"선배 마음 바뀌기 전에 퇴근합니다. 내일 봐요, 다들."

그래, 하고 대답하자 호형이 사무실을 나섰다. 현진이 쓰고 있던 안경을 벗어 내려놓고 미간을 몇 번 누르더니 피곤해 죽겠다는 얼굴을 했다. 차 키를 집어 든 현진이 성옥의 뒷덜미를 잡다시피 해서 데리고 나가는 것을 본 재희는 아직도 꾸물대는 민혜 쪽으로 고개를 돌렸다.

"당장 갈 것처럼 하더니 왜 안 가?"

"강 피디, 나 왜 이러지? 이거 진행될수록 기분이 좀 이상해."

민혜가 대답 대신 갑자기 꺼낸 말에, 재희는 팔짱을 끼며 눈썹을 약간 좁혔다.

"왜?"

"모르겠어. 나 요새 느낌이 별로 안 좋아. 왜 그런지 설명이 안 되니까 더 기분 나쁘다? 이거 기승전결 확실하고 방송만 되면 한 방 딱 날릴 수 있는 거 아는데……"

민혜가 말끝을 흐렸다. 재희는 그런 민혜를 가만히 바라보았다. 갑작스러운 불안감이 스미며 사무실 안이 어쩐지 스산하게 느껴졌다. <비하인드 24>에서 일한 지 근 십 년이 다 되어 가는 민혜가 이런 식으로 이야기를 하는 건 처음인 탓이었다.

"분위기가 어수선하니까 그런 거지 뭐. 깊게 생각하지 마. 집하고 회사 양쪽 다 신경 쓰려니까 힘들어서 그러잖아. 애 아직 어린데 한참 손 갈 때고."

애써 그 불안감을 지운 재희는 민혜를 달랬다. 민혜가 그런가, 하고 작게 한숨을 쉬는 얼굴에 재희는 고개를 약간 기울였다.

"뭐가 문제야? 진행 잘 되는 거 아냐? 서 피디 못 믿겠어?"

"아니, 어떻게 정언을 못 믿어. 믿지, 믿는데 그냥 감이 그래. 내가 낮에 예전 남정건설 간부들한테도 전화 돌렸었단 말이야.

인터뷰 일정도 잡았고. 근데 아무리 생각해도 이쯤 되면 슬슬 방해할 때가 됐다 싶잖아. 눈치 못 챘을 리가 없는데 너무 아무 짓도 안 하니까 더 불안한가 봐."

"아무 짓도 안 하면 다행인 거지 뭘 또 불안해하고 그래. 거기까지는 신경 쓸 여력 없을 수도 있지."

"나쁜 놈들이 더 부지런한 거 몰라? 우리가 자기들 뒤 캐는 거 알면 그쪽에서도 초조하긴 할 텐데."

민혜의 말이 틀린 건 아니었다. 다른 프로그램이라면 모를까, <비하인드 24>에서 추적 중이라면 제아무리 날고 긴다는 엄대진이라도 그저 웃어넘길 수준은 아닐 터였다. 지금처럼 잠잠한 건 어쩌면 대응책을 준비하는 까닭일 수도 있었다.

재희가 대답 대신 어깨를 으쓱해 보이자 아우 모르겠다, 하고 중얼거린 민혜가 자료들을 책상 서랍에 넣고 열쇠로 잠갔다.

"시간이 빨리 갔으면 좋겠다니까, 요샌. 강 피디도 적당히 해. 한 작가님 대본 거의 다 나온 거 같던데, 아직 시간 있잖아."

"됐어, 됐어. 나 걱정할 시간에 집에 가서 쉬어."

재희가 손을 젓자 민혜가 무슨 말인가 하려는 듯한 표정으로 재희를 한참 보다가 어깨를 축 늘어뜨리며 갈게, 하고는 가방을 들고 사무실을 나갔다. 사무실에 혼자 남겨진 재희는 긴 숨을 뱉으며 자리에서 일어나 커피 머신 앞에 섰다. 버튼을 누르자 컵으로 떨어지는 커피 향이 공기를 확 채웠다.

오늘도 벌써 몇 잔째인지 기억이 나지 않았다. 아마 혈관의 절반쯤은 카페인으로 채워져 있을 게 틀림없었다. 가벼운 한숨을 뱉은 재희는 창가에 서서 커피를 마셨다. 몇 모금을 마시는 내내 느낌이 안 좋다는 민혜의 말이 뇌리에서 지워지지 않았다.

무엇 때문인지 모를 노릇이었다.

정언은 조금씩 더 진실에 가까워지고 있었다. 고작 몇 걸음이면 목적지가 확실해질 게 분명했다. 필요한 건 단지 몇 개의 팩트였다. 그거면 충분했다.

거기 생각이 미친 순간 재희는 컵을 기울이던 손을 멈췄다.

고양이 목에 방울을 다는 것이 위험한 까닭은, 가까워지면 가까워질수록 상대도 필연적으로 이쪽의 존재를 알아차리게 되기 때문이다.

재희는 서둘러 기억을 되짚었다. 선경이 자신을 호출했던 날의 일이 떠올랐다. 석건이 용역 업체에서 영업 방해로 신고를 하겠다고 했다며 펄펄 뛰었고, 정언에게 그 일에 대해 묻자 정언은 경찰서에서 업체 사장이 어딘가로 전화를 했다고 말했다.

그는 그때 누구에게 전화를 했던 것일까 문득 궁금해졌다. 서온건설 남제선과 경일용역 손경일의 관계는 밀접했다. 만일 남제선 측에 이야기가 들어간 것이라면, 당연히 엄대진도 이미 그때부터 이쪽을 인식하고 있었을 것이 틀림없었다.

지금까지 아무 행동도 취하지 않는 건 그쪽에서도 지켜보고 있다는 뜻이 아닐까.

정언은 반드시 이기는 패를 가지고 게임에 뛰어드는 타입이었다. 그들이 어떤 수를 쓰든 정언이 여기까지 온 이상 이 판을 뒤집기란 쉽지 않았다. 정언은 똑똑하고 집요하고 겁이 없었다. 그것은 고양이 목에 방울을 다는 쥐에게 필요한 모든 미덕이었다.

상대방이 필승의 패를 가지고 있다고 생각될 때, 승부를 뒤집는 방법은 단 하나뿐이다. 재희는 그들의 수법을 잘 알고 있다. 가짜 패를 만드는 것, 패를 빼앗는 것, 그리고…… 상대를 제거하는 것. 어떤 방법으로든, 그 순간 모든 게임은 무효로 돌아간다.

머릿속이 싸늘하게 가라앉았다. 굳은 듯 서 있던 재희는 다음 순간 책상 위에서 날카롭게 울리는 핸드폰의 벨소리에 퍼뜩 현실로 돌아왔다.

들고 있던 컵을 내려놓으며 핸드폰의 액정을 확인하자 '이성옥 작가'라는 이름이 선명했다. 재희는 설명할 수 없는 불안감에 빨라진 심장을 애써 진정시키며 전화를 받았다.

"어, 이 작가. 왜?"

가능한 한 침착하게 묻자 성옥의 안절부절못하는 목소리가 넘어왔다.

『피디님, 진짜 죄송해요. 제가 지금 한 작가님 차 타고 가는 중이라서, 제가 사무실로 다시 가야 되는데…… 정말 죄송해요. 얼마 전에 차세진 의원실에서 뭐 보내 주신 거 있었는데 제가 정신이 없어서요. 피디님 바로 갖다 드렸어야 되는데 어떡해요. 진짜 너무 죄송해요. 지금 생각이 나서요. 내일 말씀드리면 또 잊어버릴 거 같아서, 저기, 피디님. 제 책상 책꽂이 왼쪽 끝에 서류 봉투 있거든요. 아직 사무실 계시면 그거 꼭 확인해 보시라고요. 죄송해요.』

재희는 석고대죄라도 할 기세로 말끝마다 죄송해요, 하는 성옥에게 웃으며 대답했다.

"그래, 되게 죄송한 거 알겠어. 찾아서 볼 테니까 걱정하지 말고 들어가."

『네, 피디님. 내일 뵈어요.』

먼저 전화를 끊은 재희는 고개를 두어 번 흔들어 복잡한 생각들을 떨어 버리고는 성옥의 자리로 걸음을 옮겼다. 캐릭터 스티커며 조그만 인형, 화분 따위에 산더미처럼 쌓아 놓은 종이들로 복작대는 책상을 내려다본 재희는 피식 웃었다.

손을 뻗어 성옥이 말한 책꽂이 가장자리 부근을 뒤적이자, 국회 로고가 찍힌 서류 봉투가 꽂힌 것이 눈에 들어왔다. 봉투에는 '차세진 의원실'이라고 인쇄되어 있었다.

지난번 세진을 만났을 때 자신에게 보여 주고 싶은 편지가 있다며, 사무실로 보낼 테니 한 번 읽어나 보라고 했던 것이 생각났다. 아마 그때 말한 편지인 듯했다.

자리로 돌아간 재희는 칼로 봉투 위를 그어 안의 내용물을 털어 보았다. 흰 봉투에 든 편지 몇 통이 책상 위로 쏟아졌다. 두어 통은 개봉이 된 상태였고, 나머지는 그대로 봉해진 채였다.

의자에 앉은 재희는 봉투 하나를 들어 앞면을 보았다. 발신인의 주소가 눈에 들어왔다. 경기도 여주시 가남읍 양화로 107, 우편번호 12655. 어쩐지 낯이 익은 주소였다.

눈으로 두어 번 봉투의 글씨를 되풀이해 읽어 본 재희는 곧 미간을 좁혔다.

여주교도소.

보낸 곳을 숨기기 위해 일부러 교도소명을 쓰지 않은 것이 분명했다. 교도소에서 보내오는 편지가 처음은 아니었으나, 느낌이 이상했다.

아까 민혜와의 대화 탓일 거라고 생각한 재희는 봉투를 다시 한 번 살폈다. 발신인의 이름은 허주경으로 되어 있었다. 허주경. 뇌어 본 이름은 어딘지 모르게 낯이 익은 것 같기도 했다.

재희는 개봉되어 있는 편지를 먼저 꺼냈다. 교도소 내부에서 판매하는 평범한 규격봉투와 편지지였다. 무심히 편지를 펼쳐 잠시 읽어 내려가던 재희는 얼마 지나지 않아 시선을 멈추며 눈을 약간 크게 떴다.

편지를 한쪽 손에 쥔 채 굳어 있다가 핸드폰을 다시 집어 든 재희는 바로 성옥에게 전화를 걸었다. 신호가 채 두 번을 가기도 전에 성옥의 놀란 목소리가 돌아왔다.

『네, 피디님.』

"혹시 전에 여주에서 우리 사무실로 온 편지 본 적 있어?"

앞뒤 생략하고 묻는 재희의 말에 성옥이 잠시 머뭇거렸다. 재희는 핸드폰을 고쳐 쥐며 성옥을 다그쳤다.

"잘 생각해 봐. 몇 번 온 적 있었을 거야. 기억나?"

『어, 저기, 그랬던 거 같기도 하고요. 제가 내용은 다 안 보니까 잘 모르겠어요.』

성옥이 당황하며 대답하자 재희는 바로 다시 물었다.

"우리 사무실로 편지 오는 거 내용 확인 누가 해?"

『혜주 언니도 보고, 희림 언니도 보고…… 송 작가님이랑 한 작가님도 다 보시는데, 왜요?』

"아직 차 안이지? 한 작가님 옆에 있으면 좀 바꿔 봐."

성옥이 뭐라고 하는 목소리가 들리더니 잠시 후 현진이 전화를 받았다.

『뭐야, 왜. 무슨 일인데?』

"작가님, 혹시 여주교도소에서 온 편지 읽어 본 적 있어요? 고의로 교통사고 내서 사람 죽인 살인범이 보낸 건데, 자기한테 교사한 사람이 있다고."

『너 자다가 꿈 꿨어? 무슨 봉창을 그렇게 두드려?』

현진이 황당하다는 투로 되물었다. 심장이 빨라졌다. 재희는 미간을 누르며 대답했다.

"아니, 나 지금 엄청 심각해. 본 적 있어요, 없어요?"

『그렇게 말하니까 기억이 나는 거 같기도 하고…… 그런 게 한두 통 와야지. 내 책상 서랍 제일 아래쪽 한 번 봐봐. 제보 편지 온 건 거기 넣어 놓으니까.』

"알았어요."

대답을 듣지도 않고 전화를 끊은 재희는 바로 현진의 책상으로 가서 서랍을 뒤지기 시작했다. 제일 아래 서랍을 빼어 아예 바닥에 다 뒤집어 놓은 재희는 무릎을 접고 앉아 어림잡아도 수백 통은 되어 보이는 편지봉투 사이를 헤집었다.

경기도 여주시 가남읍 양화로 107에서 온 편지를 찾는 건 어렵지 않았다. 찾아낸 편지 몇 통의 발신인은 모두 허주경이었고, 방금 자신이 본 것과 같은 규격 봉투로 보낸 것이었다.

서랍 안에 다시 나머지 편지들을 쓸어 넣고 닫은 재희는 찾아낸 편지를 쥐고 몸을 일으켰다. 비슷한 내용의 편지가 너무 많다 보니 아마 자신의 선까지 올라오지도 않은 듯했다.

가벼운 두통이 밀려들었다. 책상을 짚고 잠시 눈을 감고 있던 재희는 긴 숨을 뱉었다. 재희가 읽은 편지의 첫머리는 이렇게 시작하고 있었다.

저는 현재 살인죄로 12년 형을 받고 복역 중인 허주경이라고 합니다. 제가 사람을 죽였다는 것을 부정하지는 않습니다. 저는 하루하루 고인과 유족들에게 속죄하는 마음으로 살아가고 있습니다.

그러나 그 모든 일이 저의 의지가 아니었음을 밝히고 싶어 펜을 듭니다.

　저는 힘없는 하청업체 사장입니다. 살인을 사주하는 힘 앞에서 저는 무력했습니다. 서온건설 회계 과장 고정민 씨를 살해한 것은 절대로 저의 의지가 아니었습니다.

　로열 스트레이트 플러쉬, 절대로 질 수 없는 단 하나의 패.

　그들이 모든 판을 무효로 돌리기 전에 먼저 움직여야만 했다. 책상 위에 놓여 있던 안경을 집어 쓴 재희는 그 편지들을 한 통 한 통 읽기 시작했다. 긴 밤이 지나는 사이 재희는 오랫동안 자리를 떠나지 못했다.

　사무실에 들어선 정언은 안을 둘러보았다. 텅 빈 사무실은 고요했다. 아침부터 짙게 내려앉은 안개가 창밖의 풍경을 온통 흐리고 있었다. 회색 필터를 덧씌운 듯 도시의 윤곽이 아슴하게 멀어졌다. 아직 다들 출근하기에는 이른 시각이었다. 그렇다 해도 사무실에 아무도 없는 건 드문 일이었다.

　자리에 앉은 정언은 의자에 기대 몸을 조금 뒤로 젖혔다. 잠이 오지 않아 간만에 새벽부터 일어나 뛰고 온 덕분인지 카페인이 들어가기 전부터도 정신은 멀쩡했다. 다만 오는 길에 아침 대신 대충 쑤셔 넣은 식빵 한 조각이 얹힌 건지 속이 약간 답답했다.

　가슴 부근을 두어 번 툭툭 두드리며 컴퓨터의 전원을 켠 정언은 무심코 재희의 자리를 보았다. 책상 위 스탠드가 켜진 채였다. 또 밤샘하고 노조 사무실에라도 내려가 있는 건가 생각하는데, 사무실의 문이 열리며 충민이 고개를 들이밀었다.

"어, 서정언. 일찍 출근했네."

"아, 네. 선배님은 집에 안 들어가셨어요?"

자리에서 일어난 정언이 묻자 충민이 고개를 끄덕였다.

"응. 일이 좀 있어서. 강재희 어디 갔냐?"

"노조 사무실에 없어요?"

정언이 의아한 얼굴로 되묻자 충민이 무슨 소리 하냐는 표정으로 눈을 동그랗게 떴다.

"아니. 숙직실에도 없던데. 전화도 안 받아서 사무실에서 자나 싶어서 올라왔더니 여기도 없어?"

"그래요?"

"이 새끼 어디서 갑자기 졸도하고 그런 거 아냐?"

충민이 혼잣말처럼 중얼거린 소리에 가슴이 덜컥 내려앉았다. 충분히 있을 수 있는 일이었다. 자기가 말해 놓고도 놀랐는지 표정이 굳어진 충민이 정언에게 말했다.

"강재희한테 전화 좀 해봐. 내가 찾아볼 테니까."

네, 하고 미처 대답하기도 전 충민이 후다닥 사라졌다. 정언은 이마를 짚으며 핸드폰을 집어 들었다. 주소록에서 막 재희의 이름을 찾아 통화 버튼을 누르려는데, 손안에서 핸드폰이 진동하기 시작했다. 액정에 선명하게 재희의 이름이 뜬 것을 본 순간 정언은 즉시 전화를 받았다.

"지금 어디예요?"

다급한 정언의 물음에 잠깐 사이를 두고 피곤한 듯 잠긴 재희의 목소리가 돌아왔다.

『혹시 누가 나 찾으면 취재 갔다고 얘기해. 문자 남긴다는 걸 깜빡했어.』

"안 그래도 지금 충민 선배가……."

『알아. 선배한테는 내가 얘기할 테니까 그건 신경 쓰지 말고.』

경찰서나 병원에서 전화한 게 아니라는 사실을 확인하자마자 저도 모르게 한숨이 쏟아졌다. 미간을 누르고 있던 정언은 핸드폰을 고쳐 쥐었다.

"그래서 어디냐고요. 왜 새벽같이 어딜 가는데 말을 안 해서 사람들 걱정을 시켜요? 선배 어디서 쓰러진 거 아니냐고 충민 선배가 아주 대경실색을 하고 갔는데, 지금."

『여주 가는 중이야.』

재희의 대답에 정언은 눈썹을 좁히며 재희에게 되물었다.

"어딜 간다고요?"

『여주. 운전 중이니까 갔다 와서 얘기할게.』

"아니, 선배……."

채 뭐라고 하기도 전 전화가 끊어졌다. 왜 사람 말을 끝까지 안 들어, 하고 투덜거린 정언은 끊긴 전화를 물끄러미 내려다보았다. 여주, 여주, 하고 입 안으로 두어 번 뇌어 보았으나 아무리 기억을 더듬어도 재희가 갑자기 거기 가야 할 까닭이 전혀 떠오르지 않았다.

혀를 찬 정언은 재희의 자리에 켜져 있던 스탠드를 껐다. 그때 사무실로 들어오던 현진이 정언을 보더니 손을 들어 보였다.

"일찍 왔네? 근데 왜 거기 있어?"

"아, 선배가 갑자기 취재 나갔다고 그래서요. 스탠드 켜 놓고 갔길래 끈 거예요."

정언의 대답에 가방을 내려놓은 현진이 의아한 얼굴을 했다.

"강재희가 취재를 갔다고? 취재할 게 없는데 무슨 취재를 어디로 가?"

"여주에 갔다던데요. 작가님도 몰라요?"

현진이 고개를 가로저었다. 뭔가 이상하다는 생각이 들었다. 현진이 모르는 재희의 취재 스케줄이라는 건 존재할 수 없었다. 현진이 전혀 모르는 걸 보니 미리 얘기도 하지 않은 듯했다.

잠시 얼굴을 찌푸리고 있던 현진이 흠, 하며 턱을 만지작거렸다.

"그러고 보니까 어젯밤에 뜬금없이 전화해서 여주에서 무슨 편지 온 거 없냐고 찾던데 그것 때문인가?"

"편지요?"

"아니, 모르겠어. 퇴근하는데 갑자기 전화하더니 편지 얘기를 막 하더라고. 거기 뭐가 있나?"

현진이 혼잣말처럼 자문했으나 답이 나올 리 만무했다. 잠시 생각하던 정언은 곧 에이, 하며 더 고뇌하기를 포기했다. 어차피 얘기해 줄 만한 내용이었다면 이미 통화할 때 말해 줬을 것이 뻔했다. 하여튼 이 도깨비 같은 인간, 하고 중얼거린 정언은 자리로 돌아왔다.

그새 켜진 모니터 하단에서 메일 알림창이 반짝이는 것이 눈에 들어왔다. 또 어디서 온 메일인가 싶어 클릭하자 보낸 사람의 이름이 눈에 들어왔다.

박창도.

<경상일보> 국장의 얼굴이 머릿속을 번뜩 지나갔다. '서정언 피디님께'라고 적힌 메일을 열자 안에는 간략한 내용 몇 줄이

쓰여 있었다.

안녕하십니까. 지난번 방문하신 후 예전 취재 수첩에서 김장순 이사 사고 현장 사진 몇 장이 남아 있는 것을 발견했습니다. 혹여 도움이 되실까 하여 사진과 당시 취재 수첩을 스캔해 보냅니다. 항상 건강 주의하십시오. 박창도 드림.

간결한 내용이었다. 감사하다는 내용으로 짧은 답장을 보낸 정언은 바로 첨부된 파일을 다운받아 열어 보았다. 인화한 지 오래된 필름 사진을 스캔한 것이라 선예도가 떨어지기는 했으나, 현장의 상황을 알아보기는 어렵지 않았다.

사진 속에서 가드레일을 들이받은 자동차와 도로 위에 남은 스키드 마크, 산산이 부서져 흩어진 유리 조각 따위를 한참이나 유심히 보고 있던 정언은 등 뒤에서 들리는 안녕하세요, 하는 목소리에 퍼뜩 고개를 돌렸다. 윤이었다.

윤이 손에 들고 있던 것을 정언의 책상 한쪽에 살짝 내려놓고는 자리에 앉았다. 늘 마시는 로비 카페의 벤티 사이즈 아이스 아메리카노였다.

"출근하면서 커피 사러 갔다가 생각나서 물어봤더니 선배 아직 안 오셨다고 그래서요."

파티션 너머에서 윤이 묻지도 않은 말을 덧붙였다. 그 세심함이 작은 가시처럼 마음에 걸렸다. 잠시 멈칫하던 정언은 애써 여상하게 아 고마워, 하고 대답하고는 방금 받은 창도의 메일을 윤과 민혜, 재희의 주소로 보낸 뒤 입을 열었다.

"우리 만났던 <경상일보> 국장님이 메일 보낸 게 있어서 포워딩했으니까 확인해 봐. 그리고 내가 지금 전화번호 하나 줄 건데, 법영상분석연구소 주성안 소장님 번호거든. 그쪽에 전화해서 교통사고 현장 사진 감식 좀 부탁드릴 건데 언제까지 가능한지, 촬영은 언제 가능할지 스케줄 한 번만 확인 좀 해 줘."

정언은 포스트잇 한 장을 떼어 전화번호를 적어서는 윤에게 건넸다. 윤이 네, 하며 정언의 손에서 포스트잇을 가져갔다. 짧은 한숨을 뱉은 정언은 커피를 한 모금 마셨다. 늘 그렇듯 마시기 무섭게 정신이 번쩍 드는 트리플 샷의 위력은 대단했다.

파티션 너머를 흘끔 본 정언은 입술을 물었다 놓았다. 윤이 자신을 의식하는 것보다는 평소처럼 행동하는 게 나았지만, 자신이 윤을 밀어내면서 이런 식으로 계속 뭔가를 받는 입장이 되는 건 마음에 걸렸다.

거절하기 어렵게 구는 것도 천성일까, 속으로 생각한 정언은 차가운 컵 표면을 만지작거리다 고개를 두 번 흔들며 가방에서 메모리카드를 꺼냈다. 상우의 인터뷰 영상을 빼기 위해 카드를 리더기에 꽂기 무섭게 핸드폰이 다시 진동하기 시작했다.

또 재희인가 싶어 무심코 액정에 흘끔 시선을 준 정언은 '최효명 여사'라는 이름을 확인한 순간 어, 하며 멈칫했다. 어머니였다. 정언은 바로 핸드폰을 들고 사무실을 나서며 전화를 받았다.

"여사님, 어쩐 일이십니까?"

『엄마가 딸 목소리 들으려고 전화하는 게 어쩐 일이야?』

정언이 물은 말에 효명의 카랑카랑한 목소리가 돌아왔다. 정언은 비상구로 나가 문을 닫으며 웃었다.

"엄마가 한국에서 제일 바쁘잖아. 웬일? 가게 안 열었어?"

『가게를 왜 안 열어, 열었지. 오늘따라 문 열자마자 바빠 죽는 줄 알았어. 이제 겨우 한숨 돌리니까 뉴스 나오길래 너 생각나서 걸어 봤지.』

"텔레비전 안 보면 내 생각 안 나고?"

짐짓 토라지는 척을 하는 정언에게 효명이 하이고, 하며 깔깔거렸다.

『사돈 남 말 한다. 엄마가 죽었는지 살았는지 전화 한 통 안 하는 게. 아니, 누굴 닮아서 그렇게 매정해?』

"엄마도 무슨 일 있는 거 아니면 연락 안 하잖아. 내가 그 쿨한 최효명 여사님 닮았겠죠, 누굴 닮았겠습니까. 원래 밭 도둑질은 못 한다며."

『아빠랑 붕어빵인 주제에 어디서 씨 도둑질해 온 것처럼 말하지 마, 이것아. 시집도 안 간 게 무슨 망측한 소리를 하고 있어.』

정색을 한 효명이 곧 목소리에서 웃음기를 거뒀다.

『너희 팀은 괜찮아? 요새 뭐 YBS 시끌시끌하다고 삼촌이 계속 그러던데. 뉴스에서도 청와대가 어쩌고저쩌고 하면서…… 정언이 너 괜히 뭐 또 위험한 거 하는 건 아니지?』

"뭐야, 새삼."

속이 뜨끔했으나 애써 말을 돌리자 효명이 들으라는 듯 한숨을 쉬었다.

『내가 전생에 무슨 죄를 지어서 기자 남편에 피디 딸을 뒀나 몰라.』

"그러게 누가 데모하다 가게 뛰어 들어온 남자랑 결혼하랬나? 딱 봐도 그런 남자 만나면 인생이 피곤할 거 몰랐어?"

정언이 놀리듯 되묻자 효명이 으이구, 하며 나무라는 소리를 냈다.

효명과 현국이 처음 만난 건 학생운동이 한창이던 때의 신촌이었다. 시위를 하던 현국이 사복 경찰에게 쫓기다 뛰어 들어온 곳이 외할아버지의 빵집이었던 것이다.

다 구워진 빵을 진열대에 놓고 있던 효명은 거지꼴로 들이닥쳐 잠시만 숨겨 달라고 애원하는 현국을 보고 대경실색했다. 그때 현국을 제빵실에 숨겨 준 건 외할아버지였다.

무사히 돌아간 현국은 그다음 날부터 빵집에 출근 도장을 찍기 시작했다. 단팥빵이나 소라빵 따위가 백 원, 이백 원 하던 시절이었다. 누가 봐도 고학생 꼴을 하고서는 하루에 몇 천 원씩 빵을 사 대는 남자가 멀쩡해 보일 리 만무했다.

그러기를 몇 주째, 계산을 하던 효명이 빵 엄청 좋아하나 봐요? 하고 묻자 얼굴이 빨개진 현국은 그쪽을 좋아합니다, 라고 대답했다고 했다. 현국이 살아 있던 시절 귀에 못이 박히도록 들은 이야기였다.

『너는 맨날 위험하고 무섭고 그런 것만 하고. 내가 매주 방송 보면서 간이 다 떨려요. 아니, 피디도 남들 다 하는 그런 거 하면 안 돼? 어떤 피디처럼 연예인 만나서 결혼도 하고 그럼 좀 좋아?』

"바랄 걸 바라세요. 아빠랑 결혼해 놓고 아직도 떨릴 간이 남았어? 그럼 엄청 건강한 건데 다행이네."

정언이 부러 농담처럼 대꾸한 말에 효명이 버럭 화를 냈다.

『넌 지금 엄마랑 장난하니?』

"장난할 시간 없고요, 엄마니까 YBS에서 제일 바쁜 내가 특별히 시간 쪼개 통화하는 거야. 나 서현국, 최효명 딸입니다, 여사님. 걱정 안 해도 돼."

『못 살아, 정말. 안 바쁠 때 엄마 좀 보러 와. 삼촌도 너 보고 싶대. 엄마가 딸 보려면 텔레비전 틀어 놓고 언제 나오나 물 떠 서 제사 지내는 게 말이 되니? 얼굴도 잊어버리겠어.』

"알았어, 알았어. 엄마, 나 들어가 봐야 돼. 나중에 전화해."

『그래. 밥 잘 먹고 다녀, 알았어? 어머, 손님 왔다. 끊을게.』

효명이 전화를 끊었다. 잠시 핸드폰 너머의 침묵에 귀를 기울이고 있던 정언은 벽에 등을 기댔다. 그러고 보니 마지막으로 얼굴을 본 게 벌써 몇 달 전이었다. 예전에는 신촌 부근을 지나갈 일이 있으면 간혹 가게에 들르기도 했는데, 최근에는 그럴 일이 전혀 없었던 것이다.

언제 한 번 가긴 가야 되는데, 하며 생각한 정언은 눈썹 위를 문질렀다. 사무실로 돌아가려는데 핸드폰이 다시 한 번 울렸다. 액정을 확인하자 처음 보는 번호로 메시지가 들어와 있었다. 정 언은 비상구의 문손잡이를 잡은 채 다른 손으로 메시지를 확인했다.

─ 남부지검 진형은입니다. 전한동 부장님한테 이야기 들었습니다. 시간 되실 때 연락 주세요.

정언은 손잡이를 놓고 다시 그 번호로 전화를 걸었다. 신호가 서너 번 갔을 때 건너편에서 진형은 검사입니다, 하는 대답이 들렸다. 차분한 여자의 목소리였다. 정언은 한 번 더 번호를 확인하고는 입을 열었다.

"안녕하세요, <비하인드 24> 서정언 피디입니다. 전한동 부장님한테 연락 받으셨다고요?"

『아, 네. 서온 게이트 관련해서 취재 중이시라고 들었습니다. 제가 협조할 수 있는 부분이 있다면 도와드리고 싶어서요.』

조용조용한 말투였다. 듣는 것만으로는 이런 사람이 그렇게 큰 사건의 담당 검사였다고는 절대 믿을 수 없을 것 같았다. 정 언은 핸드폰을 고쳐 쥐었다.

"만나서 얘기할 수 있을까요?"

『퇴근 후에, 되도록 조용한 곳에서 뵈었으면 하는데요.』

"그러면 검사님께서 가능하신 날짜하고 시간, 장소 정해서 다시 연락 주시겠습니까? 제가 스케줄 맞추겠습니다."

『알겠습니다. 이따 연락드릴게요.』

네, 하고 대답하자 전화가 끊어졌다. 아침부터 정신이 하나도 없네, 하고 중얼거린 정언은 허공에 한숨을 뱉었다. 오늘따라 뭐가 이렇게 출근하자마자 난리인지 모를 노릇이었다.

사무실로 돌아가 자리에 앉자 윤이 곁에서 말했다.

"주 소장님하고 통화했어요. 분석은 다음 주 화요일까지 가능하대요. 촬영도 그때 했으면 하시는데요. 현장 사진 감식하시려는 거 맞죠? 사진은 그쪽으로 보내 드렸어요."

"아, 오케이. 고마워."

"그리고 송 작가님 지금 남정건설 전무로 있었던 권정홍 씨라고, 그분 인터뷰 따러 가신대요. 오전에는 못 들어오실 것 같고, 선배 통화중이라 전화가 안 된다고 하시더라고요."

아마 어머니와 통화하는 도중에 전화했던 모양이었다. 응, 하고 대답한 정언은 머리가 지끈거려 관자놀이 부근을 눌렀다. 상우의 인터뷰 영상을 공유 폴더로 옮겨 놓은 정언은 지혁에게 메신저로 인코딩을 부탁하고는 책상 서랍을 열었다.

늘 먹는 진통제 병을 꺼내 뚜껑을 열자, 200정짜리 병의 바닥에 남은 진통제가 고작 몇 알뿐인 것이 눈에 들어왔다. 제명에 못 죽지, 하고 중얼거린 정언은 병을 거꾸로 털었다. 순간 손이 미끄러지며 바닥으로 떨어진 병에서 남은 진통제가 모조리 흩어졌다.

"미치겠네, 진짜."

중얼거린 정언은 이마를 짚었다. 뭔가 떨어지는 소리에 반사적으로 바닥을 본 윤이 고개를 들어 정언에게 시선을 주었다.

"진통제예요?"

정언에게 물은 윤은 다시 몸을 숙여 바닥에 떨어진 진통제 병을 집어 들었다. 정언이 내가 할게, 하며 윤을 만류했다. 그러나 그새 꼼꼼하게 흩어진 알약들을 주워 모은 윤은 통 안을 다시 한 번 들여다보았다.

얼마나 깔끔하게 털었는지, 통 안에는 진통제가 한 알도 남아 있지 않았다. 윤이 고개를 조금 기울이더니 정언을 보았다.

"선배, 어디 안 좋으세요?"

"아냐. 그냥 머리가 좀 아파서 그래. 신경 쓰지 마."

뭐라고 말하려던 윤이 곧 입을 다물었다. 그 표정에 또 마음이 약간 불편해졌다. 정언은 애써 거기서 시선을 돌렸다. 관자놀이 부근을 몇 번 누른 정언은 곧 말을 돌렸다.

"메일 포워딩한 거 확인했어?"

"아, 네."

윤이 아무래도 신경이 쓰인다는 표정으로 정언을 흘끔 보더니 입을 열었다.

"취재 수첩 내용 봤는데, 운전기사였던 이대훈 씨는 병원에 실려 왔을 때 이미 사망 상태였고 김장순 이사는 병원에 후송되고 얼마 안 지나서 사망한 것 같아요. 사망진단서만 있는 걸로 돼 있던데, 그러면 부검은 안 된 거 아니에요?"

"그럴 것 같은데. 부검했으면 부검소견서도 보냈을 테니까. 사망진단서 내용 있어?"

"둘 다 과다출혈로 사망한 걸로 기록돼 있었나 봐요."

정언은 윤의 말을 들으며 창도가 보내 준 사진을 다시 한 번 클릭해 보았다. 아마 지금은 이 도로의 모습을 흔적조차 찾을 수 없을 것이 틀림없었다.

정언은 사진을 주의 깊게 보았다. 조명이 거의 없는 옛날 도로였고, 사진 하단의 찍은 시각은 동이 트기 시작하는 새벽 무렵으로 기록되어 있었다.

"이대훈 씨가 일한 지 오래된 사람이었나?"

"아, 그 내용도 있었어요. 김장순 이사가 십 년 넘게 데리고 있었대요."

정언이 혼잣말처럼 중얼거린 질문을 바로 캐치한 윤이 대답했다. 정언은 미간을 누르며 생각에 잠겼다. 과다출혈로 사망에 이를 정도라면 충돌 순간의 충격이 엄청나게 컸을 터였다. 오랜 기간을 함께한 운전기사라면 김장순이 신뢰하는 사람이었을 게 분명했다. 졸음운전을 할 만한 사람이 아닐 확률이 높았다.

사고가 난 지역은 포항으로 들어오는 길이었기에, 평소에도 자주 이용하는 도로였을 것이다. 조명 없는 도로의 야간 운행이라면 특별히 더 주의했을 텐데도, 사고가 날 수밖에 없었던 어떤 이유가 무엇이었을까.

비스듬하게 처박혀 반파된 차의 옆구리에는 긁힌 흔적이 선명했다. 정언은 창도의 말을 떠올렸다. 깨져 있던 왼쪽 백라이트, 운전석 방향의 도료 이염, 부실한 초동 수사.

이미 수십 년 전의 일이었다. 아무 상관도 없는 사람을 잡아다 자백을 강요해 범인으로 만드는 일도 비일비재하던 시대였다. 목격자도, CCTV도, 블랙박스도 없는 현장을 누군가의 입맛대로 조리하는 것은 너무나 쉬웠다.

　그러나 영원한 비밀 같은 건 없었다. 단 하나의 증거라도, 반드시 진실을 가리키기 마련이었다. 자신이 할 수 있는 일은 오로지 그 진실을 따라가는 것이었다.

　모니터를 뚫어지게 보던 정언은 책상 위에서 짧게 진동하는 핸드폰 소리에 시선을 내렸다.

　ㅡ 진형은입니다. 오늘 저녁 8시, 보광동 391-10 슬로우 텀.

　메시지는 간단했다. 두 손을 깍지 끼어 이마에 대고 있던 정언은 그 메시지에 이따 뵙겠습니다, 하고 답을 보낸 뒤 가벼운 한숨을 뱉었다. 사무실의 공기가 문득 답답했다. 그 답답함을 참아보려고 애쓰던 정언은 결국 자리에서 일어났다.

　속이 울렁거리는 기분은 그리 유쾌하지 않았다. 아무래도 아침에 먹은 식빵 한 쪽이 체했나 싶었다. 옥상에 올라가 잠깐 바람이라도 쐬고 와야 할 것 같았다. 윤이 이쪽을 보는 것을 알아차렸으나, 정언은 부러 아무 말도 하지 않고 사무실을 나왔다.

　옥상으로 올라가 텅 빈 벤치에 앉은 채 한참 몸을 숙이고 있던 정언은 문득 바닥으로 드리워지는 그림자에 고개를 들었다. 언제 온 건지, 윤이 거기 서서 정언을 내려다보고 있었다. 작은 봉투를 든 윤의 얼굴은 약간 상기된 채였다.

　"무슨 일이야?"

　정언은 의아한 표정으로 물었지만 대답 대신 윤이 곁에 앉았다. 평소와는 달리 웃음기가 전혀 없는 그 옆모습이 어쩐지 낯설었다. 이 끝으로 아랫입술을 누르며 잠시 무언가를 망설이는 것 같던 윤이 갑자기 벤치 위로 아무렇게나 늘어뜨려진 정언의 손을 잡았다.

갑작스러운 윤의 행동에 눈을 조금 크게 뜬 정언은 거의 반사적으로 잡힌 손을 빼려 했다. 그러나 윤은 다시 한 번 더 정언의 손을 감싸 쥐었다. 녹아드는 체온이 거의 델 것처럼 뜨겁게 느껴져, 정언은 자신의 손이 그렇게 차가웠다는 걸 겨우 깨달았다.

"김 피디."

당황한 정언은 윤을 불렀다. 윤이 머뭇거리다 잡고 있던 손을 놓고는 들고 온 작은 봉투를 정언과 자신의 사이에 두었다. 바닥으로 시선을 내린 윤이 입을 열었다.

"계속 얼굴 안 좋으셔서 체하신 거 아닌가 싶었어요. 손 찬 거 보니까 맞나 봐요. 체하면 머리 아프니까, 혹시 몰라서요."

열린 종이봉투 안에서 포장된 진통제와 소화제가 언뜻 비쳤다. 아마 자리를 비운 새 나가서 사 온 모양이었다. 진통제 병을 잠깐 본 게 다인데 어떻게 자신이 체했다는 것까지 알아차렸는지 모를 노릇이었다.

이런 것도 그냥 천성적인 다정함이라고 치부하고 넘어갈 수 있는 걸까. 뭐라고 해야 할지 선뜻 생각이 나지 않았다. 눈을 깜빡일 때마다 머릿속에서 단어들이 지워지는 것 같았다. 정언은 이마를 짚으며 눈썹을 찌푸렸다.

"잠깐만, 이거……."

"선배가 무슨 얘기 하려고 하시는지 알아요."

윤이 먼저 정언의 말을 끊었다. 나지막한 목소리가 이어졌다.

"저 거짓말 잘 못해요. 그날 선배가 그렇게 얘기하신 거 아무렇지도 않았다고는 안 할게요."

순간 가슴 부근으로 짧게 지끈거리는 감각이 지났다. 윤이 아무 일도 없었던 것처럼 군다고 해서 정말 괜찮았을 리 없다는 생각이 뒤늦게 따라왔다. 누구나 타인의 상처에는 둔감하다지만, 자신이 다치기 싫다고 윤을 떠밀었다는 것을 깨닫자 부끄러움 같은 기분이 밀려들어 얼굴이 뜨거워졌다.

"선 넘었다고 생각하시면 죄송해요. 그런데 전 앞으로도 안 이럴 자신 없어요."

그 목소리 끝은 잠긴 채였다. 정언은 눈을 들어 윤을 보았다. 흰 목덜미가 새빨갛게 달아 있었다. 무릎 위에 놓인 윤의 손끝이 떨렸다. 바람이 서늘했지만 결코 그 때문은 아닐 터였다.

"하지만 그게 뭐든 선배한테 강요하는 건 안 해요. 절대 그런 일 없을 거예요. 그러니까……."

윤의 말이 충동적인지, 아니면 계속해서 생각해 왔던 것인지 가늠할 방법은 없었다. 다만 그 입술 끝에서 떨어지는 단어들은 소년처럼 예민했다. 슬라이드 유리로 만들어진 것 같은 단어들은 조금만 건드리면 깨질 것 같아, 정언은 아무 말도 하지 못했다. 잠시 말을 멈췄던 윤이 다시 입술을 달싹였다.

"그러니까 저 너무 싫어하지 마세요."

심장이 툭 떨어지는 것 같았다. 정언은 말을 잃은 채 윤을 응시했다. 시선을 느꼈을 텐데도 윤은 이쪽을 보지 않았다. 어쩌면 보지 못했다, 라고 하는 편이 정확할 수도 있었다. 짧은 정적이 지났다.

"감기 걸려요. 빨리 내려오세요."

다시 아무 일도 없었다는 것처럼 윤이 웃었다. 자리에서 일어난 윤은 몸을 돌려 비상구 문을 나갔다. 계단을 내려가는 가벼운 발소리가 사라지는 데는 그리 오랜 시간이 걸리지 않았다.

벤치에 혼자 남겨진 정언은 그 소리의 잔상에 귀를 기울였다. 한동안 멍하니 앉아 있던 정언은 몸을 숙였다. 심장이 뛰는 소리에 귀가 먹먹해졌다. 눈을 감은 정언은 머리를 감쌌다. 뺨이며 귀 끝으로 온통 열이 올랐다.

그러니까 저 너무 싫어하지 마세요, 하던 윤의 목소리가 되살아났다.

윤을 싫어할 수 있다는 생각을 단 한 번도 해 본 적이 없었다. 그 사실을 깨달은 건 직후였다.

◆

회의실 탁자에 걸터앉은 민혜가 얼굴을 벅벅 문질렀다. 눈이 빨갛게 충혈된 게 아무래도 잠을 거의 못 잔 모양이었다. 윤은 앉은 채 걱정스러운 얼굴로 민혜를 올려다보았다.

"작가님, 괜찮으세요? 얼굴 너무 안 좋으신 거 같은데요."

민혜가 그 말에 손을 내저었다.

"어젯밤에 남편하고 밤새 싸워서 그래요. 아우 진짜, 결혼하지 마. 내가 이렇게 애원할게. 음, 아니다. 김 피디는 결혼해도 돼. 근데 정언은 하지 마."

턱을 괸 채 곁에 앉아 있던 정언이 그 말에 짐짓 정색을 했다.

"왜 김 피디는 되고 나는 안 되는데요? 사람 차별해요?"

"결혼하면 여자가 무조건 손해니까! 정언처럼 일 열심히 하고 그러는 사람은 더 안 돼. 남자들이 결혼 전에는 다 이해해 줄 것처럼 그러지? 결혼하면 다 달라져. 진짜 백이면 아흔아홉이 그래. 일하는 것도 좋지만 가정 좀 돌봐 달라고 그런다니까. 아니, 가정은 여자가 꼭 집에 있어야 돌봐지니?"

하소연을 한 민혜가 깊은 한숨을 쉬며 고개를 푹 숙였다. 어제 무슨 일이 있었는지는 알 수 없었으나, 아무래도 한바탕한 건 확실한 듯했다.

아이가 어리다 보니 재희가 민혜에게 이런저런 편의를 많이 봐주고 있다는 건 윤도 잘 알고 있었다. 출퇴근 시간을 조정하거나 집에서 일하는 것도 어느 정도 용인되는 편이었으나, 그 정도로는 남편과의 갈등이 해결되기 힘든 모양이었다.

"집에서 또 뭐라고 그래요?"

정언이 묻자 민혜가 다시 한 번 땅이 꺼지게 한숨을 뱉었다.

"어차피 프로그램 없어질 건데 괜히 치이지 말고 일 그만하라고 그러지 뭐. 입 다물라고 뭐라고 하고 오긴 했는데 모르겠다. 안 그래도 복잡해 죽겠는데 남편이라는 인간이 도움을 안 줘. 남의 편이라 남편이라니까, 진짜. 정언, 일 계속하고 싶으면 결혼 최대한 늦게 해. 내가 인생 선배로 할 수 있는 유일한 충고다, 이게. 김 피디도 새겨들어요. 여자들이 일하기 싫어서 집에 들어앉는 게 아냐."

화살이 자신에게 돌아오자 놀란 윤은 눈을 깜빡이다 서둘러 고개를 가로저었다.

"전 절대 그런 말 안 할 건데요"

윤의 대답에 민혜가 놀리고 싶어 죽겠다는 얼굴로 윤을 아래위로 훑어보았다.

"기특하네. 근데 닥치면 또 모르는데 진짜 자신 있어요?"

"전 좋아하는 사람이 자기 일 열심히 하는 게 더 좋아서요."

씩 웃으며 대답하는 윤을 본 민혜가 감명 받은 표정을 했다.

"어머, 게시판에 글 좀 빨리 쓰고 우리 팀에 진작 오지 그랬어. 물론 그렇다고 내가 뭘 어떻게 했을 거다 뭐 그런 건 아니지만……."

시무룩해져서 말끝을 모호하게 흐리던 민혜가 갑자기 정언에게 시선을 돌리며 손뼉을 쳤다.

"그래, 그럼 정언은 김 피디랑 결혼하면 되겠다!"

얼음이 다 녹은 커피를 마시던 정언이 그 말에 갑자기 콜록거리며 입을 틀어막았다. 몸을 숙이며 한참 기침을 하던 정언이 겨우 탁자 위의 티슈 몇 장을 뽑아 입가를 닦는 걸 본 민혜가 수상하다는 표정을 했다.

"아니, 그게 뭐 또 그렇게 격하게 반응할 말이야?"

"창창한 남자 앞길 막아 주라는 얘기는 좀 신선한데요."

정언이 기침을 몇 번 더 하며 대꾸하자 민혜가 흥, 하며 팔짱을 끼었다.

"김 피디 같은 남자 남 주긴 아깝잖아. 그렇다고 내가 이제 와서 가정을 저버릴 수도 없고. 이왕 그렇게 된 거 가까이서 가져가면 대리만족이나 좀 할 수도 있잖니?"

"됐고요, 됐습니다. 권정홍 씨 얘기나 좀 해 봐요."

윤은 말을 돌리는 정언 쪽으로 흘끔 시선을 주었다. 출근했을 때부터 정언의 얼굴이 안 좋은 게 마음에 걸렸다. 내내 답답한지 몇 번이고 한숨을 쉬던 정언이 결국 한참이나 자리를 비우기에, 혹시나 싶어 약을 사자마자 옥상으로 올라갔던 것이다.

창백한 얼굴로 혼자 등을 말고 앉아 있는 정언을 본 순간 심장 아래쪽에 작은 불꽃이 켜지는 듯한 감각이 지났다. 뜨끔하고 아릿한 감각이었다. 진원을 설명할 수 없는 그 통증을 상기하자 다시 가슴 부근이 눌리는 것 같았다.

잡았던 정언의 손은 얼음처럼 차가웠다. 그 당황하던 표정이 지워지지 않았다.

그러니까 저 너무 싫어하지 마세요.

그 단어들을 발음했을 때 윤은 자신이 어떤 얼굴을 하고 있었을지 문득 궁금해졌다.

사무실에 돌아왔을 때는 이미 또 아무 일도 없었던 것처럼 모든 게 제자리였다. 다만 그새 정언의 책상 위에 다 마신 소화제 병이 놓여 있었다는 건 약간의 위안을 주었다. 이런 사소한 기쁨에 만족하고 싶진 않았는데, 하고 윤은 속으로 생각했다.

"맞다. 내 정신 좀 봐."

민혜가 퍼뜩 정신이 돌아온 듯 자기 머리를 쥐어박았다.

"어, 그러니까 그분이 지금 한 팔십 다 된 분이야. 나이보다는 엄청 정정하긴 하더라. 녹취 다 푸는 대로 녹취록 공유해 줄 테니까 자세한 건 일단 이따 읽어 보면 알 거고, 김장순 이사 관련해서는 기억 아주 쌩쌩하더라고. <경상일보> 쪽에서 나온 얘기는 거의 다 사실인 거 같았어."

"회사 경영권 얘기요?"

정언의 물음에 민혜가 고개를 주억거렸다.

"근데 남제선이 경영 수업 전혀 안 받고 있었다는 게 사실이냐 물어보니까 그건 아니었을 거라고 하더라고. 남평환 회장이 생전에 손자 끼고 회사에 관해 얘기한 적이 많았대. 아들보다는 손자에 기대 컸던 건 맞나 봐."

"김장순 처음에 발탁해서 키운 게 남평환 회장이니 자기가 호랑이 새끼 길렀다는 거 알았겠죠."

"그랬던 것 같아. 이사회에서 있었던 일도 사실이었다는데 당시에 모욕이 대단했던 것 같더라고. 김장순이 아주 애 취급을 했던 모양이야. 뭐 실제로 애긴 애였으니까, 회사가 자기 손바닥 위에 있는데 남제선 견제라도 했겠어? 남제선이 부들부들 떨면서 잡아먹을 것처럼 노려보는데 거기 있는 중역들이 다 자기 아버지, 할아버지뻘인데도 기가 전혀 안 죽었대. 김장순 이사한테 당신 지금 이러는 거 후회하게 만들어 주겠다고 엄포를 놨다는 거야."

펜 끝으로 이마를 긁적이던 정언이 눈썹을 약간 찡그렸다.

"그러기 쉽진 않았을 텐데, 왕자님처럼 자랐다니 무서운 게 없어서 그랬나?"

"그런 것도 없진 않았겠지. 할아버지, 아버지 다 죽고 믿을 구석 하나 없는 게 그러니까 중역들 눈에 얼마나 우스워 보였겠어. 남제선이 회의실 뒤집어 놓고 나갔는데 김장순이 하룻강아지 날뛰는 거 얼마나 가겠냐고 그랬대. 그런데 그러고 나서 얼마 안 있다가 사고로 죽어 버린 거지."

"그분은 그거 사고라고 생각한대요?"

민혜가 어깨를 으쓱해 보였다.

"그럴 리가 있겠어? 남제선이 당시에 포항 꽉 잡고 있던 깡패들하고 줄 대서 자기 반대하는 중역들 하나씩 다 죽여 버릴 거 다 그런 소문 돌았다는데. 포항이 그렇게 큰 도시는 아니잖아. 그땐 더 그랬고. 그러니까 소문이 금방 났었나 봐. 가족들이 무서워서 못 살겠다고 난리가 나서 권정홍 씨도 얼마 안 지나 회사 그만두고 다 정리해서 서울 올라온 거라고 하더라고."

"가족들이 그만두라고 할 정도였으면 진짜 무서웠던 건가?"

"남제선 성격이 보통 아니라고 했잖아. 어릴 때부터 한 번 뭘 해야 한다 그러면 곧 죽어도 그걸 해야 됐대. 고집이 엄청나서 부모도 못 말렸다는데 남평환 회장이 보기에는 그게 고분고분한 아들보다는 회사 쥐고 휘두르는 경영자에 더 맞다 생각한 거지. 애일 때부터 그 꼴 본 중역들 입장에서는 김장순 죽은 거 보고 야, 이게 농담이 아니구나, 이 생각 들고도 남았을걸."

"성격 대단하긴 대단했나 보네요."

"뭐 지금 회사 돌아가는 거 보면 짐작 뻔하게 되지 않아? 그리고 그 정화재단 말인데, 이게 확실히 당시에 엄대진 쪽하고 줄 댄 게 맞는 거 같더라고. 거기 지금 포명고라고, 포항명인고, 전국 단위 자사고 있는 거 알지? 이게 지금 CQ 금융그룹에서 운영하는 자사고인데 이거 전신이 대선고야. 정화재단에서 운영한 고등학교. 남고인데 당시 명문이라 남정건설 중역 아들들 태반이 거기 다녔대. 지역 유지 집안 애들은 거의 다 다녔다고 생각하면 된다더라고."

그 이야기를 가만히 듣고 있던 윤은 고개를 약간 기울였다.

"사립 명문고에 지역 최대 건설사 중역 자식들 다녔으면 돈 꽤 냈겠는데요?"

민혜가 그렇지, 하며 손가락을 딱 소리가 나게 튕겼다.

"권정홍 씨도 그 얘기 했어요. 자기 아들이 둘 다 거기 다녔는데, 아무래도 중역들이다 보니까 학교에서 육성회장이나 뭐 이것저것 맡아서 했을 거 아냐. 학교에 돈 들어가는 게 장난 아니었다는 거예요. 학교발전기금이라고 해서 아예 애 거기 보내는 남정건설 중역들이 기금 조성해서 매년 초마다 기부하는 돈도 따로 있었고."

"지역 유지 애들도 다 다녔으면 재단 자체가 지역 정재계하고 긴밀했겠네요. 국회의원이나 도지사 이런 사람 자식들도 다녔을 확률 높잖아요."

"그니까 이거 무진장 웃기죠. 재단이 무슨 중간 상인도 아니고, 재계에서 돈 받아서 정계하고 커넥션 만드는 브리지 역할을 한 거라고. 그거 기반으로 엄대진이 정치 시작할 수 있었고. 엄대진이 크면서 이게 차후에 분명히 문제가 될 걸 알았으니까 재빨리 재단 정리한 건데, 그게 본인 생각인지 장인 생각인지는 모르겠지만 머리 잘 굴렸지."

"증명할 수 있는 자료가 있어요?"

정언이 묻자 민혜가 핸드폰을 집어 들어 만지작거리더니 정언과 윤의 앞에 그것을 밀어 놓았다.

"회사 중역이었던 사람이라 그런지 자료 챙긴 거 아주 철저하더라. 세 살 터울 형제를 둘 다 보내서 부인이 3년이나 육성회장을 했었대. 그때 학교발전기금 모은 통장을 관리했었는데 그거 입출금 내역 사본하고, 본인들이 육성회비랑 기금 낸 영수증 다 보관하고 있었어."

윤은 민혜의 핸드폰에 있는 사진을 한 장씩 넘겨보았다. 오래된 통장의 사본을 촬영한 것이었다. 곁에서 몸을 기울여 핸드폰 화면을 들여다보던 정언이 야, 하고 감탄 같은 소리를 내뱉었다.

"대체 이 기금 낸 게 몇 명이길래 연간 삼사천 가까이를 줬지? 지금 물가로 쳐도 매년 학교에 이 정도 기부금 들어가는 거 적은 편 아닌데. 이게 칠팔십 년대 일일 거 아니에요. 이거 그때 서울 강남 아파트 가격보다 훨씬 더 되는 거 아닌가?"

"당시에 대치동 30평 아파트 매매가가 이천 정도였다고. 그거 생각하면 눈 뒤집어질 일이지. 권정홍 씨 부인하고도 얘기해 봤는데 적게는 백에서 이백, 많게는 오륙백에서 더 내는 경우도 있었다고 하더라고. 그게 은근히 또 중역들끼리 경쟁 심리도 있어서 서로 많이 내려고 하는 것도 있었대. 적게 내면 회사에서 눈치 보였다고."

민혜가 도무지 이해할 수 없다는 표정으로 대답했다. 윤은 뚜껑을 닫은 펜 끝으로 민혜의 핸드폰 액정 위에 원을 두어 번 그렸다.

"남정건설이 정화재단 최대 고객이었겠네요. 그럼 정화재단 통해 정계 커넥션 얻었고, 공사 수주도 그렇게 땄다고 봐야 하는 거 아니에요?"

윤의 말을 들은 민혜가 고개를 주억거렸다.

"사내에서는 그게 이미 기정사실이었대요. 회사가 도청장, 국회의원, 이런 사람들하고 다 연결돼 있으니까 공사 입찰하면 그건 당연히 우리 거, 이렇게 생각했다는 거지."

"공공사업 쪽은 당시 입찰 담당했던 담당 공무원이 있겠네. 일단 그쪽 체크해 볼게요."

한숨처럼 내뱉은 정언이 눈가를 꾹꾹 눌렀다. 윤은 다시 정언 쪽을 흘끔 보았다. 약을 먹고 나서도 괜찮아지지 않은 걸까 싶어 걱정스러운 마음이 들었다. 정언이 눈가를 누른 채로 입을 열었다.

"이따 여덟 시에 보광동에서 진형은 검사하고 만나기로 했어요. 거기서 좀 더 자세한 얘기 들을 수 있지 않을까 싶은데……

그쪽이 어느 정도 생각하고 만나자고 하는지를 모르니까."

"서온 게이트 담당 검사? 무슨 불이익 당했다며, 괜찮대?"

민혜가 눈을 동그랗게 뜨며 묻는 말에 정언이 대답했다.

"지방 좌천은 피했는데 승진이 안 된다고 하는 거 같던데요."

"정언이 만나자고 했어? 윗선에서 자른 거 우리가 다시 끄집어내면 본인한테도 부담 클 텐데?"

"전한동 부장님이 연락해 주겠다고 하셨거든요. 그쪽에서 얘기 들었다고 먼저 연락이 왔어요. 왜 만나자고 했는지는 뭐 만나 보면 알겠지. 아 참, 그 CCTV 요청한 건 어떻게 됐어요? 박규형 씨 내비게이션에 남아 있던 수도권 쪽 주소 인근 사설 CCTV 있잖아요."

정언이 묻자 민혜가 생각났다는 듯 손뼉을 딱 쳤다.

"아, 그거 오늘 오후 중으로 보내 준다고 했어. 오는 대로 확인해서 알려 줄게."

"체크할 거 장난 아니네, 진짜. CCTV 보고 뇌물 받는 장면 나와도 실제로 걔들이 뭘 얼마나 받았는지 자금 추적하려면…… 시방서하고 실제 자재는 언제 맞춰 보지? 애들이 무슨 낌새 채기 전에 빨리 찾아야 되는데."

정언이 괴로운 표정으로 머리를 감쌌다. 그 모습을 본 민혜가 한숨을 쉬며 팔짱을 끼었다.

"일단 문서에 있는 자재 리스트는 뽑아 놨어. 그 오상근 교수님 있잖아, 친환경 자재 관련 자문해 주기로 하신 분. 거기 리스트 보내서 물어보니까 목록상으로는 다 친환경 자재 1등급이래. 최고가 자재들이라고 하더라고. 진송신도시 스타일하우스 그게 그냥 스타일하우스가 아니고, 스타일하우스 에코프리미엄이라고 해서 친환경 공법하고 자재 사용하는 걸로 가격 올린 프리미엄 라인이더라."

"진짜 나쁜 놈들이네. 돈은 돈대로 받아 놓고 실제로는 아니라는 거 아냐. 일반인들이 자재 확인할 방법이 없으니까."

정언이 미간을 찌푸리자 민혜가 으으, 하며 테이블 위에 몸을 뻗어 엎드렸다.

"그거 잡으려면 또 며칠 잠입해서 뻗치기 들어가야 되잖아. 자재가 한두 개가 아닌데 어디서 뭘 속이는지 알고 해. 그러기 전에 어디서 내부 고발자 하나 안 떨어지나 물 떠놓고 기도 좀 해야겠다. 이번 생에 쌓은 덕으로 내세에 받을 복 좀 당겨쓰는 거 안 되나?"

"이 생에 이렇게 덕 쌓아 놓고 소원이 겨우 내부 고발자예요?"

정언이 눈을 들어 민혜를 마주 보며 웃자 민혜가 과장된 표정으로 가슴 앞에 두 손을 모았다.

"내가 생각할 수 있는 최고의 복이 그거라는 거 너무 슬프지 않아?"

"눈물 없이는 못 보겠는데요."

농담 반, 진담 반으로 대답한 정언이 몸을 일으켰다.

"그러면 일단 CCTV 들어오는 거 작가님이 확인 좀 해주시고, 내가 당시 입찰 담당한 담당 공무원 누구였는지 알아볼게요."

그때 탁자 위에 놓여 있던 민혜의 핸드폰이 진동했다. 핸드폰을 집어 들어 확인한 민혜가 어 잠깐만, 하며 서둘러 회의실을 나갔다. 정언은 탁자를 양손으로 짚은 채 서서 잠시 고개를 숙였다. 내쉬는 숨에 그 마른 등이 한 번 크게 오르내리는 것이 윤의 눈에 들어왔다.

"선배, 아직도 속 안 좋으세요?"

조심스럽게 묻자 정언이 멈칫하더니 윤을 보았다. 흘러내린 머리칼을 쓸어 올린 정언은 곧 눈을 피하며 말을 돌렸다.

"아냐. 윤대석 씨 말고 다른 사람 누구였지? 이훈주 씨랑 고정민 씨? 미안한데 김 피디가 이거 다시 한 번 좀 알아봐. 이 사람들도 의심스러우니까. 조창식 계장 다른 연락처나 주소 알 만한 사람 누구 있는지 생각해 보고. 조창식 무조건 찾아야 돼."

"이따 진형은 검사님 만날 때 같이 가실 거죠?"

대답 대신 윤이 되묻자 정언이 잠시 당황하는 듯한 표정을 했다. 거기까지는 생각해 보지 않은 모양이었다. 윤은 정언이 뭐라고 대답하기 전 손목에 찬 시계를 확인하고는 바로 말을 이었다.

"그럼 여덟 시 전에 관련 내용 최대한 알아봐 놓을게요."

정언이 막 입을 열려던 참에 민혜가 문을 열며 다시 고개를 들이밀었다.

"지금 CCTV 영상 그쪽에서 보내 줬어. 지워진 날짜 빼고 보냈다는데 많진 않네."

"아, 네. 일단 얼굴 나오는 부분은 다 캡처해서 체크하죠, 뭐. 모르는 사람은 현 기자한테 물어보는 걸로 하고."

정언이 그쪽으로 고개를 돌리며 대답하자 민혜가 손으로 오케이 사인을 보내고는 다시 문을 닫았다. 윤의 시선을 외면한 정언은 탁자 위에 흩어진 자료들을 모으며 말했다.

"김 피디는 내가 부탁한 거 먼저 해 줘. 아, 그리고 내가 민권당 소속 국교위 의원 사무실 연락처 줄게. 이쪽으로 연락해서 <비하인드 24>라고 얘기하고 혹시 최근에 진송신도시나 서온건설 관련해서 의원실로 제보 들어온 거 있는지도 물어봐. 이태

141

영 의원하고 양창훈 의원이 우리 쪽하고 특히 친하니까 뭐 있으면 알려 줄 거야. 사무실에서 없다고 하면 직통 번호 줄 테니까 그쪽으로 만약에 그런 거 있으면 꼭 좀 알려 달라고 해. 황형두 의원은 국교위 소속은 아닌데, 내부 고발자 제보 이쪽으로 들어가는 경우 많으니까 여기도 연락 돌려 보고."

"네. 선배 점심도 안 드셨죠? 이따 저녁에 뭐든 좀 먹고 가요."

윤의 말에 정언이 손을 멈추더니 잠깐 침묵하다 그래, 하고 대답했다. 뜻밖에도 순순한 대답이라 약간 놀란 쪽은 도리어 윤이었다. 먼저 나가려는 듯 몸을 돌린 정언이 회의실 문의 손잡이를 잡았다가 윤을 불렀다.

"김 피디."

반사적으로 눈을 들자, 정언이 이쪽을 외면하며 입을 열었다.

"나 김 피디 싫어하는 거 아냐."

마치 딜레이 걸린 키보드를 두드리듯, 그 단어들은 머릿속에 뒤늦게 입력됐다.

"네?"

"오해하지 말라고."

짧은 정적이 지났다. 얼어붙어 있다가 퍼뜩 정신을 차린 윤은 선배, 하고 다급하게 정언을 불렀다. 그러나 정언은 대답 대신 가벼운 한숨을 내쉬고는 회의실을 나갔다.

닫힌 문을 멍하니 보고 있던 윤은 눈을 몇 번 깜빡이다 왼쪽 가슴 위를 눌러 보았다. 뭐라고 설명할 수 없는 감각이 심장 부근에서 맴돌았다. 오해하지 말라는 건, 어쩌면…… 이 자리에 있어도 된다는 뜻일까.

늘 같은 자리처럼 느껴지면서도, 이럴 때면 결국 멀어지는 건 아니라는 희망이 자랐다. 선을 긋고 밀어내는데도 항상 같은 자리인 거라면 밀려나는 만큼 누군가는 다가오기 때문일 터였다. 그게 자신이든, 정언이든.

언제부터 이런 사소한 기쁨에 감사하며 살았더라, 하고 생각한 윤은 잠시 탁자 위에 이마를 박았다. 심장 뛰는 소리에 귀가 멀어 버릴 것 같았다.

퇴근 시간이 조금 지난 뒤였지만 도로가 막히기는 매한가지였다. 빨간 신호나 다름없이 정체된 도로에서 윤은 귀에 꽂은 핸즈프리에 한참이나 주의를 기울이고 있었다. 한동안 그러던 윤이 곧 종료 버튼을 누르며 고개를 가로저었다.

"둘 다 하루 종일 통화가 안 되는데요."

이훈주와 고정민의 가족들 이야기였다. 오후부터 계속 연락을 넣는데도 전화를 받지 않아, 형은을 만나러 가는 길에 다시 한 번 걸어 본 것이었다.

정언은 흠, 하며 팔짱을 끼었다.

"일부러 안 받는 건가? 양쪽 다 연락 안 될 이유가 뭐지?"

"번호 바꿨을 수도 있고, 모르는 번호라 안 받을 수도 있고…… 진짜 우연일 수도 있죠, 뭐. 내일 다시 해 봐야 할 것 같아요."

윤의 대답에 정언은 미간을 누르며 그래, 하고 대답했다. 윤이 마른기침을 몇 번 하더니 옆에 놓인 물병을 집어 들어 물을 한 모금 마셨다. 오후 내내 거의 5분도 쉬지 못하고 어딘가에 전화를 돌린 탓인 듯했다. 정언은 그런 윤을 흘끔 보고는 물었다.

"황형두 의원실에서 아직 별 얘기 없었어?"

"네. 의원님이 오늘 지방에 지역 아동도서관 개관 행사 내려갔다고, 거기 갔다 와서 연락 준다고 하더라고요."

"조창식 계장 쪽은?"

"장해나 씨가 사무실에서 같이 일한 직원한테 물어봐서 주소 알려 주겠다고 했어요. 정 안 되면 경일용역 찾아가서 드러누워 볼까 싶기도 하고요."

윤이 앞을 보며 아무렇지도 않다는 듯 말했다. 그 바람에 잠깐 그 말을 해석하지 못한 정언은 곧 얼굴을 확 구기며 되물었다.

"제정신이야?"

윤이 대답 대신 웃었다. 정언은 뭐라고 한 소리 하려다 입을 다물며 창가로 고개를 돌렸다. 평소에는 이마를 가리는 편이라 눈에 띌 일이 없기는 했지만, 윤의 이마 한쪽에 희미하게 남은 상흔을 불현듯 떠올릴 때면 매번 가슴이 내려앉는 기분이었다.

턱을 괴며 낮은 한숨을 쉰 정언은 눈가를 두어 번 문질렀다. 남의 속도 모르고 윤이 말을 이었다.

"어차피 손경일 다시 안 만날 수가 없잖아요. 일이 여기까지 왔는데. 예전부터 박규형 씨처럼 죽은 사람이 한둘이 아니고, 거기 계속 손경일이 엮여 있다는 거 확실하지 않아요?"

"그래서, 손경일이 살인범인 거 아니까 더 용기가 나?"

"선배가 이런 얘기 하시면 제가 말려야 되는데 반대니까 이상한데요."

농담 같은 말이었으나 문득 속이 뜨끔했다. 창밖을 보고 있던 정언은 서둘러 화제를 돌렸다.

"나 내일 당시 입찰 담당 공무원 일 때문에 경북도청 쪽에 내려가 봐야 될 것 같아. 김 피디는 같이 갈 필요 없으니까 여기 있고. 의원실에서 연락 오거나 뭐 중요한 정보 있으면 그거 좀 알아봐 줘. 일찍 내려갔다가 아마 저녁 전에는 서울 도착할 거야. 사무실 다시 들어올 거니까 별일 없으면 먼저 들어가고, 전할 거 있으면 메시지 남겨 놓고."

"혼자 가셔도 돼요?"

금방 걱정스러워하는 표정으로 이쪽을 보는 시선이 느껴졌으나 정언은 고개를 돌리지 않은 채 대답했다.

"따로 움직이는 게 더 효율적이야, 지금은."

그때 윤의 핸드폰이 짧게 진동했다. 메시지 미리보기 창이 액정에 떴다. 잠시 핸드폰을 확인한 윤이 자기 핸드폰을 정언에게 건넸다.

"장해나 씨예요. 조창식 계장 주소 보낸 건데 확인해 보세요."

정언은 서둘러 윤의 손에서 핸드폰을 받아 들어 화면을 보았다. 비상연락망 사진이었다. 급하게 찍은 듯 수평이 비뚤고 초점이 약간 흔들렸으나, 글자를 알아보기는 어렵지 않았다. 정언이 자기 핸드폰 메모장으로 그 주소를 옮겨 적는 동안 다음 메시지가 하나 더 들어왔다. 무심코 본 알림창에 뜬 메시지에 정언은 저도 모르게 손을 멈췄다.

— 커피 한 잔 사세요!

해나의 번호로 들어온 메시지였다. 얼른 나머지 주소를 적은 정언은 아무것도 못 본 척 윤의 핸드폰을 뒤집어 곁에 놓았다. 별것 아닌 말일 수도 있었지만 공연히 신경이 쓰였다.

현장 사무실에서 해나를 만났을 때 해나가 장난스럽게 윤의 명함을 달라고 했던 것이 뇌리를 지나친 탓이었다. 하기야 다른 팀 스탭들이 일부러 그 유명한 김윤 한 번 보겠다고 기웃거리는 것도 한두 번이 아니었다.

일전에 성옥이 다른 팀 작가들이 자꾸 김윤 피디님 여친 있냐고 물어봐요, 하고 투덜거리던 것을 떠올린 정언은 짧은 한숨을 뱉었다. 멀쩡하게 생겨서는, 마음만 먹으면 누구하고든 만날 수 있을 텐데 왜 꼭 자기한테 그러는 건지 이해가 가지 않았다.

취향 참 특이해, 하고 속으로 중얼거린 정언은 괜히 멋쩍어져 시계를 한 번 보았다. 때마침 강변북로 정체 구간을 지나 동작대교 방향으로 진입하자 다행히 더 이상 길이 막히지 않았다. 이태원으로 접어드는 건 금방이었다.

평일 밤이었지만 길 양쪽은 온통 불이 환하게 밝혀진 채였다. 저녁 시간이 조금 지났는데도 좁은 인도에 사람들이 빽빽했다.

"보광동 쪽에 차 댈 데가 있을지 모르겠네."

정언은 혼잣말처럼 중얼거렸다. 윤이 내비게이션 화면에 눈을 주었다. 골목을 돌아 좁은 오르막길을 한참 올라가자, 길 끄트머리의 2층 건물이 눈에 들어왔다. 위층은 가정집이고 아래를 카페로 쓰는 듯했다.

'slow term'이라고 적힌 알파벳을 벽에 붙인 심플한 간판 아래로 작은 카페의 전경이 전면창 안에 비쳤다.

예상한 대로 차를 댈 데가 마땅치 않았다. 몇 바퀴를 돌다 간신히 주변의 유료 주차장에 차를 대자, 남산 위에서 보는 시내의 야경이 눈에 들어왔다.

차에서 내린 윤이 주차장 펜스로 가까이 가서 아래를 내려다보더니 감탄하는 소리를 냈다.

"야경 완전 끝내주네요."

"남산 야경 처음 봐? 데이트 많이 해 봤을 거 아냐."

내뱉은 말에 묘하게 날이 서 있다는 사실을 깨달은 건 직후였다. 말을 뱉자마자 정언은 즉시 후회했다. 나 미친 거 아냐? 하고 속으로 생각하는 걸 알 리 없는 윤이 뒤돌아보며 물었다.

"왜 그렇게 생각하시는데요?"

그렇게 물으면 할 말이 없었다. 왜 그렇게 생각하긴, 하는 소리가 목까지 나왔지만 왠지 지는 느낌이라 정언은 입을 다물었다. 답지 않게 대답하지 못하고 머뭇거리는 정언을 빤히 보던 윤이 씩 웃었다. 그 얼굴에 정말 패배한 기분이 된 건 왜인지 모를 노릇이었다.

차 뒷문을 열고 카메라 가방을 꺼내 한쪽 어깨에 멘 윤이 먼저 정언을 지나쳐 가요, 하며 카페로 향했다.

문을 열자 작은 카페의 가장 안쪽 자리에 앉아 있던 여자가 고개를 들었다. 잔머리 하나 보이지 않게 묶은 머리에 정석 중의 정석으로 입은 정장이 이 공간과는 어쩐지 이질감이 느껴졌다. 아마도 형은일 거라는 직감이 들었다.

가까이 다가간 정언이 그녀에게 조심스럽게 물었다.

"진형은 검사님 맞으세요?"

정언과 윤을 번갈아 보며 잠시 경계하는 듯한 시선을 주던 여자는 정언이 먼저 명함을 내밀자 곧 아아, 하며 고개를 끄덕였다. 맞은편 자리를 권한 형은은 카운터 쪽을 가리켰다.

"일단 차 한 잔 드시면서 얘기하시죠. 제가 살게요."

사양하는데도 굳이 커피 두 잔을 자기 돈으로 시킨 형은은 다시 자리에 앉았다. 전화로 목소리를 들으며 상상했던 것처럼 차분한 인상에 마른 체구라, 누가 얘기를 꺼내지 않으면 다들 처음부터 검사라고 생각하지는 않을 듯한 느낌이었다.

형은이 먼저 시켜 놓은 차를 한 모금 마셨다.

"이런 데까지 오시게 해서 죄송합니다. 방송국이나 법원 근처에서 만나면 아무래도 보는 눈이 있을 것 같아서요. 위에서 저나 이정수 선배 행동에 좀 예민해요."

"이해합니다. 솔직히 먼저 연락 주셔서 좀 놀랐습니다. 그 문제로 전 부장님한테 얘기 들으신 거 맞죠?"

다시 한 번 확인하는 정언의 물음에 형은이 빙긋 웃었다.

"네. 저도 연락 받고 사실 여러 가지로 고민이 많았어요. 괜히 벌집 들쑤시는 게 저한테도 좋은 일 아닐 것 같고 해서…… 그런데 어차피 선배도 그렇고, 저도 사직서 제출할 생각이에요. 버틴다고 해서 뭐가 달라질지도 모르겠고, 그러면 차라리 나가서 개업하는 게 낫지 않나 싶어서요. 비슷한 처지인 사람들 모여서 개업하면 어떨까 얘기 중이거든요."

예상하지 못했던 말은 아니었으나 입이 썼다. 그런 대형 특검에 젊은 축인 이정수 검사와 진형은 검사가 메인이 된 데는 이유가 있었을 터였다. 개혁파 검사이기 때문에 선택됐거나, 혹은 휘두르기 좋은 말이었거나.

본래의 의도가 어느 쪽이었든 결국 결과는 후자였다. 형은이 차를 한 모금 더 마시고는 내려놓았다.

"제가 아는 부분에 대해서는 법에 저촉되지 않는 선에서 최대한 얘기를 해 드릴게요. 일단 지금 어떤 부분에 대해 취재를 하고 계시는지, 제가 그 부분을 좀 알고 싶어요."

"일단 저희가 녹화를 좀 하겠습니다. 괜찮으시겠어요?"

형은이 동의의 의미로 고개를 살짝 까딱였다. 윤이 곁에서 카메라를 꺼내 세팅하는 동안 정언은 형은의 말에 대답했다.

"얼마 전에 신도시 현장에서 현장 과장 한 분이 추락사하신 사고가 있었습니다. 경찰하고 사측은 자살이라고 주장하는데, 저희가 취재를 해 본 결과 자살이라고 보기에는 석연치 않은 부분이 많아요. 저희가 지금 추측하기로는 서온 측하고 한선당 엄대진계 의원들 사이에서 오랫동안 본사 직원 일부가 뇌물 전달책으로 사용됐고, 어떤 이유로 보안 유지가 불가능하게 되면 전달책을 제거하는 게 아닌가 짐작하고 있습니다. 증인 출석 예정이었던 윤대석 씨 가족분도 만나 봤고요."

윤대석이라는 이름을 듣자 형은이 나지막하게 탄식 같은 소리를 뱉었다. 가벼운 한숨을 쉰 형은이 손을 깍지 끼어 입가에 대었다.

"거기서 저희 계획이 많이 틀어지긴 했죠. 그런데 윤대석 씨가 그때 사망하지 않고 출석을 하셨더라도 결과가 달라지지는 않았을 거예요. 당시 윗선에서 압박이 엄청났고, 구속영장이 전부 기각되는 상황이라 저희는 손발 묶인 채로 당한 거죠."

"윤대석 씨가 사망한 정황에 의문을 제기하셨다고 하던데요."

다이어리를 펼친 정언이 눈으로 메모를 읽으며 묻자 형은이 대답했다.

"네. 가족분들 만나 보셨다니 대충 아시겠지만…… 처음에는 경찰이 음주운전이라고 의심했는데 부검 결과 알코올은 전혀 검출이 안 됐어요. 대신 디펜히드라민[7] 성분이 상당히 나왔죠. 평

---

7) 알레르기 치료제에 주로 사용되는 성분으로, 1세대 항히스타민제로 분류된다. 흔히 사용되는 세티리진, 로라티딘 등의 2세대 항

소에 고인이 계절성 비염이 있어서 늘 약을 먹었다고 했는데, 저희가 의료 기록 확인한 결과 평소 처방받던 약은 2세대 항히스타민제 계열이었거든요."

"디펜히드라민은 1세대 계열이고, 2세대는 부작용인 졸음이 덜한 거 차이죠?"

"네, 맞아요. 잘 아시네요."

정언은 펜 끝으로 눈썹 위를 긁적이며 잠시 생각에 잠겼다.

형은이 다시 말을 이었다.

"국과수 감식 결과에서 디펜히드라민 때문에 졸음운전을 했을 가능성이 높다고 나왔어요. CCTV 주행 상황 봐도 전형적인 졸음운전 사고였고요. 의사 소환해서 왜 평소하고 다른 약을 처방했냐고 하니까, 의사 말로는 고인이 먼저 쓰던 약이 잘 안 듣는다고 했다는 거예요. 그런데 진료실 안에서 대화를 나눈 내용까지는 확인을 할 수가 없잖아요. 그게 고의적이라고 법적 판단을 내리는 게 불가능했죠."

"그런데 만약 정말 고의적인 거였으면 윤대석 씨가 약 처방받는 날을 어떻게 증언 직전에 맞출 수 있었을까요?"

"당시에 파악하기로는 병원 쪽에서 전화를 했다, 그렇게 들었죠. 의사가 직접 약을 바꿔 드릴 테니까 그날 나오라고 했다는 거예요. 통화 목록 뽑아서 확인하니까 그날 통화한 기록은 있는데, 의사는 그냥 환자 상태 확인 차 전화한 거라고 계속 주장했어요. 녹취가 없는 이상 저희가 확인을 할 수가 없었죠. 서온건

히스타민제는 1세대 항히스타민제에서 나타나는 졸음, 집중력 저하, 구강 마름 등의 부작용이 현저히 적게 나타나는 것으로 알려져 있다.

설이나 한선당 지시를 받았다는 부분도, 이게 뭐 영장이 안 떨어지니까 수사가 안 돼요."

그때 일이 생각나는지 형은의 말이 약간 빨라졌다.

"일단 윤대석 씨가 본인이 아는 한 일단 자기가 가장 오래 전달책으로 일한 사람일 거다, 그런 얘기를 했었어요. 사측에서 신뢰가 높았던 건 사실이었던 것 같아요. 증인 출석 결정하고 사측에서 협박하고 회유하고, 이게 아주 심했어요."

"그런 분이 왜 갑자기 증언하기로 결정했는지 혹시 아세요? 가족분들은 이유를 모른다고 하시던데."

정언의 물음에 형은이 잠시 주저하다 입을 열었다.

"그 직전에 하청업체 사장 일가족이 자살했어요. 애가 둘 있었는데, 중학생 딸하고 초등학생 아들 하나. 서온 공공건설 사업 하청 따려고 상당히 무리를 해서 로비를 많이 넣었는데, 서온 측하고 엄대진계 의원들이 하청을 주겠다고 약속하고 그걸 계속 받다가 입찰 때 뒤통수를 쳤어요. 이 하청업체하고 본사, 엄대진계 사이 전달책이 윤대석 씨였던 겁니다. 회사 사활이 걸린 문제였기 때문에 결국 버티지를 못했죠. 기사 한 줄 안 났어요. 윤대석 씨가 그 일 겪고 나서 이건 아니라고 생각해서 증언을 하기로 결심했던 거예요."

윤이 선배에게 들었다는 이야기가 떠올랐다. 자살로 내몰리는 하청업체 사장이 한둘이 아니라던 얘기가 사실이라는 것까지 이렇게 확인하고 싶지는 않았다. 속이 타는 듯 뜨끔거렸다. 곁에 앉아 있던 윤도 입술을 깨물며 애써 감정을 누르는 것이 눈에 들어왔다.

"그때 윤대석 씨가 먼저 우리 쪽에 연락을 했어요. 그러면서 자기는 지금까지 몇 년 동안 이 일을 하면서 부끄럽지만 정말 아무 생각이 없었다고, 다들 그렇게 하니까 그게 별거 아닌 일인 줄 알았대요. 그런데 사람이 죽으니까, 자기도 자식이 있는 사람인데 그 생때같은 자식들을 자기 손으로 죽이고 따라 죽는 심정이 어떨지 너무 무섭고 두려웠다 그러더라고요."

아버지가 왜 그랬는지 모르겠다고 토로하던 상우의 얼굴이 뇌리를 지났다. 만약 아버지가 증언하기로 한 까닭을 알았더라면, 마음이 조금이나마 더 편해졌을까.

그러나 그렇지 않았을지도 몰랐다. 가족들에게 동조자라고 비난받을 수도 있는 일이었다. 대석이 자식들에게 그런 사연을 말하지 못한 것이 이해가 갔다. 방관자였던 자신을 깨닫고, 조금이나마 비틀어진 것을 제자리로 돌리기 위해 증언을 결심하기까지 엄청난 갈등이 있었을 것이 분명했다.

"그럼 당시에 뇌물, 뭐 현물, 향응, 현금 전부 포함되겠죠. 뇌물을 받는다는 사실을 확실히 알고 계셨던 건데, 검찰이 자금 흐름 추적에 실패한 걸로 됐잖아요. 이게 정말 추적을 못 하신 겁니까, 안 하신 겁니까? 그때 취재한 자료 보니까 추적 불가능으로 돼 있던데요."

정언이 빙빙 돌리지 않고 묻자 형은이 짧게 웃는 소리를 냈다.

"저한테는 굉장히 아픈 건데, 마음의 준비를 할 시간도 안 주시네요. 결론적으로 말하면 둘 다죠. 대한민국에서 금융 기록 추적한다는 거 사실 그렇게 어려운 일이 아니거든요. 당시에 저희가 엄대진계 의원 대부분의 차명계좌 추적을 했어요. 주로 많은 게 비서관이나 보좌관 명의 계좌, 그리고 친척들 계좌. 의원실 계좌에 정치후원금 형태로 들어오는 돈은 합법적이라고 주장하니까, 그런 거 제외하고라도 현금 흐름 자체가 눈에 띄는 경우는 무조건 조사했죠."

"그런데 왜……."

정언이 채 마저 묻기도 전, 형은이 대답했다.

"가이드라인이 내려왔어요. 주요 의원들은 보호해라. 저희가 추적한 계좌가 거의 백여 개 가까이 돼요. 그런데 그 중에 법정에서 증거로 인정받은 계좌는 딱 두 개였어요. 그게 의원직 박탈당한 비례대표 최창묵 거였죠."

형은의 말대로 당시 처벌받은 국회의원은 최창묵 하나였다. <조한일보> 기자 출신의 언론정보학과 교수였던 창묵은 당시 주목받는 젊은 언론인이었으나 이 사건으로 완전히 잊힌 지 오래였다.

형은이 말을 이었다.

"정계 들어오려고 상당히 애썼던 사람인데 이 일로 정치 생명 끝났어요. 그 많은 혐의 중에 인정받은 건 몇 개 없는데, 그나마도 최창묵이 다 뒤집어썼으니까. 언론에도 그 외의 자료는 제공 못 하게 위에서 다 막아 버렸죠."

형은의 말투는 담담했으나 그렇기에 더 그 상황이 객관적으로 보였다. 권력의 한가운데서 손발이 묶여 이러지도 저러지도 못하는 형은의 심정을 정언은 충분히 이해할 수 있었다.

"상고는 포기하셨죠?"

"불가능했죠. 위에서 다이렉트로 경고가 왔어요. 진행하지 말라고. 항소 가면서 그때 저희가 거의 정신적으로 고문을 당하는 거나 다름없었기 때문에 상고까지 갈 여력이 없었어요. 위협, 본인들은 부정을 하지만 저희가 출퇴근할 때나 심지어 가족들한테

153

까지 그런 게 있었기 때문에 견디기가 힘들었죠."

위협…… 정언이 그 단어를 머릿속에 떠올리기 무섭게 곁에서 윤이 끼어들었다.

"윤대석 씨 가족분들도 그런 얘길 하시던데요."

형은이 고개를 끄덕였다.

"유구한 수법이에요. 정치적으로, 뭐 상당히. 내가 검사인데 내 한 몸하고 가족도 지킬 수 없다는 생각이 들면 누구라도 끝까지 몰릴 수밖에 없어요. 내가 어떻게 되는 건 상관없다 쳐도, 가족 얘기가 나오면 힘들죠. 일반인들은 어떻겠어요."

"어떤 방식이었습니까? 혹시 증거 갖고 계신 건 없고요?"

윤의 물음에 형은의 표정이 어두워졌다.

"발신번호 지우고 보내는 문자라든지, 가족들한테 모르는 번호로 전화가 온다든지, 감시당하고 있는 게 느껴진다든지 하는 식이에요. 내가 검사인데 그 발신번호 추적을 못 해요. 조회를 하면 통신사에서 알 수 없다고 답변이 온다고요. 누가 그걸 견디겠어요?"

검사들조차 수사권을 전혀 발휘할 수 없는 상황이었다면, 형은이 말하는 윗선은 가장 꼭대기일 가능성도 있었다. 정언은 문득 <뉴스라이트>에서 내보냈던 청와대 홍보수석실의 녹취록을 떠올렸다. 그 변조된 목소리가 다시 뇌리를 지나자 춥지도 않은데 소름이 돋는 기분이었다.

"당시에 증인으로 신청했던 다른 분들은 누구죠?"

"뇌물하고 향응 제공했던 하청업체 사장들이 제일 많았죠. 여성철 의원실에서 처음에 이 문제 제기한 것도 그쪽으로 내부 고발자 제보 들어갔기 때문이에요. 의원실에서 전한동 부장님한테 내부 고발자 명단까지 제공했는지 그건 제가 잘 모르겠어요. 저희가 별도로 드릴 수 있는 정보가 어느 선까지인지, 그건 이정수 선배하고 얘기를 해 봐야 할 것 같습니다. 사실 지금 제가 여기 나온 것도 선배는 아직 몰라서요."

형은과의 대화는 카페 문을 닫을 때까지 한참 더 이어졌다. 그 대화에서 대부분의 퍼즐을 맞추는 건 어렵지 않았다. 서온건설과 엄대진의 관계, 하청업체의 처지, 아무런 증거도 없이 소모품처럼 버려지는 전달책들.

그러나 퍼즐이 맞아 들어간다고 해서 기쁜 마음이 드는 건 아니었다. 정언은 자신이 차라리 이 모든 게 아무것도 아니었으면, 하고 바라고 있다는 걸 깨달았다. 모든 게 그냥 착각이라면, 우연이라면, 그저 신의 장난처럼 벌어지는 일이라면.

하지만 자신의 앞에 놓인 모든 퍼즐의 조각들은 전부 진실이었다. 이 조각들이 그리는 그림이 무엇일지 두려워지는 건 자신뿐만이 아닐 터였다.

영업시간이 끝난 카페를 나섰을 때는 어느덧 열 시 반이었다. 형은과 헤어지고 주차장으로 돌아온 윤과 정언은 한동안 말이 없었다.

차에 시동을 건 윤은 운전석에 타는 대신 주차장의 펜스를 잡고 서서 서울 시내의 야경을 한참이나 보고 있었다. 정언은 한 걸음 뒤에 떨어진 채 그런 윤의 뒷모습을 보았다.

"만약에 우리가 이거 방송 못 하면 어떻게 하죠?"

윤이 물었다. 침묵하던 정언은 대답했다.

"이게 전부 다 없었던 일이 되는 거지."

없었던 일, 하고 윤이 혼잣말처럼 그 말을 다시 뇌며 펜스 위에 팔을 겹쳐 얼굴을 묻었다. 밤바람에 짧은 머리칼이 이리저리 흩어졌다. 무슨 생각을 하는지 한동안 그러고 있던 윤이 고개를 들더니 몸을 돌렸다.

정언에게 조수석 문을 먼저 열어 준 윤은 차에 타 주차장을 빠져나오며 라디오 버튼을 눌렀다. 익숙하지만 제목을 알 수 없는 노래가 흘러나왔다. 귀에 익은 걸 보면 아마 최신 가요인 듯했다.

곧 노래가 끝나고 발랄한 디제이의 목소리가 차 안을 가득 채웠으나 뭐라고 하는지 귀에 잘 들어오지 않았다. 윤 역시 마찬가지인 듯했다. 침묵을 견디기 힘든 것 같았다. 정언 역시 그 기분이 뭔지 알고 있었다.

윤이 정언의 오피스텔 주차장에 차를 세웠을 때는 이미 열한 시를 훌쩍 넘긴 뒤였다. 정언은 집까지 안 데려다줘도 되는데, 하고 부질없는 말을 중얼거렸다. 어차피 윤에게는 씨도 안 먹히는 소리였다.

윤이 대답 대신 잠긴 도어록을 풀었다. 안전벨트를 풀던 정언은 문득 대시보드 아래 놓인 윤의 핸드폰에서 아까부터 LED 알림이 깜빡이고 있다는 것을 알아차렸다. 메시지가 들어와 있는 모양이었다. 그러나 운전하는 동안 윤은 한 번도 핸드폰을 확인하지 않았다.

아까 본 해나의 메시지가 머릿속을 지나쳤다. 그 메시지를 확인했을까. 불현듯 이유 없이 그런 것이 궁금해졌다. 확인했다면, 답은 뭐라고 했을까…….

"왜 그러세요?"

그 생각에 빠져 잠시 넋을 놓고 있었는지, 윤이 의아하다는 듯 눈썹을 약간 좁히며 물었다. 나쁜 짓을 하다 들킨 사람처럼 화들짝 놀란 정언은 아, 응, 하고 얼버무리며 차 문을 열고 내렸다.

"얼른 들어가."

반쯤 열린 조수석 창 너머로 말하자, 윤이 어두운 창 저편에서 정언을 가만히 마주 보았다. 해독 불가능한 표정. 불현듯 그 얼굴을 읽고 싶어졌다. 드문 일이었다. 정언은 그런 자신을 낯설게 느꼈다.

"내일 봐요, 선배."

나지막한 목소리가 그 옅은 어둠을 타고 스몄다. 순간 머릿속의 생각들이 지워지며, 대신 포항에서 윤이 우리 저녁 맛있는 거 먹어요, 하고 말하던 그 순간의 장면이 되살아났다.

아주 일상적인, 하지만 자신의 것이라고는 한 번도 생각해 본 적 없는 단어들이 윤의 목소리로 발음될 때면 정언은 문득 완전히 잊고 있었던 삶을 자각하곤 했다. 서정언 피디가 아닌, 그냥 서정언의 삶.

매일 반복되는 일상을 함께하고 헤어질 때 다정하게 인사를 나누는 어떤 순간들.

그런 순간마다 매번 윤이 거기 있었다.

문득 그 사실을 인식한 정언은 윤을 물끄러미 바라보았다. 희미하게 웃는 듯한 표정이 그 하얀 얼굴에 번졌다. 애써 아무렇지도 않은 척 그래, 하고 대답한 정언은 몸을 돌려 엘리베이터로 걸어갔다. 뒤를 돌아보고 싶은 충동이 들었다.

그러나 정언은 그렇게 하지 않았다. 윤의 시선이 뒤를 따라오는 것이 느껴져서였다. 지금 돌아본다면 그 순간 뭔가 변해 버릴 것 같았다. 무엇이 어떻게 변할지 짐작조차 할 수 없었으나,

그렇기에 더 겁이 났다.

복잡한 머릿속으로 엘리베이터에서 내린 정언은 집 앞에 섰다. 무심코 주머니에 손을 넣은 순간 핸드폰이 없다는 걸 깨달은 정언은 미간을 찌푸렸다. 아까까지는 분명히 있었는데, 아무래도 윤의 차 안에 떨어뜨린 모양이었다.

"아, 진짜……."

정신이 어지간히 없긴 한가 보다 싶었다. 정언은 손목에 찬 시계를 내려다보았다. 윤은 이미 주차장을 나갔을 게 뻔했다. 윤의 차 안에 떨어져 있다면 내일 아침에 찾아도 되겠지, 하고 생각한 정언은 습관적으로 도어록 손잡이를 잡았다.

손잡이가 저항 없이 돌아갔다.

그 순간, 갑자기 머리 위에서부터 찬물을 끼얹은 듯한 냉기가 지났다.

아직 비밀번호를 단 한 글자도 입력하지 않은 채였다. 정언은 시선을 내렸다. 부드럽게 움직인 손잡이에서는 잠금장치가 걸리는 감각이 전혀 느껴지지 않았다. 이런 일은 있을 수 없었다. 정언은 저도 모르게 손을 떼며 한 걸음 뒤로 물러났다.

그러자 마치 정언을 따라오듯 현관문이 소리 없이 앞으로 약간 열렸다. 손가락 한두 마디 정도 되는 그 틈으로 집 안의 어둠이 복도에 스며들었다.

그 어둠은 불길할 정도로 고요했다. 입 안이 말랐다. 인간도 동물이기에 본능적으로 위험을 감지한다는 말이 떠올랐다. 온몸의 감각이 경고를 보내고 있었다. 안으로 들어가야 할까, 말아야 할까.

정언은 얼어붙은 것처럼 선 채 그 문의 틈새를 응시했다. 얼마나 지났을까, 복도의 센서 등이 꺼지며 사방이 어둠에 잠겼다. 집 안의 어둠이 뒤섞여 발치에서 보이지 않는 뱀처럼 휘감겼다.

위협이라는 단어를 떠올린 건 그 순간이었다. 상우와 형은의 이야기가 번개같이 머릿속을 스쳤다. 미행이나 살해 협박 같은 건 이미 여러 번 당해 본 적이 있었다.

그러나 집은 이야기가 달랐다. 이런 건 처음이었다. 이것이 단순한 빈집털이인지, 정말 자신에게 보내는 경고인지 판단할 수가 없었다.

멀리서 엘리베이터가 멈추는 소리가 났다. 심장이 쿵쿵거리며 뛰었다. 몸이 움직여지지 않았다. 굳어 버린 정언은 숨을 참았다. 어둠 속에서 감각은 더 예민해졌다.

코너를 돌아 이쪽으로 뛰어오는 발소리가 들렸다. 긴 복도 저편에서 그 소리는 순식간에 가까워졌다. 다음 순간 복도의 센서 등이 다시 켜지며, 누군가가 정언의 팔을 잡아 왔다. 기절할 정도로 놀란 정언은 소스라치며 몸을 휙 돌렸다.

눈에 들어온 건 낯익은 얼굴이었다. 윤이었다. 윤이 어떻게 여기 있는 건지 생각해 보려 했으나, 머리가 전혀 돌아가지 않았다. 조금 거칠어진 숨을 고른 윤이 손에 들고 있던 핸드폰을 내밀었다.

"선배, 이거요. 차 안에 떨어져 있더라고요. 왜 아직 집에 안 들어가셨어요?"

정언은 그것을 받는 대신 윤을 뚫어지게 응시했다. 정언을 마주 보던 윤이 뭔가 이상하다고 생각했는지 문득 문 쪽으로 시선을 돌렸다. 두어 마디만큼 열린 문을 본 윤은 반사적으로 손을 뻗었다.

정언은 다음 순간 윤의 팔을 낚아챘다.

"……열지 마."

거의 속삭이는 목소리였다.

"네?"

"열지 말라고."

애써 침착하려 했으나 몸이 떨렸다. 문안에 누가 있는지 없는지조차 알 수 없었다. 만에 하나라도, 지난번처럼 자신의 안일함으로 윤이 다치는 일이 생길까 봐 두려웠다. 그러나 정언은 이 상황을 윤에게 어디서부터 설명해야 좋을지 알지 못했다. 자신조차 무슨 일이 벌어졌는지 모르는 까닭이었다.

약간 놀란 표정을 한 윤이 자신의 팔을 잡은 정언을 내려다보았다. 그러더니 곧 상황이 심상치 않다는 걸 알아차린 듯, 정언의 손에 핸드폰을 쥐여 주고는 정언을 자기 등 뒤로 오게 했다.

"제가 열어 볼게요."

정언이 뭐라고 말하기도 전, 윤이 문을 당겨 열었다. 갑작스럽게 쏟아져 나온 어둠에 정언은 뒤로 조금 더 물러섰다. 현관으로 들어선 윤은 센서 등이 켜지자마자 문 밖의 정언에게 말했다.

"들어오지 마세요."

윤이 손을 뻗어 거실 조명의 스위치를 올렸다. 다음 순간 잠시 말을 잃고 서 있던 윤은 즉시 집 안의 모든 문을 열어 보기 시작했다. 붙박이장이며 싱크대, 화장실, 다용도실 문까지 전부 다 열어 본 윤이 이마를 짚고는 주위를 둘러보았다.

정언은 열린 문 너머로 그제야 집 안을 보았다. 폭격을 맞았다고 해도 믿을 만한 광경이었다. 책장은 바닥에 넘어져 책이 전부 바닥에 떨어진 채였다. 찬장의 접시며 컵들은 죄다 깨져 있었고, 정리해 둔 캡슐은 아무렇게나 흩어져 뒹굴었다. 옷장 안의 옷들도 거실 바닥에 내팽개쳐져 엉망이었다. 창은 모두 열려 집 안이 스산한 바람으로 가득했다.

굳어서 서 있던 정언이 홀린 듯 집 안으로 한 걸음 들어서자, 뛰어나온 윤이 정언을 바로 다시 밀어내고는 자기 핸드폰을 꺼내 112를 눌렀다. 오피스텔 위치와 호수까지 정확히 얘기한 윤이 전화를 끊으며 넋이 나간 듯 서 있는 정언의 양어깨를 잡아 자기를 보게 했다.

"선배, 저 보세요. 괜찮으세요?"

"아, 응."

대답했으나 사실은 전혀 괜찮지 않았다. 가까이서 마주 보는 눈동자가 흐릿해져, 정언은 눈을 한 번 감았다 떴다. 입 안이 완전히 마르는 감각은 낯설었다.

"경찰에 신고했으니까 금방 올 거예요. 저 여기 있을게요."

윤이 몸을 조금 더 숙여 시선을 맞추며 말했다. 정언은 대답 대신 입술을 말아 깨물었다. 오한이 들었다. 정말 추운 건지, 아니면 다른 이유인지 판단할 수가 없었다. 숨을 제대로 쉬기 힘들었다. 떨지 않기 위해 이를 물었으나 소용이 없었다.

윤이 물끄러미 정언을 응시하다 선배, 하고 불렀으나 그 소리가 멀게 들렸다. 대답이 바로 나오지 않았다.

다음 순간 윤이 갑자기 정언을 당겼다. 무방비 상태인 몸이 순식간에 끌려 들어갔다. 무슨 일이 일어났는지 깨닫기도 전에 정언은 윤의 품으로 파묻혔다. 긴 팔이 몸을 완전히 감싸 안는 순간 예상하지 못한 파도처럼 낯선 감각들이 밀려들었다.

"괜찮아요, 선배. 괜찮아요."

낮은 목소리가 머리 위에서 떨어졌다. 멍하니 서 있던 정언은 막혔던 숨을 토했다. 닿은 곳에서부터 전신으로 스미는 윤의 체온이 따뜻했다. 정언은 그제야 자신에게 절실한 건 그 온기였음을 깨달았다.

자신조차 몰랐던 절박함이었다. 무섭다고, 여기 있어 달라고, 도와 달라고 단 한마디도 한 적 없는데 어떻게 알았을까. 답을 알 수 없는 물음이 머릿속을 스쳤다.

윤에게서 늘 나는 향이 아주 가까이서 떠돌았다. 섬유유연제 향, 아주 맑은 날의 햇살 냄새 같은 것. 그 순간 정언은 자신이 안심하고 있다는 것을 인식했다. 윤이 가지 않을 거라는, 여기 있을 거라는 확신이 주는 그 안도감에 정언은 스스로도 당황하며 손을 움켜쥐었다.

차게 식은땀이 배어 나온 손바닥 안으로 조금씩 온기가 돌았다. 떨림이 천천히 잦아들었다. 다시 센서 등이 꺼진 복도가 어둠 속으로 완전히 잠겼다. 시간이 얼마나 지났는지 가늠할 수가 없었다. 마치 모든 것이 멈춰 버린 듯했다.

이러면 안 될 것 같다고 생각하면서도 정언은 오랫동안 움직이지 못했다. 눈을 감자 복도의 창으로 사이렌 소리가 희미하게 넘어왔다.

◆

경찰이 도착한 건 신고한 지 십 분쯤 지나서였다. 그사이 이성을 완전히 되찾은 정언은 집 안을 점검하기 시작했다. 다행히 없어진 물건은 없는 것 같았으나, 크지도 않은 원룸을 얼마나 꼼꼼하게 뒤집어엎었는지 방금 이사 와서 짐을 풀어 놓은 집이라고 해도 믿을 정도였다.

감식반을 데리고 올라온 형사들은 정언에게 이것저것 묻기 시작했다. 감식반은 사진을 찍고 바닥의 발자국을 찾느라 분주했다. 한밤중의 때 아닌 소란에 같은 라인에 사는 사람들이 무슨 일인가 싶었는지 문을 열어 보며 수군거렸다.

누가 형사들끼리 대화하는 걸 들었는지 빈집털이래요, 하고 얘기하자 머리를 내밀고 있던 여자들이 얼른 문을 닫아걸었다.

"어휴, 이거…… 혹시 뭐 짐작 가는 사람 없으십니까?"

중년의 형사가 집 안에 들어서자마자 눈을 휘둥그렇게 뜨며 물었다. 정언은 생각할 필요도 없다는 듯 고개를 저었다.

"잘 모르겠네요."

"보안 이중이죠? 배달꾼이나 수리기사 이런 사람들이 안까지 들어올 수 있습니까?"

"안에서 열어 주면 가능합니다."

형사가 창가로 가서는 위쪽을 올려다보더니 다시 정언을 돌아보았다.

"여기가 외벽 보니까 밖에서 타고 들어오기는 힘들겠던데요."

"네. 고층인 데다 외벽에 요철이 없으니까요. 오피스텔이라 창도 완전히 안 열려서 창 뜯기 전에는 어렵죠."

"그러게요. 그런데 엄청 침착하시네요."

형사가 감탄 반, 의아함 반이 섞인 투로 말했다. 정언이 별말 없이 아 그래요? 하고 되물었다. 감식반을 지켜보고 있던 윤은 정언 쪽으로 흘끔 시선을 주었다.

매일같이 보는 꼴이 빈집털이 따위는 애교 수준이니 이런 일로 호들갑을 떨 만한 사람은 아니라고 생각하면서도, 조금 전까지 넋이 나간 것 같던 모습은 온데간데없이 사라지고 저렇게 침착하게 구는 걸 보니 존경에 가까운 기분이 되는 건 사실이었다.

"저기 남자분은 동거인이시고요? 남자 친구 되시나?"

형사가 윤을 가리키며 물었다. 정언이 뭐라고 대답하기도 전 벼락을 맞은 것처럼 놀란 윤은 토끼 눈을 뜨며 손을 저었다.

"아, 아뇨! 회사 후배입니다!"

너무 심하게 부정했나 하는 후회와 동시에, 회사 후배가 이 시간에 여자 선배 집에 와 있다는 게 더 이상하지 않은가 하는 생각이 든 건 직후였다. 아니나 다를까, 형사가 약간 의심스러운 눈초리로 윤을 슬쩍 훑어보았다. 벽에 머리를 박고 싶은 기분이 된 윤을 알 리 없는 형사가 다시 정언에게 눈을 돌렸다.

"평소에도 이 시간에 집을 자주 비우세요?"

팔짱을 낀 정언이 대답했다.

"제가 직업 때문에 집에 들어오는 시간이 굉장히 불규칙해서요. 있을 때도 있고 없을 때도 있고 한 편이에요. 며칠씩 안 들어올 때도 자주 있고요."

"야근이나 외근이 많으십니까? 실례지만 직업이?"

"YBS 시사보도국 피디입니다."

정언의 대답에 형사가 놀란 듯 눈을 동그랗게 떴다.

"아, 피디님이셨어요? 시사보도국이면 일 엄청 많으시겠네. 퇴근 시간이 딱히 없죠?"

"그런 편이에요."

"없어진 물건 있는지 확인해 보셨습니까?"

"집 안에 뭐 가져갈 게 별로 없어서요. 일단 없어진 건 없는 것 같아요."

정언의 말을 듣고 있던 형사가 이마 부근을 긁적였다.

"이게 좀 이상하긴 하네요. 들어오는 시간이 불규칙하다고 하시니까. 보통 얘들이 타깃 잡을 때 며칠 두고 보는 경우가 많아요. 언제 사람이 집에 없나, 언제 눈에 안 띄나 이런 거 미리 파악하는 거죠. 들쭉날쭉한 집 고르는 경우 별로 없는데…… 혼자 사시는 거죠?"

"네."

"빈집털이들이 만약에 사람이 있다, 그러면 강도나 강간으로 가는 경우가 많긴 합니다. 그래서 여자 혼자 사는 집을 주로 노리긴 해요. 그런데 보통 그런 건 일반 주택가에서 그러지 이런 오피스텔에서는 드물거든요. 그리고 도어록 건전지도 다 빼놨던데, 그러면 문이 안 잠길 거 알 텐데 왜 그랬는지 모르겠네요. CCTV도 설치돼 있죠?"

"주차장, 엘리베이터하고 비상구 입구, 복도 쪽에는 다 설치된 걸로 알고 있어요."

두 사람의 대화는 평온했으나 정작 듣고 있는 윤은 심장이 반으로 압축되는 기분이었다. 빈집털이만으로도 이미 차고 넘치는 기분이었는데 강도에 강간이라니, 꿈에서라도 끔찍한 소리였다.

차 안에 떨어진 정언의 핸드폰을 발견하고 가져다줄까 말까 망설이다 때마침 안으로 들어가는 사람이 있기에 뛰어서 쫓아 들어왔는데, 안 그랬다면 어떻게 됐을지 그다지 상상하고 싶지는 않았다.

집 안에 누가 있을지도 모른다는 생각에 일단 닥치는 대로 문을 열어 보긴 했지만, 이성을 되찾고 나자 자신이 얼마나 위험한 짓을 했는지 실감이 났다.

경찰이 올 때까지 기다릴 수도 있었지만, 눈앞에서 평소와 전혀 다른 정언을 본 순간 아무 생각도 나지 않았던 것이다. 정언이 공연히 심장 부근을 꾹꾹 눌러 보는 윤 쪽으로 잠깐 시선을 주었다.

형사가 재차 물었다.

"생각나는 사람은 전혀 없으시다는 거죠?"

윤은 정언이 그 말에 잠깐 주저했다는 것을 알아차렸다. 아주 찰나의 순간이었으나, 윤에게는 분명 망설임처럼 느껴졌다. 그러나 정언은 곧 그런 적도 없다는 듯 고개를 저었다.

"네, 모르겠네요."

"없어진 것도 없다고 하시니까 이상하긴 한데, 가져갈 게 없었으면 뭐…… 최근에 이 지역에서 빈집털이 신고가 자주 접수되긴 했거든요. 그러면 이게 막 피디님 집을 일부러 노리고, 그런 건 아닐 수도 있습니다."

"그래요?"

형사가 걱정하지 말라는 손짓을 했다.

"우선 저희가 건물하고 인근 CCTV랑 현장 분석 진행하겠습니다. 이쪽에 당분간 순찰 강화하고요."

"부탁드립니다. 여기 건물에 여자분들이 많이 사시는 걸로 아는데 걱정되네요. 경비실 쪽에 입주민들 주의하라고 공문 협조 요청해 주실 수 있나요?"

"아, 네. 그런 거야 당연히 해 드리죠. 놀라셨을 텐데 일단 뭐 사람 안 다친 거 다행이다 생각하시고, 이런 놈들은 CCTV 돌려 보면 금방 잡히니까 너무 걱정 마세요."

네, 하고 대답한 정언이 형사에게 자기 명함을 꺼내 주었다. 정언의 명함을 받아 든 형사가 무심코 그것을 보다 어, 하며 고개를 들었다.

"시사보도국 3부 이거 혹시 <비하인드 24> 팀 아닙니까? 저 지난번에 저기, 그 미제 살인사건 그것 때문에 여기 안호형 피디님이라고 그분 만났었는데."

"아, 네. 안 피디 저랑 같이 일하고 있어요."

정언의 대답에 형사가 감동받은 표정을 하며 정언의 명함을 셔츠 포켓에 집어넣었다.

"이야, 저 <비하인드 24> 엄청 열심히 보거든요. 이거 참, 경찰 집에 도둑 드는 법 없다는데 <비하인드 24> 피디님 집 터는 간 큰 새끼가 누군가 모르겠네요. 아무튼 저희가 빨리 조사하고, 결과 나오는 대로 연락드리겠습니다."

그사이 현장 사진을 몇 장 더 찍은 감식반이 장비를 정리했다. 형사와 몇 마디를 더 나눈 정언은 경찰들이 완전히 철수하자 윤을 돌아보았다.

"시간 너무 늦었네. 김 피디, 그만 들어가."

"선배는요?"

"침대만 대충 치우고 자면 돼."

"여기서요?"

윤은 도저히 믿을 수 없다는 표정으로 되물었다.

"친구 집이나, 어디 잠깐 가 계실 데 없어요? 오늘은 진짜 안 될 것 같은데요."

집 상태가 문제가 아니었다. 정언이 이 꼴이 난 집에서 잠을 잘 생각을 한다는 게 더 문제였다. 정언이 고개를 가로저었다.

"없어. 뭐 설마 한 번 온 놈이 두 번 올 것도 아니고."

윤은 다시 한 번 집 안을 둘러보았다. 치울 시간도 없는 정언의 스케줄을 잘 알고 있었기에, 최소한 며칠 정도는 전혀 의도하지 않은 현장 보존도 가능할 것 같았다. 한숨을 쉰 윤은 우선 바닥에 넘어진 책장을 들어 도로 세워 놓았다.

깜짝 놀란 정언이 윤을 만류했다.

"아냐, 그냥 둬. 내가 하면 돼."

"둘이 하면 금방 해요. 선배 혼자서 이걸 다 어떻게 치워요."

윤은 들은 척도 하지 않고 떨어진 책부터 우선 주워 모아 꽂기 시작했다. 정언이 결국 한숨을 쉬며 옷장을 열어 엉망으로 어질러진 옷들을 걸었다. 책장을 정리하고 깨진 그릇 조각들을 쓸어 모은 윤은 바닥을 꼼꼼하게 닦았다.

떨어진 물건들을 제자리로 돌려놓고 망가진 것들을 모아 버리며 그럭저럭 정리가 마무리된 건 한 시간쯤 지나서였다. 윤이 마지막으로 창을 닫자, 그사이 도어록 건전지를 다시 끼우고 비밀번호를 바꾸며 문을 여닫아 본 정언이 보기 드물게 민망한 얼굴을 했다.

"김 피디한테 완전 민폐네, 이거."

"지금 저 커피 엄청 마시고 싶은데 한 잔 주시면 넘어가 드릴게요."

풀썩 소리가 나게 소파에 앉으며 웃자, 잠시 뭐라고 말하려는 듯 입술을 달싹이던 정언이 포기한 듯 찬장에서 머그컵을 꺼냈다. 그 난리통에 살아남은 몇 안 되는 물건 중 하나였다.

캡슐 하나를 내린 정언은 윤에게 컵을 건네주고는 침대에 걸터앉아 한쪽 손으로 얼굴을 감쌌다. 윤은 커피를 한 모금 마시며 무슨 생각을 하는지 한참이나 말이 없는 정언에게 시선을 주었다.

"선배, 괜찮아요?"

잠깐 멈칫하던 정언이 곧 응, 하고 대답했다. 윤은 아까의 일을 떠올렸다. 순간 정언을 품으로 끌어당겼을 때의 그 서늘함이 되살아났다. 그때 자신이 왜 그런 행동을 했는지 이성적으로 설명하는 건 불가능했다.

떨지 않기 위해 이를 악물고 있던 정언의 얼굴을 본 순간, 머리보다 몸이 먼저 움직였던 것이다. 정언이 자신을 밀어낼지도 모른다고 생각한 건 직후였다. 그러나 정언은 어둠 속에서 오랫동안 그대로 머물러 있었다.

정언이 왜 그랬는지 깊게 생각하고 싶지는 않았다. 정언에게 누군가가 필요한 순간 자신이 거기 있었던 걸로 충분했다.

"……아까는 미안했어."

침묵을 깨고 정언이 낮은 목소리로 말했다. 뭐가요, 하고 물으려던 윤은 정언이 무슨 얘기를 하는지 바로 깨달았다. 자신 앞에서 약한 모습을 보인 것 때문이 분명했다.

"그게 왜 미안한 일이에요?"

되물은 말에는 대답이 없었다. 대답하지 않는 게 아니라 대답하지 못하는 것에 더 가깝다는 사실을 윤은 쉽게 알아차렸다. 윤은 커피를 조금 더 마셨다. 익숙한 씁쓸함이 입 안을 감았다. 한숨처럼 웃은 윤은 정언을 마주 보았다.

"제가 아니라 다른 사람이었어도 미안하다고 하실 거예요?"

"김 피디."

"하필 저한테 그래서 미안하다고 하시는 거면 안 들은 걸로 할게요. 저 아니라 다른 누구였어도 똑같이 미안하신 거면 그건 그럴 필요 없는 거니까 선배도 잊어버리시고요. 제가 어디 가서 소문이라도 낼까 봐 그러세요?"

농담처럼 내뱉은 마지막 말은 미묘하게 비틀려 있었다. 정언이 얼굴을 들어 윤을 물끄러미 응시했다.

"김 피디는 지금 이게 나 아니라 다른 사람이라도 똑같이 했을 거 같아?"

의도를 확신할 수 없는 질문이었다. 머릿속이 차갑게 내려앉았다. 윤은 들고 있던 컵을 내려놓았다.

"그게 왜 궁금하신데요?"

"대답하기 힘든 질문이야?"

윤은 순간 멈칫했다. 이런 식으로 묻는 건 정언답지 않았다. 언제나 선을 넘으려는 쪽은 자신이었다. 그러나 지금은 정언 쪽이 그 선 위에 서 있는 것 같았다. 착각일까. 사이를 둔 윤은 정언의 눈을 피하지 않은 채 말했다.

"아뇨. 대답할까요? 네. 다른 사람 도와주는 게 당연하다고 배웠으니까. 그런데 선배 지금 말씀하시는 의도가 뭔데요. 제가 선배한테 하는 행동 남들한테 하는 거랑 다르니까, 그거 알고 있냐고 물어보시는 거 맞아요?"

어린애처럼 굴고 싶은 건 아니었다. 그러나 상처 받을 거라는 사실을 이미 알고 있는 탓에, 거의 본능적으로 방어적인 태도를 취하게 되는 건 어쩔 수 없었다.

윤은 가만히 자신을 응시하는 정언의 시선을 맞받았다. 가독 불가능한 얼굴. 표정이 많지 않은 그 얼굴은 윤에게 때로 수면 밑의 세계처럼 느껴질 때가 있었다.

"선배도 제가 그러는 이유 아니까 저한테 선 넘지 말라고 하신 거잖아요. 제가 그거 모른다고 생각하세요?"

"무슨 말인지 알겠어."

정언이 말을 끊었다. 평소였다면 여기서 멈췄을 테지만 윤은 그렇게 하지 않았다.

"얘기했지만 전 앞으로도 안 이럴 자신 없어요. 그리고 저한테 진짜 미안하시면 이런 걸로 미안하다는 말 하지 마세요. 전 선배가 이럴 때 혼자 있는 거 싫고, 지금 여기 제가 있어서 다행이라고 생각하니까. 다른 사람이었으면 이런 생각 안 해요. 대답된 거예요?"

정적이 지났다. 벽시계의 초침 소리까지 셀 수 있을 정도의 고요함이었다. 기꺼이 불편함을 택하겠다고 마음먹고도 이런 순간이면 후회되지 않는 건 아니었다. 만약 아무것도 아닌 척을 했더라면, 지금을 견디는 일이 조금 더 쉬워졌을까. 영원히 답을 알 수 없을 물음이었다.

윤은 고개를 숙이며 천천히 남은 커피를 마셨다. 어차피 정언의 대답은 정해져 있을 터였다. 그만 가는 게 좋겠다고. 속이 답답해졌다. 어느새 온기가 사라진 컵을 탁자 위에 다시 내려놓았을 때, 정언이 입을 열었다.

"김 피디가 다칠까 봐 걱정됐어."

그건 예상한 대답과는 거리가 멀었다. 정언은 바닥 어딘가에 시선을 두고 있었다. 멈칫한 윤은 저도 모르게 눈을 들었다. 정언이 말을 이었다.

"여기 있어 줘서 고맙고. 이 말 하고 싶었어. 기분 상하게 할 생각 아니었어. 그랬다면 미안해."

정언은 그저 인사치레로 이런 말을 할 사람이 아니었다. 담담한 말투였으나 그게 진심이라는 걸 의심할 여지는 없었다. 머릿속이 일시에 정지한 것 같았다. 다시 한 번 낮은 한숨을 쉰 정언이 윤을 마주 보았다.

"윤대석 씨 사고 당시 CCTV 영상 아마 <뉴스라이트>에서 받은 자료 중에 있을 거 같은데 한 번 찾아봐. 없으면 진 검사님한테 연락해 보고, 영상 받으면 그거 법영상분석연구소 보내서 추가 감식 좀 부탁해 줘. 부검 소견서하고 윤대석 씨한테 약 처방했다는 병원하고 약국 어딘지도 알아보고. 시간 너무 늦었으니까 그만 가. 내일 경북도청 갔다 오면서 연락할게."

순식간에 거기 존재하는 건 다시 평소의 정언이었다. 윤은 언제나 순간의 기억에 마음이 붙들린다는 걸 알고 있었다. 마주 보던 눈동자, 웃는 얼굴, 나지막한 목소리, 마치 폴라로이드 사진처럼 찰나에 기억되는 그 반짝임.

윤은 정언의 창백한 얼굴을 응시했다. 때로는 쉽게 읽을 수 없는 그 표정조차도 이 감정을 되돌리지 못하게 만든다는 걸 알고 있을까.

"혼자 정말 괜찮으시겠어요?"

윤이 묻자 정언이 재미있다는 표정을 했다.

"아니라고 하면 어쩔 건데."

"제가……."

같이 있겠다고 하는 건 아무래도 이상했다. 무심결에 말하던 윤이 입을 다물자 정언이 피식 웃었다.

"됐어. 얼른 가."

정언이 고개를 까딱였다. 그 얼굴에서 애써 눈을 떼며 몸을 일으키자 정언이 따라 일어났다. 현관을 나서려는 윤의 등 뒤에서 정언의 나지막한 목소리가 따라왔다.

"조심해서 들어가."

얇은 다정함. 미미하지만 확실히 느껴지는 그 감각에 윤은 저도 모르게 다시 뒤를 돌아보았다. 그리고 곧 거기 약간의 불안감이 스며들어 있다는 걸 깨달았다. 윤은 그 까닭을 정확히 알지 못했다. 어쩐지 기분이 좋지 않았다.

"무슨 일 생기면 연락하세요, 네?"

다짐을 두는 윤의 얼굴을 빤히 보던 정언이 팔짱을 끼었다.

"내가 할 말 같은데. 김 피디도 무슨 일 생기면 연락해."

"장난하는 거 아니에요."

"나도 아냐."

정언이 윤의 등을 떠밀어 문 밖으로 내보냈다. 내일 봐요, 하고 복도에서 인사를 건네자 정언이 대답 대신 눈짓을 했다. 당연히 먼저 문이 닫힐 거라고 생각했지만 정언은 그렇게 하지 않았다. 문을 반쯤 연 채 자신을 물끄러미 보는 정언에게 약간 당황한 윤이 눈을 깜빡였다.

"저 갈 거예요."

"알아."

"왜 안 들어가세요?"

"그냥."

정언은 짧게 대답했다. 잠시 머뭇거리던 윤은 다시 한 번 고개를 꾸벅 숙여 보이고는 복도를 걸어갔다. 자신이 코너를 돌아 들어가고 나서야 멀리서 문이 닫히는 소리가 들렸다. 그 순간 정언이 자신의 뒷모습을 계속 보고 있었다는 것을 깨달은 윤은 그 자리에 멈췄다.

다칠까 봐 걱정됐다고, 여기 있어 줘서 고맙다고, 기분 상하게 할 생각은 아니었다고…… 그 말들이 '어떤 인간적인 부분'처럼 느껴지는 건 착각일까. 선을 넘지 말라고 경고하면서도, 마치 먼저 이쪽으로 발을 딛는 것처럼 보이던 그 찰나.

지하 주차장으로 내려가 차에 시동을 건 윤은 잠시 헤드레스트에 뒷머리를 기대며 눈을 감았다. 만약에 바닥에 떨어진 핸드폰을 보지 못했다면, 망설이다 때마침 들어가는 사람의 뒤를 따라 뛰어가지 않았다면, 자신이 그 자리에 없었다면.

윤은 그 우연들을 떠올렸다. 여러 개의 우연이 교차되는 순간은 늘 필연적인 것이기 마련이다. 그렇다면, 어쩌면 지금 이 순간도 그런 것이 아닐까. 정언이 누군가를 필요로 하는 바로 그때, 자신이 그 자리에 있을 수 있도록.

마른 어깨와 등을 토닥일 때 느껴지던 가는 떨림, 귀를 기울이지 않으면 거의 들리지 않을 정도로 작은 숨소리, 막 내린 눈 같은 차갑고 희미한 향. 어둠 속에서 품 안으로 녹아들던 그 서늘하고 위태로운 감각들이 환각처럼 되살아났다.

윤은 긴 숨을 뱉었다. 허공에 흩어지는 숨결을 따라 그 환각의 입자들이 잠시 부유하다 다시 기억 속으로 천천히 내려앉았다.

21

여주교도소 주차장에 들어선 재희는 다이어리를 들고 차에서 내렸다. 교도소 취재가 처음도 아니었고 여주교도소는 시설 좋기로 이름난 곳이었으나, 그렇다 한들 썩 기분 좋은 장소는 아니었다.

건물 안으로 들어서자 미리 기다리고 있었던 듯, 한 남자가 다가왔다. 재희는 고개를 가볍게 숙여 보이고는 입을 열었다.

"취재 요청 드렸던 <비하인드 24> 강재희 피디입니다."

"아, 네. 소장님께 얘기 들었습니다. 먼저 총무과에서 서류 작성해 주시면 바로 접견실로 안내해 드리겠습니다."

재희는 앞장서는 남자의 뒤를 따랐다. 총무과 사무실에서 접견 신청서를 작성하자, 남자가 신분증과 신청서를 확인한 뒤 어딘가로 전화를 걸었다. 뭐라고 몇 마디를 나눈 남자가 곧 전화를 끊고는 재희에게 물었다.

"40분 정도 후에 접견 가능하시답니다. 녹취나 촬영 불가한 건 아시죠? 먼저 대기실로 안내해 드릴까요?"

"네, 그렇게 하죠."

재희가 대답하자 남자가 재희에게 따라오라는 손짓을 했다. 바늘 하나 떨어지는 소리도 들릴 정도로 고요한 긴 복도를 지나자 접견 대기실이 나타났다. 남자가 대기실의 문을 열어 주며 말했다.

"어떻게 딱 한가한 날에 맞춰 오셨네요. 원래 이렇게 급하게 취재 요청하시는 거 소장님이 잘 안 받아 주시는데⋯⋯."

"미리 공문 준비해서 보내 드렸어야 하는데 죄송합니다."

"아이, 아닙니다. 접견 준비되면 불러 드리겠습니다."

재희가 바로 사과하자 남자가 웃으며 손을 젓고는 대기실을 나갔다. 텅 빈 대기실 의자에 앉은 재희는 몸을 숙이며 깍지 낀 손 위에 이마를 대었다. 밤새 거의 한숨도 자지 못했지만 머릿속은 또렷했다.

편지를 보낸 허주경은 하청업체인 주경공사 대표였다. 주경공사는 주로 서온건설이 수주한 공공건설의 하청을 맡는 업체였다. 회사 수익의 큰 부분을 서온건설에 의존하고 있어, 경쟁사 사이에서는 자회사라는 소문이 돌 정도였다고 했다.

주경은 편지에서 그것은 사실이 아니지만, 자신이 오랫동안 서온건설 본사에 로비를 했기에 그것이 가능했다고 고백하고 있었다.

직원 수 다섯 명으로 시작했던 소규모 업체가 수백 명 단위의 회사가 되는 데는 로비의 힘이 컸다. 주경은 회사에 붙어 있는 날보다 접대를 하러 다니는 날이 더 많았다.

간부들을 만나기 위해서는 본사 직원들에게 먼저 로비를 해야 했다. 수시로 선물을 보내고 명절에는 과일 세트 아래 돈 봉투를 따로 넣어 부치는 것도 다반사였다. 그렇게 공을 들여 간부들을 직접 접대하게 되자, 판검사, 국회의원, 국토부 공무원들이 접대 자리에 하나둘 끼기 시작했다.

접대 자리에 동행하는 이들의 레벨이 높아지는 만큼 공사 규모도 늘어났다. 되돌릴 수 없는 지경에 이르는 건 순식간이었다. 간부들은 심지어 주경에게 공사 발주처로 뇌물을 전달하는 일을 시키기도 했다. 만일 입찰 비리가 들통 난다 해도 하청업체에 뒤집어씌우려는 손쉬운 수작이었다.

알면서도 그때는 이미 발을 뺄 방법이 없었다. 유착이 궤도에 오르고 일상이 되어 버린 채 수년이 흘렀다. 주경이 본사 회계 과장 고정민을 알게 된 것도 그 즈음이었다.

정민은 본사에서 로비 대상을 관리하고, 대상들 사이에 직접 뇌물을 전달하기도 하는 전달책이었다. 주경은 상당히 오랜 시간 서온건설과 관계를 맺어 왔으나, 본사 전달책의 존재를 알게 된 건 처음이었다. 따로 만난 자리에서 정민이 먼저 자신의 정체를 털어놓은 탓이었다.

거기서 정민은 주경에게 솔깃한 제안을 건넸다. 자신이 전달 책으로 로비 리스트를 관리하고 있기 때문에, 이것을 역이용하면 크게 한탕 할 수 있다는 것이었다.

정민의 제안은 리스트에 있는 국회의원이나 고위 공직자들을 협박하고, 이걸 빌미로 주경공사에 유리한 상황을 만들어 줄 테니 자신에게 투자조로 돈을 달라는 소리였다.

뜻밖의 말에 얼떨떨해진 주경은 생각할 시간이 필요하다고 말했다. 그러나 주경에게 생각할 시간은 그리 오래 주어지지 않았다. 낮말은 새가 듣고 밤말은 쥐가 듣는다는 말이 괜히 있는 건 아니었다. 본사의 천중헌 이사에게서 만나자는 연락이 온 건 그

다음 날이었다.

새벽 한 시에 한강 둔치에서 주경을 만난 천중헌 이사는 주경에게 처리해 줘야 할 일이 하나 있다고 말했다. 영문을 알 리 없는 주경은 무조건 알겠다고 대답했다.

이틀 뒤 주경에게 한 남자가 찾아왔다. 남자는 미리 가져온 차를 주경에게 운전하게 하고 자신은 조수석에 탔다. 어디인지도 모르고 남자가 시키는 대로 내비게이션에 입력된 주소로 향한 주경이 도착한 곳은 서울 근교의 일동저수지 부근이었다.

가로등 하나 없는 길 위에서 누군가가 서성이며 담배를 피우고 있었다. 남자는 주경에게 무조건 액셀을 밟으라고 강요했다. 절대 죽지 않는다며 칼을 들이밀고 고함을 치는 남자 앞에서 주경이 할 수 있는 일은 하나밖에 없었다.

라이트를 모두 *끄고* 그에게 돌진한 주경은 차에 묵직하게 부딪치는 이물감을 느꼈다. 허공에 떠올랐던 몸이 마치 다 익은 열매가 떨어지듯 도로 위로 들러붙듯 추락했다. 그러고도 브레이크를 밟지 못해, 떨어진 몸 위로 차가 다시 한 번 지났다.

주경은 남자가 재촉하는 대로 뒤도 돌아보지 않고 그 자리를 떠났다. 남자는 자신을 근처 휴게소에 내려 주고 바로 집으로 돌아가라고 주경에게 엄포를 놓았다. 주경은 꽁지가 *빠지도록* 그 자리를 벗어났다.

그가 정민이라는 사실을 안 건 사흘 뒤였다. 회사로 찾아온 경찰은 고정민 살인사건의 범인으로 주경을 체포했다. 고속도로 CCTV를 추적한 결과 주경의 얼굴이 찍힌 화면이 발견된 것이다. 정민은 그 자리에서 즉사했다고 했다.

천중헌 이사가 보낸 변호사의 조언대로 주경은 정민을 한 번도 본 적이 없다고 주장했으나, 법정에서 정민과 따로 만난 음식점의 CCTV와 주경의 번호로 발송된 문자가 증거로 제출됐다. 그날 밤 일동저수지 낚시터에서 만나자는 내용의 문자였다.

주경은 그런 문자를 보낸 적이 없다고 항변했으나 소용없는 일이었다. 살인 및 위증 혐의로 12년 형이 내려졌다. 변호사는 회사와 가족을 지키고 싶다면 항소를 포기하라고 종용했다. 주경에게 다른 선택의 여지가 있을 리 없었다.

물론 재희가 이 편지의 내용이 모두 사실이라고 확신하는 건 아니었다. 주경의 입장에서 쓰인 것이었기에, 어느 정도 자신에게 유리하게 각색되어 있을 것은 분명했다. 그러나 그렇다고 이 모든 내용이 전부 거짓이라고 판단할 근거도 없었다.

실제 당시 사건을 보도한 기사도 몇 개 있었다. 하청업체 사장이 뇌물을 요구한 본사 직원에게 앙심을 품고 살해했다는 내용이었다.

서온건설 게이트와는 전혀 관련 없는 별개의 건으로 보도된 것이었다. 누구도 이 사건이 거기 연관되어 있다고는 생각하지 않았다. 그랬기에 세진도 대수롭지 않게 여기고 자신에게 그 편지들을 보낸 것이 분명했다.

『강재희 님, 장소변경접견실로 이동하시겠습니다.』

벽에 붙은 스피커에서 안내방송이 흘러나왔다. 생각에 빠져 있던 재희는 퍼뜩 고개를 들며 자리에서 일어났다. 교도관 한 사람이 문 밖에서 재희를 접견실로 안내했다. '장소변경접견실'이라는 팻말이 붙은 접견실 앞에서 교도관이 목소리를 낮추어 말했다.

"피디님, 취재 시간은 한 시간으로 제한된다고 전해 달라 하십니다."

"알겠습니다."

고개를 끄덕인 재희는 안으로 들어섰다. 교도관이 들어와 등 뒤에서 접견실 문을 닫았다. 미리 와서 앉아 있던 남자가 눈을 들어 재희를 쳐다보았다. 작은 체구에 깡마른 중년의 남자였다. 겁을 먹은 표정으로 벌떡 일어나 눈을 굴리는 남자에게 다가간 재희는 손을 내밀었다.

"<비하인드 24> 강재희 피디입니다. 허주경 사장님 되시죠?"

"네, 저…… 제가 편지를 여러 번 보냈는데……."

주경이 재희의 손을 잡았다. 앙상한 손은 거칠고 차가웠다. 잡은 손이 떨리고 있는 것을 알아차린 재희가 웃어 보이고는 자리를 권했다.

"앉아서 얘기하시죠."

"아, 네."

주경이 자리에 다시 앉았다. 무릎 위에 놓인 손끝을 불안하게 긁적이던 주경이 재희를 마주 보았다.

"<비하인드 24>라고 하셔서 제가 좀, 그…… 많이 놀랐습니다. 제가 작년부터 편지를 여러 번 보냈는데 얘기가 없으셔서……."

의도를 가늠하는 듯한 말투에, 재희는 바로 대답했다.

"저희 쪽으로 들어오는 제보가 많고 촬영이 계속 있다 보니 저희가 일일이 확인하기 어려운 부분이 있습니다. 차세진 의원님한테 얘기 듣고 알게 돼서, 제가 이전에 보내신 편지까지 전부 다 읽어 보고 왔습니다. 많이 기다리셨을 텐데 죄송합니다."

"아, 아닙니다. 제가 뭐라고요. 그, 저, 사실 편지 보내면서도 굉장히 후회가 많이 되고 그래서······."

황급히 손을 휘적거린 주경이 말끝을 흐렸다. 재희는 이해한다는 표정으로 고개를 끄덕였다.

"일단 제가 여기까지 온 건 편지에 쓰신 내용이 어느 정도 사실이라고 믿기 때문입니다. 말씀하신 내용이 맞다면, 저희 팀이 최선을 다해 이 사건의 진실을 밝히려고 노력할 겁니다."

재희의 말에 주경의 눈이 조금 커졌다. 재희는 말을 덧붙였다.

"다만 그게 물론 모든 내용을 확신한다는 뜻은 아니라는 것도 아셔야 합니다. 저는 팩트를 확인해야 하는 입장이니까요. 말씀하신 것 중 사실이 아니거나 확인할 수 없는 부분이 있고, 그 부분이 전체 증언의 진실성까지 불신하게 만든다면 제가 어떤 방법으로도 도와드릴 수 없다는 것도 미리 말씀드리겠습니다. 무슨 얘기인지 아시겠죠?"

주경이 긴장된 표정으로 고개를 끄덕였다. 몸을 조금 앞으로 내민 재희는 손목에 찬 시계를 확인했다.

"시간을 좀 더 효율적으로 써야겠네요. 본론으로 들어가겠습니다. 서온건설에 로비한 기간이 어느 정도 되는지 정확히 기억하십니까?"

주경이 잠시 기억을 더듬다가 입을 열었다.

"그게, 그러니까, 14년, 15년쯤 됐네요. 처음에는 하청 입찰하는 데마다 따라다니면서 담당 직원들을 접대했습니다. 작은 공사부터 시작해서 2년 정도 입찰 담당, 현장 본사 직원들 접대하다 보니까 당시 과장, 부장, 이런 사람들이 중간에 승진하면서 접대 급도 올라갔습니다. 한정식집에서 식사 대접하고 십만 원, 이십만 원 주던 게 일식집, 룸살롱, 이런 데로 가면서 백 단위,

천 단위로 돈이 뛰었죠."

"하청 규모도 따라서 올라갔고요?"

재희가 다이어리에 답변 내용을 메모하며 묻자 주경이 그 질문을 수긍했다.

"네, 그렇죠. 저도 이게, 이런 얘기를 하기가 참 부끄럽고……제가 뭐가 잘났다고 억울하다고 편지를 써 가지고, 그렇게 생각하셔도 할 말 없다는 거 압니다. 그런데 일단 제 입장에서 변명하자면 제가 회사 사장이니까, 책임져야 할 직원들이 있으니까 그게 떳떳하지가 못해도 일단 회사를 굴리는 게 우선이었죠. 건설 하청업체가, 아실지 모르겠지만 본사에서 돈을 제때 안 주는 경우가 굉장히 자주 있습니다."

"주경공사만의 문제는 아니었겠네요."

"아주 그, 고질적인 병폐라고 할 수 있는 거죠. 서온건설은 문제가 뭐냐 하면 계속 미루다가 다음 공사를 할 때가 돼야 그 이전 공사 대금을 주고, 이런 경우가 잦았습니다. 그러니까 계속 하청을 따지 못하면 자금 융통에 반드시 문제가 생깁니다. 다른 회사 일 따서 메꾸는 데도 한계가 있으니까요."

아랫돌을 빼어 윗돌을 괴는 상황이 끊임없이 반복된다는 이야기였다. 더구나 주경의 문제는 로비 금액이 커지며 하청 규모도 따라서 늘어났다는 데 있었다. 규모가 늘어날수록 대금이 밀릴 때마다 문제도 점점 커지는 건 당연했다.

"철저하게 을이 될 수밖에 없는 구조로 가는 거군요."

한숨 섞인 투로 수긍하는 재희에게 주경이 쓴웃음을 지었다.

"을, 뭐 저희끼리는 우리는 을도 아니고 병, 정이다, 그렇게 얘기를 했습니다. 특히 자재 관련으로도 문제가 많은데, 단속이 나오거나 특위 조사가 나오거나 해서 걸리면 무조건 하청업체 잘못으로 다 뒤집어씌우니까요. 본사에서 사용하는 자재에 저희가 간섭할 수 없는 입장 아닙니까. 문서에 기록된 것하고 다른 자재가 들어오는데 이상하다고 문제 제기를 하면 일단 공사를 해라, 이런 식이니까. 그걸 다 알면서도 해야 하는 겁니다."

메모를 하던 재희는 그 말에 고개를 번쩍 들었다. 애초에 규형이 회사의 눈 밖에 나게 된 계기 중 하나가 현장에서 자재를 속여 쓰는 것과 관련된 문제라고 했기에, 지금 주경의 말은 중요한 증언이 될 수도 있었다.

"그런 경우 감리에서 문제가 되지 않습니까?"

"감리도 한패니까요. 서온건설하고 거의 같이 일하는 데가 고원종합기술공사, 여기 최대 주주가 채기원이라는 사람인데 이게 남제선 사장 처가 쪽 친척이라고 제가 그렇게 듣긴 했습니다."

감리업체가 서온건설과 밀접하게 연결되어 있다는 것은 속일 수 있는 부분이 너무나 많다는 뜻이었다. 재희는 재차 물음을 던졌다.

"원청업체인 서온건설이 자재 전량을 공급했다는 겁니까? 하청에서 직접 자재 납품받아 진행하는 경우도 많지 않나요?"

"네. 전량, 전량까지는 아니지만 일반적인 것보다는 훨씬 높은 비율로 그랬죠. 문서상 원래 사용하기로 한 자재 가격이 저희가 떼올 수 있는 것보다 높아서 본사에 저희가 다른 루트로 자재를 저렴하게 구해 보겠다, 이렇게 얘기해 본 적이 있었는데 그게 안 되더라고요. 나중에 보니 문서하고 실제 자재가 차이가 나니까, 거기서 차액을 남기니까 안 됐던 겁니다."

"다른 하청업체들도 사정이 마찬가지였습니까?"

"자세히는 모르지만 당연히 그랬을 겁니다. 제가 알기로 뭐 청명토목, 금목건설, 노경건설, 당원기술공사, 훨씬 더 많은데 생각이 잘 안 나네요. 저희하고 비슷한 시기에 같이 일한 하청업체들인데 대부분 다 같은 문제가 있었죠. 자재 질을 낮추니까 시공 방법을 변경해야 할 때도 있었고, 그런 부분도 대부분 다 이중으로 문서를 작성해서 진행하는데 걸리면 그것도 우리 책임이고."

재희는 서둘러 주경의 말을 받아 적었다. 그렇다면 하청업체 관련자들 중 서온건설 게이트 당시 현장에서의 문제를 고발하려던 사람이 최소한 한두 사람 정도는 분명히 있었을 거라는 생각이 들었다.

주경이 조금 작아진 목소리로 말끝을 흐렸다.

"그래도 일단 대금만 들어오면 되는 거니까, 제 입장에서는 이걸 어떻게 끊을 수가 없는 거죠. 국회의원, 정부 공무원들, 일이 여기까지 가 버리니까……."

"접대한 사람들 명단은 전부 기억하십니까?"

재희의 물음에 주경이 잠시 사이를 두었다가 대답했다.

"네. 장부 기록을 했죠. 제가 그, 접대를 하면서, 그게 처음에는 제 사비로 거의 충당을 했지만 나중에 금액이 커지면서는 회사 공금까지 끌어다 써야 하는 그런 상황이 됐었습니다. 특히 그 한교신도시 편의시설 조성 공사할 때는 거기 시장부터 지역구 의원, 뭐 이렇게 해서 한선당하고 엮인 사람들이 많았으니까 그때 제가 접대하면서 현물, 현금, 상당히 넣었죠."

"장부를 쓰셨다고요?"

"네. 당시에도 거기 지역구 의원이 민병수 의원, 그랬는데 거기 의원실에서 정치후원금을 넣어라 하니까…… 한꺼번에 많이 넣으면 의심을 받으니까, 인당 5백씩 넣을 수 있지 않습니까. 그래서 제가 당시에 친척 명의, 저희 회사 간부들 명의까지 빌려서 20명으로 1억 맞춰서 넣고 그랬죠. 거기만 그런 게 아니라 의원실 여러 곳에 넣으니까, 그러니까 장부를 안 쓸 수 없는 겁니다. 아마 저 말고도 다른 하청 사장들도 비슷했을 거예요."

"그 장부는 어디 있습니까? 왜 공개를 안 하셨죠?"

재희는 눈썹을 좁히며 물었다. 주경의 말이 사실이라면 장부는 무엇보다 확실한 증거였다. 접대 기록이 모두 남아 있다면 그것을 근거로 자금을 추적할 수 있을 텐데, 왜 공개하지 않았는지 이해가 가지 않았다.

재희의 말을 들은 주경이 미간을 문질렀다.

"공개를 안 한 게 아니라 못 했습니다. 제가 당시에 변호사 측에 장부를 제공했어요. 그런데 변호사가 얘기하기를 이게 제가 고정민을 자의로 살해하지 않았다는 증거는 안 된다는 겁니다. 뇌물 줬고, 받은 사람 있고, 그런데 그렇다고 그게 제가 고정민을 안 죽였습니다, 이게 증명이 안 된다는 거죠."

"장부는 돌려받으셨습니까?"

주경이 씁쓸한 표정으로 고개를 가로저었다.

"돌려받지 못했습니다. 우리 큰딸이 법대생이에요. 무조건 항소해야 된다, 자기가 선배들한테 연락 다 돌려서 변호사 새로 구하겠다 하고 난리가 났었단 말입니다. 선배들한테 물어봤는데 말이 안 된다고 했다고, 제가 그런 문자 보내지 않았다는 게 사실이면 그 뭐, 요새 기술 좋으니까 충분히 증명할 수 있다고 그랬답니다. 옆에 다른 사람 있었던 것도 CCTV 찾으면 알 수 있을 거다 했고."

"그런데 안 됐다는 겁니까?"

"네. 고속도로 CCTV에 다른 사람이 탄 영상이 없다고 하고, 번호도 컴퓨터로 보낸 건데 제가 안 보냈다는 증거가 없다는 겁니다. 판결 받고 나서 항소하고 싶다고 얘기하니까 변호사가 장부 가지고 끝까지 간다, 그러면 가족들도 다 죽자는 거다 이렇게 말을 하더라고요. 차라리 저를 죽인다고 하면 그러려니 하겠는데 가족 얘기를 하니까, 제가 뭘 어떻게 하겠습니까."

주경의 말이 조금씩 빨라졌다. 이야기를 하다 보니 당시 생각이 났는지 목이 메는 모양이었다. 두어 번 마른기침을 뱉은 주경이 그새 붉어진 눈가를 손등으로 비볐다.

잠시 그를 응시하던 재희는 다시 다이어리로 시선을 돌렸다.

"고정민 씨 얘기를 좀 해 보죠. 법정에서는 만난 적도 없다고 증언하셨다던데, 실제로는 아니었던 것 같은데요."

"네. 제가 그…… 그, 사고, 사고를 내기 전에 만났던 겁니다. 그렇게 둘이서 만난 건 그때가 처음이었어요."

주경은 말을 두 번 더듬었다. 사고, 라고 발음할 때 주경의 목소리가 떨렸다. 그 일을 다시 떠올리는 것이 그에게 상당한 고통임을 쉽게 알 수 있었다.

"변호사가 그렇게 증언하라고 시켰다는 건 사실입니까? 이유가 뭐였죠?"

"둘이 그 전에 만났다는 증거가 있냐, 저는 없다고 했죠. 기억이 안 나는 겁니다. 누가 사진을 찍었거나, 뭐 그런 게 있을 거라고는 생각을 전혀 안 했으니까. 그러니까 변호사는 무조건 부인하라고 그랬던 겁니다. 전에 만났다고 하면 불리해진다고."

"고정민 씨를 왜 만나셨던 겁니까?"

핏기 없는 얼굴로 마른침을 삼킨 주경이 숨을 들이쉬었다.

"그쪽에서 먼저 연락이 왔었죠. 본사 회계 과장이다, 그러니까 저는 좀 놀랐습니다. 회계 과장한테 직접 연락이 올 일이 없으니까. 당시에 뭐 과장급, 그런 건 이제 제가 접대를 안 했단 말입니다. 간부급하고 대면을 하던 상황이니까. 그런데 어디서 만나자, 날짜하고 시간까지 다 지정을 해서 저한테 문자가 온 거죠. 어쨌든 본사 직원이니까 제가 거절하기가 뭐한 상황이었고, 그래서 나갔더니 거기서 고정민이 얘기를 한 겁니다. 자기가 뇌물 전달책이다."

"리스트를 관리하니 어디서 주는지 다 알고 있었던 거겠네요."

"그렇죠. 저는 이제, 직접 접대를 하러 다니니까 마주칠 일이 없었는데 간혹 현물 준비해서 들키지 않게 보내라, 이럴 때 택배처럼 해서 어디 맡기거나, 지하철이나 백화점 사물함 이런 데 넣으면 본사 직원 누가 가져간다, 그건 알았죠. 그걸 했던 게 그 사람이었어요."

재희는 고개를 약간 기울였다. 주경이 15년 가까이 서온건설에 뇌물을 줘 왔고 고정민을 죽인 뒤 수감됐다면, 최소한 부고 명단의 네 사람 중 규형을 제외한 세 사람과 함께 일했다는 뜻일 터였다.

"그럼, 고정민 씨 전에는 누가 일했는지 전혀 모르셨던 거죠?"

재희가 묻자 주경이 즉시 고개를 주억거렸다.

"네. 고정민이 언제부터 일을 했는지, 그런 것도 저는 전혀 몰랐습니다. 굳이 알려고도 안 했고요. 일단 제가 주는 방식은 그랬으니까, 그 사람들하고 마주칠 일이 없었으니까. 다른 업체에서는 어떻게 했는지 잘 모르겠습니다."

"고정민 씨가 그 자리에서 어떤 말을 했습니까?"

주경이 하얗게 마르는 입술을 혀로 축이고는 잠시 기억을 더듬다 대답했다.

"그러니까 그 사람 말은 자기가 이거 누가 받는지 다 알고 있다. 하청업체 입장에서는 억울하지 않냐, 매번 돈 이렇게 갖다 바치면서도 언제 모가지 잘릴지 몰라서 덜덜 떠는 거 언제까지 할 거냐. 발상을 바꿔 봐라. 이 리스트 언론에 터트리겠다고 협박하면 어떻게 되겠느냐…… 자기한테 투자하면 판을 뒤집어 주겠다는 얘기였습니다. 다이렉트로 국회, 정부하고 연결이 되면 지금처럼 서온에만 목 안 매도 된다고, 공공건설 하청 따는 거 쉽다고, 그거였죠."

철저한 을 입장인 하청업체에서는 귀가 솔깃할 만한 제안이었다. 재희는 메모를 하며 계속해서 질문을 던졌다.

"접대를 하는 하청업체가 주경공사 하나가 아니었을 텐데, 선생님한테만 연락을 한 겁니까?"

"그 부분까지는 제가 확실히 모르겠습니다. 그런데 제가 나중에 생각하기에, 고정민이 꼬리를 밟혔잖아요. 그게 아마 저 말고도 다른 사람들도 만나지 않았는가, 그래서 걸리지 않았겠는가 그런 생각이 들기는 했죠."

주경이 조심스럽게 말했다.

재희는 펜 끝을 멈추며 잠시 생각했다. 주경의 말대로일 수도 있었다. 전달책을 아무나 골라 맡겼을 리 없었다.

특히나 회계 과장이라면 회사의 자금 흐름을 파악하기 쉬운 자리였다. 사측에서 고정민을 믿을 만한 인물이 못 된다고 생각했다면 그런 리스크를 짊어지면서까지 굳이 전달책으로 쓸 이유는 없었다. 그런 인물을 바로 제거할 정도였다면 이미 그 전부터 무슨 낌새를 챘을 것이 분명했다.

"천중헌 이사에게 연락이 온 게 언제였다고 하셨죠?"

"제가 고정민을 만나고, 바로 다음 날 저녁에 전화가 온 겁니다. 새벽 한 시에 한강 둔치에서 만나자고 하는데, 저는 또 뭐 뒤로 달라고 하는 얘기일 줄 알고 나갔죠. 가끔 이제, 위에 알리지 않고 간부들이 개인적으로 필요한 돈 얼마 있으면 받아가고 그런 일이 많았으니까."

동네 깡패도 이렇게는 안 하겠다, 하고 속으로 중얼거린 재희는 미간을 찌푸렸다. 주경이 바짝 마른 입술을 축이며 말을 이었다.

"그런데 가니까 이제 차를 세워 놓고, 이쪽으로 오라고 전화를 한 거죠. 저는 제 차 세워 놓고 이사님 차에 탔고. 타자마자 딱 그러는 겁니다. 허 사장, 일 하나 처리할 게 있어. 이거 꼭 해 줘야 돼. 제가 뭐 거절할 그런 게 하나도 없었죠. 무슨 일인지도 얘기를 안 하니까. 뭔데 그러시냐 묻는데 대답은 안 하고, 모레 여기로 전화 오는 거 받아라 그러면서 핸드폰을 하나 주는 겁니다. 폴더폰, 구형 모델."

"대포폰이었습니까?"

"네, 그렇죠. 저는 무슨 일인지 전혀 모르고 그냥 전화만 기다렸죠. 이틀 지나서 밤에, 아홉 시 열 시가 다 됐던가, 넘었던가, 그건 지금 확실하지가 않아요. 아무튼 제가 전화 기다리느라 너무 신경을 써서 그날 저녁도 못 먹었거든요. 회사에 있다가 아무래도 전화가 안 오려나 보다 싶어서 나갈까 하는데 그때 전화가 온 겁니다. 회사 근처에 오래된 공영주차장이 하나 있는데 거기로 오라고. 가니까 어떤 남자가 차를 대놓고 있다가 무조건 타라는 겁니다. 운전을 하라고 하면서."

"제가 편지에 보니까 계속 그냥 어떤 남자라고만 적으셨던데 누군지 전혀 모르시는 겁니까?"

그 말에 주경이 고개를 끄덕였다.

"네. 그때 처음 본 사람이었습니다. 나이는 뭐 한 사십 좀 넘었을까 싶은데, 인상이 막 그렇게 좋진 않더라고요. 아, 이거 뭐가 잘못됐다, 이 생각이 들었는데 어떻게 할 수가 있습니까. 내비게이션에 주소를 이미 찍어 놨길래 그냥 시키는 대로 갔죠. 가서, 가 보니까 거기가 일동저수지인 겁니다. 전에 가끔 낚시 가던 데라 알았죠. 시동 끄고, 라이트 끄고 하라고 해서 시키는 대로 하고 가만히 앉아 있는데 누가 맞은편에 차를 세우더니 내려서 담배를 피워요."

주경의 목소리가 다시 떨리기 시작했다. 그 장면을 되새기는 것이 무서운 듯, 주경은 어깨를 조금 움츠렸다. 잠시 밭은 숨을 몇 번 쉬던 주경이 손끝을 말아 쥐었다가 펴기를 반복했다.

"거기도 라이트를 껐고, 나도 껐으니까 얼굴이 안 보이죠. 담뱃불만 빨갛게, 이렇게 보이고. 그런데 그 남자가 갑자기 시동 켜고 밟으라는 겁니다. 거기가 차 한 대가 지나가기가 힘들어요. 어디를 어떻게 밟으라는 건가 싶잖아요. 네? 그러니까 저 새끼 치어 버리라고, 그럽니다. 내가 너무 놀라서 사람을 왜 칩니까, 하니까 갑자기 나한테 뭘 들이미는 겁니다. 보니까 큰딸 사진, 그때가 졸업 시즌이라 졸업사진 찍은 거. 앨범도 안 나왔는데 어디서 구했는지 몰라요. 딸이 공부도 잘하고 얼굴도 예쁘고, 그러면 좋은 데 시집보내야지 시집보내기도 전에 딸 시체 보고 싶냐……"

목이 메는 듯 주경이 말을 멈췄다. 코끝을 문지르던 주경이 시선을 바닥으로 떨궜다.

"그러면서 칼을 이렇게 목에 대는데 제가, 제가 그때 벌벌 떨면서 시동 걸고, 갑자기 깜깜한 데서 시동 거는 소리 나니까 그쪽도 놀랐겠죠. 그런데 바로 이제 액셀을 확 밟아 버리니까, 피할 틈도 없이 그냥 팍 부딪치고…… 사람이 날아가서 떨어지는데, 브레이크를 못 밟고 위로 그냥 지나갔습니다. 그놈이 계속 가라고, 그냥 가라고 막 소리를 지르니까 나는 무슨 정신으로 갔는지도 모르고……"

앙상한 어깨가 부들부들 떨렸다. 주경이 수용자복 위로 어깨를 감싸며 몸을 숙였다. 재희는 말없이 그를 마주 보았다. 주경이 마른 몸을 작게 웅크린 채로 더듬거렸다.

"그, 저, 피디님은 그런 경험이 없으시겠지만, 사람을 이렇게 치고 지나갈 때 그게 물컹하면서, 그 느낌이…… 뭐라고 말로 설명을 못 합니다. 제가 아직도 그게 하나도 안 잊혀요. 자다가도 꿈에서 그 물컹하는 것 때문에 소스라쳐서 깨고 그럽니다. 눈을 감잖아요. 그러면 그놈 목소리가 귀에 막 생생하게 들려요."

주경은 헛웃음 같은 소리를 뱉었다. 그 소리는 허공에서 힘없이 흩어졌다. 주경이 혼잣말처럼 낮아진 목소리로 중얼거렸다.

"허 사장이 지금 안 하면 딸이 죽는다, 자기가 애들 시켜서 아주 못 볼 꼴 만들어 주겠다, 곱게 안 죽인다 그래요. 딸이 처녀냐 그러면서, 허 사장이 정 하기 싫다고 하면 딸 죽기 전에 우리가 처녀 딱지는 떼고 저승 구경시켜 주겠다…… 우리가 못 할 거 같냐, 우리가 사람 한두 번 죽인 줄 아냐 그 소리 하면서 자기들이 회사 사장도 죽여 보고, 경찰도 죽여 보고, 기자도 죽여 보고 그랬다고. 자기들은 돈만 받으면 대통령도 죽일 수 있다 그래요. 대학생 여자애 하나 어떻게 하는 거 일도 아니라고."

그가 느꼈을 공포감을 상상하는 건 어렵지 않았다. 재희는 대답 대신 주경을 물끄러미 마주 보았다. 한동안 아무 말도 없이 바닥을 보고 있던 주경이 잠시 손으로 눈가를 눌렀다.

"이게 어디부터 잘못됐는가, 내가 정직하게 살지 않아서 그런 건 알지만…… 내가 그러면 누구를 원망하겠습니까. 내가 자살 했어야 하는데, 겁이 많아서 죽지를 못하고…… 그냥 다 뒤집어 쓰고 죄인이 돼서 여기 있지만 그래도 한 번은, 누가 좀 알아줬으면 생각을 한 겁니다. 물론 내가 제일 큰 죄인입니다. 내 자식 지키자고 남의 자식 죽인 죄를 어떻게 덮습니까. 그런데, 그래도……."

"무슨 말씀이신지 압니다."

재희는 나지막하게 말했다. 인간인 이상 누구도 완전히 선하거나 완전히 악할 수는 없었다. 던질 때마다 뒤집어지는 동전의 양면. 매번 같은 면이 나온다는 건 불가능한 일이었다.

"그 남자에 대해 기억나시는 건, 다른 건 없습니까?"

분위기를 환기하기 위해 질문을 바꾸자 주경이 눈꺼풀 위를 몇 번 더 누르더니 고개를 들었다. 기억을 더듬는 듯 눈을 굴리던 주경이 천천히 입을 열었다.

"키가 크거나, 그렇지는 않았어요. 한 사십 좀 넘었으려나, 오십까지는 모르겠고. 보통 체격인데 눈매가 좀 사납고, 말투도 그렇고. 좀, 뭐랄까…… 경상도 사람인가, 그런 느낌도 있었습니다.

말투가, 서울 말씨 같은데도 억양이 있어요. 용인휴게소에 내려 달라길래 내려 주는데, 가는 길에 누구한테 전화를 하면서 사장 님이라고 부르더라고요. 사장님, 일 마쳤습니다. 잘 끝났습니다."

"사장님이요? 서온건설 남제선 사장 말씀하시는 겁니까?"

재희가 눈썹을 좁히며 묻자 한동안 생각에 잠겨 있던 주경이 얼굴을 찌푸리며 손을 저었다.

"제가 지금 기억이 정확하지는 않지만 아마 아니었을 겁니다. 그게 통화음이 설정이 크게 돼 있어서, 건너편에서 목소리가 들 렸어요. 전화를 거니까 받은 사람이 누구냐, 하는데 그게 남제선 사장은 아니었던 것 같습니다. 그러니까 이 사람이 그래요. 저 조 군입니다. 그래서 이 사람이 조 씨인가, 제가 그렇게 생각을 했습니다."

조 군, 하고 재희는 그 말을 입 안으로 뇌어 보았다. 조 군, 사 장님, 서온건설…… 어떤 이름이 뇌리를 치고 지나간 건 그 순간 이었다.

재희는 저도 모르게 목소리를 높였다.

"조창식, 조창식 아니었습니까?"

그 이름을 듣는 순간 주경의 눈이 약간 커졌다. 기억을 더듬던 주경이 자신 없는 투로 더듬거렸다.

"확실하지가 않아서, 아마 그랬던 것 같기도 하고요. 제가 기 억하기로는 장석이, 창석이, 뭐 그렇게 이름을 말했나 싶기도 한 데 그게 상황이, 막 그런 게 귀에 들어오질 않으니까요."

정언은 박규형 과장을 죽인 범인이 조창식이라는 심증을 가지 고 있었다. 사측의 프락치, 규형의 감시자, 사건 현장의 최초 발 견자.

만일 천중헌 이사가 보낸 살해 사주자가 조창식이라면, 고정민 살해는 박규형 과장 사건의 예고편이나 다름없는 것이었다. 고정민의 경우를 겪었기에, 아예 처음부터 배신을 생각하지 못하도록 바로 곁에서 내내 감시하는 역할을 부여했던 건 아닐까.

그때 바깥에서 노크 소리가 들리더니 문이 반쯤 열렸다. 아까의 교도관이었다. 그가 자기 시계를 한 번 더 확인하더니 재희에게 말했다.

"피디님, 마무리하셔야 될 것 같습니다."

"아, 네. 알겠습니다."

서둘러 대답한 후 다시 문이 닫히기 무섭게 주경에게 물었다.

"변론 맡았던 변호사 이름이 뭐였죠? 제출하신 증거를 제가 확인할 수 있을까요? 그리고 가족분들과도 얘기 나눠 보고 싶은데, 저한테 연락처 알려 주실 수 있겠습니까?"

"네, 저기, 우선 그 천중헌 이사가 저한테 붙여 줬던 변호사가 공윤승이라고…… 로펌 이름이 평, 뭐였는데. 평, 평, 아, 평진."

평진. 낯설지 않은 이름이었다. 그 이름을 쓰던 재희의 머릿속에 퍼뜩 지나친 것이 있었다. 민정수석 신환석이 개업했고, 조한일보의 파트너였던 법무법인의 이름이었다.

공윤승 변호사, 신환석 민정수석, 변순철 조한일보 회장, 국회의원 엄대진, 서온건설 사장 남제선. 긴밀하게 연관된 이름들이 빠르게 사슬처럼 머릿속에서 엮여 들어왔다.

주경이 말을 이었다.

"사무실이 서초동에 있었습니다. 제가 그때 변호사한테 줬던 증거물이 많았는데 일단 장부는 못 받은 게 확실하고, 나머지는 잘 모르겠습니다. 저희 집사람 번호 알려드릴 테니 이쪽에 한 번 연락해 보십시오."

주경이 재희에게 펜을 건네받아 후다닥 다이어리 위에 핸드폰 번호 하나를 휘갈겨 적었다. 다시 한 번 번호를 확인한 재희는 자리에서 일어났다.

"말씀하신 부분 반드시 확인해 보겠습니다. 오늘 취재 응해 주셔서 정말 감사합니다."

재희가 손을 내밀자 주경이 엉거주춤하게 일어나 허리를 숙이며 두 손으로 재희의 손을 맞잡았다. 거친 손바닥은 식은땀이 배어 나와 차고 습했다.

"아닙니다. 여기까지 죄지은 사람 얘기 들으러 와 주셔서 제가 더 감사하지요."

접견 종료를 알리는 벨소리가 울렸다. 교도관이 들어와 재희를 먼저 밖으로 안내했다. 복도를 지나던 재희는 뒤를 돌아보았다. 교도관에게 이끌려 반대 방향으로 걸어가는 주경의 뒷모습이 눈에 박혔다.

누구라도 뜻하지 않은 순간에 선택의 기로에 설 때가 온다는 것을 알고 있었다. 자신에게 소중한 것을 지키기 위해 타인의 삶을 빼앗아야 한다면, 과연 얼마나 많은 사람이 인간답기를 선택할 수 있을까.

만약 그 자리에 자신이 있었다면 어떤 선택을 했을까.

가족을 잃는 것과 살인범이 되는 것 중 하나를 택해야 한다면.

답을 확신할 수 없는 질문들을 머릿속에 떠올린 재희는 교도소 건물을 나섰다. 시간이 많지 않았다.

22

윤은 핸드폰 진동 소리에 소스라치며 눈을 떴다. 앉은 채로 깜빡 잠들었던 듯했다. 기절할 정도로 놀란 윤은 황급히 손을 뻗어 곁을 더듬었다. 지끈거리는 두통도 아랑곳하지 않고 핸드폰을 집어 들어 확인하자 정언에게서 짧은 메시지가 와 있었다.

─ 지금 경북도청 출발하니까 무슨 일 생기면 바로 연락 줘.

간밤에 아무 일도 없었다는 걸 확인하자, 안도감에 맥이 탁 풀렸다.

주차장의 싸늘한 조명이 앞창으로 스며들어 그렇지 않아도 쌀쌀한 새벽 공기가 더 춥게 느껴졌다. 윤은 어깨를 두어 번 문지르며 한숨을 쉬었다.

그새 몇 번 왔다고 정언의 오피스텔 주차장이 자기 집 주차장보다 더 친근하게 느껴졌다. 남의 집 주차장에서 밤을 샌다는 건 상상도 안 해 본 일이었지만 그게 현실이라니 더 믿기지가 않았다.

정언의 성격에 같이 있어 달라고 할 리가 만무하다는 건 당연했다. 그렇다고 자기가 말을 꺼내도 칼같이 거절당할 게 뻔했기에, 일단 가라니까 나오기는 했지만 아무래도 마음에 걸리는 건 어쩔 수가 없었다.

바로 몇 시간 전에 빈집털이가 다녀간 집에서 멀쩡하게 잠을 잔다는 건 어지간한 남자라도 못 할 일이었다. 정언의 말대로 한 번 턴 집에 바로 다시 오는 정신 나간 놈은 드물 수도 있었으나, 아무리 낮은 확률이라도 걱정이 되는 건 사실이었다.

때문에 갈까 말까 망설이다 결국 차 안에서 그대로 밤을 새우고 만 것이었다. 너무 피곤해서 잠깐 졸아 버린 탓인지 머리가 더 아팠다.

으으, 하며 핸들 위로 엎드린 윤은 머릿속으로 옷은 갈아입고 출근해야겠지, 숙직실에서 눈 붙일 시간은 있을까, 오늘 해야 할 일이 뭐더라 등등의 오만 가지 생각을 떠올렸다.

얼마나 그러고 있었는지, 갑자기 운전석 쪽에서 창을 노크하는 소리가 들렸다. 화들짝 놀란 윤은 무심결에 고개를 돌렸다가 얼어붙었다. 창 너머에 정언이 서 있었다.

정언이 손끝을 까딱여 창 내려 보라는 신호를 했다. 빈집털이가 아니라 자신을 스토커로 신고한대도 변명의 여지가 없을 것 같았다. 당황한 윤이 머뭇거리다 시동을 걸며 창을 내리자, 한쪽 어깨에 백팩을 멘 정언이 눈을 가늘게 떴다.

"지금 여기서 뭐해? 집에 안 갔어?"

"아, 그게……."

일단 운은 뗐지만 막상 그다음 말이 나오지 않았다. 이미 이상한 놈이라고 생각할 건 알고 있었지만, 더 이상한 놈이 되는 것만은 피하고 싶었는데 아무래도 늦은 모양이었다. 윤을 빤히 마주 보던 정언이 물었다.

"나 몰래 연차 냈어? 오늘 출근 안 하려고?"

"아뇨, 출근은 할 건데……."

"출근할 건데 여기서 왜 밤을 샜냐고."

언제나 보던 무표정이었으나 화를 내는 것 같은 느낌은 아니었다. 정언의 눈치를 슬쩍 살핀 윤은 머뭇거리다 대답했다.

"……걱정돼서요."

정언이 그 말에 눈썹을 좁혔다. 윤은 서둘러 말을 덧붙였다.

"가려고 했는데 너무 신경 쓰여서 그랬어요. 제가 거기 있을 수가 없으니까 혹시 또 무슨 일 생길까 봐서…… 지난번에 집까지 찾아와서 기다리고 그런 짓 안 하겠다고 한 거 아는데, 진짜 죄송해요. 정말 걱정돼서 그런 거예요."

매도 먼저 맞는 게 낫다고 알아서 자진 신고를 늘어놓자, 팔짱을 낀 정언의 표정이 미묘해졌다. 웃음이 터지려는 걸 억지로 참는 듯한 표정이었다. 완전히 말리지 않았는지 물기가 옅게 남은 머리칼을 쓸어 올린 정언이 혀를 차며 내뱉었다.

"오늘도 할 일 많은데 이게 뭐하는 거야? 빨리 들어가서 눈 잠깐 붙이고 출근하든지 해. 남 걱정 말고 김 피디나 조심하고."

운전석 문을 툭툭 친 정언이 손끝으로 다시 창 올리라는 손짓을 하고는 근처에 세워 둔 자기 차에 시동을 걸었다. 차에 타기 무섭게 뒤도 안 돌아보고 주차장을 빠져나가는 매몰찬 뒷모습에 윤은 가슴을 쓸어내렸다.

더 화를 내거나 어이없어하거나 뭐 이런 놈이 다 있냐고 야단이라도 칠 줄 알았는데, 생각보다는 유한 반응이라 그나마 마음이 놓였다.

일단 안도감이 밀려들고 나자 정작 자기는 불안하고 걱정돼서 제대로 잠 한숨 못 잤는데, 정언은 멀쩡하게 자고 일어나 언제나처럼 일을 하러 나왔다는 게 뭔가 억울해졌다. 그러나 다시 생각해 보면 애초에 그런 사람이라 반한 거였으니 억울할 자격도 없는 것 같기는 했다.

자신의 취향을 탓한 윤은 방송국으로 향했다. <비하인드 24>로 옮기면서부터 여벌의 옷을 준비하는 습관이 생긴 건 다행이었다.

뒷좌석에 둔 옷 가방을 가지고 숙직실로 간 윤은 알람을 맞추고 침대에 누웠다. 빈말로라도 그다지 편하다고는 할 수 없는 자리였으나, 어지간히 피곤하긴 했는지 등이 닿자마자 기억이 날아갔다.

기껏해야 두 시간 반쯤 잤을까, 알람이 울리기 무섭게 눈이 떠졌다. 꿈도 꾸지 않고 깊이 잠들었던 듯했다. 서둘러 샤워실로 뛰어가 씻고 옷을 갈아입은 뒤 머리를 만지자, 좀 피곤해 보이긴 해도 그럭저럭 남의 집 주차장에서 밤샌 몰골은 벗어난 것처럼 보였다.

바로 사무실로 올라간 윤은 문 앞에서 뻐근한 어깨를 만져 보았다. 달밤에 이삿짐 나르는 급의 중노동을 한 탓이었다.

어젯밤의 일이 하나도 현실감이 없었다. 문득 이걸 누구한테 말을 해야 하는 거 아닌가 하는 생각이 들었다. 재희나 민혜가 이걸 알아야 하나 싶어 망설이며 사무실로 들어서자, 먼저 와서 커피를 마시고 있던 민혜가 손을 흔들었다.

"일찍 출근하셨네요?"

윤이 자리에 앉으며 묻자 민혜가 양쪽 눈꺼풀을 치켜 올려 보였다. 빨갛게 핏줄이 선 눈에 윤이 움찔하자 민혜가 깊은 한숨을 쉬었다.

"나 어젯밤에 눈알 빠지는 줄 알았잖아. CCTV 돌려 보느라."

"아, 뭐 좀 있었어요?"

"있었지, 그럼. 현선준 기자 도움 받아서 체크해 봤는데 얘들은 하수더라고요. 고규덕, 신차훈, 민병수 이것들은 정면으로 얼굴 아주 잘 찍혔어. 확실히 엄대진이 레벨이 다르긴 한가 봐요. 얘들은 지들이 꼬박꼬박 나와서 직접 받는 거 있지?"

"주변에 CCTV 있다는 거 몰랐을까요? 메이나 유란처럼 보안 잘 되는 곳 드물 텐데."

이상하다는 표정으로 묻는 윤을 향해 민혜가 과장된 동작으로 어깨를 으쓱해 보였다.

"알았어도 뭐 어쩌겠어요. 하루 이틀 먹은 거 아닌데도 여태 안 걸렸으니 앞으로도 안 걸릴 거라고 생각했겠지. 어우, 보좌관하고 같이 와도 나중에 꼭 가져온 돈 들고 가는 건 지들 손으로 들고 가잖아. 아주 신주단지 모시듯이 소중하게 품고 가서 내가 또 웃겨 죽는 줄 알았네. 요거 요 신도시 세 군데 중에 애포하고 을정 쪽은 시장, 부시장까지 있었어."

토끼 눈으로 고개를 절레절레 저은 민혜가 정언의 책상 위에 쌓아 둔 종이 뭉치를 가리켰다.

"보니까 최소한 얘들이 받아먹은 돈 확인하는 건 쉽지 않을까 싶네. 시장에 부시장까지 나온 거 보면 공공건설 수주하고 아주 밀접할 거거든, 이게. 시청 담당 공무원 쪽 좀 털어 보면 될 것 같아. 진형은 검사랑 얘기한 건 어땠어요?"

윤은 민혜의 물음에 잠시 생각하다 대답했다.

"검찰 조직에 회의감 큰 것 같더라고요. 윗선에서 수사 막은 건 확실하고, 선배가 계좌 추적이 실패한 거냐, 아니면 다른 이유가 있냐 물어보니까 자기들이 확인한 차명계좌만 백여 개래요. 그런데 언론에 공개할 수 있었던 건 처벌받은 비례대표 것밖에 없었던 거라고, 일단 이정수 검사님하고 따로 상의해 보고 얘기해 주겠다고 했어요. 영상 딴 거 드릴게요."

"계좌만 백여 개면 돈 들어간 건 도대체 얼마라는 소리야? 개들이 뭐 서온에서만 받아먹은 것도 아닐 거 아냐."

"그렇죠."

그때 사무실 문이 열리며 재희가 들어섰다. 민혜가 강 피디, 하며 손을 들어 보이기 무섭게 재희가 두 사람에게 따라오라는 손짓을 하며 회의실 안으로 들어갔다.

영문을 알 리 없는 윤과 민혜는 잠시 얼굴을 마주 보다 회의실로 향했다.

문을 닫은 윤이 재희에게 말했다.

"저, 오늘 선배는……."

윤이 미처 본론을 꺼내기도 전, 재희가 말을 잘랐다.

"서 피디하고 통화했어. 경북도청 내려갔다며. 일단 내가 지금부터 설명할 게 있으니까 두 사람 다 잘 들어."

"아침부터 겁나게 뭐야?"

민혜가 눈을 동그랗게 뜨며 물었다. 재희가 손에 들고 있던 파일을 탁자 위에 툭 던지듯 내려놓았다. 민혜가 의아한 표정으로 그 파일을 펼쳤다.

"이게 뭔데?"

"서온건설 회계 과장 고정민 죽인 사람이 우리하고 차세진 의원실에 보냈던 편지야."

"누구라고?"

민혜가 귀를 의심하는 듯 커진 목소리로 되묻자 재희가 대답 대신 턱으로 파일을 가리켰다.

"읽어 봐."

나란히 앉은 윤과 민혜는 그 편지들을 읽기 시작했다. 첫 장을 읽기도 전 민혜가 어머머, 어머머 소리를 연발하며 재희를 쳐다보았다.

"미쳤다, 이거 진짜야?"

"어제 내가 허주경 씨 직접 만났어. 서 피디한테 얘기하려다가 지금 그럴 시간 없을 것 같아서. 내가 먼저 확인해 보고 싶은 것도 있었고."

"어머, 세상에. 나 눈 어떻게 된 거 아냐? 나도 분명히 봤을 텐데 왜 이런 거 몰랐지?"

민혜가 도저히 믿을 수 없다는 투로 쳐다보자, 재희가 짧은 한숨을 뱉었다.

"작년에 이 편지 오기 시작했을 때 우리가 외교부 재외공관 성추문 취재랑 BK 그룹 주가조작 사건 취재 때문에 계속 해외 출장 다니고 그랬더라고. 볼륨 큰 거 한참 많이 할 때고, 이게 기사도 몇 개 없었던 데다 서온건설 게이트랑 관련 있다고는 아무도 상상 못 한 거지. 차세진 의원실에도 물어봤는데 거기 비서관은 처음에 보낸 편지 한두 통 읽어 보고 정신 이상한 사람이 보내는 건 줄 알았대. 의원님은 얘기만 듣고 하청업체 어쩌고 하는 데다 우리 쪽에도 편지 보냈다더라 하니까 그럼 됐다가 나 줘야겠다 한 거고."

"하긴 그때 정언하고 나도 출장 엄청 다니긴 했는데……."

민혜가 말끝을 흐리자 의자에 걸터앉은 재희가 말을 이었다.

"일단 편지 마저 읽어 봐. 당시에 찾아와서 허주경 사장한테 살해 강요한 남자가 있었다고 했잖아. 현장까지 같이 갔다는 남자. 그거 조창식인 것 같아."

재희의 입에서 나온 이름에 윤과 민혜가 동시에 놀란 표정을 하자, 재희는 팔짱을 끼며 눈썹을 찌푸렸다.

"허주경 씨 말로 고정민 과장 죽이고 도망치면서 전화를 했는데, 상대방한테 자기를 조 군이라고 얘기했고, 거기서 장석인지 창석인지 그렇게 부르는 걸 들은 기억이 있대."

"와, 이거 완전 장난 아니네."

민혜가 혀를 내둘렀다. 윤은 그사이 서둘러 편지를 읽으며 입을 다물지 못했다. 하청업체 사장에게 살인까지 강요했다는 건 눈으로 보고도 믿기 어려운 이야기였다. 윤은 편지에 시선을 둔 채 입을 열었다.

"이게 그러면, 서온 입장에서는 허주경 사장을 본보기로 내건 거라고 볼 수도 있겠네요. 이런 하청이 주경공사 하나는 아니었을 테고, 고정민 과장도 허주경 씨한테만 접촉한 게 아닐 수도 있잖아요. 굳이 허주경 사장 택한 이유가 있었을 거 같은데요."

재희가 들고 있던 펜 끝으로 윤을 가리키며 대답했다.

"내 생각도 그래. 여러 사람과 접촉하는 과정에서 사측에 고정민 과장 속셈이 들통 났을 가능성이 높아. 회계 과장이면 장부 바로 볼 수 있기 때문에 애초부터 위험인물이라고 생각했다면 이런 일 안 맡겼을 거야. 한두 번 접촉 가지고 꼬리가 밟혔을 것 같진 않거든. 그 중에 허주경 사장이 관계가 오래되기도 했고, 다른 하청 사장들한테 경고하는 의미도 있었겠지. 허주경 이 꼴

나는 거 봤으면 알아서 입 다물어라, 그런 거."

"그 남자가 조창식이 확실하다면 이 사건에 바로 엮어 들어갈 수 있지 않을까요?"

"그렇지. 그리고 이 사건에 중요한 지점이 또 있어. 허주경 사장한테 변호사를 붙여 준 사람이 서온건설 천중헌 이사란 말이지. 천중헌은 남제선 측근으로 잘 알려져 있고. 이 사람이 붙여 준 변호사가 공윤승 변호사야. 사법연수원 20기 검사 출신. 수임 기록 보면 전관예우 빵빵하게 받았는데 이 사건은 예외였다고. 허주경 사장이 초범에 살해 사주까지 주장했는데도 감형 없었고 항소도 안 했어."

"이 편지에 보니까 변호사 측에서 항소 포기 종용했다고 돼 있네? 이거 사실이야?"

민혜가 묻는 말에 재희가 펜 끝으로 눈썹 위를 긁적였다.

"허주경 사장 말로는 그래. 끝까지 가면 가족까지 다 죽는다고 경고했대. 내 생각엔 사실일 가능성 아주 높아 보이고. 내가 이걸 확신한 이유가 있는데, 공윤승이 법무법인 평진 소속이야. 신환석이 차린 로펌."

"신환석? 민정수석 신환석?"

민혜가 되묻는 말에 윤의 머릿속에 번뜩 떠오른 것이 있었다. 지난번 선준이 사무실에서 정언과 대화할 때, 민정수석 신환석에 대한 이야기를 했던 것이 지나쳤다.

윤은 고개를 들어 재희를 마주 보았다.

"신환석이 조한일보 라인이죠? 평진이 조한일보 파트너였다고 하던데요."

"맞아. 서온 게이트 터지고 변순철이 청와대로 신환석 푸시했다는 얘기 많았지. 그런데 천중헌이 붙여 준 게 하필이면 그 많은 변호사 중에 평진 소속 변호사였어. 그리고 이 사건 담당 판사가 남부지법 김정면인데 이 사람도 신환석계야. 이게 우연일 확률이 얼마나 될까?"

재희는 피곤한 기색이 역력한 얼굴로 눈가를 몇 번 문지르더니 말을 이었다.

"어제 공윤승 변호사한테 만나자고 연락했는데, 허주경 사장 이름 꺼내자마자 바로 말 피하더라고. 그러더니 그때부터 연락도 안 받아. 사무실로 직접 찾아갔는데 비서가 출장이라면서 언제 돌아올지 모른다는 거야. 김정면 판사도 인터뷰 거절하고."

"야, 이거 그쪽에서도 우리가 물었으면 일 피곤해지겠다 이거 알 텐데 간 쫄리겠네. 근데 위험한 거 아냐? 아직 취재 안 끝난 상태인데 그쪽에서 알아채면 안 좋은 거 아닌가?"

민혜가 걱정스럽다는 말투로 묻자 재희가 턱을 괴며 나지막하게 대답했다.

"그쪽에서 지금 우리가 자기들 뒤 캐는 거 모를 확률이 더 낮아. 턱밑까지 쫓아왔다는 거 알면 마음 급하긴 하겠지."

아무 생각 없이 그 말을 듣던 윤의 등줄기가 순간 차가워졌다. 어젯밤의 일이 떠오른 탓이었다. 어쩌면, 만에 하나 그게 단순한 빈집털이 같은 게 아니었다면. 일부러 범행에 적합하지 않은 장소와 적합하지 않은 대상을 택하는 범인이 흔하리라는 생각은 들지 않았다. 늘 누군가가 자신들을 감시하는 것 같았다던 상우의 말이 불현듯 되살아났다.

혹시 짐작 가는 사람이 있냐고 묻던 형사 앞에서 정언이 순간적으로 망설이는 것처럼 보이던 장면이 뇌리를 스쳤다. 윤은 저도 모르게 숨을 들이쉬었다. 정언 역시 지금의 자신과 같은 생각을 한 건 아닐까. 이건 경고일지도 모른다고…….

그 생각에 빠져 잠시 넋을 놓고 있었는지, 재희가 윤의 눈앞에 대고 딱 소리가 나도록 손가락을 튕겼다. 퍼뜩 현실로 돌아온 윤이 화들짝 놀라 자세를 고쳐 앉자 재희가 눈을 조금 가늘게 뜨며 윤을 마주 보았다.

"왜 그래?"

"아, 아닙니다. 저기, 제가 장해나 씨한테 회사 비상연락망 있던 조창식 계장 주소 받긴 했거든요."

윤은 황급히 말을 돌렸다. 재희가 만약 그 일을 알고 있다면 이런 반응은 아닐 것 같았다. 자신이 이 일에 대해 정언의 동의 없이 말을 해도 되는지 확신이 없었다. 재희는 윤의 이야기에 별 의심 없이 그래? 하고 되물었다.

"그러면 일단 김 피디는 그쪽에 한 번 가 봐. 만날 수 있을지 없을지는 모르겠지만, 혹시 없으면 동네 사람들한테 탐문도 좀 해 보고. 오늘 뭐하기로 서 피디랑 미리 얘기된 거 있었어?"

"윤대석 씨 사고 영상 분석 맡기고, 당시에 검찰 측에서 약 처방이 의심스럽다고 했다는데 그 약 처방한 병원에 대해 알아보기로 했었습니다."

"그거 먼저 하고, 시간 되는 대로 조창식 집에 가 보는 걸로 하자. 송 작가는 파일 뒤에 리스트 확인 좀 해 주고."

"무슨 리스트야?"

민혜가 묻자 재희는 탁자 위에 놓인 파일을 넘겨보라는 손짓을 했다.

"진송신도시 현장 하청업체 리스트야."

"이건 어디서 구했어?"

혀를 내두르는 민혜에게 재희는 별것 아니라는 듯 대답했다.

"어제 아는 사람 통해서 얻었지. 이 중에 혹시 진송신도시 전부터 같이 일한 업체 있는지, 거기 뭐 수상한 점 없는지 체크해 줘. 전 부장님한테 받은 자료 중에 검찰 증인 출석 예정이었던 사람들 명단하고 겹치는 거 있는지도 확인해 보고. 허주경 사장 말로 하청에서는 원청에서 공급하는 자재가 문서하고 다른 거 알면서도 써야 했다니까, 특히 자재 관련해서 문제 있었던 업체 위주로 뽑아 봐."

"오케이."

"원청에서 속이고 감리에서 그거 백업하는 구조야. 서온건설이 거의 지정으로 쓰는 감리 업체가 있다던데."

재희의 말을 듣고 있던 윤은 얼른 끼어들었다.

"네, 고원종합기술공사라고…… 서온건설 자회사라는 소문 있다고 들었습니다."

재희가 눈을 조금 크게 뜨며 되물었다.

"어, 알고 있었어? 허주경 사장이 얘기하더라고. 거기 최대 주주가 채기원이라는데, 허 사장 말로 그게 남제선 처가 쪽 사람이란 얘기가 있대. 나 오전에 허주경 사장 가족들하고 인터뷰하기로 했으니까, 그 문제는 오후에 다시 얘기하자고."

"근데 강 피디 지금 이럴 시간이 있어?"

민혜가 아무래도 마음에 걸린다는 얼굴로 쳐다보자 재희가 피식 웃고는 대답했다.

"나 강재희야, 왜 이래. 소스 미리 다 준비해 놨으니까 구성안 나오는 대로 바로 편집 들어갈 거야. 한 작가님 말로 주말에나 될 것 같다고 하고, 아직 내 회차 방송하려면 기간 좀 있으니까. 지금 정보 너무 많아서 물리적으로 소화할 시간이 안 되잖아. 잠깐 도와주는 거니까 너무 큰 기대 갖고 그러지 말라고."

"강 피디가 백업한다니까 엄청 기대하려고 그랬는데, 그러면 안 되는 거였니?"

장화 신은 고양이 같은 눈빛을 보내는 민혜에게 재희가 짐짓 정색을 했다.

"그런 눈으로 보지 말아 줄래? 나 삐딱한 거 알지?"

"어머, 강재희 매몰찬 거 봐."

"나 매몰찬 거 하루 이틀이야?"

진지한 얼굴로 농을 친 재희가 윤 쪽으로 시선을 돌렸다.

"김 피디, 서 피디가 의원실 쪽에도 제보 들어온 거 있는지 알아봐 달라고 했다던데 연락 없었어?"

윤은 고개를 가로저으며 대답했다.

"황형두 의원실에서 연락 주기로 했었는데 아직이에요."

"이태영 의원실이나 양창훈 의원실에서도?"

"네."

윤의 대답을 들은 재희가 잠시 무언가를 생각하더니 알겠다는 표정을 했다.

"그쪽에는 내가 다시 얘기할게. 그리고 부고 명단에 한 사람 더 있지 않았나?"

"네, 이훈주 씨요."

"그러면 송 작가가 거기 연락해 보는 걸로 하자. 만약에 부검했다고 하면 김정환 교수님 쪽에 바로 콜 넣고. 일단 김 피디는 윤대석 씨 관련된 사항 먼저 확인하고 시간 나는 대로 조창식

집에 가 봐. 혹시 상황 안 좋아지면 무리해서 취재하려고 하지 말고 먼저 연락하고. 서 피디가 김 피디 위험한 짓 못 하게 해 달라고 아주 신신당부하더라."

재희가 무심하게 던진 마지막 말에 가슴이 덜컥 내려앉았다.

―김 피디가 다칠까 봐 걱정됐어.

정언의 나지막한 목소리가 불현듯 되살아난 까닭이었다.

윤은 아무도 눈치채지 못하게 심장 부근을 눌러 보았다. 이런 순간 느껴지는 어떤 감각들을 설명할 방법이 없었다. 재희가 가볍게 손바닥을 마주쳐 딱 소리를 냈다.

"허주경 사장 인터뷰 정리한 건 메일로 보내 놓을 테니까 확인해 봐."

시작합시다, 하며 회의실을 나서는 재희를 따라 자리로 돌아온 윤은 컴퓨터를 켰다. 부팅이 되는 사이 핸드폰 주소록에서 상우의 번호를 찾은 윤은 메시지를 보냈다.

혹시 아버지가 다녔던 병원이나 약국 이름을 알 수 있겠느냐, 처방전이 남아 있는 게 있느냐 하는 윤의 메시지에 답이 온 건 채 5분도 지나지 않아서였다.

― 문정동 한마음우리병원이에요. 약국은 병원 아래층에 있었어요

윤은 포털 사이트의 지도 메뉴에서 병원 이름을 검색해 핸드폰에 주소를 메모했다. 다행히 아직 영업 중인 모양이었다. 윤은 재빨리 선준에게 받은 <뉴스라이트>의 취재 자료 폴더를 열어 동영상을 찾았다. 다행히 대석이 사망한 사고 현장의 CCTV 영상이 거기 들어 있었다.

법영상분석연구소의 메일 주소로 영상을 첨부해 추가 감식 부

탁드립니다, 하고 메일을 보낸 윤은 시계를 확인했다. 영상을 추가하면서 스케줄 변동 가능성을 확인해야 했는데, 아직 연구소 직원들이 출근했을 것 같지 않았다.

우선 차 키를 주머니에 쑤셔 넣고 자리에서 일어난 윤은 재희에게 말했다.

"저 일단 문정동 먼저 다녀오겠습니다. 윤대석 씨가 다닌 병원이 거기 있대요."

어딘가에 전화를 거는지 그새 수화기를 한쪽 어깨와 귀 사이에 끼고 있던 재희가 손으로 오케이 사인을 보냈다. 민혜가 갔다 와요, 하고 한마디를 덧붙였다.

대답 대신 웃어 보인 윤은 서둘러 주차장으로 내려와 차에 시동을 걸었다. 내비게이션에 병원 주소를 입력하고 주차장을 빠져나오자, 이른 아침의 햇살이 창 앞으로 길게 스며들었다.

윤은 창을 열었다. 어느새 아침 공기에서도 서늘한 기운이 가신 뒤였다. 여름도 순식간일 것 같았다. <비하인드 24>에 오게 된 지 아직 몇 달도 되지 않았다는 것을 새삼스럽게 자각하자 기분이 이상해졌다.

삼십 년 가까운 인생에서 고작 몇 달, 그 짧은 시간이 자신의 많은 부분을 바꿔 놓았다는 느낌이 들었다. 몇 달 전만 해도 이런 삶을 상상도 한 적 없었다는 것이 전혀 실감이 나지 않았다.

낮은 한숨을 쉰 윤은 빨간 신호에 차를 세웠다. 문득 옆에 던져 둔 핸드폰에 눈이 갔다. 핸드폰을 집어 든 윤은 잠시 망설이다 핸즈프리를 꽂고 정언에게 전화를 걸었다. 신호가 대여섯 번쯤 갔을 때 건너편에서 정언의 목소리가 돌아왔다.

『왜, 무슨 일 생겼어?』

앞뒤 없이 본론부터 묻는 그 말투가 평소의 정언 그대로라 오히려 마음이 놓였다.

"아무 일 없을 땐 선배한테 전화하면 안 돼요?"

대부분의 진심과 약간의 농담이 섞인 투로 되묻자 잠깐의 정적이 지났다. 보이지 않는 실을 양쪽에서 잡아당기는 것처럼, 전파 너머로 느슨했던 공기가 문득 예민해졌다.

『무슨 일 있으면 연락하라고 했던 것 같은데.』

단어들은 사무적이었으나 말투는 차갑지 않았다. 윤은 핸드폰 너머 정언의 표정을 그려 보았다. 약간 찌푸린 눈썹 밑의 서늘한 눈매와 당혹감을 감추려 할 때 슬몃 비틀리는 입가. 그리고 곧 보지 않아도 너무나 쉽게 그 얼굴을 떠올릴 수 있다는 걸 깨닫자, 아무도 없는데도 귀 끝이 뜨거워졌다.

"취재 나가는 중이에요. 잘 가고 계신지 궁금해서 걸었어요."

윤은 서둘러 말했다. 괜히 전화한 걸까 싶은 생각에 막 후회하려는데, 정언의 나지막한 목소리가 돌아왔다.

『운전 조심해.』

곧 전화가 끊어졌다. 열린 창밖에서 도로의 소음이 넘어왔지만 윤은 잠시 무엇도 듣지 못했다. 싫어하는 게 아니라고, 걱정됐다고…… 지난밤, 문득 자신을 돌아보게 만들었던 그 얇은 다정함의 데자뷔에 순간 심장 어딘가로 낯선 감각이 지났다. 부주의하게 뜨거운 것을 만졌을 때처럼 그 짧은 두 어절이 아릿했다.

초록색으로 바뀐 신호가 눈에 들어왔다. 아무것도 아닐 거라고 생각하면서도, 기꺼이 착각하고 싶어지는 건 왜일까. 이미 답을 아는 질문을 떠올린 윤은 액셀을 밟았다.

◆

편의점에서 산 샌드위치와 증정품인 주스가 든 비닐봉투를 조수석에 던져 놓은 정언은 잠시 시트에 등을 기댔다. 잠을 설친 채 이른 아침부터의 장거리 운전은 결코 만만하지 않았다.

문서 보관실에서 켜켜이 쌓인 먼지를 아침 식사 대신 먹어 가며 기록을 찾고, 당시 담당 공무원들의 소재를 찾아 서너 사람 만나고 나니 이미 오후였다.

취재 내용은 예상을 크게 벗어나지 않았다. 가장 규모가 있는 축인 건설사였기에 공공 건설 수주가 남정건설에 몰리는 건 당연했다고 말하던 사람들도, 정언이 집요하게 질문을 던지면 결국 커넥션에 대한 이야기를 꺼냈다.

말단 공무원들이 도청장, 시장, 국회의원 등과 긴밀하게 연결되어 있는 남정건설을 떨어뜨릴 방법이 전무했다는 건 충분히 이해할 수 있는 부분이었다. 입찰 때면 선물세트나 돈 봉투 따위가 공공연하게 들어오곤 했다는 것 역시 마찬가지였다. 수십 년 전의 일이니 법망을 피하는 건 훨씬 쉬웠을 것이다.

다시 서울까지 올라갈 일이 까마득했다. 한동안 눈을 감고 있던 정언은 조수석에 던져 놓았던 봉투를 뒤져 샌드위치를 한 입 베어 물었다. 차가운 마요네즈와 머스터드, 삶은 달걀과 감자 따위가 뻣뻣한 식빵과 뒤섞였다.

맛을 즐길 여력을 그다지 주지 않는 샌드위치를 입 안에 빠르게 밀어 넣은 정언은 주스를 따서 마셨다. 의무방어전 같은 식사는 채 5분도 걸리지 않았다. 손에 묻은 식빵 부스러기를 대충 털어 낸 정언은 핸드폰을 확인해 보았다.

그새 재희와 민혜, 윤이 보낸 메시지들이 들어와 있었다.

─ 평진 앞에서 대기 중. 사무실 도착하면 연락해.

─ 강 피디가 가져온 하청업체 리스트 확인했어. 주경공사 포함해서 금목건설, 노경건설, 청명토목, 당원기술공사 전부 자재 문제로 처벌받은 적 있어. 취재 요청 넣었음!

─ 윤대석 씨가 다닌 병원 원장이 바뀌었어요. 동업하던 사람한테 병원 넘기고 작년에 캐나다로 이민 갔다고 하네요.

글자들이 머릿속으로 잘 입력되지 않았다. 그 짧은 메시지들을 몇 번이고 반복해 읽어 본 정언은 잠시 핸들 위에 이마를 대었다. 간밤의 일 때문에 머릿속이 복잡했다.

아무리 봐도 자신을 타깃으로 한 것이 분명하다는 의심이 짙어지고 있었다. 불안한 동시에 생각할수록 화가 치밀었다. 얼마나 많은 사람들이 이런 식으로 입을 다물어 왔을까.

그러나 재희나 민혜에게 자신의 의심에 대해 말해야 할지 말아야 할지 판단이 되지 않았다. 윤에게는 말할 것도 없었다.

아침에 주차장에서 윤의 차를 본 순간 느꼈던 감정은 복잡했다. 당황했고, 놀랐고, 약간 화도 났고, 그리고 결국 마지막에는…… 고마웠다. 윤이 밤새 걱정이 돼서 그 자리를 떠나지 못했다는 건 묻지 않아도 알 수 있었다.

만약 어젯밤에 위협 같다는 말을 한마디라도 꺼냈다면, 자신이 뭐라고 하던 윤은 죽어도 곁에 있으려 했을 게 뻔했다. 더 늦어지기 전 서둘러 윤을 보낸 건 그래서였다. 이게 정말 협박이라면 다시 무슨 일이 생길지 모른다는 불안감이 없는 건 아니었다. 하지만 무슨 일이 생기든 윤을 거기 휘말리게 하는 건 더욱 사양이었다.

한숨도 못 잔 얼굴로 어쩔 줄 몰라 하던 윤의 얼굴을 떠올린 정언은 한숨을 뱉었다. 재희나 민혜가 이 일을 안다 해도 반응이 크게 다를 리 없었다. 일단은 확실해지기 전까지는 말하지 않는 편이 나을 것 같았다.

정언은 문득 재희와의 통화 내용을 다시 떠올렸다. 차세진 의원실에서 온 편지, 허주경 사장, 공윤승 변호사에 대한 이야기들은 믿기 어려울 정도로 충격적이었다. 중간에 몇 번이나 재희에게 되물으며 내용을 확인했지만, 아무리 생각해도 이런 일이 현실로 벌어졌다는 게 이해가 가지 않았다.

그 이야기를 생각하자 머리가 지끈거렸다. 관자놀이 부근을 누르던 정언은 민혜에게 전화를 걸었다. 신호가 서너 번 가기 무섭게 민혜의 목소리가 넘어왔다.

『정언, 어디야?』

"이제 취재 끝나고 올라가요. 하청업체 체크했다면서요?"

정언의 물음에 민혜가 한숨 섞인 투로 대답했다.

『응. 자재 문제로 걸린 하청이 많아. 근데 허주경 사장 말도 그렇고, 아, 강 피디한테 주경공사 허주경 사장 얘기 들었어?』

"네, 아침에 통화했었어요."

『오케이. 내가 알아보니까 서온건설은 원청에서 대부분의 원부자재 발주하고 공급하고 그러더라고. 그러면 자재 문제 생기는 거 당연히 원청 책임인데, 문서 자체에서 조작이 있었던 거 같아. 문서하고 실제 자재 다르니까 걸리면 무조건 하청 책임이고 우리는 모른다고 해 버린 거지.』

"감리에서부터 속이고 들어가고 단속도 형식적이고, 만에 하나라도 걸리면 뒤집어씌운다? 자기들이 안 걸릴 안전장치는 확실하게 마련했네요."

정언이 미간을 누르며 내뱉자 민혜가 수긍하며 말을 이었다.

『그렇지. 이렇게 당한 데가 한두 군데가 아닐 거 아냐.』

"취재 요청 응할까?"

『그러길 바라야지, 뭐. 일단 연락 기다려 보려고. 지금 올라오는 거면 저녁이나 돼야 오겠네. 점심은 먹었어?』

"대충 때웠어요. 사무실 들어가서 얘기해요. 아, 너무 늦으면 먼저 퇴근하고요. 전화로 해도 되니까."

민혜가 그 말에 코끝으로 웃는 소리를 냈다.

『별걱정을 다 해. 조심해서 올라와.』

네, 하고 대답한 정언은 전화를 끊었다. 시동을 걸고 차를 출발시켰으나 머릿속은 쉽게 깔끔해지지 않았다. 아무렇게나 어질러 놓은 책상처럼 생각들이 난잡하게 뒤엉켰다.

그들이 이쪽의 존재를 눈치채지 못할 거라고 태평하게 믿었던 건 아니었다. 지금까지 아무 일도 없었던 게 도리어 이상했다. 뭔가 대비책을 준비하고 있을 거라고는 예상했지만, 그게 이런 방식이라는 건 그다지 믿고 싶지 않은 일이었다.

정언은 애써 생각들을 떨어 버리려 노력하며 앞을 보았다. 평일 오후의 고속도로는 한산했다. 액셀을 밟으며 속도를 올리자 닫힌 창 너머로도 공기를 가르는 소리가 희미하게 넘어왔다. 만약 그게 정말 자신을 향한 경고라고 해도 당연히 멈출 생각은 없었다. 하지만……

정언은 계속해서 마음 한구석에 불편하게 걸리는 감정의 정체를 곧 알아차렸다.

김윤.

어제 같은 경우는 처음이었지만, 위협은 정언에게 이미 익숙했다. 그러나 윤이라면 얘기가 달랐다. 윤은 이런 일에 면역이 전혀 없었다. 차라리 윤이 아니라 자신이라서 다행이라는 생각이 든 건 직후였다.

순간 윤이 했던 말이 뇌리를 스쳤다.

―다른 사람이었으면 이런 생각 안 해요. 대답 된 거예요?

윤이 아니라 다른 사람이었다면 어땠을까. 퍼뜩 그런 물음을 떠올렸으나 쉽게 답을 찾을 수가 없었다. 정확히는 거기 대해 생각하는 것 자체를 피하고 싶었다.

외면하고 싶다는 건 결국 두려워한다는 말의 동의어다. 윤에게 내가 아니라 다른 사람이었어도 똑같이 했을 거냐고 물었을 때, 정언은 윤이 아닌 자신 쪽이 선을 넘었다는 걸 알고 있었다.

그런 것이 궁금할 이유는 어디에도 없었다. 그렇게 물은 이유는 단 하나였다. 자신이 윤에게 정말 특별한지 다시 한 번 확인하고 싶어서.

그렇게 이기적인 감정들은 정언에게 낯선 것이었다. 심장이 조금 빠르게 뛰었다. 정언은 손을 뻗어 라디오를 켰다. 아무 생각도 하지 않으려 노력했지만 쉽지 않았다. 라디오에서 흘러나오는 목소리들은 마치 먼 곳의 소음처럼 와글거릴 뿐이었다.

내내 달려 방송국 주차장에 차를 세웠을 때는 이미 오후가 다 지난 뒤였다. 카메라 가방을 챙겨 차에서 내린 정언은 바로 사무실로 올라갔다.

어딘가에 전화를 걸고 있던 민혜가 한쪽 어깨에 수화기를 끼운 채 정언을 보더니 손을 흔들었다. 눈으로 인사를 건네고 자리에 앉자, 잠시 낮은 목소리로 뭐라고 통화를 한 민혜가 곧 전화를 끊으며 정언 쪽으로 몸을 돌렸다.

"어제 잠 못 잤어? 왜 그렇게 피곤해 보여?"

"하루 이틀도 아니고 뭐, 아침부터 멀리 왔다 갔다 해서 그런가 봐요."

대수롭지 않다는 투로 말하자 민혜가 아휴, 하고 한숨을 쉬고는 손을 깍지 끼어 뒷머리에 대었다.

"하루 종일 정신없어 죽는 줄 알았어. 지금 전화가 왔는데, 서온건설 자재 관련해서 제보할 게 있다네. 청명토목 퇴사자래."

"퇴사자가 어떻게 알고 전화를 했지?"

정언이 의아한 표정으로 묻는 말에 민혜가 어깨를 으쓱해 보였다.

"글쎄, 내부에서 말 나간 거 같아. 지금 회사 있는 사람들이 직접적으로 고발하기 어려우니까 퇴사자 통해서 제보하려고 하는 거 아닌가 싶더라고."

"자기 신분 밝혔어요?"

"이름은 신병민이고, 자재부 부장이었대. 작년에 단속에서 철근 문제 생겨서 뒤집어쓰고 퇴사한 모양이야. 자세한 사항은 자료 첨부해서 메일로 보내겠다고 하더라고."

"내부 고발자 타령 그렇게 하더니 하나 건졌네. 이훈주 씨는 어떻게 됐어요?"

이훈주라는 이름을 듣기 무섭게 민혜가 펜 뚜껑 끝으로 이마를 긁적였다.

"딸하고 통화했는데 여기도 낌새가 이상해. 죽었을 당시에 엄마가, 그러니까 이훈주 씨 부인이지. 부인이 부검 요청했대. 이유가 뭐였냐 물어보니까 엄마가 작년에 암으로 죽었다고 하더라고. 말을 안 해서 자기도 이유를 잘 모르겠다는 거야."

"등산하다 추락사했다면서요? 사고라고 생각했으면 부검 요청 안 했을 거 아냐?"

정언이 미간을 찌푸리며 되묻자 민혜가 고개를 끄덕였다.

"그렇지. 김정환 교수님한테 연락해 봤는데 이거 본인 케이스 같대. 오래전 일이라 알아보고 연락 주신다고 했어."

"선배나 김 피디는 아직 연락 없었어요?"

"응. 강 피디 오전에 허주경 사장 가족들 만났다고는 하더라. 자세한 건 와서 얘기하겠대. 말하는 거 보니까 지금 평진 사무실에서 공윤승 잡으려고 뻗치기 들어간 거 같더라고. 김 피디는 오전에 윤대석 씨 다닌 병원 갔다가 오후에 조창식 집에 가 본다고 하던데 아직 별말 없네."

그때 책상 위에 올려놓은 핸드폰이 진동하기 시작했다. 액정에 윤의 이름이 떠 있는 것을 본 정언은 속으로 양반 못 되네, 하고 중얼거리며 바로 통화 버튼을 눌렀다. 한마디도 떼기 전, 건너편에서 윤의 다급한 목소리가 들렸다.

『선배, 조창식이 죽었어요.』

그 말이 완전히 이해되기까지는 몇 초의 시간이 필요했다. 벼락을 맞은 것처럼 놀란 정언은 저도 모르게 커진 목소리로 뭐? 하고 되물었다. 민혜가 눈을 동그랗게 뜨며 정언을 쳐다보았다. 윤이 빠르게 말했다.

『집에 찾아갔는데 폴리스 라인을 문 앞에 쳤더라고요. 동네 사람들한테 물어보니까 이틀 전에 옆집 사람이 이상한 냄새가 난다고 신고했는데, 경찰이 와서 보니까 조창식이 죽어 있었다는데요. 영등포경찰서 관할이라고 해서 그쪽으로 왔어요.』

정언은 바로 윤을 다그쳤다.

"언제? 언제 죽었다는 거야? 사인이 뭐래?"

『부검 결과 아직 안 나왔는데, 현장 감식반 말로는 이미 2주 이상 된 것 같대요. 타살 정황 확실하고요. 저 바로 들어갈 테니까…… 아, 사무실 들어오셨어요?』

윤이 그제야 생각났다는 듯 물었다. 정언은 눈썹 위를 문지르며 응, 하고 대답하다 미간을 좁혔다.

"현장 사진 촬영할 수 있어? 내가 지금 갈까?"

『아니에요. 눈 감고 찍죠 뭐.』

"지금 장난이……."

윤에게 언성을 높이려던 정언은 자신을 보고 있는 민혜를 보고 입을 다물었다. 건너편에서 윤이 짧게 웃는 소리가 돌아왔다.

『농담이에요. 하루 종일 운전하셨는데 피곤하게 뭐 하러 여기까지 오려고 그러세요. 감식 자료 촬영 끝났고 복사할 수 있는 건 다 복사해 달라고 했어요. 강 피디님한테도 문자 넣어 놨고요. 금방 들어갈게요.』

전화가 끊어졌다. 정언은 핸드폰을 귀에서 떼고 내려다보다 이마를 짚었다. 심각해진 정언의 표정에 민혜가 가까이 다가앉았다.

"무슨 소리야? 누가 죽었대?"

얼굴을 찌푸리고 있던 정언은 민혜의 물음에 대답했다.

"조창식이 죽었다는데요."

"조창식이?"

눈알이 당장 튀어나올 기세로 눈을 휘둥그렇게 뜬 민혜가 목소리를 높이다 제풀에 놀라 입을 틀어막았다. 어머머, 어머머,

하고 몇 번을 반복하던 민혜가 의자 밑으로 발을 콩콩 굴렀다.

"미쳤어, 미쳤어. 왜 죽었대? 언제 죽었다는 거야?"

"타살인 거 같대요. 이미 2주 이상 됐다는데요."

"아니, 걔를 누가 죽여? 어머, 세상에. 하나님 아버지. 한 짓 보면 언제 죽어도 이상한 놈은 아니긴 한데, 왜 하필 지금 죽어?"

"일단 무슨 원한 관계인지, 우발적인 건지 그런 걸 아직 하나도 모르니까. 김 피디가 자료 가지고 지금 오겠대요. 그거 보면 감이 오겠지."

민혜가 어우 소름끼쳐, 하며 두 팔로 자기 어깨를 감싸 안고 부르르 떨었다. 정언은 의자를 돌려 앉으며 책상에 턱을 괴고 생각에 잠겼다.

조창식이 지금 죽어야 할 이유가 뭘까. 지금 조창식을 없애야 할 사람이 누굴까. 위험을 무릅쓰고라도 조창식을 죽여야만 얻을 수 있는 이득이 있을까. 꼬리에 꼬리를 무는 질문들을 떠올리던 찰나, 누군가의 얼굴이 퍼뜩 뇌리를 스쳤다.

손경일.

결코 자신의 손을 더럽히지 않는 자들을 대신해 기꺼이 자기 손을 내주는 자. 어젯밤의 일과 조창식의 죽음이 머릿속에서 겹쳐졌다. 자신과 윤이 현장 사무실에 취재를 갔던 직후 조창식이 돌연 결근하기 시작했고, 그 이후로 조창식의 행적은 마치 연기처럼 사라져 버렸다. 만약 해나가 준 주소가 아니었다면 조창식이 죽었다는 것도 더 뒤에나 알았을 게 뻔했다.

토끼 사냥이 끝난 뒤에는 사냥개를 먼저 솥 안으로 던진다. 사냥개는 얼마든지 다시 구할 수 있기 때문이다. 특히나 한가하게 사냥한 토끼를 뜯을 때가 아니라면, 그들이 추격당하고 있는 입장이라면…….

정언은 즉시 책상 위의 수화기를 집어 들고 경일용역 사무실로 전화를 걸었다. 계속해서 신호만 갈 뿐 누구도 전화를 받지 않았다. 몇 번을 다시 걸어 봐도 마찬가지였다.

"이것들이 전화를 안 받아?"

혼잣말로 중얼거리자 민혜가 옆에서 누구, 하고 물었다. 정언은 수화기를 내려놓으며 대답했다.

"경일용역이요."

"관련 있을 거라고 생각해?"

"증언 생각하면 조창식이 상당히 중요한 멤버 같지 않아요? 사망한 게 최소한 2주 전이면 연락 두절된 지도 그 정도 됐다는 거잖아요. 만약에 손경일이 조창식한테 무슨 일 벌어진 걸 알았으면 이틀 전보다는 먼저 발견하지 않았을까?"

"그럼 경일용역 쪽에서 처리했다고?"

민혜가 얼굴을 찌푸렸다. 정언은 펜 끝을 책상 위에 톡톡 치며 관자놀이 부근을 눌렀다.

"내가 이미 박규형 과장 건으로 취재하고 있다는 거 잘 알잖아요. 그런 상황에서 아주 중요한 증인인 조창식이 없어졌다고 하면 손경일이나 서온건설 입장에서 엄청 위험한 거고. 애들이 조창식 집을 몰랐을 리 없는데 죽은 지 2주가 되도록 방치했다? 그러면 답은 애들이 조창식 죽은 걸 미리 알고 있었고, 일부러 방치했다는 거 아니겠어요?"

"조창식이 그 정도 일까지 했으면 오른팔 아니었을까? 그런 애를 잘라 내?"

"지금 오른팔이 아니라 뭐라도 잘라야 할 정도로 절박할 수도 있지."

으으, 하며 민혜가 머리를 감쌌다. 정언은 의자에 등을 기댄 채 천장을 올려다보았다. 창백한 형광등 빛이 하얗게 떨어졌다. 경일용역에서 더한 일을 안 당한 게 다행인가 생각하자 어이가 없어 웃는 소리가 났다.

손경일, 손경일, 하고 입 안으로 몇 번 그 이름을 중얼거리던 정언은 자세를 고쳐 앉았다. 그때 경일이 누군가에게 전화를 하더니 곧바로 인터뷰에 응했던 것이 생각났다. 그 전화를 받은 사람은 누구였을까.

그리고 바로 다음 날 심석건에게 호출 당했던 재희가 그 일에 대해 물었던 것을 떠올린 정언은 눈썹을 좁혔다. 국장급에게 다이렉트로 말이 들어갈 정도라면 이미 그때부터 자신들을 주시하고 있었다는 이야기가 분명했다.

만약 조창식을 죽인 게 정말 손경일이라면, 이쪽이 어디까지 갈 수 있는지 지켜본 것일까. 위기감을 느꼈기에, 사냥개를 죽인다. 사냥개가 배신해 자신들을 추적하게 하지 못하도록. 그렇다면 자신들이 뒤쫓는 방향이 정확하다는 건 분명했다.

정언은 책상 위를 뚫어지게 응시했다. 조창식을 죽이고, 자신을 협박하고, 그리고 다음은? 그들이 판을 뒤집을 선택지를 몇 개나 가지고 있을지 당장 가늠할 수 없었다. 서로의 패를 볼 수 없는 상황에서 필승을 확신할 수 있는 카드는 무엇일까.

해법은 단 하나, 상대를 제거하는 것.

머리 위로 누군가가 얼음을 쏟아부은 듯한 한기가 돌았다.

한참을 생각에 잠겨 있던 정언은 사무실로 들어선 윤이 선배, 하고 부르는 소리에 퍼뜩 현실로 돌아왔다. 윤이 상기된 얼굴로 회의실을 가리켰다. 정언과 민혜가 회의실로 들어서기 무섭게 윤이 노트북을 켜 두 사람 앞으로 돌려놓고는 손에 들고 있던 파일을 건넸다.

정언은 그 파일을 펼쳐 보았다. 현장 감식반의 보고서였다. 정언이 펜 끝으로 보고서를 훑으며 중얼거렸다.

"시체는 현관 근처 거실에 있었다? 흉부하고 복부에만 자상이 여섯 군데, 손바닥에 방어흔, 후두부에 둔기로 인한 타박상. 사용된 흉기가 두 종류로 추정되는데 둘 다 발견이 안 됐고, 문을 억지로 열고 들어온 흔적이 없어서 면식범으로 본 모양이네. 지문이나 족적은 없고. 용의자가 있어?"

정언의 물음에 윤이 고개를 가로저었다.

"방에서 찾은 핸드폰은 디지털 포렌식(digital forensic)[8] 들어 갔고, CCTV하고 주변 블랙박스 영상까지 싹 걷어가서 분석중이 래요. 연립 반지하인데 집주인 말로 사람들이 워낙 자주 들고 나고 한다고, 조창식도 처음 계약할 때 말고는 얼굴을 거의 본 적이 없다네요. 같은 연립 사람들도 무슨 소리도 못 들었고, 누가 드나들고 하는 것도 전혀 몰랐대요."

윤이 몸을 숙여 자기 노트북에서 폴더 하나를 열었다. 현장 사진을 찍어 온 영상이었다. 정언은 화면을 확대해 들여다보았다. 사진에 찍힌 시체는 이미 부패가 시작되어 피부가 검붉은 색이 었다. 엎드린 채라 얼굴은 보이지 않았다.

육안으로도 선명한 뒷머리의 상처에 머리칼이 엉켜 있는 것이

---

[8] PC나 노트북, 휴대폰 등의 각종 저장매체나 인터넷상에 남아 있는 각종 디지털 정보를 분석해 범죄 단서를 찾는 수사기법을 말한다.

눈에 들어왔다. 몸 아래로는 말라붙은 핏물이 번져 있었다. 상의 허리 부근에 얼룩진 핏자국이 어두웠다. 정언은 그 영상에 눈을 둔 채 물었다.

"연립이면 방음 잘 안 될 텐데. 사람들이 소리를 전혀 못 들었다는 거 보면 살해 과정이 아주 빨리 이뤄졌을 수 있겠네. 흉기가 두 종류로 추정된다니까 범인이 여러 명일 가능성도 있고. 국과수로 넘어간 거지?"

"네."

"그러면 송 작가님, 지금 김정환 교수님한테 이 건에 대해서도 같이 좀 물어봐 줘요."

정언의 말에 민혜가 오케이, 하고는 핸드폰을 들고 회의실을 나갔다. 잠시 영상을 멈춘 정언은 노트북 화면에 눈을 둔 채 윤에게 물었다.

"김 피디, 이거 담당 형사 누구야? 결과 나오는 대로 연락 달라고 얘기했지?"

"영등포서 강력형사 2팀 노이섭 팀장님이에요. 강 피디님하고 안다고 하시던데요."

"취재 때문에 만난 적 있나 보네. 선배하고 안면 있으면 좀 쉽겠다. 일단 그분 연락처 알려 줘."

윤이 자기 핸드폰의 주소록을 열어 아래위로 스크롤을 몇 번 하더니 정언의 곁에 밀어 놓았다. 정언은 한쪽 손으로 관자놀이 부근을 꾹 누르며 다른 손으로 서둘러 노이섭 팀장의 연락처를 저장했다.

"윤대석 씨 병원 얘기는 어떻게 된 거야?"

정언이 묻자 윤이 탁자 위에 걸터앉으며 대답했다.

"아, 그게 동네 가정의학과인데 개업한 지 십 년이 넘은 데래요. 원래 원장은 김회영 원장이라고, 이 사람이 윤대석 씨한테 처방전 쓴 의사예요. 김회영 원장이 자기 학교 후배인 이서욱 원장 데려다가 공동 경영했는데, 윤대석 씨 일 있고 나서 이서욱 원장한테 병원 넘기고 캐나다로 이민을 갔다고 하더라고요."

"우연의 일치야?"

"그건 모르겠어요. 이서욱 원장도 자세한 사정은 잘 모르겠고, 자기한테는 자식 교육 때문이라고만 얘기했다고 하던데요. 개원할 때부터 프런트에서 일했던 최정미 씨라는 간호사가 자기보다더 잘 알 거라는데, 오늘은 쉬는 날이라 안 나왔대요. 연락처 받았는데 저녁 여덟 시 이후에 통화 가능하다고 해서 그때 전화해 보려고요."

"알았어. 하루 종일 고생했겠네."

뭘요, 하고 웃는 목소리가 머리 위에서 떨어졌다. 정언은 무심코 윤을 쳐다보았다. 언제나처럼 미소 띤 얼굴이 눈에 들어왔다. 잠시 그 얼굴에 무의식적으로 눈을 붙들렸던 정언은 곧 그것을 깨닫고는 서둘러 시선을 내리며 말을 돌렸다.

"선배 들어오면 일단 이거에 대해서 얘기해 보고, 노이섭 팀장님 믿을 만한 사람이라는 확신 있으면 우리가 가진 정보 공유해 주는 게 좋을 것 같아. 손경일 쪽 의심스러우니까. 경일용역 사무실이 지금 전화를 안 받는데, 내일 아침에도 계속 안 받으면 사무실에 가 볼 거야."

"손경일이요?"

되물은 윤이 뭔가 생각하는 듯 이 끝으로 아랫입술을 누르고 있다가 몸을 조금 더 숙였다.

"선배, 어제 일 뭐 짐작 가시는 거 있죠?"

정언은 그 말에 저도 모르게 멈칫했다. 어떻게 눈치챈 걸까 하는 생각이 제일 먼저 떠올랐다. 최대한 티를 내지 않으려 노력했다고 생각했는데, 뭐라고 대답해야 좋을지 바로 판단할 수가 없었다.

정언이 잠깐 대답을 망설이는 것을 알아차린 듯, 윤이 말을 이었다.

"그쪽에서 선배한테 경고하고 있다고 생각하시는 거 아니에요?"

"김 피디, 이거 누구한테 얘기했어?"

인정이나 다름없다는 것을 알면서도 다급하게 말이 먼저 튀어나갔다. 재희가 이 사실을 안다면 가만있지 않을 게 뻔했다. 윤이 고개를 가로저었다.

"아무한테도 말 안 했어요. 선배가 강 피디님한테 얘기 안 하신 것 같아서요."

정언은 속으로 안도의 한숨을 쉬고는 문 쪽을 한 번 돌아보았다가 목소리를 낮췄다.

"당분간은 말하지 마."

"왜요?"

"확실한 거 아니잖아. 심증만 가지고는 안 돼. 팩트가 있어야 무기가 된다고."

그 말에 윤이 정언을 물끄러미 내려다보았다. 시선을 느낀 정언은 눈을 들었다. 할 말이 있는 듯한 표정에 왜, 하고 물으려는데 윤이 먼저 입을 열었다.

"그 무기 얻기 전에 선배가 먼저 위험해지면 어떻게 하실 건데요."

그런 건 생각해 본 적이 없었다. 어차피 우리가 간이 배 밖에 나온 새끼들인데 뭐 얼마나 오래 살겠냐, 하는 소리는 <비하인드 24> 피디들의 입버릇이었다.

언제나 누군가가 자신들을 죽이고 싶을 정도로 증오하고 있다는 사실을 늘 의식한다는 건 그다지 유쾌한 일은 아니었다. 그러나 그럼에도 이 일을 그만둘 게 아니라면 그런 부분은 어쩔 수 없다는 걸 받아들여야 했다. 정언은 늘 기꺼이 그럴 준비가 되어 있었다.

막연한 바람이 있다면 단 한 가지, 엄마보다는 오래 살았으면 하는 것이었다. 물론 그런 바람이 이루어질 수 없을지도 모른다는 생각 역시 마음 한편에서 항상 떠나지 않았다.

"그런 거 감수할 생각 없으면 이 일 못 해. 최악의 상황이 벌어져도 목숨 걸고 방송 내보낸다 생각하고 하는 거지."

그렇게 대답하기 무섭게 윤의 얼굴에서 웃음기가 지워졌다. 윤이 선배, 하고 막 운을 뗀 순간 민혜가 문을 열고 얼굴을 들이밀었다. 무슨 말인가를 하려던 민혜가 두 사람을 번갈아 보더니 의아한 표정을 했다.

"분위기 왜 이래, 갑자기?"

"뭐가요. 전화는 해 봤어요?"

정언은 서둘러 말을 돌렸다. 눈을 깜빡이던 민혜가 아아, 하고는 고개를 끄덕였다.

"조창식 부검 내일 오전이라고 했대. 자기 제자 팀에서 담당한다고, 일단 현장 사진 보내 달라고 하시더라. 이훈주 씨 부검 자료하고 당시 경찰 기록도 가지고 계신대서 다 받았는데 이거 의심할 만한 정황이 있어."

"뭔데요?"

"부검 결과 자체는 추락사가 맞아. 그런데 추락한 직후에 목격자가 119에 신고했단 말이야. 목격자 증언으로 이훈주 씨 추락 지점에 누가 같이 있었대. 그리고 이송 기록에 이훈주 씨가 와이셔츠에 정장 바지, 구두 차림이었다고 나와 있어. 회사에서는 등산하다 추락했다고 가족들한테 연락했다는데, 부인은 평소에 이훈주 씨가 등산을 전혀 안 한다고 얘기했었다는 거야."

정언은 미간을 찌푸리며 민혜에게 물었다.

"그래서 부검 요청했나 보네. 같이 있었던 사람에 대한 증언도 있어요?"

"멀리서 본 거라 정확하지가 않아. 170 좀 넘는 키에 중년 남자로 보였대. 같이 온 사람이라고 생각했는데 이훈주 씨가 추락하는 거 보고 목격자가 신고한 뒤에 보니까 사라졌더라는 거지. 교수님이 증언 보고 정황상 타살 아닐까 의심이 돼서 경찰 기록까지 다 요청해서 보신 것 같더라고."

"조창식 키가 딱 그 정도긴 할 텐데…… 오래된 일이고 조창식이 죽었으니 알 수가 없겠네. 일단 알겠어요."

민혜가 윤 쪽으로 시선을 돌렸다.

"김 피디, 김정환 교수님한테 가져온 현장 사진하고 자료 좀 보내 줘요. 지금 빨리."

"아, 네."

윤이 대답하자 민혜가 다시 회의실 문을 닫았다. 윤이 메일을 보내는 사이, 이마를 감싸고 있던 정언은 짧은 한숨을 뱉었다. 기르는 개보다도 쉽게 사람을 죽이는 이들의 뒤를 밟는다는 건

심적으로 괴로운 일이었다.

매번 이게 마지막이었으면, 하고 바랄 때마다 여지없이 그 바람을 배신하는 이들이 어떤 방식으로 그 대가를 치를까 상상해 보는 것은 늘 막막했다.

잠시 말이 없던 정언은 자리에서 일어났다. 정언이 문손잡이를 잡았을 때, 노트북을 닫은 윤이 정언을 불렀다.

"선배."

정언은 돌아보지 않은 채 왜, 하고 대답했다. 그러자 등 뒤에서 윤이 말했다.

"최악의 상황 같은 건 생각하지 마세요."

손잡이를 움켜쥔 손안으로 서늘하게 습기가 배었다. 윤을 보지 않기 위해 정언은 손에 조금 더 힘을 주었다. 나지막한 목소리가 이어졌다.

"절대 선배가 그런 일 혼자 감수하게 안 할 거니까."

그건 불가능한 일이라고 생각하면서도, 순간 자신을 감싸 안았을 때 전해지던 윤의 체온이 환각처럼 되살아났다. 이성으로도 제어할 수 없는 안도감은 놀라울 정도로 따뜻했다.

하지만 그런 불안 속에 더 이상 윤을 끌어들이고 싶지 않았다. 이건 오로지 자신의 몫이어야 했다.

그리고 정언은 그 순간 깨달았다. 그 위험이 기꺼이 자신의 몫이어야 한다고 생각하는 건, 윤을 다치게 하기 싫어서라는 걸.

이 자리에서 윤을 잃게 될까 두렵기 때문이라는 걸.

23

재희가 돌아온 건 막 자정을 넘겼을 때였다. 흐트러진 머리칼을 쓸어 올리며 사무실로 들어선 재희는 사무실 안을 훑어보았다. 정언은 이른 아침부터 장거리 운전이 피곤했는지 숙직실에서 한 시간만 눈을 붙이고 오겠다고 내려간 뒤였다.

윤은 그사이 허주경 사장과의 인터뷰 내용을 모두 읽은 뒤 민혜가 받은 CCTV 화면을 돌려 보던 참이었다. 인기척에 고개를 든 윤과 눈을 마주친 재희가 물었다.

"서 피디 어디 갔어?"

"잠깐 눈 붙이고 온다고 숙직실 내려갔습니다."

"아, 그래? 그럼 김 피디가 이거 먼저 봐."

대답을 들은 재희는 손에 들고 있던 두꺼운 종이 뭉치를 윤에게 획 던졌다. 놀란 윤이 얼른 그것을 받아 안았다.

"이게 뭔데요?"

"허주경 사장이 썼다는 접대 장부야."

윤은 저도 모르게 커진 눈으로 재희를 쳐다보았다.

"변호사한테 장부 주고 못 돌려받았다면서요?"

"응. 그런데 큰딸이 당시 허 사장이 제출했던 증거 전부 복사해서 가지고 있었어. 딸이 법대생이라고 했잖아. 현직 선배들한테 재판 돌아가는 상황에 대해 조언 얻었던 모양이야. 혹시라도 나중에 아버지가 항소 결심하면 쓰려고 했대. 시간, 장소, 금액 전부 다 나와 있어. 분량도 상당하고. 터지면 파장 클 거야."

"이걸 방송에서 전부 다 공개하실 겁니까?"

"이미 볼륨 커서 그렇게는 안 돼. 만약에 검찰 수사 들어가면 그쪽에 제공할 수는 있겠지. 지금 사본 하나 더 만들어서 <뉴스 라이트> 전한동 부장님하고 공유했어. 일단 이거 박규형 씨 장부하고 비교하고 중복되는 명단 집어내자고. 특히 한선당 소속 지자체장, 국토위 의원들 확실하게 확인해. 분명히 겹치는 놈들 나올 거니까. CCTV 영상 명단하고도 다 맞춰 보고. 이거 계좌 추적하면 이 새끼들 확실하게 목 따 버릴 수 있는데."

창틀에 걸터앉은 재희는 짧은 한숨을 뱉었다. 장부를 두어 장 넘겨보던 윤은 재희에게 시선을 주었다.

"공윤승 변호사 만나 보셨어요?"

윤의 물음에 재희가 픽 웃었다.

"만났지. 주차장에서 죽치고 있으니 별수 있어? 차 타려는 거 붙잡고 잠깐 얘기 좀 하자는데 죽어도 할 말 없다고 경호원 불러서 도망치더라고. 하긴 무슨 할 말이 있겠어, 나랑. 몇 시간 대기 타면서 아주 수상해 보이는 그림 하나 땄으니까 된 거지. 조창식 건은 어떻게 된 거야? 용의자 나왔어?"

"아뇨, 이틀 전에 발견했다니까 지금 수사 중인 것 같습니다. 김정환 교수님 말로 부검은 오전이라고 하고요. 현장 사진 보내 달라고 하셔서 전부 보내 드렸어요."

윤의 대답을 들은 재희가 팔짱을 끼며 물었다.

"담당이 노이섭 형사라며? 말 통하는 사람인데, 대쪽 같고. 서 피디는 뭐래?"

"강 피디님하고 팀장님 구면이라고 얘기하니까 믿을 만한 사람이면 우리 쪽 정보 제공하면 어떻겠냐고 하던데요."

"우리 쪽 정보?"

"선배는 손경일 쪽에서 손썼다고 생각하고 있어서요."

재희가 아, 하고 잠시 뭔가를 생각하는 듯한 표정을 하더니 고개를 끄덕였다.

"좋은 생각이네. 경찰 수사 들어가면 우리 쪽에서도 도움 받을 거 많으니까. 위에서 어느 정도로 프레셔 올지 모르겠지만 일단 노 팀장 자체는 괜찮은 사람이야. 서 피디한테 연락처 줬지?"

"네."

"아침에 바로 연락해 보라고 해. 다른 건?"

"최정미 씨라고, 윤대석 씨가 다닌 병원 간호사하고 저녁에 통화했습니다. 간호사가 경찰에도 당시 정황 얘기했다는데, 검찰에 수사 기록 넘어갈 때 전혀 반영이 안 된 것 같아요."

미간을 찌푸린 재희가 몸을 약간 앞으로 내밀었다.

"일부러 삭제한 건가? 중요한 내용이야?"

"그런 것 같은데요. 오래 다녔고 동네 병원이라 최정미 씨도 개인적으로 좀 알았던 모양이에요. 그런데 윤대석 씨가 디펜히드라민 성분에 원래 부작용이 심해서 차트에 항상 따로 주의사항 표시가 돼 있었대요. 그래서 그때 디펜히드라민 제제 처방이 나간 거 보고 자기가 김회영 원장한테 물어봤답니다."

"부작용이 심한 약을 일부러 처방했다?"

"네. 신경이 쓰여서 정말 괜찮냐고 몇 번을 물어봤는데 원장이 굉장히 짜증을 내면서 괜찮다고 말했는데 왜 그러냐, 신약이라 같은 성분이라도 부작용이 덜하다고 했답니다. 그러면서 간호사가 잘 알겠냐, 의사가 잘 알겠냐 하면서 화를 내서 더 물어보질 못했대요. 처음 조사 나왔을 때 경찰한테 이 얘기를 했다는데 진형은 검사님도 들은 바가 없다고 하고, 저희가 받은 기록에도 그런 내용은 전혀 없었습니다."

윤의 말을 주의 깊게 듣고 있던 재희는 고개를 끄덕이며 앉아 있던 창틀에서 내려와 기지개를 켰다.

"서 피디랑 송 작가도 다 알고 있는 내용이지? 검찰에 기록 없으면 경찰에서 안 넘겼다는 건데, 담당 수사관 이름 찾아봐. 일단 커피 한 잔 해야겠다. 김 피디도 마실래?"

윤은 대답 대신 책상 위에 이미 놓인 테이크아웃 컵을 들어 보였다. 씩 웃은 재희가 커피머신 앞에 서서 버튼을 눌렀다. 그 뒷모습을 잠시 보고 있던 윤은 핸드폰 진동 소리에 고개를 돌렸다. 민혜에게 온 메시지였다.

─ 방금 청명토목 퇴사했다는 제보자한테 메일 왔는데 전달했으니 확인해요. 수고

메시지를 읽기 무섭게 윤은 바로 메일함을 확인했다. '제목 없음'으로 포워딩된 메일이 하나 와 있었다. 현재 서온건설이 진행 중인 경기도 임대주택 건축 현장과 관련된 내용이었다.

서온건설이 입찰 시 제출한 설계도서에는 내진 설계와 최근 출시되는 국산 프리미엄 철근을 사용하기로 약속해 공사를 수주했지만, 실제 현장에서는 내진 설계도 빠진 데다 인장 강도와 중량이 부족한 중국산 철근을 사용해 공사를 진행하고 있다는

것이었다.

게다가 현장 내 야적장 출입 관리가 부실해 철근을 빼돌리는 일도 잦고, 안전 수칙을 전혀 지키지 않는다는 이야기도 포함되어 있었다. 첨부된 서류는 청명토목에서 나온 것이 확실했다. 서류에 적힌 철근 발주처는 서온건설이었다.

윤은 즉시 그 메일을 재희에게 포워딩하고는 커피를 마시는 재희를 돌아보았다.

"피디님, 송 작가님이 제보자한테 받은 메일 포워딩했는데 지금 확인해 보셔야 될 것 같은데요."

재희가 눈으로 알겠다는 신호를 하고는 자기 자리로 돌아갔다. 남은 커피를 물처럼 마신 재희는 모니터를 들여다보다 눈을 가늘게 떴다. 컵을 내려놓은 재희가 고개를 들며 윤에게 물었다.

"서 피디 내려간 지 얼마나 됐어?"

"아직 이십 분 좀 안 된 것 같은데요."

"지금 진송신도시 현장 가 봐야 되겠는데."

"지금요? 왜요?"

놀란 윤이 되묻자 재희가 펜 끝으로 자기 모니터를 툭툭 쳤다.

"야적장 관리 부실하다는 내용 있잖아. 야적장이 자재 쌓아 놓는 데인 건 알지?"

"아, 네."

"이거 모든 현장이 다 이럴 확률이 높아, 지금. 출입 관리 제대로 안 된다는 건 아무나 들어갈 수 있다는 소린데, 그러면 밀져야 본전이지. 서 피디한테 전화 좀 해 봐."

"그럼 저하고 가시죠."

재희가 정언을 데리고 가려고 하는 건가 생각한 순간 머리보다 입이 먼저 움직였다. 재희가 멈칫하며 윤을 보았다.

"김 피디하고? 괜찮겠어?"

반신반의하는 듯한 말투였다. 정언을 부사수로 두고 일했다는 재희에게 자신이 영 미덥지 못한 건 당연했다. 윤도 이런 경우는 처음이라 말을 뱉은 즉시 가슴이 철렁했던 건 사실이었다.

하지만 굳이 잠깐 쉬러 간 정언을 다시 깨워 보내고 싶지는 않았다. 더구나 재희와 단둘이라면 더더욱. 물론 그 속을 알 리 없는 재희는 고개를 약간 기울이더니 윤에게 물었다.

"야간 촬영 해 본 적 없지?"

"네."

"저기, 제일 위에 있는 게 적외선 캠이야. 그거 가지고 따라와. 조명 못 쓰니까."

재희가 비품장 가장 위쪽에 놓인 카메라 가방을 가리키고는 차 키를 집어 들며 사무실을 나섰다. 바로 카메라를 챙긴 윤은 재희를 따라 뛰어나갔다. 지하 주차장으로 내려가자마자 재희가 자기 차에 먼저 시동을 걸었다.

"피디님, 제가……."

당황한 윤이 자기 차를 돌아보자 재희가 조수석에 타라는 손 짓을 했다.

"후배한테 기사 시키는 취미 없으니까 빨리 타."

그 말에 퍼뜩 처음 취재를 나갔던 날의 정언이 떠올랐다. 굳이 운전을 자청하는 습관은 재희에게 배운 걸까 하는 생각이 지나 간 탓이었다. 이런 순간에도 정언에게서 재희의 흔적을 발견하는 일은 그다지 유쾌하지 않았다.

하지만 감상에 빠져 있을 시간은 없었다. 윤이 서둘러 조수석에 앉아 문을 닫기 무섭게 재희가 차를 출발시켰다.

하루 종일 밖에서 취재를 했으면서, 돌아오자마자 바로 다시 한밤중 촬영을 나간다는 건 상상조차 한 적이 없는 일이었다. 아무리 체력 좋은 사람이라도 반년이면 나가떨어질 것 같은 스케줄이었다. 속으로 혀를 내두른 윤은 운전을 하는 재희의 옆모습을 흘끔 보았다.

단정한 만큼 빈틈없는 얼굴은 어쩐지 정언과 닮은 데가 있다고 느껴졌다. 함께한 시간이 길었기 때문일까. 자신이 알지 못하는 지나간 시간의 지층을 상상하자 곧 기분이 조금 가라앉았다.

서로가 닮아 갈 정도의 시간을 보냈으면서도, 절대로 그 이상을 바라지 않는 사이는 어떤 것인지 짐작하기 어려웠다. 곧 고속도로로 진입한 재희가 말이 없는 윤 쪽으로 잠시 시선을 주더니 입을 열었다.

"일은 할 만해? 힘들지?"

"이제 어느 정도 적응돼서요. 괜찮습니다."

"서로 한마디도 불평 안 한 거 처음이라 놀랐어."

윤이 의아하다는 표정으로 네? 하고 되묻자 재희가 말을 덧붙였다.

"여태까지는 계속 다른 피디들이 서 피디랑 일 못 하겠다고 나가떨어지든지, 서 피디가 차라리 혼자 하겠다고 화를 내든지 둘 중 하나였어서. 김 피디도 아무 말 없이 잘 하고, 서 피디도 불평 한마디 안 하는 거 처음이라 놀랐다고."

그런 건 몰랐던 사실이었다. 애초에 자신이야 글 하나 잘못 쓴 죄로 얼결에 <비하인드 24>로 오게 된 거였고, 반한 놈이 죄인이라고 정언이 좋으니 일이 힘들고 말고를 따질 것도 없었다.

그러나 처음에 그렇게 불편한 티를 내던 정언이 자신에 대해 불평 한마디 없었다는 건 의외였다. 머뭇거리던 윤은 애써 웃으며 가장 무난한 대답을 골랐다.

"선배가 많이 봐주셔서 그렇지 않을까요?"

"서 피디 그런 스타일 아닌데."

짐짓 툭 뱉은 재희가 바로 다시 치고 들어왔다.

"김 피디는 서 피디 어떻게 생각해?"

재희의 물음에 가슴이 덜컥했다. 그런 의미로 물은 건 아닐 거라고 생각하면서도, 마치 몰래 쓰던 일기장을 들킨 아이처럼 귀 끝이 확 뜨거워졌다. 차 안이 어두워서 보이지 않을 거라는 게 천만다행이었다. 윤의 대답을 기다린 건 아닌 듯, 재희가 앞을 보며 말했다.

"옆에서 봤으니까 알겠지만 표현하는 게 서툴러서 그렇지, 남들 말처럼 피도 눈물도 없고 그런 애는 아닌데. 겉은 차가워도 속은 안 그래서 남들이 모르는 소리 하면 좀 아쉽지. 아, 남들도 걔 진짜 괜찮은 거 좀 알아줬으면 좋겠는데, 그럴 때 있잖아."

재희가 정언에 대해 이야기할 때, 거기에는 일종의 애정이라고 할 만한 것이 분명히 존재했다. 불현듯 회식하던 날 밤이 생각난 건 필연적이었다. 자신이 마치 불청객처럼 느껴졌던 그 순간, 두 사람 사이의 건너갈 수 없는 깊은 균열.

재희와 정언 중 어느 누구도 먼저 그 선을 넘어가려고 시도해 본 적 없었을 거라고 윤은 문득 생각했다.

"네, 좀…… 그렇죠."

어떤, 인간적인, 부분. 정언이 발음하던 그 단어들이 머릿속을 스쳤다. 재희는 어쩌면 정언의 그런 부분을 누구보다 잘 아는 사람일 수 있었다. 그렇게 생각하는 것만으로도 무심결에 종이에 베는 듯 소리 없이 싸한 감각이 심장 위를 긋고 지났다.

아픈 건지, 화가 나는 건지, 혹은 견딜 수 없는 건지 어느 쪽으로도 정의하기 어려운 감정들이 그 상처의 궤적 사이에서 스며 나왔다.

질투.

지금의 이 복잡한 감정을 명료하게 설명하기 위해 필요한 건 고작 그 두 글자였다. 윤은 본래 불가능한 것에 대해서는 포기가 빨랐다. 그러나 정언에게는 달랐다. 시간을 되돌릴 수도 없는데, 재희의 자리에 자신이 대신 존재할 수 있는 것도 아닌데 그 불가항력적인 전제를 생각할 때마다 머릿속이 차가워졌다.

"혹시 포항에서 둘이 무슨 일 있었어?"

잠시 침묵하던 재희가 입을 열었다. 윤은 순간 저도 모르게 재희를 보았다. 읽기 어려운 얼굴이었다. 그 질문이 무슨 의도인지 짐작조차 할 수가 없었다.

정언이 그날의 일을 재희에게 얘기했을 거라는 생각은 전혀 들지 않았지만, 그렇다면 재희가 어떻게 포항에서의 일을 묻는 건지 모를 노릇이었다. 윤이 대답하지 못하자 재희가 다시 한 번 물음을 던졌다.

"대답이 없다는 건 긍정으로 받아들여도 된다는 뜻이야?"

입술이 마르는 듯한 느낌이 들었다. 윤은 잠시 사이를 두었다가 대답했다.

"아뇨, 그냥 조금…… 그건 사적인 부분이라 대답하고 싶지 않습니다."

말을 뱉기 무섭게 강재희 앞에서 이런 식으로 말할 수 있는 사람이 그리 많지는 않을 것 같다는 생각이 들었다. 재희가 재미있다는 투로 짧게 웃었다.

"그게 누구한테 사적인 부분인지 물어봐도 되나?"

"선배한테는 공적이고, 저한테는 사적인 부분입니다."

그 상황을 표현할 다른 말이 없었다. 그때 정언이 선을 넘지 말라고 한 건 분명 정언과 자신의 공적인 관계 때문이었고, 자신이 상처 받은 건 사적인 이유였으므로 그게 거짓말이라는 생각은 들지 않았다.

다소 공격적인 태도라는 건 알고 있었지만 이미 한 말을 주워 담는 건 불가능했다. 그 말에 재희가 윤에게 시선을 주었다. 재희의 그린 듯한 입매가 슬쩍 말려 올라갔다.

"김 피디, 표정 풀어. 내가 지금 굉장히 무례한 사람 된 것 같은데, 맞아?"

"그런 건 아닙니다."

윤은 서둘러 대답했다.

"팩트 체크할 생각 없었고, 그냥 생각나서 물어본 거야. 별일 없었으면 됐어."

웃음기가 약간 섞인 목소리였다. 그 이상의 질문이 돌아올 걸 예비하고 긴장한 속내를 들여다보기라도 한 듯, 재희가 깔끔한 태도로 상황을 정리했다.

윤은 이 끝으로 입술 안쪽을 깨물어 눌렀다. 목덜미가 화끈거렸다. 재희 앞에서 어린애처럼 굴었다는 생각이 뒤늦게 든 탓이었다.

애초에 재희가 왜 그 이야기를 꺼낸 건지, 뭐가 생각나서 물어봤다는 건지, 그 대답만으로 별일이 없었다는 걸 어떻게 짐작했는지 윤으로서는 하나도 넘겨짚을 수 없었다. 이렇게 속을 알기 힘든 것까지도 정언과 닮아 있을 필요가 있을까. 공연히 재희 탓을 한 윤은 입을 다물었다.

재희가 손을 뻗어 카 오디오의 버튼을 눌렀다. 생경한 음악이 흘러나왔다. 윤은 대시보드의 액정에 뜨는 자막을 눈으로 읽었다. Thelonious Monk…… 델로니어스 몽크. 입 안으로 발음해 본 이름 역시 낯설었다.

한산한 고속도로에서 재희가 속도를 더 올렸다. 닫힌 창밖으로 희미하게 지나치는 소음이 경쾌한 피아노 소리와 뒤엉켰다.

이후로 재희는 진송신도시 현장에 도착할 때까지 한마디도 하지 않았다. 윤 역시 마찬가지였다. 재희는 불이 꺼진 현장 게이트 앞을 지나 아직 도로가 정비되지 않은 현장 끝까지 차를 몰았다.

정찰하듯 주변을 서너 바퀴 돌던 재희가 차를 멈춘 곳은 현장에서 채 1킬로미터도 떨어지지 않은 드넓은 공터 인근이었다.

시동을 끈 재희는 창 너머로 주의 깊게 그쪽을 살피더니 먼저 차에서 내렸다. 윤이 황급히 따라 내리자 재희가 가까이 오라는 손짓을 했다.

곁에 선 윤은 공터 안쪽으로 쌓인 각종 자재들이 어둠 속에서 작은 동산처럼 솟은 것을 알아차렸다. 야적장이었다. 공터 앞쪽으로 '서온건설 제1야적장'이라고 쓰인 간이 팻말이 서 있었다. 재희가 야적장 안쪽의 컨테이너 건물을 가리키며 나지막하게 말했다.

"사무실이거나 숙소로 쓰는 건물일 텐데, 불 꺼진 거 보니까 사람 없나 보네. 일단 들어가 볼 건데, 김 피디 100미터 몇 초에 끊지?"

맥락 없는 질문에 잠시 당황한 윤은 순순히 대답했다.

"학교 다닐 때 13초 뛰었는데요."

"그 정도면 됐네. 카메라 들고 따라와."

뭐가 됐다는 건지 알 수 없었으나, 재희는 더 이상의 설명 없이 바로 야적장으로 향했다. 확실히 출입 관리 따위는 일절 없는 느낌이었다. 불이 꺼진 컨테이너 건물 안은 쥐 죽은 듯 고요했다. 안에 사람이 있는 것 같지는 않았다.

윤은 재희를 따라 목재며 강판, 파이프 따위의 자재들이 위에 비닐 천막을 덮은 채 높게 쌓인 사이로 조심스럽게 들어섰다. 어둠 속에서 드리워지는 그 거대한 그림자는 위압적이었다. 눈은 곧 어둠에 익숙해졌으나, 야적장에 따로 조명이 없어 형태가 제대로 보이는 건 아니었다.

자재들의 산을 몇 개쯤 지나던 재희가 걸음을 멈추더니 윤을 돌아보고는 카메라를 가리켰다. 윤은 서둘러 카메라를 켜고 야간 촬영 모드를 맞췄다. 적외선 라이트 기능이 있는 카메라를 실제로 써 본 건 처음이었다.

광원이 거의 없는 상황이었지만 액정 안으로 사물의 윤곽이 또렷하게 나타났다. 초점을 조절한 윤이 오케이 사인을 보내자 재희가 안쪽으로 더 들어갔다. 검은 천막으로 아래까지 완전히 덮어 놓은 자재의 산이 눈에 들어왔다.

재희는 전혀 망설이는 기색 없이 아래서부터 그 천막을 걷어 올렸다. 제대로 적재되지도 않은 채 그냥 쌓아 올려놓은 철근들이 드러났다. 몸을 숙이며 핸드폰을 꺼내 액정 불빛으로 긴 철근을 따라가며 비춰 본 재희가 윤에게 나직하게 말했다.

"중국산이네. KS 마크도 없고 제강사 고유 넘버도 없는데."

윤은 서둘러 재희가 가리키는 대로 가까이서 철근을 찍었다. 재희는 윤이 촬영을 하는 사이 바닥을 살펴보았다.

핸드폰 불빛에 의지해 어두운 바닥 위를 한참이나 더듬던 재희가 무언가를 집어 들었다. 흰 종이 쪼가리 같은 것이었다. 종이를 비추며 그 위를 살핀 재희가 윤에게 손짓을 했다.

"철근 원산지 표시된 태그야. 아래 메이드 인 차이나라고 돼 있는 거 보이지?"

"아, 네."

대답한 윤은 재희의 손에 들린 태그를 촬영했다. 재희가 그 태그를 주머니 안에 쑤셔 넣고는 몸을 숙여 철근 위를 만져 보더니 곧 냄새를 맡았다. 눈썹을 약간 좁힌 재희는 바로 핸드폰 라이트를 켜 철근 아래쪽을 살폈다. 생각보다 지나치게 밝은 빛이라 윤은 저도 모르게 주위를 한 번 둘러보았다. 재희가 손가락으로 자기가 비추고 있는 쪽을 가리켰다.

"여기도 찍어 줘. 밑에 다 녹슨 거 봐라, 이 새끼들."

내뱉은 재희의 말대로 아래쪽의 철근에는 녹이 빨갛게 올라와 있었다. 윤이 촬영하며 얼굴을 찌푸리자 재희가 혀를 찼다.

"자재 관리부터 이렇게 개판인데, 여태 어디 하나 안 무너진 게 신기하네."

두 사람은 야적장 안을 샅샅이 뒤졌다. 철재 관리가 엉망이니 다른 자재라고 사정이 다를 리는 없었다. 문서에 기록된 것은 대부분 국산 자재였으나, 야적장 안에서 원산지를 확인할 수 있는 자재들은 거의 중국산이었다.

드넓은 야적장 안을 한참이나 헤집고 다니던 윤은 한쪽에서 폐자재를 쌓아 둔 더미를 발견했다. 녹이 슨 철근 조각이나 빈 시멘트 포대, 부서진 목재 따위가 대충 덮어 둔 천막 아래로 드러났다.

그 사이로 한쪽 무릎을 꿇고 앉은 윤은 제품명을 확인할 수 있는 태그며 포대 같은 것을 무조건 찍었다. 어차피 지금 자세히 본다고 해야 어디에 쓰는 것인지, 제대로 된 것인지 알 수 있을 리 만무했다.

근처에서 주변을 살피며 핸드폰에 연신 무언가를 메모하던 재희가 문득 움직임을 멈췄다. 재희는 숨소리에 가까울 정도로 작게 김 피디, 하고 윤을 불렀다. 윤이 고개를 들자 재희는 서둘러 카메라를 끄라는 손짓을 했다.

영문을 모른 채 윤이 우선 카메라를 끄자, 재희가 먼발치에서 보이는 자재 더미 쪽을 가리켰다. 무언가 밝은 불빛이 크게 번졌다가 점점 가까워지고 있었다. 누가 순찰을 도는 모양이었다.

"나 따라서 돌아보지 말고 무조건 뛰어."

재희가 속삭이는 목소리에 윤은 즉시 카메라를 움켜쥐었다. 손짓으로 신호를 한 재희가 전력으로 달리기 시작했다. 재희가 깜짝 놀랄 정도로 빠른 통에 기겁을 한 윤은 서둘러 그 뒤를 쫓아갔다.

날카로운 호각 소리와 함께 뭐라고 고함을 치는 목소리가 들렸다. 야적장을 가로질러 입구로 빠져나간 재희가 멀리서 차가 보이기 무섭게 시동을 걸었다.

차에 도착하자마자 뒷좌석 문을 연 재희는 달려오는 윤의 팔을 낚아채 안으로 밀어 넣고는 바로 운전석에 올라탔다. 윤이 거의 구르다시피 뒷좌석에 처박히면서도 문을 잡아당겨 닫자 재희가 엄청난 속도로 액셀을 밟았다.

사이드미러로 호각을 불며 쫓아오는 두 남자의 실루엣이 비치다 순식간에 멀어졌다. 윤이 숨을 몰아쉬며 간신히 몸을 일으키자 재희가 백미러로 윤을 보았다.

"이거 간만인데 스릴 있네. 어디 안 다쳤어?"

"엄청 빠르시네요."

대답 대신 저도 모르게 속에 있던 말이 튀어나왔다. 재희가 그 말에 소리를 내어 웃었다.

"중학교 졸업할 때까지 육상부였어. 공부하려고 관뒀는데 하던 짬은 있으니까."

스마트라는 단어를 사람으로 만든 것 같은 재희가 육상부 출신이라는 건 상상이 가지 않았다. 문득 정언이 거의 매일같이 새벽 조깅을 한다고 혀를 내두르던 지혁의 말이 떠올랐다.

달리기 잘하는 게 언제부터 피디의 덕목이었더라, 하고 속으로 생각한 윤은 아직도 쿵쿵거리는 심장 위를 누르며 숨을 골랐다. 뒤에서 쫓아오던 남자들을 생각하자 뒷머리가 쭈뼛 서는 느낌이었다.

정언이 성모 사원 촬영을 하다 한밤중에 산길에서 추격당하며 도망쳤다는 게 얼마나 대단한 일인지 온몸으로 체감될 지경이었다. 자신이 대체 어떤 사람을 좋아하고 있는 걸까 새삼 궁금해진 윤은 품에 안은 카메라를 내려다보았다.

재희가 운전을 하며 말했다.

"도착하면 영상 바로 인코딩 걸어 놓고, 전문가 섭외했다며? 날 밝는 대로 송 작가한테 그쪽에 자문 부탁하라고 얘기해."

"아, 네."

"자재 쪽에서 확실하게 걸리면 방송은 문제가 아닌데, 소스가 넘쳐서 문제네. 지금 위에서 프레서만 없으면 3주 분량도 나올 것 같은데."

아쉽다는 투가 역력한 목소리에 윤이 조심스럽게 물었다.

"나눠서 방송할 수는 없나요?"

재희는 그 말에 고개를 가로저었다.

"지금 상황이면 첫 주 방송 나가자마자 위에서 당장 그다음 방송 막을 거야. 3주분 준비했다가 다음 내용 다 날리면 아깝잖아. 최대한 다이제스트 깔끔하게 해서 한 회에 해결해야지. 서피디랑 송 작가 그거 기가 막히게 잘하니까 걱정하지 마."

네, 하고 대답했지만 정작 자신이 걱정하는 건 방송이 아니라 정언이었다. 정언의 집을 일부러 보란 듯이 건드린 거라면 앞으로도 같은 일이 안 일어난다는 보장이 없었다. 당장 이사부터 하든지, 그럴 시간이 없다면 당분간 회사 숙직실이든 어디서든 지내는 편이 나을 텐데 정작 당사자인 정언은 전혀 걱정하지 않는 것 같아 속이 탔다.

"김 피디, 무슨 생각을 그렇게 해?"

얼마나 멍하니 있었던 건지, 재희가 묻는 말에 윤은 퍼뜩 제정신으로 돌아왔다.

"아, 아닙니다."

더듬거리며 애써 아무렇지도 않은 척을 하자 재희가 백미러에 비친 윤을 흘끔 보았다.

"여자 친구 있다고 했나?"

"아뇨, 없습니다."

윤의 대답에 재희가 눈을 동그랗게 떴다.

"어, 그래? 김 피디 눈독 들이는 사람 엄청 많던데. 당연히 있을 줄 알았지."

"저한테 얘기하는 사람은 없던데요."

"다들 벌써 애인 있을 거라고 생각해서 그런가 보네. 어떤 스타일 좋아하는데?"

어떤 스타일을 좋아하냐고 물어봐야 지금 머릿속에 떠오르는 건 한 사람밖에 없었다. 무난한 대답을 생각해 보려 했으나 뭐가 무난할지 감조차 오지 않았다.

"그냥 뭐……."

"서 피디 같은 스타일은 어때?"

적당히 얼버무리기 무섭게 돌아온 질문에 마시지도 않은 물이 목에 걸리는 기분이었다. 머릿속이 하얘졌다. 거짓말에는 전혀 소질이 없었기에 재희를 속일 자신이 있을 리도 만무했다. 머뭇거리던 윤은 애써 웃는 얼굴을 했다.

"선배가 저 같은 타입 안 좋아하실 것 같은데요."

"김 피디는 그런 타입 좋아하고?"

놀리는 건지, 진심인 건지 분간이 가지 않았다. 뭐라고 말해도 이미 재희의 손바닥 위인 것 같았다. 잠시 주저하던 윤은 대답했다.

"네."

그 말에 재희가 다시 한 번 백미러로 윤을 보더니 씩 웃었다.

"그 매력 아는 거 나밖에 없는 줄 알았는데, 김 피디 눈 높네."

순간 가슴이 덜컥했다. 어쩐지 그건 재희가 정언을 이성으로 느낀 적이 있다는 말처럼 들렸다. 절대 그럴 리 없다고 정언은 단언했지만, 사람의 마음이 언제나 그렇게 칼로 자르듯 분명한 건 아니었다.

　침묵하던 윤은 사이를 두고 물었다.

　"피디님은 선배, 여자로 생각하신 적 없습니까?"

　뜻밖의 질문이었는지 재희가 멈칫했다. 여전히 웃는 얼굴이기는 했으나, 사이를 둔 재희는 미묘하게 달라진 말투로 되물었다.

　"아까 내가 무례하게 굴었다고 이런 식으로 갚는 건가?"

　"그런 건 아닙니다."

　"서 피디 나한테는 좋은 후배고 동료야. 이런 대답 원하는 건 아니겠지만."

　윤은 그 말에 재희가 자신의 속을 들여다보고 있다는 걸 확신했다. 포항에서의 일을 물었다는 건, 자신과 정언 사이에 뭔가 있다는 걸 알아차렸기 때문이 분명했다.

　재희의 의도가 뭔지는 확실히 파악할 수 없었으나, 그렇다고 자신의 의도를 숨기고 싶지는 않았다. 윤은 재희를 응시했다. 재희가 나지막하게 말을 이었다.

　"인간적으로 난 서 피디 굉장히 좋아해. 내 옆에 둬서 망가뜨리고 싶지 않을 정도로."

　그건 자기 곁에 있다면 정언이 망가질 거라는 뜻일까, 하고 윤은 생각했다. 그 생각이 계속 이어지기도 전, 재희의 목소리가 선을 그었다.

　"다른 사람하고 삶을 공유한다는 거 생각 안 한 지 오래됐어. 예외는 없어."

　단호하기 그지없는 단어들이었다. 윤은 문득 죽고 싶다고 중얼거리던 재희를 떠올렸다. 앞으로 얼마가 될지 모르는 인생을 그렇게 단정할 수 있을 정도의 고통이 뭔지 가늠할 수 없었다.

어떤 예외도 허용하지 않는 고독을 기꺼이 받아들이는 삶이란 무엇일까.

재희의 얼굴에 잠시 가시는 것 같았던 웃음기가 돌아왔다.

"아, 이걸로 아까 내가 무례하게 굴었던 거 주고받은 셈 치자고. 김 피디 진짜 만만한 사람 아니네. 애초에 우리 팀에 굴러들어왔을 때부터 알았어야 되는데."

"죄송합니다."

"내가 지나치게 사적인 질문을 한 건 인정하는데, 그렇다고 이렇게 되로 주고 말로 받을 건 예상 못 했네. 앞으로 김 피디한테 절대 사적인 질문 안 할게."

장난스럽게 말한 재희가 앞을 보았다. 두 사람의 절대 넘어갈 수 없는 경계, 그토록 가까이 있으면서도…… 더 이상 지킬 것도 없이 쌓아 올린 입구 없는 재희의 벽과, 그 공허함을 알기에 스스로 그어 버린 정언의 선 사이는 까마득했다. 재희가 자신의 곁에 있으면 정언이 망가질 거라고 말한 건 그 때문일 터였다.

윤은 그 막막함에 안도하는 자신을 깨달았다. 이기적이라고 생각하면서도 어쩔 수 없었다. 누군가를 좋아하는 마음이 언제나 올곧은 건 아니었다. 그것을 잘 알지만 약간의 자괴감 같은 감정이 밀려드는 건 어쩔 수 없었다.

조금 가라앉은 윤은 아무 말도 없이 창밖의 풍경을 보았다. 빠르게 흘러가는 어둠 사이로 풍경의 윤곽은 채 초점이 맺히기도 전 뒤로 흩어졌다.

방송국 주차장으로 다시 돌아왔을 때는 이미 새벽 세 시가 넘어 있었다. 재희가 차에서 내리며 윤에게 말했다.

"먼저 사무실 올라가. 난 편집실 들렀다 갈 테니까. 혹시 서 피디 와 있으면 내용 설명해 주고."

"네, 알겠습니다."

재희는 엘리베이터를 기다리는 시간도 아깝다는 듯 비상구 계단으로 뛰어 올라갔다. 윤이 사무실로 돌아오자, 그새 자리에 앉아 있던 정언이 인기척에 고개를 돌렸다. 윤을 본 정언이 의아한 표정으로 물었다.

"어디 갔다 온 거야?"

"강 피디님하고 진송신도시 현장 야적장에요. 제보 메일 온 거 보고 피디님이 야적장에 한 번 가 보자고 하셔서……."

"선배 미친 거 아냐? 거기 왜 김 피디 데려갔어? 나한테 연락 안 하고."

윤의 말이 채 끝나기도 전에 정언이 얼굴을 구겼다. 윤은 황급히 손을 저었다.

"제가 가겠다고 했어요."

"야간 촬영 해 본 적 있어? 없잖아. 위험한데 거기가 어딘 줄 알고 가?"

"선배 깨우기 싫어서 그랬어요."

그 말을 들은 정언이 순간 말문이 막힌 표정으로 윤을 마주 보다 되물었다.

"주차장 앉아서 밤샌 사람은 안 피곤하고?"

"저기, 야적장 갔었는데 자재가 중국산이더라고요. 자재 관리도 엉망이고. 일단 찍을 수 있는 건 다 찍어 왔는데, 막판에 순찰 도는 사람들한테 걸려서 좀 불안하네요."

윤은 대답 대신 말을 돌렸다. 얄팍하기 그지없는 수작이었으나, 정언도 더 입씨름을 하기 피곤한지 윤의 말을 받았다.

"촬영하다 걸렸다고?"

"모르겠어요. 피디님이 먼저 보고 일단 도망치자고 하셔서…… 뒤에서 쫓아오긴 하더라고요."

정언이 팔짱을 끼며 혀를 찼다.

"주변에 CCTV 있을 텐데, 경찰에서 또 연락 오게 생겼네. 뭐 선배가 알아서 할 거니까 그건 걱정하지 마. 일단 영상 있다니까 자재 상표나 그런 거 나온 부분 가지고 전문가 자문 받으면 되겠네. 그리고 이건 뭐야?"

정언이 자기 책상 위에 놓여 있던 문서 더미를 가리켰다. 아까 재희가 가져온 허주경 사장의 장부 복사본이었다.

"아, 피디님이 가져오신 거예요. 허주경 사장이 기록했다는 장부인데, 큰딸이 항소 대비해서 사본 만들어서 가지고 있었다고 하더라고요. 이거 우리가 가진 명단하고 한 번 맞춰 보라고 하셨어요."

사정을 들은 정언이 아아, 하고는 고개를 끄덕였다.

"이런 게 어디서 났나 했지. 알았어, 잘 됐네."

"조창식 문제는 어떻게 하실 거예요?"

"일단 날 밝는 대로 노이섭 팀장님 쪽에 연락해서 얘기하고 도움 요청할 거야. 오전에 부검 결과 나오면 더 확실하겠지. 주변 CCTV나 블랙박스 영상도 다 확보했을 테니까 진짜 손경일 쪽이면 추적하는 건 어렵지 않을걸. 잡아서 처넣는 게 문제라서 그렇지."

"선배 집은요?"

윤의 물음에 정언이 무슨 소리를 하냐는 표정으로 윤을 마주 보았다.

"우리 집이 왜."

"거기서 계속 계실 수 없잖아요. 이사할 집 알아보든지, 아니면 잠깐 다른 데 계시면……."

"확실해지면 그때 생각하면 돼. 김 피디가 신경 쓸 일 아냐."

정언이 말을 잘랐다. 이미 정언이 그 상황에서 잠시나마 평정을 잃는 걸 본 이상 그건 윤에게 불가능한 일이었다. 정언 역시 그걸 뻔히 알 텐데도 그런 식으로 말하는 건 화가 났다.

"선배가 신경 쓰지 말라고 하셔서 그렇게 할 거면 처음부터 말도 안 해요."

"김 피디, 퇴근하든지 숙직실 가서 한숨 자고 오든지 해. 그 얘기 그만하고."

이 문제에 대해 더 말하고 싶지 않다는 투였다. 윤은 정언을 물끄러미 바라보았다. 그 시선을 맞받던 정언은 곧 어깨를 으쓱해 보였다.

"그럼 뭐 어떻게 할까? 내가 지금 한가하게 집 구하러 다닐 시간 있는 것도 아니고, 신세 질 데가 있는 것도 아니고. 김 피디가 매일 나 퇴근할 때마다 밤새 그러고 있을 거야? 지금 할 수 있는 게 없는데 신경 쓰인다고 얘기하면 내가 김 피디 위해서 뭘 어떻게 해 줘야 돼?"

"제가 매일 그러고 있겠다고 하면 그러라고 하실 거예요?"

윤이 정색을 하며 되묻자 정언이 얼굴을 찌푸렸다.

"말이 되는 소리를 해, 좀."

"그게 왜 말이 안 되는데요. 상황이 이런데 그냥 보고만 있어요? 제가 뭐라도 해야겠으니까, 선배 걱정되니까 얘기하는 거지 절 위해서 뭐 어떻게 해 달라는 소리 아닌 거 아시잖아요."

애써 차분하게 말하려 했으나 속에서는 불이 붙는 것 같았다. 감정의 발화점이 낮아진 건 피곤한 탓일 수도 있었지만, 이 일에는 머리가 제대로 돌아가지 않았다.

만약 그게 정말 누군가가 정언의 입을 막기 위해 벌인 일이라면 윤으로서는 무슨 일이든 하고 싶은 게 솔직한 심정이었다. 정언이 문 앞에 밤새 앉아 있으라고 한다면 그렇게 할 수도 있을 것 같았다.

잠시 침묵하던 정언이 가라앉은 목소리를 뱉었다.

"무슨 말인지 알겠어. 경찰에서 연락 오는 대로 무슨 방법이든 생각해 볼게. 됐어? 나 김 피디한테 더 폐 끼칠 마음 없어. 이거 내 일이니까 너무 신경 쓰지 않았으면 좋겠고."

"꼭 그런 식으로 말씀하셔야 돼요?"

"본인만 나 걱정한다고 생각하지 마. 나도 마찬가지야."

정언이 윤을 똑바로 응시했다. 다칠까 봐 걱정됐다고 말하던 정언의 그 나지막한 목소리와 표정이 순간 머릿속에서 되살아났다. 다음 단어를 잠시 잊어버린 윤은 정언을 뚫어지게 마주 보았다.

자리에서 일어난 정언이 윤의 어깨를 툭 치고는 커피머신 앞에 서서 버튼을 눌렀다. 짙은 커피향이 순식간에 고요한 사무실 안을 가득 채웠다. 정언이 등을 돌린 채 말했다.

"내려가서 쉬고 와. 엄청 피곤해 보여. 내 앞에서 이러는 거 보면 김 피디 안 멀쩡한 거 알겠으니까, 한숨 자고 아침에 제정신일 때 다시 얼굴 보고 얘기해."

"선배."

"김 피디, 말만 선배 선배 하지 말고 말 좀 듣자. 선배가 맨날

나보고 말만 선배라고 하지 저 하고 싶은 거 다 한다고 잔소리
하던 기분 이제 내가 알겠어. 말 더 보태지 말고 빨리 내려가."

정언이 그렇게까지 말하는 데야 도리가 없었다. 머뭇거리던
윤은 결국 몸을 일으켰다. 커피머신 앞을 지나치며 정언을 돌아
보자, 정언이 커피를 마시며 잠깐 눈으로 피식 웃었다.

그 표정에 잠깐 시선을 두었다가 말없이 사무실을 나선 윤은
문 옆의 벽에 기대서서 잠시 눈을 감았다.

정언이 강한 사람이라는 건 알고 있었다. 하지만 아무리 강하
다고 해도, 한계보다 더 강한 척을 하는 건 쉽지 않은 일이었다.
정언에게 자꾸만 온 신경이 기울어지는 건 그 때문이었다.

어쩌면 이미 그 한계를 넘어 버린 게 아닐까 두려워서. 정언이
아무도 모르는 사이에 소리 없이 무너져 버릴지도 모른다는 불
안한 예감 때문에.

그래서 절대로 눈을 떼고 싶지 않았다.

단 한순간도.

"딸이 그래도 정신 바짝 차리고 있었나 보네. 이런 거 미리 다
복사해 놓을 생각도 하고. 어휴, 우리 아빠 그렇게 잡혀갔으면
난 아무 생각도 못 해."

장부를 넘겨보던 민혜가 혀를 내둘렀다. 민혜의 책상 끝에 걸
터앉은 정언이 고개를 끄덕였다.

"그죠. 우리한테는 엄청 다행이지. 수도권 엄대진계 애들 다
걸려요. 전직 국토부 애들 몇 명하고 한교, 을정, 애포, 여기 시

장 부시장 다 걸리고. 이 장부에만 있는 이름들 몇 개 검색해 봤는데 시청 경리계장 이런 애들이에요. 하급 공무원 접대부터 하다가 올라간 거지."

"전현직 판검사도 꽤 되더라. 이건 박규형 씨 명단에는 없는데, 그러면 이런 애들은 하청에서 직접 받은 건가?"

"허주경 씨 얘기 들어 보면 서온하고 커넥션 있는 판검사들 끼고 접대 받은 것 같아요."

민혜가 심각한 표정으로 턱을 괴고 정언의 말을 듣다가 짝 소리가 나게 손바닥을 마주쳤다.

"오케이. 줬다는 증거는 확실하고, 그럼 이제 받았다는 증거를 어디서 찾을까? CCTV 있어도 현금이 밖으로 오가는 게 보이진 않잖아. 계좌 추적 내역이나 녹취나 아무튼 뭐가 딱 있어야 애들이 발뺌을 못 할 텐데."

"검찰에서 차명계좌 알아낸 게 백여 개라는데 그 중에 몇 개는 무조건 걸리죠. 어제 청명토목 퇴사자 제보 보면 하청에서도 이거 벼르는 사람들 엄청 많을 거 같은데. 아, 그러고 보니까 하청업체 리스트하고 서온 게이트 때 증인 리스트 맞춰 봤어요? 내가 본다는 걸 깜빡했네."

정언이 얼굴을 찌푸리자 민혜가 어깨를 으쓱했다.

"그럼, 내가 누군데. 증인 리스트에 이름 중간 글자를 다 빼서 익명 처리했더라고. 근데 딱 한 사람이 감이 와. 찾아보니까 신○민이라는 사람 있는 거야. 하청업체 직원이라고 돼 있고."

"혹시 그 제보자인가? 청명토목 신병민?"

정언이 되묻는 말에 민혜가 손가락을 딱 소리 나게 튕기며 정언에게 그거야, 하는 제스처를 취해 보였다.

"그렇지, 그렇지. 맞는 것 같아. 그때 윤대석 씨랑 같이 증언하려다 윤대석 씨 사고로 죽고 출석 안 했대. 그러고 나서 계속 입 다물고 살다가 퇴사한 뒤에 내부자들한테 우리가 연락했다는 얘기 듣고 제보한 거 같아. 이따 신병민 씨하고 연락하면서 확인해 보려고."

소곤거린 민혜는 으으, 하고 목을 뒤로 젖혔다. 신음 소리를 내며 뒷목을 몇 번 주무르던 민혜가 머리를 다시 제자리로 되돌려 놓고는 정언을 쳐다보았다.

"아니, 그나저나 강 피디랑 김 피디 둘이서 그 새벽에 그래서 기어이 거길 간 거야? 강 피디야 원래 그런 사람이니 그렇다 치고, 김 피디는 거길 왜 따라갔대, 겁도 없이. 몇 달 있더니 아주 <비하인드 24> 피디 다 됐어. 엑스레이 한 번 찍어 보라고 해, 간덩이 잘 있나."

"애초에 간이 부었으니까 여기 왔죠. 커피 드세요."

양반 못 되는 윤이 언제 온 건지 민혜의 등 뒤에서 대답하고는 책상 위에 커피를 올려놓았다. 기겁을 한 민혜가 앉은 채로 팔짝 뛰었다가 윤을 돌아보고는 가슴을 쓸어내렸다.

"아우, 진짜! 사람 간 떨어뜨리는 것까지 강재희 닮으려고 그래요? 그런 거 닮지 마. 강재희 같은 인간은 방송국에 딱 하나만 있으면 되니까. 커피 잘 마실게요."

"그렇게 되고 싶어도 못 될 거 같은데요. 선배도 커피 드세요."

윤이 들고 있던 캐리어에서 벤티 사이즈의 아메리카노 컵을 꺼내 정언에게 건넸다. 커피를 한 모금 마시던 민혜가 빨대를 문 채 부정확해진 발음으로 물었다.

"새벽에 거기 갔다 오고 집에 들렀다가 지금 오는 거예요?"

"아뇨, 숙직실에서 좀 자고 올라왔어요."

윤의 대답을 듣기 무섭게 민혜가 슬픈 표정으로 두 손을 맞잡았다.

"아, 진짜 이러지 말자, 우리. 자꾸 밤새고 집에 못 들어가고 그러면 사람이 급격하게 상해요. 정언, 김 피디 얼굴 보는 게 나의 몇 안 되는 낙인데 제발 그것까지 빼앗지 말아 주겠어?"

"내가 뺏은 거 아니거든요?"

정언이 어이없다는 얼굴로 항변하자 민혜가 콧방귀를 뀌었다.

"간접적인 책임은 있다고 본다, 솔직히."

말문이 막혔다. 어차피 재희를 제외한 여섯 명 중 누구의 부사수로 들어갔더라도 괴로운 건 마찬가지였겠지만, 자신이 나머지 다섯 명에 비해 나을 건 정말 하나도 없다는 사실을 정언 스스로가 가장 잘 아는 탓이었다.

윤이 웃으며 말했다.

"제가 좋아서 하는 건데요, 뭐. 관리 잘 할 테니까 너무 걱정하지 마세요."

"그게 또 내 맘대로 되는 게 아닌데, 하긴 원판 불변의 법칙이 있긴 하지. 망가질 원판이라도 있으면 얼마나 다행이야."

민혜가 즉시 태세를 전환했다. 고개를 절레절레 저은 정언은 자리로 돌아가 앉았다. 막 메일함을 확인하려는데, 갑자기 엄청난 기세로 사무실 문을 열어젖히며 뛰어 들어온 호형이 숨을 몰아쉬었다. 두 번째로 화들짝 놀란 민혜가 깜짝이야, 하고 소리를 지르자 호형이 손을 내저으며 벽을 짚었다.

"깜짝이고 뭐고, 지금 난리가 났다고!"

"뭔 난리?"

민혜가 커피를 마시다 말고 묻자 호형이 숨소리를 씩씩대며 대답했다.

"지금 밑에서 인사위 공지 떠서 난리 났어요. 재희 선배랑 이충민 선배랑 노조에서 아주 한판 뜰 기세인데, 경찰 올 거 같아."

"뭐가 떴다고?"

정언은 들고 있던 컵을 내려놓으며 되물었다. 호형이 상기된 얼굴로 목소리를 높였다.

"<뉴스라이트> 인사위! 정치부 전원 3개월 감봉에 녹취록 보도한 1팀은 전원 해직, 최병주 선배하고 나명욱 부장님은 미디어사업본부 광고영업부로 전보, 정수창 선배 무기한 감봉에 심야 뉴스로 자리 옮기라고 그랬다고, 지금!"

그 말에 정언은 저도 모르게 자리에서 벌떡 일어났다.

"미친 새끼들, 인사위 언제 열었는데? 언제 인사위 열린다고 공지 있었어? 사람들이 알지도 못하는데 그걸 어떻게 열어?"

"조금 전에 인사위 연다고 통보 문자 보내더니 30분 있다가 처리 상황 공지했대! 이 새끼들이 궐석으로 날치기한 거야, 씨발 진짜! 이 개 같은 놈들, 통보만 하면 궐석 진행하는 것 자체는 규정 위반 아니라고 그랬다잖아!"

숨이 턱까지 차 악을 쓴 호형이 곁에 놓인 정수기에서 찬물을 받아 두 컵을 연속으로 벌컥벌컥 마셨다. 숨도 쉬지 않고 물을 마신 뒤에야 조금 진정이 됐는지, 손등으로 입가를 닦은 호형이 어후, 하며 가슴을 치더니 정언에게 모니터 쪽을 손가락질했다.

"더 황당한 게 뭔지 알아? 지금 방송국 홈페이지 좀 들어가 봐. 이 새끼들 메인에 지금 계약직 전문기자 뽑겠다고 공고 올렸어. 내가 진짜 살다 살다 뉴스 기자를 계약직으로 뽑는다는 소리는 처음 듣는다. 이 미친놈들 뭐 어디까지 가려고 그러는 거야?"

"계약직 기자는 또 뭐야? <뉴스라이트> 해직시킨 기자들 자리 계약직으로 쓴다고?"

"그러시겠대."

케이블도 아니고 공중파 방송국에서 계약직 기자라니, 들어본 적도 없는 초유의 사태였다. 정언은 어이없다는 표정을 하며 호형에게 물었다.

"아니, 최 선배랑 나명욱 부장님 광고영업부로 보내는 건 또 뭐야? 보도국 사람들 거기 보내서 뭐 어떻게 하라고?"

"엿 먹어 보라는 거지. 김 피디는 진짜 운 좋은 줄 알아. 몇 달만 있다가 간 배 밖에 내놨으면 진짜 듣도 보도 못한 데 갖다 처박았을 거라고, 이 새끼들이."

호형이 윤을 향해 고개를 휘적이더니 에이 씨발, 하고 욕지거리를 뱉었다. 정언은 서둘러 방송국 홈페이지에 접속했다. 호형의 말대로 첫 페이지의 공지사항에 'YBS 계약직 전문기자 채용 공고'라는 제목이 선명했다.

옆에서 목을 빼고 정언의 모니터를 보던 민혜가 핸드폰을 만지작거리더니 어머, 하며 입을 막았다.

"포털 사이트 실시간 검색어에도 올라온다. 어떡하니, 진짜. 이거 어떡하면 좋아?"

"아니, 돌지 않고서 이럴 수가 있어요? 한 팀 인력 죄다 날리고, 앵커 없고, 메인 피디도 없고, 그런데 누가 뉴스 만들고 진행하라고? 나 진짜 이해가 안 되네. 이럴 거면 지금 당장 시보국 문 닫으라고 하지, 왜?"

"자기들도 지금 셔터 내리면 일 커진다는 거 아니까 이렇게 하겠지. 세상에, 정말 이게 웬일이야. 오래 살다가 별꼴을 다 본다, 내가."

민혜가 기가 차 죽겠다는 표정으로 내뱉으며 연신 한숨을 쉬었다. 사무실 안에 침묵이 내려앉았다.

곧 출근한 다른 사람들의 반응도 다르지 않았다. 현진은 사무실에 들어서자마자 한국어로 된 욕이란 욕은 전부 쏟아 내며 씩씩거렸다. 앞으로 어떻게 해야 할지 머리를 맞대도 딱히 뾰족한 수가 있는 게 아니었다.

무거운 분위기 속에서 오전 열 시를 막 넘길 즈음, 정언의 핸드폰이 울렸다. 누군가 싶어 핸드폰을 집어 든 정언은 눈썹을 좁혔다. 희경이었다. 정언은 즉시 그 전화를 받았다.

"<비하인드 24> 서정언입니다."

『피디님, 저예요. 이희경이요.』

넘어온 희경의 목소리는 가라앉아 있었다. 뭔가 불길한 예감을 느낀 정언은 핸드폰을 고쳐 쥐었다.

"네, 무슨 일 있으세요?"

『저기, 사실은 어제 회사에서 전화가 왔어요. 보상금을 2억 5천까지 올려 주겠다고, 혹시 언론 제보 같은 거 했다면 취소해 달라고요.』

"네?"

정언이 저도 모르게 되묻자, 희경이 핸드폰 너머에서 떨리는 목소리로 말했다.

『그쪽에서 그러더라고요. 그게 자기들이 제시하는 최고 조건이고 이거 안 받아들이면 자기들도 장담 못 한다고, 후회하지 말라고…… 제가 어떻게 해야 할지 모르겠어서 일단 생각할 시간을 달라고 했는데 혼자 아무리 생각해도 답이 없어서 피디님한테 전화를 드렸어요.』

"통화 녹취하셨습니까?"

『네.』

"그거 지금 저한테 보내 주시겠어요?"

『네, 바로 보내 드릴게요.』

정언은 눈썹 위를 문지르며 그 말을 곱씹었다. 장담 못 한다, 후회하지 말라…… 어떻게 들어도 협박으로밖에 생각되지 않는 말이었다. 정언은 다급히 물었다.

"애들하고 같이 당분간 다른 곳에 계실 수 있습니까? 친정이든, 친척 집이든, 친구 집이든, 아무튼 사측에서 모를 만한 곳이면 어디든 상관없어요."

『왜요?』

희경이 불안한 기색이 역력한 투로 묻더니 대답을 기다리지도 않고 말을 이었다.

『저, 안 그래도 요새 좀 불안해서 친정 언니 집에 잠깐 있으려고 했거든요. 뭐 아시는 거 있으세요?』

불길한 예감이 스쳤다. 정언은 핸드폰을 고쳐 쥐었다.

"혹시 몰라서요. 요즘 무슨 일 있으셨어요?"

『며칠 전에 어린이집에 애들 데리러 갔는데 선생님이 그러시더라고요. 어떤 남자가 어린이집으로 전화를 해서, 자기가 수아하고 리아 삼촌이라고 그랬대요. 애들 엄마랑 사이가 안 좋아서 조카들을 너무 보고 싶은데 못 본다고 그러면서, 혹시 자기가 찾아가면 몰래 5분만이라도 만나게 해 줄 수 있냐고…… 선생님이 원칙상 그건 안 된다고 얘기하니까 알겠다고 했다는데, 제가 그 말 듣고 애들 삼촌한테 바로 전화해서 물어봤더니 그런 적이 없대요.』

순간 등줄기로 싸늘한 감각이 미끄러져 내려갔다. 상대방이 자신들이 이 일을 취재하고 있다는 사실을 모를 리 없었다. 그런데도 희경에게 전화를 해 보상금을 올려 줄 테니 만약 언론 제보를 '했다면' 취소해 달라고 말한 건 희경을 흔들기 위해서가 분명했다.

일부러 어린이집에 전화를 한 건 아이들에게 언제든 위해를 가할 수 있다는 위협이거나, 그걸 실행에 옮기기 전의 사전 작업일 수도 있었다. 이가 갈릴 정도로 화가 치밀었다. 정언은 손 끝이 하얗게 질리도록 펜을 움켜쥐며 애써 차분하게 물었다.

"혹시 보상금 받고 이 일 없었던 걸로 하고 싶으신 건가요?"

『아니에요. 그건 절대 아니에요. 얼마를 받든 그런 건 말이 안 돼요.』

희경이 단호하게 대답했다. 내심 약간 안도한 정언은 희경에게 말했다.

"그러면 일단 어린이집 이름하고 전화번호 알려 주세요. 최대한 빨리 거주하시는 곳 잠시 옮기시는 게 좋을 것 같고요. 저희가 지금 증거를 상당히 확보해 둔 상태기 때문에 우선 방송 나가는 건 걱정하지 마세요. 무슨 일이 있어도 반드시 방송 내보낼 겁니다. 회사에서 다시 연락 오거나 무슨 일 생기시면 바로 저나 김윤 피디 쪽으로 연락 주세요."

『네, 피디님. 감사해요. 저기, 수아가 요즘 상담 받고 있거든요. 혹시 애가 더 안 좋아질까 봐 걱정도 되고 해서요.』

상담이라니, 예상하지 못한 이야기였다. 정언은 무의식적으로 펜을 끄적이던 손을 멈췄다.

"수아가요? 왜요? 상태가 많이 나쁜가요?"

『얼마 전부터 집에서도 통 말이 없고, 원장님이 애가 어린이집에서도 말을 거의 안 하고 하루 종일 혼자 구석에 있다고 그러더라고요. 병원 한 번 가 보면 어떻겠느냐고 하셔서…… 지난주부터 상담 받고 있는데 이런 일 생기니까 너무 불안하네요. 우선 말씀하신 대로 하고 다시 연락드릴게요.』

"네, 꼭 연락 주세요."

정언이 대답하자 희경이 감사합니다, 하고는 전화를 끊었다. 곧 음성파일을 첨부한 메시지가 희경의 번호로 날아왔다.

잠시 얼굴을 감싸고 있던 정언은 이어폰을 꽂아 그 음성파일을 재생해 보았다. 전화를 걸어 온 건 삼사십 대쯤 되었을 듯한 남자였다. 서온건설 사원행복문화팀 팀장 천승욱이라고 자신의 소속과 이름을 밝힌 남자의 태도는 상당히 고압적이었다.

『이희경 씨, 본론부터 얘기하죠. 박규형 과장 건 언론에 제보했습니까?』

『그건 왜…….』

『만약에 지금 그 건 언론에 제보했다면 취소하세요. 취소하시면 저희가 원래 약속했던 보상금 1억 5천에서 1억 더해 2억 5천 드리겠습니다. 이게 저희가 제시할 수 있는 최고 조건입니다. 지금 뭐 돈 백만 원 아쉬운 형편인 거 우리 쪽에서도 뻔히 알고 있고, 사측 과실 다 인정했는데 왜 자꾸 일을 크게 만들려고 그래요. 2억 5천, 적은 돈 아닙니다. 뭐 돈 많은 남자랑 재혼 계획 있어요? 남편 없이 안 쓰고 안 입으면 그 돈 생길 것 같아요?』

『말씀이 지나치시네요.』

『뭐가 지나치다는 겁니까? 우리가 역대 이렇게 보상금을 지급한 적이 없어요. 사측 과실 다 인정했고, 일 크게 만들기 싫으니까 저희가 그냥 돈 올려 부르는 겁니다.』

『저 혼자 결정할 일 아닙니다.』

『그럴 일이 아니라고요. 나중에 후회하지 말고 적당히 합의해요. 계속 배짱부리면 우리도 이후에 어떻게 할지 장담 못 합니다. 사흘 드릴 테니까 생각해 보세요. 다시 연락하겠습니다.』

펜 끝을 책상에 톡톡 치며 그 파일을 다시 한 번 돌려 들은 정언은 들어 보라는 메시지를 적어 민혜와 윤에게 파일을 보냈다. 한쪽 이마를 감싼 정언은 노이섭 팀장에게 전화를 걸었다. <비하인드 24>라고 이야기하기 무섭게 이섭이 아아 네, 하며 반가운 기색을 했다.

"저희 팀 피디가 만나 뵈었다고 들었습니다. 저희가 취재 중에 조창식을 추적하고 있었는데 타살 정황이 확실하다고 해서요. 저희 측에서 의심 가는 부분이 있어서 팀장님한테 정보를 좀 제공하면 어떨까 해서 연락 드렸습니다."

『그렇지 않아도 강재희 피디님한테 아침에 얘기 잠깐 들었습니다. 제가 그쪽으로 가든지, 아니면 피디님이 이쪽으로 오시든지 하면 좋을 것 같은데요.』

그새 재희가 언제 또 여기 연락을 해 뒀는지 모를 노릇이었다. 도깨비 같은 인간, 하고 속으로 중얼거린 정언은 말을 이었다.

"부검 오전 중에 진행된다고 들었습니다. 부검 결과 나오면 더 확실할 것 같은데, 오늘 저녁이나 내일 오전 중에 뵐 수 있을까요? 제가 그쪽으로 가겠습니다."

『언제든 가능합니다. 시간 되실 때 연락 주십시오.』

"네, 감사합니다."

정언이 전화를 끊자 곁에서 그새 녹취 파일을 들어 봤는지 윤이 이쪽으로 몸을 내밀며 물었다.

"이희경 씨한테 서온에서 이렇게 전화를 걸었다는 거예요? 이거 완전 협박 같은데요?"

"응. 애들 다니는 어린이집에도 삼촌이라는 사람이 전화해서 자기가 이희경 씨랑 사이가 안 좋은데 조카들 너무 보고 싶어서 그런다고, 찾아가면 5분만 보여 줄 수 있냐고 그랬대. 이희경 씨가 불안해서 당분간 친정 언니 집에 있어야 할 것 같다고 해서 바로 그렇게 하라고 했어. 수아가 요새 상태가 좀 안 좋아서 상담 치료도 받고 있다고 하고."

"그래요?"

윤의 표정이 굳어졌다. 잠시 뭔가를 생각하던 윤이 말했다.

"이 천승욱이라는 사람 누군지 일단 알아볼게요. 이희경 씨 혹시 경찰 쪽에 신변 보호 요청 같은 거 할 수 없어요?"

"당장은 범죄 피해가 증명 안 돼서 힘들 거야. 어린이집이 이런 거에 아주 민감하니까 그쪽으로 우선 경찰 신고 넣게 하고, 녹취 있으면 받아서 우리가 아는 목소리가 있는지 비교해 보자고."

윤이 네, 하고 대답했다.

그때 사무실 문이 열리며 재희가 안으로 들어섰다. 한눈에 보기에도 얼굴이 좋지 않았다.

"다들 회의실로 잠깐 들어와. 할 말 있으니까."

재희가 뒤도 돌아보지 않고 회의실로 향했다. 모두가 서로의 얼굴을 마주 보다 서둘러 재희의 뒤를 따라 들어갔다. 눈으로 인원을 확인한 재희가 팔짱을 끼었다.

"앞으로 별도 지시 있을 때까지 당분간 취재 관련 자료는 절대 사무실에 두지 마. 중요한 자료는 반드시 사본 만들어서 팀 전원이 가지고 있도록 하고. 회사 컴퓨터에 개인 자료 있는 건 저장장치 따로 해서 다 옮기고, 공유 폴더에 있는 인코딩된 파일이나 프리뷰 파일 같은 건 작업 끝나는 대로 바로 삭제해. 팀별로 공유해야 할 사항 있으면 개별 웹하드나 클라우드 사용하고, 비밀번호는 절대 유출 금지야."

언제나 보안을 강조하기는 했으나, 이 정도의 조치를 얘기하는 건 처음이었다. 예준이 이해가 가지 않는다는 표정으로 재희를 쳐다보았다.

"그럼 회사에 뭐 아무것도 남겨 두지 말란 얘기예요?"

"맞아. 회사 컴퓨터에는 기획안이든 취재 관련 자료든 단 하나도 남겨 놓지 말고 싹 지워. 민감한 내용 있는 문서는 전부 파쇄하든지 가져가고. 특히 정부 관련된 아이템 했던 건 더 신경 써서 관리해야 돼. 제보자 명단이나 신원 보호 안 된 영상도 마찬가지야."

"누가 우리 사찰한대요?"

예준이 반신반의하며 물은 말에 재희는 진지하게 대답했다.

"그럴 가능성 높아."

"에이, 진짜로?"

"나 장난하는 거 아냐. 그러니까 불편하겠지만 당분간 그렇게 하자고. 그리고 종편본 나오면 서버 올리고 꼭 여러 군데 백업해. 얼마 전부터 시보국 프로그램마다 방송 전에 서버에 종편본 파일 올려 둔 거 삭제되는 일이 몇 번 있었대. 오류인 줄 알았는데, 정부 비판적인 아이템 들어가면 무조건 삭제돼서 방송 펑크 날 뻔한 적 있었다니까 누가 고의로 지우는 것 같아."

"부장급 이상 아니면 삭제 권한 없잖아요, 그거."

정언이 이해가 안 간다는 투로 끼어들자 재희가 가벼운 한숨을 쉬었다.

"그 위에서 지운다는 뜻이지. 생각나는 사람들 몇 명 있잖아. 그리고 중요한 기밀 사항은 되도록 사무실 밖에서 얘기해. KTBC 쪽에서 들은 건데, 걔들 노조 회의실에 도청기 설치해서 회의 내용 유출됐다고 하더라고."

"와, 나 모르는 사이에 타임머신 탔냐? 지금 5공 시대야?"

질색을 한 찬수가 고개를 절레절레 저었다. 쓴웃음을 뱉은 재희가 지혁에게 시선을 주었다.

"우 피디가 사무실 전체 PC 백업하는 거 도와줘. 작가들도 구성안 쓴 거랑 프리뷰 파일, 섭외 명단, 제보자 명단 이런 거 다 꼼꼼하게 챙기고. 한 작가님이 전체적으로 좀 봐 줘요."

"이거 뭐 완전 레지스탕스구만. 야 강재희, 이왕 레지스탕스 된 거 어디서 총 좀 못 구해? 내가 아주 대가리 다 쏴 버리고 구국의 영웅 좀 돼 보게."

농담이었으나 전혀 농담 같지 않은 얼굴로 현진이 내뱉었다. 그 말에 재희가 가볍게 손바닥을 마주치며 대답했다.

"그건 최후의 수단으로 남겨 두고, 일단 우리는 우리 방식으로 나라 한 번 구해 봅시다. 해산."

팀원들이 웅성거리며 회의실을 빠져나갔다. 정언은 다른 사람들이 모두 나갈 때까지 기다렸다. 마지막에 재희와 둘만 남았을 때, 정언이 팔짱을 끼며 심각한 표정으로 재희에게 물었다.

"무슨 얘기 들었어요? 위에서 뭐라고 해요?"

재희가 무슨 말인가를 하려는 듯한 얼굴로 잠깐 망설이다 곧 고개를 가로젓고는 나지막하게 대답했다.

"일단 우리 쪽에서는 서 피디 건 무조건 사수할 거야. 국장님 하고 이따 얘기하기로 했으니까, 자세한 건 나중에 말할게."

"알겠어요."

"몸조심하고."

뭘 알고 하는 말일 리는 없었으나 제풀에 놀란 정언은 움찔했다. 다행히 재희는 눈치채지 못한 듯싶었다. 서둘러 회의실을 나온 정언은 자리로 돌아와 앉았다. 머릿속이 복잡했다.

재희가 이 건은 무조건 사수한다고 말한 건 그만큼 중요한 방송이라는 뜻이었다. 어떤 방해가 있더라도 반드시 해야만 하는. 희경과 두 아이들의 얼굴을 머릿속에 그려 본 정언은 이마를 감싸며 잠시 눈을 감았다.

24

재희는 손에 든 파일을 내려다보았다. 정언의 것을 포함한 미방분 기획안이 든 파일이었다. 선경이 왜 갑자기 이런 시국에 나머지 기획안을 전부 봐야겠다고 하는지는 알 수 없었으나, 다른 사람도 아닌 선경이었기에 일단 토를 달지 않고 알겠다고 대답한 뒤였다.

국장실 문을 노크하자 안에서 누구인지 확인하지도 않고 들어와, 하는 목소리가 돌아왔다. 안으로 들어선 재희의 눈에 가장 먼저 비친 것은 창가를 보고 선 선경의 등이었다.

문가에 서서 그 뒷모습을 잠시 응시하고 있으려니, 뒤통수에 눈이라도 달린 양 선경이 들고 있던 커피를 마시며 말했다.

"재희, 앉아. 서 있지 말고."

그러나 재희가 소파에 앉을 때까지도 선경은 그 자리에서 움직이지 않았다. 잘 짜인 직물처럼 완벽하게 정돈된 선경은 언제나 무섭도록 철저했다. 늘 바늘 하나 찔러 넣을 틈조차 없어 보이던 그 뒷모습이 오늘따라 위태로워 보이는 건 눈의 착각만은 아닐 터였다.

재희는 말없이 선경을 기다렸다. 커피를 몇 모금 더 마신 선경이 마침내 재희를 돌아보더니 맞은편에 와서 앉았다. 손을 깍지 끼어 입가에 대며 몸을 숙이고 있던 선경은 시선을 탁자 위에 둔 채로 물었다.

"기획안은?"

"가져왔습니다."

재희는 파일을 선경 앞으로 밀어 두었다. 선경이 그 파일을 집어 들며 입을 열었다.

"위에서 <비하인드 24>에만 CP 없다는 거 말이 안 된다고, 곧 CP 발령 내겠다는 얘기 나왔어."

"자기들 입맛에 맞는 CP 두고 컨트롤하겠다고요?"

"안 그러면 그런 소리 왜 하겠어. 시스템 형평성이 어쩌고 하길래 내가 그럴 거면 강재희 CP로 올리라고, 그거 아니면 받아들일 수 없다고 했는데 걔들 의도는 그게 아닌 거 뻔히 알지."

<비하인드 24>에 별도의 CP가 없는 건 사실이었다. 물론 형식상으로는 현재 시사보도국의 박원웅 부장이 CP로 이름을 올리고 있었다. 그러나 통상적으로 CP가 기획안을 점검하고 승인하며 최종 편집본을 체크하는 것과 달리, <비하인드 24>에서는 재희가 메인이 되었을 때부터 CP의 확인 과정 없이 바로 선경이 승인하면 방송할 수 있는 시스템이 구축되어 있었다.

그건 유동욱 사장의 아이디어였다. 승인 과정이 늘어날수록 검열도 강해질 수밖에 없다고 생각했던 것이다. 동욱은 <비하인드 24>의 성격과 파급력, 재희의 능력을 고려했을 때 자유도를 높이는 것이 곧 프로그램에 날개를 다는 것이라고 믿어 의심치 않았다.

당연하게도 재희는 지금까지 그 믿음에 충실하게 답해 오는 중이었다. 이삼 년 전부터는 선경이나 동욱이 잊을 만하면 한 번씩 재희에게 CP 자리를 권하곤 했으나, 재희는 매번 평피디로 남아 있는 게 편하다며 그 제안을 거절해 왔다.

그러나 지금 선경의 이야기를 듣고 나니 그 선택이 조금 후회되는 건 사실이었다. 물론 지금 돌아가는 꼴을 보면 자신이 CP였다 해도 상황이 크게 다를 거라는 생각이 들지 않기는 했다.

재희가 침묵하자 선경이 긴 한숨을 뱉었다.

"국장이 이렇게 힘이 없는 자리인 줄 내가 정말 처음 알았어."

"국장님 잘못 아닙니다. 그렇게 말씀하지 마세요."

"진짜 내 잘못 아니니? 내부 정보 빼돌려 윗선에 갖다 바치는 놈들 내가 후배라고 키운 게 내 잘못이 아니야? 우리가 시사보도국 어떻게 키웠는데, 그렇게 쉽게 타협하고 무릎 꿇고 변절하는 놈들 조직에 내버려 둔 게 정말 내 잘못 아닌 거 맞니?"

선경이 자조하는 투로 웃고는 재희를 마주 보았다. 재희는 그 말에 눈을 약간 크게 떴다.

"내부 정보를 빼돌렸다고요?"

"인사위에서 <뉴스라이트>에서 기밀로 취재 중인 내용 관련 회의록 문제 삼았어."

"내용 알 수 있습니까?"

재희는 다급하게 물었다. 주경의 장부를 한동과 공유한 것이 퍼뜩 뇌리를 스친 탓이었다. 정언이 이제 길을 잡고 질주하기 시작하는 참인데, 만약 그게 들킨 거라면 이 일을 방송할 수 없을지도 몰랐다.

재희의 표정을 잠깐 유심히 보던 선경이 대답했다.

"신환석이 검찰 고위직 물갈이하면서 뒷돈 받았다는 제보가 들어왔는데 그거 취재 들어갔던 거야. 메인 뉴스 제작진들이 이렇게 정치적 편향성 가지고 아이템 선정하고 취재한다는 것 자체가 용납하기 어려운 일이라는데, 내가 이걸 어떻게 받아들여야 돼?"

장부 이야기가 아니라는 건 다행이었으나, 신환석 민정수석에 대한 제보 내용을 취재하지 못하게 막은 거라면 이 내용도 결코 안전할 수는 없었다. 정언의 취재에 대해 알고 있는 사람은 많지 않았지만, 내부에 정보를 빼돌려 바치는 스파이가 있다면 이건 더더욱 시간 싸움이었다. 문득 초조함에 입이 말랐다.

"팀 내부에서 짐작 가는 사람은요?"

재희가 목소리를 낮추자 선경이 피곤한 얼굴로 쓰고 있던 안경을 벗어 미간을 눌렀다.

"병주가 생각하는 애들은 있는 것 같은데, 뭐 증거가 확실하지 않으니까. 그런 암세포 같은 놈들 진작 못 가려낸 거 아무리 생각해도 내 탓이야. 날 어떻게 봤으면 내 밑에서 그런 짓을 해?"

선경이 악문 잇새로 말을 뱉었다. 분노 속에 감춰진 슬픔과 좌절 따위를 읽어 내는 건 어렵지 않았다. 오래 전부터 곁에서 그녀를 봐 왔지만, 지금 같은 모습은 단언하건대 처음이었다.

재희가 위로하듯 말을 건넸다.

"부모도 자식 뜻대로 못 하는 거 아시잖아요. 시사보도국 인원이 몇 백 명인데 어떻게 전부 같은 생각을 하겠습니까."

"그래, 무슨 말인지 알아. 아는데…… 아냐. 내가 재희 앞에서 이러는 것도 참 추한 거다."

쓸쓸하게 웃은 선경이 손에 들고 있던 파일을 펼치더니 눈으로 기획안을 읽어 내려갔다. 선경의 행동을 지켜보던 재희는 문득 멈칫했다.

"미방분 전부 미리 승인하시려고 가져오라고 하신 겁니까?"

"맞아."

"왜요?"

재희는 뭔가 불길한 예감에 선경에게 물었다. 굳이 이렇게 할 필요도 없는 일이었거니와, 방송 예정인 기획안 여러 개를 한꺼번에 죄다 승인한다는 건 전례가 없었다. 선경이 기획안에 시선을 둔 채 대답했다.

"내가 잘리기 전에 해 줄 수 있는 게 이것뿐일 것 같아서. 방송되는 거 막으려고 할 수도 있지만, 일단 국장 바뀌기 전에 전부 승인해 놓은 기획안에는 손대기 힘들 테니까."

"국장님, 지금 무슨 말씀이세요?"

"이사회에서 유동욱 라인 전원 검찰 고발하기로 얘기 끝났대. 중앙지검 정보원 통해서 들은 얘기니까 거의 확실해. 오진문 이사가 검찰 쪽 인사들하고 우리 어떤 혐의로 엮을지 논의했다고 하더라."

지난번 녹취록 방송 이후 상부에서 선경을 고발할 예정이라는 이야기를 들었던 것이 생각났다. 그러나 그걸 정말 실행에 옮길 거라고는 생각한 적이 없었다. 재희는 이해가 가지 않는다는 표정으로 선경을 마주 보았다.

"무슨 혐의로요?"

"나 비롯한 소위 유동욱 라인이 사장님한테 인사 특혜 받았다는 거고, 그 과정에서 업무상 배임 행위 있었다고. 지난번 표적 세무조사 나왔을 때 통상적인 법인카드 사용 내역까지 전부 문

제 삼았는데 일단 그 혐의로 걸려고 할 거야. 그리고 사장님은
경영 부실에 대한 책임 물을 모양이야. 해외 지사 투자 때문에
순수익 축소된 걸 사장님 책임으로 몰고 가려는 거지. 투자 과
정에서 미리 주가 조작이나 횡령 있었다고 우길 거고."

"증거가 전혀 없잖아요. 그게 말이 됩니까?"

저도 모르게 목소리가 높아졌다. 선경이 고개를 들며 입가에
손가락을 하나 댔다.

"증거가 있고 없고는 중요하지 않다는 거 알잖아, 재희. 위에
서 원하는 건 사원들, 특히 시보국 입 막는 거야. 그러려면 사장
님하고 나 먼저 제거해야 되고. 검찰 조사받는 동안 직무 정지
상태될 거고, 업무 정상화 핑계로 새 인사 단행하겠지. 지금 계
약직 기자 모집 공고 올린 것도 내 동의 없으니 당장 내리라고
일단 인사팀에 얘기했고, 인사위 재심 청구했는데 내가 이렇게
뭔가 할 수 있는 날이 얼마 안 돼, 이제. 위에서 우리 엮어 넣을
최소한의 증거 조작할 시간 그렇게 오래 안 걸릴 거야."

재희는 그 말에 드물게도 발밑이 완전히 무너지는 듯한 당혹
감에 사로잡혔다. 그러나 정작 선경은 마치 무슨 일이 일어날지
전부 알고 있는 예언자처럼 담담했다. 선경이 닥쳐올 미래를 예
지하며 그 빈틈없는 얼굴 뒤로 무슨 생각을 하는지 재희는 쉽게
짐작하지 못했다. 다시 기획안으로 눈을 돌린 선경이 한동안 침
묵하다 들고 있던 파일을 내려놓았다.

"서온건설 현장 과장 사건, 이게 정언이 지금 취재하고 있는
거야?"

파일에는 정언의 이름으로 된 기획안이 펼쳐진 채였다. 재희
가 네, 하고 대답하자 선경이 턱을 괴고 물끄러미 기획안을 내

려다보고 있다가 입을 열었다.

"지난번에 심석건이 찾아와 그 난리 친 것도 취재 내용하고 관련 있지? 지금 정언 사무실에 있니?"

"연락해 보겠습니다."

재희는 즉시 정언에게 전화를 걸었다. 신호가 몇 번 가기 무섭게 전화 연결되는 소리가 났다. 재희는 한마디도 돌아오기 전 바로 나지막하게 말했다.

"서 피디, 지금 사무실이면 국장님 방으로 좀 올라와. 빨리."

뭔가 심상치 않다고 생각했는지 정언이 알았어요, 하고는 전화를 끊었다. 채 몇 분도 지나기 전 국장실 문을 노크하는 소리와 동시에 문이 열리며 정언이 얼굴을 내밀었다.

선경이 손가락을 까딱여 정언에게 와서 앉으라는 손짓을 했다. 고개를 꾸벅 숙여 보인 정언은 재희의 곁에 앉았다. 선경이 미소를 지었다.

"정언, 얼굴 오랜만에 보네. 잘 지냈니? 왜 이렇게 말랐어?"

"아닙니다, 마르긴요. 국장님이 항상 신경 써 주시는 덕분에 잘 지내는데요."

정언이 깍듯하게 대답하고는 슬쩍 선경의 표정을 살폈다. 왜 자신을 여기 불렀는지 가늠해 보려는 듯했다. 선경이 펼쳐진 파일을 정언 앞으로 밀어 두었다.

"정언이 직접 나한테 지금 이 내용 어디까지 진행됐는지 브리핑해 봐."

아주 중요하거나 민감한 사안이 아닌 이상, 선경이 승인한 기획안의 취재 진행 내용을 따로 들으려는 경우는 거의 없었다. 기획안만 본다면 크게 문제될 것이 없는 내용이었기에 선경이 이렇게 말하는 데는 이유가 있을 것이 분명했다.

정언 역시 같은 생각을 한 모양이었다. 정언은 토를 달지 않고 즉시 선경에게 지금까지 알아낸 사항들을 설명했다. 나름대로는 짧게 요약한다고 하는 것 같았으나 내용 자체가 워낙 방대했기에, 설명을 마치는 데는 거의 삼십 분 가까이 걸렸다.

그 시간 동안 선경은 한마디도 하지 않고 정언의 이야기에 아주 주의 깊게 귀를 기울이고 있었다. 정언이 말을 마치자 선경은 팔짱을 끼며 소파에 등을 묻었다.

"그러면 취재 초기에 심석건이 재희 불러오라고 그 난리를 칠 때부터 위에서 이미 이 건에 대해 주시하고 있었다는 거겠지?"

"아마 그랬을 겁니다."

정언이 고개를 끄덕이자 선경이 말을 이었다.

"그때 이미 <비하인드 24>에서 뭐 캐기 시작했다는 거 안 건데, 어디까지 가는지 두고 본 모양이네. 재희가 펑진 변호사까지 만나 봤다면 그쪽에서 당연히 얘기 들어갔을 테니 입 막을 필요성 느꼈겠지. 당내 경선 레이스 곧 시작될 텐데 엄대진한테 치명적인 얘기는 반드시 막아야 하니까."

재희는 그 말에 눈썹을 찌푸리며 물었다.

"그런 거라면 차라리 다이렉트로 저희 팀부터 박살내는 게 편할 텐데, 뭐 하러 일을 이렇게 크게 만들죠?"

"어차피 걔들 최종 목표는 시보국 자체를 없애는 거니까. '시사강국 YBS'라는 이름 자체가 싫은 거거든. 시사 프로에 대한 시청자들 신뢰도, 시청률, 영향력 전부 다른 방송국하고 비교 안 된다는 거 알잖아. 그런데 재희처럼 이름 알려진 피디 있는 간판 프로그램 셔터 내리는 건 부담 커. 눈에 바로 보인단 말이야.

뉴스 논조는 어느 정도 컨트롤할 수 있지만 <비하인드 24>는 다르지. 강재희 어떻게 제거할지 위에서도 머리 엄청 굴리고 있을 거야."

선경은 이 부분에 대해 오랫동안 생각해 온 사람처럼 즉각 대답했다. 재희는 잠시 침묵했다. <비하인드 24>의 본질이 강재희의 팀, 강재희의 시선, 강재희의 언어에 기반을 둔다는 데 이견을 갖는 팀원들은 없었다. 지금의 정체성을 만들어 온 것도, 그걸 유지하는 것도 어디까지나 강재희라는 존재가 있기 때문에 가능한 일이었다.

물론 재희는 자기 한 사람이 사라진다고 해서 <비하인드 24>가 무너질 거라는 생각은 하지 않았다. 그러나 어떤 불가항력적인 상황이 아니라, 누군가 인위적으로 자신을 제거하려 하는 거라면 이야기가 달랐다.

위에서 강재희를 없애려고 든다는 건 곧 강재희와 같은 시선으로 세상을 보고, 같은 상식으로 말하는 모든 팀원들을 없애겠다는 말이나 다름없었다.

선경이 나지막한 한숨을 뱉었다.

"나름대로는 머리 쓰는 거지. 시보국 팀들은 전부 유기적으로 돌아가니까, 먼저 시청률 낮고 존재감 작은 팀부터 없애면서 <뉴스라이트>하고 <비하인드 24>를 고립시킨다. 그리고 예정한 대로 <뉴스라이트> 싹 물갈이하고 <비하인드 24> 문 닫게 만들면 그 이후는 끝. 시사보도국이라는 이름 자체가 유명무실해지는 거지. 그러면 원하는 대로 시보국 없애고 구색 맞추는 뉴스만 남겨서 자기들 입맛대로 좌지우지할 수 있으니까."

선경의 상황 판단은 정확했다. 놈들은 개미를 잡기 위해 집 전체에 불을 질러 버리려는 것이 틀림없었다.

시사보도국을 폐지하고 교양국에 통폐합한 뒤 뉴스 센터만을 남겨 운영할 거라는 소문을 말도 안 되는 생각이라고 치부했지만, 결국 궁극적인 목표는 거기 있음이 분명했다.

시사보도국의 정체성을 완전히 빼앗고 껍데기만 남기는 것, 앵무새처럼 권력의 언어만을 반복하는 스피커를 만드는 것.

"저 무슨 일이 있어도 이 아이템 무조건 방송할 겁니다."

정언이 입을 열었다. 언제나처럼 웃음기 없는 얼굴은 결연했다. 재희는 입 안이 문득 마르는 것을 느꼈다. 정언은 지금 이 게임에서 이길 수 있다고 생각하는 것이 분명했다. 다른 때였다면 재희 역시 그 사실을 의심하지 않았을 터였다.

그러나 아무리 에이스 플레이어라도, 심지어 그 손에 로열 스트레이트 플러쉬를 들고 있다 하더라도 그건 모두 테이블에 앉아 게임이 시작된다는 전제하의 이야기였다. 지금 재희가 두려워하는 건 오직 하나, 정언이 이 게임을 시작조차 할 수 없게 될지도 모른다는 사실이었다.

"내 생각도 마찬가지야."

선경이 나지막하게 대답했다. 선경 역시 자신과 같은 생각을 하고 있으리라고 재희는 짐작했다. 선경은 머리칼을 쓸어 올리고는 힘없이 웃었다.

"정언, 지금 내가 이 기획안 승인할 거야. 그런데 그게 방송 내보낼 수 있다는 확답은 안 돼. 어떻게 해야 되겠니? 어떻게 해야 위에서 최소한 이거 방송할 때까지만이라도 우리가 자리 지킬 수 있겠어?"

무거운 정적이 내려앉았다. 세 사람 중 누구도 먼저 말을 꺼내지 못했다. 벽에 걸린 시계의 초침이 소리 없이 미끄러지듯 돌아갔다. 고작 몇 분이었을 테지만 거의 영원처럼 느껴지던 그 침묵을 깬 건 정언이었다.

"절대로 입을 막을 수 없게 하면 되지 않을까요?"

"무슨 수로?"

선경이 몸을 약간 앞으로 내밀었다. 정언은 그런 선경을 마주 보았다.

"여론이 한 번 시작되면 권력으로 막기 힘들죠. 방송하자마자 실시간 검색어 뜨는 세상이니까요. 위에서 포털 사이트 아무리 조작하고 여론 호도한다고 해도, 일단 흐름을 타면 거기 관련된 모든 보도 절대로 하지 말라고는 못 하잖아요."

"그 여론을 어떻게 만들 건데?"

"<뉴스라이트>가 저희 백업하게 해 주십시오."

그 말을 듣자마자 멈칫한 재희는 서 피디, 하고 정언을 불렀다. <비하인드 24>가 시사보도국의 간판이라면 메인 뉴스인 <뉴스라이트>는 기둥이었다. <비하인드 24>가 아무리 간판 프로그램이라 한들, 메인 뉴스 팀보고 이쪽을 백업하라는 건 주객전도였다.

더구나 매일 후속타를 터트릴 수 있는 일일 뉴스가 겨우 주 1회 방송되는 프로그램을 백업한다는 건 이치에도 맞지 않았다.

선경이 손을 들어 재희를 막았다.

"계속 얘기해 봐."

"하청업체 소속이었던 제보자가 현장 자재 문제 있다는 거 저희한테 제보했습니다. 경기도 임대주택 현장이고, 서온건설이 지금 시공 방식하고 자재 전부 속이고 있다고요. 저희가 이 제보 바탕으로 진송신도시 현장에도 같은 문제 있다고 짐작했고, 실제로 선배하고 저희 팀 김윤 피디가 이미 그거 확인했습니다. 제보 받은 현장에서도 팩트 확인 당연히 가능할 겁니다."

"<뉴스라이트>에 이 소스 주고, 임대주택 부실공사로 서온건설 치라는 거야?"

선경이 재미있다는 표정을 하자 정언이 고개를 끄덕였다.

"서온건설이 수주한 임대주택 전국에 상당수 있습니다. 부실공사 문제에 포커스 맞추고 <뉴스라이트>에서 공사 수주 과정, 감리 문제, 자재 문제 전부 엮어서 연속으로 치는 거죠. 프리미엄 라인에서도 같은 문제 있고, 자재에 인체 유해성 있다는 거 알려지면 비난 절대 못 피합니다. 서온 브랜드 스타일하우스 선호하는 거 주로 젊은 사람들이니까요. 당장 방송 나가면 바로 전국 스타일하우스 주민 커뮤니티며 맘카페부터 뒤집어질 걸요. 주부들은 구매력도 상당하고 실제로 행동하는 타깃층이라 2040 여론에 영향력 강합니다."

"<뉴스라이트>가 그렇게 선빵 날리고 <비하인드 24>가 그 사태의 근원지가 어딘지 까발리겠다?"

"네. 입 막을 시간 안 주고 바로 치는 겁니다."

두 사람의 대화를 듣고 있던 재희는 미간을 문질렀다. 말이 되지 않는 건 아니었다. 아무리 자신들이 최악의 상황이고, 상대가 절대 권력이라 해도 독재 정권 시절처럼 모두의 눈과 귀와 입을 틀어막는 건 불가능했다. 그들도 그 사실을 잘 알기 때문에 지금처럼 조금씩 조직을 잠식하는 방식을 택한 것이었다.

말이 없던 재희는 정언에게 시선을 주었다.

"서 피디, 그거 완전 도박이야. 실패하면 우리하고 <뉴스라이

트> 둘 다 죽을 수도 있어."

"그렇다고 가만히 앉아 있으면 뭐가 달라져요? 손 놓고 당하는 거 체질 아니에요."

정언이 단호하게 대답하자 생각에 잠겨 있던 선경이 입을 열었다.

"재희 말이 맞아. 이거 엄청나게 위험한 도박이야. 여론이라는 거, 아주 다루기 힘들다고. 남한 인구가 5천만인데 그 사람들 전부가 나하고 같은 생각을 할 수는 없는 거니까. 아무 일도 없었던 것처럼 묻힐 수도 있고, 역풍 맞을 수도 있을 거야. 그거 다 감수하고 덤비겠다는 거지?"

"<뉴스라이트>에서 거절 안 한다면요."

"나하고 사장님 버틸 시간 많지 않아. 그 안에 할 수 있겠어?"

"무조건 합니다."

정언의 말에 선경이 처음으로 소리를 내어 웃고는 몸을 일으켰다. 책상 위의 수화기를 들고 내선번호를 눌러 전화를 건 선경은 상대에게 곧 지금 올라와, 하고 짧게 내뱉고는 다시 자리로 돌아왔다.

노크 소리가 들린 건 채 5분도 지나지 않아서였다. 문이 열리며 모습을 드러낸 건 <뉴스라이트> 사회부 전한동 부장이었다.

먼저 와 있는 재희와 정언을 발견한 한동이 놀란 표정으로 두 사람을 번갈아 보았다. 니들이 여기 웬일이냐, 하는 무언의 메시지에 재희는 대답 대신 고개를 까딱여 자기 옆자리를 가리켰다.

한동이 조심스럽게 재희의 곁에 앉자 선경이 한동을 마주 보았다.

"한동, 지금 사무실 분위기 어때?"

"엉망진창이죠, 뭐. 다 아시면서 왜 묻고 그러십니까, 마음 아프게."

한동이 반 농담처럼 대꾸했다. 하기야 하루아침에 인사위가 갑작스러운 통보와 함께 팀을 아주 박살냈으니 분위기가 좋을 리 만무했다. 선경은 몸을 앞으로 조금 내밀며 한동을 가만히 응시하다 물었다.

"너는 회사가 중요해, 자리가 중요해?"

"그게 무슨 말씀이십니까?"

밑도 끝도 없이 떨어진 말에 한동이 눈을 동그랗게 떴다. 선경의 의도를 파악하려는 듯 눈치를 살핀 한동은 곧 정색을 했다.

"국장님, 실망입니다. 제가 국장님 밑에서 얼마나 굴렀는데 그런 질문을 하십니까. 저 그렇게 안 배웠습니다. 상황 이렇게 됐다고 저 떠보시는 겁니까?"

농담으로 다들 무당 아니냐고 할 정도로 감이 좋은 한동이었다. 그 눈치로 선경이 무슨 말을 하려고 이렇게 밑밥을 까는지 알아차리지 못할 리 없었다. 선경이 팔짱을 끼며 다시 질문을 던졌다.

"너 기자 인생 최대의 오점이 뭐야?"

예상하지 못했던 질문인 듯, 한동이 이번에는 정말 당황한 얼굴을 했다.

"진짜 애들 앞에서 왜 이러세요. 제가 뭐 잘못했습니까?"

"잘못한 거 없으니까 대답을 해 봐."

"아니, 서온건설 게이트인 거 아시잖아요. 아직도 그 생각만 하면 자다가도 벌떡 일어나는데요."

입에 담는 것만으로도 자존심이 상한다는 투였다. 실패하는 법이 없었던 한동에게 서온건설 게이트는 최대이자 유일한 오점이었다. 시사보도국에서 그 사실을 모르는 사람은 없었다.

"너 그러면 정언하고 같이 걔들 뒤통수 한 번 쳐 볼래?"

"네?"

"정언, 직접 설명해 줘. 어떻게 할 건지."

선경이 정언에게 슬쩍 턱짓을 했다. 정언은 자신의 계획을 한동에게 얘기했다. 심각한 표정으로 정언의 말을 듣고 있던 한동이 약간 찡그린 눈썹 위를 긁적였다.

"우리가 선발대로 까라? 그 제보 얼마나 확실한데?"

"백 퍼센트요."

정언은 즉시 확답했다. 한동이 기가 찬다는 얼굴로 웃는 소리를 냈다.

"이거 뭐 니들 위아래도 없는 놈들인 건 진작 알았지만 선배보고 백업을 하라니…… 아주 혼나려고 작정을 했지?"

"부장님, 제가 설마 공 혼자 먹겠습니까? 지금 60분이 아니라 600분짜리 방송할 수 있을 정도로 소스 넘치도록 많아요. 저희가 이 방송 내보내고 나면 나머지 엄대진 관련 소스 전부 부장님 드리겠습니다. 벌써 허주경 사장 접대 장부 선배가 공유해 줬다면서요. 그것만 터트려도 일 년에 한 번 있을까 말까 한 특종인 거 아시잖아요."

"야, 서정언. 너 같은 놈이 제일 위험한 놈이야. 새파란 게 벌써부터 부장 앞에서 특종 가지고 쇼부를 쳐? 내가 그런 거에 제일 약하다는 거 뻔히 알면서?"

한동이 짐짓 화를 내며 정언에게 삿대질을 했다. 정언이 씩 웃자 한동이 고개를 절레절레 저었다.

"이거 가지고 딜 하면 내가 어떻게 빠져나가냐?"

"저 죽어도 이 방송 하고 죽을 겁니다. 그러니까 부장님이 저 좀 도와주세요."

"살날이 구만 리 같은 놈이 말하는 꼴 봐라, 죽긴 왜 죽어?"

어이가 없다는 표정으로 정언의 이마를 한 대 쥐어박은 한동이 한숨을 쉬고는 선경에게 시선을 주었다.

"국장님, 애초에 애들하고 다 짜고 저 끌어들이신 거 아닙니까. 제가 이러면 어떻게 거절을 합니까?"

"거절할 생각 있으면 지금 해도 돼."

선경의 말에 한동이 손을 내저으며 흥, 하고 콧방귀를 뀌었다.

"어우, 자존심 상해서라도 그렇게는 못 합니다. 백업하고 받아먹을 거 다 받아먹고, 올해의 언론인상은 제가 가져가야죠. 재주는 곰이 부린다니까 저는 왕 서방 하면 되는 거 아닙니까."

"잘 생각했어. <뉴스라이트>가 먼저 서온 정조준하는 거야. 헛발질 안 할 자신 있지?"

"저도 두 번은 안 당합니다."

"서온이 지금까지 수주한 임대주택 수량이 상당하니까, 자재하고 공법 전부 속이고 건설해 왔다는 거 터지면 사회적으로 파장 클 수밖에 없어. 기본권 관련된 문제기 때문에 터트리면 위에서 서온건설 언급 절대로 못 막아. 한동이 먼저 훅 치고 후속보도 계속 내보내면서 정언이 스트레이트 먹일 수 있게 드라마 쓰라고. 내가 자리 지키는 동안은 최선을 다해서 가드 칠 거니까. 할 수 있겠어?"

한동이 그 말에 킬킬 웃었다.

"국장님, 할 수 있겠냐요. 저 이래봬도 부장입니다. 새파랗게 어린것들 앞에서 너무 먹이시는 거 아닙니까?"

"좋아. TF팀 만들고 너희 팀에서 정보 유출한 거 조금이라도 의심되는 놈들은 전부 배제해. 한동이 제일 믿는 애들, 절대 변절 안 할 애들, 목에 칼이 들어와도 할 말은 하는 애들만 골라서 최소 인원으로 가는 거야. 하나부터 열까지 전부 직접 체크하고. 정언 방송 날짜 맞춰 터트릴 시기 조정하자고. 여론몰이하려면 최소한 3연타는 필요할 테니까 일정 잘 계산하고, 재희랑 정언이 한동한테 필요한 자료 전부 공유해 줘. 시간 없어. 바로 작업 들어가. 당장 내일 상황 어떻게 변동될지 모르니까."

선경이 정언의 기획안에 사인을 하고는 파일을 덮어 재희에게 돌려주었다. 그 파일을 받아든 재희가 자리에서 일어나자, 다른 두 사람도 재희를 따라 몸을 일으켰다.

선경에게 인사를 하고 국장실에서 물러나오기 무섭게 한동이 허리에 두 손을 짚으며 정언과 재희를 번갈아 보았다.

"아주 이것들이, 내가 제일 만만하지?"

"지금 상황에 만만한 사람한테 이런 부탁을 어떻게 합니까?"

정언이 되물었다. 한동이 으이구, 하며 입을 삐죽거렸다.

"말이나 못하면. 하여튼 너 그럴 땐 아주 너희 애비랑 똑같다, 똑같아."

"그 말씀 칭찬으로 알겠습니다."

"칭찬이지 그럼, YBS 창사 이래 전한동 다음으로 대단한 기자랑 똑같다는데. 서정언 너 먼저 내려가서 자료 준비 좀 해놔. 내가 바로 가서 볼 테니까."

네, 하고 대답한 정언이 엘리베이터 대신 비상구 계단으로 뛰어 내려갔다. 그 발소리가 사라지는 것을 듣고 있던 한동이 팔짱을 끼며 재희를 쳐다보았다.

"너 이거 지금 얼마나 위험한 짓인지 알고 하는 거야?"

"제가 그거 모르고 동의했을까 봐서요?"

재희가 가볍게 대꾸하자 한동의 얼굴이 심각해졌다. 한동은 목소리를 낮추며 말을 이었다.

"우리가 이거 먼저 터트린다 치자. 그래서 플랜대로 여론 난리 난다 쳐. 그러면 너희가 예고편이나 내보낼 수 있겠어? 경선 레이스 곧 시작돼. 엄대진이 자기하고 연관된 건 무조건 다 막으려고 들 거라고. 우리가 혹 친다고 해도 니들이 스트레이트 먹일 틈은 나오겠냐?"

"그럼 다른 방법 있습니까?"

"야, 강재희 인마."

"서 피디가 이 방송 죽어도 해야겠다고 하는 거 보셨잖아요. 한 입으로 두말 안 하는 애예요. 죽어도 하겠다는 건 목숨 걸고 한다는 소립니다. 서 피디도 거기까지 생각 안 하고 이런 제안 했겠습니까?"

재희는 방금 자신이 한 말에 퍼뜩 차가운 불길함 같은 것을 느꼈다. 죽어도 하겠다는 건 목숨 걸고 한다는 소립니다…… 정언이 한 번 그렇게 마음을 먹었다면 자신뿐 아니라 누구라도 말릴 수 없다는 걸 재희는 너무나도 잘 알고 있었다.

엄대진에 청와대가 아니라 그 누구라도 정언의 의지를 꺾는 건 불가능했다. 그들이 회유도 협박도 통하지 않는 상대를 침묵하게 만드는 단 하나의 방법. 그게 뭔지 떠올리는 건 어렵지 않았다.

"올해의 언론인상 꼭 가져가게 해 드리겠습니다. 가시죠."

285

재희는 엘리베이터 버튼을 눌렀다. 한동이 무슨 말인가를 하려는 듯 두어 번 입술을 달싹이다 그만두었다. 재희는 말없이 천천히 바뀌는 숫자에 눈을 주었다.

얼마만큼의 시간이 허락된 것일까. 정언은 재희가 아는 모든 사람 중 가장 뛰어난 승부사였다. 어떤 상황에서도 절대 패배를 생각하지 않는 유일한 플레이어. 정언이 목숨을 걸고 뛰어든 이 판이 모두의 마지막 게임이 될 수도 있었다.

그러니 이건 반드시 시작되어야 할 게임이었다.

그 대가가 무엇이더라도.

　영등포경찰서 근처의 카페에 정언과 마주 앉은 윤은 생각에 잠겨 있는 정언을 흘끔 보았다. 오후에 재희와 함께 잠시 국장실에 다녀온 정언은 <뉴스라이트> 사회부 전한동 부장과 회의실에서 몇 시간 가까이 이야기를 나눴다. 무슨 이야기냐고 물어보자 정언은 이따가, 하고 대답했을 뿐이었다.

　노이섭 팀장과 만나기로 하고 경찰서 앞 카페에 도착한 지 근이십 분째였으나, 정언은 영 입을 열 기미가 보이지 않았다. 참을성 있게 기다리려던 윤은 결국 그 침묵을 견디지 못하고 먼저 운을 뗐다.

　"무슨 생각을 그렇게 하세요?"

　"아, 응."

　그 말에 정언이 현실로 돌아왔는지, 창가에 두었던 시선을 윤에게 돌렸다. 정언의 얼굴을 살피던 윤은 넌지시 물었다.

　"아까 전 부장님하고 무슨 얘기 하신 건데요?"

　"<뉴스라이트>하고 양동작전하자 그 얘기였어. 우리가 신병민 씨한테 받은 제보 <뉴스라이트>에서 갖고 여론전 가자고.

먼저 그쪽에서 임대주택 부실공사 건 터트려서 서온건설 까발리는 분위기 시작되면 우리가 바로 후속타 치는 거지."

기다린 것치고 지나치게 간단한 대답이었으나 윤은 저도 모르게 눈을 조금 크게 떴다.

"그게 가능해요?"

"모르지. 아무도 이런 식으로는 해 본 적 없으니까. 모 아니면 도야. 어차피 가만히 앉아서 기다리면 방송 못 할 건 확실하니까, 뭐라도 한 번 해 봐야 될 것 같아서."

정언의 표정은 담담했다. 위험한 도박이라는 생각이 들었으나, 정언이라고 그런 부분을 모를 리 없었다. 하기야 그 말대로 지금 상황에서는 그냥 기다려 봐야 앉아서 모가지 헌납하는 꼴 이상도 이하도 되지 않았다.

오전에 올라왔던 계약직 기자 채용 공고는 선경의 지시로 곧 내려갔고, <뉴스라이트> 팀에 대한 인사위 재심을 청구했다는 소식도 들려왔으나 긍정적인 결과를 기대하는 사람은 별로 없었다. 윤 역시 마찬가지였다.

"연락 늦으시네요."

시계를 본 윤은 말을 돌렸다. 정언이 그러게, 하고 무심하게 거들며 테이블 위에 놓인 종이를 다시 한 번 팔락거렸다. 조금 전 김정환 교수가 보내 준 조창식 관련 자료였다. 최종 부검 보고서가 나오기까지는 시간이 걸리지만, 그 전에 미리 구두로 부검 내용을 간단히 정리한 것이었다.

결정적인 사인은 예리한 흉기에 의한 흉부 자창으로 보이며, 상처는 외날 흉기에 의한 것과 양날 흉기에 의한 것 두 종류로 분석된 상태였다. 후두부에 둔기로 인한 3센티미터 정도의 타박상이 관찰되었고, 손과 팔에 방어흔이 상당수 남아 있다고 되어 있었다.

김정환 교수는 먼저 후두부를 가격당한 조창식이 돌아서서 방어하려 했으나 상황이 여의치 않았고, 최소 두 명 이상의 범인들이 짧은 시간 사이에 조창식을 칼로 찔러 살해한 것으로 추측한다고 부연했다.

정언은 뚜껑을 닫은 펜 끝으로 종이 위에 원을 그렸다. '상처의 형태나 위치로 보았을 때 범인들은 살인 경험이 있거나 전문적으로 훈련을 받은 인력일 가능성이 높습니다.'라고 적힌 첨언 부분이었다.

"조폭이면 이런 일에 익숙하긴 하겠네요."

정언의 펜 끝을 따라 눈을 두고 있던 윤의 말에 정언이 짧은 한숨을 뱉었다. 그때 정언의 핸드폰이 울리기 시작했다. 정언은 바로 전화를 받아 네, 네, 하고 대답하더니 자리에서 일어났다.

윤에게 따라오라는 손짓을 한 정언은 카페를 나서며 경찰서로 향했다. 정문 앞에서 서성거리던 남자가 두 사람을 보더니 가까이 다가왔다.

"노이섭입니다. 서정언 피디님 맞으시죠? 김윤 피디님은 제가 지난번에 뵈었고요."

"아, 네."

"연락 늦어서 죄송합니다. 오늘 일이 좀 있어서요. 일단 들어가서 얘기하시죠."

이섭이 두 사람을 경찰서 안으로 안내했다. 강력형사팀 사무실로 들어선 이섭은 구석의 탁자 앞에 앉으며 자리를 권했다. 윤은 소란스러운 사무실 안을 슬쩍 둘러보고는 이섭의 맞은편에 앉았다. 이섭이 깍지 낀 손을 탁자 위에 올려놓으며 정언을 마주 보았다.

"우선 저희가 상부에 이 건에 관해 보고를 드렸습니다. 위에서 도움은 드리되, 해결 전까지 엠바고(embargo)[9] 걸었으면 한다고 말씀하셨습니다."

"알겠습니다."

정언이 고개를 끄덕이자 이섭이 말을 이었다.

"저희가 일단 조창식 방에서 발견된 핸드폰에 대한 통신기록 조회를 했고, 인근 CCTV 화면하고 블랙박스 화면 수거해서 확인중입니다. 저희한테 제보하시겠다는 내용이 뭔지 우선 알 수 있을까요?"

"조창식이 의정부에 있는 경일용역이라는 용역업체 직원인 건 알고 계십니까?"

정언의 물음에 이섭이 고개를 가로저었다.

"고용 기록이 전혀 없던데요."

"조창식이 진송신도시 서온건설 현장에서 계장으로 있었습니다. 저희가 취재 중에 행적을 추적하다가 사망 사실을 알게 된 거고요."

"다른 사건에 연루돼 있습니까?"

"해당 현장에서 현장 과장이 추락사한 사건이 있었는데, 조창식이 그 사건의 주요 증인입니다. 의정부경찰서 소관인데 해당 서에서는 자살로 처리했습니다."

정언의 말을 듣고 있던 이섭이 눈썹을 약간 추켜세웠다.

---

9) 취재원과의 합의를 통한 보도 시점 제한 요청 관행을 의미한다.

"자살인데 조창식이 주요 증인이라고요?"

"자살로 볼 수 있는 정황이 뚜렷하지 않아요. 조창식이 최초 발견자인 데다 저희는 경일용역 측이 그 사건에 관여했다고 보고 있습니다. 조창식 사망에도 경일용역이 분명히 관련돼 있을 겁니다."

"경일용역이 뭐하는 회사입니까?"

"불법 용역 업체고 서온건설하고 오래 전부터 같이 일해 온 곳이에요."

정언은 가방에서 미리 준비해 온 자료들을 꺼내 이섭에게 내밀었다. 과거 기사들과 동영상 캡처 등을 프린트한 것이었다.

잠시 심각한 표정으로 그 자료들을 읽던 이섭이 고개를 들었다.

"조폭들 쓰고, 뭐 그런 데인 겁니까?"

"손경일이라는 사람이 대표인데, 이 사람이 포항 폭력조직인 황구파에 있었어요. 저희는 손경일이 서울로 기반을 옮기면서 경일용역이라는 회사를 차리고 자기 사람들을 데려왔다고 보고 있습니다."

이섭이 그 말에 멈칫하며 어, 하고는 손을 들어 정언의 말을 멈추게 했다.

"아니, 안 그래도 저희가 신원조회 해 봤는데 조창식이 전과 12범이더라고요. 포항 출신이고요. 피디님, 그러면 우선 저희가 CCTV 화면 보여드리겠습니다. 아는 얼굴 있는지 확인 좀 해 주세요."

잠시 자리를 떴던 이섭이 바로 노트북을 가지고 돌아왔다. 파일 수십 개가 들어 있는 폴더를 연 이섭이 마우스로 파일 하나를 확인해 열었다.

"이게 연립 있는 골목에 설치된 CCTV입니다. 이 집으로 들어가려면 이 앞을 무조건 지나야 돼요. 보름에서 20일 정도 전에 사건이 일어났다, 이렇게 봤기 때문에 저희가 해당하는 날짜 파일은 전부 가져왔습니다. 연립 주민 제외하고 드나든 사람 중에 저희가 유력한 용의자로 보는 게 얘들입니다. 밤 12시 45분에서 50분 사이에 남자 한 명이 먼저 들어가고, 그다음에 한 명이 또 들어가거든요."

정언이 노트북 키로 영상을 몇 번 앞으로 감아 보다 갑자기 화면을 멈췄다. 앞뒤로 화면을 돌려 보던 정언이 윤에게 모니터를 가리켰다.

"김 피디, 이 사람 낯익지 않아?"

윤은 그 말에 몸을 약간 앞으로 내밀었다. 정언이 화면을 확대했다. 새벽 시간이라 전체적으로 어두워 형체가 완전히 또렷하지는 않았다. 그러나 화면 속에 서 있는 남자는 정언의 말대로 분명 눈에 익은 느낌이었다.

체형이나 머리 스타일, 얼굴의 윤곽 같은 것이 전혀 낯설지 않았다. 그때 윤의 뇌리를 스친 건 경일용역 사무실에서의 일이었다. 경일의 전화를 받고 올라온 남자 중 하나가 정언의 머리채를 낚아챘던 일이 떠올랐다.

그걸 보자마자 순간적으로 눈이 확 돌아가 멱살을 잡고 밀어붙이기까지 했던 터라, 그 얼굴을 잊어버릴 리가 만무했다. 키가 작고 체격이 다부지던 남자였다.

"이거, 그때 사무실에서…… 그 사람이네요."

"맞지? 이 뒤에, 이 남자는 처음 들어왔던 사람. 사투리 심하게 쓰던."

정언이 모니터 위를 가리키다 이섭에게 눈을 돌렸다.

"경일용역 직원들인 것 같은데요. 저희가 한 번 본 적이 있어서요."

"이름 알고 계십니까?"

"이 사람들이 취재 중에 저희 폭행해서 합의해 준 적 있어요. 합의서 그쪽에 제출했으니까 기록 있을 겁니다."

이섭이 주위를 둘러보다 지나가던 젊은 형사 하나를 손짓으로 불렀다. 이섭이 후다닥 뛰어온 형사에게 뭐라고 나지막하게 말하자 형사가 네, 하고는 서둘러 자기 자리로 돌아가 수화기를 들었다.

이섭은 미간을 좁히며 정언을 마주 보았다.

"다른 건하고도 관련이 있으면 관할서에 협조 요청을 해야 할 것 같은데, 지금 거기서는 범죄 혐의가 없는 걸로 본다는 거죠?"

"조창식이 살인에 직접적인 영향을 미쳤다는 증거가 없어요. 부검 결과도 일단 소견은 추락사기 때문에 저희가 조창식 추적하는 데 사법기관 도움을 받기가 어려웠습니다."

"상황이 좀 난감하시겠네요. 일단 합의서 있다고 하시니까 용의자 신원 확인해 보겠습니다."

"통신기록 조회 결과는 어떻게 나왔죠?"

정언의 물음에 이섭이 이마를 두어 번 문질렀다.

"대포폰이더라고요. 연락 오는 번호가 정해진 거 보니까 아마 자기들끼리 쓰는 번호가 있었던 것 같은데, 아직 상대방 신원을 확인하지는 못했습니다. 핸드폰도 통화기록이나 뭐 내부 데이터는 거의 남은 게 없었는데 일단 혹시나 해서 저희가 디지털 포렌식 맡겼으니까요. 며칠 안에 결과 나올 테니까 바로 알려드리겠습니다."

"감사합니다. 손경일하고 이 사건이 관련이 있는지 없는지가 저희한테 굉장히 중요하거든요."

"무슨 말씀이신지 알겠습니다. 진행 상황 계속 알려드릴 테니까 걱정하지 마세요."

이섭이 고개를 끄덕였다. 자리에서 일어난 정언은 가방에서 명함을 꺼내 이섭에게 건넸다. 꼭 좀 부탁드립니다, 하고 다시 한 번 당부한 정언은 윤에게 나가자는 눈짓을 했다.

정언과 함께 서둘러 경찰서 건물을 나서던 윤은 근처에 세워 둔 차에 시동을 걸었다. 조수석에 탄 정언이 안전벨트를 채우는 것을 흘끔 본 윤은 잠시 주저하다 입을 열었다.

"경찰서에서 연락 왔었어요?"

"무슨 경찰서?"

의아하다는 표정으로 되묻던 정언이 곧 빈집털이 얘기라는 걸 깨닫고는 눈을 가늘게 떴다.

"김 피디, 이 일에 신경 안 쓰기로 한 거 아니었어?"

"그건 선배가 신경 쓰지 말라고 하신 거죠. 제가 신경 안 쓴다고 한 적은 없었잖아요."

"선배 말 좀 들으라고 내가 분명히 얘기한 거 같은데."

정언이 주머니에서 핸드폰을 꺼내 보며 내뱉었다. 윤이 입을 다물자 정언이 핸드폰 화면을 확인하더니 전화를 걸었다. 정언은 곧 상대에게 말했다.

"어, 작가님. 영등포경찰서예요. 지금 출발해요. 아, 응. 알았어요. 금방 갈게요."

민혜인 모양이었다. 짧은 통화 후 다시 핸드폰을 주머니에 집어넣은 정언이 말을 돌렸다.

"오상근 교수님한테 촬영한 영상 보내서 자재 부분 물어봤는데 답변 왔대. 사무실에서 같이 보고 확인해 봐야 할 것 같다네."

윤은 속으로 한숨을 내쉬었다. 정언의 인생에 자신이 들어갈 틈은 없는 걸까 생각하자 문득 울적해졌다. 정언에게 자신이 필요한 순간 곁에 있을 수 있다면 그걸로 충분하다고 생각하면서도, 때로 그 이상을 바라게 되는 건 불가항력이었다.

그 순간 누군가와 삶을 공유한다는 걸 생각하지 않은 지 오래됐다고 말하던 재희의 얼굴이 떠오른 건 필연적이었다.

어떤 희망도 없는 관계. 정언 역시 그런 걸까. 하지만 다칠까 봐 걱정됐다고, 여기 있어 줘서 고맙다고 했던 말이 그저 인사 치레라고는 생각할 수 없었다. 다른 사람이라도 똑같이 했을 거냐고 묻던 그 순간 정언이 선을 넘었다는 걸 윤은 분명히 알고 있었다.

정의할 수 없는 감정들이 교차했다. 가까워졌다고 생각하는 순간마다 착각이라고 비웃듯 다시 밀려나는 건 매번 쉽게 적응되지 않는 일이었다. 윤은 방송국으로 돌아가는 내내 아무 말도 하지 않았다.

사무실로 들어서자 회의실에서 기다리고 있던 민혜가 머리를 빼꼼 내밀어 손짓을 했다. 가방을 자리에 던져두고는 회의실로 향하는 정언의 뒤를 따라 들어가자, 안에는 이미 재희가 와서 앉아 있었다.

민혜가 미리 프린트해 둔 종이를 몇 장 정언과 윤에게 건넸다.

"오상근 교수님 팀에서 메일로 답변 온 거야. 철근하고 목재 거의 중국산 맞고, 표기 없는 것도 직접 확인해야 알겠지만 화면상 조직 단면이나 마감 같은 거 볼 때 중국산일 확률이 높대. 박규형 씨 메모리카드에 있던 자재 발주서 이런 거랑 다 맞춰봤는데 현장에는 일치하는 자재가 거의 없다고 하고."

"철근에 KS 마크 표기 자체가 안 돼 있다고 나오네? 이건 뭐예요?"

"전화해서 물어봤는데 수입 철근이라도 반드시 KS 인증 받아야 된대. 그런데 화면상으로 지금 진송신도시 현장에 있는 철근은 미인증 제품 같다는데. 그리고 보통 철근 보면 끝 부분에 알파벳하고 숫자 쓰여 있잖아. 그게 원산지하고 제조사 고유 넘버, 강종이라고 해서 철근 종류 얘기하는 거라는데 그 강종 표기하는 숫자 이런 게 다 있어야 한대. 그런 거 자체를 화면상에서 발견 못 했다는 거야."

민혜의 설명을 듣고 있던 재희가 끼어들었다.

"수입 철근은 항만 야적장으로 먼저 들어오는데 이게 다른 건설사로도 나갔을 확률 있어. 미인증 철근이라면 건설사 전수조사 불가피할걸. 나하고 김 피디가 촬영 도중에 철근에서 다른 표시 발견 못 했다고 얘기했더니, 간혹 국산하고 미인증 중국산 섞어 시공하면서 눈속임하는 경우도 있대. 전 부장님한테도 일단 얘기해 뒀어."

"전수조사 시작되면 여론 나빠지는 거 막기는 힘들겠네요. 그리고?"

민혜가 손가락을 딱 소리가 나게 튕기며 노트북을 돌려놓았다. 윤이 찍어 온 야적장 폐기물 화면 중 일부가 모니터에 떠 있었다. 시멘트 포대의 상표가 보이는 화면이었다.

"박규형 씨가 바닥재 문제 있다고 지적했다고 했잖아. 그 누구야 제보자, 이후현 씨. 이후현 씨도 바닥재 시공 중에 두통 호소하는 인부들 있었다고 했고. 건축물에서 바닥 시공을 할 때 먼저 콘크리트로 바닥을 까는데, 이걸 콘크리트, 뭐더라, 아, 콘크리트 슬래브라고 한대. 아우, 늙으니까 기억력 감퇴해서 외우기 힘들어. 아무튼 그때 쓰는 시멘트인데 이 브랜드 해당 제품이 재작년에 이미 유해 중금속 수치 너무 높게 나와서 환경부에서 사용 금지 때린 제품이야."

"환경부에서 금지 먹었을 정도면 심각했나 본데?"

"수은하고 납, 6가크롬 이런 게 기준치 20배에서 100배 이상 검출돼서 문제가 크게 됐다더라고. 이게 피부암이나 두통, 구토 증세 유발할 수 있대. 기사 검색해 봤는데 실제로 서온건설 시공 아파트 입주자들 가운데 특히 영유아기 애들 있는 사람들이 애들 두통이나 원인 불명의 두드러기, 아토피 증세 호소하는 경우가 많은가 봐. 그런데 보상 사례가 거의 없어."

민혜의 말을 들으며 다이어리에 메모를 하고 있던 정언이 눈을 들어 민혜를 마주 보았다.

"집단 소송 사례는 있어요?"

"서온건설 상대로 한 게 몇 건 있는데 승소한 거 딱 한 건이야. 2000년대 초에 남양주 쪽 임대주택 입주민들 42명이 진행한거. 오상근 교수님이 자문단 있었고, 그때 변호사가 민주영 의원이었대."

"민주영 의원? 민변 시절에?"

"응. 입주민들 사이에서 공론화가 됐는데 임대주택 입주자들이니까 도움 받을 데가 없었나 봐. 그래서 민변 쪽에 도와달라고 요청해서 민 의원님이 오상근 교수님 팀하고 자문단 꾸려서 소송 걸었대. 그때는 이미 완공 이후라 지금처럼 자재 하나하나 뜯어보진 못한 것 같은데, 자문단 자체 조사 결과 바닥에 깐 장판하고 마감재에서 유해물질이 다량 검출된 거지. 이게 유아동 호흡기와 피부에 유해하다는 거 증명해서 승소했다네. 그때도 시방서하고 실제 들어간 제품이 달랐대.”

“완전 상습이네. 그때 한 번 걸렸으면 조심해야 될 거 아냐.”

정언이 혀를 차며 내뱉자 민혜가 팔짱을 꼈다.

“조심 안 해도 그 뒤로 15년을 멀쩡했잖니. 조심 왜 하겠어.”

“미친다, 진짜.”

정언이 얼굴을 찌푸리며 두통이 온다는 표정으로 관자놀이 부근을 눌렀다.

“사용 금지 맞았으면 생산 중단됐을 텐데 이걸 어떻게 가져다 썼대?”

코웃음을 친 민혜가 대답했다.

“그게 또 아주 재밌는 사연이 있잖아? 이거 생산하는 업체가 대국시멘트라는 회사인데, 이거 생산 중단되고 경영난 있었단 말이야. 그런데 애들이 어떻게 했느냐, 내가 또 기사 검색해 봤잖아. 애들이 작년 초에 회사 지분 80퍼센트를 서온건설에 매각 했어. 실질적으로 서온건설 자회사가 된 거지. 생산한 거 판매금 지 맞았으니 재고가 남았겠지? 그 재고를 폐기 안 했으면 어디 다 썼을까?”

“재포장도 안 하고?”

“감사에서 안 걸릴 자신 있는데 뭐 하러 돈 들여 재포장하는 수고를 해. 관청에 돈 좀 먹이면 그만인데.”

"세상 정말 쉽게 사네, 다들. 우리만 이러고 사나 봐."

투덜거린 정언이 의자에 등을 기댔다. 그때 성옥이 회의실 문을 노크하더니 머리를 쏙 들이밀었다.

"정언 피디님, 지금 경찰서에서 전화 왔는데요. 핸드폰을 안 받으신다고……."

"경찰서?"

느슨하게 앉아 있던 정언이 뒤를 돌아보았다. 핸드폰이 든 가방을 자리에 던져두고 들어와 전화가 온 걸 몰랐던 듯했다. 정언이 몸을 일으키며 성옥에게 물었다.

"영등포경찰서래?"

"아뇨, 마포서요. 강력 4팀 박동찬 형사님이라는데요. 오피스텔 빈집털이 범인 CCTV 확보했다고 연락 달라고 하셨어요."

자료에 눈을 두고 있던 민혜와 재희가 순간 고개를 번쩍 들며 정언을 마주 보았다. 정언이 아차 싶은 표정으로 미간을 찌푸렸다. 윤이 눈치를 살피는 사이, 회의실에 짧은 침묵이 지났다. 사정을 알 리 없는 성옥은 다시 고개를 빼며 문을 닫았다.

"오피스텔 빈집털이라니, 이게 무슨 소리야?"

재희가 뭔가 직감한 듯 즉시 정색했다. 이미 적당히 넘기기 불가능했다. 정언이 아이 씨, 하고 눈썹 위를 문지르다 대답했다.

"집 털렸거든요. 퇴근하고 들어갔더니 문 열려 있어서……."

"어머, 어머 미쳤어. 언제?"

민혜가 정언의 팔을 찰싹 때리며 눈을 휘둥그렇게 떴다. 정언이 아야, 하고 얻어맞은 팔을 문질렀다.

"며칠 됐어요."

"집에 범인 있었어? 아무 일 없었고? 어디 안 다쳤니?"

민혜가 속사포처럼 질문을 쏟아 냈다. 정언이 뭐라고 해명하려는 듯 그게, 하며 입을 열었으나 재희가 바로 말을 끊었다.

"그때 서 피디 혼자 있었어? 그걸 왜 여태 아무한테도 말을 안해? 누구한테라도 연락을 했었어야 할 거 아냐!"

재희의 목소리가 높아졌다. 주저하던 윤은 서둘러 재희에게 말했다.

"제가 같이 있었어요. 선배가 제 차에 핸드폰을 두고 가서서 그거 갖다드리러 갔다가 문이 열려 있어서……."

"김 피디가 그 자리에 같이 있었다고?"

재희가 되물었다. 윤이 네, 하고 대답하자 재희가 짧은 한숨을 뱉었다. 잠시 말이 없던 재희가 다시 정언에게 물었다.

"서 피디, 없어진 물건 있었어? 범인이 안에 있었다는 거야?"

"그런 건 없었어요. 사람도 없었고."

"그냥 빈집털이 아니라는 거 의심 안 했어, 그럼?"

정언은 안심시키려는 듯 별일 아니라는 투로 대꾸했으나, 도리어 그게 재희의 화를 더 돋운 모양이었다. 표정을 굳힌 재희가 버럭 소리를 질렀다.

"취재 중에 그런 일 생겼으면 바로 보고를 했었어야지! 그리고 그런 일 있었는데 계속 거기서 지내? 지금 제정신이야? 안일한 것도 정도가 있어! 김 피디한테 이거 단순한 빈집털이 아닐 거라고 조심하라고 얘기했어, 안 했어?"

할 말이 있을 리 없었다. 정언이 입을 다물자 재희가 기가 막힌다는 얼굴로 정언을 다그쳤다.

"그게 진짜 협박이면 서 피디한테만 그러고 말 것 같아? 송 작가하고 김 피디도 전부 타깃 될 수 있는 거 몰라? 의심이 갔으면 최소한 나 아니라 팀원한테라도 먼저 그렇다고 얘기를 했어야지! 아마추어야? 그따위로 굴다 누구 하나 다치면 그때 말하려고 했어? 일 벌어진 다음에는 늦는 거 몰라서 이래?"

"협박이란 증거가 없는데 어떻게 얘기를 해요?"

정언이 평소보다 약간 한풀 꺾인 투로 대꾸했다. 그러나 재희의 기세는 무시무시했다.

"팩트 확인은 방송 내보낼 때나 해! 심증 있었어, 없었어?"

"확실해지면 얘기하려고 했다니까요."

"대답 똑바로 안 해? 심증 있었냐고, 없었냐고! 내가 지금 묻고 있잖아!"

"있었어요."

정언이 할 수 없다는 표정으로 대답하자 재희가 정언을 뚫어지게 바라보았다. 재희는 무슨 말인가를 하려다 그만두고 잠시 감정을 누르는 듯 입술을 깨물었다. 테이블 위로 시선을 주고 있던 재희가 윤을 보더니 조금 낮아진 목소리로 내뱉었다.

"김 피디는 그 자리에 있었다면서 왜 이 얘기 바로 안 했어? 위험하다는 생각 안 들었어? 그게 협박 아니라 그냥 우연한 범죄라고 생각했더라도 말을 했어야지. 본인이 거기 같이 있었으면 좀 더 현명하게 생각했어야 할 거 아냐."

윤은 그 말에 대답하지 못했다. 재희의 말마따나 위험하다는 생각을 했으면서도 바로 보고하지 않은 건 사실이었다. 정언을 타깃으로 삼았다는 데만 완전히 정신이 팔려 있었던 것도 맞는 말이었다. 윤이 죄송합니다, 하고 겨우 운을 떼자 정언이 바로 말을 끊었다.

"김 피디한테 뭐라고 하지 마요. 김 피디는 잘못 없으니까. 선

301

배한테 말하겠다는 거 내가 못 하게 한 거예요."

윤은 자신을 빤히 응시하는 재희의 시선을 느꼈다. 비난이라고 해야 할까, 혹은 책망이라고 해야 할까. 그러나 그 말만으로는 명확히 설명하기 어려운 눈빛이었다.

문득 심장 부근이 선뜩해졌다. 정언을 곁에 둬서 망가뜨리고 싶지 않을 정도로 좋아한다는 재희의 말이 뇌리를 스쳤다. 자신이 재희의 입장이었더라도 똑같았을 거라는 생각이 들었다.

설령 재희 자신의 말대로 정언을 굳이 여자로 보는 게 아니라 하더라도, 그만큼 아끼는 후배에게 이런 일이 벌어졌다는 걸 숨기고 있었다면 화가 나는 건 당연했다. 손끝이 차가워졌다. 재희가 눈을 들었다.

"김 피디랑 송 작가도 혹시 신변에 조금이라도 문제 생기면 즉시 보고해. 이번처럼 하루든 이틀이든 숨기고 있을 일 절대 아니니까. 무슨 말인지 알아들어?"

"아우, 뭐 CCTV 확인도 안 했는데 그렇게 콩 볶듯 볶아. 지금이라도 알았으면 됐지. 나야 남편 있고 애도 있고, 친정 시댁 가까우니까 그렇다 치고 혼자 사는 사람들이 더 걱정이지 뭐. 정언, 서에서 전화 달랬다며. 나가서 전화하고 와."

민혜가 서둘러 정언의 등을 떠밀었다. 마지못해 정언이 자리를 뜨자 민혜가 재희에게 눈을 흘겼다.

"말 좀 곱게 해. 마음 알지만 애를 뭐 그렇게 쥐 잡듯 잡니? 정언 성격 몰라? 김 피디야 뭐 정언이 말하지 말라고 했으니까 말 못 한 거지. 놀라도 자기들이 더 놀랐을 텐데."

"성격 아니까 말이 곱게 안 나가는 거 아냐. 자기 혼자 숨기고 있으면 그게 없었던 일이 되냐고. 이런 일 한두 번 아닌데 대처

하는 게 안일하니까 내가 화가 안 나, 지금? 무슨 사고라도 났으면 어떻게 하려고?"

재희가 팔짱을 끼었다. <비하인드 24>에 온 이래 재희가 팀원에게 이렇게 화를 내는 건 본 적이 없었다. 가시방석에 앉은 기분이 된 윤은 조그맣게 말했다.

"죄송합니다, 피디님. 제 잘못입니다."

민혜가 펄쩍 뛰며 손을 저었다.

"아니, 김 피디가 잘못한 게 또 뭐가 있어. 김 피디가 정언 집 털었니? 됐어, 됐어. 정언 성격 누가 몰라. 그 성격에 김 피디가 얘기하겠다니까 증거 나올 때까지 말하지 말라고 펄펄 뛰었을 거 안 봐도 알겠어. 그래도 정언이 혼자 안 있었다니까 차라리 다행이다. 안 그래? 말을 하거나 말거나 아무튼 지 혼자 이거 가지고 끙끙대진 않았을 거 아냐. 누구라도 먼저 알고 있었으면 됐지."

동의를 구하는 민혜에게 재희가 어쩔 수 없다는 얼굴을 했다.

"내가 송 작가의 그 긍정적인 마인드 참 좋아한다는 거 꼭 알았으면 좋겠네."

"어머, 그래? 결혼해도 계속되는 이 인기를 어쩌면 좋니? 우리 집에 있는 인간도 이 사실을 알아야 되는데. 강 피디, 우리 남편한테 전화해서 내가 이렇게 대단하고 이 팀에 꼭 필요한 인재이자 만인의 인기녀라는 사실 좀 얘기해 줄래?"

민혜가 두 손을 맞잡더니 한껏 눈을 빛내며 재희를 쳐다보았다. 턱을 괸 재희가 민혜를 마주 보다 한숨을 쉬었다.

"얘기야 백 번, 천 번도 더 해줄 수 있는데, 이런 식으로 말 돌리는 거 나 아주 안 좋아해. 알지?"

말이 끝나기 무섭게 민혜가 삿대질을 하며 재희를 야단쳤다.

"아우, 좀! 까탈스러운 티 그렇게 안 내도 강재희 까탈스러운 거 세상이 다 알아! 누가 집 털리고 싶어 털렸니? 정언도 산전수전 다 겪었어요, 이 사람아! 걔가 열한 살이야? 서른하나야, 서른하나! 강 피디가 하도 팩트 타령을 하니까 확실해질 때까지 말 안 한 거지, 뭐 일평생 숨겼을까 봐 그래? 김 피디만 가시방석 만들고! 그렇게 걱정되면 끼고 살아! 끼고 살 것도 아니면서 뭘 그렇게 쥐 잡듯 잡아?"

민혜가 더 펄펄 뛰자 재희도 할 말이 없는 듯 잠시 침묵하다 알았어, 하고 조금 누그러진 투로 대답했다. 오 분쯤 지나 정언이 돌아왔다. 민혜가 얼른 정언에게 물었다.

"경찰서에서 뭐래? 범인 얼굴 봤어?"

정언이 미간을 찌푸리더니 눈썹 위를 긁적였다.

"같은 라인하고 아래층 탐문했는데 바로 아래층 사람이 그날 오후 세 시쯤 너무 시끄러워서 경비실에 한 번 연락했었대요. 원래 출근하는 사람인데 연차 내고 집에 있다가 위층에서 이사하는 것처럼 계속 쿵쿵거리니까 뭔가 했나 봐요. 그 시간대 CCTV 확보했다고 와서 확인해 보라고 하더라고요. 혹시 지금 잠깐 볼 수 있냐고 하니까 화면 사진으로 찍은 거 보여 줬는데 아무래도 경일용역 애들 중에 한 명인 거 같아요."

정언의 말을 듣고 있던 재희가 고개를 까딱였다.

"지금 가서 확인해, 그럼. 그리고 일 아무리 급해도 주말에 출근하지 말고 이사할 집 알아봐. 며칠 있을 데 없으면 우리 집 비밀번호 알려 줄 테니까 거기 가 있든지."

재희의 말에 정언이 그건, 하고 뭐라고 말하려 했으나 재희가 손을 휘적거리며 정언을 막았다.

“더 화내려는 거 송 작가가 말려서 참고 있는 거니까 말 보태지 말고.”

민혜가 옆에서 재희를 거들며 윤에게 시선을 돌렸다.

“경일용역 애들이면 김 피디도 잘 알 거 아냐. 같이 갔다 와. 김 피디, 정언 좀 부탁해요. 당분간 취재 나갈 때 되도록 둘이 계속 붙어 다니고. 나야 뭐 안에서 일하고 노출 없으니까 그렇다 치는데 정언은 얼굴까지 팔린 애라 좀 그래요. 김 피디도 조심하고.”

“아니, 됐어요. 뭘 계속 붙어 다니라고 해, 애도 아닌데.”

정언이 질색을 하는 얼굴에 민혜가 정언의 옆구리를 꽉 꼬집었다. 정언이 아야, 하며 움찔하자 민혜가 얼굴에서 웃음기를 거뒀다.

“하여튼 간이 부었다 부었다 하니까 겁이 없어도 너무 없어, 정언은. 우리가 지금 이런 일 가지고 신경 쓰면서 낭비할 시간 없는 거 몰라? 신경 안 쓰이게 잔소리하지 말고 강 피디 말대로 해. 주말에 당장 이사할 집 알아보고.”

“알았어요, 알았어.”

마지못한 기색이 역력한 투로 대답한 정언이 자리에서 일어났다. 윤이 따라서 몸을 일으키자 정언이 뭐라고 하고 싶은 듯 윤 쪽을 잠깐 보았으나 곧 할 수 없다는 듯 회의실을 나섰다. 윤과 함께 주차장으로 내려가는 동안 정언은 아무 말도 하지 않은 채 엘리베이터 문만 뚫어지게 보고 있었다.

주차장에 들어서기 무섭게 자기 차에 시동을 건 정언이 주머니에서 담배 한 대를 꺼내 물었다. 윤에게 조수석에 타라는 고갯짓을 한 정언은 무슨 생각을 하는지 잠깐 운전석 문에 기대 허공에 짧은 숨을 뱉었다.

차에 타 주차장을 빠져나오기 무섭게 침묵하던 정언이 먼저 입을 열었다.

"선배한테 괜한 소리 듣게 해서 미안해."

"아니에요."

"선배랑 송 작가님 말은 너무 신경 쓰지 마. 이런 일 한두 번 아니니까."

윤은 그 말에 고개를 돌려 정언을 보았다. 시선을 느꼈을 텐데도 정언은 앞창에 눈을 고정한 채였다. 쉽게 짐작하기 어려운 무표정한 옆모습에 문득 가슴 한구석이 서늘했다.

"한두 번 아니라서 문제 안 되는 일이에요?"

목소리가 조금 잠겨 나왔다. 정언이 대답 대신 물고 있던 담배의 필터 끝을 까딱였다. 머릿속이 제대로 정리되지 않았다. 수많은 말들이 무질서하게 머릿속에서 떠올랐다 가라앉기를 반복했다. 머릿속으로 단어를 고르려 했지만 잘 되지 않았다.

"저 이제부터 선배 옆에서 안 떨어질 거니까 혼자라도 상관없다든지, 신경 쓰지 말라든지 그런 얘기 그만하세요. 선배가 저한테 무슨 일 시키시든 민폐라고 절대 생각 안 해요. 선배 집 문 앞에서 밤새도록 앉아 있으라면 그렇게 할 거고, 24시간 대기하고 있으라고 해도 그렇게 할 테니까 제발 그런 식으로 얘기하지 마세요."

"김 피디."

정언이 담배 탓에 약간 부정확해진 발음으로 윤을 불렀다. 정언이 자신을 이렇게 부를 때 의도가 뭔지는 이제 너무나 잘 알고 있었다. 생각하는 것들이 그대로 나와 버릴 것 같아 윤은 아랫입술을 말아 깨물었다. 그러나 결국 물이 끓어 넘치듯, 떠돌던 말이 울컥 쏟아졌다.

"이게 선배 선 안이든 밖이든 저 이제 상관 안 해요. 송 작가님이나 강 피디님하고 저 선배한테 안 똑같은 거 알아요. 아는데, 그래도 그때 선배 옆에 있었던 거 저잖아요. 제가 이 일 제일 먼저 알았잖아요. 그런데 전 왜 선배한테 아무 말도 못 하고, 아무것도 못 해야 되냐고요."

멈칫한 정언이 윤을 보았다. 시선이 느껴졌으나 윤은 그쪽을 보지 못하고 무릎 위의 손을 말아 쥐었다.

"……답답해서 미쳐 버릴 것 같아요. 다른 사람들한테는 그렇게 쉬운 게 왜 저한테는 안 되는 건데요. 제가 후배라서요? 믿음이 안 가서요? 아니면 제가 선배 좋아하는 게 부담스러워서 그러세요?"

마지막 문장을 발음하기 무섭게 심장이 어긋나는 듯한 감각이 지났다. 좋아하는…… 한 번도 정언 앞에서 그 말을 직접 한 적이 없었다는 사실을 깨달은 건 직후였다.

언어로 규정된 적 없던 감정이 그 순간 더욱 명확해졌다. 목덜미가 화끈거렸다. 정언은 아무 말도 하지 않았다. 어쩌면 하지 않는 게 아니라 할 수 없는 것에 가까울지도 몰랐다. 윤은 입술을 깨물었다. 아릿한 감각이 번졌다.

"저 지금 제멋대로 구는 거 알아요. 공사 구분 똑바로 못 한다고 생각하셔도 상관없어요. 저 원래 한 번 빠지면 다른 생각 못 해요. 좋아하니까, 선배 안 다치게 할 수 있으면 뭐든 할 거예요. 그냥 지켜보는 거 이제 안 해요. 선배가 이런 일 그냥 혼자 감당하게 내버려 두기 싫어요. 저 좋아해 달라는 말 아니에요. 대답해 달라고 강요 안 할게요. 그냥 선배 대단한 사람인 거 알지만 가끔은 누가 필요하실 수도 있다고 생각하고, 그런 거면…… 그럴 때면 그게 저였으면 좋겠어요."

목소리가 떨렸다. 최대한 차분하게 굴고 싶었지만 뜻대로 되지 않았다. 호흡이 제대로 들어가지 못하는 듯 숨이 막혔다. 온몸에서 열이 나는 것 같은 기분이었다. 방금 내뱉은 말을 한마디도 기억할 수가 없었다.

윤은 떨림을 참기 위해 손을 더 꽉 움켜쥐었다. 알고 있는 모든 단어들이 그 안에 갇혀 버린 것 같았다.

정적이 이어졌다. 정언의 침묵은 길었다. 운전하는 내내 정언이 무슨 생각을 하는지 윤으로서는 짐작조차 할 수 없었다. 경찰서 주차장에 차를 세웠을 때는 이미 늦은 시간이었다. 사방이 어둡고 고요했다.

시동을 끈 정언은 도어록을 여는 대신 한동안 창 너머의 어둠을 응시했다. 견디다 못 한 윤이 선배, 하고 겨우 작은 목소리로 정언을 부르자 정언이 몸을 돌려 윤을 마주 보았다. 차 안으로 스민 어둠 속에서도 그 눈동자가 또렷했다.

한참 윤을 응시하던 정언이 문득 손을 뻗어 윤의 머리칼을 만졌다. 눈썹 위로 닿은 손끝이 차가웠다. 예상하지 못한 행동에 윤은 숨을 멈췄다. 눈조차 깜빡이지 못하고 굳어 있는 윤의 머리칼을 가느다란 손가락 끝이 소리 없이 쓸어 넘겼다.

옅은 한숨이 정언의 입술 사이에서 배어 나왔다. 그 미미한 공기의 움직임마저 모두 느껴질 정도로 감각이 예민해졌다. 몸을 약간 앞으로 내민 정언이 드러난 윤의 이마를 뚫어지게 보았다.

손끝이 한 지점에 머물렀다. 자세히 보지 않으면 거의 보이지 않을 정도로 희미해진 흉터 위였다. 서늘한 손이 그 위를 스치듯 지났다가 떨어졌다. 그 손길을 따라 머리칼이 이마 위로 다시 흩어졌다. 손을 거둔 정언이 앞으로 시선을 돌렸다.

"다치지 말고 본인 잘 지켜. 이런 일 다시 생기면 내가 나 용납 못 할 것 같으니까."

낮은 목소리였다. 도어록을 푼 정언이 먼저 차에서 내렸다. 무슨 정신으로 내렸는지도 모르게 따라 내린 윤은 몇 초 동안 멍하니 얼어붙어 있다가 숨을 들이쉬었다. 호흡조차 낯설어지는 순간이었다.

이마에 닿았던 손끝의 감각이 생생했다. 윤은 저도 모르게 흉터 위를 만져 보았다. 흔적만이 옅게 남은 그 자리에서 스쳤던 서늘함 대신 열이 올랐다.

정언은 뒤를 돌아보지 않고 걸어갔다. 가로등 빛에 긴 그림자가 떨어져 윤의 발치까지 드리워졌다. 윤은 그 궤적을 밟으며 정언을 따라 걸었다. 큰 보폭 덕에 윤이 정언의 곁에 서기까지는 고작 몇 걸음이면 충분했다.

모든 소리가 지워진 듯한 어둠 속에서 윤은 잠시 눈을 감았다. 온몸의 모든 곳에 심장이 저마다 존재하는 것 같았다.

강요할 마음은 절대 없었지만 이미 발화점에 이른 지 오래인 감정은 쉽게 넘쳤다. 좋아한다고, 좋아하니까 뭐든 할 거라고, 언제나 이 자리에 있는 게 나였으면 좋겠다고…… 이미 규정된 마음은 되돌릴 수 없이 선명했다.

이건 소망일까, 혹은 욕망일까.

그러나 어느 쪽이든, 간절히 바라는 것만으로 죄가 되지는 않을 거라고 윤은 생각했다.

　손을 뻗어 정언의 앞에서 먼저 유리문을 밀자 무감한 냉기가 번졌다. 유리문 위로 정언의 창백하고 표정 없는 얼굴이 짧게 비쳤다가 스쳐 지났다. 그 찰나가 문득 눈에 맺혔다.

　윤은 정언과 함께 문안으로 들어섰다. 등 뒤에서 유리문이 닫히며 온기 없는 공기가 그림자를 따라 스며들었다.

이원욱, 김성학, 장영관.

정언은 낯선 이름들을 입 안으로 하나하나 곱씹어 보았다. 경일용역에서 만났던 남자들의 이름이었다. 합의서 사본 위의 그 이름들은 CCTV의 화면 속에서 선명하게 되살아났다.

정언은 오피스텔 입구의 CCTV에 찍혀 있던 남자의 얼굴을 다시 떠올렸다. 마포서의 박동찬 형사가 확인해 준 그의 이름은 이원욱이었다.

인터넷 업체 로고가 붙은 모자와 조끼를 착용한 원욱은 태연히 경비가 열어 준 문으로 들어갔고, 정언의 집이 있는 층에서 내렸다. 복도의 CCTV에는 그가 마스터키로 도어록을 열고 안으로 들어가는 모습까지 모두 찍혀 있었다.

그 장면들은 현실감이 전혀 없었다. 마치 영화나 드라마의 일부를 지켜보는 듯한 느낌이었다. 영상을 다시 떠올려 보던 정언은 가벼운 두통에 머리를 감쌌다.

조금 전 이섭에게서도 조창식의 집 앞 CCTV에 촬영된 두 남자가 김성학과 장영관으로 추정된다는 연락을 받은 뒤였다. 두 사람 다 등록된 주소지에는 이미 살고 있지 않았다.

이섭은 의정부 경일용역 사무실로 출동했으나, 사무실도 닫혀 있었다는 이야기를 전해 주었다. 같은 상가 주민들의 이야기로는 야반도주라도 한 것처럼 얼마 전부터 사람이 전혀 드나들지 않는다는 것이었다.

경일용역은 애초부터 서온건설의 '설거지'를 하기 위해 만들어진 집단이었다. 이원욱을 자신의 집에 보낸 이유도 결국 어떻게든 <비하인드 24>가 서온건설을 추적하는 걸 막기 위해서가 분명했다.

이원욱과 경일용역, 서온건설을 생각하면 무슨 일이 더 벌어질까 불안하지 않은 건 아니었다. 하지만 당장은 자신의 일에 온 신경을 쓸 여력이 없었다.

서온건설에서 희경에게 연락을 해 보상금을 올려 주겠다고 한 일, 수아와 리아가 다니는 어린이집에 걸려 왔던 의문의 전화, 야적장의 미인증 불법 자재들, 그리고 규형과 주경의 장부에 드러나 있는 자금 흐름 등등의 문제를 풀어 가는 것만으로도 24시간이 부족할 정도였다.

사람은 왜 잠을 자야 할까, 하고 근본적인 문제를 고민하던 정언은 어깨를 툭 치는 손길에 고개를 돌렸다. 민혜였다.

"정언, 밤에 어디서 잤어? 설마 경찰서 갔다가 집에 또 들어간 건 아니지?"

자리에 가방을 내려놓은 민혜가 걱정스러운 표정을 했다. 정언은 자세를 고쳐 바로 앉으며 기지개를 켰다.

"숙직실에서 잤어요. 날 걱정하는 사람들이 너무 많아서 집이 있는데도 가지를 못하네."

"숙직실 생활도 하루 이틀이지, 며칠 있을 거면 차라리 엄마 집 가 있는 게 낫지 않아? 그래도 혼자 있는 것보다야……."

민혜가 말끝을 흐렸다. 정언은 손을 휘적거리며 됐다는 투로 대답했다.

"우리 엄마 알면 기절할 거 몰라요? 괜히 개들이 거기까지 쫓아오는 게 더 위험해."

"그럼 진짜 강 피디 집에 가 있든지. 집주인도 안 들어가는 집 좀 쓰면 어때."

"안 땐 굴뚝에도 연기 나는 게 이 바닥인데 선배 집에 들어가라고? 누구 혼삿길 막으려고 그래요?"

민혜는 질색하는 정언을 아래위로 훑어보더니 농치는 투로 물었다.

"누구 혼삿길이 막히는 건데? 정언이야, 강 피디야?"

정언이 대답 대신 눈을 흘기자, 뭐가 그렇게 웃긴지 깔깔거린 민혜가 화제를 돌렸다.

"그래서, 화면 보니까 아는 사람이야?"

"경일용역에서 본 놈이더라고요. 합의서 기록 보고 이름 찾아서 조회해 봤는데 이원욱이래요. 전과 5범이라는데 경찰에서 추적하겠다니까. 조창식 죽인 놈들은 합의서 있던 나머지 두 명인데 김성학하고 장영관이라고, 애들도 뭐 둘이 합쳐 전과 15범 정도. 다 본인 명의로 된 핸드폰도 없고 주소지에도 없다네요. 경일용역 쫓아가 볼까 했더니 얼마 전부터 사무실 닫았다고 그러고."

정언의 말에 민혜가 부르르 떨며 질색을 했다.

"어우, 생각할수록 정언하고 김 피디 거기서 그만한 게 천만다

313

행이야. 사람 죽이기를 뭐 모기 한 마리 잡는 것처럼 아는 놈들인데, 거기서 쥐도 새도 모르게 어떻게 할 수도 있었던 거 아냐. 뭘 몰랐으니까 용감했지, 알고서 어떻게 또 가 볼 생각을 해."

"아니까 캐러 가는 거지."

다음 순간 민혜가 풀 스윙으로 정언의 등짝을 후려쳤다. 정언이 저도 모르게 억 소리를 내자 민혜가 손가락질을 했다.

"미쳤니? 미쳤어? 정언, 서랍 한 번 열어 봐. 혹시 간 거기다 넣어 놨나 좀 보자. 방송도 사람이 살아 있어야 하는 거지, 나 죽고 방송하면 무슨 퓰리처상 줄 줄 알아? 퓰리처상 준대도 그거 받고 죽느니 안 받고 사는 게 나아요, 이 사람아. 미련하기가 아주 이를 데 없어. 어제도 강 피디가 하도 펄펄 뛰니까 내가 말을 안 했지, 강 피디만 없었어 봐. 아주 내가 정언 팝콘 되도록 볶았을 거야."

"아니, 내 간 배 속에 잘 있어요. 그건 그렇고, 그 청명토목 제보한 신병민 씨하고 혹시 다시 연락해 봤어요? 만나서 얘기했으면 싶은데."

정언은 서둘러 화제를 돌렸다. 내버려 뒀다가는 민혜의 일장 연설이 시작될 걸 뻔히 아는 탓이었다. 민혜가 한 번 이런 식으로 사람을 볶아 대기 시작하면 하루 종일이라도 지치지 않고 볶을 수 있는 지구력과 말발의 소유자라는 걸 정언은 너무나도 잘 알고 있었다.

민혜가 그 빤한 수작 다 보인다는 표정으로 흥, 하며 팔짱을 끼었다.

"이런 식으로 말 돌리지 말아 줄래? 어쨌든 내가 누구야, 연락은 미리 했지. 인터뷰 가능하겠냐고 물어보니까 본인이 지금 성

수 쪽에서 직장 다닌대. 퇴근 후에 그쪽에서 만났으면 하더라고. 일정 잡아서 연락 주기로 했어."

"난 송 작가님 없으면 어떻게 살까 몰라."

감동했다는 얼굴로 짐짓 두 손을 가슴 앞에 모아 보이자 민혜가 손끝으로 정언의 이마를 밀었다.

"나도 정언 없이 못 사니까 조심하고 다녀, 제발."

정언은 대답 대신 장난스럽게 경례를 붙였다. 고개를 절레절레 저은 민혜가 의자를 끌어당겨 앉았다. 그때 책상 위의 내선 전화가 울렸다. 정언은 반사적으로 손을 뻗어 전화를 받았다.

"서정언입니다."

말이 끝나기 무섭게 건너편에서 익숙한 목소리가 돌아왔다.

『어, 나 한동이다. 지금 시간 있으면 너 이쪽으로 잠깐 좀 건너와.』

"아, 네. 지금 바로 가겠습니다."

수화기를 내려놓은 정언이 자리에서 일어나자 민혜가 고개를 돌려 정언을 쳐다보았다. 어디 가느냐는 얼굴이었다.

"<뉴스라이트> 잠깐 갔다 올게요."

민혜의 어깨를 짚으며 말한 정언은 서둘러 사무실을 나섰다. 한동이 아침부터 전화를 해서 부르는 걸 보면 뭔가 중요한 정보가 있는 모양이었다. <뉴스라이트> 사무실로 들어서자 낯이 익은 기자들과 스탭들이 눈으로 인사를 건넸다.

가벼운 목례로 답을 한 정언은 한동을 찾았다. 사회부 팻말 아래의 구석 책상에 앉아 있던 한동이 정언을 보더니 손짓을 했다.

"야, 서정언. 이리 와."

한동이 회의실로 먼저 들어갔다. 뒤를 따라 들어간 정언이 문을 닫자 자리에 앉은 한동이 정언에게 맞은편 의자를 가리켰다. 순순히 그 자리에 앉자 한동이 목소리를 낮추며 입을 열었다.

"우리 TF 만들고 취재 들어갔어."

"벌써요? 누가 하는데요?"

눈을 동그랗게 뜬 정언이 묻자 한동이 대답했다.

"원진솔하고 이도하."

진솔과 도하라면 사회부 베테랑 기자들이었다. 그 이름을 들은 정언은 고개를 끄덕였다.

"아, 서온 때도 부장님이랑 같이했죠? 그럼 뭐 베이스는 다 준비됐겠네. 다시 하려면 부담스러울 텐데 그건 괜찮대요?"

다소 걱정스러운 말투에 한동이 코끝으로 웃는 소리를 냈다.

"그놈들이 부담스럽고 자시고가 어딨어, 내가 까라면 까는 거지. 그건 그렇고, 내가 어제 저녁에 황형두 만났는데, 황 의원이 혹시 진송신도시 관련 건으로 취재하는 거 있는지 묻더라고. 너희 팀에서 몇 번이나 연락 왔었다고."

"그래서요?"

"아이, 난 그 자식들 뭐하는지 모른다고 일단 잡아뗐지. 그러니까 그, 아, 황 의원이 민권당 사회반부패위원회 소속인 건 알지? 그 사반위 쪽으로 최근에 애포신도시랑 을정신도시 시청 공무원들에 대한 투서가 상당히 들어와 있대. 자기가 이게 진송신도시랑 관계가 있나 싶어서 그쪽에 얘기를 아직 안 했다는 거야. 근데 내가 보기엔 지금 사이즈가, 각이 딱 나오거든."

정언은 그 말에 눈을 가늘게 뜨며 몸을 조금 앞으로 내밀었다.

"투서 내용이 뭐래요?"

"하청 측에서 익명 제보가 많이 들어오는데, 시청 건축과 이런 쪽에 향응하고 금품 제공을 했다 그거야. 하청이 참다 참다 투서를 넣는 거지. 그쪽에 그런 일 워낙 비일비재하니 자기들도 어느 정도까지면 그냥 그런가 보다 하겠는데, 중간에 착복하는 라인이 점점 늘어나니까. 건축과에 넣으면 도시계획과에서 달라고 하고, 도시계획과에 주니까 회계과에서도 달라고 하고."

"허주경 사장 장부에 시청 공무원들 이름 많았잖아요."

"그렇지. 진솔이하고 도하가 거기 시청 공무원 명단 가지고 와서 장부하고 맞춰 보기로 했어. 황형두 의원실에서도 좀 파 보려는 모양이더라고. 한선당 이규완 쪽에서 무슨 소스가 있다고 연락을 했다네."

"이규완이요?"

정언은 의심스럽다는 표정으로 되물었다.

이규완은 한선당에서 대표적인 반 엄대진 세력으로 꼽히는 인물이었다. 엄대진이 수도권으로 올라올 때 이규완이 자기 지역구를 내주며 키웠는데, 뒤에서 호랑이 새끼를 키웠다며 공공연히 울분을 터트리고 다닌다는 걸 모르는 사람이 없을 정도였다.

규완의 본래 계획은 <조한일보>를 긴 엄대진을 밑에 두고 대권 주자로 발돋움하려는 것이었는데, 엄대진이 도리어 자신을 밟고 올라간 꼴이 되어 버렸으니 그럴 만도 했다.

"경선에서 승산 있다고 보는 겁니까? 지지율 차이 상당할 텐데요."

"승산 없으니까 민권당에 자기가 엄대진 깔 수 있는 소스 주겠다 그거야. 잘 해가지고 민권당에서 이거 걸고넘겨져서 운 좋게 먹히면 자기는 어부지리니까. 이규완이 황 의원하고 또 고등학교 선후배 사이니까, 아무래도 뭐 영판 남보다는 낫다는 계산도 있겠지."

"밀져야 본전이다?"

"그렇지. 우리 입장에서는 이이제이다, 내 생각엔 그래. 이규완이 무슨 소스 들고 올지는 모르겠지만 개도 이 갈면서 준비한 게 꽤 있지 싶다. 자기가 털어 봐야 집안싸움 꼴밖에 더 되겠어? 정당 지지자들은 보통 그런 거 싫어하는 데다 당원 대다수가 엄대진 지지자니까 자기가 말해 봤자 입막음이나 당할 거 아냐. 자기 손에는 피 안 묻힌다는 거지."

한동이 팔짱을 끼었다.

잠시 생각하던 정언은 미간을 찌푸리며 짧은 한숨을 쉬었다.

"잘못 말리면 엄대진 쪽에서 야합했다고 칠 텐데 위험하긴 하네요."

"그러니까 지금 우리 쪽에서는 오로지 부실공사에 초점 맞춰서 갈 거야. 부실 자재, 문서하고 감리 조작, 실제 피해 사례 묶어서. 우리가 스타일하우스 주민 커뮤니티 몇 군데 둘러봤는데, 신규 입주자들이 호흡기 질환이나 아토피 악화 호소하는 경우가 꽤 있어. 우리가 이쪽에서 시작하면서 너희 쪽에 이규완이 가져오는 소스 넘겨줄 테니까 한 번 파 봐."

"원 기자하고 이 기자면 보안은 철저하겠지만, 혹시 모르니까 부장님도 조심하세요."

한동이 괴로워하는 얼굴로 그렇지 않아도 숱이 줄고 있는 머리카락을 뜯었다.

"안 그래도 요새 그것 때문에 돌아 버리겠다. 애들을 못 믿겠어. 솔직히 애들 다 투입해서 총력전 하고 싶은데 내가 명단을 딱 뽑아서 보니까 이놈도 의심이 가고, 저놈도 의심이 가고 그러는 거야. 애들이 다 내 새끼들인 줄 알았는데 어, 이거 가만히 보니까 저 새끼는 뻐꾸기 닮지 않았나? 이 생각이 막 들어. 내가 남의 알을 품었나 싶다니까."

"에이, 설마요."

애써 위로하는 정언에게 한동이 정색했다.

"설마는 무슨 설마야, 인마. 심석건 그 새끼도 정치부 있을 때 실력은 없는 게 정치는 잘 한다 그러고 까이긴 했어도 그렇게 될 줄 누가 알았냐? 난 몰랐다. 저 몸보신하는 거야 누가 뭐라겠냐만."

"사람이 다 내 맘 같나요."

한동이 킬킬거리며 웃고는 휴, 하며 땅이 꺼지도록 한숨을 뱉었다.

"야, 내가 국장님, 백 선배 처음 봤을 때 백 선배가 후배들 모아 놓고 제일 먼저 한 말이 그거야. 니들은 뉴스 기사가 돈으로 따지면 얼마 정도 될 거 같아? 다 나름대로 생각해서 대답을 할 거 아냐. 그럼 선배가 묻는다고. 그거 돈 받고 팔 수 있으면 팔래? 그러면 판다는 놈도 있고 아니라는 놈도 있고. 그때 대통령이 팔라면 팔래? 또 그래. 안 판다고 하던 놈도 대통령이 팔라면 팔아야죠, 해. 5공 시대 알잖냐. 대통령의 대 자만 들어도 살 떨린다고. 안 판다는 말이 안 나오지. 근데 선배가 가만히 듣고 있다가 한마디 딱 하는 거야. 팔겠다는 놈은 지금 나가라. 그게 우리 자존심인데, 돈하고 권력 앞에 비굴하게 자존심 팔 놈들은 여기 필요 없다."

선경이라면 능히 할 수 있는 말이었다. 금녀의 구역에 가까웠던 시사보도국에서 오로지 실력 하나로 국장까지 올라간 선경이었다. 그 화려한 이력과 후배들의 존경은 절대 거저 주어진 것이 아니었다.

잠시 추억을 더듬는 듯 눈을 굴리던 한동이 혀를 찼다.

"근데 그 소리 듣고 자란 놈들도 그렇게 무릎 딱 꿇는 거 봐. 요즘 애들은 어떻겠냐? 좋은 집안에서 자라고 명문대 멀쩡하게 나온 새끼들이 위에는 너무 쉽게 자존심 팔면서 아래에다 대고는 곤조를 부린다고. 기자질 하는 거에 취해서 그저 어떻게 하면 내가 위로 올라가나 그 생각만 하는 새끼들이 한둘이 아냐. 내 앞에서는 네, 네 하고 시키는 대로 기사 고쳐 오면서, 뒤에서는 개뿔도 모르는 꼰대새끼가 세상 변하는 것도 모른다고 해."

그 말에 정언은 표정을 확 굳혔다.

"부장님이 직접 보신 겁니까? 어떤 새끼가 그래요?"

"말해 봐야 내 얼굴에 침 뱉기다, 야. 세상에 처음부터 나쁜 애가 어디 있냐. 부모가 잘못 가르친 거지. 내가 걔들한테 모범 못 된 거고 저렇게 되고 싶다, 저렇게 살고 싶다 이런 생각 못 하게 만든 게 잘못이야."

자조적으로 대답한 한동이 쓴웃음을 뱉었다. 정언은 잠시 그 말에 뭐라고 대꾸하지 못하고 한동을 물끄러미 바라보았다.

백선경, 전한동이라고 하면 시사보도국에서는 모두가 존경하고 인정하는 선배들이었다. 그런 선배들이 자신의 앞에서 이렇게 나약한 모습을 보일 때마다, 정언은 누군가가 마음 한구석의 모래성을 함부로 무너뜨리는 듯한 감각을 느꼈다.

에휴, 하고 짐짓 땅이 꺼지게 한숨을 쉰 한동이 턱을 괴며 정언을 마주 보았다.

"그래서 내가 요새 너 볼 때마다 서현국 무지하게 보고 싶어.

사람이 옛날 생각 자꾸 하고 그러면 안 되는데, 내가 마음 기댈 데가 없다. 현국이 그 새끼가 지금 여기 있었으면 진짜 참 좋겠다, 어젯밤에도 그 생각이 딱 나더라고."

농담처럼 뱉은 말은 묵직했다. 단어들이 마치 수면 위로 던져진 작은 돌처럼 쉽게 가라앉았다. 서현국. 아버지의 이름이 그 가라앉은 돌 사이를 쓸다 날카로운 면에 베인 듯 선뜩하게 가슴에 얹혔다.

한동이 정언의 얼굴을 보더니 멋쩍은 표정으로 투덜거렸다.

"아, 거 진짜. 전한동 늙은이 다 됐네, 이제. 이러고 추한 꼴 보이느니 마누라가 사주나 좀 배워서 점집 차려 주둥이 털라고 할 때 말 들을 걸 그랬어. 얼굴 실컷 봤으니까 그만 가. 바쁜데."

정언이 부장님, 하고 불렀으나 한동은 시선을 주지 않았다. 세월의 결이 아무리 단단히 쌓인 사람이라도, 때로는 찾아오는 회한을 막을 방법이 없는 모양이었다.

잠시 그 옆모습에 눈을 두었던 정언은 자리에서 일어났다.

"저 믿고 가시죠. 백업 확실하게 해 주시면 갈 땐 가더라도 그냥은 안 갈 겁니다."

"어린놈이 왜 자꾸 어딜 간다고 난리야, 인마. 죽어도 여기서 죽어!"

공연히 버럭 소리를 친 한동이 나가라며 손을 휘적거렸다. 씩 웃어 보인 정언은 회의실을 나섰다. 그러나 마음 한쪽이 묵직하게 내려앉는 건 왜인지 정확히 알 수 없었다.

텅 빈 정치부 1팀의 책상 사이를 가로지를 때, 정언은 뒤를 한 번 돌아보았다. 사무실 안에서 언제나처럼 분주한 사람들 사이의 공기는 불안하게 술렁거렸다.

「너는 회사가 중요해, 자리가 중요해?」

한동에게 그렇게 묻던 선경의 얼굴이 불현듯 떠올랐다. 이곳의 많은 사람들 중, 회사가 중요한 사람은 누구고, 자리가 중요한 사람은 또 누굴까.

뻐꾸기 알을 품은 것 같다던 한동의 말 탓인지, 이전에는 생각해 본 적 없는 불신이 문득 등 뒤로 휘감겼다. 저 사람도? 혹은 저 사람도?

입술 끝을 깨문 정언은 서둘러 <뉴스라이트> 사무실을 빠져나왔다. 지금은 우선 안보다 바깥을 의심할 때였다. 평소보다 한산한 복도를 걷던 정언은 발을 멈췄다. 맞은편에서 두리번거리다 자신과 눈을 마주친 윤을 본 탓이었다.

멈칫하던 윤이 한달음에 뛰어왔다.

"어디 갔다 오셨어요? 엄청 찾았는데."

왠지 진심으로 걱정하는 윤의 표정을 똑바로 마주하기가 민망했다. 시선을 어슷하게 비껴 피한 정언은 눈썹 위를 긁적였다.

"출근한 사람이 자리에 없으면 회사 어디 있겠거니 하지 왜 찾아."

"걱정할 거 뻔히 아시면서 그렇게 얘기하셔야 돼요?"

속상하다는 투로 말하면서도 윤이 웃었다. 아무리 선을 긋고 밀어내도 매번 다시 이 자리인 것 같은 기분은 왠지 모를 노릇이었다. 아니, 차라리 매번 같은 자리라면 나을 것 같은데 돌아서면 더 가까워져 있는 그 느낌이 신경을 당겼다.

정언은 복도로 옅게 드리워지는 윤의 그림자를 보았다.

"무슨 일인데."

"무슨 일 있어야 선배 찾을 수 있어요?"

나란히 선 윤이 물었다. 그러자 언젠가 절대 윤을 이길 수 없을 것 같다고 생각했던 일이 떠올랐다.

─제가 선배 좋아하는 게 부담스러워서 그러시는 거예요?

밤새 애써 잊으려고 노력했던 그 목소리가 마치 녹음 파일을 재생한 듯 선명하게 지나쳤다. 복도는 서늘했지만 귀 끝이 뜨거워졌다.

"수아 어린이집 원장님하고 통화했어요. 범죄 가능성 있으니 경찰에 신고하고 통화 기록 뽑아 보시면 어떻겠냐고 하니까 그렇게 하겠다고 하더라고요. 상담이 많다 보니까 전화 녹취도 다 한대요. 저녁에 애들 다 하원한 뒤에 잠깐 찾아뵐 수 있겠냐고 했더니 알겠다고 하던데, 시간 언제가 괜찮으세요?"

남의 속을 알 리 없는 윤은 태연하게 화제를 돌렸다. 공연히 귀 끝을 만지작거린 정언은 최대한 평소처럼 대답했다.

"일곱 시쯤이면 끝나나? 거기 종일반 하원 끝나는 시간에 맞추겠다고 해."

무심결에 사무실 문을 막 열려는 순간, 등 뒤에서 윤이 긴 팔을 뻗어 먼저 문을 열어 주었다. 사소하지만 늘 몸에 배어 있는 배려였다. 그건 아마 천성일 거라고 생각하면서도, 윤의 그 배려가 모두에게 같지 않다는 걸 깨달을 때마다 정언은 늘 이상한 기분이 되곤 했다.

이상한.

정언은 그 단어를 다시 한 번 입 안으로 뇌어 보았다. 스산하게 가라앉았던 마음속의 모래사장 위로 새파란 파도가 밀려들었다 다시 빠져나갔다. 거기 복잡하게 얽혀 있던 수많은 단어들이 그 파도 사이로 휩쓸려 지나가는 듯했다.

사무실 문 앞에 선 정언은 윤을 돌아보았다. 눈이 마주친 순간, 윤의 눈동자가 아주 잠깐 흔들렸다. 착각인가 생각할 정도의 찰나였다.

"안 들어가세요?"

곧 윤의 얼굴로 예의 미소가 번졌다. 정언은 서둘러 시선을 거뒀다. 저 좋아해 달라는 말 아니에요, 하고 나지막하게 발음하던 윤의 얼굴이 어땠는지 잘 기억나지 않았다.

그러나 이마에 남은 희미한 흉터 위를 손끝으로 덧그렸을 때, 윤의 눈이 꼭 지금처럼 흔들렸던 것만은 또렷하게 머릿속에서 되살아났다.

누군가를 좋아하는 사람의 눈.

그게 자신이라는 걸, 다른 누구도 아닌 서정언이라는 걸 새삼스럽게 깨닫자마자 아주 절실하게 트리플 샷이 필요해졌다. 평소보다 빨라진 심장을 설명하기 위한 핑계가 없는 탓이었다.

"일곱 시에 어린이집 들렀다가 늦어도 여덟 시 전에는 상수로 이동해야 돼. 거기서 신병민 씨 만날 거니까."

조수석에 앉은 정언이 다이어리를 펼쳐 일정을 확인하며 말하자 네, 하고 대답한 윤은 시동을 걸었다.

하루 종일 사무실 분위기가 어수선했던 탓에 차라리 밖으로 나오는 게 마음이 편했다. 시사보도국이 유독 심한 건가 싶어 낮에 태훈과 다인에게 거기 분위기는 어떠냐고 메시지로 넌지시 떠보았으나 다른 곳이라고 사정이 나을 리는 없었다.

괜히 또 나대지 말고 제발 몸조심하라고 신신당부를 하던 두 사람의 메시지를 떠올린 윤은 약간 심란해졌다. 정말 목숨의 위협을 걱정하고 있는 판국에 몸조심이 다 뭔가 싶어서였다.

윤은 곧 이 심란함의 근원이 바로 옆에 있다는 것을 상기했다. 몸조심 따위와는 일절 연이 없었고, 앞으로도 없을 것 같은 정언의 옆모습을 흘끔 보자 참았던 한숨이 나올 것 같았다.

서둘러 주차장을 빠져나온 윤은 정언에게 물었다.

"전한동 부장님이 뭐라고 하세요?"

"거기 TF에서 명부 맞춰 봤는데 일치하는 이름 많이 나왔대. 부장님이 저녁에 황 의원 다시 만나기로 했다는데 아마 거기서 후속 대책을 논의할 거 같아. 그쪽에 투서 들어온 거 많다니까 내일 오전쯤 우리한테 정보 제공할 거 있을 거야."

정언은 다이어리에 눈을 둔 채 대답했다. 무슨 생각을 하는지 잠시 말이 없던 정언이 물었다.

"천승욱 누군지 알아봤어?"

정언의 물음에 윤은 아, 하며 대답했다.

"천중헌 이사 차남이래요. 3년 전에 낙하산으로 들어왔다고 하더라고요. 뉴질랜드 유학파에 무슨 벤처기업 몇 년 다녔다고 하고 들어왔는데, 당시에 대학 졸업장도 없었고 경력 증명서도 제출 안 하고 그래서 말이 좀 있었나 봐요. 사원행복문화팀은 재작년에 신설된 건데, 천승욱을 거기 바로 팀장으로 발령 내서 사내에서 불만이 많았다던데요."

천승욱에 대해 묻자마자 대뜸 욕부터 한 원신이 들려 준 이야기였다. 간부 자녀들이 낙하산으로 입사하는 게 한두 건이 아니라서 새삼스럽지도 않다고는 했지만, 승욱은 개중에서도 심각한 케이스였다.

"사원행복문화팀이 정확히 뭐하는 팀인데?"

"말 그대로 사원 복지 이런 거 담당하는 팀이라는데, 내부에서 문제 제기가 있었대요. 천승욱이 여직원 성희롱, 성추행 건으로 사내 고충처리센터에 신고된 것만 네 번이라고 하더라고요. 그런데 사원행복문화팀이 신설되면서 고충처리센터를 거기 산하로 넣어 버려서 이게 말이 되냐고 피해자들한테 항의가 있었던 모양이에요."

"서온건설 사내 문화 생각하면 실제 건수는 더 많을 수도 있겠네."

"네. 당시에도 천승욱한테 사내 성희롱 예방 교육 이수 정도 처벌밖에 안 했었대요. 합의금 얼마 주고 접근 안 하겠다고 각서도 쓰고 그랬다는데, 결국 천승욱이 거기 팀장이 되면서 피해자들이 다 퇴사했다던데요. 언론에 제보하겠다는 피해자도 있었는데 합의금으로 입막음했고요."

"가지가지 한다, 아주."

쯧, 하고 혀를 찬 정언이 펜 끝으로 찌푸린 미간을 긁적였다.

"그런데 거기서 박규형 씨 보상 금액을 올린다 만다 이런 얘기를 할 권한이 있나?"

"저도 그게 궁금해서 넌지시 물어봤는데 형 말로는 그런 것까지는 권한이 아닐 텐데 잘 모르겠대요. 천중헌 이사 쪽에서 다이렉트로 지시 내린 걸 수도 있지 않을까요?"

"이유가 뭐든 그런 전례 만들었다는 게 알려지면 회사 측에 안 좋긴 하겠지. 그쪽도 걸기 시작하면 채용 비리에 성범죄 묻은 거에 아주 노다지겠네. 혹시 모르니까 키핑해 두자고."

잠시 신호에 걸린 사이 뭔가 휘갈겨 적은 정언이 다이어리를 덮어 가방에 넣었다. 창가에 턱을 괴고 있던 정언은 혼잣말처럼 중얼거렸다.

"경일용역 쪽이 큰일이네."

"왜요?"

"이희경 씨 입 막으려고 하는 거 같은데, 돈으로 안 되면 무슨 짓 할지 모르겠어. 애 걸리면 부모들이 무슨 일이든 끝까지 끌고 가기 힘들어져. 애들한테 아무 일 없어야 되는데……."

짧은 한숨을 뱉은 정언은 눈꺼풀 위를 눌렀다. 지금 남 걱정할 때가 아닌데요, 하는 말이 목까지 나왔으나 윤은 애써 그 말을 참았다.

아무렇지도 않은 척하고는 있었으나, 좋아한다고 말해 버린 뒤에도 정언을 대하는 마음이 이전과 같을 수는 없었다. 좋아해 달라는 게 아니라고, 대답을 강요하는 건 아니라고 했지만 그렇다고 그게 정말 평생 이대로라도 상관없다는 뜻은 아니었다.

정언이 조금은 흔들리지 않았을까 기대한 건 사실이었다. 입밖으로 낸 순간 그 감정이 더 분명해졌던 것처럼, 정언 역시 더이상은 지금까지처럼 모호한 말로 선을 긋는 일을 할 수 없게되었다는 것을 아는 까닭이었다.

모든 것이 자를 대고 그은 선처럼 확실한 정언이었으나, 윤은자신을 대하는 정언의 태도가 어쩐지 이전과는 조금씩 달라지고있다는 걸 느끼는 중이었다. 마치 물에 적신 종이 위에 수채화물감을 떨어뜨리듯, 경계가 흐려지는 정언의 태도는 간혹 윤을 착각하게 만들었다.

그러니까, 어쩌면…… 자신이 정언에게 조금쯤은 의미 있는 건 아닐까, 하는.

존재조차 잊어버리고 있었던 희미한 이마의 상처 위로 문득 뜨끔한 환각이 지났다.

—이런 일 다시 생기면 내가 나 용납 못 할 것 같으니까.

나지막하게 말하던 정언의 표정이 떠올랐다.

감정이 쉽게 읽히지 않는 눈은 그 순간에도 여전했다. 그 말을 하면서 정언이 무슨 생각을 했을지 불현듯 궁금해졌다. 공연히 이마 부근이 뜨거워지는 것 같아, 윤은 무심결에 손을 올려 두 어 번 상처 위를 문질렀다.

어린이집 앞에 도착한 건 일곱 시가 되기 직전이었다. 차를 세 우자 때마침 종일반 아이를 데리고 나가는 엄마들 두어 명이 눈 에 띄었다. 차에서 먼저 내린 정언이 벨을 누르자, 안에서 이십 대 중반이나 되었을까 싶은 젊은 교사가 뛰어나왔다.

"원장님하고 아까 연락했었는데요, <비하인드 24>입니다."

정언이 내민 명함을 받아 든 교사가 잠시만요, 하고 다시 안으 로 들어갔다.

잠시 후 교사가 원장실 쪽으로 정언과 윤을 안내하고는 바쁜 걸음으로 복도를 되돌아갔다.

안으로 들어서자 중년의 여인이 초조한 표정으로 서 있다가 얼른 자리를 권했다. 작은 원장실의 책상 위에는 '원장 이여정' 이라는 명패가 있었다.

"이여정 원장님 되세요? 제가 아까 통화한 <비하인드 24> 김 윤 피디입니다."

윤이 먼저 입을 열자 여정이 고개를 끄덕였다.

"네, 맞아요."

"경찰에 신고는 하셨나요?"

정언의 물음에 여정이 벽에 걸린 시계로 눈을 한 번 주더니 대답했다.

"점심시간에 했어요. 경찰에서 통화 내역 뽑아 보고 발신자 추적해서 연락 주겠다고 하더라고요."

"그 전화가 정확히 언제 온 거죠?"

"4일, 5일…… 5일 됐네요. 어머니가 항상 네 시, 늦어도 네 시 반에는 데리러 오시거든요. 그날 네 시 좀 안 됐을 땐데, 세 시 반은 넘었었고. 그때 전화가 왔더라고요. 남자분이 전화하는 일이 거의 없거든요, 저희가."

"수아 삼촌이라고 전화가 왔다면서요?"

여정이 불안한 표정으로 어깨를 약간 움츠렸다.

"네. 그 전화를 먼저 받은 게 제가 아니고 우리 선생님이었거든요. 보통 이모나 고모가 애들 대신 데려간다고 전화 주는 경우는 가끔 있지만 삼촌이 그런 적은 거의 없어요. 그래서 그러시냐, 하니까 자기가 동생 죽고 제수하고 사이가 틀어져서 조카들을 못 보게 됐다고, 수아 엄마가 보통 몇 시쯤 애들 데리러 오냐고 물어봤다고 하더라고요. 그러니까 선생님이 이제 잠시만 있어 보라고 하고 저한테 물어보러 온 거죠. 이러는데 어떡하냐. 그래서 제가 바로 전화를 받아서 죄송하지만 그렇게는 안 된다, 수아 어머니하고 상의를 해 보셔야 한다고 했죠."

"최근에 어린이집 주변에서 수상한 사람을 보셨거나 한 적은 없으셨고요?"

"네, 그런 건 모르겠어요. 경찰에서 어린이집 외부 CCTV 화면은 다 수거해 갔어요."

"전화를 한 남자가 몇 살 정도 된 것 같으셨어요?"

"40대쯤, 그렇게 젊은 남자 목소리는 아니었어요."

정언은 여정의 말을 들으며 부지런히 메모를 했다. 곁에 앉아 있던 윤이 몸을 조금 앞으로 내밀었다.

"수아한테 상담치료 권하셨다고 들었는데, 상태가 많이 안 좋았나요?"

수아의 이야기가 나오자 여정의 표정이 어두워졌다.

"아, 그게…… 수아가 여기 3년을 넘게 다녔거든요. 원래 굉장히 활발하고 똑똑하고, 나이보다 좀 빠른 편이라 같은 반 친구들도 언니처럼 잘 챙기고 그랬어요. 아빠 돌아가시고 나서도 한동안은 특별할 게 없었거든요. 수아 엄마 얘기로 아직 애들한테 얘기를 못 했다고, 당분간 비밀로 해 달라고 해서 그런 줄 알고 저희는 다 쉬쉬하고 있었죠. 그런데 한 이삼 주 전부터 수아가 갑자기 말도 없어지고, 활동 시간에도 구석에 혼자 가만히 있고 그러는 거예요."

"리아도 같은 증상이 있었습니까?"

"아뇨. 리아는 평소랑 똑같았어요. 수아만 그러더라고요. 선생님들이 수아 왜 그러니 해도 그냥 고개만 이렇게 흔들고, 낮잠 시간에도 안 자고. 그런데 지난주에, 수아 반 담임 선생님이 아무래도 수아가 상담을 받아야 할 것 같다고 얘기를 했어요. 왜 그러냐고 물어봤더니 수아가 낮잠 시간에 한동안 안 자더니 웬일로 자리에 누워서 이불을 덮길래 안심했는데, 가만히 보니까 애가 베개로 자기 얼굴을 꼭 누르고 있더라는 거예요."

핸드폰으로 대화를 녹음하던 윤은 그 순간 저도 모르게 고개를 번쩍 들었다. 정언 역시 손을 멈추며 여정을 마주 보았다. 여정이 아휴, 하며 손으로 입가를 가렸다.

"선생님이 너무 놀라서, 얼른 수아를 안고 숨을 못 쉬면 큰일 난다고 그랬더니 수아가 그랬대요. 자기가 없어졌으면 좋겠다고, 그러면 엄마랑 리아랑 행복할 것 같다고."

심장이 덜컥 내려앉았다. 고작 여섯 살짜리 어린애를 그렇게 몰아가는 고통이 뭔지 짐작조차 가지 않았다.

충격을 받은 윤의 표정을 읽은 듯, 여정이 나지막하게 한숨을 뱉었다.

"간혹 그런 경우가 있어요. 소아 우울증인 것 같아서 저희가 조심스럽게 엄마한테 말씀을 드렸죠. 상담 치료를 받아 보시면 어떻겠냐고. 그렇지 않아도 수아가 맨날 들고 다니는 작은 가방이 있는데, 핸드백처럼 생긴 거. 그걸 밥 먹을 때, 화장실 갈 때도 절대 안 놓고 다녀서 왜 그러나 했더니 그게 아빠가 사 준 거라고 하더라고요. 혹시 수아가 아빠 돌아가신 걸 눈치챈 건가 싶어서……."

"어머니한테 물어보셨어요?"

"수아 엄마 얘기로는 절대 말 안 하셨대요. 그런데 애들도 눈치라는 게 있거든요. 어른들이 보기에는 쟤들이 뭘 알아, 싶은데 네 살, 다섯 살만 돼도 애들이 엄마 아빠가 부부싸움하고 그러면 다음 날 다 티가 나요. 수아 같은 애들은 발달도 빠른 편이고 똑똑해서 어쩌면 어렴풋이 짐작을 하지 않았나 싶기도 하고요."

문틈으로 눈만 내놓고 자신을 가만히 보던 수아의 얼굴이 퍼뜩 지나쳤다. 아빠는 엄마랑 수아랑 리아가 제일 제일 중요하댔는데, 하고 천진하게 말하던 수아가 자기만 없어지면 엄마랑 리아가 행복하다고 말하기까지 무슨 일이 있었던 것일까.

누군가 심장을 꼭 붙드는 것 같은 기묘한 감각에 눈가가 뜨끔거렸다. 여정이 원장실에 설치된 CCTV 화면을 가리키며 리모컨을 몇 번 눌렀다.

"이게 어제 오후인데, 여기 구석에 있는 애가 수아거든요."

윤은 여정이 가리키는 곳으로 시선을 돌렸다. CCTV 화면 속에서 뛰어다니고 소리 지르는 아이들 사이에 수아가 앉아 있었다. 구석의 책장 앞에 무릎을 끌어당겨 안고 앉은 수아는 마치 그곳에서 유리된 작은 섬 같았다.

그 조그만 머리로 무슨 생각을 하는지, 화면을 한참이나 앞으로 감아도 수아는 동상이라도 된 양 움직일 기미가 없었다.

여정이 다시 화면을 멈췄다.

"거의 하루 종일 이렇게 있어요. 선생님들이 말 걸어도 그때뿐이고, 잘 먹지도 않고요. 좋아하는 음식이 나와도 손을 잘 안 대니까 저희도 걱정이 너무 많았죠."

"상담 받는 내용까지는 모르시죠?"

"네. 근처에 아동 상담센터 있어서 그쪽에 한 번 가 보시라고 알려 드리기만 했어요. 상담 치료 시작하셨다고 듣기는 했는데 어떻게 됐는지는…… 안 그래도 수아 엄마가 애들 오늘부터 당분간 등원 못 할 것 같다고 하시던데요. 아무래도 그런 일도 있고 하니까 집에서 잠깐 쉬려나 보다 했어요."

"알겠습니다. 담당 형사님 성함이나 연락처 혹시 알려 주실 수 있나요?"

윤의 질문에 여정이 자리에서 일어나 책상 서랍을 열었다. 잠시 무언가를 찾던 여정은 곧 메모지 한 장을 꺼내 건넸다.

"여기 적어 뒀네요."

메모지에는 '서대문경찰서 여성청소년계 정경수 경위'라고 쓰여 있었다. 여정은 메모를 서둘러 옮겨 적는 정언에게 말했다.

"죄송한데 방송에는 안 나가게 해 주실 수 있나요? 이런 일이 있다고 소문이 나면 저희도 굉장히 좀, 그렇거든요."

"아, 네. 저희가 지금 취재하는 내용하고 관련이 있어서 온 거고, 직접적으로 어린이집 언급하거나 할 일은 없으니까 그런 부분은 안심하셔도 됩니다."

"감사해요. 세상이 하도 흉흉하니까……."

여정이 민망한 표정을 했다. 정언이 이해한다는 듯 고개를 끄덕이고는 자리에서 일어났다. 감사합니다, 하고 인사를 건넨 정언은 윤에게 가자는 눈짓을 하고는 먼저 원장실을 나섰다.

어린이집 근처에 세워 둔 차에 도착한 윤은 문을 열지 못한 채 눈가를 덮었다. 선명한 CCTV의 화면 속에서 웅크리고 앉은 조그만 그림자가 지워지지 않는 탓이었다.

마주 선 정언이 윤을 빤히 보았다.

"그 어린애가 무슨 생각을 했길래 그랬을까요?"

한동안 바닥을 보고 있던 윤은 입술을 달싹였다. 대답을 기대한 건 아니었다. 그저 속이 답답해져 누구에게라도 묻고 싶었을 뿐이었다.

윤을 가만히 보던 정언은 윤의 곁에 등을 대고 섰다. 주머니에서 담배를 한 대 꺼내 문 정언이 잠깐 사이를 두고 입을 열었다.

"내가 열여덟 살 때 아빠가 돌아가셨어."

나지막한 목소리에 윤은 멈칫하며 고개를 돌렸다. 정언은 어느새 어스름이 드리워진 길 너머로 시선을 두고 있었다.

"사고였는데, 엄마랑 내가 병원에 갔을 때는 벌써 늦었지. 병원으로 오는 동안 돌아가셨으니까. 이제 영원히 아빠를 못 본다는 걸 인정하기까지 꽤 오래 걸렸어. 나중에 취재하면서 만난 전문가 선생님이 그런 말을 하더라고. 마지막 인사도 없는 이별은 받아들이기 힘든 게 당연하다고. 나를 그렇게 사랑해 준 사람이 마지막으로 나한테 남긴 게 아무것도 없다는 걸 쉽게 받아들일 수 있는 사람은 없다는 거야."

그건 윤에게 건네는 말이라기보다는 독백에 가깝게 들렸다. 담배를 물고 있어 약간 부정확해진 발음 때문인지, 그 말은 평소보다 훨씬 감정적인 것처럼 느껴졌다. 윤은 어둠 속에서 정언의 창백한 옆모습을 응시했다. 눈가 부근으로 열이 올랐다.

"우리는 어린애라고 생각하지만 여섯 살, 일곱 살 정도면 죽음이 뭔지 이해한다고 하더라. 그러니까 어쩌면······."

말을 멈춘 정언은 한동안 침묵했다. 생략된 말은 충분히 짐작할 수 있는 것이었다. 어쩌면, 수아가 아빠의 죽음을 이해했다면 마지막 인사조차 없는 이별을 받아들일 수 없는 건지도 모른다고. 그러나 정언은 그 말을 끝내 하지 않았다.

시시각각 짙어지는 어둠 속으로 정언의 실루엣이 녹아들었다. 개인적인 이야기를 잘 하지 않는 정언이 왜 지금 자신에게 그런 말을 한 건지 윤은 쉽게 짐작하지 못했다.

까닭 없는 불안감이 스몄다. 손을 대면 그대로 사라져 버릴 것처럼 어둠은 점점 정언의 윤곽을 흐렸다. 오랜 정적을 지키던 정언이 기대고 있던 등을 뗐다.

"가자. 상수 넘어가야 돼. 퇴근시간 걸려서 차 막히겠는데."

다음 순간 윤은 정언의 팔을 잡았다. 손안에 잡히는 감각은 조금의 안도감을 주었다. 정언이 여기 있다는, 사라지지 않는다는.

어쩐지 시야가 흐릿하게 잠겨들었다. 정언이 시선을 들어 윤을 쳐다보았다. 이유를 물을 거라고 생각했지만 정언은 그렇게 하지 않았다.

한참이나 윤의 얼굴을 물끄러미 바라보던 정언은 불현듯 한 팔을 뻗어 윤의 어깨를 감싸 당겼다. 뜻밖의 행동이었다.

저도 모르게 몸을 조금 숙이자 정언이 아무 말도 없이 윤의 등을 천천히 쓸었다. 반쯤 안긴 듯한 자세로 눈을 깜빡인 순간 고였던 눈물이 떨어져 윤은 멈칫했다. 인식한 적 없는 눈물이었다. 자신이 그렇다는 걸 언제부터 알고 있었을까.

서투르지만 그 손길이 분명히 위로에 가깝다는 걸 알아차리자, 심장 한구석이 종이에 벤 것처럼 선뜩해졌다. 위로를 받아야 할 사람은 자신이 아니라 정언이라고 생각하면서도 윤은 움직이지 못했다.

어두운 복도에서 정언을 안았을 때 느꼈던 차고 희미한 향이 아주 가까이서 맴돌았다. 어깨 위를 가볍게 두드린 손이 떨어졌다. 다시 거리를 둔 정언이 운전석 문을 툭 쳤다.

"안 탈 거야?"

"선배."

윤이 정언을 불렀다. 목소리가 잠겨 나왔다. 윤을 지나쳐 조수석으로 가던 정언이 이쪽을 돌아보았다. 평소와 다를 바 없는 무표정이었으나 그 시선은 어쩐지 따뜻하게 느껴졌다. 어깨를 안은 팔에서 전해지던 옅은 체온이 되살아났다.

"고마워요."

겨우 입 밖으로 낸 단어는 거의 속삭이는 것에 가까웠다. 정언은 대답 대신 고개를 가볍게 까딱였다.

공기 사이로 떠도는 모호한 감정들을 설명할 수 없었다. 왜 위로해 준 거냐고 묻고 싶었으나 그 말은 입 안을 맴돌 뿐이었다. 좋아한다고, 싫어하지 않는다고, 특별하다고, 신경이 쓰인다고…… 어느 쪽이라도 지금은 좋을 것 같았다.

윤은 눈가를 문질렀다. 옅게 남은 물기가 손가락 끝에 묻어 나와 곧 증발했다. 차에 탄 윤은 시동을 걸었다. 헤드라이트 불빛이 어두운 거리를 멀리 비췄다.

　"이게 신병민 씨가 우리한테 메일로 보냈던 자료예요. 자기가 근무할 당시에 작성했던 서류들이고, 아무래도 무슨 일 날 것 같아서 사본 다 만들었다고 하더라고요. 신병민 씨 철근 문제 때문에 해고된 거라고 했는데, 거기 현장에서도 같은 문제 있었대요. 원래 국산 제품 중에 영광제철에서 나온 에버스틸이라고, 내진 설계용 프리미엄 라인 사용하는 걸로 돼 있었는데 정작 현장에 들어온 건 전부 중국산이었던 거지."

　정언이 어제저녁 병민과 인터뷰한 내용을 민혜에게 이야기하자, 테이블 위에 올려놓은 문서들을 하나씩 뒤적이며 정언의 말을 듣고 있던 민혜가 미간을 찌푸렸다.

　"그때 신병민 씨가 해고됐으면 이 문제가 공론화된 적이 있다는 거 아냐?"

　"경주 쪽이 지반이 약해서 지진이 가끔 있잖아요. 근데 그 당시에 규모 5.8 지진 있었던 거 기억나요? 그것 때문에 청명토목 내부에서 누가 도청으로 투서를 넣었다는 거예요. 아마 그런 일 있고 나니까 내진 설계용 철근 안 쓴 거 불안했겠지. 도청으로 직접 고발 들어가니까 어쩌겠어요. 언론에 알려지는 거 시간문제고 형식상으로라도 감사는 해야겠으니까 위에서 감사 내려왔지. 서온에서 청명토목 자재 담당자 책임이다, 자기들은 모른다 딱 잡아떼니까 사장이 신병민 씨한테 미안한데 덮어써 달라고 했대요. 자기가 다른 회사 추천서도 써 주고 퇴직금도 잘 챙겨 주겠다면서."

"그래서 추천서랑 퇴직금은 약속한 대로 받았대? 그런데 왜 이제 와서 고발을 하는 거야?"

민혜가 이해할 수 없다는 표정으로 물었다. 테이블에 반쯤 걸터앉은 정언은 펜 끝으로 테이블을 톡톡 두드리며 대답했다.

"윤대석 씨하고 원래 친한 사이였대요. 그래서 윤대석 씨 서온건설 게이트 증인으로 나가려고 했을 때 자기도 같이하기로 했었다는 거지. 우리 취재 간 뒤에 그 윤대석 씨 큰아들 있잖아요, 윤상우. 연락이 한 번 왔다더라고요. 방송국에서 취재 왔었는데 아저씨 생각이 나서 전화를 했다 그러면서. 그러고 나서 청명토목 쪽에 우리가 원청 갑질 관련해서 취재한다는 얘기가 들어갔다는 걸 알았다고 하던데요. 자기가 솔직히 그때 그러고 나서 부채감이 엄청 심했대요. 자기라도 증언을 했어야 되는데 그 생각이 계속 들었다고."

"그렇다고 하면 납득은 가네. 본인이 이거 이제 와서 공개하면 불이익 생길 수도 있다는 건 알고?"

"어차피 법정 증인도 하려고 했었는데 이거 제보하는 게 무슨 문제겠냐 그러긴 하던데요. 자기들이 진행한 모든 현장에서 다 같은 문제 있고 지금도 진행 중이라고, 언론에서 한 번 터지기만 하면 절대 못 막을 거라고 하더라고요. 자기가 지금 다른 하청업체 사람들도 설득 중이래요."

흠, 하고 생각에 잠긴 표정을 하고 있던 민혜가 마지막 말에 눈을 들어 정언을 올려다보았다.

"그러다가 소문 여기저기 나면 더 골치 아파지는 거 아닐까?"

"한 사람 입 막는 건 간단해도 백 사람 입은 그렇게 못 막지. 차라리 소문나면 그거 덮으려고 허둥거리다 분명히 실수하게 돼 있어요. 제보자 한 사람이라도 더 늘어나면 우리도 좋고."

"그렇긴 하지."

수긍한 민혜가 오케이, 하며 다이어리에 리스트를 메모했다.

"그러면 내가 인터뷰 녹취록 정리해 놓고 문서 한 번 확인해 볼게. 그리고 강 피디가 허주경 사장 공판 기록 가져왔더라고. 딸이 등사해 온 거라는데 이따가 나랑 강 피디랑 그거 검토하기로 했어. 그때 검찰 측에서 제출된 CCTV 영상도 확보했고."

"영상 분석 맡길 거예요?"

"응. 근데 법영상분석연구소 쪽은 스케줄 빡빡한 모양이던데. 오전에 촬영도 있다며."

정언은 벽에 걸린 시계를 확인하며 고개를 끄덕였다.

"우리가 영상 맡긴 거 분석 끝났대서 가 보려고요. 그쪽에 계속 추가로 맡기면 스케줄 밀릴 것 같은데."

"그치, 그래서 이건 경찰대 신우령 교수님한테 부탁해 보려고. 아이고야, 진짜 제명에 못 죽겠다."

기지개를 쪽 켠 민혜가 팔을 두드리더니 울상을 지었다.

"온몸이 안 아픈 데가 없어, 아주 그냥. 어제 그 뭐 이희경 씨 애들 다니는 어린이집 갔던 건?"

"전화 녹취한 파일 받아서 들어 봤는데 우리가 아는 목소리는 아니더라고요. 경일용역 쪽 애들일 거 같긴 한데, 일단 경찰에 신고했으니까 그쪽에서 발신자 추적하겠죠."

정언의 대답에 얼굴을 찡그린 민혜가 혀를 찼다.

"죽일 놈들, 애를 가지고 그래. 그나저나 주말에 집 알아볼 때까지는 계속 숙직실 사는 거야? 자도 자는 거 같지도 않겠네."

"등만 대면 잠이 와서 죽겠어요. 아주 숙직실에 세 들어 살고 싶다니까."

농담으로 대꾸하자 민혜가 눈을 흘기더니 회의실 바깥을 빼꼼 내다보았다. 무심코 민혜를 따라 고개를 돌린 정언의 눈에 들어온 건 윤의 뒤통수였다. 수화기를 한쪽 어깨에 끼우고 뭔가 메모를 하는 뒷모습에 정언은 얼른 다시 시선을 거뒀다.

민혜가 턱을 괴더니 눈을 가늘게 떴다.

"요새 김 피디랑 별일 없어?"

"뭔 일이 있어요, 있기는."

뜨끔해진 정언은 애써 침착하게 대답했다. 민혜가 흐흥, 하고 웃는 소리를 냈다.

"하루 종일 붙어 다니는데 아무 일도 없단 말야? 청춘 남녀가 그게 말이 되니?"

"선배하고 몇 년을 붙어 다녔는데도 아무 일 없었거든요?"

"어머, 열부문 세운 남자랑 임자 없는 남자가 똑같아?"

"아 진짜, 왜 그래요."

정언이 질색하자 민혜가 팔꿈치로 정언의 옆구리를 찔렀다.

"남자가 없으면 몰라, 옆에 그렇게 괜찮은 남자 두고 뭐해. 나였으면 벌써……."

"벌써 뭐요. 일하는 데서는 일만 합시다, 좀. 불편해지게 그러지 말고."

민혜의 말을 끊은 정언은 서둘러 테이블 위에 흩어진 프린트를 모았다.

사실 윤이 불편한 건 진작부터였다. 윤이 좋아한다고 말한 이후부터는 더 그랬다. 윤의 감정을 몰랐던 건 아니었다. 알았기 때문에 선을 넘지 말라고 얘기했고, 휘둘리지 않으려고 애썼던 것이다.

그러나 뭐든 뜻대로 되는 게 없었다. 자기 마음 하나 제대로 통제가 안 되는 판에, 남에게 선을 넘지 말라 운운하는 게 정말 아무 의미 없다는 걸 정언은 요즘 들어 뼈저리게 깨닫고 있었다.

윤에게 상처를 주는 게 싫다는 핑계로 분명히 정의할 수 없는 감정을 내버려 두는 건 비겁했다. 적어도 그런 건 정언의 스타일이 아니었다. 그러나 이런 경험은 처음이었기에, 어떻게 해야 할지 확실히 판단이 서지 않았다.

윤 같은 남자가 좋다고 하는데 자기가 마다할 이유가 있는지 객관적으로 머리를 쥐어짜도 딱히 납득이 갈 만한 사유가 없었다. 오히려 윤 입장에서 자신을 마다할 이유라면 당장 열 개쯤은 떠올릴 수 있을 것 같았다.

때문에 내내 옆에 붙어 있는 윤을 보면 정언은 시시때때로 대체 내가 왜 좋냐고 묻고 싶은 충동에 시달리곤 했다.

어젯밤에도 인터뷰를 마친 후 윤은 굳이 방송국 숙직실 문 앞까지 정언을 데려다주었다. 잘 자요 선배, 하고 웃는 얼굴에 누가 볼까 무서워 빨리 가라고 쫓아냈지만, 부모에게도 받아 본 적 없는 과잉보호를 다 커서 생판 남에게 받는 기분은 몹시 미묘했다.

정확히 말하자면 민망함이랄까. 싫다거나 불쾌하다거나 한 건 아니었기에 정언은 그런 자신이 더 낯설었다. 게다가 자려고 누워 핸드폰 알람을 맞췄을 때 들어온 윤의 메시지는 한동안 정언을 뒤척이게 만들었다.

― 선배하고 가까이 있으면 누구라도 선배 좋아할 수밖에 없을 거예요.

아무도 없는 숙직실 안에서 그 메시지를 보자마자 얼굴이 확 뜨거워졌다. 뭐라고 답을 해야 할지 알 수가 없었다. 바로 뒤이어 들어온 메시지는 담백했다.

― 아까 감사했어요. 안녕히 주무세요.

무슨 대답이라도 해야 하나 망설이며 메시지창에 수십 번 첫머리를 썼다 지웠다 하던 정언은 결국 답하는 걸 포기했다. 윤이 행여나 무슨 말이라도 하면 그냥 자느라 못 봤다고 둘러댈 생각이었다.

그러나 당연하게도 윤은 그런 걸 묻지 않았다. 대답을 강요하지 않겠다고 한 건 말뿐이 아닌 듯했다. 고백한 쪽은 담담한데 왜 받은 쪽이 더 신경이 쓰이는지 생각하자 공연히 머리를 쥐어뜯고 싶어졌다.

"연구소 촬영 갔다 올게요. 무슨 일 있으면 중간에 연락 줘요."

죄 없는 테이블 다리라도 차고 싶은 기분으로, 정언은 애써 말을 돌렸다. 다행히 민혜는 더 캐묻지 않고 고개를 끄덕였다.

"그래, 알았어. 차 조심하고 잘 갔다 와."

손을 흔드는 민혜를 뒤로하고 회의실을 나온 정언은 짧은 숨을 뱉었다. 그새 전화를 끊은 윤이 정언을 돌아보았다.

"지난번에 서온건설 다니는 형한테 고원종합기술공사 감리 담당자 명함 받았는데, 그쪽에 인터뷰 요청하려고 전화했더니 개인 번호는 안 받고 사무실에서 나중에 연락 주겠다고 하네요."

"그래? 이름이 뭐야?"

"감리CM본부 민간1팀장 이종규요."

그 이름을 입 안으로 다시 한 번 뇌어 본 정언은 알았어, 하고 대답하고는 의자에 걸쳐 둔 재킷을 집어 들었다. 자리에서 일어난 윤이 모니터를 끄고는 미리 챙겨 둔 촬영 장비 가방을 어깨에 걸쳤다. 주차장으로 내려와 정언이 세워 둔 차에 시동을 걸자, 조수석에 탄 윤이 자기 손목에 찬 시계를 확인했다.

"법영상분석연구소 촬영 끝나고 어디로 가실 거예요?"

"일단 아동심리상담센터 성이진 교수님 잠깐 만날 거야. 어젯밤에 메일로 수아 문제 관련해서 도움 받을 수 있는지 물어봤는데, 일단 만나서 얘기하자고 하시더라고. 오후에 뭐 할 일 있으면 연구소 갔다가 다시 방송국 내려 주고. 아, 그 이종규 팀장하고 연결 한 번 더 해 봐."

앞을 보며 대답하자, 그 말에 윤이 잠깐 웃는 소리를 냈다.

"아무 일 없어요. 촬영 마치면 고원에 연락해 볼게요."

아무 일 없다는 건 결국 또 내내 붙어 있겠다는 뜻일 터였다. 상대적으로 노출이 안 된 윤 쪽이 자신과 떨어져 있는 편이 더 안전할 거라고 생각하면서도, 그 이유로 윤을 떼어 놓을 자신이 없었다. 밤새 문 앞에 앉아 있으라고 해도 그렇게 하겠다는 사람을 논리적으로 설득한다는 건 아무리 생각해도 불가능했다.

핸들에 머리를 박고 싶은 것을 참은 정언은 말없이 운전을 했다. 법영상분석연구소 주차장에 차를 세우고 사무실로 올라가자, 기다리고 있던 주성안 소장이 먼저 인사를 건넸다.

"서 피디님, 오래간만입니다."

"잘 지내셨어요?"

정언이 가벼운 묵례로 답을 하자 성안이 안쪽의 1연구실로 두 사람을 안내했다. 교통사고 영상 분석 전문가인 양기영 연구원이 미리 와서 앉아 있었다. 윤이 촬영 준비를 하는 동안 기영이 미리 가져다 놓은 노트북과 영사 장비를 세팅하며 말했다.

"그래도 예정보다 좀 일찍 끝나서 다행이에요. 일이 많을 땐 확 많은데, 또 없을 때는 좀 한가하긴 하니까요. 이거 지나고 또 바로 일이 많이 밀려서요."

"저희가 매번 촉박하게 요청해서 죄송합니다."

정언의 말에 기영이 웃으며 손을 저었다.

"아닙니다. 그런데 촬영 전에 미리 말씀드리면 처음 보내 주신 사진은 영상이 아니라서 딱 이거다, 하고 저희가 확증을 할 수는 없어요. 영상이 있으면 더 확실한데 원체 옛날 자료더라고요. 가능성이 높다, 제가 그렇게 말을 할게요. 딱 확증하는 것처럼 제가 얘기하면 그건 좀 알아서 편집해 주세요."

"알겠습니다."

촬영 준비를 마친 윤이 오케이 사인을 보냈다. 자리에 앉은 기영이 노트북 화면을 스크린에 띄웠다. 박창도 국장이 보내 주었던 사고 현장 사진이 스크린을 가득 채웠다. 기영은 포인터로 사진을 가리키며 입을 열었다.

"소스 자체가 워낙 오래된 거라서 저희가 일단 여러 차례 보정을 했습니다. 같이 보내 주신 자료에는 졸음운전 때문에 과속하다 회전하면서 충돌했다, 이런 식으로 돼 있었는데요, 결론부터 얘기하면 저희가 자료상에서는 그런 소견을 확인하기가 어려었습니다."

기다리고 있던 대답이었다. 그건 결국 초동 수사가 엉망으로 진행됐다는 말과 다를 바가 없었다. 정언은 눈을 빛내며 물었다.

"아닐 가능성이 높다는 말씀이신가요?"

"네, 그렇죠. 우선 차가 회전했다, 경찰이 왜 이렇게 추측했는지 제가 궁금한 거고요. 왜냐하면 차가 회전을 했다고 볼 수 있는 증거가 여기서 보이지 않거든요. 도로면을 보시면, 이게 당시 새벽에 찍은 사진이라 어두운데 이 부분 밝기를 좀 올리면 노면에 타이어 자국이 드러나요. 회전을 하면서 이 정도로 심각하게, 차 앞부분이 완전히 파손될 정도로 충돌하려면 상당한 속도로 주행했을 것이다, 이렇게 생각할 수 있잖아요. 일단 여기 타이어 자국을 한 번 보시죠."

기영이 배열된 사진의 도로 부분에 포인터로 원을 그렸다.

"보통 도로에 남는 타이어 자국이 있다, 그러면 보통 스키드 마크라고 많이들 생각해요. 그런데 스키드 마크는 급감속 혹은 급가속, 급제동이 있을 때 나타나는 흔적입니다. 바퀴가 잠기면서 전방으로 미끄러질 때 도로면과의 마찰에 의해 나타나는 흔적, 이걸 스키드 마크라고 정의하죠. 이거하고 다르게 바퀴가 잠기지 않은 채로 회전하면서 옆으로 미끄러질 때 나타나는 흔적은 요 마크(yaw mark)[10]라고 합니다. 주로 무리하게 과속하다 급선회할 때, 갑자기 핸들을 꺾었을 때 보이는 흔적이에요."

---

10) 바퀴가 구르는 상태에서 진행 방향의 측면으로 미끄러지며 생기는 타이어 자국. 직선으로도 발생 가능한 스키드 마크와는 달리, 요 마크는 핸들의 움직임에 의해 발생하기에 반드시 곡선으로 나타난다.

"그럼 지금 여기 보이는 건 둘 중에 어느 쪽입니까?"

기영은 정언의 질문에 먼저 화면을 확대했다. 몇 번 키보드를 두드리자 확대된 화면이 보다 선명해졌다. 사진의 명도를 조금 조절한 기영은 확연히 뚜렷해진 타이어 자국을 따라 포인터를 움직였다.

"과속에 졸음운전 도중 어떤 이유로, 뭐 이 날 비가 왔다거나, 겨울이라면 노면이 얼었거나, 도로에 어떤 장애물이 있었거나 해서 감속 없이 미끄러지면서 충돌했다면 요 마크가 보이는 게 맞아요. 그런데 이건 전형적인 브로드사이드 스키드 마크(broadside skid mark)로 보이거든요. 여기 보시면 도로에 횡으로 넓게 보이는 흔적이 있죠. 브로드사이드 스키드 마크라는 건 차량이 옆으로 미끄러지면서 제동할 때 나타나는 패턴입니다."

"그러면 일단 운전자가 브레이크를 잡았다고 볼 수 있군요."

"그렇죠. 사진으로 판단할 때 차가 감속이나 제동 없이 회전했다, 이런 부분은 확인할 수 없습니다. 실제로 여기 보시면 차가 한쪽 면으로 충돌하면서 그쪽에만 손상이 갔어요. 저희가 여러 번 시뮬레이션을 했거든요. 회전을 했다기보다는 차라리 어떤 장애물을 피하기 위해 제동하면서 핸들을 꺾었다가 측면으로 충돌했다, 이렇게 보는 게 타당합니다."

기영이 확대한 사진의 위치를 옆으로 조금 옮겼다. 파손된 차량을 확대한 기영은 차 옆 부분에 선명하게 남은 스크래치 위를 포인터로 왕복했다.

"여기 보시면 아주 큰 스크래치가 남아 있어요. 옆에서 긁힌 자국입니다. 그런데 이게 차량이 추돌한 방향 반대편에 남아 있단 말이에요. 이 부분을 확대해서 보면, 사고 차량은 은색 차량인데 이쪽에 검은색 도료가 전이된 부분이 확실히 보입니다."

"이런 흔적은 보통 어느 때 나타나죠?"

"자료상으로 볼 때 검은색 차량과 도료가 전이될 정도의 밀착 충돌이 있었다고 짐작할 수 있습니다. 이게 당시에 상당히 고급 차량이었잖아요. 사고 전에 이미 이런 흔적이 있었다면 당연히 도색을 하거나 했을 겁니다. 이 상태로 탔을 가능성은 낮다는 거죠. 그런 점을 다 고려해서 스키드 마크의 방향을 봤을 때, 먼저 스크래치가 난 쪽에서 어떤 차량이 충돌했다. 그리고 운전자가 그 차량을 피하기 위해 급하게 브레이크를 밟으면서 핸들을 틀었다, 이런 짐작이 가능한 겁니다."

"당시 도로 상황에서 그런 사고가 일어날 확률이 높습니까?"

"글쎄요. 이게 벌써 몇 십 년 전 아닙니까. 더구나 지방 도로예요. 통행량 자체가 지금하고는 비교가 안 되죠. 지금 이 사진에서 봐도 사고 지역 표시해 둔 인근에 다른 차의 흔적을 발견할 수가 없습니다. 아직 어둡기 때문에 다른 차가 있다면 양쪽으로 광원이 보일 가능성이 높거든요. 그런데 일단 사진상으로 카메라 플래시 이외의 다른 광원은 확인이 안 돼요."

고의적인 사고를 의심한 박창도 국장의 생각은 충분히 논리적이었다. 정언은 스크린에 떠 있는 사진을 물끄러미 바라보았다. 보닛이 거의 구겨지다시피 파손된 자동차는 오래된 사진 속에서 아무도 모르는 그날 밤의 일을 증명하고 있었다.

기영이 말을 이었다.

"이 스크래치가 백라이트 부근, 뒷좌석 문, 그리고 운전석 앞쪽에서 발견됩니다. 한 번 죽 긁고 지나간 것처럼은 보이지 않아요. 최소한 두 차례 이상의 충돌이 있었다고 생각할 수 있거든요. 사고 차량이 정상적인 주행을 하고 있었다는 가정 하에, 이건 사고 유발 차량에 의한 충돌 사고 소견에 가까워 보인다, 이렇게 말씀드릴 수 있겠습니다."

"고의성이 있는지 판단할 수 있습니까?"

"사진만 가지고 고의성까지 판단하기는 어렵습니다. 그러나 정황을 생각해 볼 때, 제가 이런 식의 자료를 몇 번 본 적이 있는데 대부분 보복 운전이에요. 일부러 사고를 내려고 들이받아야 이런 게 가능하다는 거죠. 보복 운전이 아닌 이상 이런 종류의 사고가 흔하지는 않을 것이다, 저는 그렇게 생각합니다."

마지막 말로 약간의 여지를 남겨 두기는 했으나, 결론은 명쾌했다. 정언은 고개를 끄덕였다.

기영이 스크린에 뜬 사진을 모두 닫고는 두 번째 영상을 화면에 띄웠다. 대석의 사고 영상이었다. CCTV 화면을 확대한 기영은 화면을 정지한 뒤 포인터로 대석의 차에 동그라미를 쳤다.

"이 차가 사고 차량입니다. 이 영상 같은 경우는 훨씬 명확해요. 전형적인 졸음운전 형태입니다. 이미 한참 뒤에서부터, 도로 진입하자마자 직선 주행 시에 차선 침범을 하죠. 술 취한 사람이 갈 지(之) 자로 걷는다고 하잖아요. 차량도 마찬가지입니다. 이분도 상당히, 여기서 보면 계속 좌우로 불안하게 운전을 하거든요. 이 지점에서 제일 가까운 휴게소가 3킬로미터 정도, 차로 먼 거리는 아니죠. 아마 휴게소로 가려고 생각했던 것 같아요."

기영이 화면을 재생했다. 영상 속에서 대석의 차가 위태롭게 휘청이듯 움직이는 것이 눈에 들어왔다.

"이렇게 보시면 차량 통행이 적은 오른쪽 도로로 빠지죠. 여기까지는 이분이 의식이 있는 것 같거든요. 자기 상태가 좋지 않다는 걸 자각하고 갓길에 차를 세우거나 하려고 했던 걸로 짐작이 돼요. 그런데 오른쪽으로 완전히 빠진 뒤에 얼마 못 가고 펜스를 들이받아 버립니다."

화면에서 움직이던 대석의 차가 죽 미끄러지며 펜스와 충돌했다. CCTV 화면이라 충돌하는 소리가 들리지는 않았으나, 스크린을 보고 있던 윤이 움찔하며 눈을 크게 떴다. 기영이 화면을 정지시키고는 대석의 차를 다시 가리켰다.

"졸음운전 사고는 순간적으로 벌어지니까 급감속이나 제동을 못 하는 경우가 많거든요. 이분도 그런 케이스예요. 그런데 뭐랄까, 제가 보기에는 오른쪽으로 빠지는 사이에 운전자가 거의 정신을 잃은 게 아닌가 의심이 돼요. 저희가 계산을 해 보면 당시 속도가 대략 시속 40킬로미터에서 50킬로미터 사이로 보이거든요. 과속은커녕 제한 속도보다 느리게 가는 상황이었어요. 게다가 도로가 비어 있었기 때문에 충돌하기까지 제동 거리가 충분했는데 사선으로 쭉 가면서 그대로 받아 버리잖아요."

"그러면 차선을 변경하면서 충돌하기까지의 시간 동안 운전자가 상황 판단이 전혀 안 됐다는 거죠? 약물 부작용으로 인해 그런 현상이 나타날 수 있습니까?"

"아, 그렇죠. 약물로 인해 졸음이 온다, 이건 굉장히 불가항력적인 상황이니까요. 자기 몸을 컨트롤할 수 없으니 이런 사고가 일어날 확률도 높을 수밖에 없죠."

기영이 정언의 말을 수긍했다. 정언은 메모를 하던 다이어리를 덮으며 기영을 마주 보았다.

"그러면 첫 번째 건은 사고 유발 차량으로 인한 사고, 두 번째 건은 졸음운전으로 인한 충돌 사고, 이렇게 정리할 수 있나요?"

"네. 아까도 말씀드렸지만 백 퍼센트다, 이건 아닙니다. 하지만 제가 생각하기에는 그럴 가능성이 높다는 거죠. 보내 주신 자료에 보니까 두 번째 차량 운전자분 부검 결과 디펜히드라민이 검출됐다고 했는데, 약물에 의한 사고가 굉장히 많거든요."

약간의 겸양과 더불어 빠져나갈 구멍을 남겨 두는 대답이었으나, 기영은 베테랑 중의 베테랑이었다. 몇 줄의 초동 수사 기록보다는 과학적으로 분석한 정황이 더 진실에 가까울 수밖에 없었다. 정언이 고개를 끄덕이자 기영이 영상을 닫고는 노트북을 덮었다. 정언은 윤에게 컷 신호를 보냈다.

"매번 도움 주셔서 감사합니다."

정언의 인사에 기영이 아휴, 하며 손을 내저었다.

"아이, 아닙니다. 저희가 갑자기 일정 당겨서 죄송하죠. 어쩌다 보니까 좀 빨리 끝나게 돼서요. 워낙 시간 아껴 쓰시는 팀이니까 하루라도 빨리 뵈면 더 나을까 싶어서…… 그런데 YBS 괜찮나요? 뉴스 보니까 위에서 막, 그런 게 심하다고 하던데요."

"요즘은 가는 데마다 다들 걱정부터 하시네요."

웃는 얼굴로 그 말을 받아넘긴 정언은 적당히 둘러댔다.

"상황이 막 좋은 건 아닌데 또 아주 나쁜 것도 아니니까요. 걱정하지 마세요."

"YBS 뉴스 뜨면 저희도 마음이 불안하고 그렇더라고요. 세상이 참 어떻게 되려고 그러는지 모르겠어요. 아무튼 혹시 다른 부분, 문의하실 거 있으시면 또 언제든지 연락 주십시오."

"네, 감사해요."

기영과 짧은 대화를 나누는 사이 윤이 장비를 모두 정리한 것을 본 정언은 나가자는 손짓을 했다. 연구소를 나와 주차장에 세워 둔 차에 다시 시동을 건 정언은 시계를 한 번 확인했다. 오늘의 첫 일정이었는데 벌써부터 피로감이 쌓이는 기분이었다.

운전석에 올라타 시트에 등을 댄 정언이 미간을 누르며 윤에게 말했다.

"윤대석 씨한테 약 처방한 의사 더 알아봐야겠어. 캐나다로 이민 갔다고 했나?"

"네."

"캐나다 교민 커뮤니티, 페이스북 이런 쪽에 그 사람에 대해 제보 달라고 일단 글 올려 봐. 교민 사회 좁고 의사였으니까 아는 사람 금방 나올 거야."

"알겠습니다."

윤이 핸드폰으로 뭔가 검색하며 대답했다. 정언은 아동심리상담센터로 차를 돌리며 희경에게 전화를 걸었다. 신호가 서너 번 가기 무섭게 희경이 전화를 받았다.

『네, 피디님.』

"안녕하세요. 저희가 어제 어린이집 들러서 원장님하고 잠깐 얘기했는데 수아하고 리아 당분간 등원 안 시킨다고 하셨다고 해서요. 벌써 옮기신 건가요?"

『네. 어제부터 언니 집에 있어요. 형부가 해외 장기 출장 나가 있거든요. 언니가 빨리 오라길래 간단한 짐만 챙겨서 왔어요.』

"수아 상태에 대해서도 얘기 잠깐 들었는데, 혹시 상담 선생님이 뭐라고 말씀하셨나요?"

수아의 이야기를 꺼내자 희경의 목소리가 어두워졌다.

『애가 아직 선생님한테도 무슨 얘기를 잘 안 하려고 해서요. 선생님이 너무 조급하게 생각하지 말자고……』

"아, 그러시구나. 저희 쪽 전문가 분한테 일단 연락을 해 뒀거든요. 제가 지금 그분 만나러 가는 길인데, 얘기가 잘 되면 수아를 이쪽에 한 번 보이면 어떨까 싶어서요."

정언의 말에 희경이 깜짝 놀란 투로 대답했다.

『어머, 그렇게까지 신경 안 써 주셔도 되는데…… 어떡하죠, 피디님. 정말 감사해요.』

"아닙니다. 혹시 그 뒤에 회사에서 다시 연락 온 건 없었죠?"

『네.』

"알겠습니다. 만약에 연락 오면 저희한테 바로 알려 주세요."

핸즈프리의 버튼을 눌러 전화를 끊은 정언은 가벼운 두통 탓에 얼굴을 찡그렸다. 그렇지 않아도 고질병인 두통이 요즘은 더 수시로 찾아들었다. 저도 모르게 짧은 한숨을 뱉은 정언은 관자놀이 부근을 꾹 눌렀다.

윤이 곁에서 흘끔 이쪽을 보는가 싶더니 가방을 뒤져 무언가를 내밀었다. 무심코 윤의 손으로 시선을 준 정언은 멈칫했다. 에너지 바 하나와 늘 먹는 진통제였다.

"지난번에 보니까 이 약 사다 놓고 드시는 거 같아서요. 물어보니까 빈속에 먹으면 속 쓰리다고 그래서…… 아침 안 드셨잖아요. 이거 먼저 드시고 약 드세요."

에너지 바 포장을 까서 아예 정언의 손에 쥐어 준 윤은 곁에서 물병 뚜껑을 땄다. 이미 거절하지 못하게 된 상황이라, 당황하던 정언은 머뭇거리다 손에 들린 에너지 바를 한 입 베어 물었다. 단 초콜릿과 견과류가 입 안에서 낯설게 씹혔다.

뒤늦게 고마워, 하고 부정확한 발음으로 웅얼거리자 윤이 미소를 지었다.

"선배한테 고맙다는 말 듣는 거 좋은데요."

그런 말은 듣는 사람 낯 뜨거워 죽을 것 같으니 속으로 해 줬으면 좋겠다……라고 생각한 순간 윤이 한마디를 더 덧붙였다.

"그럴 때 선배 귀엽다고 하면 화내실 거죠?"

그 말에 화를 낼 틈도 없이 넘어가던 땅콩 조각이 목에 걸렸다. 입을 틀어막으며 콜록거린 정언은 서둘러 물을 마셨다. 곁에서 빤히 이쪽을 보는 윤의 시선이 느껴졌다. 슬쩍 곁눈질한 그 얼굴은 웃고 있었다.

대체 어디서 이런 게 굴러 들어온 걸까. 차 안만 아니었다면 당장 민망함에 어딘가로 뛰쳐나가고 싶은 기분이었다. 듣는 사람이 없는 게 천만다행이라고 생각하며, 정언은 핸들을 꽉 움켜쥐었다.

28

"사무실 밖에만 있어도 살겠어, 진짜."

민혜가 카페의 소파에 몸을 묻으며 흑흑 우는 시늉을 했다. 커피를 가져오던 윤이 그 말에 웃고는 민혜와 정언의 앞에 컵을 놓아 주며 맞은편에 앉았다.

"똑같이 일하는 건데도요?"

"그래도 장소가 바뀌면 기분도 바뀌잖아요. 물론 뭐 이런 효과를 의도한 건 아니지만……."

말끝을 흐린 민혜가 컵 안을 가득 채운 휘핑크림 사이로 빨대를 찔러 넣었다. 오후에 사무실로 돌아오자, 재희가 할 얘기가 있다며 밖에서 보자고 해서 방송국에서 조금 떨어진 한적한 카페 2층에 자리를 잡은 참이었다.

"근데 생각하니까 열 받네. 커피 값은 비용 처리도 안 해주는데 회사에서 안심하고 회의도 못 하게 해?"

"그래서 정규직인 내가 샀잖아요. 비용 처리고 뭐고 이거 방송만 했으면 좋겠네."

투덜거리는 민혜의 얼굴에 정언이 옆에서 말을 보탰다. 커피를 마시며 시계를 본 정언이 왜 안 와, 하고 중얼거리기 무섭게 계단을 탁탁탁 뛰어 올라오는 소리와 함께 재희가 나타났다.

자리에 앉은 재희는 손에 들고 있던 파일을 탁자 위에 던져 놓고는 미리 가져다 놓은 컵 뚜껑을 열어 커피를 마셨다. 민혜가 짐짓 눈을 흘겼다.

"어우, 하여튼 양반 못 돼. 자기 얘기만 하면 오는 거 봐."

얼음 조각 하나를 소리 나게 씹은 재희가 씩 웃으며 대꾸했다.

"송 작가가 내 욕 5분 이상 하게 내버려 둘 수 없거든."

재희가 탁자 위에 놓아 둔 파일을 턱으로 가리켰다.

"일단 파일부터 봐봐. 원진솔 기자가 준 건데, 작년에 분양한 장원지구 스타일하우스 커뮤니티에 그런 글이 꽤 올라와 있대. 다른 데도 비슷한데, 장원지구가 진송신도시랑 똑같은 에코프리미엄 라인이라 여기 주목하고 있나 봐."

윤은 파일을 펼쳐 보았다. 인터넷 카페 글을 프린트한 것이었다. 상단에는 '장원지구 스타일하우스 에코프리미엄 6단지 입주민 모임'이라는 타이틀이 붙어 있었다. 수십 장이나 되는 프린트의 내용 대부분이 이유 없는 두통이나 아이들의 아토피 악화를 호소하는 글이었다.

민혜가 그 중 한 장을 집어 들고는 소리를 내어 읽었다.

"1005호 최영원, 저만 그런가요? 입주한 지 6개월 됐는데 몇 달 전부터 작은애 아토피 증세가 너무 심해졌어요. 원래 아토피 있긴 했는데 요즘은 밤에 거의 잠을 못 자네요. 혹시 애들이 같은 증상 있는 분들 계세요?', 밑에 댓글도 스무 개 가까이 되네? '2104호 김예진, 저희 애도 입주 후에 아토피 심해졌어요. 회사에 문의하니 어느 정도의 새집증후군 현상은 어쩔 수 없다네요.

입주 전에 보일러 돌리고 환기 자주 해서 조치를 취했어야지 그
건 자기들이 어떻게 해줄 수 없대요.'"

"이런 게 한두 명이 아니면 왜 여태 조용했지? 이거 되게 민감
한 문제인데."

정언이 이해할 수 없다는 표정을 했다. 재희는 마시던 커피를
내려놓고 다시 뚜껑을 닫았다.

"일단 그 댓글 내용처럼 새집증후군 현상은 어쩔 수 없다는
게 회사 매뉴얼인 것 같아. 사람마다 민감도가 다르고, 자기들은
유해 물질 기준치 이하 친환경 자재만 사용한다 그거지. 그리고
에코프리미엄은 무덕트 환기 장치가 기본 옵션이란 말이야."

"무덕트 환기 장치가 뭐야?"

민혜의 물음에 재희가 대답했다.

"덕트라는 게 기체나 액체 같은 게 지나가는 관을 얘기하는데,
이런 덕트 없이 설치하는 환기 장치를 그렇게 부른대. 몇 년 전
부터 아파트에 이거 설치하는 데가 좀 있다고 하더라고. 이게
문제가 되는 게, 새집증후군 최초 배상 판례가 2004년이야.[11]
새집증후군으로 생후 7개월 된 딸한테 피부염이 생겼다고 소송
걸었거든. 이때 법원 측에서 건설사 책임 인정해서 치료비, 공기

---

[11] 한국에서 최초로 새집증후군에 대해 시공사의 배상 판결을 내
린 것은 2004년이다. 경기도 용인의 신축아파트 입주자가 새집증
후군으로 인해 7개월 된 영아의 피부염이 유발되었다며 분쟁조정
을 신청하였고, 이 건에 대해 법원은 시공사의 일부 책임을 인정
하여 피해배상 요청액 1,000만 원 가운데 일부인 303만 원을 시
공자 측이 배상해야 한다고 판결하였다. (「['새집증후군' 첫 배상
받는다] 건설사 측, 조정委결정 수용키로」, 『한국경제』, 2004.8.
17.)

질 개선비, 위자료 명목으로 3백만 원 지급하라는 판결 내렸어. 이 판례 가지고 볼 때 서온건설은 서류상으로 친환경 자재 사용했고, 실내공기 질 개선을 위해 환기 장치 기본 옵션으로 들어가기 때문에 일단 책임을 면피할 소지가 있다고.”

“최초 판례가 2004년이면 민 의원님은 어떻게 승소했지?”

정언이 의아하다는 얼굴로 묻자 재희가 팔짱을 끼었다.

“민 의원님이 소 제기할 때 새집증후군이라는 말 자체를 안 썼어. 동일한 증상이 그렇게 대규모로 나타난다는 건 확실하게 건축물에 어떤 문제가 있다, 여기 초점을 둔 거야.”

“그래요? 그런데 유사 판례가 있으면 이길 가능성도 높을 텐데, 왜 민 의원님하고 저 건 이후로는 서온건설 대상으로 보상받은 건이 없어요? 애들도 에코프리미엄 아니면 자재나 환기 장치 핑계는 안 통할 거 아냐.”

“음, 체크해 봤는데 민 의원님 케이스만큼 원고가 많았던 경우가 없어. 소수 사례 가지고는 기업 상대로 원인이 확실히 건축물에 있다는 주장이 받아들여지기 힘들잖아. 그리고 2004년 새집증후군 판례 보면 원래 원고가 천만 원 지급하라고 분쟁조정 신청했거든. 그런데 당시에 원고 측에서 새 가구를 구입한 사실이 있었단 말이야. 원인이 거기에도 있다고 봐서 법원이 일부만 책임 인정한 거지. 이게 문제야. 새집 입주할 때 새 가구 하나도 안 사고 들어가는 사람 있겠어? 그러니까 온전히 집 때문이라는 사실을 증명하기가 힘들지.”

듣고 있던 민혜가 어렵다, 하고 펜 끝으로 이마를 긁적이며 얼굴을 찌푸렸다. 재희는 가벼운 한숨을 쉬었다.

“원 기자가 오전에 장원지구 직접 가서 글 올린 사람들 만나

봤대. 여섯 명, 일곱 명 정도. 회사에 직접 문의한 건 세 명인데 답변이 다 똑같이 왔다 하더라고. 어쩔 수 없다 그거지. 그런데 이 사람들은 이미 입주 전에 베이크 아웃(bake out)[12] 다 했고, 한 집은 가구에 따로 무슨 약품 처리하는 서비스까지 받았어. 거기는 애가 세 살인데 선천적으로 호흡기 질환이 있고, 아토피가 심해서 아주 민감하다는 거야. 그래서 일부러 에코프리미엄 입주했고, 회사 대응이 미온적이라 법률 상담도 받아 봤는데 개인으로는 이기기 어렵다고 집단 소송 권유했다네."

"그러면 우리 쪽에서 환경시민단체 전문가 섭외해서 먼저 문제 발생한 집 체크하면 어떨까요? 개별 조사 먼저 진행하면 일단 사측에서는 모를 테니까."

윤이 끼어들자 재희가 고개를 끄덕였다.

"내 생각에도 그편이 나은 것 같아. 일단 우리하고 취재 진행했던 단체 중에 제일 빨리 진행 가능한 곳에 연락 넣어 보려고. 우선 이미 완공된 단지에 문제가 있다는 게 증명되면 지금 건설 중인 곳도 타격이 갈 수밖에 없으니까, 분양자들이 가만히 안 있을 거거든. 민주영 의원실에도 도움 요청하면 어떨까 싶어."

"그러면 그건 일단 그렇게 하기로 하고, 신병민 씨 인터뷰 녹취하고 문서는 확인해 봤어요?"

정언이 묻는 말에 민혜가 목을 뽑아 주위를 한 번 둘러보고는 목소리를 낮췄다.

"내가 오전에 강 피디랑 녹취록 정리하고 문서 가져온 거 봤

---

12) 새로 지은 건축물이나 개보수 작업을 마친 건물에서 보일러 가동 등으로 실내 공기온도를 높임으로써 건축 자재나 마감 재료에서 나오는 유해 물질을 제거하는 방법.

어. 증언하고 문서 기록 대부분이 일치해. 장부 확인해 보니까 문서상 자재하고 실제 자재 가격을 맞췄더라고. 차액은 이중장부 쓰면서 일정 비율로 원청하고 하청이 나눠 가진 것 같고."

"그럼 이거 공개되면 하청 타격도 불가피하겠네요."

"그건 어쩔 수 없어. 하청이 아무리 을이라도 같이 불법 저지른 거잖아. 만약에 검찰 조사 들어가면 하청에서는 가진 거 다 털고 네고 시도하는 게 베스트지. 우리 입장에서도 그렇고."

단호하게 말한 민혜는 짧은 한숨을 쉬었다.

"신병민 씨가 가져온 게 현장 네 군데, 그 중에 임대주택 건이 세 개. 전 부장님한테 넘겼는데 그 팀에서 해당 현장 자재 문제 직접 확인하겠대. 그 팀이 전에 한 게 있어서 정보원 풀이 있는 것 같더라고. 우리 쪽에서도 그러면 시간 절약되니 좋지."

"오케이. 허 사장 공판 기록 검토하기로 한 건?"

"일단 그것도 아까 체크하고, 최변이 상생변 소속 국선 출신 연결해 주기로 했어. 그쪽하고 다시 한 번 검토하려고. 그런데 공윤승 변론 자체가 우리 눈으로 봐도 너무 허술해. 피고를 변호할 의지가 거의 없다고 해야 되나? 속기록 전부 읽어 봤는데, 보면 알겠지만 애초에 공윤승은 허 사장이 처음부터 살인할 의도가 있었다, 이걸 전제로 하더라고. 피고인이 사주가 있었다, 시키는 대로 했다 이렇게 애기를 하는데 변호인이 자기는 그런 사실을 들은 적이 없대. 이런 거 본 적 있어?"

민혜가 어이없다는 투로 되물었다. 정언이 잠시 뭔가를 생각하더니 미간을 좁혔다.

"의뢰인이 변호인한테 내용 숨기는 경우 있긴 한데, 이건 그런 것도 아니잖아요. 천중헌이 공윤승을 허 사장한테 붙여 줬고, 허 사장 입장에서는 진짜 시키는 대로 안 하면 안 될 상황이었는데 그걸 숨길 리가 있어요? 상식적으로 이해가 되나, 이게?"

"속기록 보면 허 사장이 공윤승한테 항의를 하거든. 공윤승은 끝까지 그런 적이 없다고 하고. 이것 때문에 중간에 휴정을 두 번 했더라고. 휴정한 뒤에는 허 사장이 자기 실수 인정했고."

정언은 그 말에 미간을 찌푸렸다.

"회유한 거네, 그럼. 이건 허주경 사장이 너무 나이브했던 거 아니에요? 상황이 이렇게 됐으면 변호사가 자기 편 아니라는 거 알았어야 하지 않나?"

"그치, 그런 부분이 없진 않지. 근데 이해가 안 가는 건 아니잖아. 사람 죽이고 멘탈은 완전히 나갔지, 멀쩡하게 있는 사주범을 없다고 하지, 딸 가지고 협박하지. 어떤 식으로 회유했는지는 몰라도 제정신 아닌 사람 설득하는 게 어렵진 않았을 거 같아. 그러니까 딸이 납득을 못 해서 자료 따로 사본 만들었을 테고."

돌겠네, 하고 중얼거린 정언이 얼굴을 문질렀다. 듣고 있던 재희가 소파에 등을 묻으며 내뱉었다.

"그래서 평진에 공문 넣었어. 인터뷰 응하시라고. 아니면 우리가 취재한 내용 일방적으로 보도할 수밖에 없다고. 지금 머리 엄청 쥐어짜고 있을걸."

대화 내용을 부지런히 메모하던 윤은 펜을 멈추며 재희에게 시선을 돌렸다.

"만약에 공윤승 쪽에서 인터뷰 응한다면 서온하고 말 맞췄다는 얘기겠죠?"

"그렇지. 지난번에 취재 거절한 것도 대응책 논의할 시간 벌려고 그런 걸 테니까. 공판 기록 다시 확인하니까 김정면 판사 포함해서 담당 판검사 자체를 신환석 라인으로 채워 놨더라고. 고속도로 왕복했는데 검찰 측에서 범행 이후 CCTV만 제출한 것도 이상하고. 범행 전 CCTV도 확인했으면 조수석에 동승자 있는 거 충분히 확인할 수 있는 상황이란 말이야."

"범행 이후라는 게 정확히 시점이 언제죠? 허주경 사장 증언에서 조창식을 용인휴게소에 내려 줬다고 했잖아요. 그러면 휴게소 도착하기 전이나 휴게소 진입 시 CCTV에서 조창식이 확인 안 된 겁니까?"

"검찰 측 주장으로는 동승자 여부를 확인할 수 있는 화면은 그게 유일하다는데, 글쎄. 그리고 CCTV 화질이 상당히 떨어지고 많이 어두워. 우리 영상팀에서 잠깐 확인했는데 조작 가능성도 있는 것 같다고 얘기하더라고. 정확한 건 전문가한테 분석 맡겨 봐야 알겠지."

대답한 재희가 기지개를 쭉 켜더니 어깨를 두드렸다.

"이런 부수적인 증거들은 일단 우리가 하나하나 찾아 가면 되는데, 문제는 계좌 추적이야."

"검찰에서 추적한 계좌 내역을 사용할 방법은 없나요?"

윤이 묻자 재희가 한쪽 눈썹을 약간 찡그렸다.

"우리가 지금 그 목록을 안 갖고 있고, 뭐 그거야 어디서든 구하면 되긴 하지. 그런데 그게 터진 게 벌써 몇 년 전 일이야. 계좌 정리 한 번 했을 거라고. 특히 엄대진. 엄대진이 진송신도시 부지 선정 때부터도 그렇고, 분명히 차명 재산이 상당히 될 텐데 이게 추적이 안 된다는 건 어디서 싹 세탁했다는 얘기거든."

"대포통장이나 페이퍼컴퍼니 같은 거 말씀하시는 거죠?"

"응. 지금 CCTV 상에서 박규형 씨 통해 돈 받아간 한선당 의원들이나 그 주변인들 계좌 추적하는 것 자체는 솔직히 어렵지는 않아. 엄대진계 애들 봐봐, 엄청 안일하잖아. 한 번 뒤집어 놓은 거 두 번은 하기 힘들다고 생각하는 거지. 이런 애들은 국세청 통해서만 털어 봐도 바로 끝장나. 그런데 머리인 엄대진이 어떤 방식으로 얼마를 세탁했느냐, 이걸 애들도 정확히 모를 거야. 엄대진이 그렇게 호락호락한 위인은 아니니까."

쉬운 게 하나도 없다는 건 진작부터 알고 있었지만 산 넘어 산이라더니 팔수록 더 막막한 기분이었다. 윤은 펜 뚜껑 끝으로 아랫입술을 꾹 누르며 나오려는 한숨을 참았다. 다른 셋도 모두 같은 기분인 듯, 짧은 침묵이 감돌았다. 그새 무너지기 시작한 휘핑크림 위를 휘적거리던 민혜가 윤에게 물었다.

"김 피디, 아까 고원종합기술공사 연락해 봤다고 하지 않았어요? 거기서 뭐래요?"

"오전 촬영 끝나고 다시 걸었는데, 이종규 팀장이 출장 중이라기에 다른 분하고라도 얘기하고 싶다고 책임자 바꿔 달라고 했거든요. 그러니까 우인범 부장이라는 사람이 받더니 취재 관련된 건 상부 허락이 있어야 된다면서 연락 주겠다고 하던데요."

"촬영 전에 걸었을 때도 팀장 출장이란 얘기 있었어요?"

"없었죠."

윤의 대답에 민혜가 양어깨를 감싸 안으며 진저리를 쳤다.

"아우, 난 그런 애들 너무 싫더라. 사람이 뺑을 치려면 앞뒤를 치밀하게! 이렇게 딱! 준비를 잘 해가지고! 우리가 의심을 안 하게 말을 맞춰야 할 거 아냐!"

"큰일 날 소리 하네. 다 그렇게 치밀하면 우리가 방송을 어떻게 해. 사람이 뭐든 일장일단이 있다고. 그렇게 허술하니까 매번 낚는 재미가 있잖아, 또."

농담인지 진담인지 도무지 분간이 가지 않는 얼굴로 대꾸한 재희가 자기 시계를 확인했다. 그때 테이블 위에 놓아 둔 정언의 핸드폰이 전화 화면을 띄우며 진동하기 시작했다. 재빨리 핸드폰을 집어 든 정언이 전화를 받았다.

"네, <비하인드 24> 서정언입니다. 네. 아, 그래요? 네, 네. 생각보다 굉장히 빨리 됐네요. 아, 네. 저희가 지금 가서 확인할 수 있는 거죠? 알겠습니다."

짧은 통화를 마친 정언이 핸드폰을 흔들어 보였다.

"노이섭 팀장님인데, 조창식 집에서 발견한 핸드폰 디지털 포렌식 결과 나왔대요. 삭제된 기록 거의 다 복원한 거 같아요."

민혜가 눈을 동그랗게 떴다.

"어머, 뭐 중요한 거 있으려나? 정언, 김 피디랑 빨리 가 봐. 뭐 중요한 거 있으면 바로 연락 주고."

네, 하고 대답한 윤은 서둘러 자리에서 일어났다. 커피를 한 모금 더 마신 정언이 컵을 내려놓고는 몸을 일으켰다. 계단을 내려와 카페를 나서자 정언이 주머니에서 핸드폰을 꺼내 들여다보았다. 윤은 곁에서 정언에게 물었다.

"뭐가 복원됐는지 나왔어요?"

"자세히는 얘기 안 했는데, 일단 통화 녹취가 있다고 하네. 메시지하고 사진, 통화 기록 지워진 것도 복원했고. 내용이 뭔지는 가서 봐야 알 것 같아."

정언은 메시지창에 뭐라고 연신 답을 보내며 말했다. 흘끔 보니 아까 만났던 아동심리상담센터의 성이진 교수인 듯했다.

정언은 횡단보도 앞에서 신호를 기다리며 들어온 메시지를 한참 보고 있었다. 신호가 초록불로 바뀌며 시각장애인용 알림이 울리자, 정언이 핸드폰에 눈을 둔 채 걸음을 내딛었다.

다음 순간, 윤은 즉시 정언의 팔을 낚아채 뒤로 확 끌어당겼다. 놀란 정언이 윤을 돌아보는 것과 동시에, 방금 서 있던 자리 바로 앞으로 엄청난 소리를 내며 자동차가 지나갔다. 곁에 서 있던 사람들도 미친 놈 아냐, 하고 저마다 한마디씩 내뱉고는 가슴을 쓸어내렸다.

눈을 동그랗게 뜬 정언이 자동차가 사라진 방향으로 고개를 돌렸다. 저만치서 달려올 때부터 주시하던 차가 속도를 전혀 줄이지 않기에 이런 일을 예상한 게 다행이었다. 조금 당황한 표정을 하던 정언이 멈칫하며 들고 있던 핸드폰을 주머니에 쑤셔 넣었다.

"선배, 괜찮으세요?"

"아, 뭐……."

윤의 물음에 정언이 무심결에 고마, 까지 말하다 즉시 입을 다물었다. 반사적으로 고맙다고 말하려던 게 틀림없었다. 선배한테 고맙다는 말 듣는 게 좋다고, 그럴 때 귀여워 보인다고 했던 말이 떠오른 모양이었다.

그런 말에 신경이 쓰였던 건가 싶어 놀란 것도 잠깐, 저도 모르게 얼굴에 웃음이 번졌다. 이럴 때 귀엽다는 건 진심이었다. 그런 생각은 최대한 티를 내지 말아야 한다는 걸 알고 있었지만, 그걸 깨달은 시점에서는 이성과 표정이 이미 따로 놀고 있었다.

정언이 화가 난 건지, 창피해하는 건지 알 수 없는 얼굴로 윤을 빤히 쳐다보았다. 그 얼굴을 본 윤은 뒤늦게 아차 싶어 입을 틀어막았다. 그 와중에도 이게 소 잃고 외양간 고치기일까, 혹은 불난 집에 기름 붓는 꼴일까 심각하게 고민이 되었다.

잠시 말이 없던 정언이 자신의 팔을 잡고 있는 윤의 손을 내려다보았다. 그제야 윤이 얼른 손을 떼자, 정언이 이미 신호가 깜빡이기 시작한 횡단보도를 빠른 걸음으로 가로질렀다.

평소에도 걸음이 빠른 정언이었지만, 이번에는 정말 축지법이라도 쓰는 기세라 윤은 황급히 뒤를 쫓아갔다. 방송국 지하 주차장으로 들어와 차에 시동을 건 정언이 뒤도 돌아보지 않고 운전석에 올라탔다. 아무래도 이대로라면 정언이 자신을 버리고 갈 수도 있을 것 같았다.

윤이 서둘러 차부터 붙잡고 조수석에 몸을 들이밀어 간신히 문을 닫자, 정언이 약간 신경질적인 동작으로 주머니에서 담배를 꺼내 물었다. 기분이 상한 건가 싶어 눈치를 보던 윤이 선배, 하고 운을 떼기 무섭게 정언이 액셀을 밟았다.

안전벨트를 매기도 전이라, 정언이 레이서처럼 지하 주차장의 커브를 돌아 나가자 순간적으로 생명의 위협이 느껴졌다. 다급하게 안전벨트를 찾아 매는 윤에게 정언이 내뱉었다.

"김 피디, 앞으로 내 앞에서 귀엽다, 예쁘다, 아무튼 그런 종류의 말 전부 다 금지야. 입 밖으로 내기만 하면 두 번 다시 그 말 못 하게 만들 줄 알아. 나 지금 농담하는 거 아냐."

맘에 없는 소리를 하는 법이 없는 정언이었기에 이게 장난이 아니라는 건 당연했다. 그런 소리를 두 번 다시 못 하게 만들 방법이 뭘까 문득 궁금했지만, 어쩐지 무서워져 그다지 깊게 생각하고 싶지는 않았다.

그러나 당장 목이라도 칠 것처럼 말하는 그 서늘한 얼굴에 어울리지 않게 빨간 귀 끝이 곧 눈에 들어왔다. 윤은 서둘러 시선을 돌리며 두어 번 헛기침을 했다. 이대로라면 어떻게 두 번 다시 그런 말을 못 하게 될지 직접 체험할 날이 머지않았을 거라는 강한 예감이 등줄기를 엄습했다.

이러는 게 더 귀엽다는 거 알긴 할까, 하고 속으로 생각한 윤은 턱을 괴는 척 표정을 감췄다.

◈

"저희가 복원 작업을 해 보니까 기기 자체에 어떤 전문가적인 처리, 그런 건 가해지지 않았다는 거죠. 흔히 이제 사용자들이 하는 공장 초기화, 그런 것도 아니고 그냥 단순히 기록을 삭제만 한 겁니다. 그러니까 복구하는 데 큰 문제는 없었고요."

이섭이 테이블 위에 놓인 종이들을 손끝으로 치며 말했다. 정언은 스크린에 뜬 핸드폰 사진으로 눈을 돌렸다. 이미 단종된 폴더폰 기종이었다.

"어느 정도 사용된 핸드폰인지 알 수 있습니까?"

"개통은 작년에 된 거더라고요. 대포폰인데 아마 노숙자 명의로 개통이 된 것 같고, 저희가 확인해 보니까 자주 통화하는 번호가 정해져 있어요. 특정인과 연락하기 위한 용도로 개통했던 것 같습니다."

"조창식이 사용한 건 맞고요?"

"문자 내역이나 사진, 통화 녹취 같은 자료가 있어서 분석을 했습니다. 일단 분석팀 소견은 이 기기를 확실히 조창식이 사용한 것으로 보인다, 이렇게 왔어요. 일단 복원된 사진 자료가 이건데 많지는 않습니다."

이섭이 노트북의 파일을 클릭해 스크린에 화면을 띄웠다. 폴더 안의 썸네일을 차례로 클릭하자, 폴더폰으로 찍은 사진들이 나타났다. 경일용역 사무실 건물을 찍은 사진과 진송신도시 현장 사무실 사진 등이었다.

사진을 보고 있던 정언은 잠시만요, 하고 이섭을 멈추게 했다. 화면에 떠 있는 것은 현장 사무실을 배경으로 번호판이 나오게 찍힌 자동차였다. 그 사진을 본 정언은 이섭에게 물었다.

"이거 차적 조회해 보셨나요?"

"아, 지난달에 상속이전등록 된 차더라고요. 이희경 씨라고."

역시 자신의 눈은 틀리지 않았다. 규형의 자동차가 분명했다. 이섭이 의아한 표정으로 정언을 마주 보았다.

"아는 분입니까?"

"이희경 씨가 사망하신 현장 과장님 박규형 씨 부인 되시는 분이에요. 저희가 이 자동차를 한 번 본 적이 있어서요. 원래 박규형 씨 소유로 돼 있던 차 맞죠?"

"네. 아까 전화해서 확인했더니 남편 사망 후에 명의 변경했다고 하시더라고요."

현장 사무실 앞에서 굳이 규형의 차를 찍은 까닭은 알 수 없었으나, 창식의 핸드폰에 규형의 차가 찍혀 있다는 건 분명 무슨 의미가 있을 터였다. 이섭이 출력해 놓은 종이 몇 장을 정언과 윤의 앞으로 밀어 놓았다.

"저희가 추출한 통화 목록입니다. 그런데 지금은 일단 대부분 다 없는 번호로 뜨고요, 아까 그 사망하신 박규형 씨 명의로 된 번호하고 통화한 내용 녹취된 게 있습니다."

"통화 녹취가 있다고요?"

정언이 되묻자 이섭이 대답 대신 노트북의 파일을 클릭했다. 곧 음성 파일이 재생되기 시작했다. 음질이 약간 떨어지는 편이기는 했으나, 내용을 알아듣기 어렵지는 않았다.

『지난번에 마지막이라고 말씀하셨잖아요. 저도 더는 힘들어서 못 하겠습니다. 저 집에 애가 둘입니다. 부인하고 애 둘 키우겠다고 열심히 살고 있습니다. 이렇게까지 하고 싶지가 않습니다.』

틀자마자 흘러나오는 목소리에 곁에 앉아 있던 윤의 눈이 크게 뜨였다. 정언 역시 마찬가지였다. 규형의 메모리카드에 들어 있던 바로 그 녹취 파일이었다.

이미 수십 번은 더 들었을 짧은 대화가 흘러나왔다. 이미 규형의 핸드폰 통화 목록을 뽑아 대조했기에 그 상대가 창식일 거라는 짐작은 하고 있었지만, 같은 파일이 창식의 핸드폰에도 저장돼 있다는 건 뭔가 이상했다.

"이 통화를 한 사람이 조창식 맞습니까?"

정언이 물은 말에 이섭이 관자놀이 부근을 긁적였다.

"저희가 조창식 목소리를 모르니까 그게 맞다, 아니다 이건 판단이 안 되죠. 그런데 일단 다른 녹취 파일까지 음성 분석팀에서 다 비교했는데, 이 전화를 한 사람하고 나머지도 전부 동일인이라고 분석 결과지 보내긴 했더라고요. 그러면 사실상 조창식이 자기 통화 내용을 녹음했다고 봐야죠."

"다른 녹취 파일 내용도 들어 볼 수 있나요?"

정언이 다급하게 묻자 이섭이 선뜻 고개를 끄덕였다. 마우스를 몇 번 움직이던 이섭이 다음 파일을 재생시켰다. 재생 바가 시작되기 무섭게 이미 귀에 익은 목소리가 흘러나왔다.

『사장님, 저 조 군입니다.』

순간, 당시 허주경 사장에게 살인을 사주한 남자가 일을 마친 뒤 누군가에게 전화를 걸어 저 조 군입니다, 라고 말했다는 재희의 이야기가 떠올랐다. 그런 습관을 가진 사람이 그렇게 흔할 거라는 생각은 들지 않았다. 정언은 주의 깊게 귀를 기울였다. 다른 목소리가 대답했다.

『그거 아무래도 안 되겠어. 낌새가 영 안 좋아.』

『어디다 불어 버릴 생각인 것 같습니다.』

『그러면 그냥 더 끌지 말고 바로 자르자고. 어르고 달래는 것도 하루 이틀이야. 애초에 반골인 새끼라 오래 못 갈 줄 알았다. 의원님도 빨리 처리해 달라고 하셨고.』

촬영을 하고 있던 윤이 정언 쪽으로 몸을 기울이며 속삭였다. "손경일 같은데요, 이거."

정언은 대답 대신 입가에 손가락을 하나 댔다.

『어떻게 할까요?』

『그거는 뭐, 알아서 해. 흔적 안 남게. 그리고 처리하면 사무실하고 핸드폰 꼭 뒤져 보고. 혹시 배달 다니면서 뭐 찍거나 녹음하거나 그런 거 없는지 확실히 확인을 해. 그거 아무래도 거지새끼들 데모하는 데 다니면서 변호사나 기자나 이런 애들하고 무슨 말 맞추려고 하는 거 같다고.』

『언제 처리하는 게 좋겠습니까?』

『뭘 질질 끌어.』

『알겠습니다.』

파일은 거기서 끊겼다. 짧은 침묵이 감돌았다. 불길한 예감이 머릿속으로 스며들었다. 차라리 아니기를 빌며, 정언은 썩 내키지 않는 표정으로 이섭을 마주 보았다.

"이 녹취 생성 날짜가 언제죠?"

"자료에는 2월 1일 13시 27분으로 돼 있네요."

심장이 덜컥 움직였다. 희경이 창식에게서 규형이 죽었다는 전화를 받은 건 3일 아침의 일이었다. 확인 사살을 당한 기분이었다. 대화 내용을 볼 때, 창식이 규형과의 통화 후 그걸 손경일에게 말한 것이 분명했다.

그러나 타인의 목숨을 이렇게 아무렇지도 않게 말하는 이들이 있다고는 생각하고 싶지 않았다. 마치 벌레 한 마리를 죽이듯 쉽게 규형을 죽이라는 명령을 내리고 받아들이는 그 짧은 통화는 두려움과 분노를 동시에 불러일으켰다.

정언은 떨림을 감추기 위해 펜을 더 꽉 움켜쥐었다.

"이게…… 이게 아주 중요한 증거인데요, 저희한테. 여기서 지금 두 사람이 언급하는 부분이……."

목소리가 잠겨 나왔다. 정언은 아무것도 아닌 양 가볍게 헛기침을 하고는 말을 이었다.

"두 사람이 언급하는 부분이 사망한 현장 과장 박규형 씨에 대한 걸로 보이거든요. 이 통화가 2월 1일 오후에 이루어졌고, 박규형 씨가 사망한 건 2일 밤에서 3일 새벽 사이입니다. 앞의 통화 녹취 파일은 그것보다 사흘 전에 만들어졌을 겁니다. 들어 보셨다면 아시겠지만 박규형 씨가 회사에 관련된 일로 조창식하고 충돌이 좀 있었습니다. 조창식이 그걸 이 통화를 한 상대에게 보고했고, 제거하라는 명령을 받은 것 같아요."

"피디님, 그러면 이게 확실히 살해 사주하는 내용입니까?"

표정이 변한 이섭이 의자를 당겨 앉았다. 정언은 잠시 사이를 두었다가 대답했다.

"일단 저희가 취재 내용을 지금 전부 말씀드릴 수가 없는 점은 양해를 해 주시고요. 박규형 씨가 사망했을 때 최초 목격자가 조창식으로 돼 있는데, 조창식이 현장에 있었다면서 유가족에게 전해 준 핸드폰에서 조창식하고의 통화 목록만 지워져 있는 걸 저희가 이미 확인했습니다. 조창식이 박규형 씨 핸드폰에 손을 댔다고밖에 생각할 수가 없거든요. 이 통화에서 사무실하고 핸드폰을 뒤져 보라고 얘기를 하네요."

일이 커졌다고 생각한 듯, 이섭이 당황한 기색으로 머리를 긁적였다.

"아이고야, 이게…… 관할이 의정부서라고 하셨죠?"

"그쪽에서는 처음부터 자살이라고 판단을 했습니다. 그래서 초동수사도 상당히 부실하게 됐고요, 의심 가는 정황을 유가족이 여러 번 얘기했는데도 다른 조치가 없었어요."

정언의 말에 이섭은 얼굴을 찌푸렸다. 한동안 말을 고르는 듯 침묵하던 이섭이 고개를 주억거렸다.

"음, 알겠습니다. 그러면 우선 그쪽에 사건 기록 요청해 보죠."

"지금 이거 외에도 녹취 파일 남은 게 있나요?"

"이 기기에 하나 더 있습니다. 그것도 들려 드릴게요."

이섭이 서둘러 다음 파일을 재생했다.

『입금이 안 돼서 전화 드렸습니다.』

시작하자마자 흘러나온 창식의 목소리는 다소 심기가 불편한 사람처럼 들렸다. 돌아온 대답 역시 마찬가지였다.

『아니, 당장 그 돈 없다고 어떻게 돼? 상황 알잖아. 우리 쪽에서 지금 뭐 1원 한 장도 마음대로 할 수가 없다고.』

아까와 같은 상대였다. 분명 손경일과의 통화인 게 확실했다.

곁에서 윤이 손을 깍지 끼어 입가에 대며 온 신경을 기울이는 것이 눈에 들어왔다.

『그럼 애들 편에 현금으로라도 보내 주셔야 할 거 아닙니까. 감방 가도 지금 이것보다는 낫겠습니다.』

『방송국에서 붙은 거 알고 위에서 자금 다 묶어 놔서 나도 만원 한 장 내 맘대로 못 써, 지금. 당분간은 그냥 나 죽었소 하고 있으라니까.』

『이게 지금 몇 달째냐고요. 참다 참다 얘기하는 거 아닙니까.』

『그러니까 애초에 일을 똑바로 했어야 할 거 아냐! 내가 위에서 아주 돌아가면서 얼마나 깨졌는지 알아? 너 이 새끼 일 허술하게 처리하는 게 한두 번도 아니고, 여태까지는 그냥 넘어갔지만 이번 일로 상황 아주 개같이 됐다고!』

경일이 고함을 쳤다. 정언은 눈을 가늘게 떴다. 규형의 일을 말한다는 건 쉽게 짐작할 수 있었다. <비하인드 24>가 붙게 된 걸 창식의 탓이라고 비난하는 게 틀림없었다. 자신들이 현장 사무실로 찾아간 직후부터 창식이 현장에 나오지 않은 건 경일의 뜻인 듯했다.

『시키는 대로 했더니 이젠 제 탓 하십니까?』

『그럼 누구 탓이야, 이게?』

『증거가 없다고 짭새도 손 놨는데 방송국 붙은 게 왜 제 잘못입니까? 처음부터 제가 그 새끼 짱개로 쓰지 말자고 했습니까, 안 했습니까? 결정은 위에서 다 하시면서, 이제 일 틀어질 거 같으니까 밑에서 설거지하는 놈만 좆 되게 하려고요?』

『야, 인마!』

『내가 씨발, 형님 밑에서 산전수전이 몇 년인데 가만히 앉아서 당할 줄 압니까? 내가 입 털면 대가리 한두 개 날아가는 걸로 안 끝나요. 전에 온 기자한테 나 연락 끊기면 찾아가라고 맡겨 둔 것도 있으니까 딴생각 말아요. 긴말 말고 당장 애들 편으로 돈 보내고. 내일까지 소식 없으면 나도 이제 안 참습니다.』

통화 내용은 그것이 끝이었다. 정언은 다이어리에 기자, 하고 메모하며 거기 원을 그렸다. 이섭이 팔짱을 끼며 말했다.

"조창식이 조폭 출신이잖아요. 이 통화 내용 봤을 때도 아마 조직이 관련돼 있다, 그건 확실한 것 같습니다. 상대가 돈을 주는 척 조직원을 보내 제거하라고 한 게 아닌가, 그런 느낌이죠."

"그러네요. 그런데 여기서 말하는 기자가 누구죠?"

정언의 물음에 이섭이 통화 목록을 출력한 문서를 정언의 앞으로 돌려놓으며 그 중 한 번호를 가리켰다. 목록 가장 위에 남겨진 번호였다.

"이 번호인데, 저희가 확인해 보니까 <데일리시사 인 서울> 임형원 기자 번호더라고요. 그런데 이 번호가 연결이 안 됐어요. 임형원 기자가 조창식이 죽기 직전에, 그러니까 한 2주 좀 더 됐죠. 그 직전에 취재 때문에 해외 출장을 갔답니다. 아마 로밍이 안 된 상태거나 전파 수신 불가 지역이라 임형원 기자하고 통화를 못 한 것 같습니다."

<데일리시사 인 서울>이라면 서울과 수도권 지역에 발간되는 일간지였다. 규모가 크지는 않았으나 이미 30년 가까이 된 곳이었고, 주요 일간지 출신의 중견 기자들이 중심이라 취재력은 상당했다. 중도 성향이나 진보 성향의 젊은 사람들 사이에서 신뢰도가 높은 매체기도 했다.

정언은 데일리시사 인 서울 임형원, 하고 서둘러 목록의 전화

번호를 메모하고는 이섭을 마주 보았다.

"그러면 아직 임형원 기자님은 한국에 안 돌아오신 겁니까?"

"거기 출입기자한테 물어보니까 이번 주에 복귀한다고는 하던데요. 모레쯤 출근한다고요."

"아, 그러시구나. 저희가 생각하기에 지금 이 핸드폰으로 조창식하고 통화한 상대가 경일용역 사장 손경일인 것 같은데요, 혹시 저희 쪽 소스로 음성 분석이 가능할까요? 저희가 손경일하고 인터뷰를 한 소스가 있거든요."

정언의 말을 들은 이섭이 반색하며 고개를 끄덕였다.

"그래 주시면 저희는 정말 좋죠. 분석팀에 바로 넘겨서 확인해 보겠습니다."

"사무실 들어가는 대로 보내 드릴게요. 현장 분석 결과는 나왔습니까?"

"과학수사팀 넘어가 있는데 아직 분석 중이라서요. 이번 주 안으로는 나올 겁니다. 일단 저희가 용의자 추적 중인데, 사흘 전에 강원도 지역 렌트카 업체에서 김성학 명의로 차량 렌트했더라고요. 업체 내부 CCTV로 확인했는데 김성학하고 장영관 둘이 동행했습니다. 수배 내렸으니 금방 잡히겠죠."

"알겠습니다. 혹시 체포하시면 꼭 연락 주세요."

"그럼요."

정언이 다이어리를 덮어 가방 안에 넣자 곁에서 윤이 촬영 장비를 서둘러 정리했다. 자리에서 일어난 정언은 이섭에게 가볍게 고개를 숙여 보였다.

"감사합니다."

"아닙니다. 저희도 제보 주신 덕분에 도움 많이 받았습니다."

짧은 악수를 건넨 정언은 윤과 함께 경찰서 건물을 나섰다. 곁에서 카메라 가방을 고쳐 메던 윤이 핸드폰을 꺼내더니 잠시 멈춰 서서 화면을 스크롤했다.

그사이 주차장에 세워 둔 차 문을 연 정언이 먼저 운전석에 타자, 뒤따라 뛰어온 윤이 얼른 자기 핸드폰을 내밀었다.

"선배, 이거 한 번 보세요."

정언은 윤의 손에서 핸드폰을 받아 들었다. 메일 화면이 떠 있었다. 아무 생각 없이 거기 시선을 주었던 정언은 곧 눈을 가늘게 떴다.

밴쿠버 지광선교한인교회 목사 황정률입니다. <비하인드 24>에서 김회영 씨에 대한 제보 받는다는 소식 듣고 연락드립니다. 저는 김회영 씨의 캐나다 연방 전문인력이민[13] 과정에 도움을 준 적이 있습니다. 자세한 내용은 전화로 이야기하고 싶습니다.

메시지에는 교회 주소와 전화번호가 함께 적혀 있었다. 정언은 미간을 누르며 물었다.

"밴쿠버하고 여기 시차가 얼마지?"

---

13) 캐나다는 인력난의 해결을 위해 전문·기능직 인력의 이민을 장려하는 전문인력이민 제도를 시행하고 있다. 특히 2015년 1월 1일부터 시행된 급행이민(Express entry)의 경우 선발된 사람에 한해 이민 신청이 가능한 제도로, 연방 전문인력이민, 연방 전문기술인력이민, 캐나다 경력이민 등이 이에 해당한다. 전문의, 일반의, 가정의, 치과의사 등의 의료 인력은 전문인력이민 신청이 가능한 부족직업군 리스트에 포함되어 있다.

"서머타임 적용해서 16시간이요."

정언은 피곤한 눈가를 누르며 윤에게 핸드폰을 돌려주었다.

"그러면 거기는 지금 새벽이겠네. 내일 워킹타임 중에 연락해 봐. 이거 어디다 뭐라고 하고 제보 받은 거야?"

"캐나다 교민 커뮤니티 검색해서 한인 교회 담당 목사들하고 동호회 회장들 연락처로 메일 돌렸어요. 작년에 캐나다로 이민 간 김회영 씨에 대해 아는 분 제보 달라고 서울대 의대 졸업년도하고 병원 운영했던 거 적어서 보냈고요. 커뮤니티 게시판에 글 쓸까 하다가 그러면 너무 공개되는 것 같아서……."

"졸업년도는 어떻게 알았어?"

"구글 검색하니까 바로 나오던데요."

씩 웃는 윤의 얼굴에 잠시 눈이 머물렀다. 윤을 마주 보던 정언은 눈썹 위를 긁적였다.

"교양국에서도 이렇게 빠릿빠릿했어?"

"최진수 부장님이 지금 선배 말 들으면 기절하실 텐데 아쉽네요, 저 혼자 들어서."

"피디 다 됐네."

"선배 없었으면 아직도 동사무소 직원이었죠."

여상한 말투였으나, 그 단어들은 문득 차가운 컵 위로 맺히는 물방울처럼 심장 부근 어딘가에서 동그랗게 응결했다. 지금까지 수많은 타인의 삶을 지나 왔지만, 정언은 단 한 번도 거기에 자신의 흔적이 남을 거라고 생각해 본 적이 없었다.

카메라를 들고 타인의 삶 속에서 이미 종결된 어떤 순간들을 따라갈 때, 정언은 자신을 늘 관찰자라고 느꼈다.

거리를 두고, 감정 없이, 개입하지 않는. 영원히 폐쇄된 박물

관을 홀로 걸어 다니는 큐레이터처럼. 고독은 익숙했고 이미 완결된 모든 삶은 화면 속에서, 자신과 동떨어진 곳에서 보존되어야 했다. 방송이 끝났을 때 거기 서정언은 더 이상 존재하지 않았다.

그렇기에 윤의 삶 속에 자신이 있다는 걸 깨달을 때마다 정언은 모든 순간이 낯설어졌다. 아직 전시된 적 없는 미완성의 그림 위에 붓을 대듯, 종결되지 않은 윤의 삶에 어떤 흔적을 남긴다는 건 때로 두려운 일이었다. 무심코 지나친 한 번의 선으로 모든 걸 망쳐 버릴까 봐.

정언은 애써 윤의 단정한 얼굴에서 눈을 돌렸다. 윤이 자신에게 아무것도 아니라면 이런 생각을 할 리 없었다. 초대한 적 없는 불청객. 그러나 돌려보내기엔 이미 늦은 지 오래였다. 시동을 걸고 주차장을 빠져나가며 내뱉은 한숨 사이로 미처 감추지 못한 두려움이 스몄다.

연신 메모를 하며 통화를 마친 윤은 수화기를 내려놓았다. 바로 전화기의 메모리카드를 뽑아 방금 녹취한 파일을 핸드폰으로 옮긴 윤은 자리에서 일어났다. 어제저녁 메일을 보내 온 황정률 목사와의 통화였다.

정률이 김회영 원장을 알게 된 시기는 대석이 사망한 직후였다. 정률이 담당하고 있는 지광선교한인교회는 밴쿠버에서 제법 규모가 있는 한인교회였다. 때문에 교인들이 교회 내부에서 친척이나 지인 등의 이민 상담을 하는 경우가 흔했다.

그때 교인 중 사업을 하는 정양훈 사장이라는 사람이 있었는데, 양훈이 자기 후배가 캐나다 이민을 생각한다며 정률에게 도움을 요청해 처음 회영에 대해 알게 되었던 것이다.

회영은 어떤 방법으로든 좋으니 무조건 가장 빨리 이민을 갈 수 있는 방법을 찾았다. 한국에서 개원의로 상당한 경력이 있었기에, 정률이 추천한 방법은 캐나다 연방 전문인력이민이었다.

그런데 당시 이민부에서 서류 적체 기간이 상당해, 대략 넉넉하게 1년 정도 잡고 준비하면 될 거라고 답변했더니 회영은 펄쩍 뛰었다. 그렇게 기다릴 시간이 없다는 것이었다. 회영은 우선 가족들부터 캐나다에 보내 놓고 이민 절차를 밟겠다고 했다.

정률은 그를 아주 특이한 케이스로 기억하고 있었다. 그가 다른 준비는 물론이고 아이들 입학에 필요한 서류조차 제대로 구비하지 않은 바람에, 아이들이 현지 국제학교에 입학하는 데만 일 년 가까이 걸려서였다. 아이 교육 문제가 있는데 부모가 그렇게 준비가 안 된 채 오는 경우는 거의 없었다.

정률이 정말 이상하게 생각한 건 그 뒤의 일이었다.

한 한인 병원에서 회영에게 잡 오퍼를 냈다. 현지에서 잡 오퍼를 받은 상태라면 받지 않은 것보다는 훨씬 유리했기에, 정률은 평소처럼 회영에게 교인이 운영하는 이민 컨설팅 업체를 소개하고 업체에 서류 진행 등을 부탁했다.

그 뒤로 잠시 회영을 잊고 있던 정률은 어느 날 업체 대표와 만났다가 뜻밖의 이야기를 들었다. 한국 외교부에서 회영의 서류를 가장 먼저 처리해 달라고 직접 연락이 왔다는 것이었다.

캐나다에서 이민 컨설팅 업체를 운영한 지 20년 이상이 되었지만 그런 케이스는 한 번도 없었다. 장난이거나 신종 사기인가 생각한 건 당연했다. 그러나 정률이 외교부로 전화해 통화한 사람을 다시 찾자, 외교부에서 직접 그 직원의 소속과 신원까지 확인해 주었다.

동네 병원을 운영하는 의사가 뭐라고 한국 외교부에서 직접 연락이 올까 궁금해진 건 당연했다. 어떤 방법을 썼는지는 몰라도, 회영은 실제로 당시 함께 이민을 신청한 사람들에 비해 이례적으로 빨리 영주권을 승인받았다.

좁은 교민 사회의 평판을 의식했는지, 회영과 그의 가족은 한인 커뮤니티의 사람들과 거의 어울리지 않았다. 하지만 소문은 늘 막기 힘든 것이었다. 어디서부터 나온 소문인지는 알 수 없었으나, 회영이 한국에서 한선당 국회의원과 무슨 줄을 댔다는 이야기가 파다하다고 했다.

실제로 회영에게 잡 오퍼를 내준 한인 병원의 원장은 한선당 해외동포위원회 소속의 당원이었다. 처음 정률에게 회영의 이야기를 꺼낸 정양훈 사장 역시 마찬가지였다. 물론 정률은 그런 것이 정말 관련이 있는 것까지는 모르겠다고 말했다.

당연히 서온건설 게이트와 동네 병원 의사 사이에 어떤 관계가 있으리라고 생각하는 사람은 없을 터였다.

그러나 윤은 정률과의 통화에서 쉽게 하나의 그림을 그릴 수 있었다. 최대한 빨리 한국에서 김회영 원장을 치워야만 했을 사람은 누구일까. 그렇게 간단히 외교부 직원과 현지 당원들을 움직일 만한 권력의 시발점은 어디일까.

답은 결국 하나뿐이었다.

윤은 다이어리와 파일을 챙겨 들고 서둘러 2층 휴게실로 내려갔다. 휴게실 구석에 마주 앉아 심각하게 무슨 이야기인가를 하고 있는 정언과 민혜가 눈에 들어왔다. 자연스럽게 정언의 옆 빈자리에 앉자, 민혜가 말을 멈추며 윤을 마주 보았다.

"통화 끝났어요?"

윤은 목소리를 낮추며 대답했다.

"네. 이거 완전 수상해요. 김회영 원장 이민 관련해서 황정률 목사한테 처음 소개한 사람하고 잡 오퍼 내준 한인 병원 원장 둘 다 한선당 해외동포위원회 소속이에요. 그리고 컨설팅 업체에 외교부 직원이 직접 전화를 했고, 영주권 발급도 이례적으로 빨리 됐다는데요."

"외교부 직원이?"

민혜가 눈을 휘둥그렇게 떴다. 윤은 고개를 끄덕였다.

"소속하고 이름 알려 달라고 해서 지금 내려오는 길에 검색해 봤거든요. 외교부 조정기획관 직원으로 있던 박천웅이라는 사람인데, 신환석이 민정수석 되면서 청와대 민정수석실 행정관으로 들어갔어요."

"아우 나 못 살아, 진짜."

민혜가 두 손으로 얼굴을 감싸고 화장 따위 죄다 지울 기세로 벅벅 문질렀다. 없던 두통이 생긴다는 표정으로 미간을 찡그린 민혜가 들고 있던 펜으로 탁자 위를 두드렸다.

"그 김회영 원장이 하던 병원 간호사 있잖아요, 최정미 씨. 최정미 씨 증언이 경찰 수사 기록에 포함이 안 됐잖아. 저번에 김 피디가 수사관 알아봐야 된다고 한 거 내가 알아봤는데, 이거 담당한 사람이 지금 서울 서부경찰서에 있는 신관호 경정이야. 이 사람이 재작년에 뇌물 수수로 징계 받은 이력이 있어요."

"뇌물이요?"

윤이 놀란 표정으로 되묻자 민혜가 손을 내저었다.

"근데 이게 중요한 게 아냐, 지금. 이 사람이 8년 전에 이훈주 과장 추락사 때도 담당 수사관이었다고요. 목격자 증언도 그렇고 이게 정황이 있는데 초동 수사 자체가 엉망진창으로 된 거잖아. 하필이면 같은 사건에 연루된 사람들이 같은 수사관한테 걸려서 똑같이 처리가 될 확률이 얼마나 되냐고."

"경찰, 검찰, 정부, 국회, 청와대까지 싹 커넥션이 있다고밖에 생각 못 하지, 이러면."

그때까지 말이 없던 정언이 내뱉었다. 턱을 괸 민혜가 땅이 꺼지게 한숨을 쉬더니 테이블 위에 흩어진 프린트 위를 가리켰다.

"일단 이거 좀 봐요. 이거 전 부장님 팀에서 가져온 건데, 황형두 의원실에서 나온 자료래요."

윤은 앞에 놓인 종이들을 정리하고는 한 장 한 장 훑어보기 시작했다. '애포시청 공공건축물 수주 관련 계좌추적 필요성 보고', '한국선진당 엄대진계 의원 입금 내역 보고' 등의 이름이 붙은 보고서 몇 장과 은행 이름과 계좌번호, 계좌주 명의, 금액 등이 쭉 적힌 목록들이었다.

윤이 의아한 표정으로 물었다.

"이게 뭔데요?"

"의원실에서 검찰 내사 자료 입수한 거래. 그쪽에서 지금 애포 신도시랑 을정신도시 공무원 뇌물 줬다고 제보 엄청나게 들어갔다고 했잖아. 이게 벌써 5년 전 자료인데, 검찰에서 서온건설 게이트 터지기 전부터 이미 그쪽에도 혐의 있다는 거 확인했다는 증거야. 보고서에 보면 거기 관련자들이 현금으로 한 달에 몇 번 얼마나 계좌로 입금했는지까지 벌써 다 파악했다고."

곁에 앉은 정언이 팔짱을 끼었다. 윤은 눈을 동그랗게 떴다.

"검찰에서 덮었다는 거예요?"

"그 보고서 누가 썼는지 봐."

무심코 보고서 앞장을 본 윤은 멈칫했다. 이정수, 진형은이라는 이름이 눈에 들어온 탓이었다. 정언이 곁에서 팔짱을 끼었다.

"그쪽에서 들어간 소스니까 백 퍼센트야. 이정수 검사하고 진형은 검사가 이거 아래서부터 이미 다 팠던 거라고. 위에서 강제로 덮은 거지. 추가 계좌 추적 안 들어가도 최소한 신차훈하고 고규덕은 절대로 못 빠져나가. 이거 감찰하는 기간에 본인 명의 통장으로 들어간 현금만 각각 2억이 넘잖아."

"그러면 먼저 이쪽부터 터트릴 수는 없어요?"

"그래 봐야 꼬리 자르기밖에 안 돼. 최창묵 꼴 나게 돼 있다고."

정언의 말이 옳았다. 엄대진이라면 충분히 그러고도 남을 터였다. 잠시 생각에 잠겨 있던 윤은 펜 끝으로 어느새 찌푸려진 미간 위를 눌렀다.

"여기서 엄대진한테 들어간 돈을 어떻게 찾느냐가 문제네요."

정언은 그 말에 생각할 필요도 없다는 듯 즉시 대답했다.

"내 생각에는 안영균 파는 게 답이야."

"안영균이요?"

"엄대진 보좌관. 엄대진 성격 생각해 보면 사람 쓰고 버리는 걸 물건처럼 하잖아. 그런데 안영균 보좌관이 벌써 엄대진하고 십 년도 훨씬 넘게 같이 일하고 있거든. 현 기자한테 물어봤는데 안영균 제외하고는 의원실 인원 자주 갈리는 편이라고 얘기하더라. 실제로 박규형 씨가 출장 갔을 때 안영균이 직접 오는 거 봐. 엄대진한테 갈 건 안영균이 챙길 가능성 높다고 봐야지."

"그런데 그 정도면 안영균이 보통 치밀한 게 아니지 않을까요? 엄대진이 그렇게 전폭적으로 신뢰하는 이유가 있을 텐데요. 터트려도 안영균이 다 뒤집어쓸 가능성도 있잖아요."

윤이 걱정스러운 표정을 하자 정언이 수긍했다.

"그건 그래. 그러니까 안영균한테 뒤집어씌울 수 없는 부분을 찾아야지. 내가 보기에 이거 터지는 건 시간문제야. 민권당 사반위 쪽으로 제보 엄청 들어온다는 건 하청들도 완전 한계에 달했다는 소리거든. 대선 앞둔 거 생각하면 더 그럴 거고. 엄대진이 정권 잡으면 상황 더 심해지지 나아지지는 않을 테니까."

"엄대진이 전면에 나서는 일은 없을까요?"

"최후의 최후까지 몰리는 거 아니면 쉽지 않겠지. 지금까지도 이미지 메이킹 계속 그런 식으로 해 왔다고. 더러운 건 남들 손으로 하고, 자기는 뒤에 숨어서 계속 지켜보면서 자기 손에는 피 한 방울 안 묻히고. 지금도 우리 지켜보면서 어느 선에서 끊을지 계속 생각하고 있을걸."

결국 문제는 최후의 최후까지 엄대진을 어떻게 몰아붙이냐 하는 것이었다. 윤이 작게 한숨을 쉬자 맞은편에 앉아 있던 민혜가 웃는 소리를 냈다.

"김 피디 처음 왔을 땐 진짜 세상 걱정 없어 보였는데, 지금은 완전 세상 고민 혼자 다 하는 사람 얼굴이야."

"어떻게 이걸 몇 년씩 매일 하시는 거예요?"

윤은 진심으로 궁금해져 민혜에게 물었다. 민혜가 뺨을 긁적이더니 별소리를 다 듣겠다는 얼굴을 했다.

"본인도 지금 몇 달 했잖아요. 며칠이 몇 달 되고, 몇 달이 몇 년 되고 그런다니까. 몇 년 몇 번 하면 순식간에 십 년, 이십 년 하고. 아, 김 피디는 다시 교양국 갈 건가?"

"네?"

이게 무슨 소리인가 싶어 반문하기 무섭게, 정언이 한쪽 눈썹을 약간 찌푸리더니 윤을 마주 보았다.

"다시 교양국 간다고?"

당황하는 윤 대신 대답한 건 민혜였다.

"아니, 내가 며칠 전에 교양국 갔다가 <오늘의 요리> 있는 준희 있잖아, 조 작가. 걔 만났거든. 오랜만에 본 거라 커피 한 잔 마셨는데 준희가 그 얘길 하더라고. 거기 최진수 부장이 김 피디 여기 올 때 딱 반년만 참으라고, 자기가 다시 데려간다고 그랬다던데? 그래서 어, 최 부장님이 엄청 예뻐했나 보네 그랬지."

그제야 그런 일이 있었다는 게 떠올랐다. 완전히 새까맣게 잊고 있던 사실이었다. 그 말을 들은 정언이 묘한 표정으로 윤을 빤히 응시했다. 어쩐지 가시방석에 앉은 기분이 된 윤은 황급히 손을 내저었다.

"그냥 하신 소리죠, 뭐. 징계 받고 온 건데 어떻게……."

"아니, 근데 우리 어차피 셔터 내리면 다시 돌아갈 수도 있잖아. 뭐 일이 어떻게 잘 돼가지고 셔터 안 내릴 수도 있지만 그런다고 해도 교양국에서 다시 불러 주면 좋은 거 아니에요?"

물론 여기 올 때라면 그렇게 생각했겠지만, 지금은 상황이 좀 달랐다. 그러나 그걸 민혜 앞에서 차마 설명할 수가 없었다.

사실은 제가 선배를 좋아하게 돼서 어지간하면 여기 붙어 있고 싶은데요……라고 말했다가는 무슨 일이 벌어질지 굳이 해 보지 않아도 충분히 짐작할 수 있었다. 윤이 대답 대신 몹시 어색하게 웃자 민혜가 그럼 그렇지, 하는 표정으로 혀를 찼다.

"본 신입 중에 김 피디가 제일 괜찮았는데 다시 보낸다고 생각하니까 갑자기 더 아깝네. 워낙 힘드니까 셔터 안 내려도 계속 같이하자고 할 수도 없고."

"에이, 왜 자꾸 그러세요. 저 빨리 보내고 싶으세요?"

"어머, 내가 출근하는 유일한 즐거움이 김 피디인데 어떻게 그런 말을 할 수가 있어요?"

어떻게든 이 화제를 다른 데로 돌리기 위해 최대한 애교스럽게 묻자 민혜가 정색을 하며 대꾸했다. 다행히 타이밍도 좋게 민혜의 핸드폰이 울리기 시작했다. 액정에 선명하게 '남의 편'이라는 글자가 떴다. 남편인 모양이었다.

땅이 꺼지도록 한숨을 쉰 민혜가 나 전화, 하며 핸드폰을 들고 휴게실을 빠져나갔다. 내심 안도한 윤은 무심코 정언 쪽으로 시선을 주었다가, 정언이 눈도 깜빡이지 않고 자신을 빤히 보는 얼굴에 움찔했다.

"왜, 왜요?"

당황한 나머지 저도 모르게 어깨가 움츠러들었다. 무슨 말인가를 하려는 듯 윤을 응시하던 정언이 아냐, 하고는 탁 소리가 나게 파일을 덮었다.

"김회영 원장이 다닌다는 병원에 인터뷰 요청해 봐. 할 말이 있으면 있는 대로, 없으면 없는 대로 뽑아 볼 거 있겠지. 그리고 아까 선배가 안심환경시민연대랑 연결됐다고, 이쪽에서 <뉴스라이트> 팀이랑 오후에 바로 현장 조사 나간다고 했으니까 결과 들어오는 대로 체크하자고. 아, 임형원 기자 앞으로 메시지 남겨 놨더니 귀국은 오전에 했다고 하더라. 내일 점심 지나서 만나자고 했으니까 시간 비워 놓고."

네, 하고 순순히 대답하자 정언이 창가로 눈을 돌리며 탁자 위에 놓여 있던 자판기 커피를 홀짝였다. 늘 저런 무표정이기는 했지만 갑자기 저기압이 된 느낌이었다. 설마 조금 전 민혜의 말 때문인가 싶어 눈치를 본 윤은 조심스럽게 말했다.

"아까 송 작가님 말 신경 쓰지 마세요. 부장님이 그냥 그러신 거지, 전 뭐……."

"신경 안 써. <오늘의 요리> 하다 누가 여기 오고 싶겠어?"

정언이 윤을 쳐다보지도 않은 채 냉랭하게 되물었다. 아니 완전 신경 쓰고 계신 거 같은데요……라는 말이 목까지 나왔으나 윤은 물론 그 말을 입 밖으로 내지 않을 정도의 눈치는 있었다.

"아니에요. 다 선배들 대단하다고 그러잖아요. 저도 그랬……."

"그랬으면 입사할 때부터 <비하인드 24> 지망하지 왜."

말을 채 끝맺기도 전 정언의 칼 같은 대답이 돌아왔다. 신경 안 쓴다는 방금 전의 말에 1퍼센트의 설득력도 느껴지지 않았다. 머리를 쥐어뜯고 싶은 기분이 된 윤은 어색하게 웃었다.

"선배, 제가 뭐 어딜 가겠어요. 진짜 신경 안 쓰셔도 돼요."

"<오늘의 요리> 가겠지. 돌아갈 데 있으면 좋은 거 아냐?"

방송국 휴게실에 앉아 있는데도 윤은 순식간에 남극에 펭귄 다큐멘터리 촬영하러 온 듯한 환각을 느꼈다. 주변 온도가 낮아진 게 아닐까 착각할 정도의 싸늘함이었다. 그러나 난감한 한편으로 묘하게 기분이 들떴다. 정언이 이러는 까닭은 하나뿐이었다. 자신이 다시 돌아갈까 봐.

"저 진짜 부장님이 도로 데려가 주신대도 안 가요. 아시면서 왜 그러세요."

"내가 뭘 알아?"

정언이 반사적으로 되물었다.

"제가 선배 좋아하는데 어딜 가겠⋯⋯."

윤이 올라가려는 입꼬리를 애써 내리며 운을 떼기 무섭게, 정언은 대답을 다 듣지도 않고 윤의 입을 틀어막았다. 얼결에 입을 막힌 윤이 눈을 동그랗게 뜨자 정언이 당장 멱살이라도 잡을 기세로 목소리를 낮췄다.

"지금 하려는 말 뭐든 그 말 입 밖으로 꺼내지 마."

무서운 얼굴이기는 했으나 당황한 기색이 역력했다. 윤은 실실 웃으며 정언을 빤히 보았다.

"제가 뭐라고 할 줄 아시고 하지 말라고 하시는 건데요."

"알고 싶지도 않으니까 하지 말라고."

"전 말하고 싶은데⋯⋯."

"조용히 안 해?"

정언이 복화술을 하듯 이를 악물며 잇새로 내뱉었다. 다른 사람이 들었다면 즉시 입을 다물었겠지만, 윤이 웃음을 참기 위해서는 상당한 인내심이 필요했다. 이대로 30초만 더 정언을 놀렸다가는 선배 귀엽다는 말을 기어이 입 밖으로 내고 어딘가로 끌려갈 게 분명하다는 직감이 들었다.

다행히도 윤이 그 말을 하기 직전, 테이블 위에 놓여 있던 정언의 핸드폰이 울렸다. '이성옥 작가'라는 글자가 눈에 들어왔다. 정언은 핸드폰을 낚아채다시피 하며 전화를 받았다.

"어, 이 작가. 왜?"

건너편에서 뭐라고 말하는 성옥의 목소리가 돌아왔다. 미간을 찌푸리며 성옥의 말을 듣고 있던 정언이 알았어, 하고 전화를 끊으며 윤을 마주 보았다.

"고원기술종합공사에서 우리하고 얘기하겠다고 연락 왔대."

"네?"

"뭐라고 할지 말 맞췄나 보네. 일단 가자고. 얘기하고 싶다는 데 안 들어줄 수 없잖아."

정언이 파일을 집어 들며 자리에서 일어나 휴게실을 나섰다. 윤이 서둘러 뒤를 쫓아가자, 엘리베이터에 타 닫힘 버튼을 누른 정언이 팔짱을 꼈다.

나란히 선 윤은 문에 비친 정언을 보고 있다가 시선을 슬쩍 내렸다. 어슷하게 내려다보이는 속눈썹은 길었다. 그건 날카롭고 무표정한 정언의 얼굴 안에서 뜻밖의 약한 부분처럼 보였다. 윤은 무의식중에 잠시 거기 눈을 빼앗겼다.

말없이 앞에 시선을 두고 있던 정언이 입을 열었다.

"김 피디, 만약에 교양국 다시 갈 수 있게 되면 가. 진짜 뭐라고 안 할 테니까."

아까와는 달리 그 말투는 어쩐지 걱정하는 것처럼도 들렸다. 상황 때문이라는 건 묻지 않아도 알 수 있었다.

어차피 폐지가 예정된 프로그램, 그것도 <비하인드 24>에 붙어 있겠다고 고집을 부려 봐야 앞으로의 회사 생활이 피곤해질 뿐이라는 걸 윤 역시 모르지 않았다. 편안하고 변함없는 삶이 싫은 건 아니었다.

하지만 이미 자신에게는 더 중요한 것들이 생겨 버린 뒤였다. 그런 삶을 기꺼이 포기할 수도 있다고 생각할 만큼.

"선배가 아침마다 얼굴 보여 준다고 약속하시면 갈게요."

농담처럼 대답하자 정언이 김 피디, 하고 한숨 섞인 투로 내뱉었다. 딩동 소리와 함께 열린 엘리베이터 문으로 먼저 내린 윤이 정언을 돌아보았다.

"아까 저한테 못 하게 하신 말 여기서 끝까지 듣고 싶으신 거면 지금 하고요."

그 말에 정언은 말문이 막힌 표정으로 윤을 마주 보았다. 한동안 윤을 응시하던 정언이 더 듣기 싫다는 얼굴로 손을 내저었다.

"알았으니까 들어가, 빨리."

정언이 더 이상 이 일에 대해 말을 꺼낼 일은 없으리라는 건 충분히 예상할 수 있었다. 슬몃 웃은 윤은 <비하인드 24> 팻말이 붙은 사무실의 문을 열었다.

29

"어, 강 피디. 저번에 차 의원하고 만났다면서요? 문계준 의원
도 촬영 도와줬다 그 얘기는 하면서 무슨 촬영인지는 얘기 안
하던데. 아주 뭐 극비리에, 그런 게 있습니까? 그 왜 나한테는
얘기 안 하고 차 의원이랑만 그런 거 해요, 섭섭하게."

예약된 방의 문을 열고 들어서기 무섭게 투덜거리는 황형두
의원의 얼굴에 재희는 소리를 내어 웃고는 자리에 앉았다. 한동
은 이미 자리에 와서 앉아 있었다. 한동에게 눈으로 인사를 건
넨 재희는 형두에게 말했다.

"저희 하는 게 항상 극비리잖아요."

"오늘의 만남도 극비리여야 하는데, 아, 그게 내 맘대로 안 돼.
좀 은밀한 데서 만날까 싶어도 김영란법 걸리잖아요. 홈쇼핑도
아니고 인당 2만 9천9백 원 맞추기가 보통 힘든 게 아니라니까.
오늘은 딱 맞추기로 했으니까 뭐 추가로 시키고 이러지 말자고."

"그럼 계산할 때 삼등분하면 됩니까?"

형두의 능청을 농담으로 받아넘기자 형두가 낄낄 웃었다.

"내가 우리 딸한테도 데이트할 때 더치페이하자는 놈 만나지

말라고 그러는데, 손님 모셔 놓고 더치페이하자니 그 참, 그게 그래요. 아무튼 나갈 때 만 원씩만 좀 긁어 달라고. 알지?"

"시답잖은 소리 그만하고 일단 뭐 좀 시켜. 사람 불러 놓고 고사 지내냐?"

듣다 못한 한동이 형두의 옆구리를 쿡 찔렀다. 알았어 알았어, 하고 손을 휘적거린 형두가 벨을 눌러 종업원에게 술과 안주를 주문했다. 대학 동문인 한동과 형두가 그 시절부터 자주 다녔다는 대포집의 작은 사랑방은 형두와의 오랜 접선 장소 중 한곳이기도 했다. 종업원이 다시 문을 닫자, 형두가 목소리를 낮췄다.

"그 검찰 내사 자료 말인데, 이게 내가 지금 <뉴스라이트>에만 준 거라고요. 그런데 이게 방송이 되느냐 안 되느냐가 문제라며. 전 부장이 그것 때문에 이거 보도를 못 하고 당분간 가지고 있어야 한다는데, 언제까지 가지고 있을 겁니까? 시간 끌면 더 어려울 텐데."

"저희하고 부장님 팀이 공조하기로 해서 일정 조율 중입니다."

재희의 대답을 들은 형두가 초조하게 머리를 긁적였다.

"우리 의원실에서도 그거 입수하고 먼저 검토를 했는데, 진짜 골치가 좀 아파. 대가리를 날려야 되는데 이게 따까리 쳐내고 끝날 거 같다고. 차 의원이 그러던데, 따까리 싹 쓸 만한 자료는 있다면서요?"

"전달책이 뇌물 전달하는 장소에서 나온 CCTV 확보해서 가지고 있습니다. 날짜하고 금액 기록된 장부도 있고요. 그런데 엄대진이 직접 오가는 게 없으니까 그게 문제죠. 엄대진 계좌로 들어갔다, 지금 이걸 증명할 수가 없잖아요."

"올라간다고 해도 안영균 선에서 딱 정리가 되겠지. 안영균 그게 보통 놈이 아니라고요. 엄대진이 청와대 입성하면 안영균이 한자리 차고앉을 텐데, 진짜 생각만 해도 머리 빠지는 거 같아."

"엄대진이 정계 입성할 때부터 데리고 들어왔으면 거의 가족이나 다름없는 거 아닙니까?"

재희가 묻자 형두가 쩝, 하고 입맛을 다셨다. 그때 문이 열리며 종업원이 상 위에 소박한 안주 몇 가지를 올려놓았다. 종업원이 편육과 김치, 무말랭이, 겉절이 따위가 담긴 접시와 함께 소주 한 병을 두고 나가자 형두가 먼저 병을 따며 말을 이었다.

"실질적인 행동대장이다, 그렇게 봐야죠. 이정수 검사 말로 차명계좌 추적한 것 중에 엄대진 쪽 계좌는 거의 안영균과 연관이 있다고 생각된다 얘기하더라고."

"생각된다고 한 거면 확증은 아니라는 건데요."

"그렇지. 이게 자금 흐름 보면 거의 확실하긴 한데, 고전적인 수법을 썼단 말이에요. 보통 차명계좌라고 하면 뭐 주변 사람들, 직원들, 친인척, 이런 식이라 뒤지면 어떻게든 나오게 돼 있다고. 그런데 엄대진 같은 경우에는 아예 철저하게 관련 없는 명의로 대포통장 개설해서 현금으로 넣고 빼 버리니까. 이거 뒤져봐야 본인이 자기 손으로 했을 리도 없고 안영균이 뒤집어쓰고 감방 갈 거라고. 뺀 돈은 아마 스위스 이런 데로 싹 빠져나갔을 거고. 이규완 말로 대포통장 계좌만 몇백 개는 있을 거라던데."

한동과 재희 앞에 놓인 잔을 채운 형두가 자기 잔도 마저 채웠다. 이규완의 이름을 들은 한동이 잔을 비우며 턱 부근을 매만졌다.

"황 의원, 말 나온 김에 이규완 얘기 좀 해 봐. 이규완이 뭐 주겠다는 거야, 도대체?"

"아니, 나도 모르지. 만나자고 말만 하고 아직 뭐 언제 만날지 이런 건 안 정했다고. 근데 쌓인 게 엄청 많긴 한가 봐. 그게 뭐 무지하게 중요한 거라고 계속 노가리는 까는데, 그래서 뭐냐고 물어보니까 대답은 안 해. 아무튼 우리 쪽에 좋은 거래."

"그거 있으면 경선에서 엄대진 이길 거라는 확신이 있나?"

한동이 황당하다는 투로 되묻자 형두가 글쎄, 하며 대답했다.

"나한테 말하기로는 그러더라고. 솔직히 민주영 의원이 파급력이 없다, 그렇게 얘기를 하는 거지. 그 뭐 돌려서 말한 건데 눈치 딱 깠잖아. 민주영이하고 붙으면 자기가 할 만하다 그거야. 내가 그래서 아니, 그러면 지금 나보고 해당 행위 하라는 거냐. 이 의원이 그거 나한테 주고 내가 그거 가지고 엄대진 까 봐야 이 의원하고 한선당만 좋지 우리 당에 좋은 게 뭐가 있냐 그러니까 아이, 아니래. 내가 되면 또 황 의원 섭섭하게 하나, 이래."

"아이고, 이규완 그거 지랄을 아주 풀 컬러 HD로 하고 있네. 안 섭섭하게 하면 뭐, 황 의원 탈당하고 한선당 오라는 거야 뭐야. 말 같지도 않은 소리 하고 있어. 행여나 혹한 거 아니지? 아주 혹했다가는 봐. 내가 아주 가루가 나게 까 줄 줄 알아. 황 의원 나 조심해야 되는 거 알지?"

정색을 하는 한동의 얼굴에 형두가 배를 잡고 웃었다.

"말이 되는 소리를 해. 그랬다가는 내가 먼저 돌 맞아 죽어. 아니, 그리고 내가 뭐 또 그렇게 가루가 될 정도로 잘못 살았다고 그래. 나 그런 거 없는 거 알잖아. 아무튼 이규완 아주 자신만만하니까, 뭐가 있긴 있나 보다 싶더라고."

"그렇게까지 말하는 거 보면 그냥 작은 게 아니긴 한가 보네."

심각한 표정으로 말한 한동이 잠시 생각에 잠겨 있다가 한쪽 눈썹을 찌푸렸다.

"그래서, 황 의원 생각엔 솔직히 어떨 거 같아? 민 의원 가능성 있다고 봐?"

"야당 후보 통합해서 양자 대결 간다면 엄대진하고 해볼 만하지. 일단 이미지가 좋으니까. 사람이 깨끗하다고. 청와대에서 그렇게 털어도 안 털린 거 봐. 잘못 산 사람은 아니거든. 당내에서도 뭐 카리스마가 부족하다, 그러긴 하는데 일단 초재선 젊은 의원들하고 당원들 지지가 압도적이야. 그리고 경선 들어가면 어차피 대항마가 없으니까."

"아이 씨, 원론적인 얘기 하지 말고. 누가 그런 거 몰라서 물어? 될 거 같냐, 안 될 거 같냐 그거 묻는 거 아냐."

"대통령은 하늘에서 낸다는데 내가 어떻게 된다 안 된다 얘기를 해. 투표함 까기 직전까지 모르는 게 선거라는데 그거 알면 점쟁이 하지 국회의원 하겠어? 대한민국에서 아직 색깔론 견고하고……."

형두가 말끝을 흐렸다. 팔짱을 끼며 미간을 찡긋거리던 한동이 에이, 하고 투덜거리며 자기 잔을 채워 한 잔을 더 마셨다. 젓가락으로 편육 한 점을 집어 먹은 한동은 코끝을 긁었다.

"아래서는 개기고 위에서는 쪼아 대고 아주 죽을 맛이다, 죽을 맛이야. 예전에 사장님이 요새 전 부장 나태해, 특종 물어오던 시절 총기 다 어디 갔어, 하고 까면 속으로 내가 어휴, 같이 늙어가는 처지에 돈 주니까 참는다, 이럴 때가 차라리 좋았다고."

듣고 있던 재희는 그 말에 웃는 소리를 냈다. 한동이 젓가락 끝으로 재희를 가리키며 뭘 웃어 인마, 하고 내뱉었다.

"이건 씨발, 뭐 시사고 보도고 좆도 모르는 새끼들이 이사 명

패 달고 앉아서는 무조건 VIP 심기 타령을 하면서 입을 막으려고 지랄들이야. 이럴 때일수록 정신 똑바로 차리자고 하니까 새파란 놈들이 기자랍시고 정치인 그거 뭐 다 똑같은 거 아닙니까? 누가 되면 좀 낫습니까? 시청자들 멍청한 거 모르십니까? 이러고 따박따박 대들어요. 이런 개 같은 새끼들, 다 똑같으면 똑같이 까든가. 지도 모가지 날아갈까 봐 청와대, 여당, 엄대진에 안 좋은 소리는 요만큼도 안 하려고 하는 새끼들이 시청자들만 멍청하다고 그래."

"그래도 아직 그런 건 데스크에서 거를 수 있는 수준 아냐?"

형두의 물음에 한동이 쯧, 하고 혀를 찼다.

"정수창 잘리고 위에서 김양운 앉혔는데 김양운 이 새끼가 입으로는 중립, 중립 그러면서 어용 성향이야. 우리 입장에서는 차라리 대놓고 어용인 놈보다는 조금 낫긴 하지. 김양운은 짬이 안 되잖아. 부장들이 회의에서 밀어붙이면 내키진 않아 해도 지가 뭘 어떡해. 우리가 선배인데. 그런데 위에서 정치부 1팀 싹 밀어 버린 것처럼 우리 싹 밀고 중립 외치는 어용 기자들 앉히면 논조 바꾸는 건 순식간 아냐. 손바닥 위에서 노는 기분 아주 더럽다니까. 아니, 오늘따라 술은 또 왜 이렇게 써."

한동이 마지막 말을 혼잣말처럼 중얼거리며 다시 잔을 채웠다. 재희는 서둘러 화제를 돌렸다.

"그런데 엄대진은 대포통장 계좌를 어떻게 수백 개씩 확보한 겁니까? 요즘 시세는 개당 칠팔십 정도 한다고 들었는데, 뭐 큰돈은 아니지만 그렇게 대량으로 계좌 구매하면 티가 날 텐데요."

형두가 겉절이를 으적거리며 대답했다.

"대포통장 거래하는 브로커도 있다던데 그런 식으로 거래하는 건 아닌 거 같더라고. 나중에 혹시 브로커 통해 들통 날까 봐 조심하는 모양이야. 어떻게 계좌 확보하는가, 그건 우리 쪽에서도 아직 잘 모르겠어요. 대포통장 돌려가면서 페이퍼컴퍼니로 현금 입금하고, 시간 지나면 싹 해지해서 스위스 계좌로 넣고 이런 식인 것 같긴 한데."

"2012년에 조세조약 개정하면서 국세청에서 스위스 은행 계좌도 조회 가능하잖아요.14) 스위스로 거액 입금하는 계좌 털어보는 거 어렵지 않을 것 같은데요. 이게 불가능합니까?"

"음, 그래서 문계준 의원이 국세청 내사 자료 조사하는 중이긴 해요. 계좌번호 확보해야 스위스 은행 추적할 수 있으니까. 우리도 지금 손 놓고 있을 때가 아니잖아. 민 의원이 네거티브 안 하려고 하는 사람이긴 한데, 발등에 불 떨어지면 네거티브가 아니라 네거티브 할아버지라도 해야지 뭐 어떡해. 너무 맑은 물에는 고기 못 산다는데 사람이 딱 그 짝이라 답답해 죽겠어."

"그렇다고 다 같이 하수구에 처박히자고 할 수 있습니까? 물은 맑을수록 좋다고 봅니다."

재희의 말에 형두가 고개를 짐짓 절레절레 흔들었다.

"아, 이거 뭐 왜 이렇게 산천어 같은 인간들이 많아? 어떻게 이런 사람들이 정치한다, 방송한다 이러는지 몰라. 산천어 되면 흙탕물에 몸 담그고 첨벙거리다 죽어요, 이 사람들아."

---

14) 2012년 7월 10일 한국과 스위스 정부가 스위스 베른에서 개정된 조세조약에 대한 비준서를 상호 교환하면서, 당월 25일부터 개정 조세조약이 발효되었다. 기존 조세조약에는 금융정보 교환에 대한 규정이 없었으나, 개정 조세조약을 통해 은행 계좌번호로 탈세 혐의자의 스위스 은행 정보 조회가 가능해졌다. 단, 탈세 목적으로 거래한 스위스 은행을 적시해야만 한다.

"산천어가 아무 데서나 살 수 있어야 정상적인 나라 아닙니까. 다 같이 미꾸라지 되는 것보다는 낫죠. 문계준 의원님이 자료 입수하실 가능성은 있는 겁니까?"

재희가 웃으며 대꾸하자, 잔을 비운 형두는 한숨 섞인 목소리로 내뱉었다.

"문 의원이야 뭐 그거 전문이니까 자료 입수는 껌이지. 그런데 우리가 알고 싶은 건 이거 아닙니까. 그래서 그게 뭐, 그걸로 뭐 증명할 수 있는데. 이게 걱정되는 거지."

"아무리 작은 증거라도 반드시 뭔가 증명합니다. 그거 잡는 게 저희 일이고요."

"어우, 강 피디 뭐 대본 갖고 다닙니까? 말할 때마다 설레 죽겠어."

심장을 부여잡는 시늉을 하며 낄낄거린 형두가 곧 얼굴에서 웃음기를 거뒀다.

"일단 내가 이정수 검사 통해서 받았던 당시 계좌 목록, 이건 보내 드리겠습니다. 적발된 계좌 중에 대부분은 이미 정리가 된 상태라고 알고 있는데, 뭐 그래도 당시에 자금 흐름이 어떻게 됐는지까지 다 숨길 수는 없으니까. 안영균 선에서 딱 끊기는데 안영균이 어떻게 정리를 했는가, 이걸 제보해 줄 만한 정보원이 있는지도 한 번 알아보죠."

"저희도 최선을 다해서 취재하겠습니다."

"아니, 무슨 말을 그렇게 무섭게 해. 강 피디는 지금보다 더 최선 다하면 죽어요, 죽어. 적당히 하라고. 젊은 사람이 그렇게 몸 안 아끼는 거 아냐."

형두가 아직도 그대로인 재희의 잔을 보더니 마시라는 손짓을 했다. 재희가 천천히 잔을 비우자 형두가 다시 잔을 채워 주더니 쯧, 하고 혀를 차며 얼굴을 찌푸렸다.

"얼마나 답답한지 우리도 잘 아니까 진짜 미안하고 그러네. 보는 사람도 이렇게 갑갑한데, 당하는 사람들은 오죽할까 싶고 그래요. 법이란 게 참…… 이게 좋은 마음으로 쓰자고 만든 건데, 사람이 만든 거라 빈틈이 있잖아요. 상식적으로 살자고 법을 만드는데 그걸 비상식적으로 쓰려고 하니까."

"그러니까 저희가 이 일 하죠. 사람들이 다 준법정신 투철하고 상식적이고 도덕적이면 <비하인드 24> 같은 프로그램이 왜 필요하겠습니까. 죽을 때까지 그럴 일 없다는 거 알아도 언젠가는 우리 필요 없는 세상도 오겠지 생각하면서 하는 거 아닙니까."

"말이라도 듣기 좋네. 아휴, 강 피디도 오늘은 그냥 머리 싹 비우고 한잔해요. 사람이 잠깐 기분 내면서 머리 비우고 그럴 때도 있어야지."

형두가 벨을 눌러 소주 한 병을 더 시켰다. 종업원이 새 소주병을 들이밀어 놓고 문을 닫았다. 형두의 말을 듣고 있던 한동이 다시 병을 따며 낄낄거렸다.

"그 뭐 술도 좋은 사람하고 마셔야 기분이 나지, 환갑 다 된 사람들하고 마셔서 뭔 기분이 나. 강재희 여기 늙은이들 모시면서 의전 하러 온 거지 머리를 비우긴 개뿔, 너 같으면 원로 모시고 머리 비우라고 그러면 기분 나냐, 인마?"

형두가 그 말에 토라진 표정을 했다.

"전 부장은 내가 차마 못 한 말을 꼭 그렇게 하면 아주 기분 째지지?"

"아닙니다. 제가 부장님하고 의원님만큼 좋아하는 사람이 또 어디 있다고요."

부러 진지한 표정으로 대답한 재희가 두 사람의 빈 잔에 소주를 따르자 한동이 잔을 들어 보이며 고개를 절레절레 흔들었다.

"너 아주 주둥이 잘 턴다? 이 새끼도 보면 은근 딸랑거리는 게 보통이 아냐. 야 인마, 나한테 딸랑거려서 뭐할 거야. 이사회 가서 <비하인드 24> 폐지 안 하게 좀 봐 달라고 딸랑거려. 너 딸랑거리면 걔들이 버선발로 뛰쳐나와서 맞이할 텐데 왜 그래."

"아무 데서나 딸랑거리면 그게 딸랑이지 사람입니까?"

"야 이 새끼야, 사람이 사람답게 살려면 목숨 내놓고 살아야 되는 세상인 거 몰라? 너 모가지 몇 개야? 한 번 살지 두 번 사냐? 인생 소중하게 살아. 똥밭에 굴러도 이승이 낫다는 소리 왜 하는지 몰라? 더럽고 치사해도 모가지 붙인 놈이 이기는 거야."

한동이 재희의 잔을 채워 주며 내뱉었다. 재희는 작은 잔을 순식간에 채우는 술을 내려다보고 있다가 한숨처럼 웃었다.

"다른 사람도 아니고 부장님이 그런 말씀 하시면 그게 저한테 무슨 설득력이 있습니까."

"어른이 말하면 듣는 척이라도 해, 인마."

"저보고 귓구멍 앞뒤로 막힌 새끼라고 하셨던 건 기억 안 나시고요?"

시도 때도 없이 날아오는 고소장에 법무팀 문턱이 닳도록 드나드는 재희를 보고 한동이 하던 말이었다. 적당히 넘어가면 될 걸 융통성 없게 귓구멍 앞뒤로 막힌 놈처럼 군다는 소리였다. 욕처럼 내뱉는 칭찬이었다.

말문이 막힌 표정으로 재희를 마주 보던 한동이 졌다는 투로 내뱉었다.

"이 버릇없는 새끼, 선배한테 한마디도 안 져 주는 거 봐."

"기대도 안 하셨잖아요. 저 죽기 전엔 그럴 일 없습니다."

"아니, 도대체 니들은 젊은 놈들이 왜 자꾸 죽는다는 소리를 입에 달고 살아? 너도 그렇고 서정언도 그렇고. 말이 씨가 된다니까 이 새끼들이 진짜! 환갑 다 된 선배 앞에서 못 하는 소리가 없어, 아주 그냥! 나한테 먼저 죽을래?"

한동이 눈을 부라렸다. 재희는 대답 대신 씩 웃고는 잔을 비웠다. 요즘 들어 단 하루라도 머릿속의 생각들을 좀 털어 내고 싶다고 자주 생각하는 건 사실이었다. 가장 간단한 방법이 술이라는 건 썩 마음에 들지 않았지만, 지금은 다른 수가 없었다.

두 사람과 주거니 받거니 하며 한 병 정도를 비운 재희는 먼저 핸드폰을 확인하고는 입을 열었다.

"그만하고 이제 슬슬 들어가시죠. 시간 벌써 꽤 지났는데요."

그럴까, 하고 한동이 먼저 엉덩이를 떼었다. 그사이 소주 두 병을 비운 한동의 얼굴에는 취기가 올라와 있었다. 주당으로 소문난 한동이었으나 상한 속이 술을 이기지 못하는 듯했다.

문턱에 걸터앉아 신발을 신고 일어나던 한동이 비틀거리며 벽을 짚었다. 아래로 내려선 재희가 얼른 한동을 부축하자, 한동이 손을 내저었다.

"됐어, 됐어."

그러나 한동을 기어이 데리고 가게 밖으로 나온 재희는 택시를 잡아 한동을 먼저 태웠다. 내일 보자고, 하며 풀린 발음으로 내뱉은 한동이 문을 닫았다. 도로 저편으로 사라지는 택시를 눈으로 좇던 재희는 등을 툭 치는 형두의 손길에 몸을 돌렸다.

"강 피디, 태워 줄 테니까 가요. 우리 비서관 근처에 있는데 금방 올 거야."

"아닙니다. 저도 차 다시 회사에 가져다 놔야 돼서요. 대리 불렀습니다. 먼저 들어가시죠."

재희가 사양하자 형두가 에휴, 하고 가벼운 한숨을 쉬었다.

"아무튼 힘내요. 우리만 잘 되자고 그러는 건 아니니까. 알지?"

"제가 뭐 불편한 게 있겠습니까. 도움 주셔서 감사하죠."

길거리에 서서 인사치레를 잠시 주고받는 사이, 비서관이 도착했는지 형두의 핸드폰이 울리기 시작했다. 전화를 받은 형두가 눈으로 재희에게 인사를 건넸다.

웃어 보인 재희는 가벼운 묵례를 하고는 근처의 택시 정류장 벤치에 걸터앉았다. 자주 쓰는 대리운전 앱을 켰으나, 재희는 화면에 눈을 고정한 채 아무것도 입력하지 않고 그저 앉아 있을 뿐이었다.

산천어.

형두가 농담조로 뱉은 그 말이 머릿속을 맴돌았다. 바르게 살고 싶어 하는 사람들이 세상에 나오려는 게 잘못됐다는 생각이 사회의 상식이라면, 자신이 하는 일은 결국 아무런 의미도 없는 게 아닐까. 그건 끝없이 지워지지 않는 의문이었다.

그 답을 따라가다 보면 결국 종착지는 언제나 연수였다. 연수의 답은 늘 명쾌했다.

「재희야, 있잖아. 상식은 진실이 아니야. 상식은 상식일 뿐이야. 상식은 바뀔 수 있고, 진실은 변하지 않아. 우리가 하는 일은 결코 변하지 않는 걸 따라가는 일이라고 생각해.」

언젠가 괴로워하던 자신에게 연수는 그렇게 말한 적이 있었다. 재희는 고개를 젖히며 긴 숨을 뱉었다. 허공으로 흩어지는 숨은 무기력했다. 연수가 가졌던 그런 확신들은 이런 순간이면 항상 재희에게 더 절실했다.

너는 어떻게 그토록 확고할 수 있었을까.

잠시 눈을 감자 얇은 눈꺼풀 위로 가로등과 네온사인, 자동차 헤드라이트가 흩뿌리는 빛의 입자들이 희미하게 떠돌았다.

오랫동안 그 자리에 앉아 있던 재희는 몸을 일으켰다. 그때, 쥐고 있던 핸드폰이 짧게 진동했다. 메시지 미리보기 창이 나타났다. 재희는 반사적으로 그 화면을 내려다보았다.

─ YBS 강재희 피디 19시 32분 보문동 민권당 황형두 접촉 22시 47분 해산

발신번호 없는 메시지에 몸이 그대로 얼어붙었다. 등으로 조그마한 얼음 조각이 미끄러지듯 싸늘한 감각이 달려 내려갔다.

재희는 저도 모르게 뒤를 돌아보았다. 길거리에 늘어선 수많은 가게와 골목 사이 어딘가에서 누군가가 자신을 지켜보고 있었다. 그림자 속에 숨어 이쪽을 주시하는 자취 없는 시선. 도시의 불빛 사이로 촘촘히 엮인 어둠 어딘가의 존재를 찾는 건 불가능했다. 재희는 다시 그 메시지로 눈을 돌렸다.

잘못 보낸 메시지일지도 몰랐다. 그러나 재희는 이런 자들을 잘 알고 있었다. 감시하고 있다는 것을 일부러 알려 주는 고전적인 수법 중 하나였다. 더 두려워하라고, 더 조심하라고, 더 침묵하라고.

재희는 핸드폰을 꽉 움켜쥐었다. 핏기가 빠져나간 손끝이 새하얗게 질렸다. 이미 꺼진 화면 속 어둠은 자신을 비웃는 듯 깊고 막막했다.

30

고원종합기술공사 간판을 붙인 신축 빌딩은 회사 규모에 비해 지나치게 호화롭다는 인상을 주었다. 약속한 1층 카페에는 이미 한 남자가 와서 기다리고 있었다. 카메라 가방을 멘 윤과 정언이 오픈된 카페로 들어서기 무섭게, 초조한 표정으로 시계와 입구를 번갈아 보던 남자가 자리에서 벌떡 일어났다. 호남형의 인상이었으나 얼굴에는 불안한 기색이 역력했다.

"방송국에서 오셨습니까?"

먼발치에서부터 묻는 목소리가 워낙 큰 통에 카운터에 서 있던 직원이 깜짝 놀라 이쪽으로 시선을 주었다. 정언은 빠른 걸음으로 그의 맞은편에 섰다. 남자가 서둘러 주머니를 뒤져 명함 두 장을 정언과 윤에게 건넸다. 급히 꺼내느라 끝이 구겨진 명함에는 이종규라는 이름이 선명했다.

"이종규 팀장님?"

"네. 이쪽으로, 이쪽에 앉으시죠."

맞은편 자리를 권한 종규가 뭐라고 운을 떼기도 전 카운터로 뛰어가더니 곧 차가운 커피 두 잔을 들고 돌아왔다. 행동 하나 하나가 잔뜩 긴장한 것이 눈에 뻔히 보여, 곁에 앉아 있던 윤이 정언 쪽으로 몸을 약간 기울이며 소곤거렸다.

"제발 수상하게 생각해 달라고 애원을 하는데요."

"위에서 무슨 얘기 들었겠지."

나지막하게 대답한 정언은 곧 맞은편에 다시 앉은 종규를 빤히 마주 보다 입을 열었다.

"저희가 촬영 좀 해도 되겠습니까?"

"아, 예…… 예, 그러셔야죠."

종규가 카페 냅킨으로 이마에 송골거리는 땀을 닦았다. 건물 안은 빈말로라도 덥다고는 할 수 없는 수준이었는데도 목덜미까지 엷게 땀이 배어 나온 것이 눈에 들어왔다. 종규는 윤이 카메라를 세팅하는 걸 연신 흘끔거리며 이 끝으로 입술을 잘근거렸다. 아랫입술이 이미 얇게 뜯겨 피딱지가 말라붙은 채였다.

"저희가 서온건설 관련한 취재 중에 고원종합기술공사에 대한 이야기를 들어서요. 현장 감리 담당하시는 분이 팀장님이라고 해서 한 번 만나 뵙고 얘기를 좀 듣고 싶었습니다. 바쁘실 텐데 죄송합니다."

"아닙니다. 저기, 뭐…… 어떤 부분이, 어떤 부분에 대해 얘기를 듣고 싶으신 건지 일단 그런 걸 좀 말씀해 주시죠."

초조한 기색이 역력했다. 그가 이런 일에 그다지 익숙한 사람이 아니라는 건 쉽게 알 수 있었다. 만약 자신이었다면 이것보다는 더 언론을 상대하는 데 능숙하고 경험이 많은 사람을 내보내려 했을 게 분명했다. 정언은 그를 유심히 관찰하며 대답했다.

"서온건설에 대한 제보를 여러 차례 받았는데, 그 중에 서온건설이 공개된 자재와 공법대로 시공하지 않는다는 내용이 상당히 많았습니다. 일반 주택은 물론이고 공공 건축물 수주에 있어서도 이런 일이 여러 번 반복된다고요. 저희가 알아보니까 정상적인 현장이라면 감리에서부터 이런 일이 발생할 수가 없다고 하던데요. 그런데 우연의 일치라기엔 문제가 있는 현장 중에 고원종합기술공사가 감리를 담당한 현장이 너무 많았습니다. 그러니까 저희 입장에서는 확인을 안 할 수가 없는 거죠. 무슨 말씀인지 이해하시죠?"

종규는 앞에 놓인 커피 잔에 눈을 고정한 채, 계속 마르는 입술을 축이며 정언의 말을 듣고 있었다. 정언은 말을 하는 동안 그가 테이블 위에 놓은 손을 계속 떨고 있다는 것을 알아차렸다.

잠시 말이 없던 종규가 이마 부근을 긁적였다.

"예, 저기, 무슨 말씀 하시는 건지 충분히 알았습니다. 충분히 알고 있고요, 그런 부분이 어떤 범법, 범법이라는 단어가 적절한지 제가 확신이 안 가는데…… 아무튼 어떤, 그, 법망의 빈틈이라고 해야 될까요? 그런 부분이 있다는 것도 제가 인정을 합니다. 그런데 일단 그 부분을 문제 삼는 건 건설업의 생리를 잘 모르셔서 그럴 수도 있다, 저는 그렇게 생각이 되거든요."

"건설업의 생리요?"

정언이 되묻자 종규가 서둘러 변명했다.

"아니, 물론 제가 그게 잘 됐다, 아무 문제가 없다, 그렇게 말씀드리는 건 아닙니다. 그건 절대 아니고요. 아닌데, 이게 뭐라고 해야 될까요. 말하자면 그, 유도리라는 게 있지 않습니까. 건설 현장이라는 데가 그렇게 법적으로, 그런 게 딱딱 지켜지는 데가 아니라는 거죠. 사람이 하는 일이니까요. 관행적으로, 많은 부분이 관행에 따라 유지가 된다는 겁니다."

"그렇게 따지면 사람이 안 하는 일이 있습니까?"

되도록 참으려고 했으나 말이 날카롭게 나갔다. 종규가 다시 한 번 땀을 닦으며 어색하게 웃었다.

"물론 그렇죠. 그런 부분은, 무슨 말씀 하시는지 압니다. 그런데 건설업이 남초 직종이라 특히 더 이해를 못 하시겠지만, 건설업에서 현장이 진행되는 부분은 굉장히 관행적인 게 많아요."

슬슬 짜증이 치밀어 올랐다. 이런 사람들을 한두 번 상대하는 건 아니었으나, 만날 때마다 열이 받는 건 어쩔 수 없었다. 특히나 정언이 더 화가 나는 부분은, 종규 같은 부류의 인간들은 자신이 여자이기 때문에 더 이런 식으로 군다는 점이었다.

여자니까 잘 이해하지 못한다, 여자니까 모른다, 여자니까 적당히 속여 넘길 수 있다는 태도에는 신물이 났다. 정언은 미간을 좁히며 팔짱을 끼었다.

"핵심을 비켜 가면서 말씀을 하시네요. 저희가 이미 고원종합기술공사에서 서온건설이 진행하는 현장 감리 대부분을 맡아서 하고 있다는 사실을 확인했습니다. 특히 공공건설의 경우 감리 업체도 입찰 진행해서 선정해야 하는데, 대부분의 경우 고원이 낙찰됐다는 거죠. 더 낮은 가격, 더 좋은 포트폴리오를 가진 업체를 두고 굳이 고원을 선정해야 하는 이유가 뭡니까? 그러니까 서온하고 고원의 관계가 상당히 유착돼 있다, 이렇게밖에 생각할 수가 없는데요. 제가 질문을 좀 더 분명하게 하죠. 감리 과정에서 어떤 압력이 있었습니까?"

종규의 표정이 눈에 띄게 굳어졌다. 정언은 그를 뚫어지게 바라보며 말을 이었다.

"저희가 취재를 하면서 관행이라는 단어를 상당히 많이 들었습니다. 서온건설 관련자 분들은 어떤 부정, 비리, 불법, 이런 걸 전부 관행이라는 말로 묶어서 설명하려고 하는 경향이 있던데요. 관행이라는 게 마법의 단어입니까? 제 말에 잘못된 부분이 있다면 지적을 해 주시죠."

"피디님, 그건 제가 지금 여기서 말씀드리기 적절하지 않은 것 같습니다."

"그럼 팀장님이 생각하시기에 여기서 말씀하시기 적절한 부분은 어떤 부분입니까?"

윤이 곁에서 정언의 소매를 살짝 당기며 선배, 하고 속삭이듯 불렀다. 지나치게 그를 몰아붙인다고 느낀 모양이었다. 짧은 침묵이 지났다. 종규가 손에 움켜쥐고 있던 냅킨으로 목덜미 부근을 닦았다. 정언은 조금 가라앉은 말투로 입을 열었다.

"저희가 지금 여기 아무것도 모르고 앉아 있는 거 아닙니다. 취재 요청 처음에 피하신 이유 있지 않습니까. 실제로 출장 가셨었는지도 제가 확인을 할까요?"

"피디님, 아, 정말 이게…… 이게 제 선에서 말씀드리기가 난처한, 그런 부분입니다."

정언이 이렇게까지 나올 거라고는 예상하지 못한 듯, 종규가 몹시 난감하다는 표정을 했다. 그러나 정언은 그를 쉽게 풀어줄 생각이 전혀 없었다.

"팀장님 선에서 말씀하시기 난처하다면 어느 선까지 올라가야겠습니까?"

"취재를 하셨다니까 잘 아시겠지만……."

종규가 망설이듯 말끝을 흐리더니 입을 다물었다. 정언은 그를 빤히 응시하며 그 속내를 가늠했다. <비하인드 24>가 어디

407

까지 알고 있는지 전혀 파악이 되지 않은 모양이었다. 문득 짧은 전류 같은 감각이 번뜩 지나쳤다. 엄대진과 서온건설이 지금까지 자신들을 지켜보았던 건, 어디까지 갈 수 있는지 알기 위해서가 분명했다. 그런데 그 사건의 중요한 키가 될 감리업체 담당자에게 어떤 대응책도 알려 주지 않은 의도가 무엇일까.

이미 취재 과정에서 수차례 본 패턴이었다. 꼬리 자르기. 한 사람의 일탈로 뒤집어씌울 수 있다고 생각하는 것이 분명했다.

실무 담당자가 무조건 잡아뗄 수 있는 상황이 아니라는 걸 뻔히 알 텐데도 맨몸으로 내던졌다는 건, 결국 그가 총알받이에 불과하다는 뜻이었다. 정언은 앞으로 몸을 조금 기울였다.

종규가 움찔하며 마른침을 삼켰다. 정언은 그에게서 시선을 떼지 않은 채 나지막하게 입을 열었다.

"팀장님, 제가 확실하게 말씀드리겠습니다. 저희 굳이 팀장님한테 확인하지 않아도 유착 관계 확인할 수 있는 팩트 여러 개 가지고 있습니다. 최대 주주 채기원이 서온건설 남제선과 친인척 관계인 것도 이미 파악됐고, 시청 건설과 공무원과의 유착 관계에 대해서도 알고 있습니다. 하청에 대한 서온건설의 원청 갑질에 대한 사례도 상당수 제보가 들어왔고요. 이 과정에서 자재와 공법 문제 여러 차례 지적됐는데, 그거 전부 감리에서 덮어 버린 것도 확인했습니다."

종규의 눈이 불안하게 흔들렸다. 정언은 자신의 명함을 꺼내 종규의 앞으로 밀어 놓았다.

"이 문제 저희가 터트리면 절대 쉽게 안 묻힌다는 거 아셔야 됩니다. 수천억대, 수조원대 소송 걸릴 수도 있는 일입니다. 그거 전부 팀장님 개인의 일탈로 덮어쓰실 겁니까?"

"피디님, 저…….."

"서온건설하고 오래 일하셨다니 잘 아시겠지만, 저희 취재 결과 거기서 하청이나 협력업체 보호해 준 사례 단 한 건도 없었습니다. 지금까지 그래 왔고 앞으로도 마찬가지일 겁니다. 여기서 말씀하시기 적절하지 않다고 하시니까, 생각해 보시고 연락 주시죠."

정언은 종규의 대답을 기다리지 않고 자리에서 일어났다. 멈칫하던 윤이 서둘러 장비를 정리했다. 한 모금도 손대지 않은 커피를 그대로 두고 건물을 나서자, 윤이 유리창 안쪽에서 멍하니 앉아 있는 종규를 슬쩍 돌아보며 걱정스러운 얼굴을 했다.

"연락 올까요?"

정언은 앞을 보며 대답했다.

"내 생각엔 그럴 가능성 높아. 팀장이고 담당자면 일단 현장 감리 저 사람 주도하에 이루어졌을 거고, 어느 정도 대가 당연히 받았겠지. 현장에서 감리가 현금 요구하는 거 관행이라고는 하지만 이건 규모가 너무 커. 오래되기도 했고. 이종규 팀장이 언제부터 일했는지는 몰라도, 이미 수십 년간 이루어진 유착 뒷감당을 본인이 혼자 하기는 억울하다고 생각할 거라고."

"그렇다고 고발하기 쉽지도 않을 텐데요."

"일단 팀장 선에서도 우리가 어디까지 취재했는지 모르는 거 확실해. 알았으면 저 정도 위인 안 내보냈을 거야. 팀장이 계속 관행이라는 말로 빠져나가려고 하는 거 봤잖아. 만약에 우리가 방송 터트려서 난리난다고 해도 감리에서는 팀장한테 덮어씌우면 그만이라고. 관행이라는 말로 개인이 불법 자행했다, 그러면 끝이야. 이종규 팀장은 지금 그거 모르고 나온 거고. 일단 저녁이나 먹자. 연락 오면 좋고, 안 온다고 하면 할 수 없고."

정언의 말에 가벼운 한숨을 쉰 윤은 한 번 더 뒤를 돌아보았다. 카페 안에서 그새 종규의 모습은 사라진 뒤였다. 가방을 고쳐 멘 윤이 주위를 두리번거리더니 길 건너편을 가리켰다.

"어, 저기 유명한 덴데. 저런 거 좋아하세요?"

건물 2층에 붙은 이탈리안 레스토랑 간판이 눈에 들어왔다.

"아무거나 상관없어."

윤의 물음에 별생각 없이 대답하자마자, 취재 나와서 레스토랑 가자고 하는 놈은 처음이라는 데 생각이 미쳤다. 하여튼 별나다고 속으로 중얼거리는 사이, 윤이 횡단보도의 신호가 바뀌기 무섭게 먼저 앞질러 길을 건넜다.

빨리 오라고 손짓하는 그 해맑은 얼굴을 보고 있으려니 기가 찼다. 식당에 들어가 창가 자리에 마주 앉기 무섭게 정언은 장소 선택이 잘못됐다는 사실을 깨달았다. 아무리 봐도 회사 선후배 사이에 와서 앉아 있을 만한 공간은 아니었던 것이다.

주변에 앉은 사람들이 전부 커플이라는 사실을 알아차리는 데는 그리 오래 걸리지 않았다. 지금이라도 일어나서 나가고 싶은 기분이었다. 그러거나 말거나 종업원이 가져온 메뉴판을 정언 앞으로 밀어 놓은 윤이 씩 웃었다.

"뭐 드실래요?"

"제일 빨리 되는 걸로."

정언은 윤의 시선을 피하며 대답했다. 의도된 장소 선택일까 하는 데 생각이 미치자 진심으로 그 머리통을 열어 보고 싶은 기분이 되었다.

이 심각한 상황에서, 그 짧은 사이 이탈리안 레스토랑 간판이 눈에 들어온 건 그렇다 쳐도, 그걸 실행에 옮길 수 있는 용기만은 거의 경이로울 지경이었다. 종업원을 부른 윤은 로제 파스타와 오일 파스타를 하나씩 시키고는 정언에게 물었다.

"파스타 괜찮으시죠?"

"가리는 음식 없어."

"어, 그럼 다음에 해 드릴게요. 저 파스타 진짜 잘 하거든요."

아무리 들어도 진심인 말투였다. 정언은 그 순간 정말 윤을 취조하고 싶은 심정이 되었다. 언제, 어디서, 왜 그걸 자신에게 해 주겠다는 건지 진심으로 묻고 싶었으나 동시에 대답을 듣는 게 무서웠다.

팀원들이 이 자리에 있었다면 아무래도 김 피디가 일이 너무 힘들어서 어떻게 된 것 같다고 수군거렸을 게 틀림없었다. 그런 말을 할 만한 사람들의 얼굴을 머릿속으로 떠올려 보던 정언은 곧 얼굴을 감싸며 좌절했다. 팀원 중 이 일을 그러려니 할 만한 사람이 단 한 명도 떠오르지 않았던 것이다.

한동안 레스토랑 안을 채우는 클래식 음악과 함께 죄 없는 테이블을 노려보고 있던 정언은 시선을 들었다. 남의 속을 아는지 모르는지, 윤이 턱을 괴며 생글거렸다.

"데이트하는 거 같고 되게 좋은데요."

잠시 할 말을 잃고 있던 정언은 머리를 톡톡 두드리며 물었다.

"김 피디, 그런 말 하면서 뭔가 이상하다는 생각이 안 들어?"

"뭐가 이상한데요?"

"왜 나하고……."

이런 데서, 이런 음식을 먹으면서 데이트하는 것 같아서 좋다는 소리를 하냐고 물으려던 정언은 즉시 후회했다. 다른 이유가 있을 리 없었다. 좋아하니까. 정언이 말을 멈추자 윤이 속을 빤히 들여다보는 듯한 눈으로 웃었다.

"전 선배가 저 싫어하시는 거 아니면 됐고, 이런 데서 저랑 저녁 같이 먹어 주시는 거 좋아요. 선배하고 내내 붙어 다닐 수 있으니까 만족하고, 교양국 다시 돌아갈 마음도 없어요. 선배가 이거 방송하고 싶어 하시는 거 아니까 저도 같이 열심히 하는 거고요. 복잡하게 생각 안 해요. 저한테는 지금 이상한 거 하나도 없고 다 좋은데요. 더 질문하실 거 없죠?"

말문이 막혔다. 때마침 예쁘게 담긴 음식들이 테이블 위에 놓였다. 정언의 앞에 놓인 접시를 가져간 윤이 파스타를 덜어 다시 놓아 주고는 드세요, 하고 권했다. 정언은 아무렇지도 않게 포크로 파스타를 돌돌 말아 잘도 먹는 윤을 멍하니 응시했다.

싫어하는 게 아니면 됐다고, 아무것도 이상하지 않다고 대답하는 윤의 단정한 얼굴 위로 쏟아지는 조명의 입자가 그 속눈썹 끝에 걸려 반짝였다. 잠시 거기 시선을 붙들렸던 정언은 접시로 눈을 주었다.

"왜 안 드세요. 괜찮은데요."

이렇게 정신없이 사람을 흔들어 놓고 아무렇지도 않은 듯 언제나처럼 제자리로 돌아간 윤이었다. 정언은 대답 대신 무슨 맛인지도 느껴지지 않는 파스타를 입 안에 밀어 넣었다. 정언을 가만히 마주 보던 윤이 포크 끝으로 접시 위를 살짝 톡톡 쳤다. 저도 모르게 고개를 들자 윤이 말했다.

"체해요, 선배. 천천히 드세요."

그 무조건적인 다정함의 결은 정언이 한 번도 겪어 본 적 없는 종류의 것이었다. 정언은 일순간 모든 소리가 지워지는 착각에 빠졌다.

어쩌면 자신과 윤도 주변에 앉은 다른 사람들처럼, 그저 평범한 커플로 보일 수도 있었다. 그런 생각이 든 순간 머릿속이 차가워졌다. 아주 오랫동안 허락된 적 없는 일상. 정언은 자신이 이런 순간에 어느새 익숙해질까 봐 두려워하고 있다는 걸 문득 인식했다.

정언은 일상을 잃어버리는 것이 어떤 일인지 잘 알고 있었다. 가족을 잃고, 친구를 잃고, 연인을 잃은 사람들의 삶이 어떻게 무너지는지 너무나 오랫동안 지켜본 탓이었다. 한 번 무너진 삶은 다시 쌓아 올린다 해도 결코 이전과 같지 않았다.

언제 어떻게 되더라도 이상하지 않은 삶이라고 생각했었다. 엄마를 혼자 남겨 둬야 할지도 모른다는 생각 외에는 무엇도 두렵지 않았다. 누구에게나 선을 그었던 건 그래서였다. 자신을 아는 모든 사람들이, 언젠가 자신이 사라진 뒤에도 아무렇지 않기를 바랐기 때문에.

오래전 언젠가 재희는 그렇게 말한 적이 있었다. 잃을 것이 없는 사람은 겁이 없지만, 지킬 것이 있는 사람은 강해진다고. 그렇다면 지금의 자신은 어느 쪽인 걸까. 정언은 시선을 내렸다. 윤에게는 모든 게 단순한 것 같은데, 왜 자신은 그럴 수 없는지 답답해졌다.

"방송 나간 다음에 좀 한가해지면 저희 집에 놀러 오세요. 파스타 해 드릴 테니까. 먹어 본 사람들이 다 가게 차리라고 그랬다니까요. 선배도 드셔 보시면 완전 놀라실 걸요."

윤이 말했다. 그 미소에 퍼뜩 낯선 감각이 마음을 그었다. 은성한 테이블 위로 따뜻한 조명과 부드러운 음악, 여상한 단어들

이 떠돌았다. 어떤 순간을 오랫동안 간직할 수 있다면, 기꺼이
이런 순간이기를 바라는 자신을 깨닫자 심장이 가라앉았다.

정언은 나지막하게 대답했다.

"……더 놀라고 싶지도 않아. 빨리 먹어."

지금 이후의 삶을 생각한다는 건 언제나 낯선 일이었다.

◆

오후에 <데일리시사 인 서울>의 임형원 기자를 만나기로 한
까닭에 윤은 정언과 이른 점심을 먹고 사무실로 돌아왔다. 문을
열기 무섭게 텅 빈 사무실에 혼자 앉아 있는 재희가 눈에 들어
왔다. 또 식사를 건너뛴 모양이었다. 무슨 책인가를 읽고 있던
재희가 인기척에 눈을 들더니 정언에게 물었다.

"아, 어제 이종규 팀장 만났다며. 어떻게 됐어?"

정언이 자리에서 가방을 챙기며 대답했다.

"그 사람 아무것도 몰라요. 시간 끌길래 무슨 변명거리 준비하
는 줄 알았더니, 위에서 그냥 담당자 개인한테 다 뒤집어씌우고
끝낼 생각인가 봐요. 증거 다 있다고, 혼자 책임지겠냐 하니까
대답을 못 하더라고. 기다릴 테니까 연락 달라고 하고 왔어요."

"연락 오겠어?"

"모 아니면 도지. 오늘 상생변 박기율 변호사 온다면서요?"

정언의 물음에 재희가 의자에 등을 기댔다.

"응. 우리하고 속기록 분석하기로 했어. 국선 출신이라 형사
사건 전문가라는데 메일로 미리 자료 보냈더니 자기가 변호사
인생에 그런 건은 처음 봤다고 그랬다던데. 서 피디는 김 피디

랑 <데일리시사> 간다고? 경찰서에선 아직 연락 없고?"

정언이 어깨를 으쓱해 보이고는 대답했다.

"네. 뭐 수배 내렸다니까 잡히기 전까지는 별말 없겠죠. 안심환경시민연대 현장 조사 건은?"

"분석 결과 다음 주에 나온대. 결과 나오는 대로 슬슬 방송 일정 맞춰 보기로 했어."

"어제 황형두 의원 만났다며. 뭐라고 해요?"

"그건 나중에 얘기하자."

손을 휘적거린 재희가 의자를 반 바퀴 빙글 돌려 창가를 보고 앉았다가, 갑자기 생각났다는 듯 다시 몸을 돌려 정언에게 삿대질을 했다.

"아, 내일 출근하지 말고 집 보러 가고. 출근하기만 해 봐, 가만 안 둘 테니까. 숙직실에서 일주일 살더니 꼴을 못 봐 주겠다."

정언이 가방을 한쪽 어깨에 걸쳐 메며 퉁명스럽게 대꾸했다.

"선배가 내 꼴 안 봐 줘도 봐 줄 사람 많으니까 신경 끄시죠."

그 말에 짐짓 심각한 표정을 한 재희가 되물었다.

"그래? 나 말고 누가? 어떤 자식이야, 내 허락도 없이?"

"선배하고 나 사이가 그런 것까지 알아야 되는 사이였어요?"

"그럼 그 정도도 말 못 할 사이였어?"

"선배가 나한테 그렇게 내적 친밀감 엄청난 줄 이제 알았네."

놀리는 기색이 역력한 재희에게, 정언은 대수롭지 않다는 듯 냉소적인 농담으로 대꾸했다.

정작 공연히 찔린 건 옆자리의 윤이었다. 재희가 뻔히 다 알고 묻는다는 생각을 지울 수가 없었다. 지난번 한밤중에 함께 현장 취재를 나갔을 때 재희가 던진 질문의 의도는 분명했다. 윤은 그 대화로 재희가 자신의 감정을 눈치챘을 거라는 사실을 이미 짐작한 터였다.

솔직히 말하자면 자신이 정언을 좋아한다는 걸 누가 알든 상관없었다. 남들 앞에서 티를 내지 않는 건 오로지 정언이 곤란해지는 게 싫어서였다.

윤은 정언이 자신에 대한 태도를 아직 분명하게 결정하지 못한다는 걸 잘 알고 있었다. 싫어하는 것도 아니고, 그렇다고 받아 주지도 못하는 모호한 관계. 괴로울 때가 없다면 거짓말이겠지만, 요즘은 이 정도라면 얼마든지 더 기다릴 수 있을 것 같기도 했다.

정언의 안에서 뭔가 확실해질 때까지는 참을 수 있었다. 남들이 아는 건 그다음이었으면 했다. 다른 사람들이 있는 자리에서 최대한 사무적인 태도를 유지하려 노력하는 까닭은 오로지 그뿐이었다.

"선배, 가시죠."

차 키를 집어 든 윤은 먼저 자리에서 일어났다. 어쨌든 되도록 빨리 재희가 있는 자리를 벗어나고 싶어서였다. 재희가 갔다 와, 하며 손을 흔들었다.

도무지 속을 알 수 없는 그 얼굴을 뒤로하고 사무실을 빠져나온 윤은 먼저 엘리베이터 버튼을 눌렀다. 나란히 선 정언이 핸드폰의 메시지를 확인하는 것이 눈에 들어왔다.

"무슨 연락 온 거 있어요?"

"성이진 교수님이 다음 주 화요일이나 수요일쯤 수아 만나 봤으면 하셔서. 이희경 씨한테 그때 시간 되냐고 물어봤어."

"수아는 좀 어떻대요?"

"뭐 비슷한가 봐."

정언이 핸드폰 화면에 시선을 둔 채 대답했다. 피곤한 기색이 역력한 얼굴이었다. 윤은 문득 어제저녁의 일을 떠올렸다. 그렇지 않아도 풀가동중인 정언에게 자신이 더 부담이 되는 게 아닐까 생각하자 마음 한구석이 묵직하게 가라앉는 것 같았다.

이제 정언의 선을 넘는 건지 아닌지 더 이상 신경 쓰지 않겠다고 말했지만, 그렇다고 해도 자신이 정언을 힘들게 하는 게 아닐까 생각하면 뜨끔해지는 건 어쩔 수 없었다.

주차장으로 내려간 윤이 시동을 걸자 조수석에 앉은 정언이 먼저 내비게이션에 신문사 주소를 입력하고는 시트에 등을 묻었다. 머리가 아픈지 관자놀이 부근을 두어 번 문지르던 정언이 눈을 감았다.

"캐나다 병원에 인터뷰 요청하라는 건 어떻게 됐어?"

"어제저녁에 메일 보내 놨어요. 아직 안 봤더라고요. 이따 취재 끝나도 수신 안 된 것 같으면 전화해서 다시 확인할게요."

윤은 주차장을 빠져나가며 대답했다. 오후의 햇살이 전면 창으로 쏟아져 들어왔다. 윤은 재빨리 손을 뻗어 정언 쪽의 선바이저를 내려 주었다. 주차장 출입구 근처로 시민단체 회원인 듯한 사람들 몇몇이 '방송장악 중단하라' 등의 구호가 적힌 피켓을 들고 서 있는 것이 보였다.

윤은 잠깐 거기 시선을 두었다가 물었다.

"시간 얼마나 남았죠?"

"이렇게 오래 취재하는 아이템 잘 없는 편이긴 한데…… <뉴스라이트> 진행 상황하고 회사 돌아가는 거 봐서 스케줄 조절해야지. 오전에 원 기자 잠깐 만났는데, 그쪽 얘기로 정보원 통

417

해서 임대주택 현장에 문제 있는 거 이미 확인했다고 하더라고."

"빠르네요."

"원진솔, 이도하면 거기서도 투톱 에이스니까."

눈을 감은 채 대답한 정언이 짧은 숨을 뱉더니 혼잣말처럼 중얼거렸다.

"스트레스 받아서 죽겠네, 진짜. 이사는 또 언제 하냐."

"내일 저하고 같이 가시죠. 제가 아침에 회사로 올게요."

그 말에 정언이 뭐라고 대꾸하려 했으나, 윤은 그보다 더 빨리 선수를 쳤다.

"싫으시면 강 피디님이나 송 작가님한테 얘기할까요? 선배가 혼자 가신다고 그랬다고?"

그 말에 으으, 하고 머리를 감싼 정언이 괴로워하는 표정을 했다. 재희나 민혜에게 말했다가는 어떻게 될지 불 보듯 뻔한 탓이었다.

"김 피디, 많이 늘었다? 나 협박도 할 줄 알고?"

전혀 농담으로 들리지 않는 투로 내뱉는 정언에게 윤 역시 진지하게 대답했다.

"협박 아니라 뭐라도 할 건데요. 제가 어디까지 할 수 있는지 궁금하시면 계속 저 떼어 놓으려고 해 보세요. 진짜 선배 집 문 앞에서 밤새고 앉아 있는 거 보실 수도 있을 테니까."

말한 내가 잘못이다, 하는 얼굴로 윤을 쳐다보던 정언이 고개를 절레절레 흔들고는 창가로 시선을 주었다. 씩 웃은 윤은 앞을 보았다.

농담처럼 주고받는 단어들 사이는 때로 아슬아슬한 줄타기처럼 느껴졌다. 한 걸음만 더 다가가면 정언의 선 안일 것 같은데,

손을 대면 아주 얇은 유리로 만들어진 벽에 가로막히는 감각. 무방비하게 자신의 접근을 허용했다가도, 다음 순간이면 바로 다시 벽을 치는 정언을 느낄 때마다 윤은 이제 화가 나기보다 궁금해졌다.

정언이 끊임없이 자신을 밀어내려 애를 쓰는 이유가 뭔지 알고 싶었다.

사내 연애는 사절이라든지, 남들의 눈이 무섭다든지, 하다못해 좀 억울하더라도 연하가 싫다든지. 물론 무슨 핑계를 대든 순순히 받아들일 생각은 없었지만, 정언은 늘 자신에게 아무런 변명도 하지 않았다. 문제가 적히지 않은 시험지에는 어떤 답도 쓸 수 없는 게 당연했다.

신호에 걸려 잠시 멈춘 사이 윤은 슬쩍 정언에게 시선을 주었다. 고개를 약간 돌린 채 눈을 감은 정언의 목덜미 부근으로 오후의 햇살이 아롱졌다.

처음 정언과 함께 진송신도시 취재를 갔을 때, 차 안에서 잠시 잠이 든 정언의 무방비한 얼굴에 눈을 사로잡혔던 것이 떠올랐다. 정언에 대해 더 알고 싶다고 생각하게 된 그 최초의 순간. 시작은 언제나 사소한 것에서부터였다.

정언도 자신에게 그런 순간이 있었다면, 그건 언제였을까.

떠올린 질문을 지우며 <데일리시사 인 서울> 건물 앞에 도착한 건 한 시간쯤 지나서였다. 오래된 빌딩의 두 층을 빌려 쓰는 건물 바깥에는 세월의 흔적이 묻은 간판이 걸려 있었다.

좁은 주차장에 꾸역꾸역 차를 세우고 올라가자, 별도의 보안장치조차 없는 사무실 문이 눈에 들어왔다. 두 사람이 문을 열고 들어서기 무섭게 문가에 앉아 있던 젊은 남자가 의아한 표정으로 자리에서 일어났다.

"어떻게 오셨죠?"

"YBS <비하인드 24>입니다. 임형원 기자님하고 약속이 돼 있는데요. 지금 자리에 계십니까?"

정언의 물음에 남자가 아, 하더니 따라오라는 손짓을 했다. 위층으로 올라간 남자는 휴게실로 두 사람을 안내하며 말했다.

"임 선배 잠깐 나가셨는데 금방 오신다고 했으니까 여기서 기다리시죠. 커피 한 잔 드릴까요?"

"괜찮습니다."

신입 기자인 모양이었다. 정언이 사양하자 남자가 네, 하고는 고개를 꾸벅 숙여 보이며 휴게실을 나갔다. 윤은 쿠션이 꺼진 낡은 소파에 자세를 고쳐 앉으며 주위를 둘러보았다. 최소한 이십 년쯤은 썼을 듯한 낡은 책장에는 변색된 책들이 가득 꽂힌 채였다.

블라인드를 걷어 놓은 창으로 들어오는 빛에 희미한 먼지들이 떠돌았다. 반대편 벽에는 연표와 함께 역대 국장과 편집장의 이름이 빽빽하게 적힌 종이가 붙어 있었다.

윤이 촬영 준비를 하는 사이 십 분쯤 지나 한 남자가 휴게실 안으로 들어서며 문을 닫았다. 옆구리에는 조그만 상자 같은 것을 하나 끼고 있었다. 40대 중후반쯤 되었을까 싶었으나, 머리칼은 이미 반백이었다. 사람 좋아 보이는 인상이었지만 호락호락한 느낌은 아니었다.

두 사람을 본 남자는 테가 동그란 안경을 치켜 올리며 먼저 정언에게 손을 내밀었다.

"<비하인드 24> 맞으시죠? 제가 임형원입니다."

"연락드렸던 서정언입니다. 이쪽은 김윤 피디고요. 일단 앉아서 얘기하실까요?"

형원의 손을 맞잡았다 놓은 정언이 그에게 자리를 권했다. 형원은 아이고, 하고 중얼거리며 창을 반쯤 열더니 자리에 앉아 셔츠를 펄럭거렸다. 더운 듯 손수건을 꺼내 땀이 맺힌 얼굴을 닦은 형원이 들고 온 상자를 한쪽에 밀어 놓고는 멋쩍게 웃었다.

"아이, 이거 죄송합니다. 한국 도착하자마자 경찰에서 연락받고 그랬더니 시차 적응도 안 됐는데 정신이 하나도 없네요. 그, 조창식 계장 관련해서 취재 중이신 거 맞죠?"

"맞습니다. 조창식 씨가 죽은 건 알고 계신 거죠?"

"네. 아니, 진짜 깜짝 놀랐어요. 박규형 과장 죽었을 때도 제가 엄청 놀랐거든요."

도리어 놀란 건 이쪽이었다. 형원의 입에서 나온 규형의 이름에 정언이 멈칫했다.

"박규형 과장님하고도 알고 계셨습니까?"

"그럼요. 애초에 제가 조창식 계장 알게 된 게 박 과장 통해서였는데요. 저희가 엄대진 관련해서 작년부터 계속 취재를 하고 있단 말이에요. 엄대진 취재하려면 서온건설 당연히 걸려 나오니까, 진송신도시 부지 선정이랑 그런 거 취재하러 갔다가 거기서 박 과장하고 안면을 텄죠."

이건 미처 예상하지 못한 이야기였다. 저도 모르게 눈을 크게 뜬 정언이 자세를 고쳐 앉았다.

"저희가 박규형 과장님 부인 되시는 분한테서 남편이 자살할 사람이 아니다, 그런 제보를 받고 진송신도시 현장에서부터 서온건설 취재 시작한 지가 몇 달 됐거든요. <데일리시사>에서는 어떤 부분을 취재하고 계셨던 겁니까?"

"아, 그래요? 그러면 박 과장 일 의심스러운 건 이미 알고 계셨던 거네요."

콧등을 긁적인 형원이 잠시만요, 하고 나가더니 바깥의 자판기에서 캔 음료 세 개를 뽑아 들고 돌아왔다. 자리에 다시 앉기 무섭게 캔을 따서 몇 모금 마신 형원이 입을 열었다.

"저희는 엄대진이 조성한 비자금을 추적하고 있거든요. 이게 꽤 됐습니다. 어쩔 수가 없는 게, 이게 뭐 저희 쪽에서는 사적인 원한이라고 해야 되나, 그런 게 있으니까."

그 말을 하며 형원이 웃는 소리를 냈다. 사적인 원한이라는 건 이 자리에서는 도통 어울리지 않는 말처럼 여겨졌다. 윤이 의아한 표정을 한 것을 알아차렸는지, 형원이 두 사람의 앞에 놓인 캔을 가리키며 좀 드세요, 하고 권하고는 팔짱을 끼었다.

"서온건설 게이트 때 모가지 날아간 최창묵이 우리 주필[15]이었다고요. 혹시 아시나?"

윤이 저도 모르게 정언 쪽을 보자, 정언은 미간을 좁혔다.

"언론정보학과 교수였죠? <조한일보> 기자 출신이라고 들었는데요."

"그렇죠. 그거 하면서 우리 주필 겸직이었어요. 원래 <조한일보>에서 초고속으로 정치부 부장까지 갔다가 우리 주필로 온 사람인데, 젊을 때 아주 날렸었죠. 최 주필이 비례대표로 들어간 과정 자체가, 당시에 한선당에서 언론 플레이 위해서 기자 출신 끌어모으면서 그 사람이 정치에 발을 들인 거거든요. 나름대로

---

15) 신문이나 잡지 등 정기간행물의 편집 방향과 기사 게재 결정 여부를 주관하는 최고 책임자.

기자 시절에 상황 판단 정확하기로 정평이 나 있었는데, 중이 제 머리 못 깎아요. 정치 막 시작하고 엄대진 따라다니면서 받아먹을 땐 좋았는데, 일 터지니까 그렇게 바로 줄 딱 끊어 버릴 줄 몰랐던 겁니다."

정언의 머리가 빠르게 돌아가는 소리가 여기까지 들리는 것 같았다. 정언은 거의 속기사처럼 메모를 하며 형원에게 물었다.

"그러면 최창묵 씨 때문에 취재를 시작하셨다는 겁니까?"

"뭐 딱 그렇다, 이건 아니지만 최 주필이 그때 타격이 정말 엄청났어요. 교수직은 바로 해임됐고 우리 쪽에서도 뭐 더 이상 쓸 수 있나요. 우리가 규모는 작아도 나름대로 자부심이 있는데, 언론사 신뢰도하고 직결이 되니까. 최 주필 완전 그때 한 반 년절 들어가서 세상하고 연 끊었다고요. 저러다 어떻게 잘못되겠다 싶어서 우리 쪽에서 설득해서 필명 쓰고 논설위원 일 하자 했죠. 문재(文才)가 아까운 사람이니까."

"지금 최창묵 씨가 <데일리시사 인 서울> 논설위원으로 일하고 있다는 말씀이십니까?"

"네. 우리 쪽 논설 나가는 거 보면 그냥 무명인(無名人)이라고 있어요. 그게 최 주필 필명입니다. 그 필명으로 기고도 몇 군데 넣고 블로그도 하고. 최 주필 그 이후로 오피스텔 하나 얻어 놓고 혼자 살면서 글 쓰는 것 말고는 아무것도 안 합니다. 사람도 거의 안 만나요. 부인하고 애들한테 돈만 부치고. 가족들 볼 낯이 없다 그거지. 그때 그 사람 정치에 완전 신물 난 거죠. 자기가 뭘 몰랐다, 나중에 그래요."

메모한 내용 위를 되짚어 보던 정언이 고개를 들었다.

"정확히 어떤 정보를 받으신 거죠?"

"그게 그러니까, 처음부터 얘기를 합시다. 작년에 우리 중부라인[16] 사스마리[17]가, 2년 차 된 앤데. 얘가 남대문서 갔다가 아주 재밌는 걸 봤다는 겁니다. 환갑 다 된 여자분이 경찰서 쫓아와서 대성통곡을 하더라는 거예요. 부가세 3억을 내라고 날아왔다는데, 자기는 지금 3억이 아니라 3만 원도 없다 이거죠."

"3억이요?"

듣고 있던 윤은 저도 모르게 되물었다. 형원이 씩 웃고는 말을 이었다.

"그래서 이게 어떻게 된 건가 들어보니까, 야, 이게 정말 그 여자분 입장에서는 아주 미치고 환장할 일이에요. 남편이라고 하나 있는 인간이 젊을 때부터 도박하고 술 마시고 바람피우고 뭐 안 한 게 없었죠. 애들 다 크고, 부인도 이제 하다하다 지치니까 아예 돈줄을 딱 끊었어요. 그러니까 이 인간이 집을 나갔다는 겁니다. 가족들은 뭐 찾을 생각이 없었으니까 실종 신고도 안 하고 살았고."

"혹시 대포통장 넘긴 것 때문에 문제 생긴 겁니까?"

정언이 뭔가 감을 잡은 듯 끼어들자 형원은 손가락을 딱 소리가 나게 튕기며 그렇죠, 하는 제스처를 취했다.

---

16) 언론사에서는 경찰 출입기자들의 출입 구역을 나누어 관리하는데, 각 지역을 '라인'으로 칭한다. 언론사마다 구역을 분류하는 차이는 약간씩 있으나, 대체로 중부라인은 용산경찰서, 남대문경찰서, 중부경찰서와 경찰청 본청을 뜻한다.

17) 일본에서 기자가 배정받은 출입처를 돌며 기사를 쓰는 것을 '마와리(回り)'라고 부르는 데서 유래된 은어. 수습이나 초임 기자들이 병원·경찰 등을 출입하며 기사를 작성하는 것을 흔히 '사츠마와리(察回り)'라고 하는데, 편의상 '사스마리'로 줄여 부르며 보통 경찰 출입기자를 뜻한다.

"그렇죠, 그렇죠. 남편이 집 나가서 노숙자가 됐는데, 그 과정에서 대포통장을 개설해서 넘겼어요. 그런데 대포통장 일제 단속을 하면서 그게 걸린 겁니다. 집에 연락이 갔죠. 아들이 그걸 알고 바로 자기 아버지 명의로 된 계좌를 다 조회했는데, 은행 다섯 군데에 그 명의로 법인 계좌가 개설이 돼 있었습니다. 몇 달 사이에 입금된 금액만 30억이 넘었어요."

"노숙자가 법인 계좌를 어떻게 개설했죠?"

정언의 물음에 형원이 종이 위에 볼펜으로 그림을 그려 가며 설명을 하기 시작했다.

"원래 보이스피싱, 대출 사기에 쓰는 수법이에요. 일단 사기꾼이 있잖아요. 애들이 대출 광고를 내요. 신용등급 낮은 사람들한테 1금융권 대출 가능하게 해 준다는 광고입니다. 절박한 사람들이 광고 보고 올 거 아니에요. 그러면 이 사람들한테 사업자 등록을 시키고 유한회사18) 하나 설립하자 합니다. 말이 유한회사지 그냥 유령회사죠. 애들이 입을 뭐라고 트느냐. 회사 설립했으니 회사명의 법인통장 만들어라. 자기들이 거기다 입출금해 줄 테니까, 기다리면서 실적 쌓으면 신용등급 올라가서 1금융권에서 대출 가능해진다 이거예요. 한두 달이면 된다, 시간은 좀 걸려도 확실하지 않냐, 이러면서 입 털면 거의 다 넘어갑니다. 이렇게 얻은 계좌로 자기들이 서류 조작해서 대출받고 튀는 놈들도 있고, 보이스피싱 계좌로 쓰는 놈들도 있어요. 어쨌든 나중

18) 법인회사의 한 종류. 최소한 2인 이상의 사원이 그들의 출자액에 한하여 책임을 지는 회사로, 소규모의 주식회사로 볼 수 있다. 설립이 용이하고 설립비용이 소액이며, 공개 의무도 없는 것이 특징이다.

에 덮어쓰는 건 명의자란 말입니다."

듣고 있던 윤이 눈을 크게 뜨자, 형원이 윤 쪽을 슬쩍 보고는 쿡쿡거리며 웃었다.

"그걸 노숙자 가지고 한 거죠. 돈 얼마 주면서 명의 빌려서 사업자 등록한 뒤에 계좌 만들게 하고, 자기들이 그 통장 쓰다가 걸릴 것 같으면 없애고 이렇게 한 겁니다. 아무튼 아들이 얼마나 놀랐겠어요. 아버지하고는 연락도 안 되고. 일단 그래서 아버지 명의로 된 회사 폐업 처리하고 계좌를 다 해지했는데, 당연히 이게 명의는 회사니까. 회사 폐업하는데 무슨 증빙 자료가 있어야 할 거 아니에요. 그런데 무슨 자료가 있습니까. 애초에 있지도 않은 회사인데."

형원의 말에 정언이 얼굴을 찌푸렸다.

"그래서 폐업 과정에서 부가세 10퍼센트가 부과된 거군요.[19] 매입이나 매출 증빙이 안 되니까, 세무서에서 계좌 입금 내역까 보고 명의자에게 잔존 재화가 있다고 판단한 겁니까?"

형원이 고개를 주억거렸다.

"정확합니다. 그러니까 부인이 경찰서 쫓아온 거죠. 정작 통장에 돈은 한 푼도 없는데 그게 무슨 미칠 노릇이에요. 우리는 사스마리한테 그 얘기 듣고 어, 그러면 대포통장 꼭지 하나 따자. 그거 사례로 하나 넣지 뭐. 그렇게 가볍게 생각을 했어요. 그래서 그 케이스를 취재하기 시작했는데 도중에 이게 뭔가 이상하

---

19) 등록된 사업자가 폐업신고를 할 경우 부가가치세 및 소득세 신고를 해야 한다. 폐업 시 사업자가 여분의 재화를 소유한 경우, 세법에서는 이 재화를 사업자에게 공급된 것으로 판단하여 공급가액의 10퍼센트인 부가가치세를 납부하도록 하고 있다.

다, 이런 낌새를 챈 거죠."

"어떤 부분이 이상했던 겁니까?"

정언의 물음에 형원이 팔짱을 끼며 대답했다.

"국세청 내부 자료 입수해서 검토하니까 유령 유한회사 설립하고 돈 세탁 이루어지는 사례가 쏟아졌어요. 정체를 알 수 없는 회사 계좌들을 통해서 상당한 금액이 해외로 나가는 거예요. 자금 흐름 추적해 보니까 그 계좌 명의자들이 죄다 실종자 아니면 이미 죽은 사람인 겁니다. 비슷한 시기에 이렇게 대규모로 같은 수법의 사기가 일어난다? 이거 아주 이상하거든요. 그래서 우리 취재팀이 지역별로 매핑(mapping)을 하면서, 이 사례가 나온 은행들 지점이 죄다 한선당 지역구에 집중적으로 몰려 있다는 걸 발견했어요."

심장이 튀어나올 것처럼 뛰기 시작했다. 카메라를 잡은 손이 떨려, 윤은 숨을 들이쉬었다. 형원이 말을 이었다.

"우리 쪽에서는 정치 비자금 세탁이라고 확신했습니다. 그러면서 최 주필한테 우리가 이 사실을 물어봤죠. 알고 있었냐. 그러니까 자기는 정확히 그런 방식인 건 몰랐다, 그렇게 얘기를 했습니다. 아, 한선당에서 돈 받는 걸 몰랐다는 소리는 아니고요. 본인도 받았으니까. 비례 당선되고 처음 접대 받는 자리에서 온건설에서 축하금을 보냈다는 겁니다."

"관행적인 거였나요?"

"그랬죠. 현금으로 가지고 왔다는데, 그때 전달책이 윤대석인가, 검찰 측 증인 하려다 죽은 사람. 그 사람이었던 걸로 압니다. 아무튼 그거 받고 어, 이거 어쩌나, 그러고 있으니까 신차훈이 넌지시 얘기를 하더라는 거죠. 엄 의원이 국토위 꽂아 줄 거고,

앞으로 이런 돈 받을 일 많으니까 아는 사람 이름으로 차명계좌 하나 개설해라. 그리고 실제로 국토위 들어갔죠."

"왜 굳이 아는 사람 이름으로 차명계좌를 개설하라고 했죠? 그게 추적 훨씬 쉽지 않습니까?"

윤이 묻자 형원이 실없이 웃고는 윤 쪽으로 시선을 주었다.

"이미 서온 게이트 터지면서 증명됐잖아요. 엄대진은 언제든 꼬리 자르기가 가능하다는 거. 가족이나 지인 이름으로 차명계좌 개설해 놔도 다 덮어 주는데 그게 양날의 칼이에요. 일부러 안심시켜 놓고, 나중에 간단하게 잘라 내려고 일부러 추적 쉬운 계좌 쓰게 하는 거죠. 최 주필이 자기가 당하고 나서 그걸 알았다고요. 그 사람이 보기에 서온 게이트 터졌을 때 엄대진이 자기만 잘라 낸 건 일단 수도권 지역구 지키려고 그런 게 아닌가 하더라고요. 누구든 그런 방식으로 다 자를 수 있다는 얘기지."

정언이 연신 다이어리에 메모를 하며 말했다.

"최창묵 씨는 비례에 초선이라 힘이 없으니까 잘라 내기 쉬운 상대였던 거군요."

"그렇죠. 사람이라는 게 엄대진한테는 언제든 갈아 끼울 수 있는 부품입니다. 뭐 최 주필 똑똑한 사람이지만 그만한 언론인 없는 거 아니잖아요. 또 나머지 놈들은 일단 검찰에서 차명계좌 싹 덮어 줬으니까."

"그러면 최창묵 씨는 세탁되는 비자금의 존재에 대해서는 전혀 몰랐던 건가요?"

"정확히 말하자면 조성한다는 사실은 알고 있었다, 이렇게 얘기합시다. 그런데 그게 어떤 방식으로 조성이 되는가를 몰랐던 거죠. 그건 뭐 엄대진계 의원들도 잘 모른다고 하니까. 고작 초선 비례가 그런 부분까지 다 알 수는 없었겠죠."

형원의 말이 어디까지 진실인지 당장 짐작할 수는 없었다. 최창묵의 입에서 나온 말이라면 그 자신에게 유리하게 각색되어 있는 부분이 상당할 것은 뻔했다. 그러나 그렇기에, 그 자신에 대한 부분을 제외한다면 나머지가 진실일 가능성도 높은 건 사실이었다.

"작년부터 추적하셨으면 이미 정보가 상당하실 텐데, 보도는 언제 하시려고요?"

윤이 묻자 형원이 어깨를 으쓱해 보였다.

"내부적으로 얘기된 건 우선 경선 이후입니다."

그 말을 듣고 있던 정언이 의아하다는 투로 물었다.

"경선까지는 아직 시간이 너무 많은데요. 게다가 이슈 터지면 표 결집력이 있어서 오히려 위험하지 않습니까? 경선 전에 터트려서 떨구고 가는 편이 낫지 않나요?"

"그렇죠. 저희도 그 부분을 생각 안 한 건 아닙니다. 그런데 엄대진 확실히 보내려면 어설프게 하면 안 된다고요. 이거 가지고 당내에서 이규완이나, 이런 애들이 흠집 내기 해 봐야 소용이 없단 말이에요. 한선당 입장에서는 누가 되든 정권만 잡으면 그만인데 이런 일 있다고 이규완 밀겠습니까? 어차피 내부에서는 다 아는 얘기예요. 안 받아먹은 놈이 없다고요. 막말로 개고기나 소고기나 배만 부르면 그만이라 그거죠. 그런데 대선으로 올라오면 그건 얘기가 달라져요. 파급력 있는 이슈가 터지면 회색 유권자들이 기울어질 가능성이 있거든요."

정언이 고개를 한쪽으로 약간 기울였다. 형원의 말을 수긍하는 듯한 느낌이었다. 형원이 미소를 짓고는 정언을 마주 보았다.

"비자금 관련 정보, 이건 저희 쪽에서도 비장의 무기니까 그냥 말씀은 못 드리고요. 제가 이만큼 얘기했으면 <비하인드 24> 쪽에서도 정보를 좀 줘 보시죠. 박 과장 건하고 조 계장 건, 이 부분 왜 추적하시는 겁니까?"

"서온건설 남제선 회장이 포항 조폭 출신인 용역업체 끼고 있다는 건 알고 계십니까? 경일용역이라는 업체인데요."

정언이 되묻자 형원이 아, 하며 맞장구를 쳤다.

"남제선이 경영권 쥐면서 조폭 이용했다, 이런 소문이 오래 전부터 있었죠. 조폭 용역하고 관련 있다는 거 그 바닥에서는 모르는 사람 없을 겁니다. 신도시 사업 때도 자주 문제 있었잖아요. 아마 90년대에 타블로이드지에서 몇 번 보도도 냈던 걸로 제가 기억을 하는데, 근데 뭐 이게 기업 총수한테 큰 흠이라고 생각 안 하는 사람들이 많으니까요."

"조창식 계장이 그 용역업체 소속인 것도 알고 계셨고요?"

그 말에 형원이 어어, 하더니 눈을 동그랗게 떴다. 자세를 고쳐 앉은 형원이 턱을 만지작거리며 미간을 좁혔다.

"아니, 몰랐는데요. 진송신도시 현장 노무감독 아니었습니까?"

"박규형 과장님이 본사하고 충돌 있었던 건요?"

정언이 대답 대신 묻는 말에 형원은 고개를 주억거렸다.

"아, 그건 알고 있었습니다. 저하고 몇 번 만났어요. 상생변 최유림 변호사한테 소개받았죠. 처음에는 원주민 데모 관련 얘기 들으려고 만났었는데, 사측에 상당히 반감이 있다는 걸 느꼈죠. 사측 사람인데도 계속 사측에 문제가 있다, 트러블이 있을 수밖에 없다 이렇게 얘기를 하니까. 박 과장하고 네 번째인가, 다섯 번째 접촉했을 때 조 계장이 그 자리에 동석을 했어요. 미리 약속이 된 건 아니었고, 박 과장이 만나기로 한 장소에 같이 나왔던 거죠."

창식의 핸드폰에서 복구된 녹취 파일의 내용이 떠올랐다. 규형이 기자나 변호사와 말을 맞추려는 모양이니 제거하라던 경일의 말은 이 사실을 미리 알고 있어서였음이 분명했다.

형원이 음료수를 한 모금 더 마시고는 말을 이었다.

"원래 그날 취재하려고 만난 건 아니었거든요. 몇 번 만나고 했으니까, 그러다 보니까 언제 술 한 잔 합시다 얘기가 됐어요. 그게 그날이었는데 처음 보는 사람 데려오니까 누구냐 물어봤죠. 조 계장이 아, 제가 이 친구랑 친해서 기자님 얘기 많이 들었습니다, 그래요. 넉살이 좋더라고요."

"아무 예정도 없이 동행한 거군요."

"그렇죠. 그런데 조 계장이 있으니까 박 과장이 확실히 말을 고른다, 이런 걸 느꼈죠. 왜 같이 나왔는지 이유도 설명 안 하고. 친하다는데 내가 보기엔 좀 데면데면해요. 그래서 혹시 사측 감시원으로 붙인 건가 싶었는데, 그러고 얼마 안 지나서 박 과장 부고가 왔어요. 자살했다, 현장에서 뛰어내렸다 그러는데 감이 영 안 좋더라고요. 이런 일 한두 번 본 거 아니니까. <경기투데이> 북부지경 캡[20] 유인성 기자라고 있는데, 내가 유 기자랑 친해서 이거 어떻게 됐는지 알아봐 줄 수 있냐고 했단 말이에요. 그러니까 의정부서 얘기로는 무조건 자살이다 그랬다는 거죠. 국과수 부검도 안 하려다가 부인이 하도 우겨서 했다던데."

_____

20) 경찰 출입기자 팀의 팀장. 서울 경찰서 담당 출입기자 팀의 경우 3~5명의 사스마리와 부팀장인 바이스, 팀장인 캡 구성으로 이루어지는 것이 일반적이다.

의정부서에서 만났던 담당 형사의 태도가 되살아난 건 필연적이었다. 형원이 미간을 긁적였다.

"내가 유 기자한테 야, 현장에 유서 있었냐? 그러니까 없었대요. 이상하잖아. 그런데 일단 그때도 우리 팀이 엄대진 추적하는데 거의 다 동원된 상태였으니까 그걸 뭐 파 볼 시간이 없었어요. 그리고 잠깐 잊어버리고 있었는데 지난달에 갑자기 자기 조창식이다, 기억하냐 하면서 저한테 연락이 온 거죠."

"그쪽에서 먼저 접촉을 한 겁니까?"

정언이 묻자 형원은 고개를 끄덕였다.

"그렇죠. 나는 뭐 그 사람한테 연락해 볼 생각, 이런 거 전혀 안 했죠. 그럴 이유가 없잖아요. 바빠 죽겠는데. 근데 자기가 진송신도시 관련해서 엄대진하고 남제선, 이쪽 커넥션 관련된 정보를 갖고 있다는 겁니다. 기자가 그 말 듣고 어떻게 눈깔이 안 돌아갑니까. 당장 만나자고 했는데 그건 또 안 된대요. 그러면서 자기가 지금 사정이 있다, 일단 다시 연락하겠다. 혹시 이삼 주지나도 자기가 연락이 없으면 은행 금고에 뭘 맡겨 두겠다고 찾아가라는 겁니다."

"저희가 취재 시작할 때 조창식을 현장 사무실에서 만났는데, 저희가 취재한 직후에 사무실을 그만뒀더라고요. 경일용역 소속이고 손경일 오른팔이었던 것 같아요. 저희는 제보를 통해서 조창식이 사측에서 현장하고 박규형 과장님 감시역으로 붙인 사람이었다는 걸 안 거죠. 그래서 박규형 과장님 사망에 조창식이 분명히 관련이 있다고 생각했고, 그쪽에서는 저희 붙은 거 알고 숨긴 거고요."

정언이 끼어들자 심각한 얼굴로 그 말을 듣고 있던 형원이 아쉽다는 표정을 했다.

"<비하인드 24>에서 이 건에 손을 댔다, 이걸 제가 좀 더 빨리 알았으면 좋았을 걸 그랬네요. 그런 부분은 일단 전 몰랐으니까, 이삼 주 기다리라고 하니까 뭐 제가 어떻게 합니까. 그러다 이제 출장이 잡혔거든요. 엄대진 대포통장에서 해외로 나간 자금 추적하려고 우리 팀이 나갔어요. 그리스 소재 페이퍼컴퍼니에서 세탁 한 번 하고, 그걸 다시 스위스로 뺀다 이 정보를 얻어서 그거 확인하러 갔었거든요."

윤은 눈을 휘둥그렇게 떴다. 형원의 말이 사실이라면 대형 특종이 확실했다. 대선 후보로 확정된 후에 이 이야기가 터진다면 경쟁자들에게는 좋은 먹잇감이 될 것은 분명했다.

"페이퍼컴퍼니 명의자가 엄대진하고 관련이 있습니까?"

"채기원이라는 사람입니다."

익숙한 이름이었다. 잠깐 기억을 더듬던 윤은 곧 그 이름을 어디서 들었는지 깨달았다. 고원종합기술공사의 최대 주주, 남제선의 친인척이라는 소문이 있다는 사람이었다. 정언 역시 그 사실을 떠올린 듯 얼굴을 찌푸렸다.

"서온건설 남제선 회장 처가 쪽 사람이죠? 감리업체인 고원종합기술공사 최대 주주라고 하던데요."

"어, 알고 계시네요. 맞습니다. 남제선 회장 부인인 김신옥 친정 오촌 조카예요. 이 사람이 나이가 서른하나밖에 안 됐는데, 국내에서 행적 추적해 보니까 뭐 별다른 일을 하질 않아요. 임대업자로만 등록이 돼 있고. 그런데 감리업체 최대 주주에, 서온건설이 인수한 대국시멘트 지분 20퍼센트도 이 사람 소유예요."

"대국시멘트면 중금속 과다 검출된 시멘트 업체죠?"

"네. 그리고 그리스 페이퍼컴퍼니, 회사 이름이 SO 컴퍼니입니다. 우리 생각에는 신옥 이니셜 S, O일 것이다, 이렇게 짐작을 했죠. 거기 대표 명의가 크리스티안 채라고 돼 있어요. 이 사람이 누구냐, 현지인도 아니고. 그런데 설립에 관여한 법인 취재하면서 그게 채기원인 걸 안 거죠, 우리는."

"엄대진 비자금 세탁에 서온건설이 관여하고 있다는 확실한 증거네요."

정언의 말에 형원이 한숨 섞인 소리로 웃었다.

"그렇죠. 우리가 봤을 때 이건 뭐 확실하잖아요. 그런데 문제가 뭐냐, 이게 대포통장이니까. 그냥 차명계좌도 아니고 진짜 아무 상관없는 사람 명의라고요. 엄대진이 잡아떼 버리면 증거가 없단 말이에요. 우리가 그래서 대포통장 브로커들, 국내에서 유명하다는 사람들하고 다 접촉을 했습니다. 그런데 다들 엄대진하고는 상관없다고 얘기를 해요."

"다른 방식으로 계좌를 확보하는 겁니까?"

"그런 것 같습니다. 그게 엄대진 거다, 엄대진 지시로 사들인 거다 이걸 증명해야 되는데. 그것 때문에 우리가 공개를 경선 이후로 미룬 것도 있죠."

잠깐 무언가를 생각하던 정언이 잠시만요, 하고는 휴게실을 나갔다. 형원이 음료수를 몇 모금 더 마시고 낡은 소파에 등을 묻으며 윤을 보았다.

"김윤 피디님이라고 하셨나? 연차 어느 정도 됐어요?"

"2년 차입니다."

윤의 대답에 형원이 그럴 줄 알았다는 표정을 했다.

"어쩐지 신삥 티가 나더라. 원래 이 팀에 있었습니까? <비하

인드 24>에서 못 보던 이름 같은데."

"들어온 지 몇 달 안 됐습니다."

"그렇죠? 어우, 그런데 이렇게 큰 건 하려면 간 떨리시겠네. 거기 그, <뉴스라이트> 전한동 부장 같은 프로도 엄대진 건드렸다가 모가지 그냥 날아갈 뻔했잖아요. 취재하면서 협박이나 뭐 이런 거 없었습니까? 우리 애들도 작년부터 취재 시작하고 한 서너 명 그만뒀어요. 신참들은 무서워서 못 하겠다고, 진짜 뭐 목숨 왔다 갔다 하는데 윗대가리라고 애들보고 그 짓 하라고 할 수 없으니까."

"뭐……."

윤은 모호하게 말을 얼버무렸다. 초면에 굳이 그런 얘기까지 털어놓고 싶지는 않아서였다. 그러나 형원은 대충 사정을 눈치챘다는 듯 씩 웃었다.

"YBS 난리죠? 서온건설하고 엄대진 파는 거면 이거 방송 안 될 수도 있는데, 그거 알고 하시는 건가?"

"되도록 방송하려고 노력은 하고 있습니다."

"언제 하실 건데요?"

"일정은 미정입니다."

형원이 손끝으로 턱을 문지르며 눈을 빛냈다.

"우리하고 연계해서 터트리면 딱인데. 우리도 규모가 크지 않으니까, 이거 특종으로 내도 다른 데서 다 입 다물고 묻어 버리면 소용이 없거든요. YBS가 그래도 공중파라 우리랑 공조하면서 투웨이로 계속 후속보도 터트리면 파급력 상당할 거 같은데, 안 그래요? 아이, 그런데 내가 신참한테 말해서 뭐해. 본인이 결정할 수 없잖아요, 그죠?"

"저는 뭐 그냥 서포트라⋯⋯."

윤이 뒷머리를 긁적이자 형원이 농담처럼 툭 뱉었다.

"에이, 서포트가 너무 잘생겼어. 얼굴 금방 팔려서 취재 힘들 겠는데. 거기 강재희 피디도 어디 가서 빠지는 인물 아니잖아요. 그 팀은 얼굴 보고 뽑나?"

귀 끝이 빨개진 윤은 아닙니다, 하고 급히 손사래를 쳤다. 형원이 킬킬 웃는 사이 돌아온 정언은 민망해하는 윤을 흘끗 내려 다보더니 다시 곁에 앉았다.

"일단 조창식 얘기부터 마저 하시죠. 그래서 조창식이 맡긴 물 건이 뭡니까?"

형원이 윤에게서 시선을 거두며 대답했다.

"한성은행 본점 금고 번호하고 비밀번호를 저하고 통화하면서 알려 줬죠. 저도 지금 찾아온 거라 아직 내용물을 확인 못 했어 요. 택배 상자 작은 거, 거기다 넣어서 박스테이프로 다 감아 놨 더라고요."

형원이 테이블 한쪽에 놓아 둔 상자를 가리켰다.

"지금 한 번 열어 볼까요? 대신 카메라는 끄고 하죠."

정언이 윤에게 고개를 까딱였다. 윤은 서둘러 촬영 중지 버튼 을 눌렀다. 주머니를 뒤적거린 형원이 볼펜을 꺼내 펜촉 끝으로 단단히 봉해진 테이프를 그었다.

윤은 눈도 깜빡이지 않고 그 광경을 지켜보았다. 어쩐지 입이 마르는 기분이었다. 이리저리 볼펜을 움직이던 형원이 테이프를 뜯고 박스를 열었다. 안에서 나온 것은 출시된 지 대략 이삼 년 정도 된 스마트폰 한 대였다.

뜻밖의 물건이라고 생각했는지 형원이 의아한 표정을 하며 전원을 켰다. 통신사와 제조사 로고가 번갈아 뜨고 잠시 후 잠금 화면이 나타났다. 유심 카드가 없는 듯 하단에 '긴급 통화만 가능합니다'라는 메시지가 표시됐다.

"자기 전화인가?"

혼잣말처럼 중얼거린 형원이 화면을 한쪽으로 밀었다. 패턴도 비밀번호도 걸려 있지 않았다. 메인 화면은 아이콘 하나 없이 텅 빈 채였다. 고개를 갸웃한 형원이 하단 바의 전화 버튼을 눌러 보더니 곧 미간을 좁혔다.

정언이 저도 모르게 몸을 앞으로 내밀자, 잠시 화면을 뚫어지게 보던 형원이 정언 쪽으로 핸드폰을 돌려 보여 주었다. 그 통화 목록에는 오로지 한 사람의 이름밖에 없었다.

엄대진.

그 이름에 심장이 빨라졌다. 형원이 자기 핸드폰을 꺼내 뒤져 보며 말했다.

"이거 공개된 엄대진 번호가 아닌데, 뭐죠? 엄대진이 공개한 번호는 보좌관들이 관리하고, 기자들 직통이 하나 더 있는데 둘 다 아닌데."

정언이 대답 대신 자기 핸드폰으로 그 번호를 눌러 전화를 걸었다. 핸드폰을 귀에 대고 있던 정언은 곧 고개를 가로저었다.

"없는 번호예요. 대포폰일 겁니다. 조창식 집에서 핸드폰이 발견돼서 기록을 전부 디지털 포렌식으로 복구했는데, 통화 목록에 남아 있는 번호 대부분 대포폰이었어요. 이건 엄대진이 조창식하고 통화하던 번호겠네요."

"이상하네. 보안상 문제 때문에 스마트폰은 대포폰으로 개통 잘 안 하는데. 조 계장 집에서 발견된 것도 스마트폰이었어요?"

"아뇨, 일반 폴더폰이었습니다."

"그러면 왜 이것만 스마트폰을 썼지?"

"갤러리나 레코더 메뉴 확인해 보시죠."

정언의 말에 형원이 메뉴 아이콘을 눌러 갤러리를 찾았다. 갤러리에는 동영상 파일 하나 외에는 아무것도 남아 있지 않았다. 동영상 파일을 재생하자마자 형원이 어, 하며 화면을 가리켰다.

"이거 유란 같은데. 유란 VIP실."

유란이라면 익숙한 이름이었다. 형원의 손짓에, 세 사람은 테이블 위의 작은 핸드폰 화면 위로 머리를 맞댔다. 화려하게 꾸며진 방 안에 한 남자가 등을 돌리고 앉아 있었다. 어딘가에 핸드폰을 숨기고 찍은 듯한 화면이었다.

잠시 후, 문이 열리며 누군가가 들어와서 맞은편에 앉았다. 고급 슈트를 입은 중년의 남자는 낯이 익었다.

엄대진이었다.

저도 모르게 눈이 커진 윤은 잠시 숨 쉬는 것조차 잊은 채 액정을 뚫어지게 들여다보았다. 한복을 곱게 차려입은 여직원 두 사람이 수건과 대접 같은 것을 들고 들어왔다. 그들은 익숙하게 엄대진과 맞은편 남자 곁에 무릎을 꿇고 앉았다.

두 사람은 이런 일이 일상인 듯 자연스럽게 그들에게 손을 맡겼다. 여직원들이 수건을 물에 적셔 손을 꼼꼼히 닦아 주었다. 궁녀들에게 시중받는 왕이라도 되는 듯한 모양새에 정언이 얼굴을 찌푸렸다. 엄대진이 나가라는 듯 손을 휘적이자 여직원들은 고개를 숙이며 말없이 방을 나가 문을 닫았다.

『요새 회사는 좀 어때?』

대진이 먼저 입을 열자 맞은편에 앉은 남자가 대답했다.

『여러 가지로, 아시잖습니까. 방송국에서 자꾸 달라붙으니까 신경 쓰이죠.』

낯익은 목소리였다. 손경일…… 윤은 마르는 입술을 이 끝으로 누르며 귀를 기울였다. 화면과 함께 녹음된 목소리는 둔탁하게 걸러지기는 했으나 알아들을 수 없을 정도는 아니었다.

『우리 쪽에서 그림 만들고 있으니까 조금만 참으라고 그래. YBS 금방이야.』

화면 속 대진의 말투는 여상했으나 그 말에 심장이 덜컥 내려앉았다. 그 한마디는 엄대진이 YBS에 가해지는 언론 탄압의 백그라운드라는 것을 명백히 증명하고 있었다. 이 몇 초의 대화가 이미 돌이킬 수 없는 증거였다.

경일이 그 말에 고개를 끄덕였다.

『제가 애들 시켜서 우선 겁만 좀 줘 볼까 합니다.』

윤은 눈을 가늘게 떴다. 정언의 집을 뒤집어 놓았던 일을 말하는 게 아닐까 하는 생각이 퍼뜩 스친 탓이었다. 당하는 사람에게는 목숨의 위협인 일을 마치 어린애 장난처럼 이야기하는 것이 신경을 긁었다.

잠깐 사이를 두었다가 대진이 물었다.

『누구 생각이야, 그거?』

『회장님도 영 걸려 하시고, 저도…….』

경일이 말끝을 슬쩍 흐렸다.

『계속 귀찮게 굴면 방법이 없지 않습니까.』

그건 당연하게도 지금 이상의 방법을 생각한다는 말처럼 들렸다. 윤은 자신이 느낀 것이 과대망상이 아님을 잘 알고 있었다. 잠시 말이 없던 대진이 그래 뭐, 하고 긍정도 부정도 아닌 듯한 말을 내뱉더니 경일의 뒤편으로 시선을 주었다.

『조 군도 앉지. 뭘 서 있어.』

『아닙니다. 저는 서 있는 게 편합니다.』

화면 바깥에서 창식의 목소리가 넘어왔다. 영상을 응시하던 형원이 턱 끝을 만졌다.

"이거 조 계장이 일부러 몰래 찍은 거 같죠?"

"그러네요."

정언이 화면에 눈을 둔 채 대답했다.

대진이 재차 창식에게 자리를 권했다.

『내가 불편해서 그래. 거기 손 사장 옆에 좀 앉으라고. 술도 한잔하고.』

그러자 프레임 안쪽으로 창식이 들어와 앉는 장면이 보였다. 창식이 경일과 사이를 두고 떨어져 앉자, 대진이 자기 앞에 놓인 잔을 채워 창식에게 내밀었다. 창식은 두 손으로 공손하게 잔을 받았다. 대진은 손짓으로 마시라는 시늉을 하며 말했다.

『조 군 요새 답답하겠네. 사무실도 못 나가고, 사람 구경을 통 못 할 거 아냐.』

『괜찮습니다.』

『그래서 내가 손 사장한테 조 군 좀 데리고 나오라고 했어. 바람이라도 좀 쐬어야지. 이따가 사장한테 애들 좀 들이라고 할 테니까 예쁘장한 애 있으면 골라 보라고.』

대진의 말에 창식이 대답 대신 웃는 소리가 났다. 대진이 자기 잔을 만지작거리며 말을 이었다.

『돈 안 도는 건 조금만 기다려. 민권당에서 검찰하고 국세청 내사 자료 뒤지고 있다는 소문 들어서 내가 당분간만 좀 참아 달라고 했어. 중요한 시즌이라, 알잖아. 그리고 그 박규형 건, 그건 걱정하지 말라고. 어차피 조 군이 직접 어떻게 한 것도 아니고 데리고 올라간 것밖에 더 있어? 그거 방송국 애들이 경찰 국과수 뻥뻥이 쳐 봐야 나오는 거 없어. 블랙박스 고장 나서 메모리도 없었다며.』

무슨 말인지 알 리 없는 형원이 고개를 갸웃했다. 윤은 무의식적으로 손끝을 말아 쥐었다. 어느새 얼음장처럼 차가워진 손이 선뜩했다. 설령 창식이 그 자리에서 규형을 직접 죽인 것이 아니더라도, 어떤 방식으로든 규형의 죽음에 관여되어 있다는 건 확실했다.

정언이 초조한 듯 핏기 없는 입술 위를 만지작거리는 것이 눈에 들어왔다.

『경선, 대선 지나고 잠잠해지면 내가 조 군하고 손 사장 서운하게 안 하지. 그리고 내가 조 군한테 따로 부탁하고 싶은 게 있는데, 이건 다음에 얘기하자. 현장 진행은 어떻게 되고 있어? 현장에도 문제 있나? 요새 데모하는 건 좀 어때?』

대진의 물음에 경일이 대신 대답했다.

『박규형 죽고 나서는 몸 사리는지 훨씬 조용합니다. 현장은 혹시 문제 생길까 봐 대표님이 진행 두고 보시는 것 같습니다.』

『일정 좀 바짝 당기라고 해. 엊그제 통화하면서 단가 낮춰서라도 미분양 세대부터 빨리 팔아 버리자, 문제 생기는 건 국토부에서 다 커버 칠 테니까 걱정하지 마라, 그렇게 얘기했는데 아직도 오더 안 떨어졌어? 남 대표도 나이 먹더니 영 예전 같지가 않아. 그리고 박규형 다음에 배달하는 애 아직 안 정했지?』

『네.』

『그건 좀 기다리라고 하고. 괜히 지금 누구 골라서 배달시키다 귀찮은 놈들 붙으면 곤란해져. 대선 때까지는 다른 방법 쓰자고. 조 군 잔이 비었네. 손 사장, 조 군한테 한 잔 줘.』

일부러 뒷부분을 자른 것인지, 영상은 거기서 끊겨 있었다. 영상이 멈추며 짧은 침묵이 흘렀다. 정언이 고개를 들어 형원을 마주 보았다.

"기자님, 혹시 지금 저희 팀 강재희 선배하고 통화 좀 하실 수 있을까요? 제가 조금 전에 이 건 관해서 선배한테 보고했는데 선배가 기자님하고 직접 얘기하고 싶다고 해서요."

"아니, 그거야 뭐 당연히 할 수 있죠. 그런데 이 영상 내용 관해서 <비하인드 24>에서 파악을 하신 겁니까? 박 과장 얘기 나오는 거 보니까 이거 거기 관련된 건 같은데요. 정보 공유 어디까지 가능합니까?"

"일단 선배하고 통화하시죠. 팀장이니까 결정은 선배가 직접할 겁니다."

형원이 전화번호를 달라는 손짓을 했다. 정언은 자기 핸드폰에서 재희의 번호를 찾아 보여 주었다. 형원이 서둘러 그 번호를 입력하고는 통화 버튼을 누르며 잠시만요, 하고 자리를 떴다.

윤은 두 손을 모아 입가에 댄 채 썸네일 화면으로 돌아간 핸드폰 액정을 가만히 내려다보았다. 정언이 손으로 눈가를 누르며 미간을 찌푸렸다.

"장난 아닌데요. 조창식이 이걸 왜 남겼을까요?"

윤이 묻자 정언이 눈을 덮은 채 대답했다.

"글쎄. 조창식 녹취 파일에도 돈 안 들어오는 거에 대해 불만 상당했잖아. 여기서도 엄대진이 먼저 돈 얘기부터 꺼내는 거 보면 조창식 상황이 안 좋았던 건 확실해. 이러고 엄대진 만난 뒤에도 돈이 안 들어온 거겠지. 그래서 기자님 앞으로 이거 남겨 놓고 손경일하고 딜 하려고 했던 거고. 조창식이 손경일하고 하루 이틀 일한 거 아니니까, 자기도 언제든지 버려질 수 있다는 생각 들었을 거야. 최후의 수단으로 쓰려고 했겠지."

"자기 죽일 거라고 짐작하고요?"

"거기까지는 생각 못 했을 수도 있고. 진짜 죽일 거라는 생각 들었으면 도망쳤을 텐데, 손경일이 돈 보냈다고 생각했으니까 조직원들한테 문 열어 준 거 아니겠어? 서로 폭탄 하나씩 안고 있잖아. 막 건드리진 못할 거라고 믿었겠지. 손경일은 손경일 대로 조창식이 진짜 이런 거 남겼다고 생각도 안 했을 것 같은데."

정언이 눈가를 누르고 있던 손을 떼며 머리칼을 쓸어 올렸다.

"어쨌든 우리한테는 호재야. 박규형 씨 관련해서도 그렇고, 진송신도시 현장에 직접적으로 엄대진이 관여하고 있다는 증거니까. 특산물 배달 얘기 하는 것도 우리가 이미 박규형 씨가 특산물 이름으로 기록한 장부 가지고 있고, 계좌 금액하고 다 맞춰 보는 중이니까 빠져나갈 구멍 없을 거고."

"그러면 엄대진 대포통장 관련된 부분만 찾아내면 그림은 대충 다 완성되는 거네요."

"거의 그렇다고 봐야. 나머지 디테일은 어차피 선빵 친 뒤에도 증명할 수 있어. 사장님하고 국장님 얘기하는 거 보니까 엄대진이 밑밥은 다 깔았네. 그게 우리 압박하고 있다는 증거도 되고. 조창식이 남긴 증거 뭔지 그쪽에서는 아직 모를 테니까 우리가 최대한 빨리 움직여야지."

"안 그래도 아까 기자님이 대선 레이스 시작하면 자기들하고 공조해서 투웨이로 가면 어떠냐고 얘기하긴 하더라고요. 여기가 규모가 작으니까 특종 터트려도 묻히면 답 없다고."

윤의 말에 정언이 고개를 끄덕였다.

"선배도 그 얘기 하더라고. 지면으로 나가는 건 한계가 있으니까, 방송할 수 있는 소스 받아서 일정 조율하고 우리하고 같이 터트리면 좋을 것 같대. 여기서 나온 소스면 일단 주요 일간지에서도 무시 못 하거든. <뉴스라이트>, <비하인드 24>, <데일리시사 인 서울> 세 군데서 동시에 터지면 아무리 엄대진이라도 힘들어. 한선당이 지금 제일 주력하는 게 수도권 2040 표심 잡는 건데, 거기서 이 매체들 신뢰도가 높으니까."

"다행이네요."

대답 대신 소파에 등을 기댄 정언이 목을 뒤로 젖혀 잠시 천장을 보았다. 허공에 대고 낮은 한숨을 뱉은 정언은 무슨 생각을 하는지 한동안 말이 없었다. 형원이 돌아온 건 십 분쯤 지난 뒤였다.

자리에 앉은 형원이 입을 열었다.

"강재희 피디님하고 얘기를 해 봤는데, 저희가 같이 가면 좋을 것 같습니다. 강 피디님하고 내일 얘기하기로 했으니까 자세한 건 그 뒤에 협의를 하죠."

"감사합니다."

정언이 인사를 하자 형원이 에이, 하며 손을 내저었다.

"우리 입장에서도 혼자인 것보단 훨씬 든든하니까요. 우리도 목숨 걸고 하는 건데, 그냥 묻혀 버리면 그때부터 진짜 위험하거든요. 동종업계 종사자들끼리 서로 도와 가면서 하면 좋죠. 강 피디님이 이 영상 줄 수 있겠냐고 얘기하던데, 지금 복사해서 가져가시겠습니까?"

"아, 네."

얼른 대답한 윤은 핸드폰의 메모리카드를 뽑아 창식의 핸드폰에 넣고 서둘러 영상을 복사했다. 정언은 그사이 형원에게 물었다.

"저희가 최창묵 씨하고 직접 인터뷰 진행할 수 있을까요?"

형원이 그 말에 난감하다는 기색을 하며 웃었다.

"쉽지 않을 겁니다. 아까도 얘기했지만 그 이후로 사람 만나는 거 자체를 딱 끊어서…… 말은 한 번 해 볼게요. 우리도 사실 정보 여러 가지로 더 얻고 싶어서 여러 번 연락했는데, 직접 만나거나 이런 건 잘 안 하려고 해요."

"연락처도 알 수 없고요?"

"사무실에 명함 있으니까 드릴게요. 근데 전화를 받을지 안 받을지, 그건 최 주필 마음이니까."

윤이 복사가 끝난 메모리카드를 다시 빼자 형원이 창식의 핸드폰을 주머니에 쑤셔 넣고는 자리에서 일어났다. 윤이 장비를 정리하는 것을 기다려 준 형원은 두 사람을 데리고 아래층 사무실로 내려갔다. 자기 책상 서랍을 열어 뒤적이다 명함 한 장을 꺼내 건넨 형원이 뒷머리를 긁적였다.

"아이, 이게 일이 너무 커져서 좀 당황스럽네요. 아무튼 잘 부탁합니다."

"저희가 드릴 말씀이죠. 또 뵙겠습니다."

정중하게 인사를 건넨 정언은 윤과 함께 사무실을 나섰다. 윤이 주차장에 세워 둔 차 문을 열자, 조수석에 탄 정언이 입을 열었다.

"지금 그 영상 먼저 바로 선배한테 보내 줘."

"어차피 사무실 다시 들어갈 건데 그때 보여 드려도 되지 않아요?"

"자료는 즉시 공유하는 습관 들여. 무슨 일 생길지 모르니까. 사고 나거나 죽어도 자료는 보호해야 돼."

끔찍한 소리를 하면서도 정언의 말투는 늘 그렇듯 별것 아니라는 투였다. 재희의 메일로 동영상을 보내려던 윤은 그 말에 손을 멈췄다.

"말이 씨가 된다는데, 꼭 그렇게 말씀하셔야 돼요?"

"이런 소리 몇 년째 하는데 씨가 안 되더라고."

핸드폰으로 메일을 확인하며 대답하는 정언에게 윤은 기가 찬다는 표정으로 대꾸했다.

"안 생길 일도 생기겠어요."

"아무리 말해도 안 생길 일은 안 생겨."

"그럼 선배 볼 때마다 선배가 저 좋아하게 되실 거라고 얘기해 볼까요? 어떻게 되는지?"

농담처럼 내뱉은 말은 당연히 진심에 가까웠다. 말이 끝나기 무섭게 얼굴을 번쩍 든 정언이 굳은 표정으로 윤을 마주 보았다.

다음 순간 눈에 들어온 건 정언의 새빨개진 목덜미였다. 몇 달 사이 조금 길어진 머리칼이 가늘고 예민한 목선 위에서 흩어졌다. 윤은 저도 모르게 잠시 거기에 시선을 붙들렸다. 무슨 말인가를 하려는 듯 입술을 달싹이던 정언은 곧 포기했다는 얼굴로 이마를 짚었다.

"진짜 왜 그래?"

"뭐가요."

"지금 이게 재밌어?"

되묻는 정언의 표정은 언뜻 화가 난 것 같았으나, 실은 당혹감에 가까워 보였다. 윤은 대답 대신 정언을 빤히 응시했다. 시선을 어슷하게 비껴 피한 정언이 미간을 찌푸렸다.

"나 이런 거 아주 안 좋아해. 서로 불편해지기 싫다고."

평소였다면 그대로 물러났겠지만, 어쩐지 그러고 싶지 않았다. 윤은 얼굴에서 웃음기를 지웠다.

"이유가 뭔데요. 제가 싫어서 불편하신 거예요?"

"지금 김 피디랑 이런 얘기 하고 싶지 않은데."

정언이 이 상황을 피하고 싶어 하는 건 명백했다. 그러나 내내 속으로 눌렀던 감정은 그 순간 손을 놓은 스프링처럼 제어할 수 없이 튀어 올랐다.

"선배가 저 좋아하게 될 수도 있다는 게 불가능한 일이에요?"

"김 피디."

"저한테 선배가 저 절대로 좋아할 수 없는 결격 사유 있어요? 선배한테 제가 죽어도 남자로 안 보일 이유가 있냐고요. 얼굴, 성격, 말하는 거, 옷 입는 거, 행동하는 거 다 싫다고 하시면 저도 포기할게요. 제 어디가 그렇게 싫으세요?"

윤이 이렇게 나올 거라고는 생각하지 못한 듯, 정언의 표정이 미묘하게 달라졌다.

"좋고 싫고 그런 문제 아냐. 그렇게 말하지 마."

"매번 그런 식으로 말씀하시니까 제가 이러는 거잖아요. 제가 멋대로 선배 좋아하는 거 인정해요. 그러니까 저 계속 이렇게 내버려 두기 싫으시면 이유 말씀해 주세요. 고칠 수 있으면 제가 고칠게요. 부족하다고 생각하시면 노력할게요. 만약에 제가 무슨 짓 해도 안 된다고 하시면 선배 더 불편하게 안 할게요. 제가 이러는 거 싫으시면 납득할 수 있게 해 주셔야죠."

"김 피디, 제발 좀."

정언이 거의 사정하듯 윤의 말을 끊었다. 잠시 침묵하던 윤은 조금 낮아진 목소리로 말했다.

"저 지금 아무렇지도 않은 거 아니에요. 아시잖아요."

말끝이 얼핏 떨렸다. 최대한 괜찮은 척하고 싶었지만 쉽지 않았다. 눈썹 위를 문지르던 정언이 윤을 물끄러미 보았다. 무슨 생각을 하는지 읽기 어려운 깊은 눈동자가 오늘따라 더 답답했다. 한동안 말이 없던 정언은 한숨처럼 물었다.

"본인 취향 진짜 이상하다고 생각 안 해?"

"선배가 어떤 사람인지 알면서 안 좋아하는 남자가 이상하죠."

윤은 즉시 대답했다. 이러면 안 된다는 건 알고 있었다. 아무리 선을 넘는 걸 신경 쓰지 않겠다고 말했어도, 이건 정도가 지나친 행동이었다. 뒤늦은 후회가 밀려들었다.

그러나 때로 넘치는 마음을 막는 건 불가능했다. 이미 되돌릴 수 없을 만큼 정언이 좋았다. 이유를 설명해야 될 필요조차 느끼지 못할 만큼.

정언 같은 사람을 이전에는 단 한 번도 만나 본 적이 없었다. 정언은 자신의 가장 약한 부분을 필사적으로 감추면서도 타인의 상처에 공감할 줄 아는 사람이었다. 냉철하지만 섬세하고, 강하지만 가혹하지 않았다. 그건 존경과 동경, 호기심과 보호본능을 동시에 불러일으켰다.

"왜 그거 모르시는지 이해가 안 된다고요, 전. 선배 안 좋아하는 거 불가능하다고 생각해요. 어떤 남자든지. 선배를 아는 사람이면, 저처럼 이렇게 가까이 있는 사람이면……."

말끝이 잠겼다. 윤은 무릎 위에 놓인 손을 말아 쥐었다.

"……그래서 가끔 더 미칠 것 같아요."

포항에서의 밤이 뇌리를 스쳤다. 작은 싱글 룸, 고작 두어 걸음이면 닿을 수 있었던 자신과 정언의 거리. 옅게 물기 어린 머리칼에서 지나던 습한 향의 입자와 단호한 뒷모습.

그때 윤이 그 자리를 벗어났던 이유는 단 하나뿐이었다. 정언에게 닿고 싶어질까 두려워서. 자신이 분명히 그 이상을 원할 걸 알고 있었기 때문에.

아무것도 상상한 적 없다면 거짓말이었다. 늘 무해한 얼굴을 한 채 그걸로 충분하다고 말하지만, 절대 무엇도 강요하지 않는다고 말하지만 그건 진심이 아니었다. 미칠 것 같다는 말이 무슨 뜻인지 정언이 알았으면 좋겠다는 생각과 몰랐으면 좋겠다는 생각이 동시에 뒤엉켰다.

속사포처럼 뱉어 버린 단어들을 돌이키자 뒤늦게 얼굴로 열이 몰렸다. 한여름 땡볕 아래 서 있는 것보다 얼굴이 더 화끈거려, 윤은 자의 반 타의 반으로 입을 다물었다.

건드리기만 해도 터질 것처럼 새빨개진 윤의 얼굴을 물끄러미 바라보던 정언은 머리칼을 쓸어 올렸다. 가는 손가락 사이마다 스치고 떨어지는 새까만 머리칼에 창으로 들어온 빛의 입자가 맺혔다.

"……죄송해요."

긴 침묵을 깬 윤은 겨우 나지막하게 말했다. 재희의 메일로 서둘러 동영상을 보낸 윤은 시동을 걸었다. 잠시 눈을 감자 마음이 아득해졌다. 입술을 깨문 윤은 창을 열었다. 바깥에서 불어드는 바람이 뜨거워진 얼굴과 목덜미를 스치고 지났다. 당장이라도 핸들에 머리를 박고 싶은 기분이었다.

창에 기대 턱을 괸 정언이 말없이 앞을 보았다. 그 침묵이 마음에 무겁게 얹혔다. 무슨 생각을 하는 거냐고 묻는 대신 윤은 액셀을 밟았다. 제발 아무렇지도 않게 보였으면 좋겠다고 생각하면서.

사무실로 돌아온 정언에게 재희는 주말에 절대 출근하지 말라고 몇 번이고 신신당부를 했다. 기어이 그만 좀 하라고 성질을 낸 정언이 숙직실에 내려와 누운 건 밤 아홉 시부터였다. 계속 사무실에 있었다가는 삼십 분에 한 번씩 재희가 그 소리 하는 걸 듣게 될까 싶어서였다.

자기나 잘 하지, 하고 투덜거린 정언은 몸을 뒤척였다. 이미 몇 시간은 누워 있었던 것 같은데 너무 피곤해서인지 도리어 잠이 오지 않았다. 이불을 얼굴 위까지 덮어쓴 정언은 곧 그게 복잡한 머릿속 탓이라는 걸 깨달았다.

김윤.

떠올린 이름에 없던 두통이 생길 지경이었다. 베개에 얼굴을 파묻은 정언은 아무도 안 보는 게 다행이라고 생각하며 주먹으로 매트 위를 팡팡 쳤다.

─선배가 저 좋아하게 될 수도 있다는 게 불가능한 일이에요?

그런 소리를 그런 얼굴로 말하면 당연히 설득력이 있을 거라는 사실을 본인이 너무 잘 아는 게 얄미울 지경이었다. 평소에는 생글생글 웃으면서 네, 네, 하다가도, 그렇게 갑자기 물러날 곳도 주지 않은 채 치고 들어올 때마다 심장이 내려앉았다.

물론 윤의 일 말고도 산적한 문제가 셀 수도 없었다. 방송도 방송이고 회사도 회사고 뭐 하나 마음 편한 구석이 존재하지 않았다. 애써 신경을 다른 곳으로 돌리려 노력했지만, 아무리 멀리 가려고 기를 써도 결국 종착지는 다시 윤이었다.

한동안 뒤척이던 정언은 끝내 잠자는 걸 포기하고 몸을 일으켰다. 한참 누워 있기는 했는지 벽에 걸린 시계가 한 시에 가까워져 있었다. 의자에 던져 놓았던 후드 집업을 걸쳐 입은 정언은 습관적으로 주머니에 든 담배 한 개비를 빼어 물었다.

엘리베이터를 눌러 옥상으로 올라간 정언은 벤치에 걸터앉았다. 윤을 어떻게 해야 될지 감조차 오지 않았다. 윤의 말마따나, 윤을 절대 남자로 보지 말아야 될 결격 사유 같은 건 없었다. 미친 척하고 그냥 그래, 나 좋다는데 연애 한 번 해 보지 뭐, 한다 해도 아무런 문제가 없다는 걸 스스로도 잘 알고 있었다.

단 하나, 문제가 있다면 그건 자신이었다.

이건 희망고문이라는 걸 정언 역시 모르지 않았다. 하루의 절반 이상을 붙어 다니면서, 윤이 자신을 좋아하는 걸 뻔히 아는데도 매번 이런 식으로 모호하게 밀어내는 게 못할 짓이라는 자각이 없는 건 아니었다.

밀어낼 거라면 더 매몰차야 했고, 받아 줄 거라면 깨끗하게 인정해야 했다. 그러나 둘 중 어느 쪽으로도 기울어질 수가 없었다. 윤에게 상처를 주고 싶지 않은데, 윤을 곁에 두는 건 그 이상으로 두려웠다.

대부분의 경우 정언에게 중간은 없었다. 가면 가는 거고 안 가면 안 가는 거고, 좋으면 좋고 싫으면 싫고. 정언은 늘 확실하게 결정을 내리는 타입이었다. 지금처럼 이러지도 저러지도 못하는 건 정언의 인생에 정말 보기 드문 경우였다.

으으, 하며 몸을 숙인 정언은 머리를 감싸고 바닥을 내려다보았다. 얼마나 그러고 있었는지, 문득 문 열리는 소리가 났다. 이 시간에 누가 여길 오는 건가 싶어 무심코 고개를 들자 낯익은 얼굴이 눈에 들어왔다.

재희였다. 문을 닫은 재희가 벤치에 앉은 정언을 보더니 대번에 얼굴을 찌푸렸다.

"뭐야, 서 피디."

"선배는 뭔데요, 이 새벽에."

재희가 대답 대신 주머니를 뒤적이더니 자판기에 동전 몇 개를 넣고는 버튼을 눌렀다. 커피 두 잔을 뽑아 한 잔을 정언에게 건넨 재희는 곁에 앉았다.

"왜 안 자. 집 보러 다니면 엄청 피곤한데 체력 비축해야지."

"여태 일하는 건 안 피곤하고요?"

정언은 커피를 한 모금 홀짝였다. 믹스커피의 단맛이 혀를 감고 내려갔다. 벤치에 등을 기댄 재희도 잠시 말없이 커피를 마셨다. 재희가 두 손으로 종이컵을 감싸고 있다가 입을 열었다.

"부장님한테 아까 그 동영상 보여드리고 상의했는데, 우선 <데일리시사> 맞춰서 경선 뒤에 다 같이 움직이는 걸로 하자고 얘기는 됐어. 그 전까지 디테일 보강해야겠지만 일단 지금 우리 쪽에서 가진 것만 해도 타격 상당할 테니까."

"국장님이 말씀하신 시기랑 거의 딱 맞겠네, 그럼."

"그래야지. 내일 김 피디랑 집 보러 갈 거야?"

재희의 말에 정언은 미간을 문질렀다. 괜히 멋쩍어지는 건 왜인지 모를 노릇이었다.

　"아니 뭐, 모르겠어요. 김 피디가 나 시중드는 사람도 아니고 자기 스케줄 있겠지."

　"아까 퇴근할 때 자기가 같이 갈 거라길래 그러라고 했는데?"

　"뭘 그러라고 해요. 주말에 선배 따라다니라고 하면 누가 좋아하나?"

　공연히 찔린 정언이 투덜거리자 재희가 대수롭지 않다는 투로 대답했다.

　"김 피디가 좋아하겠지."

　그 말에 마시던 커피가 목에 걸리는 기분이었다. 뭘 알고 하는 소린가 싶어 저도 모르게 재희를 쳐다보자, 시선을 피한 재희가 기지개를 켰다. 아이고, 하며 어깨를 툭툭 두드리는 재희를 본 정언은 참지 못하고 물었다.

　"지금 그 말 무슨 뜻이에요?"

　"뭐가."

　"김 피디가 왜 주말에 나 따라다니는 거 좋아하겠냐고요."

　"김 피디가 서 피디 좋아하잖아."

　순간 말문이 막힌 정언은 뭐라고 대답할 말을 찾지 못했다. 재희가 금붕어처럼 뻐끔거리는 정언을 향해 씩 웃었다.

　"왜 놀라는데?"

　"아니, 아니, 그게 문제가 아니고…… 누가 뭘 좋아한다고 그래요, 지금?"

　정언은 답지 않게 말을 더듬거렸다. 하필이면 다른 사람도 아니고 재희가 그러는 통에 더 당황한 것도 있었다. 정언을 아래

위로 훑어본 재희가 놀리는 투로 되물었다.

"김윤이 서정언 좋아한다고. 선배 후배 이런 거 말고 여자로. 알고 있는 거 아니었어?"

"아니, 그……."

"하여튼 은근히 순진들 해요, 이 험한 세상에. 넘겨짚으면 알아서 다 부는 거 봐."

재미있어 죽겠다는 얼굴로 툭 내뱉는 재희의 말에 귀가 순식간에 뜨거워졌다. 재희가 팔짱을 끼며 고개를 약간 기울였다.

"둘 다 사고 칠 타입은 아니라고 생각했는데. 포항에서 둘이 뭐 있었지?"

"뭐가 있어? 이상한 상상하지 마요. 그런 일 없었어요!"

정언이 펄쩍 뛰자 재희가 장난기 어린 표정으로 대답했다.

"찔려서 그러는 거 보니까 더 이상하네. 지난번에 김 피디한테 포항 갔을 때 무슨 일 있었냐 물어보니까 선배한테는 공적인 일이고, 저한테는 사적인 일이라 말하고 싶지 않습니다, 이러더라고. 그러면 감 오잖아. 김 피디가 서 피디랑 사적일 게 뭐가 있어. 자기가 좋아하니까 사적인 거지."

할 말을 잃은 정언은 재희를 쳐다보았다. 방송국에서 구를 만큼 구른 사람이라 눈치야 보통 아닌 건 알고 있었지만, 그게 자기 일이 되니 당혹스러운 건 사실이었다.

"아니, 그건 또 언제 물어봤어요?"

"야적장 취재 갔던 날. 차 안에서 좀 떠봤더니 김 피디는 나한테 숨길 생각 전혀 없던데."

"포항에서 무슨 일 있었던 건 어떻게 알았고?"

"그날 밤에 서 피디가 나랑 통화했잖아. 목소리 안 좋아서 내가 아프냐고 물어봤던 거 기억 안 나? 멀쩡하던 애가 갑자기 아플 일이 뭐가 있어. 혹시 김 피디랑 무슨 일 있었나 싶었지. 그래서 김 피디한테 물어보니까 그렇게 대답을 하는 거야."

대답하던 재희가 갑자기 혼자 웃었다. 한참 쿡쿡거리던 재희가 정언과 눈을 맞췄다.

"그러더니 김 피디가 나한테 뭐라는지 알아?"

"뭐랬는데요?"

"나보고 서 피디 여자로 본 적 없냐고 그래."

그 말을 듣기 무섭게 가슴이 철렁 내려앉았다. 다른 사람도 아닌 윤이 재희에게 그렇게 물었다는 건 도저히 믿을 수 없는 일이었다. 재희가 어휴, 하며 짐짓 두 손 두 발 다 들었다는 얼굴로 고개를 절레절레 흔들었다.

"깡이 장난 아냐, 진짜. 그 정도는 돼야 <오늘의 요리> 잘리고 여기 들어오나 싶더라."

재희의 말투에는 장난기가 가득했다. 그러나 전혀 웃어 줄 기분이 아니었다.

"미치겠네."

혼잣말처럼 중얼거린 정언은 얼굴을 감쌌다. 둘만 있을 때는 몰라도, 최소한 남들 앞에서는 그런 식으로 정언을 곤란하게 한 적 없는 윤이었다. 왜 하필 재희 앞에서 그런 소리를 했을까 생각하던 정언은 얼굴을 더 파묻었다.

아마 자신에게 원인이 있을 거라는 데 퍼뜩 생각이 미친 탓이었다. 자신이 오래 전부터 재희를 좋아했다고 말했기 때문에. 머릿속이 백지처럼 지워져 아무 말도 생각이 나지 않았다. 한참 아무 말도 하지 못하던 정언은 한숨을 쉬었다.

"진짜 미안해요. 괜히⋯⋯."

재희가 어, 하더니 정언의 말을 끊었다.

"아니, 나한테 미안할 게 뭐 있다고 그래. 솔직히 좀 재밌었다고, 난. 김 피디가 인재는 인재야. 줄 선 여자 한 트럭이던데 굳이 서정언 고르는 거 보면."

"엄청 재밌었나 보네. 선배가 아주 놀리고 싶어서 죽으려고 하는 거 보니까."

정언이 빨개진 귀를 만지작거리며 투덜거리자 재희가 고개를 주억거렸다.

"내 인생에 그런 이벤트가 잘 없잖아. 당연히 엄청 재밌지."

"아, 됐어요. 뭐 어떻게 할 것도 아니고⋯⋯ 그러다 말 텐데."

"그러다 말 거 같지가 않던데. 그러다 말 거면 서 피디를 왜 좋아해. 그러다 말 여자 좋아하면 되지."

"듣다 보니까 은근히 기분 나빠지려고 그러는데 이거 정상이에요?"

정언이 정색을 하며 되묻자 재희는 손을 내저었다.

"아냐, 칭찬이야. 내가 김 피디한테도 그랬어. 서 피디 매력 아는 거 나뿐인 줄 알았더니 눈 높다고."

"장난해요, 지금?"

"왜 장난이야, 난 진지한데."

"그 매력 알았는데 왜 내가 좋다고 할 때 안 받아 줬어요?"

농담 반, 진담 반으로 물은 말에 재희가 정언을 마주 보았다. 얼굴에서 잠시 웃음기를 거둔 재희는 한동안 정언을 빤히 응시하다 하하, 하고 웃는 소리를 냈다.

"내가 서 피디보고 사귀자고 했으면 그랬을 거 같아?"

"당연한 거 아니에요?"

"이거 봐. 이러니까 연애를 못 하지. 내가 사귀자고 그랬으면서 피디 칼같이 거절했을걸."

"왜요?"

"겁 많잖아."

사이를 두지 않고 돌아온 대답은 뜻밖의 것이었다. 잠깐 귀를 의심한 정언은 손가락으로 자기를 가리켰다.

"지금 나보고 한 소리예요?"

"여기 누구 또 있어?"

"내가 겁 많아서 선배 거절했을 거라고?"

"사람 잃어버리는 거 무서워하잖아. 나랑 만났으면 그거 못 견 뎠을 거고. 나하고 사귀다 헤어지면 애인도 잃고 선배도 잃는 건데 서 피디가 잘도 그랬겠다. 좋다고 말은 하면서 나한테 사 귀자는 소리 한 번도 안 해 본 주제에. 그 말 했다가 나중에라도 내 옆에 못 있게 될까 봐 그런 거 아냐."

재희의 말투는 여상했지만, 정언은 머리 위에서부터 얼음을 뒤집어쓴 듯한 기분이 되었다. 빤히 들여다보였다는 창피함은 둘째치고라도, 스스로도 몰랐던 부분을 짚어 내는 재희의 말에 바늘에 찔리는 듯 선연한 감각이 지났다.

생각해 보니, 정말 그 긴 시간 동안 단 한 번도 재희에게 사귀 자는 말 따위는 해 본 적이 없었다. 그냥 선배를 좋아한다고, 내 자리는 없는 거 안다고, 이대로도 상관없다고 한 게 고작이었다.

그리고 그것만으로도 정언은 뭔가 부족하다고 생각하지 않았 다. 곁에 있을 수 있다면 그걸로 충분했던 것이다. 그건 재희가 욕심을 낼 수 없는 상대였기에 그런 줄로만 알았다. 연수의 자리를 대신한다는 건 처음부터 생각조차 하지 않았다.

그러나 재희의 말대로 어쩌면 그건 겁이 많아서였는지도 몰랐다. 좋은 선배로서의 강재희와 남자로서의 강재희 중 자신은 언제나 기꺼이 전자를 선택할 준비가 되어 있다는 걸 알면서도, 그 이유는 생각해 본 일이 없었다. 뒤늦게 그 사실을 깨닫자 심장 어딘가가 뜨끔해졌다.

재희가 벤치에 등을 기댔다. 커피를 몇 모금 홀짝이던 재희는 손을 깍지 끼어 뒷머리를 받치며 하늘을 올려다보았다. 한동안 정적을 지키던 재희가 먼저 침묵을 깼다.

"김 피디한테는 그런 적 없다고 했지만, 진짜 솔직히 얘기하면 나도 몰라. 이런 얘기 아무한테도 안 했는데…… 내가 몇 년 동안 제일 오래 같이 있었던 게 서 피디니까. 단 한 번도 흔들린 적 없다고 확신은 못 하겠어. 감정이란 게 경계가 항상 분명하진 않잖아."

"사람 설레게 왜 그래요?"

농담처럼 되물었으나 가슴 한구석이 서늘했다. 그 단어들을 발음하는 재희의 목소리가 어쩐지 평소와는 다르게 느껴진 까닭이었다. 재희가 짧게 웃었다.

"그런데 내가 서 피디는 나랑 같은 종류의 인간이라는 거 알잖아. 나 처음에 연수 만났을 때 그랬거든. 이 여자가 정말 좋은데, 놓치면 안 될 것 같은데 말을 못 하겠더라고. 언젠가는 잃어버릴 것 같으니까. 계속 그냥 동료로 남아 있으면 평생 이대로 지낼 수 있는 거 아닐까, 그런데 그러다 다른 사람한테 뺏긴다고 생각하면 그것도 미치겠고."

재희가 스스로 연수의 이야기를 하는 건 아주 오랜만의 일이었다. 연수가 살아 있을 때도 딱히 어떻게 연애하는지 말하거나 한 적은 없었지만, 연수가 죽은 뒤로 재희가 먼저 연수에 대한 이야기를 꺼내는 일은 더 드물었다. 재희의 얼굴은 담담했다.

"그렇다고 해도 좋아하는 걸 어떻게 숨겨. 연수가 결국 눈치를 챘어. 둘이 술 마시는데 나한테 그렇게 물어보는 거야. 강재희, 너 왜 나한테 사귀자는 말 안 해? 내 인생에서 진짜 그렇게 당황한 거 처음이었다고. 상상이 가? 남들이 다 나보고 간이 배 밖으로 나온 새끼라고 그러니까 그런 줄 알고 살았는데 그때는 정말 아무 말도 안 나오더라고."

오래된 기억을 떠올리는지, 문득 그 입가에 희미한 미소가 번졌다. 두 손을 깍지 끼어 무릎 위에 둔 재희가 몸을 조금 숙이며 말을 이었다.

"연수가 넌 만나기도 전부터 헤어지는 거 생각하지? 하고 갑자기 치고 들어오는데 진짜 아무 생각도 안 나더라. 내가 가만히 있다가 야, 너 무당이야? 이랬어. 너무 당황하니까 아무 말이나 막 나온 거지. 그러니까 연수가 엄청 웃었다고. 그러고 사귀기로 했거든. 그런데 사실 사귀는 동안 되게 불안했었어. 너무 대단한 애라 내가 잡아 두려고 노력하는 게 의미가 없잖아. 그러니까 항상 관대한 남자인 척했지. 속으로는 매일 돌아 버릴 지경이었는데."

재희의 시선이 허공 어딘가에서 배회했다. 마치 그 자리에 없는 그림자를 좇는 듯 잠시 한곳을 응시하던 재희가 두 손을 모아 입가에 댔다.

"티가 안 났겠어? 연수가 그걸 알고 불안해하지 말라고, 자기는 항상 언제든지 마지막에는 나한테 돌아온다고 그러면서 잃어

버리는 걸 두려워하면 가질 수 있는 게 아무것도 없대. 그게 무슨 말인지 나중에 알았어. 연수가 가고 나서도 한참 뒤에. 차라리 처음부터 만나지 말 걸, 시간을 딱 한 번만 되돌릴 수 있으면 영원히 모르는 사이로 살 걸, 그런 생각 할 때마다 진짜 죽고 싶었거든. 그땐 정말 사는 게 뭔지 모르겠더라고."

웃는 듯한 표정이 스치더니 곧 어둠 속으로 가라앉았다. 결코 채워지지 않는 공허함을 담은 채 빈틈없이 닫혀 버린 재희의 얼굴에서 언뜻 깊은 고통이 스쳤다. 아무렇지도 않은 척 살기 위해 재희가 얼마나 필사적으로 노력하고 있는지 깨닫는 건 정언에게도 마음 아픈 일이었다.

"선배, 그만 얘기해도 돼요."

정언이 말을 막았으나, 재희는 고개를 가로저었다.

"그런데 시간이 지나니까 알겠어. 내가 그때 그런 선택을 하지 않으면 지연수라는 여자가 내 옆에 있었던 시간조차 없었던 게 돼 버렸을 거 아냐. 살면서 내 삶이 완전하다고 느낀 건 딱 그 몇 년이야. 난 인생에 그런 순간이 여러 번 찾아온다는 생각 절대 안 해. 운명이라는 말 싫어하는데, 솔직히 그런 경험은 다른 말로는 표현이 안 돼."

나지막한 목소리는 마치 혼잣말을 하는 것처럼도 들렸다. 멈칫한 정언은 재희를 보았다.

"무슨 말 하고 싶은 건데요."

"아니, 내가 무슨 말을 하겠어. 그냥 그렇다는 거지. 서 피디나 나 같은 종류의 사람들이 있잖아. 잃어버리는 게 무서워서 시작도 못 하는 사람들. 그러니까 만약에 난 서 피디가 여자로 느껴진다고 해도 절대 말 안 할 거라고. 지금이 좋으니까. 서정언 똑똑하고 멋있고 진짜 완벽한 후배인데, 내가 내 욕심으로 옆에 뒀다가 잃어버리는 거 생각만 해도 무섭거든. 그런데 김 피디는 그게 아닌 거지. 더 알고 싶고, 더 가보고 싶고. 지금 이상으로 뭔가 있다는 걸 아닐까."

재희가 어깨를 으쓱해 보였다. 담백한 단어들이 밤공기 사이로 배회했다. 정언은 입술을 말아 깨물었다.

재희의 말처럼 자신과 재희는 같은 종류의 인간이었다. 잃어버리는 것이 두려워 시작조차 하지 않으려 하는, 선 밖으로 한 걸음을 내딛기 위해 엄청난 용기를 내야만 하는.

정언은 애써 재희에게서 시선을 돌리며 투덜거렸다.

"나 엄청 재미없는 인간인 거 몰라요? 있긴 뭐가⋯⋯."

"그게 뭔지는 나도 모르지. 난 서 피디 인생에 그런 사람 아니잖아."

씩 웃은 재희가 자리에서 일어났다. 손에 든 커피를 마저 마신 재희는 종이컵을 구겨 쓰레기통에 던져 넣으며 정언의 머리 위를 한 번 꾹 눌렀다.

"생각 너무 많이 하면 잠 안 온다. 적당히 하고 자."

"선배는요."

정언이 머리를 만지며 재희를 올려다보자 그새 돌아선 재희는 대답 대신 내려간다, 하며 손을 흔들었다. 나가는 재희의 등 뒤로 문이 닫혔다. 한동안 그 닫힌 문을 물끄러미 보고 있던 정언은 긴 한숨을 뱉으며 얼굴을 감쌌다.

정언이 기억하는 한 재희는 절대 운명이라는 단어를 입에 담은 적이 없었다. 그러나 삶이 완전해지는 순간, 그건 운명이란 말이 아니면 표현할 수 없다고 말하던 재희는 확고했다.

인생에서 유일한 단 한 번의 경험, 고작 그 몇 년의 기억이 남아 있는 모든 시간을 지배한다는 건 상상할 수 없는 일이었다. 그런 삶이 존재한다는 것을 받아들이기는 쉽지 않았다.

그러나 어쩌면…… 윤이 더 알기를 원하고 더 가보고 싶어 하는 그 너머에, 자신이 알지 못하던 삶의 퍼즐 조각이 존재할 수도 있다고 정언은 문득 생각했다. 인생의 남아 있는 모든 시간을 걸어도 좋을 만큼의 가치가 있는 순간.

정말 그런 것이 존재한다면 그걸 운명이라는 단어로 말할 수 있는 걸까.

정답을 확신할 수 없는 질문이 부유했다. 시간이 멈춘 것 같은 밤이었다.

"여긴 왜 이렇게 수압이 낮죠? 방음도 너무 안 되지 않나요?"

"에이, 수압이야 이 동네 다 그래요. 방음은 어느 정도 감수해야지. 요새 건물주들 벽 그렇게 두껍게 안 넣어요. 원룸 살면서 아파트 바라려고 그래요?"

"그러면 일단 다른 데 보여 주세요."

웃는 낯짝에 침 못 뱉는다고, 이미 몇 번째 퇴짜를 놓으면서도 생글거리는 윤의 얼굴에 공인중개사 아주머니가 고개를 절레절레 저으며 정언에게 시선을 돌렸다.

"보통은 여자들이 까다로운데, 남자 친구가 엄청 꼼꼼하네요."

"제가 원래 걱정이 많아서요."

정언이 대답하기 전 윤은 재빨리 선수를 쳤다. 곁에서 팔짱을 끼고 서 있던 정언이 뭐라고 말하려는 얼굴을 하다 곧 어색하게 하하, 하고 웃었다.

날이 밝기 무섭게 방송국으로 달려와 정언과 함께 근처 부동산을 돌아다닌 게 벌써 다섯 시간째였다. 이번 부동산에서 본 집만 해도 이미 네 곳이었다.

금액은 상관없다고 하는데도 무조건 당장 이사할 수 있게 공실이어야 하고, 보안이 철저해야 하고, 도보로 출근 가능해야 한다는 조건을 만족하는 집이 그리 많지는 않았다.

그 와중에도 지금처럼 수압이니 방음이니 채광이니 위치니 구조니 하는 걸 따지면 선택의 폭이 더 줄어드는 건 당연한 일이었다. 앞서 내려가며 어딘가에 전화를 거는 아주머니의 뒷모습을 보고 있던 정언이 윤의 등을 툭 치며 조그맣게 말했다.

"적당히 하지, 김 피디."

"제 집이면 적당히 하죠."

이걸 그냥, 하고 이마에 써 붙인 얼굴로 윤을 쳐다본 정언은 작게 한숨을 쉬었다. 오피스텔 앞에 세워 둔 차에 시동을 건 아주머니가 두 사람이 타는 것을 기다리다 말했다.

"이번에 보여 주는 게 진짜 마지막이에요. 우리는 매물 가진 거 이게 끝이라."

"제가 너무 까탈스럽죠? 죄송합니다."

한껏 예의 바름을 장착하며 애교 섞인 말투로 사과를 건네자 아주머니가 할 수 없다는 표정으로 웃었다.

"아휴, 뭐 집 보는 게 다 그렇죠. 남자 친구가 자상해서 좋겠어요, 아가씨는."

정언은 불 위에 올라간 오징어 같은 얼굴을 하며 아 예, 하고 마지못해 대답했다. 아침부터 부동산을 돌아다니며 정언이 가장 많이 들었던 말은 아마도 애인이, 남편이, 남자 친구가, 일 게 분명했다.

그게 아니라 실은 직장 후배인데 사정이……라고 구구절절 설명하기를 포기한 듯, 정언은 그럴 때마다 지금 같은 반응을 보이는 게 고작이었다.

차로 한 블록을 돌아 아직 분양사무실 현수막까지 붙어 있는 신축 오피스텔 앞에 차를 세운 아주머니가 들어가자는 손짓을 했다. 미리 연락이 된 듯 1층의 사무실에서 한 남자가 나와 입구를 열어 주었다. 아주머니가 먼저 엘리베이터 버튼을 눌렀다.

"여기 5층에 엊그제 계약 파기돼서 공실 난 거 딱 하나 있어요. 관리비가 다른 데보다 좀 세긴 한데, 뭐 금액 상관없이 본다고 하시니까. 어제저녁에도 집 보러 온 사람 있었는데, 엄청 마음에 들어 해서 오늘 오후에 다시 온다고 그랬거든요. 그래서 안 보여 주려다가 남자 친구가 잘생겨서 보여 주는 거예요."

"감사합니다."

사람 대하는 직업 특유의 듣기 좋은 빈말이라고 생각했으나, 칭찬을 마다할 이유는 없었다. 싹싹하게 감사 인사를 건넨 윤은 정언을 슬쩍 내려다보았다. 정언 역시 무슨 생각을 하는지 윤을 흘끔 쳐다보다 눈이 마주치기 무섭게 시선을 돌렸다. 앞서가던 아주머니가 한 집의 문을 열었다.

"이 집이에요. 입주 처음이라 상태야 말할 거 없지. 솔직히 근처 신축 중에는 여기가 제일 괜찮아요. 낀 집이라 따뜻하고 남향이라 결로도 없어요. 오피스텔에 이중창 드문 거 알죠? 이중창이라 단열 잘 되지, 소음도 덜하지."

집 안으로 먼저 들어선 윤은 아주머니의 말을 들으며 싱크대 수전을 올렸다. 물이 기세 좋게 쏟아졌다. 벽을 두드려 보고는 붙박이장 안까지 하나하나 열어 본 뒤, 욕실 구조와 수압까지 꼼꼼히 체크한 윤은 아주머니를 돌아보았다.

"CCTV 복도에도 다 있는 거죠? 여긴 방음 괜찮은 것 같은데, 수압도 좋네요. 에이, 아까 이 동네 다 그렇다고 하시더니 아니네. 옵션은 당장 다 사용 가능하고요?"

"길 하나만 건너도 동네가 다르니까 그렇지."

아주머니가 지레 뜨끔한지 변명하며 후다닥 말을 돌렸다.

"주차장이랑 입구, 복도마다 CCTV 다 있어요. 옵션은 전부 새 건데 당연하죠. 여기만큼 옵션 많은 집 없어. 없는 게 없어서 진짜 몸만 오면 된다니까. 혹시 작동 안 되는 거 있으면 관리실 얘기하면 바로 처리해 줄 거예요."

"경비는 24시간 상주하고요?"

"그러니까 관리비가 세지. 요즘 세상 워낙 무섭잖아요. 배달도 무조건 내려와서 받아야 돼요, 여긴. AS도 관리실에서 다 동행하고. 그래서 여기가 주변 신축 중에 제일 빨리 나갔다니까요."

"옆집에는 누구 들어와 있는지 혹시 아세요?"

옆에 서 있던 정언이 슬슬 민망한 표정으로 딴청을 부리는 것이 눈에 들어왔으나 윤은 아랑곳하지 않았다. 아주머니가 혀를 내두르며 대답했다.

"이 라인은 다 일하는 여자들 혼자 들어와 있어요. 남자도 젊은 사람들만, 아마 한 서너 집 있을 건데 워낙 조건도 좋고 하니까. 위치 따지면 진짜 조용하고 괜찮은 집이라고요, 이게."

"저 너무 별거 다 물어보죠?"

윤이 멋쩍은 척 묻자 아주머니가 면박을 주었다.

"아니, 그럴 거면 그냥 데리고 살아요. 불안해서 여자 친구 혼자 어떻게 살게 하려고 그래."

"저야 당연히 그러고 싶은데……."

다음 순간 뒤에서 정언이 옆구리를 꽉 꼬집었다. 입 다물라는 뜻이었다. 바로 입을 틀어막아 비명이 터지려는 것을 참은 윤은, 아무래도 멍이 들었을 것 같은 옆구리를 문지르며 어색하게 웃고는 말을 돌렸다.

"혹시 오늘 바로 들어올 수 있나요? 아니면 내일 오전이라도."

"계약서만 쓰면 들어오는 거야 뭐…… 그런데 왜 그렇게 급하게 이사를 해요?"

"집주인이 일이 있다고 갑자기 나가 달라고 그래서요."

흔한 오지랖에 솜씨 좋게 둘러대자 아주머니는 별 의심 없이 고개를 주억거렸다.

"아, 그렇구나. 집 괜찮으면 그냥 해요. 관리실에서 조금 있다가 이 집 다른 데서 또 보러 온다고 그러던데. 몇 군데 봤다니까 알겠지만 맘에 드는 집 딱 찾기가 쉽지 않아요. 갔을 때 맘에 들면 그게 내 집이라니까."

윤이 정언을 돌아보며 물었다.

"어때요?"

정언은 집 안을 더 볼 생각도 하지 않고 즉시 대답했다.

"지금 계약하죠."

아주머니가 그 말에 반색하며 손짓을 했다.

"그러면 내려가요. 사무실 1층에 있으니까, 계약서 바로 쓸 수 있어요."

그새 마음이 변할까 걱정됐는지 재빨리 빠져나가는 아주머니를 보던 윤이 정언에게 물었다.

"그렇게 아무것도 안 보셔도 돼요?"

"김 피디가 실컷 봤는데 내가 뭘 더 봐."

정언은 됐다는 표정으로 손을 내저었다. 집 구할 때 부동산 한 군데 이상은 절대 안 간다며 첫 집에서부터 계약하려고 드는 걸 뜯어말린 윤이 몇 시간을 사방팔방 끌고 다녔으니 질릴 대로 질린 모양이었다.

사무실로 내려간 정언이 자리에 앉아 계약서를 적는 사이, 곁에 서 있던 윤은 아주머니에게 물었다.

"사장님, 용달업체 전화번호 갖고 계시죠? 오늘 오후에 바로 되는 업체 있는지 좀 알아봐 주시겠어요? 청소업체도 지금 가능한 데 있으면 알려 주시고요."

그 말에 아주머니가 눈을 동그랗게 뜨며 윤을 쳐다보았다.

"청소까지 업체 불러서 다 하고 들어가게요? 공실이고 집 크지도 않아서 아가씨 혼자 해도 금방 할 거 같은데."

"여자 친구가 너무 바빠서 그럴 시간이 없어서요. 연애할 시간도 없다고 하는 걸 절대 손에 물 한 방울도 안 닿게 해 주겠다고 약속하고 만났거든요. 안 되면 제가 하죠, 뭐."

정언이 그 말에 펜을 멈췄다. 앉아 있는 정언의 정수리를 슬멋 내려다본 윤은 짐짓 모르는 척 먼 산을 쳐다보며 딴청을 부렸다. 할 말이 아주 많은 표정으로 윤을 올려다본 정언이 한숨을 쉬었다. 남의 속을 알 리 없는 아주머니가 부럽다는 얼굴로 정언에게 말했다.

"어머, 아가씨는 너무 좋겠다. 남자 친구가 잘생겼지, 키 크지,

다정하지. 전생에 무슨 좋은 일 많이 했나 봐요. 나도 이런 아들 있으면 안 먹어도 배부르겠네."

"예, 뭐……."

고개도 들지 않고 어물쩍 대답한 정언이 그새 다 적은 계약서를 내밀었다. 사무실 직원이 정언에게 보증금과 첫 달 치 관리비를 미리 입금할 계좌 번호를 적어 주며 설명하는 동안, 잠시 나가 여기저기 전화를 돌려 보던 아주머니가 돌아왔다.

"아가씨, 짐 많아요? 1톤에 다 될 거 같으면 이따 네 시에 한 군데서 시간 빈다고 그러는데. 짐 포장돼 있으면 12만 원, 반포장이면 20만 원 부르는데. 청소업체도 지금 되는 데 있는데, 30분 있다가 올 수 있대요. 신축 공실에 아무것도 없다니까 아줌마 하나만 써서 5만 원에 해 줄 수 있다는데."

그 자리에서 바로 복비 입금까지 마친 정언이 자리에서 일어나며 대답했다.

"짐은 거의 없어요. 반포장으로 하죠. 청소업체도 바로 불러 주실 수 있나요? 오시면 연락 좀 부탁드릴게요. 저희 점심 먹고 와야 될 것 같아서요."

"그래요, 그래요."

혹여 윤이 무슨 소리를 또 할까 싶었는지 아주머니가 얼른 갔다 오라는 손짓을 했다. 사무실을 나온 정언이 어우 힘들어, 하고 중얼거리며 허리를 툭툭 두드렸다. 아침부터 제대로 먹은 것도 없이 돌아다닌 탓인 듯했다.

"선배, 괜찮으세요?"

윤이 몸을 숙이며 정언을 들여다보자 손을 휘적거린 정언이 대답 대신 물었다.

"뭐 먹고 싶은 거 있어?"

"전 아무거나 좋은데요."

"이탈리안 레스토랑은 빼고 얘기해."

정언이 내뱉은 말에 웃음이 삐져나왔다. 그 저녁 식사가 어지간히 어색하긴 했나 보다 싶었다. 두어 번 헛기침을 한 윤은 짐짓 진지한 표정으로 입을 열었다.

"이탈리안 싫으시면 프렌치는……."

"아직 나한테 덜 혼났지?"

한마디만 더 했다가는 정말 길 한복판에서 때리기라도 할 기세로 정언이 눈을 치켜떴다. 윤은 황급히 말을 바꿨다.

"이사하는 날은 원래 짜장면 먹잖아요. 중국집 어떠세요?"

정언이 대답 대신 먼저 걸음을 옮겼다. 방송국 근처의 2층 건물에 자리한 작은 중국집은 윤도 잘 아는 곳이었다. 평일 점심이면 계단까지 줄을 설 정도로 인기가 많은 집이었으나, 주말이라 그런지 식당 안은 한산했다.

창가 자리에 앉은 정언은 메뉴판을 보지도 않고 1번 세트요, 하고 주문을 하고는 팔짱을 끼며 잠시 윤을 빤히 바라보았다.

"김 피디, 진짜 이러는 거 아무렇지도 않아?"

"뭐가요?"

윤은 눈을 깜빡이며 되물었다. 정언이 아이 씨, 하고 중얼거리며 뭔가 민망하다는 듯 눈썹 위를 문질렀다. 잠시 사이를 두었던 정언은 한숨 섞인 목소리로 내뱉었다.

"내가 매번 성질 더럽게 구는 거 속 안 상하냐고. 뒤끝이 없어도 너무 없는 거 아냐?"

항상 선을 그으면서도 그런 생각을 하고 있었던 걸까 생각하자 심장이 묘하게 움직이는 듯한 감각이 지났다. 내심 조금 당황한 윤은 어, 하며 뒷머리를 긁적였다. 그렇지 않아도 며칠 전차 안에서 결국 참지 못하고 감정을 터트려 버린 걸 내내 후회하던 참이었다.

"안 속상하다고 하면 거짓말이긴 하죠."

그 대답에 정언이 재차 물었다.

"나한테 맨날 그런 소리 들으면서 자존심은 안 상해?"

"자존심 생각할 거 같으면 벌써 그만뒀어요. 자존심 챙겨 가면서 어떻게 누굴 좋아해요."

정언이 기가 찬다는 얼굴로 웃는 소리를 냈다. 그때 종업원이 테이블 위에 짜장면 두 그릇과 탕수육을 올려놓았다. 윤은 드세요, 하고 정언에게 권하며 멋쩍게 말했다.

"뭐 성질 더러운 건 저죠. 선배가 그렇게 밀어내셔도 죽어라들이대고 있잖아요."

"이유가 뭐야?"

"선배가 안 믿으실 거 알고, 이런 말 몇 번 한 거 같은데 진짜 저 원래 이런 사람 아니에요. 솔직히 누구 만날 때 이 정도로 노력해 본 적 없었고요. 그럴 필요도 없었는데……."

말끝을 흐리던 윤은 자신을 물끄러미 보는 정언의 표정에 씩 웃었다.

"저 방금 좀 재수 없었어요?"

정언이 젓가락으로 탕수육을 찍으며 내뱉었다.

"아니라고는 안 할게."

쿡쿡거린 윤은 짜장면을 돌돌 말았다. 고소하고 달큼한 냄새가 옅은 김에 섞여 확 올라왔다. 후각이 자극되는 것과 동시에 뒤늦은 허기가 밀려들었다.

윤은 입 안으로 잘 말아 놓은 면을 밀어 넣으며 정언에게 연신 눈을 주었다. 말없이 음식을 먹던 정언이 문득 시선을 느꼈는지 고개를 들었다.

"왜 그렇게 봐?"

"선배 뭐 드실 때 보는 거 좋아서요. 되게 깔끔하게 잘 드시잖아요."

그 말에 정언이 손을 멈췄다.

"나 먹는 것까지 관심 있어?"

당황한 기색이 역력한 얼굴이라 저도 모르게 웃음이 터졌다. 윤이 웃기 시작하자 정언이 얼굴을 찌푸렸다. 한참 웃던 윤은 멋쩍게 말했다.

"저 솔직히 열 번 찍어 안 넘어가는 나무 없다는 말 정말 안 좋아하거든요. 열 번 찍어야 될 정도면 그냥 싫은 건데, 싫다는 사람한테 왜 그러나 맨날 그랬어요. 그런데 제가 선배한테 그러고 있으니까 이상해요. 왜 이러는지도 모르겠고."

짧은 침묵이 흘렀다. 젓가락을 내려놓은 정언이 입을 열었다.

"김 피디."

"네."

"계속 말로는 대답 안 해도 된다면서 행동은 안 그렇게 하는 거 알지?"

나지막한 목소리였다. 특유의 읽기 어려운 표정은 약간 불안한 것처럼 보이기도 했고, 지친 것처럼도 보였다. 윤이 그 물음에 답하는 대신 가만히 정언을 마주 보자, 정언이 다시 물었다.

"내가 어떻게 해 주길 바라는 거야?"

"저한테 어떻게 해 주실 수 있는데요?"

정언이 멈칫했다. 대답을 기대한 건 아니었다. 틀어 놓은 텔레비전에서 오후 뉴스의 앵커 목소리가 희미하게 흘러나왔다. 나른한 오후의 공기 위로 그 소리가 떠돌았다. 접시 위에 젓가락을 두어 번 톡톡 두드리던 윤은 손을 멈췄다.

"선배가 저 싫어하는 거 아니라고 하셨으니까, 모르겠어요. 착각일 수도 있겠죠. 원래 누구 좋아하면 사소한 거 하나하나 다 확대 해석하잖아요. 선배가 저한테 조금만 잘 해줘도 혹시 흔들리는 거 아닐까, 이렇게까지 하는데 전혀 마음 없다는 건 말이 안 된다, 그리고 엄청 들떴다가 또 선배한테 혼나면 확 가라앉고. 조울증 환자예요, 완전."

윤은 젓가락을 내려놓으며 정언의 시선을 피해 고개를 조금 숙였다. 어쩐지 갑자기 까닭을 알 수 없이 부끄러운 기분이 밀려들었다. 달아오른 목덜미를 만지작거리던 윤은 곧 그 이유를 깨달았다. 정언이 이런 이야기를 지금처럼 오랫동안 들어 주고 있는 건 처음이었다.

"전 그냥…… 숨기는 게 싫어요. 한쪽에서 일방적으로 밀어붙이는 거 되게 나쁜 짓이고 사람 곤란하게 만들잖아요. 저도 진짜 알거든요. 그런데 선배 앞에서는 그게 마음대로 안 돼요. 선배한테 미움 받기 싫은데 말이 먼저 나와 버리니까. 말해 놓고 후회해요. 지금도 그렇고요."

물끄러미 윤을 바라보던 정언이 한숨처럼 웃는 소리를 냈다.

"나 진짜 재미없는 사람이야. 김 피디가 생각하는 것보다 훨씬. 지금보다 더 가까이서 보면 분명히 나한테 실망할걸. 김 피디 좋다는 사람 많다며. 그 많은 사람 놔두고 왜 나한테 그래?"

윤은 그 말이 아주 방어적이라는 것을 알아차렸다. 거절이라기보다는 두려움에 가까운. 자신의 착각이 그런 순간에서 기인한다는 걸 윤은 잘 알고 있었다.

난공불락의 유리성에 간 균열 같은 순간을 발견할 때면 윤은 스스로를 컨트롤하지 못했다. 마치 처음 보는 물건을 발견한 어린애처럼 거기에 가까이 가고 싶었고, 손을 대고 싶었고, 깨뜨리고 싶었다. 그 안에 무엇이 있는지 알고 싶어서.

"선배도 강 피디님 그냥 잘생겨서 좋아하신 건 아니잖아요. 멋있으니까, 그런 사람 없으니까 끌린 거지. 저도 똑같아요. 선배가 멋있는 사람이고 좋은 사람이니까 빠진 거예요. 선배가 저한테 이거 왜 자꾸 물어보시는지 이해가 안 가는데, 저 그냥 선배가 좋아요. 다른 사람 아니고요. 옆에 있고 싶고, 자꾸 생각나고, 뭐라도 다 해 주고 싶고. 그런 거 뭔지 아시잖아요."

정언은 한쪽 손으로 턱을 괸 채 다른 쪽 손으로는 젓가락 끝으로 빈 접시의 테두리를 덧그리고 있었다. 얼핏 다른 생각에 빠진 것처럼 보였으나, 실은 고뇌하고 있는 표정이라는 걸 윤은 쉽게 눈치챘다.

한동안 말이 없던 정언이 툭 내뱉었다.

"언제까지 계속 그럴 건데? 결국 지치고 질릴 거 아냐."

"제가 지치고 질릴 때까지 안 받아 주시겠다는 거죠, 그거? 저 서운해져도 돼요?"

윤이 짐짓 풀 죽은 표정으로 대구하자 정언이 얼굴을 찌푸렸다. 윤은 곧 손을 저으며 웃었다.

"농담이에요. 사실은 기분 좀 좋은데요. 제가 변할까 봐 걱정하시는 거잖아요. 선배가 진짜 제 감정 전혀 상관없는 거면 그런 생각 안 하실 텐데, 아니에요?"

"김 피디."

"왜 제가 지칠 걱정만 하시는데요. 전 선배 처음 만났을 때보다 지금이 더 좋아요."

그 말을 입으로 발음한 순간 누군가 심장 위를 꾹 누르는 것 같은 감각이 스쳤다. 까닭을 알 수 없는 감각이었다. 윤은 그 때문에 잠시 말을 멈췄다. 아직 열이 내리지 않은 목덜미를 만지자 손끝이 서늘하게 느껴졌다.

"선배는 항상 제일 나쁜 것부터 생각하고, 전 제일 좋은 것부터 생각하잖아요. 그러니까 선배는 저 밀어내시는 거고, 전 들이대는 거고. 진짜 저 싫어하셨으면 오늘 제가 선배 애인 행세 하게 내버려 두진 않으셨을 것 같은데요."

싫어하지 않는다는 건 좋아한다는 말의 동의어가 아니었다. 그러나 윤은 어떤 언어도 완전히 중립적일 수 없다는 걸 알고 있었다. 어쩌면 정언이 좋아한다, 쪽에 조금 더 기울어져 있을지도 모른다고 생각하게 되는 건 언제나 반복되는 착각일까.

"사람들이 다 저보고 남자 친구냐고 물어봐서 되게 좋았어요."

오늘 하루 종일 정언은 그 말을 단 한 번도 부정한 적 없었다. 윤은 곧 멋쩍게 덧붙였다.

"설명하기 귀찮아서 그러신 거 알아요. 그래도 그냥 제 기분이 좋았다는 거죠, 뭐. 남들이 저 선배한테 어울리는 남자로 봐 주는 것 같아서요. 지금 선배랑 이렇게 앉아서 밥 먹는 것도 좋고. 이렇게 있으면 선배가 평범한 사람 같거든요."

정언이 눈을 가늘게 뜨며 반문했다.

"평소엔 어떤데."

"멋있죠. 너무 멋있어서 저 같은 게 선배 서포트해도 되나 싶을 정도로."

정언은 턱을 괸 손을 떼지 않고 윤을 뚫어지게 마주 보았다.

"원래 그렇게 말 반질반질하게 잘 했어?"

"왜요? 좀 설레세요?"

장난스럽게 물으면서도 그 눈에 심장이 조금씩 빨라졌다. 왜 그런 눈으로 보는 걸까. 가독성 낮은 서늘한 눈빛은 이상하게도 평소와 다르게 느껴졌다.

마치 결코 부칠 수 없는 편지를 쓰는 사람 같은 눈이었다. 수많은 단어들이 있지만 읽히지가 않았다. 조금 더 가까이서 그 눈을 보고 싶다는 충동이 일었다.

정언은 다시 젓가락을 집어 들며 대답했다.

"절대 아니라면 거짓말이겠지. 그 얼굴로 그런 소리 하는데."

무심한 듯 떨어지는 목소리에 윤은 저도 모르게 고개를 번쩍 들었다. 그건 어떤 순간이면 자신에게 마음이 움직인다는 뜻이 분명했다.

그러나 정작 정언은 아무 말도 한 적 없는 사람처럼 남은 음식을 천천히 먹었다. 무슨 정신으로 먹었는지도 모르게 식사를 마치자 자리를 정리한 정언이 몸을 일으켰다.

"다 먹었으면 가자. 일단 청소 불러 놓은 거 돈 드리고 집에서 짐 좀 빼야겠어. 김 피디는 그만 들어가도 돼. 짐 쌀 거 거의 없으니까. 토요일에 내가 시간 다 뺏는 거 미안하네."

윤이 미처 따라 일어나기도 전 카운터에서 계산을 한 정언은 카드와 영수증을 받아 주머니에 아무렇게나 쑤셔 넣고 계단을 내려갔다. 윤은 그 뒤를 서둘러 따라가며 말했다.

"정리하는 거 도와드릴게요. 아까 그렇게 손에 물 한 방울 안 묻히게 해 주는 남자인 척하고 어떻게 그냥 가요."

그 말을 들은 정언이 건물 입구를 나서려다 말고 윤을 돌아보았다. 뭔가 미묘한 표정이었다. 잠시 멈춰 선 정언은 고개를 절레절레 흔들며 내뱉었다.

"배우 했어도 잘 했을 거 같은데 데뷔하지 그랬어."

윤이 대답 대신 웃기만 하자, 무슨 말인가를 하려는 듯 입술을 몇 번 달싹이던 정언이 됐다 됐어, 하고 중얼거리며 몸을 돌렸다. 사무실로 돌아간 정언은 그사이 도착한 청소업체 아주머니에게 현금을 건넸다.

이제 남은 건 원래 집에서 미리 가져갈 짐을 끄집어내 놓는 일뿐이었다. 정언과 함께 십 분 정도를 걸어 그새 익숙해진 오피스텔 건물로 들어서자, 정언을 알아본 경비실 직원이 고개를 내밀었다.

"어, 피디님. 혹시 그러고 또 무슨 일 있으셨어요?"

"아뇨. 제가 요새는 집에 거의 못 들어와서요. 다른 분들 피해 보신 얘긴 없었죠?"

"네. 형사님들 말씀하신 대로 공문도 다 붙이고 보안도 강화하고 그래서요. 죄송합니다."

"아니에요."

고개를 까딱이며 대답한 정언은 엘리베이터 버튼을 눌렀다. 어차피 보안이 철저하지 않아 벌어진 일이 아니라는 걸 정언이 가장 잘 알기 때문일 터였다. 일주일쯤 비워 둔 집의 문을 열자 안에서 서늘하게 가라앉은 공기가 훅 밀려들었다.

정언은 먼저 옷장을 열어 안에 든 옷을 끄집어냈다. 분명히 사철 옷일 텐데 고작 붙박이장 하나도 제대로 채우지 못할 정도로 적은 양이었다. 흰색, 회색, 검은색 이외에는 아예 존재하지도 않는 듯한 옷장을 순식간에 비운 정언은 찬장을 열었다.

어차피 안에도 그릇 몇 개와 컵 몇 개 빼고는 아무것도 없었다. 식탁 위의 전기 포트와 커피 머신, 캡슐 정리대를 한쪽으로 밀어 둔 정언은 서랍에서 노끈을 꺼내며 윤에게 말했다.

"커튼 좀 내려 주고 책장에서 책 좀 빼 줘. 제일 윗줄부터 그냥 통으로 빼면 돼."

윤은 스툴 하나를 가져다 놓고 묵직한 회색 커튼을 창에서 떼어 냈다. 책장에서 책을 빼어 내려놓자 정언은 익숙하게 열댓 권씩 책을 묶어 나갔다. 정언이 하는 걸 지켜보던 윤은 혀를 내둘렀다.

"트럭 반도 안 차겠는데요. 책 말고 뭐 짐이라고 할 게 아예 없잖아요."

"그래서 도와줄 필요 없다고 했잖아."

"아무리 그래도 몇 년을 살았는데 짐이 이렇게 없다는 게 말이 돼요?"

"바로 이사할 수 있고 좋잖아. 있던 자리에 뭐 많이 남겨 두는 거 싫어해."

정언은 무릎을 접어 앉은 채 노끈을 매듭지으며 대답했다. 윤은 그 말에 저도 모르게 멈칫했다. 그건 아무것도 아닌 말이었으나 정언다웠고, 그렇기에 마음에 소리 없이 내려앉았다. 언제든지 떠날 수 있는 사람처럼, 아무것도 남기지 않을 것 같은 사람처럼 구는 건 천성일까.

윤은 정작 정언이 스스로의 고독에는 아무런 신경도 쓰지 않는다는 걸 알고 있었다. 그러나 그렇기에 그 고독은 윤에게 더 스산했다. 그런 것이 정말 괜찮은 사람이 있을 리 없었다. 늘 정언을 혼자 두기 싫은 건 그 때문이었다.

윤의 속내를 알 리 없는 정언이 책 몇 뭉치를 현관 쪽에 가져다 놓고는 침대의 침구를 걷어내 가지런히 접었다. 화장대와 욕실의 물건들은 작은 비닐봉투 하나로도 충분했다.

정언이 집의 모든 물건을 거의 다 정리했을 즈음, 용달업체 인부 두 사람이 도착했다. 플라스틱 바구니를 잔뜩 쌓아 들고 온 인부들이 놀란 표정으로 정언에게 물었다.

"아가씨, 짐이 이게 다예요?"

"네. 큰 건 침대하고 소파, 책장밖에 없어요. 나머지는 그냥 바구니에 다 넣어서 실어 주세요."

인부들이 빠른 손놀림으로 미리 챙겨 둔 짐을 바구니에 넣어 내놓았다. 전부 다 해 봐야 고작 서너 바구니도 되지 않는 짐이었다. 바구니 두 개를 겹쳐 든 윤은 아래로 내려가 입구에 대 놓은 용달 트럭의 짐칸에 짐을 실었다. 인부들이 침대와 책장을 가지고 내려오자 이사 준비는 그걸로 끝이었다.

"짐 없다는 얘기는 듣고 왔는데 어휴, 본 중에 이렇게 썰렁한 집 처음이네."

정언은 너스레를 떠는 인부들에게 대답 대신 웃어 보였다. 차로 얼마 되지 않는 거리를 이동해 새집에 도착한 정언은 가구를 가지고 올라온 인부들에게 말했다.

"침대는 창가 쪽에 놓아 주시고 책장은 이쪽에 세워 주세요. 소파는 벽에 붙이면 되고요. 나머지는 그냥 두고 가시면 돼요."

인부들이 정언의 말대로 침대와 책장을 옮기고 바구니에 있는 짐을 가져다 내려놓았다. 정언이 봉투에 담은 현금을 내밀자 인부들이 멋쩍은 얼굴로 뒷머리를 긁적였다.

"이거 뭐 오늘은 완전 공으로 일했네요."

"아니에요. 혼자 하려면 엄두 안 나죠. 감사합니다."

정언은 깍듯하게 인사를 건넸다. 인부들이 나간 뒤 윤은 허리에 손을 짚으며 집 안을 둘러보았다. 짐을 다 옮겨 왔는데도 생활감이라고는 전혀 느껴지지 않는 공간이었다. 정언이 팔짱을 끼고는 윤을 마주 보았다.

"아직도 할 일 있을 거 같아?"

"그래도 혼자보다는 둘이 나을 걸요?"

물러설 생각이 전혀 없는 윤의 태도에 정언이 포기했다는 표정으로 두 손을 들어 보였다. 너 좋을 대로 하라는 얼굴이었다. 물론 처음부터 마음대로 할 생각이었기에, 윤은 묶어 놓은 책 더미부터 끄집어내 칼로 노끈을 자르고 책을 꽂기 시작했다. 그 모습을 보고 있던 정언이 한숨을 쉬고는 침대 커버를 씌우고 시트를 덮었다.

얼마 없는 옷을 옷장에 가지런히 걸고 화장대와 욕실에 물건들을 정리한 정언은 바닥 구석에 접어 둔 커튼을 집어 들었다. 책장과 찬장 정리를 끝낸 윤은 얼른 정언의 손에서 접힌 커튼을 낚아채듯 가져갔다.

"이거 제가 달아 드릴게요."

그 말에 정언이 재미있다는 듯 툭 내뱉었다.

"그런 것도 할 줄 알아?"

정언의 말투가 어린애 놀리는 투라는 건 바보가 아닌 이상 충분히 알 수 있을 정도였다. 윤은 씩 웃고 창가에 스툴을 가져다 놓았다. 위로 올라가 커튼을 달기 시작한 윤은 정언에게서 등을 돌린 채 말했다.

"선배는 가끔 저 엄청 어린애라고 생각하시는 거 같은데, 저도 내일모레면 서른이에요."

그 말에 정언은 대답하지 않았다. 보지 않아도 특유의 피식 웃는 얼굴이 그려지는 건 아마 착각이 아닐 터였다. 윤이 커튼을 달고 매무새를 정리하자, 정언이 습관적으로 냉장고를 열어 보다 민망한 듯 웃는 소리를 냈다. 원래도 존재 의의를 찾을 수 없을 만큼 빈 냉장고 안이 오늘은 정말 깨끗하게 비어 있었다.

"마실 거라도 하나 주려고 했는데 뭐가 없네."

"커피나 한 잔 주세요. 생각해 보니까 오늘 아직 한 잔도 못 마셨어요."

윤의 말에 정언이 그러든지, 하며 테이블 위에 올려 둔 캡슐 머신에 캡슐을 넣고는 버튼을 눌렀다. 컵 안으로 커피가 떨어지는 소리와 향이 동시에 감각을 자극했다.

정언은 커피가 찬 컵을 윤 쪽으로 밀어 놓고 한 잔을 더 내렸다. 스툴을 도로 아일랜드 식탁 앞에 가져다 놓은 윤은 거기 걸터앉아 커피를 한 모금 마셨다. 자기 잔을 들고 선 채 벽에 기대 윤을 내려다보던 정언이 문득 입을 열었다.

"선배가 포항에서 무슨 일 있었냐고 물어봤다며."

그 말에 순간 가슴이 덜컥했다. 그날의 일을 아는 건 재희와 자신 둘밖에 없었다. 정언이 그 일에 대해 안다는 건, 결국 재희에게 들었다는 이야기였다. 재희가 무슨 의도로 그랬을까 생각하기 무섭게 불안감이 밀려들었다. 윤은 초조함을 감추기 위해 사이를 두고 커피를 마시다 대답했다.

"네."

정언은 무슨 생각을 하는지 잠시 말이 없었다. 그 침묵에 입이 말랐다. 한동안 정적을 지키던 정언이 다시 물었다.

"선배한테 나 여자로 생각한 적 없냐고 물어본 의도가 뭐야?"

그 말투는 미묘하게 화가 난 것처럼 들리기도 했고, 혹은 정말 궁금해서 묻는 것처럼 들리기도 했다. 어쩌면 양쪽 모두일 수도 있었다.

윤은 말없이 잔에 남은 커피를 들여다보았다. 얕게 찰랑거리는 수면 위로 작은 동심원이 번졌다. 솔직히 말하자면 정언을 앞에 두고 그 일에 대해 다시 얘기하는 건 조금 창피했다. 자신이 재희 앞에서 지나치게 어린 티를 낸 것 같다는 생각이 들어서였다.

윤은 한동안 시선을 내리고 있다가 눈을 들었다. 정언이 빤히 내려다보는 눈빛이 낯설었다.

"말씀드렸잖아요. 어떤 남자든 선배 옆에 있으면서 안 좋아한다는 거 말도 안 된다고."

조금 낮아진 목소리로 대답하자 정언이 눈을 가늘게 떴다.

"그건 본인 생각이고."

"어쨌든 전 그렇게 생각하니까, 강 피디님이 만에 하나라도 선배 여자로 본다면 저한테 가망 있을까 싶었던 거죠."

"선배가 그렇다고 했으면 어떻게 하려고?"

"달라지는 건 없어요. 그냥 궁금했던 거예요."

설령 재희가 그때 정언을 여자로 생각한다고 말했더라도, 윤은 자신이 절대 물러날 리 없다는 걸 누구보다 잘 알고 있었다.

재희의 감정이 어떻든 간에 정언이 오래 전부터 재희를 좋아했다는 전제는 그대로였다. 출발선부터 불리한 걸 알고 시작한 게임이었다. 자신에게 더 불리한 요소가 한두 개쯤 추가된다고 해도 이제 와서 포기할 이유는 없었다.

윤의 대답을 들은 정언이 기가 찬다는 듯 내뱉었다.

"시보국에서 감히 강재희한테 그런 소리 할 수 있는 거 김 피디밖에 없을걸. 선배한테 얘기 듣고 난 진짜 김 피디 미친 줄 알았어."

정말 별놈 다 보겠다는 투였다. 그 얼굴을 보니 웃으면 안 될 것 같은데 저도 모르게 입꼬리가 말려 올라갔다. 표정을 가리기 위해 황급히 두어 번 헛기침을 했으나, 이미 윤의 표정을 알아차린 정언이 미간을 찌푸렸다.

"본인이 여러 가지로 강심장인 거 알긴 해?"

"저 심장 약해요. 선배랑 둘이 있으니까 지금도 심장 터질 거 같은데요."

유들유들하게 받아넘기는 말에 정언이 이마를 짚었다.

"내가 그렇게 그런 소리 하지 말라고 얘기하는데 계속하는 이유는 뭔데. 그냥 말을 안 듣는 거야, 아니면 무딘 거야? 그런 말하면 내가 또 화낼 거 뻔히 알잖아."

"지금은 화 안 내시잖아요."

"김 피디."

대답 대신 웃는 윤의 얼굴을 본 정언이 한숨을 내쉬었다.

"이젠 그만하라는 말 하기도 지쳐."

"그건 좋은데요. 제가 선배 좋아한다는 말 오늘처럼 길게 들어주신 거 처음이거든요."

그 말에 정언이 약간 멈칫하는 것이 느껴졌다. 윤은 아직 온기가 남은 컵을 두 손으로 감싸 쥐었다. 부드러운 커피 향에 섞여 익숙한 향의 입자가 스쳐 지났다. 이 계절에 내릴 리 없는 눈의 냄새 같은 것.

이제는 눈을 감아도 그 서늘하고 희미한 향을 그릴 수 있었다. 정언과 가까이 있을 때마다 느껴지는 감각이었다. 윤은 쥐고 있는 컵으로 시선을 내렸다.

"선배가 저 계속 밀어내시는 거 알지만, 요샌 가끔 제가 선배 선 안에 있는 사람처럼 느껴져요."

정언이 사이를 두었다가 대꾸했다.

"그거 착각이라고 하면 상처 받을 거면서 왜 그래?"

"저한테 선배 엄청 무방비하니까요. 아무한테나 이러시는 거 아니잖아요."

어떤 의도였든, 먼저 자신의 집에 윤을 초대한 건 정언이었다. 정언이 팀의 누구에게도 그러지 않는다는 걸 이제 윤도 잘 알고 있었다. 그때 정언이 그랬던 이유가 뭐였을까 종종 궁금해지는 건 당연했다.

가장 사적인 공간에서 마주 앉아 있는 시간이 처음이 아니라는 건, 어떤 의미로든 자신이 정언에게 특별하기 때문은 아닐까. 윤은 테이블 위에 턱을 괴며 정언을 쳐다보았다.

"제가 여기서 선배한테 무슨 짓이든 할 수 있다는 생각 안 하세요?"

물론 윤은 그 답을 이미 알고 있었다. 정언이 그런 생각 따위를 할 리 없었다. 그건 정언 역시 자신을 잘 알기 때문이었다. 미쳐 버릴 것 같다고 말하면서도, 때로 머릿속이 녹아 버릴 것 같은 상상을 하면서도 결코 이 자리에서 그걸 실행에 옮길 마음은 없었다. 윤은 한순간의 충동을 위해 모든 걸 망가뜨릴 정도로 경솔하지 않았다. 정언이 눈을 가늘게 떴다.

"그 말 아주 재밌네."

"선배는 저 더 경계하셔야 돼요."

윤이 씩 웃는 얼굴에 정언은 테이블 위에 놓여 있던 담뱃갑을 집어 들었다. 담배 한 개비를 빼어 물고 입술로 까딱이던 정언은 약간 부정확해진 발음으로 내뱉었다.

"그래서, 무슨 짓 할 수 있다고 생각하는데?"

"듣고 싶으세요? 말하기 싫은데요, 저도 남자니까."

대답한 순간 공기가 잡아당겨졌다. 끊어질 정도로 팽팽해진 실 같은 긴장감이 고작 자신과 정언 사이의 몇 뼘 되지 않는 틈으로 스며들었다. 정언이 필터를 문 채 눈썹 위를 손끝으로 문질렀다.

초조함이라고 해야 할까, 혹은…… 어떤 경계에 있는 듯한, 설명할 수 없는 감정의 층위들이 그 무의식적인 행동에 묻어났다.

문득 정언의 목소리가 뇌리를 지났다.

─절대 아니라면 거짓말이겠지.

정언은 빈말을 하지 않는 사람이었다. 그러니까, 그건 분명 진심인 것이다. 단정할 수 없는 감정들. 자신이 정언의 선 안에 있다는 생각이 혼자만의 착각은 아니라고 증명하는 이런 순간들.

지금의 긴장감이 조금만 더 유지된다면, 정언은 다시 자신을 밀어내려 할 게 뻔했다.

거기 생각이 미친 즉시 윤은 컵을 내려놓으며 자리에서 일어났다.

"선배가 저 편하게 생각하시는 게 좋은 건지, 의식하시는 게 좋은 건지 솔직히 모르겠어요. 그런데 지금은 뭐라도 상관없어요. 저 진짜 선배 옆에 있는 거 좋으니까. 그만 갈게요. 쉬세요."

언제나처럼 무해한 얼굴로 돌아가는 건 쉬웠다. 그건 정언을 더 몰아붙이고 싶지 않아서이기도 했다. 정언과 자신 사이의 얇은 유리벽을 깨뜨리고 싶어 손을 댔다가도 곧 물러나는 건, 그 조각에 정언이 다치게 될까 두려워서였다.

몇 달 치는 될 고백을 쏟아 낸 마음이 가벼워질 줄 알았는데, 그 수많은 단어들은 도리어 제각기 무게를 가지고 내려앉았다. 언어로 표현되는 모든 순간이 실체를 가지게 된다는 걸 윤은 새삼 깨달았다. 말로 뱉어 낸 감정들은 진한 핫 초콜릿처럼 달고 무거웠다.

"김 피디."

무슨 할 말이라도 있는 것처럼 부르는 목소리에, 현관을 나서던 윤은 뒤를 돌아보았다.

"네?"

문 앞에 선 정언이 윤을 물끄러미 응시했다. 서늘한 눈동자가 깊었다. 길어진 햇살이 정언의 등 뒤에서부터 스며들었다. 윤은 역광이 흐리는 그 표정을 정확히 읽지 못했다. 짧은 침묵을 지키던 정언은 고개를 저었다.

"아냐. 오늘 고마웠다고. 조심해서 들어가."

윤은 그 말에 웃는 소리를 냈다.

"냉탕 온탕 번갈아 빠지니까 심장마비 걸릴 거 같은데요."

"냉탕에만 있고 싶어?"

"아뇨, 어지간하면 온탕에……."

반 장난 같은 되물음에 눈치를 보며 대답하자 정언이 필터를 문 입술 끝을 슬몃 비틀었다.

"됐고, 빨리 가. 내일은 하루 쉬고. 무슨 일 생기면 연락할 테니까."

"아무 일 없어도 연락해 주시면 안 돼요?"

"하루 종일 화 안 내니까 또 끝까지 가지?"

툭 내뱉은 정언이 윤의 등을 떠밀었다. 못 이기는 척 복도로 나선 윤은 씩 웃었다.

"월요일에 만나요."

대답 대신 고개를 까딱인 정언은 문을 닫았다. 조용히 닫히는 문 안으로 곧 도어록이 잠기는 소리가 들렸다. 그 닫힌 문을 한참이나 바라보고 서 있던 윤은 거기 등을 대고 기대섰다. 한 겹의 셔츠 너머로 차가운 냉기가 스몄다.

그러나 눈을 감자 온몸이 그대로 녹아 버릴 것 같은 열기가 머릿속을 감돌았다. 윤은 심장 부근에 손을 대고 가만히 눌렀다. 숨을 쉴 수 없을 정도로 달콤한 감각이 거기에서부터 번져 나갔다. 윤은 오랫동안 그 자리에서 움직이지 않았다.

31

　정언이 사무실에 들어서기 무섭게 본 것은 늘 그렇듯 혼자 책상 앞에 앉아 무언가를 보고 있던 재희였다. 인기척에 고개를 든 재희는 쓰고 있던 안경을 벗어 내려놓으며 눈가를 눌렀다.

　"이사는 잘 했어? 괜찮은 집 있었고? 갑자기 이사하느라 고생했겠네. 짐만 먼저 뺀 거지?"

　"네. 주인한테 보증금은 되는 대로 달라고 했어요. 뭐 이사야…… 김 피디가 나 끌고 다니느라 고생했죠."

　가방을 던져두며 대답한 말에 재희가 빙글빙글 웃었다.

　"고생이라고 생각 안 할 테니까 괜찮은 거 아냐?"

　이 인간이, 하고 속으로 중얼거린 정언은 싸늘하게 내뱉었다.

　"적당히 해요."

　"내가 뭘 또 그렇게 적당히 안 했다고 그래."

　느물거리는 재희의 얼굴에, 정언은 바로 도끼눈을 떴다.

　"하여튼 선배만 아니면 진짜……."

　"선배 아니면 한 대 치겠네, 아주. 어우, 서 피디 선배로 태어나길 다행이야."

무서워 죽겠다는 얼굴로 자기 어깨를 감싸며 덜덜 떠는 시늉을 한 재희가 곧 화제를 바꿨다.

　"토요일에 <데일리시사> 쪽하고 얘기했는데 정보가 엄청나더라고. 나도 그쪽 취재력 대단하다고 말로만 들었는데 실제로 만나 보니까 더 장난 아냐."

　정언은 고개를 끄덕였다.

　"나도 임형원 기자님 만나고 놀랐다니까. 그 정도 규모 취재하는데 엄대진이 여태 몰랐을까요?"

　"추적당하는 거 모르진 않을 거야. 그런데 뭐 어떻게 할 거냐, 이러고 배짱부리는 거겠지. 시사지 기자들 중에 이런 식으로 장기 취재하는 기자들 상당히 있는데 아무래도 예전만큼 지면 파급력이 없으니까. 방송하고 연계를 해야 특종이 되잖아. 방송은 자기들이 다룰 수 있다는 확신 있고."

　정언이 그렇죠, 하고 수긍하자 재희가 의자에 등을 기댔다.

　"우리하고 <뉴스라이트>, <데일리시사> 셋이서 해볼 만할 거 같아. 그쪽은 엄대진 비자금 조성 과정, 우리는 서온건설 게이트, <뉴스라이트>는 부실공사하고 기준 미달 자재 사용에 공권력 결탁한 부분에 집중해서 삼파전하면 어떨까 싶은 거지. 일단 터트리면 그 뒤는 연합해서 내보내더라도."

　"<뉴스라이트>는 사실 문제가 아닌데 우리가 문제죠, 뭐. 그거 터트리고도 프로그램 유지할 수 있다면 우리가 <뉴스라이트> 백업 체제로 전환하면 되는데 그게 안 될 거 같으니까."

　"일단 방송은 무조건 하고, 셔터 내린 뒤의 일은 그다음에 생각하자고. 지금은 거기까지 생각 못 해."

　피곤한 기색이 역력한 얼굴을 몇 번 문지른 재희가 정언에게 다시 시선을 돌렸다.

"일단 <데일리시사> 쪽에서 취재한 페이퍼컴퍼니 관련 자료들 받았으니까 이따 시간 나는 대로 검토해 봐."

재희의 말을 듣고 있던 정언은 미간을 좁혔다.

"그런데 왜 굳이 그리스로 갔지? 그리스가 아무리 택스 리조트(tax resort)21)라도 한국하고 조세조약 체결돼 있지 않아요?"

"글쎄. 김신옥이나 채기원 쪽하고 관련 있지 않을까? 자기한테 익숙하거나 연고가 있는 장소를 조세피난처로 선택하는 사례도 꽤 있긴 하니까. 그건 일단 알아보자고. 조세조약 체결된 상태니까 국세청 내부 자료 가져오면 증거 찾기는 더 쉬울 거야."

잠시 생각에 잠겨 있던 정언은 얼굴을 찌푸린 채 관자놀이 부근을 긁적였다.

"대선 시즌이라 반출한 자금을 다시 국내로 들여오려고 시도할 확률도 높겠지?"

"그렇지. 선거자금 써야 할 테니까."

"반입할 때도 유령회사 계좌 이용하겠네요, 그럼. 어느 쪽이든 안영균이 굉장히 중요하긴 한데…… 대포통장 확보 방법 알아내기가 왜 그렇게 어렵지?"

---

21) 조세피난처의 한 종류. 특정 회사나 사업에 대해 세율을 낮게 적용하는 형태의 조세피난처. 조세피난처는 크게 택스 파라다이스(tax paradise: 바하마, 케이멘제도, 버뮤다 등 소득세가 부과되지 않고 조세계약이 체결되어 있지 않은 완전 조세 회피 무역지역), 택스 셸터(tax shelter: 홍콩, 라이베리아, 파나마 등 국외 소득에 과세하지 않는 지역), 택스 리조트(tax resort: 그리스, 아일랜드, 스위스 등 특정한 형태의 회사 또는 업종에 세금 우대 혜택 등을 취하는 지역)의 세 가지로 분류된다.

자문하듯 중얼거리는 정언에게 재희는 어깨를 으쓱해 보였다.

"보통 이런 경우에 브로커 이용하는 게 일반적이거든. 수가 너무 많잖아. 일반적인 보이스피싱 업체 같은 데서 개인 계좌 몇 개 거래하는 거하고는 차원이 다르다고. 사업자 등록시켜 유한회사 설립하고 법인 계좌 개설하는 방식인데, 여기 브로커 끼면 그 과정에서 백 퍼센트 걸릴 테니 어떻게든 우회하는 방법이 있겠지."

"하긴 그냥 차명계좌 써도 되는데 굳이 법인 계좌로 세탁하려면…… 유령회사 통해 드나든 자금 추적 어렵게 하려는 목적일 텐데, 수가 한두 개가 아니면 일일이 확인해야 하니까 시간도 걸릴 거고."

"그건 일단 국세청 자료 오면 안영균 중심으로 파 보자고. 그리고 그 이종규, 감리업체 팀장. 그 사람 연락 왔어?"

정언은 그 말에 고개를 가로저었다. 어차피 하루 이틀 사이에 즉시 마음을 결정할 거라 생각한 것도 아니었다.

"아직이에요. 뭐 마음 고쳐먹고 전향한다면 좋지만, 안 한다고 해도 우리가 지금 그 사람 하나 때문에 팩트 전체가 흔들릴 상황은 아니니까."

잠시 뭔가를 생각하던 재희가 흠, 하며 고개를 약간 기울였다.

"조창식 죽인 애들은 아직 못 잡았다고 했나?"

"연락 없는 거 보면 그렇지 않을까? 하청 쪽에서는 추가 제보 들어온대요?"

"응. <뉴스라이트>로 들어오는 제보 꽤 많대. 민권당 사반위 쪽에서 입수한 내부 정보랑 취합해서 이번 주 안에 거기 TF하고 회의 한 번 하기로 했어. 이희경 씨 쪽은?"

"일단 담당 형사한테 연락은 해 놨어요. 안 그래도 요새 유아 동 대상 범죄가 많아서 정부 지침 떨어졌다고 하더라고요. 주변 순찰 강화하고 용의자 특정하는 대로 연락 주겠대요."

고개를 뒤로 젖힌 재희는 뒷목이 당기는 듯 목덜미를 툭툭 두 드리며 중얼거렸다.

"복잡하다, 복잡해."

"방송 전까지 확인할 수 있는 건 다 확인했으면 좋겠는데 시 간이 될지 모르겠어요."

"일단 되는 대로 하자고. 우리가 배부른 소리 할 때가 아니니 까. 몸조심하고."

재희의 말이 끝나기 무섭게 사무실 문이 열렸다. 반사적으로 두 사람은 문 쪽으로 시선을 주었다. 윤이었다. 재희와 정언을 본 윤이 먼저 고개를 꾸벅 숙이며 인사를 건넸다.

"안녕하세요."

"어, 김 피디. 일찍 출근했네?"

재희의 말에 윤은 월요일이라서요, 하고 대답하며 자기 자리 에 가방을 내려놓았다. 컴퓨터 전원을 켠 윤이 물었다.

"커피 드실래요? 저 지금 사러 갈 건데."

"아니, 난 됐어."

재희가 손을 저었다. 윤이 정언에게 눈을 돌리자 정언은 공연 히 재희 쪽을 한 번 흘끔 보고는 두어 번 헛기침을 했다. 정언이 뭐라고 말하기도 전 그런 낌새를 알아차린 윤이 피식 웃었다.

"커피 사다 드릴게요. 앉아 계세요."

그러더니 정말 윤은 뒤도 돌아보지 않고 다시 사무실을 나갔 다. 재희가 없었다면 분명히 커피 사 드릴 테니 같이 가실래요,

하고 말을 붙였을 게 뻔했다. 양쪽에서 속이 빤히 들여다보여 미칠 지경인 게 자신뿐이라는 걸 깨닫자 어쩐지 분한 기분이 되었다.

내가 뭘 했다고, 하며 속으로 투덜거리고 있으려니 어느새 돌아온 윤이 책상 위에 벤티 사이즈의 아이스 아메리카노를 올려놓았다. 자리에 앉은 윤이 커피를 한 모금 마시더니 물었다.

"어제는 별일 없으셨어요?"

턱을 괸 채 마우스를 딸깍이던 정언은 그 나지막한 목소리에 손을 멈췄다. 파티션 너머로도 느껴지는 카페모카 향의 입자 때문일까, 여상한 말인데도 그 말투는 유독 더 부드럽게 들렸다. 정언은 애써 그 낯선 감각을 외면하며 대답했다.

"아무 일 없었어."

"그럼 다행이고요. 아, 김회영 씨 일한다는 병원에서 회신 왔는데 인터뷰 응할 수 없다는데요. 어떻게 할까요?"

"그러면 그 건에 대해 제보해 준 황정률 목사, 그분하고 다시 한 번 얘기해 봐. 교포 사회 좁고 한인 병원은 더 드물어서 정보 얻는 거 어렵지 않을 거야."

파티션을 사이에 두고 사무적인 대화를 나누는데도 묘하게 신경이 예민해졌다. 그날 그렇게까지 윤을 받아 주지 말았어야 하는데, 하고 정언은 뒤늦은 후회를 했다. 재희와의 대화 이후 그렇지 않아도 복잡하던 머릿속이 더 복잡해진 참이었다.

잃어버리는 게 두려워서…… 윤이 돌아간 뒤, 정언은 텅 빈 집에 혼자 앉아 오랫동안 윤에 대해 생각했다. 어떻게 그렇게 모든 감정들을 확신할 수 있는 걸까. 정언으로서는 그 질문의 답을 알 수 없었다.

잠시 상념에 빠져 있던 정언은 책상 위에 놓아 둔 핸드폰이 진동하는 소리에 퍼뜩 정신을 차렸다. 문자 메시지 알림이 들어와 있었다. 아무 생각 없이 액정을 한쪽으로 민 정언의 눈에 들어온 건 이희경이라는 이름이었다.

─ 안녕하세요, 피디님. 저 이희경이에요. 시간 나실 때 통화 가능할까요?

정언은 즉시 통화 버튼을 눌렀다. 신호가 채 서너 번 가기도 전 달칵, 하며 통화가 연결되는 소리가 들렸다.

"네, 서정언입니다. 무슨 일이세요?"

정언이 묻자 희경이 잠시 머뭇거리다 말을 꺼냈다.

『저, 금요일에 회사에서 다시 전화가 왔더라고요. 지난번에 연락한 천승욱 팀장이라고, 그분이 잠깐 만났으면 좋겠다고 그래서…….』

가슴이 덜컥 내려앉았다. 희경이 사측의 제안을 받아들이지 않았기에 당연히 다시 설득을 하려 들 거라는 건 예상하고 있었다. 그러나 굳이 만나자고 이야기했다는 것이 마음에 걸렸다. 정언은 펜 끝으로 미간을 누르며 물었다.

"만나자고 했다고요?"

『네. 계속 만나서 얘기를 한 번 해 보자, 얼굴을 보고 얘기해야 될 것 같다 그러더라고요.』

"지금 언니분 댁에 계신 건 모르는 거죠?"

희경이 그 말에 확신이 없는 투로 대답했다.

『그것까지는, 그건 제가 잘 모르겠어요. 일단 만나서 얘기를 하자고 자꾸 그래서 제가 회사하고는 할 얘기가 없다고 말씀을 드렸거든요. 저는 우리 애기 아빠 억울하게 죽었다고 생각하고,

493

제가 할 수 있는 한 최선을 다할 거라고, 그 돈 안 받아도 된다고 했어요. 그러니까 그쪽에서 일단 만나자고 그러더라고요.』

"혹시 그래서 만나셨어요?"

『네. 전화를 끊어도 계속 연락이 오니까, 한 대여섯 번을 연락했거든요. 그래서 어제저녁에 강남에서 만났는데…….』

희경이 말끝을 흐렸다. 정언은 책상 위에 초조하게 펜 끝을 두드리다 손을 멈췄다.

"무슨 일 있으셨던 건가요?"

『혼자 나온 줄 알았더니 남자들 서너 명이 거기서 기다리고 있는 거예요. 겁이 덜컥 났죠. 좀 그, 회사 직원들 같지가 않더라고요.』

주말 저녁에 강남 한복판에서 여자 한 사람을 어떻게 하려고 작정했을 거라는 생각은 들지 않았으나, 그것이 희경에게 충분히 위협이 되었을 것은 묻지 않아도 뻔한 일이었다. 회사 직원들처럼 보이지 않았다면 거기에도 경일용역 인원을 썼을 가능성이 높았다. 희경이 말을 이었다.

『그 중에 한 명이 자기가 천승욱 팀장이다, 그러면서 자기 조건 못 받아들이겠다면 보상금 전부 없던 걸로 하겠대요. 소송걸 거면 한 번 걸어 보라고, 개인이 대기업 상대로 이긴다는 거 불가능하다는 식으로 얘기하니까…….』

정언은 개새끼들, 하고 소리 없이 중얼거렸다. 타인의 삶과 죽음조차 거래할 수 있다고 생각하는 자들의 믿음은 늘 견고했다. 돈과 권력만 있다면 무엇이라도 할 수 있다는 그 믿음은 정언에게 언제나 마음속 깊은 곳에서부터의 혐오감을 불러일으켰다.

"그리고요?"

『계속 이런 식으로 나오면 사측에서도 저 고소할 수 있대요. 애들 자라는데 돈 혼자서 댈 수 있냐고, 기업에서 저를 상대로 고소하면 파산하는 거 순식간이라고…… 시댁에도 연락이 갔나 봐요. 어젯밤에 애들 삼촌한테 전화가 와서 저보고 끝까지 가지 말자, 자기도 형 일 너무 힘들고 분한데, 그렇다고 저하고 남은 애들까지 힘들어지면 어떡하냐고요.』

희경의 목소리가 떨렸다. 애써 울음을 참고 있다는 걸 보지 않아도 알 정도였다. 정언은 잠깐 침묵했다. 희경에게 진정할 시간을 주기 위한 것이었다. 핸드폰 건너편에서 크게 숨을 내쉬는 소리가 들렸다.

정언은 최대한 차분하게 물었다.

"혹시 녹취는 하셨어요?"

『네. 핸드폰으로 녹음했어요. 녹음하겠다고 미리 얘기하고 했는데 신경 안 쓰던데요. 그런 건 증거가 못 된다면서…….』

"알겠습니다. 파일 보내 주시고요, 저희가 사측하고 접촉해 보죠. 혹시 다음에 이런 일 또 생기면 직접 상대하지 마시고 저한테 바로 알려 주세요. 자문 가능한 분 찾아봐 드릴게요. 아, 수아는 좀 어때요?"

수아 이야기가 나오자 희경의 목소리에 더 풀이 죽었다.

『아직 그냥 그래요. 리아도 수아가 그러니까 눈치만 자꾸 보고…… 저희 언니가 같이 봐주니까 그래도 혼자인 것보다는 좀 나아요.』

"수요일에 저희가 성이진 교수님하고 스케줄 잡아 둔 거 기억하시죠? 혹시 나오기 힘드시면 저희가 모시러 가겠습니다."

『아니에요, 피디님. 계속 신경 써 주셔서 감사하죠. 요새는 제

495

가 괜한 일 시작했나 싶어서 좀…… 그냥 나만 덮고 지나가면 되는 일이었는데, 그 생각이 계속 들어요.』

희경이 얼마나 지쳤을지는 굳이 물을 필요도 없었다. 결코 드문 경우가 아니었기에 더 그랬다. 정언은 거대한 힘 앞에서 사람이 얼마나 철저히 무력해질 수 있는지 잘 알고 있었다.

"절대 아닙니다. 그런 생각 하지 마세요."

그렇기에 이런 말밖에 할 수 없다는 건 정언에게도 답답한 일이었다. <비하인드 24>에 따라다니는 그 수많은 수식어는 팀원들이 모여 만들어 낸 것이었지만, 정작 자신들 한 사람 한 사람은 그저 평범한 일상을 영위하는 수많은 이들 중 하나일 뿐이었다. 정언은 입술을 말아 깨물었다.

희경이 애써 웃으며 작은 목소리로 말했다.

『감사해요. 수요일에 뵐게요.』

전화가 끊어졌다. 정언은 통화 종료 화면을 내려다보다 짧은 한숨을 뱉었다. 옆에서 통화 내용을 듣고 있었는지 윤이 몸을 뒤로 젖혀 파티션 너머로 물었다.

"이희경 씨예요?"

"응. 돌아 버리겠다, 진짜. 천승욱한테 연락이 와서 제안 안 받아들이면 기존 보상금도 없던 걸로 하겠다고, 이거 계속 진행한다면 사측에서 고소할 수도 있다고 그랬다네."

윤이 눈을 동그랗게 뜨며 얼굴을 찌푸렸다.

"그게 가능해요? 블랙 컨슈머 상대로도 기업이 고소 쉽게 못 하잖아요."

"그렇지. 기업 이미지라는 게 있잖아. 어떻게든 사내 왕따, 과로 자살로 몰아가고 싶은 건데, 그런 걸로 소송 걸어 봐야 기업 이미지만 나빠져. 사람들이 박규형 씨 쪽에 이입하기 너무 쉽다고. 더구나 대기업이 개인 상대로? 자살 행위야. 언론 플레이 아무리 해도 사측에 무조건 불리해."

"그쪽에서도 알면서 그러는 거죠?"

어이없다는 투로 묻는 윤에게 정언은 고개를 끄덕였다.

"그러니까 보상금 얘기하면서 입막음하려는 거지. 이 일 커지는 거 제일 싫어하는 게 서온건설인데 유가족한테 소송을 건다니 말이 돼? 그냥 협박이야. 시댁에까지 연락했는지 시동생이 전화해서 그만하면 안 되겠냐고 그랬다더라고."

"그래서 어떻게 하시겠대요?"

"이희경 씨는 포기할 생각 없는 것 같아. 일단 송 작가님 오면 상생변 쪽 변호사 중에 자문 받을 수 있는 분 좀 알아봐 달라고 그래야겠어."

상생변 얘기를 꺼내자 퍼뜩 떠오른 것이 있었다. 금요일에 재희가 상생변의 박기율 변호사와 허주경 사장의 공판 기록을 살펴본다고 했던 것이 생각났다. 자리에서 일어난 정언은 재희에게 물었다.

"선배, 박기율 변호사랑 공판 기록 분석한 건 어떻게 됐어요?"

재희는 읽고 있던 자료에서 눈을 떼지 않은 채 말했다.

"아, 그거. 변호사 인생 20년에 이런 건 처음 본대. 자기가 보기에는 뭐 거의 변호인의 의무 위반 수준이라고 하더라고. 공론화되면 공윤승 밥줄 끊겨도 할 말 없을 정도라던데. 오늘 안으로 경찰대 쪽에서 당시 검찰 측에서 제출한 영상 분석 결과 보내 준다고 했대. 그거 받으면 송 작가가 평진 측에 질의서 정리해서 보낸다고 했어."

"오케이."

정언은 파티션 위로 손을 짚으며 윤을 내려다보았다.

"김 피디, 지금 서온건설 홈페이지에서 그 사원행복문화팀 연락처 좀 찾아봐. 출근 시간 지나면 바로 전화해서 천승욱 팀장하고 인터뷰하고 싶다고 요청하고."

"인터뷰 응할까요?"

"하든 안 하든 상관없어. 녹취 파일도 있다고 하니까 말 바꾸기는 못 할 거야. 이희경 씨 건드리지 말라고 우리 쪽에서도 경고하는 거지. 이희경 씨가 스스로 포기한다면 모를까, 본인이 의지가 있는데 누가 그걸 막아."

"알겠습니다."

인터넷 창을 켜고 서온건설 홈페이지를 검색하던 윤이 뭔가 생각났다는 듯 고개를 들었다.

"아 참, 저 어제 최창묵 씨하고 통화했어요."

"누구하고 통화를 했다고?"

뜻밖의 이름에 정언이 되묻자 윤이 대답했다.

"최창묵 씨요. 어제 집에 있다가 생각나서 연락해 봤는데 외부 기고도 해서 그런지 모르는 번호도 받는 것 같더라고요. <비하인드 24>인데 인터뷰 좀 할 수 있겠냐고 물어봤더니 어려울 것 같다고 얘기는 하는데, 말하는 투가 좀 걸려요."

"왜?"

"자기가 말하고 싶은 게 많은데 말을 못 한다, 이런 식으로 말하더라고요. 엄대진 때문이냐 물어보니까 가타부타 말은 안 하는데 아무래도 직접 가까이서 본 사람이니까……."

윤이 말끝을 흐렸다. 정언은 파티션 위에 턱을 괴며 잠깐 생각에 잠겼다. 만약 창묵과 직접 만나 보는 것이 가능하다면 지금 이상의 고급 정보를 획득할 것은 자명했다.

무조건 인터뷰는 안 하겠다고 나오는 것도 아니고, 말하고 싶은 게 많은데 말을 못 한다는 식으로 얘기했다면 무언가 두려워하고 있는 게 틀림없었다. 정언은 윤에게 말했다.

"그런 사람들은 계속 푸시 넣다 보면 응하게 돼 있는데. 일단 계속 연결해 봐. 한 번만 만나 보자고. 자기 일하던 데에도 정보 더 안 주는 이유 있을 거야."

"네."

윤의 대답을 들으며, 정언은 벽 쪽에 걸린 시계로 시선을 주었다. 평소 같으면 이미 출근하고도 남았을 민혜가 아직도 오지 않아서였다. 혹시 저게 고장이라도 났나 싶어 손목에 찬 시계를 한 번 더 내려다보았으나, 벽시계는 정확한 시각을 가리키고 있었다.

오늘은 늦나, 하고 생각하기 무섭게 핸드폰이 진동하기 시작했다. 민혜였다. 속을 읽었나 싶을 정도로 정확한 타이밍에, 정언은 얼른 전화를 받았다.

"어, 안 그래도 연락해 보려고 그랬는데 어떻게 알았어요?"

정언이 묻자 잠깐 사이를 두고 민혜의 목소리가 돌아왔다.

『정언, 나 오늘 회사 늦을 거 같아.』

정언은 바로 그 목소리가 묘하게 평소와 다르다는 걸 알아차렸다. 늘 발랄한 하이톤이 가라앉아, 누가 들어도 무슨 일이 있다는 걸 즉시 알 수 있을 정도였다. 남편과 대판 싸우고 나서도 이런 식으로 말하는 적이 없는 민혜였다. 뭔가 불길한 느낌이 엄습해, 정언은 바로 핸드폰을 고쳐 쥐었다.

"왜 그래요? 아파요?"

『아냐. 정언, 강 피디 지금 있어? 있으면 내가 전화한다고 얘기 좀 해줄래?』

"선배한테?"

『응.』

정언은 손끝으로 아랫입술을 문질렀다. 까슬거리는 감각이 스며들어 신경을 당겼다. 워킹맘인 민혜의 사정을 뻔히 아는 재희는 민혜가 언제 출근을 하든 퇴근을 하든 그다지 신경 쓰지 않았다. 그런데도 출근 한두 시간 늦는 걸로 굳이 재희와 통화를 하겠다는 게 이상했다.

정언은 다시 한 번 민혜에게 물었다.

"작가님, 진짜 괜찮아요?"

『금방 갈게.』

정언이 뭐라고 대답도 하기 전 전화가 끊어졌다. 핸드폰을 내려다보고 있던 정언은 미간을 좁히며 재희에게 말했다.

"선배, 송 작가님이 오늘 집에 일 있어서 좀 늦게 나오겠대요. 선배한테 전화하겠다는데."

"송 작가가 나한테?"

재희도 의아한 듯 물었다. 정언이 고개를 끄덕이자 재희가 왜 그러지, 하며 혼잣말처럼 중얼거렸다. 채 몇 분이 지나기도 전 재희가 자리에서 응 나야, 하고 전화를 받는 소리가 들렸다. 민혜인 모양이었다. 잠깐 핸드폰을 귀에 대고 말이 없던 재희가 자리에서 일어났다.

"응. 잠깐만. 듣고 있으니까 계속 얘기해 봐."

재희가 핸드폰을 든 채 사무실을 나갔다. 안에서는 할 수 없는 애기인가 하는 생각이 퍼뜩 지났다. 정언은 재희가 나간 문을 빤히 보았다. 때마침 출근하던 지혁이 문을 열고 들어오다 말고 정언과 눈이 마주쳐 화들짝 놀라며 가슴 부근을 부여잡았다.

"어우, 선배! 간 떨어질 뻔했어요!"

"내가 본다고 떨어질 간이면 우 피디는 간 백 개쯤 있어야 되는 거 아냐?"

지혁에게 농담처럼 내뱉으며 다시 자리에 앉은 정언은 팔짱을 끼며 의자에 등을 묻었다. 민혜의 가라앉은 목소리가 머릿속을 맴돌았다. 손에 든 핸드폰의 꺼진 액정 위로 자신의 얼굴이 비쳤다. 그 표정은 굳어 있었다. 뭔가 유쾌하지 않은 일이 벌어지고 있는 게 분명했다.

회의실에 앉아 핸드폰을 만지작거리던 윤은 문이 열리는 소리에 고개를 돌렸다. 파일 하나를 들고 들어온 정언이 탁자 위에 파일을 툭 던져 놓으며 윤의 맞은편에 앉았다.

"안심환경시민연대 분석 결과 들어온 거야. <뉴스라이트> TF에서 기본적인 팩트 체크는 이미 다 했대. 민주영 의원실에서 기존 자료 보내 주기로 했고, 민 의원님이 우리하고 인터뷰하겠다고 얘기하더라고. 오상근 교수님 팀 자문 붙일 거니까 일단 먼저 읽어 봐."

윤은 파일을 열었다. 이공계 출신은 아니었으나, 잘 정리된 그래프 덕에 유해 물질 수치가 기준치보다 훨씬 높게 나왔다는 건 쉽게 알아볼 수 있었다.

발암 물질인 포름알데히드 성분을 비롯한 대부분의 유해 물질과 중금속 수치가 기준치 이상이었으며, 확인할 수 있는 마감재나 바닥재의 경우 분양 시 제시한 제품과 전혀 다른 것이었다.

제조사나 브랜드를 속인 건 당연했다. 소음 감소를 위한 최소한의 두께나 인장 강도조차 확보되지 않은 저가 제품을 사용했다는 사실을 수치만으로도 어렵지 않게 확인할 수 있었다.

이 부분에 대해 입주민 조합에서 문제를 제기하자, 사측에서 자재 수급 문제를 이유로 시공 시 제시한 문서와 동질의 제품으로 변경했다는 답이 돌아왔다.

그러나 그것 역시 거짓말이었다. 당시 본래 문서에 기재된 제조사들에게 확인한 결과, 장원지구 건축 시기 제품 수급에 문제가 있었던 적은 단 한 번도 없었다는 것이었다.

게다가 건축한 지 채 십 년도 되지 않은 건물에서 균열이 일어나는가 하면, 균열부를 확인한 결과 시멘트 조성에서부터 확연한 문제가 드러난다는 의견이 기재되어 있었다.

"이게 일부 가구 조사한 결과예요?"

자료를 보던 윤의 물음에 정언이 고개를 까딱였다.

"응."

"영향을 미치는 다른 요인들을 감안해도 수치가 높은 거죠?"

"새 가구나 리모델링 같은 변인으로 발생 가능한 변수는 최대한 배제하고 낸 수치래. 변인이 없다면 더 심각할 수도 있지."

윤이 미간을 찌푸리며 고개를 들어 정언을 마주 보았다.

"샘플만 이 정도면 전수조사 하면 엄청나겠는데요."

정언은 턱을 괸 채 들고 있던 펜을 돌리며 대답했다.

"프리미엄 라인에서 원가 절감하려고 유해 자재 사용한 거 알려지면 보상액 천문학적으로 올라갈 거야. 그리고 작년 지진 이후로 경상도 지역에서 특히 내진설계 민감한데, 경상도 쪽 신도시 개발 때 서온건설이 수주 딴 거 많다고. 이것도 한선당하고 연관 있겠지. 내진설계 공법 제대로 적용 안 됐을 가능성 높아서 알려지면 재건축 요구 들어갈 수도 있어."

"신도시면 대부분 신축 건물일 텐데, 재건축이 가능해요?"

"현실적으로 안 돼. 내진설계 보강하거나, 이사 비용 전액 보전하고 추가 비용 보상하는 게 최선이야. 어느 쪽이든 서온건설은 회사 브랜드 가치 바닥으로 처박히는 거 감수해야지. 한선당도 신도시 지역 젊은 사람들 표 잃는 건 당연할 거고."

윤은 흠, 하며 생각에 잠겼다. 정언의 말대로 이 일이 공개된다면 서온건설과 한선당 모두가 타격을 피할 방법은 없었다. 그렇기에 양쪽에서도 필사적일 게 분명했다.

정언이 생각났다는 듯 윤에게 물었다.

"아, 천승욱하고 연결해 봤어? 뭐래?"

"직원이 일단 팀장님한테 전달하겠다고 얘기는 하더라고요. 연락처는 남겨 놨어요. 황정률 목사님 쪽은 시차 때문에 저녁때 통화하고 싶다고 했고요."

"알았어. 이것저것 챙길 거 많아서 정신없겠네."

무심한 듯 툭 뱉은 단어들의 온도가 평소보다 따뜻하다는 게 아마 착각은 아닐 터였다. 토요일의 일 때문일까. 윤은 속으로 그런 생각을 했으나 그것을 입 밖으로는 내지 않았다. 말해 봐야 정언이 펄쩍 뛰며 부정할 게 뻔한 탓이었다.

그리고 그러는 게 더 빤하고 귀여워 보인다고 한마디 덧붙였다가는 이 자리에서 멱살을 잡혀 끌려갈 것 같았다. 공연히 헛기침을 한 윤이 손목에 찬 시계를 보고는 말을 돌렸다.

"그런데 송 작가님 아직도 안 오신 거예요?"

"그런 거 같은데. 진짜 무슨 일 있나? 이런 적이 없었는데 왜 그러지?"

정언이 걱정스러운 표정을 했다. 윤 역시 자세한 사정은 알지 못했지만, 아침에 민혜에게 온 전화가 심상치 않다는 건 대충 눈치로 짐작하고 있었다.

그때 민혜가 한쪽 어깨에 가방을 멘 채 회의실 문을 열고 안으로 들어섰다.

"어, 작가님! 안 그래도 지금 걱정하고 있었는데……."

반색을 한 정언이 민혜를 보더니 말을 멈추고는 눈을 가늘게 떴다.

"뭐야, 얼굴 왜 그래요?"

윤 역시 반사적으로 민혜를 돌아보았다. 평소와 달리 생기라고는 찾아볼 수 없는 얼굴이 몹시 피곤해 보였다. 밤샘을 하고 왔다는 날도 저런 얼굴을 하는 건 본 적이 없었다. 두 사람의 표정이 순식간에 굳어지자 민혜가 손을 휘적이며 자리에 앉았다.

"아냐, 아냐. 이따 얘기할게. 허주경 사장 공판에서 나온 CCTV 영상 분석 결과 받았는데, 일단 이것 좀 볼래?"

민혜가 가방에서 프린트 뭉치와 노트북을 꺼냈다. 노트북을 연 민혜는 프린트 뭉치를 정언과 윤 사이로 밀어 두었다. 정언이 먼저 손을 뻗어 프린트를 집어 들었다. 경찰대 분석팀에 부탁한 결과지였다. 턱을 괴고 뚜껑을 닫은 펜 끝으로 줄을 그어가며 프린트를 읽던 정언이 곧 고개를 번쩍 들어 민혜를 보았다.

"이게 무슨 말이에요? 검찰 측이 영상 조작했다는 거예요?"

민혜는 자기 노트북 화면이 두 사람에게 보이도록 돌려놓았다. 모니터에는 사건 당일 주경이 혼자 운전했다는 증거라는 CCTV 화면을 캡처해 크게 확대한 사진이 떠 있었다. 민혜가 마우스로 조수석 쪽에 크게 원을 그렸다.

"영상 분석과에서 이거 확인했는데, 영상을 확대해 보면 픽셀을 만진 흔적이 있대. 신우령 교수님이 전화로 얘기하는데, 자기가 보기에는 거기 동승자가 보이는 부분을 지운 걸로 추측된다는 거야."

"있는 사람을 지워 버렸다고?"

"야간 CCTV 화면은 사실 전문가가 아니면 봤을 때 바로 형체를 파악하기 힘든 경우가 많잖아. 이거 보면 조수석이 거의 새까매. 공판 기록 보면 검사 측에서는 동승자가 없기 때문에 이렇게 그림자가 진 거라고 주장했다는데, 자기가 보기에는 그냥 동승자 부분을 지우고 거기를 적당히 까맣게 덮은 것 같대. 광원 방향 보면 조수석에 그런 식으로 명암이 생기는 건 말이 안 된다고 하시더라고."

윤은 몸을 조금 더 내밀어 노트북 화면을 뚫어지게 들여다보았다. 무채색의 픽셀이 이루는 흐릿한 형체는 본래 그 자리에 있었을 사람이 누군지를 감추고 있었다. 어둡게 수정된 픽셀 뒤로 숨겨진 진실은 무엇일까.

민혜가 얼굴을 찡그리며 이마 위를 긁적였다.

"그리고 이게 화질이 되게 떨어지는데 도로교통부 쪽에 한 번 확인해 봐래. 그 당시에 용인휴게소 인근 CCTV 전수 교체돼 있었던 걸로 알고 있다고. 교수님이 비슷한 시기에 분석했던 영상들하고 화질 차이가 너무 심하다는 거야."

심각한 얼굴로 민혜의 말을 듣고 있던 윤이 물었다.

"조작 흔적 없애려고 일부러 화질 떨어뜨려 구분 어렵게 했다는 거죠?"

"교수님 생각에는 그렇다고 본대요."

민혜의 대답에 정언이 어이없다는 투로 웃는 소리를 뱉었다.

"완전 미친놈들이네, 이거. 이 영상 증거로 제시할 때 전문가 증인으로 불렀을 거 아냐. 영상 분석 전문가로 나온 사람 누군지 알아요?"

"한국영상애널러시스라는 영상분석 업체 대표라는데, 이름은 이현교. 그런데 이 업체 정체를 모르겠어. 검색도 전혀 안 되고 우리 DB 뒤져 봐도 뉴스고 인물이고 걸리는 게 없어."

"실존 업체가 아닐 수도 있겠네?"

민혜가 고개를 끄덕였다.

"일단 내가 신 교수님하고, 법영상분석연구소 주 소장님한테 연락해서 물어봤는데 자기들은 모르는 사람이래. 한국에서 법영상 분석하는 사람들 빤한데 들어 본 적이 없다고 하더라고."

"증거도 가짜, 업체도 가짜. 그러면 그 이현교라는 사람도 아예 전문가가 아닌 거 아냐? 검찰이 증거 조작했다는 거 알려지면 뒷감당을 어떻게 하려고 그래? 공윤승한테 질의서 보낼 거라면서요? 이 내용도 포함돼요?"

"응. 일단 내용 대강 정리했어. 상생변 내부에서도 얘기 듣고 다 말도 안 된다는 반응이라고 그랬대."

"알았어요."

고개를 끄덕인 정언이 팔짱을 끼며 민혜를 빤히 보았다.

"근데 진짜 무슨 일 있었던 거예요?"

"강 피디 오면 얘기하자."

민혜의 목소리에는 한숨이 섞여 있었다. 별일 없다고 부정하는 것도 아니고 재희가 오면 얘기하겠다니, 무슨 일이 있기는 있는 모양이었다. 정언 역시 그 대답을 이상하다고 느꼈는지 민혜를 재차 다그쳤다.

"대체 뭔데 왜 선배 와야 얘기할 수 있는데요?"

이따가 이따가, 하고 민혜가 고개를 가로저었다. 때마침 회의실 문이 열리며 재희가 안으로 들어왔다. 문을 닫은 재희는 테이블 위에 걸터앉았다.

"왜들 표정이 그렇게 심각해?"

"송 작가님 무슨 일이길래 선배 와야 얘기하겠다고 그래요?"

정언이 따지듯 묻자 재희가 대답 대신 자기 핸드폰을 꺼내 만지작거리더니 탁자 위로 밀어 놓았다. 정언이 미간을 좁히며 물었다.

"이게 뭔데?"

"일단 봐."

뭔데 그래요, 하고 투덜거리며 재희의 핸드폰을 보기 무섭게 정언의 표정이 굳었다. 그 얼굴에 멈칫한 윤은 손을 뻗어 핸드폰을 자기 쪽으로 돌려 보았다. '발신번호 없음'으로 표시된 문자의 내용이 눈에 들어왔다.

ㅡ YBS 강재희 피디 19시 32분 보문동 민권당 황형두 접촉 22시 47분 해산

가슴이 덜컥 내려앉았다. 누군가 감시하고 있다는 것이 명백한 메시지였다. 이런 일이 있다고 듣기는 했어도 실제로 보는 건 처음이었다. 저도 모르게 고개를 번쩍 들어 재희를 쳐다보자,

재희가 눈썹 위를 긁적이며 입을 열었다.

"저번 주에 전 부장님하고 황 의원님 만났을 때 부장님 보내고 대리 부르려고 기다리는데 이런 걸 보냈더라고."

"사찰입니까?"

윤의 물음에 재희가 어깨를 으쓱해 보였다.

"수법 고전적이긴 하지."

재희는 태연해 보였으나 정작 열이 받은 건 정언 쪽이었다. 자리에서 벌떡 일어난 정언이 재희에게 삿대질을 했다.

"제정신이에요? 아니, 나 미치겠네. 나보고는 말 안 했다고 그렇게 펄펄 뛰던 사람이 이건 왜 며칠을 말을 안 해? 역지사지 안 돼요? 선배는 그래도 되고, 나는 안 되고?"

"그건 미안해. 그런데 일단 이게 이 일하고 관련이 있다는 확신이 없었어. 경선 코앞이고 하다 보니 내가 민권당 의원 만나는 데 민감해서 그럴 수 있다고 생각했는데……."

"그럴 수 있긴 뭐가 그럴 수 있어?"

정언이 끝까지 듣지도 않고 말을 자르자 재희가 진정하라는 손짓을 했다.

"그런데 아침에 송 작가한테 전화 받고 일이 이상하게 돌아간다는 생각이 든 거지."

"작가님은 또 뭔데요?"

정언이 민혜 쪽으로 고개를 휙 돌렸다. 아휴, 하고 한숨을 쉰 민혜가 헝클어진 머리를 풀어 다시 묶으며 입을 열었다.

"남편이 어제 회사에 일이 있어서 잠깐 출근했었거든. 이게 미리 정해진 스케줄이 아니었단 말이야. 그런데 남편 자리 번호로 어떤 남자한테 전화가 왔대. 전화 받자마자 갑자기 <비하인드

24> 송민혜 작가 남편 되시죠? 그러더라는 거야. 안 그래도 담작은 인간이 완전히 기절초풍을 해 가지고 누구시냐고 그러니까 그냥 끊어 버렸대. 그러자마자 남편이 나한테 전화해서 난리가 난 거지. 오늘 아침에도 나가지 말라고 그러는데 일단 출근해서 경찰에 신고하겠다고 하고 나왔어."

말을 잃은 윤은 민혜를 마주 보았다. 무서운 일을 당한 사람치고는 담담한 얼굴이었으나, 도리어 그 때문에 그간 이런 일이 얼마나 많았을까 새삼 느껴져 등줄기가 서늘해졌다. 정언이 진심으로 화가 난 얼굴을 하며 팔짱을 끼었다.

"황당하네. 이거 지금 우리랑 뭐하자는 건데? 어디까지 가나 해보자는 거야? 진짜 끝까지 가자고?"

"그쪽도 이판사판인 거지. 조창식이 갖고 있던 동영상도 그렇고, 송 작가한테까지 이런 식으로 나오는 거 보니까 아무래도 이거 계속하면 진짜 뭐 어떻게 할 생각인가 싶어."

재희가 약간 짜증이 묻어나는 투로 내뱉었다. 정언은 민혜에게 다시 시선을 주었다.

"어떻게 할 거예요? 지금이라도 빠질래요? 일단 누구 하나라도 안전해야 할 거 아냐."

그 말에 민혜가 별 웃긴 소리 다 듣겠다는 투로 대꾸했다.

"정언, 뭐라는 거야. 내가 여기 짬이 있어도 정언보다 더 있어. 이런 거 가지고 팀에서 빠지라고? 장난하니?"

곁에 있던 재희가 서둘러 민혜를 만류했다.

"이런 일 있었던 적은 없잖아. 송 작가 혼자면 모르겠는데 남편한테 전화 걸었다는 거 나도 좀 그래."

"뭐가 그래, 그렇긴. 진짜 협박할 생각 있었으면 나한테 남편 얘기했겠지, 남편한테 내 얘기를 해? 나보고 그만두라고 고사 지낼 생각인가 본데 그런 거라면 송민혜 잘못 봤어. 내가 이래 봬도 올해의 탐사보도상 작가상을 두 번이나 받은 사람이야. 내가 팀 빠지겠다고 이 얘기 했겠어? 나한테도 이러는 거 보면 더 한 짓도 하지 싶으니까 조심하라고 한 거지."

민혜가 답지 않게 정색했다. 그 얼굴을 물끄러미 보고 있던 재희가 턱을 괴며 고개를 절레절레 흔들었다.

"아무래도 다들 간이 너무 부었어."

"이게 다 강 피디 때문인데 그런 소리 듣기 싫거든?"

콧방귀를 뀌는 민혜를 본 재희가 기가 막힌다는 듯 되물었다.

"송 작가 간 부은 게 나 때문이라고?"

"그럼 누구 때문이니? 강재희 간 출납하는 인간들만 여기 남겨 놔서 그런 거 아냐."

"음, 일리는 있네."

만담 콤비처럼 재희는 짐짓 수긍하는 척 고개를 끄덕였다. 그 모양을 보고 있던 정언이 이마를 짚었다.

"이 사람들이 진짜, 지금 농담이 나와요? 신고는 했어요?"

"경찰 신고해 봤자 장난전화라고 생각할 거야. 수사 제대로 될지도 의문이고. 일단 황 의원님 쪽에 얘기는 했어. 자기가 비슷한 사례 있는지 알아보겠다고 하더라."

재희가 대신 대답하자 정언이 퍼뜩 생각난 듯 재차 물었다.

"전한동 부장님은? 셋이 같이 있었는데 선배만 그 문자 받았어요?"

"그런 것 같아. 부장님 TF 만든 거 극비니까 아직 모르는 거 아닐까 싶네."

"아, 진짜······."

한숨을 내쉰 정언이 얼굴을 감쌌다. 재희가 멍하니 앉아 있는 윤에게 눈을 돌리더니 씩 웃었다.

"그러면 이제 김 피디 혼자 남은 거야?"

"네?"

화들짝 놀라는 윤을 흘끔 본 정언이 재희에게 버럭 소리를 질렀다.

"무슨 끔찍한 소리를 하고 그래요, 미쳤어요?"

"농담이야, 농담."

"할 말이 있고 못 할 말이 있지!"

"김 피디한테는 너무 셌나?"

재희가 멋쩍게 물었다. 땅이 꺼지도록 한숨을 쉰 정언은 얼굴을 찌푸리며 민혜에게 말했다.

"내가 도로교통부 쪽 연락해서 당시 인근 CCTV하고 증거로 제출된 CCTV 교체 사실 있었는지, 기종 사양 어떻게 되는지 알아볼게요. 작가님은 당분간 출근 안 해도 돼요. 별일 없으면 그냥 집에 있어요."

정언의 말이 끝나기 무섭게 민혜가 팔짝 뛰었다.

"아우, 됐어. 집에 있으면 더 힘들어!"

"하여튼 어떻게 다들 이렇게 말을 안 듣냐, 진짜."

자포자기한 말투로 내뱉는 정언에게 민혜가 기가 막혀 죽겠다는 표정으로 손가락질을 했다.

"어머, 세상에. 여기 자기소개 하는 사람 왜 이렇게 많아?"

"우리가 이렇게 공감 능력이 없다. 서로 역지사지 하나도 안 되는 거 봐."

재희가 들으라는 듯 혀를 차자, 민혜가 눈을 흘기고는 말을 돌렸다.

"아무튼 지금 둘이 보던 거 안심환경시민연대 분석 결과지? 그거 나 아직 못 봤으니까 보고 좀 알려 줘. 이거 끝나면 김신옥 관련된 정보 있는지 좀 서치해 볼게. 채기원 개도 그렇고. 둘 다 조심 좀 하고."

"작가님이나 잘 해요, 작가님이나. 내가 제명에 못 죽어."

정언이 손을 내젓자 민혜가 자리에서 일어나며 의기양양하게 허리에 손을 짚었다.

"정언, 이제 내 심정 알겠어? 사람이 꼭 자기가 당해 봐야 안다니까."

"그만 좀 해요, 나 심각해."

"심각하지 말고 일하자고. 나 박 변호사님하고 여기서 만나서 질의문 최종 점검하기로 했으니까, 공문 보내는 대로 알려 줄게. 정언하고 김 피디도 수고해."

재희가 나가, 나가, 하며 민혜의 등을 떠밀어 함께 회의실을 나갔다. 회의실 문이 닫히자 정언이 손으로 얼굴을 두어 번 문질렀다. 답답해하고 있다는 건 쉽게 알 수 있었다.

잠시 침묵하던 윤이 조심스럽게 물었다.

"송 작가님 괜찮으신 거예요?"

"안 괜찮지. 남편 회사 출근하는 거 알아서 일부러 전화하는 거 보면 진짜 감시 붙인 모양인데."

"그럼……."

윤은 무심코 나오려던 말을 삼켰다. 재희와 정언, 민혜까지 감시의 대상이 됐다면 자신도 예외일 리 없었다. 순간 머릿속이 싸늘하게 가라앉았다. 일하고 있는 거의 모든 시간을 정언과 붙어 다니고 있다는 것을 자각한 탓이었다.

자신이 표적이 되는 건 상관없었지만 정언을 타깃으로 삼는 건 문제가 달랐다. 조창식의 핸드폰 속에 남아 있던 엄대진의 영상이 퍼뜩 떠올랐다. 취재를 계속한다면 정언을 다시 노릴 수도 있다는 생각이 들어 두려워졌다.

윤은 그런 속내를 들킬까 봐 서둘러 말을 돌렸다.

"아, 아무것도 아니에요. 저기, 우리가 가진 장부나 하청업체 제보 통해서 장원지구 공무원들하고 서온건설 커넥션 찾을 수 있겠죠?"

다행히 정언은 별 의심 없이 대답했다.

"그건 거의 확실하지, 뭐. 감리가 개입해서 허가 났을 테니까."

"조창식 동영상에서 엄대진이 진송신도시 공사 서두르자고 하던데 괜찮을까요?"

"일단 우리 방송 나가면 진송신도시 공사는 무조건 스톱이야. 분양권 가격 낮춰서라도 빨리 뿌리라는 거 보니까 일단 사람들이 매수하고 나면 방법 없다고 생각하는 거겠지."

"혹시 대선 전에 서온건설 분양 완료시키고 선거자금 당겨쓰려고 하는 건가?"

윤이 혼잣말처럼 중얼거리자 정언이 펜 끝을 탁자 위에 두드리며 고개를 끄덕였다.

"그럴 가능성도 높지. 국세청 내사 자료 입수하면 서온건설에서 페이퍼컴퍼니로 들어가는 돈 있는지도 확인할 수 있을 거야. 채기원 관련해서 좀 알아볼 테니까, 스케줄 관리 철저하게 해."

정언은 다시 프린트 위로 눈을 주었다. 그러나 무엇을 읽는 것처럼 보이지는 않았다. 윤은 한참이 지나도 종이 한 장 넘길 기미도 없는 정언을 가만히 보았다. 무슨 생각을 하는지, 정언은 두 손으로 이마를 감싼 채 종이 위의 어딘가에 시선을 고정하고 있었다.

"선배, 괜찮아요?"

윤이 묻자 정언이 퍼뜩 고개를 들어 윤을 마주 보았다. 그 눈동자가 흔들린 것처럼 보인 건 착각이었을까. 기껏해야 몇 초나 될까 싶은 침묵이 사이를 가로질렀다. 정언은 다시 시선을 내리며 나지막하게 대답했다.

"내 걱정 하지 마. 얘기했지, 본인 잘 지키라고."

그건 자신이 정언에게 하고 싶은 말이기도 했다. 그러나 윤은 그 말에 대꾸하는 대신 앞에 놓인 프린트로 시선을 돌렸다. 아무것도 눈에 들어오지 않았다. 빨간색과 파란색, 녹색, 노란색으로 표시된 그래프의 눈금들이 어지럽게 뒤섞였다.

윤은 잠시 눈을 감았다. 심장이 불안하게 움직였다.

정언은 민혜가 탁자 위에 올려놓은 종이를 보았다. 이면지 뒷면에는 연당건설, 남정건설, 남제선, 김신옥, 자회사, 채기원, ECOS 따위의 수많은 단어들이 아무렇게나 잔뜩 쓰여 있었다. 민혜가 빨간 펜으로 '연당건설'이라는 단어 위에 동그라미를 치며 입을 열었다.

"연당건설이라고, 남정건설 잘 나갈 때 라이벌 회사라고 해야 될까, 뭐 그런 회사였어. 당시 경북 지역 건설사 매출로는 남정하고 1, 2위. 물론 남정하고 규모 차이는 상당히 있었는데 어쨌든 중간층이 없었으니까. 그때 연당건설 사장이 김연덕인데 딸만 둘 있었다고. 남제선 부인인 김신옥이 장녀야. 동생은 김인옥인데 이십 대 초반에 병으로 죽었다고 하더라고."

"그러면 딸 하나만 남은 거예요?"

정언이 묻자 민혜가 고개를 끄덕였다.

"그렇지. 아무래도 시대 생각하면 김연덕이 딸한테 회사 물려주는 거 걱정됐던 것 같아. 그래서 남강웅 사장하고 얘기를 해서 정략결혼을 시켰다고."

"그러면 두 사람이 결혼하면서 남정건설이 연당건설을 인수합병한 건가?"

"어차피 딸한테는 못 물려줄 회사라고 생각했으니까 그럼 그냥 사위 주고 딸이나 편하게 살게 하자, 뭐 그런 생각도 있지 않았겠어? 방법이야 어쨌든 남제선이 사업 수완은 좋았으니까 결론적으로 친정 아빠 입장에서는 선택 잘 한 거지."

팔짱을 끼며 민혜의 이야기를 듣고 있던 정언은 이마 부근을 긁적였다.

"그러고 보니까 김신옥은 별 얘기 못 들어본 거 같긴 한데, 어떤 사람이래요?"

"그 바닥에서는 내조의 여왕으로 통한다던데. 그나마 서온건설 이미지 지키는 게 김신옥 덕분이라고. 앞에 나서서 막 뭘 하는 타입은 아닌데, 장학재단이나 기부재단 같은 거 만들어서 이미지 메이킹 하는 건 전부 김신옥 작품이래."

"남제선 성격 생각했을 때 김신옥도 보통 사람은 아니겠네."

정언은 혼잣말처럼 중얼거렸다. 불같은 성질머리에 하고 싶은

515

일은 반드시 해야 한다던 남제선에 대한 평을 생각하면, 부인이 제멋대로 하도록 내버려 둘 리가 만무한 탓이었다.

민혜가 고개를 끄덕이며 말을 이었다.

"음, 그렇지. 그리고 내가 알아보니까 좀 재밌는 게 있더라고. 김신옥이 당시에 투어나 호텔 이런 쪽 신사업에 관심이 있었던 거 같아. 연당하고 서온 합병할 때 자회사 하나를 분리한 게 있는데, 이게 지금 이코스(ECOS)라는 회사야. 비즈니스호텔 체인인데 한국에서는 별로 인지도가 없지만 유럽 진출을 일찍 해서 유럽 쪽에서는 나름대로 사업이 좀 되나 봐."

그건 뜻밖의 이야기였다. 김신옥이 남제선과 결혼할 때라면 최소한 이미 삼사십 년 가까이 된 일일 터였다.

먹고살기 바쁜 시절에 투어나 호텔 쪽으로 눈을 돌렸다는 건 놀라운 일이었다. 그 시절에 이미 그런 사업에 관심이 있어 일부러 자회사를 분리했다면 사업적 감각을 갖춘 사람인 건 틀림없었다.

"유럽 호텔 체인? 페이퍼컴퍼니 굳이 그리스에 만든 게 혹시 그거랑 관련 있나? 이코스 경영 담당하는 게 누군데요?"

"그게 김신옥 외가, 그러니까 김연덕한테는 처가지. 그쪽으로 간 거야."

"채기원이 김신옥 오촌 조카라고 했죠?"

"그렇지. 그런데 그냥 서치만 해 본 거라 이코스 경영에 채기원이 개입하고 있는 것까지는 모르겠어. 일단 뭐 기사만 보면 CEO 두고 경영하는 평범한 다국적 기업이거든."

"남제선, 김신옥, 채기원, 이렇게 되면 그림은 기가 막히게 딱 맞네."

펜 끝으로 종이 위에 적힌 이름을 하나씩 짚어 본 정언은 의자에 등을 기댔다.

"채기원이 강남하고 신사 쪽에 빌딩 몇 개 있는 임대업자라고 하던데, 일단 내가 등기부등본은 떼 봤거든요. 건물에 문제 있는 거 같지는 않더라고요. 세금도 정상적으로 낸 것 같고."

"탈세 이슈 같은 건 없어?"

"그건 이제 알아봐야죠. 빌딩이 큰 거라 세 든 사무실이나 상가만 해도 수십 개더라고. 옥외 대형 광고판 수입도 상당하다고 하고. 상속세나 취득세 뭐 이런 쪽에서 걸려 나올 거 있긴 할 텐데, 세무사 끼고 절세했다 하면 넘어갈 이슈 같기도 하고. 탈세 심각하게 했으면 서온 게이트 취재할 때 한 번은 걸려 나오지 않았겠어요? 전 부장님이 그런 거 놓칠 리가 없는데."

그건 그렇지, 하고 민혜가 턱을 괴며 정언의 말을 수긍했다. 가지고 온 커피를 몇 모금 홀짝이던 민혜가 정언에게 물었다.

"<데일리시사>에서 SO 컴퍼니 관련 정보 줬다고 하지 않았어? 그건 뭔데?"

"그리스가 택스 리조트 지역인 건 알죠? SO 컴퍼니가 대체 에너지 연구하는 회사로 돼 있는데, 거기서 조세감면 받을 수 있는 업종이라 그런 거 같아요.22) 혜택 제일 큰 지역인 레스보스

---

22) 그리스는 외국인의 그리스 투자 시 각 지방 정부로부터 현금지원정책, 조세감면 등 다양한 인센티브를 제공하고 있다. 해당 투자유치법은 1차 산업(온실산업, 축산업, 수산업 등), 2차 산업(제조업, 에너지 사업 등), 3차 산업(관광 산업, 리조트 산업, 기타 서비스 산업 등)에 모두 적용된다. 그리스의 투자 지역은 권역별로 A, B, C 지역으로 구분되는데, 동부 마케도니아와 트라키아, 에피루스, 북부 에게, 펠로폰네소스, 서부 그리스 지역이 포함되

에 설립했고 직원은 다섯 명으로 기재돼 있대요. 대표는 크리스티안 채, 그러니까 채기원. 두 명은 현지인이고 나머지는 한국인인 것 같은데 신원은 확인 안 됐고. 그런데 회사 주소로 가 보니까 포 패커스(For Packers)라는 게스트하우스 체인 사무실이더라 그거야. 당연히 SO 컴퍼니랑은 아무 상관도 없고."

"포 패커스? 어디서 들어 본 것 같은데."

고개를 갸웃하던 민혜가 잠깐만, 하고는 자기 핸드폰으로 무언가를 검색했다. 잠깐 스크롤을 내려가며 뭔가를 찾던 민혜가 정언에게 핸드폰 화면을 보여 주었다.

"어, 맞네. 이거 봐. 몇 년 전부터 이코스에서 저가 숙박 사업부 신설하면서 몇 군데서 시범 운영하고 있는 데래."

인터넷 기사의 제목이었다. '글로벌 비즈니스호텔 체인 이코스, 게스트하우스 사업부 신설'.

클릭해 보자 이코스에서 '포 패커스'라는 게스트하우스 브랜드를 론칭하고 유럽 7개국에서 시범적으로 운영하기 시작했다는 내용이 눈에 들어왔다.

정언은 자기 다이어리에 '이코스', '포 패커스' 따위의 단어들을 휘갈겨 적으며 말했다.

"그러면 뭐 현지 페이퍼컴퍼니 설립에 이코스가 관여하는 건 확실하네. 인적 도움이든 물적 도움이든 뭔가 받고 있겠지. <데일리시사> 쪽에서 채기원 만나 보려고 몇 번 컨택했다는데, 한

는 C 지역이 일반적으로 현금 지급, 임대료 및 임금 지원 비율이 가장 큰 지역이다. 레스보스는 C 지역인 북부 에게 주에 해당한다.(KOTRA 국가정보 그리스, '그리스의 주요 투자법 내용' 참조.)

반 년쯤 전부터 계속 해외 돌아다니고 있대요."

"거기서 붙은 거 알고 한국 안 들어오나?"

"그런 거 같죠? 아, 평진에 질의서 보낸 건 어떻게 됐어요?"

화제를 돌리자 민혜가 생각만 해도 뒷목이 뻣뻣해지는 듯 목덜미를 부여잡으며 얼굴을 찡그렸다.

"비서가 전달하겠다고 답변 왔어. 박 변호사님이 이거 상생변이나 민변 쪽에 도움 요청해서 재심받을 수 있는지 알아보겠다고 하시더라고. 변호사가 이렇게 최소한의 의무조차 이행 안 한다는 건 같은 변호사로서 용납이 안 된대. 그리고 박 변호사님이 들은 얘기라는데 검찰 내부에서도 신환석 라인에 치를 떠는 사람들이 제법 되나 봐."

"아무래도 뭐, 굳이 정의감 때문에 그런 게 아니더라도 검찰 내부에 라인이 그거 하나는 아닐 테니까."

"그렇지. 신환석 라인 아니면 지금 위로 올라갈 수가 없다는 거야. 그리고 평검사들이 아무리 자정하자고 해도 윗대가리가 싹 신환석 라인이니까, 바른말 하는 사람들은 좌천 아니면 승진은 꿈도 못 꾸지. 지금 이정수 진형은 검사가 못 그만두는 것도 윗선에서 니들은 변호사 개업해도 절대 수임 못 하게 하겠다 그래서 그런다던데."

못 견뎌서 변호사 개업하겠다는 사람에게 수임을 막겠다는 협박을 하는 건 누가 봐도 너무 지나친 처사였다. 정언은 고개를 절레절레 저으며 내뱉었다.

"아주 세심하게 치사하네."

"그러니까 나 같은 변방의 인물까지 친절하게 사찰하잖니. 강재희, 서정언도 아니고 송민혜를 사찰하다니, 나 거물 된 거 같아서 완전 기분 째진다?"

기분 째지는 것과는 백만 광년쯤 떨어진 표정으로 말하는 민혜에게 정언이 눈을 흘겼다.

"째지긴 뭐가 째져요, 작가님도 진짜……."

"내가 남 말 하지 말랬지? 그나저나 그러면 김 피디도 안전하지가 않겠네. 정언, 강 피디, 나, 그러면 다음 차례는 김 피디일 거 아냐. 아무리 남자라도 이런 일 처음 겪으면 다 멘탈 나가는데. 예전에 호형이 처음 협박 전화 받고 울고불고 난리쳤던 거 생각나?"

<비하인드 24>의 피디들이라면 누구나 한 번쯤은 거쳐 가는 통과의례였다. 가장 선배인 찬수만 해도 처음 한밤중에 죽여 버린다는 전화를 받고서는 무서워서 며칠 동안 잠을 못 잘 정도였다고 했다. 예준이나 석현, 철진 같은 선배들도 상황은 다르지 않았다.

호형은 심지어 음성 변조 프로그램으로 걸려 온 협박 전화를 받고 무서워 죽겠다며 팀을 나가게 해 달라고 울면서 빈 적도 있었다. 지금이야 웃으면서 하는 얘기지만, 재희나 정언 같은 강심장들도 면역이 생기기 전까지는 그런 일을 당할 때마다 신경이 쓰인 건 당연했다.

"안 피디 그 얘기하면 쪽팔려서 죽으려고 하잖아요."

정언의 말에 민혜가 배를 잡고 웃었다. 그 일로 호형은 몇 년을 두고 생각날 때마다 놀림을 받고 있었다. 그 얘기만 꺼내면 얼굴이 시뻘개져서 하지 마, 하고 팔팔 뛰는 바람에 사람들이 더 자주 놀린다는 걸 호형 본인만 몰라서 더 좋은 놀림거리였다.

한참 웃던 민혜가 턱을 괴며 걱정스럽다는 표정을 했다.

"안 그래도 김 피디 잘 울잖아. 당하면 대성통곡 안 할지 모르겠다."

강재희한테 서정언 여자로 생각한 적 없냐고 묻는 강심장이 대성통곡은 무슨, 하는 말이 목까지 나왔으나 정언은 물론 그 말을 입 밖으로 뱉지 않을 정도의 이성은 있었다. 정언이 미간을 문지르며 한숨 섞인 목소리로 내뱉었다.

"눈물이 많아서 그렇지 겁 많은 건 아니라니까. 애초에 이사진까서 여기 온 거 보면 몰라요?"

"하긴 그러네."

민혜가 고개를 주억거렸다. 벽에 걸린 시계를 보자 이미 저녁 시간이었다. 하루 잘 간다, 하고 중얼거린 정언은 다시 민혜에게 눈을 돌렸다.

"저녁 안 먹어요?"

"교양국 장서라가 저녁 같이 먹자고 그래서. 정언은?"

되물은 민혜가 자리에서 일어나 발돋움을 했다. 회의실 창 너머로 전화를 받으며 연신 무언가를 메모하는 윤의 뒷모습이 보였다.

"김 피디 통화 오래 하네. 애기가 긴가? 둘이 먹을 거지?"

민혜가 고개를 갸웃하며 정언을 보았다.

"아니, 뭐…… 모르겠네. 알아서 먹을게요. 갔다 와요."

어정쩡하게 말을 얼버무린 정언이 민혜에게 어서 가라는 손짓을 했다. 민혜는 아무 의심 없이 자료를 챙겨 이따 봐, 하고 회의실을 나갔다.

정언은 텅 빈 회의실에 앉아 잠시 고개를 뒤로 젖혔다. 창백한 형광등 빛이 얼굴 위로 쏟아져, 정언은 손을 올려 눈가를 가렸다. 금방이라도 닿을 것 같았던 목표물이 아무리 달려도 점점 멀어지는 기분이 처음은 아니었지만, 느낄 때마다 썩 유쾌하진 않았다.

"선배."

회의실 문을 열며 윤이 고개를 들이밀었다. 그 목소리에 정언은 퍼뜩 자세를 고쳐 앉으며 뒤를 돌아보았다.

"아, 응. 통화 끝났어?"

네, 하고 대답한 윤이 자연스럽게 정언의 옆자리에 앉았다. 본인은 별 의식 없이 하는 행동인 것 같았으나 정작 신경이 쓰이는 쪽은 정언이었다.

정언은 최대한 티가 덜 나게 윤에게서 조금 떨어져 앉았다. 흘끔 본 윤이 픽 웃는 것 같았으나 착각인지 아닌지 확실하지 않았다. 윤은 아무렇지도 않게 손에 들고 있던 메모 내용을 정언 쪽으로 밀어 놓았다.

"이게 좀 걸리는 게 많은데요."

"왜?"

윤이 메모 위를 펜 끝으로 가리켰다. 그러자 제이스 클리닉(J's Clinic)이라고 적힌 글자가 눈에 들어왔다.

"김회영 원장이 일하는 데가 제이스 클리닉이라는 한인 병원인데, 여기 원장 이름이 조석문이래요. 이 사람도 이민 온 지 몇년 됐는데…… 김정환 교수님이 이훈주 씨 부검 결과 보내 주셨던 거 있잖아요. 거기서 사망 판정 내린 의사 이름도 조석문이더라고요."

정언은 눈썹을 찌푸렸다. 이런 식으로 엮여 있을 줄은 미처 생각하지 못한 탓이었다.

"동일 인물이야?"

"아직 확실하진 않은데 이게 흔한 이름은 아니잖아요. 신고 받고 119 출동해서 이송한 데가 경문대학교 부속병원 응급센터였는데, 외과 과장 조석문이 사망 판정 내렸다고 돼 있어요."

"부검 결과 자체는 추락사 소견 확실하지 않아?"

"그렇긴 한데……."

윤이 말끝을 흐렸다. 물론 정언 역시 윤이 무엇을 의심하는지 충분히 짐작하고 있었다. 그 조석문이 캐나다의 조석문과 동일인이라면, 그는 이훈주 과장이 죽지 않았을 경우의 보험일지도 몰랐다.

추락한 지점과 가장 가까운 곳의 병원, 119가 출동하는 응급실이 어디인지 아는 건 어렵지 않았다. 애초에 거기로 이송되도록 장소를 세팅했던 건 아닐까. 이훈주 과장을 확실하게 죽일 수 있도록 준비된 두 번째 도구. 응급 환자에 대한 의사의 의무를 제대로 이행하지 않는 것만으로도 간접적 살인은 충분히 가능했다.

재희가 들었다면 당연히 소설 쓰지 말라고 할 게 분명했지만, 정언도 아무 때나 심증을 갖는 건 아니었다. 가설을 세워야만 증명할 것도 있기 마련이었다. 잠시 입가를 만지작거리며 생각에 잠겨 있던 정언은 윤에게 말했다.

"김정환 교수님한테 연락해 봐. 이 건 다시 한 번 살펴보고 싶다고. 담당 119 직원하고 이송 기록 확인하면 이송 당시에 어떤 상태였는지 확실히 알 수 있을 거야. 둘이 동일인물인지도 체크해 보고. 그리고 또?"

"교민 사회에서는 조석문 원장이 한선당 국회의원들하고 잘 안다는 거 정설이래요. 한선당 의원 애들이 방학에 연수 오거나 하면 조석문 원장 집에서 홈스테이 하는 경우도 많고요. 한인회 회장도 한 이삼 년 했다는데, 한인 상가 쪽에서 커미션 받고 한인회 행사 잡아 주고 그러다 걸려서 그만뒀다고 하더라고요."

"한인회 회장 할 정도면 그쪽은 교민 사회 활동 활발하게 하는 건데?"

고개를 끄덕인 윤이 목소리를 낮췄다.

"그런데 김회영 원장 채용한 후로는 그쪽도 한인회 활동 딱 끊었다는데요. 무슨 이유 있는 거 같아요."

"게이트 터진 뒤니까 혹시 지금처럼 꼬투리 잡힐까 봐 몸 사리라고 한 걸 수도 있겠네."

정언이 대답하기 무섭게 탁자 위에서 핸드폰이 진동하기 시작했다. 누구지, 하며 손을 뻗어 액정을 확인하자 노이섭이라는 이름이 눈에 들어왔다.

"잠깐만, 전화 좀."

손가락을 하나 들어 보인 정언은 바로 전화를 받았다.

"네, <비하인드 24> 서정언입니다."

『피디님, 저 노이섭입니다.』

낯익은 목소리가 돌아오자 정언은 눈을 약간 가늘게 떴다. 이섭의 말투가 뭔가 불안하게 느껴져서였다. 정언은 핸드폰을 고쳐 쥐었다.

"네, 팀장님. 말씀하세요."

『그게, 일단 지난번에 보내 주신 파일 있잖습니까. 음성 분석 때문에 주신 거요. 그건 일단 조창식 핸드폰 녹취 파일에서 통화하던 상대방하고 성문(聲紋)이 동일하다는 결과가 왔어요.』

"손경일이 맞다는 거죠?"

『그렇죠.』

대답한 이섭은 잠시 말이 없었다. 핸드폰 너머에서도 느껴질 정도의 기묘한 침묵이었다. 뭔가 있다는 예감이 번뜩 뇌리를 스쳤다.

"혹시 용의자들 신원은 확보하셨나요?"

『그게 저, 조금 전에…… 양양에 강현면이라고, 거기 저수지에서 동네 주민들이 김성학 명의로 렌트된 차가 침수된 걸 보고 신고가 들어왔답니다.』

불길한 감각이 갑자기 머리 위에서 떨어진 물방울처럼 빠르게 달려 내려갔다. 정언은 저도 모르게 자리에서 일어났다. 그와 거의 동시에 망설이는 듯 사이를 두었던 이섭이 말을 이었다.

『그 차 안에서 김성학하고 장영관으로 추정되는 남자 두 사람이 사망한 상태로 발견됐어요. 일단 그쪽에서 신원 확인 중이라고 들었습니다.』

"타살인가요? 익사입니까?"

핸드폰을 쥔 손에 힘이 들어갔다. 타살이니 익사니 하는 말에 놀랐는지, 메모한 종이 위에 눈을 두고 있던 윤이 멈칫하며 정언을 쳐다보았다.

『현장 감식해 봐야 알 것 같습니다. 저희도 방금 연락받은 거라서요. 사건 넘어오면 또 말씀드리겠습니다.』

이섭의 말투에는 허탈한 한숨 같은 것이 섞여 있었다. 정언은 마르는 입술을 축이며 인사를 건넸다.

"아, 네. 연락 주셔서 감사합니다."

네, 하며 전화가 끊어졌다. 정언은 선 채로 핸드폰 액정을 내려다보았다. 표정이 좋지 않았는지, 윤이 조심스럽게 물었다.

"왜 그러세요?"

정언은 찌푸려진 미간을 손가락 마디 끝으로 꾹 누르며 대답했다.

"김성학하고 장영관이 강원도 양양 저수지에서 발견됐대."

"거기서 잡힌 거예요?"

용의자를 발견했다면 당연히 좋아해야 할 일인데, 정언이 영 그런 기색이 아니라 무슨 일이 벌어졌다는 걸 눈치챈 듯했다. 정언은 고개를 가로저었다.

"아니. 차 안에서 죽어 있었다는데."

윤이 놀란 표정으로 정언을 올려다보았다. 정언은 팔짱을 낀 채 회의실 안을 초조하게 걸어 다녔다. 왕복 몇 걸음이면 끝나는 공간이었으나 가만히 있을 수가 없었다. 말을 잃은 듯 눈을 깜빡이던 윤이 심각한 얼굴을 했다.

"자살일까요? 그런데 렌트카까지 빌려서 도주하다가 자살할 이유가 있나?"

"손경일이 제거했을 수도 있지. 수배가 됐으면 잡히는 즉시 짐이라고 생각했을 거야. 만에 하나 사주 받은 거라고 불어 버리면 곤란해질 테니까."

말을 하는 동안 멈춰 있던 머리가 돌아가기 시작했다. 이런 죽음이 자살일 리 없었다. 한 사람도 아니고 두 사람, 더구나 차 안에서 익사…… 결코 일반적인 방식은 아니었다. 이런 일에 익숙한 자들이 죄책감이나 압박감으로 자살을 쉽게 택할 거라는 생각은 들지 않았다.

정언이 회의실 안을 서성거리는 동안 침묵하고 있던 윤이 입을 열었다.

"경일용역 규모가 얼마나 되는지 몰라도 그런 식으로 조직원 제거하는 게 장기적으로 좋은 생각 같진 않은데요."

"그러니까. 사람 이런 식으로 쓰고 버리는 거 조직에 치명적일 텐데. 더구나 오른팔인 조창식까지 죽였는데, 그거 사주 받은 애들까지 죽였다? 그러면 누가 위에서 시키는 일 하려고 하겠어. 반드시 탈주하는 사람 나온다고. 손경일도 그거 모르진 않을 텐데, 윗선 지시 받아서 그랬을 가능성도 있고. 누가 지시했든 이거 완전 생각 잘못한 거야."

"그러면 선배 오피스텔 찾아왔던 이원욱도 제거될 가능성 있는 거 아니에요?"

"그럴 수도 있지."

대답한 정언은 문득 형원과 나누었던 대화를 떠올렸다. 최창묵에 대해 이야기할 때, 형원은 그런 말을 한 적이 있었다.

「사람이라는 게 엄대진한테는 언제든 갈아 끼울 수 있는 부품입니다.」

정언은 머릿속으로 보다 근원적인 질문에 이르렀다. 그는 얼마나 오랜 시간을 그렇게 수많은 부품을 교체하며 거기까지 도달한 것일까. 그에게 버려진 그 수많은 부품들은 모두 어떻게 되었을까.

그러나 인간은 공장에서 찍어 내는 나사나 볼트, 베어링 따위가 아니었다. 언제까지 그의 뜻대로 모든 사람을 움직일 수 있다는 건 분명히 자만이었다.

양심, 죄책감, 두려움, 살고자 하는 욕망. 부품이 아닌 인간이기에 가질 수 있는 그런 요소들이 반드시 엄대진의 발목을 잡는 덫이 된다는 확신은 필연적이었다.

"그쪽에서 죽이기 전에 이원욱 찾아야 되는 거 아니에요?"

생각에 빠져 있던 정언은 윤의 목소리에 퍼뜩 현실로 돌아왔다. 윤이 심각한 얼굴로 정언에게 물었다.

"지금 이 사건 제보 받는다고 내보내면 안 될까요? 이원욱이 도주 중이면 이 일 모를 가능성 높잖아요. 이 일 알면 마음 바뀔 수도 있고."

나쁜 아이디어는 아니었다. 윤의 말대로, 이원욱이 이 사실을 안다면 자신의 미래가 어떻게 될지 뻔히 예측할 수 있을 것이다. 정언은 약한 두통이 시작되는 관자놀이 부근을 누르며 말했다.

"선배랑 얘기해 볼게. 천승욱은 아직 연락 없었지?"

"네."

정언은 창가를 보고 섰다. 어스름에서 짙은 어둠으로 내려앉는 그러데이션이 도시 위를 덮고 있었다. 희미한 저녁 안개 탓에 먼 곳의 불빛들은 흐리게 번졌다. 불야성 사이로 속속들이 스미는 암흑은 화려한 빛에 대비되어 더욱 짙었다.

진실은 언제나 심연 속에 있다…… 심연이 세상의 일부인 것일까, 세상이 심연의 일부인 것일까. 답을 구할 수 없는 질문은 정언의 오랜 화두였다. 몇 분쯤, 어쩌면 그보다 더 길지도 모르는 정적이 지났다. 등 뒤에서 윤의 목소리가 날아들었다.

"선배, 저녁 안 드세요?"

"입맛 없어. 김 피디 나가서 먹고 오든지. 밖에 우 피디나 뭐 누구 없어?"

정언이 창가에 눈을 고정한 채 대꾸하자 윤이 에이, 하며 서운하다는 투로 말했다.

"선배가 안 드시는데 제가 어떻게 먹어요."

정언은 그 말에 뒤를 돌아보며 눈을 가늘게 떴다.

"안 그래도 머리 아파 죽겠는데 더 아프게 만들래?"

"그러니까 입맛 없어도 조금만 드세요."

자리에서 일어난 윤이 가까이 다가와 정언의 팔을 잡았다. 김 피디, 하고 불렀으나 그다지 소용은 없었다.

"가요, 선배. 네? 가서 조금만 드시면 되잖아요."

산책 나가자는 강아지처럼 잡아끄는 통에 결국 윤과 함께 사무실을 나선 정언은 속으로 또 당한 기분인데, 하고 중얼거렸다. 물론 기분만 그런 게 아니라는 건 스스로도 잘 아는 사실이었다.

남의 속을 아는지 모르는지, 엘리베이터에 타서 1층 버튼을 누른 윤은 문이 닫히기 무섭게 생각났다는 듯 정언을 내려다보았다.

"아, 이따 퇴근하실 때 저랑 같이 가요. 데려다 드릴게요."

"둘이 있으면 뭐 대단히 안전할 거 같아서?"

한숨 섞인 투로 되묻자 윤이 씩 웃으며 대답했다.

"선배랑 십 분이라도 더 같이 있으려고 그러는 건데요."

역시나 한 번을 그냥 넘어가는 법이 없었다. 재희가 매번 한 번을 안 지려고 하냐고 투덜거릴 때마다 선배가 후배한테 이겨 먹어야 속이 시원하겠냐고 다그치던 걸 이런 식으로 돌려받을 줄은 단 한 번도 상상한 적 없었다.

착하게 살 걸 그랬다고 뒤늦은 후회가 밀려들었다. 물론 이제 와서는 부질없는 생각이었다. 속수무책으로 윤에게 이끌려 로비를 나서며, 정언은 뜨거워진 귀 끝을 만지작거렸다.

32

"야, 강재희!"

새벽녘에야 잠깐 잠들었던 것 같은데, 숙직실 문을 열며 자신을 찾는 목소리에 재희는 즉시 얕은 잠에서 끌려 올라왔다. 물에 빠진 듯 무거운 머리를 감싸며 부스스 몸을 일으키기 무섭게 누군가 양어깨를 움켜쥐어 흔들었다. 어두운 숙직실에서 들이치는 복도의 빛에 재희는 얼굴을 찡그리며 손을 휘적였다.

"잠깐만, 잠깐만. 머리 울려요."

비몽사몽인 상태에서 눈을 몇 번 깜박이자 흐려졌던 시야가 돌아왔다. 눈가를 손끝으로 비비자 희미하게 낯익은 윤곽이 어른거렸다. 충민이었다. 잘 떠지지 않는 눈을 억지로 들어 올리며 고개를 두어 번 흔든 재희는 몸을 바로 일으켰다.

"어, 선배. 지금 몇 시예요? 나 많이 잤나?"

잠긴 목소리로 묻자 충민이 다급하게 다그쳤다.

"많이 잤을 리가 있냐? 지금 그게 문제가 아니고, 너 시보국 3부 CP로 최영직 발령 난 거 봤어?"

그 말은 귀에 바로 들어오지 않았다. 단어들이 웅웅거리며 머릿속에서 잡히지 않고 멀리서 떠돌았다. 아무래도 선잠에서 막 깨어난 탓인 듯했다. 재희는 한쪽 머리를 감싸며 다시 물었다.

"뭐가 어떻게 됐다고요?"

충민이 어휴, 하며 답답하다는 표정으로 가슴을 치더니 버럭 소리를 질렀다.

"너네 CP 새로 발령 났다고, 인마! 뭐 얘기 들은 거 있었어?"

"아, 네. 국장님이랑 얘기할 때 이사회에서 그렇게 하겠다더라 그러시긴 하던데……."

거의 기계적으로 대답하던 재희는 순간 정신을 번쩍 차렸다. 찬물을 맞은 것처럼 순식간에 의식이 명료해졌다. 재희는 고개를 번쩍 들어 충민을 올려다보았다.

"지금 발령이 났다고요?"

충민이 어이없어하며 재희의 어깨를 툭 쳤다.

"뭘 들었어, 이게. 잠 덜 깼냐? 빨리 세수하고 와, 이 새끼야."

"아니, 나 정신 들었어요. 누구? 최영직?"

낯선 이름은 아니었다. 최영직이라면 사회부 기자 출신으로 현재 미디어기획센터 기획실 실장을 맡고 있는 인물이었다. 정 언의 아버지인 서현국 기자와 함께 명콤비로 이름났던 기자였다. 그러나 기자직을 그만두고 관리직으로 옮긴 지 오래라, 재희도 직접 그를 만나 본 일은 없었다.

"미디어기획센터는 어쩌고 여기 CP로 발령을 냈대요? 그거 좌천급 인사 아닌가?"

지끈거리는 머리를 두어 번 흔들며 침대에 걸터앉은 채 문자 충민이 얼굴을 찌푸리며 관자놀이 부근을 긁적였다.

"겸직으로 처리한 것 같아. 사규에서 불가능하다고 돼 있지는 않으니까. 근데 이 새끼들이 무슨 생각인지를 모르겠어. 그 사람 보통내기 아닌데 그런 사람을 왜 하필 거기다가 CP로 붙이려고 들지?"

충민은 정말 모르겠다는 투였다. 아무렇게나 뻗친 머리를 만지작거리며 잠시 생각에 잠겨 있던 재희는 미간을 좁혔다.

"실무 떠난 지 오래된 사람이잖아요. 선배가 마지막으로 본 게 언젠데요?"

충민이 기억을 더듬다 대답했다.

"뭐 한 십 년도 훨씬 넘었지."

"선배가 생각하는 그런 사람 아닐 수도 있지, 그럼."

재희의 말에 충민이 반신반의하는 얼굴을 했다.

"에이, 그래도 최영직 하면 딱 그런 게 있는데……."

"백 국장님이나 전한동 부장님 같은 분 안 흔한 거 선배도 잘 알면서 왜 그래요."

그 말의 함의를 충민 역시 잘 알고 있을 터였다. 변절하는 건 언제나 쉬웠다. 어제 함께 신념을 지키자고 약속한 동료가 오늘은 그렇게 멍청한 짓 아직도 하느냐고 훈계하는 건 이미 하루이틀 벌어지는 일이 아니었다.

할 말을 잃고 있던 충민이 머리를 벅벅 긁었다.

"아 씨발, 진짜 이게 뭐냐. 감을 못 잡겠네."

"두고 보죠. 무슨 꿍꿍이인지 서로 뚜껑 까기 전에는 모르는 거니까."

재희의 차분한 대답에 충민이 한숨처럼 내뱉었다.

"속 편해서 좋겠다, 인마."

"제가 편하고 싶어서 편합니까. 우리 팀 일이니까 일단 제가 알아서 할게요. 새벽부터 열 내지 말고 선배도 가서 더 쉬어요."

대꾸하며 침대에서 일어난 재희는 기지개를 켰다. 충민의 드넓은 등짝을 떠밀어 보낸 재희는 샤워실에서 대강 물을 뒤집어쓰고 나와 옷을 갈아입었다. 젖은 머리를 털며 무심코 거울로 시선을 주자, 짙은 피로감 어린 얼굴이 어쩐지 낯설게 비쳤다.

세면대를 짚으며 긴 한숨을 쉬자 서늘한 입김이 흩어졌다. 지끈거리는 머리를 두어 번 흔들며 얼굴을 대강 닦은 재희는 사무실로 올라왔다. 사무실 앞 시사보도국 게시판에 인사이동 공고문이 붙어 있는 것이 눈에 들어왔다.

인사발령 공고, 부서 변경 인사발령, 하기와 같이 인사발령 되었음을 통보함, 성명 최영직, 보직 CP, 부서 변동사항, 미디어기획센터▷시사보도국 3부.

사무적인 글자들은 선명했다. 한동안 그 앞에 서서 공고문을 뚫어지게 보던 재희가 사무실로 들어서자, 이미 와 있던 피디들이 일제히 재희 쪽을 쳐다보았다. 재희가 자리에 앉기 무섭게 불안한 얼굴로 눈알을 굴리던 호형이 먼저 물었다.

"공고문 보셨어요? 혹시 잘 아는 분이에요?"

"시보국 최영직 기자 하면 그래도 알아주긴 했는데…… 실무 떠난 지 오래된 사람이라 내가 가타부타 말을 못 하겠어. 미디어기획센터 쪽에서는 별 존재감이 없었는지 딱히 무슨 얘기 들은 게 없어서. 오기 전에 이충민 선배 만났는데 선배도 현장 뛸 때 보고 그 이후로는 모르겠다고 하더라고."

심각한 표정을 한 찬수가 그 말을 듣고 있다가 끼어들었다.

"사회부 서현국 기자 직속이었다며. 자기가 본 게 있는데 설마 우리한테 뭐 어떻게 하기야 하겠어? 다들 여기 CP 안 하려고 그

533

래서 보낸 거 아닌가? 센터 쪽에 아는 사람 있어서 물어보니까 거기 기획실 실장하고 겸직으로 갖다 놓은 거 같다던데."

호형의 책상에 걸터앉아 초콜릿 바를 우적거리던 예준이 그 말에 코웃음을 쳤다.

"어차피 폐지할 프로그램 뭐가 겁나서요. 길어야 두 달이나 갈까 싶은데, 그사이에 우리 눈치 보겠다고 그런 사람 가져다 놓는다고? 백 퍼센트 이유 있겠지. 예전엔 멀쩡했다가 맛 간 사람 한두 번 보는 것도 아니고. 심석건도 백선경 국장님 현역일 때 직속이었던 거 몰라요?"

석건의 이름을 듣기 무섭게 찬수가 침울해졌다. 하긴, 하고 중얼거리는 찬수의 얼굴에 혀를 차던 재희는 문이 열리는 기척에 뒤를 돌아보았다. 아침부터 미묘하게 구겨진 정언의 얼굴이 눈에 들어왔다.

"어, 서 피디."

손을 들어 인사를 건네자 정언은 본체만체하며 턱짓으로 문밖을 가리켰다.

"저 공고문 뭐예요?"

재희는 대답 대신 정언에게 가방 내려놓으라는 손짓을 하며 물었다.

"잠깐 커피 마시러 갈래?"

"왜 서정언하고만 마셔, 우리도 입 있는데. 서정언 입은 입이고 우린 주둥이냐?"

찬수가 농담 반, 진담 반으로 부루퉁하게 내뱉자 예준이 곁에서 질색을 했다.

"어우, 저 둘이 커피 마시는 데 끼고 싶어요? 난 끼워 준대도 싫어."

"주 선배, 같이 가시죠. 난 싫다는 사람 보면 꼭 같이 가고 싶더라고."

가방을 자리 뒤에 던져 놓은 정언이 고개를 까딱이자 예준은 먹던 초콜릿 바를 입 안에 욱여넣으며 양팔을 휘저어 온몸으로 거부 의사를 표시했다.

피식 웃은 정언이 먼저 사무실을 나섰다. 엘리베이터 버튼을 누른 재희는 정언과 나란히 서 있다가 먼저 입을 열었다.

"최영직 선배가 아버님 직속이었다며. 아는 사람이야?"

때마침 엘리베이터 문이 열렸다. 안으로 들어선 정언은 재희가 따라 타기 무섭게 닫힘 버튼을 누르며 대답했다.

"어릴 때 집에도 자주 놀러 왔었고…… 아빠 돌아가셨을 때 제일 먼저 연락해 준 것도 아저씨였어요. 그러고 입사하기 전까지는 뭐 볼 일 없었고, 나 입사했을 때는 이미 현장 떠났고. 굳이 CP로 붙인 거 좀 찝찝한데."

"그럼 서 피디 당연히 기억하겠네."

"그럴걸요. 예전에 <비하인드 24>에도 잠깐 있었다고 그러던데, 맞아요?"

앞을 보며 묻는 정언에게 재희는 고개를 끄덕였다.

"나 들어오기 전이야. 아직 지금 포맷 정해지기 전에. 그때는 지금처럼 피디 저널리즘, 이런 말 없었을 때니까. 저널리즘이라고 하면 기자들 전유물이라고 생각할 때라 탐사보도 프로그램에 기자가 없다는 건 말이 안 된다고 했다고. 그래서 기자들이 직접 나와서 진행했었는데 그 시절에 2년인가 했을 거야."

"그럼 프로그램 이해가 아주 없진 않겠네. 아는 사람이라 더 불편한데…… 위에서도 알고 일부러 박은 건가?"

"윗선에서야 뭐 서 피디 아버지 누군지 알 방법 얼마든지 있긴 하니까. 어차피 국장님 얘기도 그렇고 CP 들어오는 거 자체를 막을 방법은 없는데, 그게 굳이 최영직 선배인 게 좀 걸리네. 당근인지 채찍인지 감이 안 와."

재희는 짧은 한숨을 뱉었다. 로비에 내려 카페에서 아이스 아메리카노 두 잔을 시킨 재희는 구석 자리에 정언과 마주 앉아 잠깐 말없이 커피를 마셨다.

정신이 번쩍 들 정도로 차가운 커피도 이른 아침부터 내려앉은 무거운 기분을 떨어내기엔 부족했다. 재희는 창밖으로 시선을 주는 정언의 옆모습을 보고 있다가 말을 돌렸다.

"아, 어제 그 저수지에서 차 침수됐다는 거 어떻게 됐어? 연락 있었어?"

"어제저녁에 연락 왔던 거니까 빨라도 낮이나 돼야 하지 않겠어요?"

정언이 눈썹 위를 긁적였다. 어제 저수지에 침수된 차 안에서 조창식을 죽인 걸로 추정되는 용의자 두 사람이 발견됐다는 정언의 말을 듣자마자 재희 역시 살인일 거라고 직감한 터였다.

"알았어. 오늘 임 선배 종편 있으니까 제보 자막 넣어 달라고 얘기할게."

재희가 커피를 한 모금 마시며 말했으나 정언은 다른 생각에 빠져 있는 듯했다. 한동안 말이 없던 정언이 관자놀이 부근을 누르며 혼잣말처럼 중얼거렸다.

"하필이면 다른 사람도 아니고 그래서 좀 걸리네. 무슨 말 할지도 모르겠고."

"혹시 뭐 다른 소리 하면 서 피디 선에서 해결하려고 하지 말고 나한테 보고해. 어떻게 할지 생각해 보자고."

재희의 말에 정언이 코웃음을 치며 되물었다.

"선배라고 무슨 뾰족한 수 있어요?"

"기어오르게 내버려 두니까 강재희가 아주 만만하지, 이제?"

짐짓 엄한 얼굴을 한 재희는 목소리를 낮췄다.

"어차피 타깃 정해져 있잖아. 다른 피디들은 상관없어. 회사 입장에서도 광고 수익 포기하기 쉽지 않을 거고. 굳이 몇 주 안 남은 방송에 CP 붙여 관리하려는 거 일단 나 찍어 내고 나머지 남겨서 컨트롤하겠다는 의도일 수도 있지. 서 피디가 골치 아프게 굴면 곤란하니까 최영직 선배 보내서 어떻게 좀 해 보라는 거 아닐까 싶기도 하고."

"선배 없으면 그게 <비하인드 24>예요?"

정색하는 정언에게 재희가 어깨를 으쓱해 보이며 대답했다.

"위에서는 그렇게 생각 안 해. 누가 하든 똑같다고 보는 거지. 그리고 사실 내가 없어도 프로그램이 똑같이 유지돼야 맞는 거기도 하고."

"그런 소리는 은퇴할 때나 하시고요."

"내가 지금 몇 살인데 은퇴할 때 그런 소리를 하래? 몇 년이나 더 현역 있으라고?"

"은퇴할 때까지 <비하인드 24> 하기로 했잖아요. 벌써 오락가락해요?"

웃지도 않고 다그치는 정언의 얼굴에 고개를 절레절레 내저은 재희는 소파에 등을 묻었다.

"아주 선배 머리 꼭대기에 앉으려고 그러네. 김 피디는 별일 없었대?"

윤의 이야기가 나오자 정언이 미간을 좁혔다.

"무슨 일이요?"

"아니, 혹시 모르니까. 아직 한 번도 얼굴 팔린 적 없긴 한데, 취재도 워낙 붙어 다녔고 그래서 좀 걱정되네."

최근 팀원들에게 연이어 벌어진 위협 이야기라는 걸 알자, 정언이 굳었던 표정을 약간 풀었다. 하여튼 빠지지, 하고 속으로 중얼거린 재희는 커피를 마시는 척 웃는 표정을 감췄다. 다행히 눈치채지 못한 듯 정언이 한숨 섞인 목소리로 말했다.

"조심하라고 말은 했는데 자기가 당해 본 적 없어서 그런가, 실감을 잘 못하는 거 같긴 하더라고요. 뭐 우리도 다 그랬으니까. 그런 일 안 생기는 게 최선이긴 하지."

"서로 케어 잘해. 팀원 말고 믿을 사람 없으니까."

정언에게 당부하던 재희는 문득 주머니 속에서 핸드폰이 진동하는 것을 느꼈다. 아침부터 누군가 싶어 핸드폰을 꺼내자 성옥의 이름이 액정에 선명했다.

"뭐지? 이 작가네. 여보세요?"

전화를 받기 무섭게 성옥의 다급한 목소리가 돌아왔다.

『피디님, 지금 CP실에서 전화 왔거든요. 피디님 부재중이냐고, 사무실에 있으면 오라고 하시는데 뭐라고 할까요?』

"지금 간다고 해."

대답한 재희는 바로 전화를 끊으며 자리에서 일어났다. 앉아 있던 정언이 눈을 동그랗게 뜨며 재희를 쳐다보았다.

"뭐래요?"

"새 CP님이 나 보셔야겠다는데. 뭐라고 하는지 일단 들어나 봐야겠다. 커피 마시고 올라가. 갔다 와서 다시 얘기하자고."

정언에게 더 앉아 있으라고 손짓을 한 재희는 빠른 걸음으로 엘리베이터로 향했다. CP실은 시사보도국 한 층 위였다. 복도는 쥐죽은 듯 고요했다. 끝에서 두 번째 방 앞에 서자 그사이 언제 바뀌 달았는지, '최영직 CP'라는 글자가 선명한 문패가 눈에 들어왔다.

재희가 문을 두 번 노크하자 안에서 들어와, 하는 목소리가 들렸다. 재희는 조심스럽게 문을 열고 안으로 들어섰다. 희미한 담배 냄새 같은 것이 방 안에 배어 있었다. 커다란 책상 앞에 안경을 쓰고 앉아 신문을 펼쳐 들고 있던 남자가 손에 들고 있던 신문을 접었다.

최영직.

재희는 그 신문이 <조한일보>인 것을 즉시 알아보았다. 원칙주의자 같은 깐깐한 인상은 기자라기보다는 학교 교감 같은 느낌에 가까웠다. 재희는 문가에서 고개를 숙여 보였다.

"처음 뵙겠습니다. 강재희입니다."

영직이 소파를 가리키며 물었다.

"앉지. 뭐 한 잔 줄까?"

"아닙니다. 방금 커피 마시고 왔습니다."

대답한 재희는 자리에 앉았다. 음 그래, 하고 고개를 주억거린 영직이 접은 신문을 책상 위에 내려놓고는 재희의 맞은편으로 자리를 잡았다.

"일단 내가 강 피디에 대해 들은 얘기가 굉장히 많고, 개인적으로도 참 괜찮다 생각하던 친구인데 이렇게 직접 보게 되니까 좋네."

물론 인사치례로 하는 말이 틀림없었다. 들은 얘기가 많다, 하고 속으로 중얼거린 재희는 조금 웃고 싶은 기분이 되었다. 아무리 생각해도 윗사람들에게 들어갈 만한 자기 얘기 중 좋은 것들이 얼마나 있을지 의문인 탓이었다.

영직의 웃는 얼굴은 교본처럼 보였으나, 그렇기에 마치 얇은 가면을 뒤집어씌운 듯 딱딱했다. 재희는 불현듯 그 가면 아래의 진짜 얼굴을 상상해 보았다. 그것은 쉽게 그려지지 않았다.

"저도 선배님 얘기 많이 들었습니다."

적당한 답례를 골라 건네자 영직이 어깨를 으쓱해 보였다.

"다 옛날 얘기지, 뭐. 나도 예전에 <비하인드 24> 좀 있었는데, 지금 보면 상전벽해야. 그때는 이런 프로그램 될 거라고 생각 못 했으니까. 그것도 다 강 피디 작품이라며."

"팀원들이 워낙 재능 있고 열정적입니다. 저 혼자서는 절대 못 하죠."

재희의 대답에 영직의 입매가 비스듬히 말려 올라갔다. 얇은 입술 끝이 그리는 그 선에서 재희는 뜻밖의 냉소를 보았다. 찰나였으나 숨길 의지조차 없는 그 표정은 서늘했다. 영직이 탁자 위에 놓여 있던 찻잔을 들어 남은 차를 한 모금 마시고는 입을 열었다.

"겸손하네. 그런데 속으로는 그렇게 생각 안 하지? 본인 잘난 거 잘 알잖아."

유들유들하게 농을 치는 듯한 말투였으나 눈은 전혀 웃고 있지 않았다. 재희는 거의 본능적으로 위험을 감지했다. 충민이 그 사람 보통내기가 아닌데, 하고 이야기하던 것이 뇌리를 스쳤다.

대답 대신 영직을 빤히 마주 보자 영직이 찻잔을 내려놓았다.

"피디 저널리즘, 이거 아주 재밌는 말이야. 프로듀서가 저널리즘의 주체가 된다? 우리 때는 생각 못 하던 거지. 피디가 어떻게 언론인이야. 그냥 기획자지. 그런데 <비하인드 24> 이후로 그런 게 가능해졌다고. 강재희 피디가 한마디 하면 젊은 사람들 다 넘어가잖아."

"전혀 그렇지 않습니다."

재희가 바로 그의 말을 끊었으나, 영직은 동요하지 않았다.

"요새 젊은 사람들은 기존 언론 신뢰 안 하니까. 목숨 걸고 취재한다, 팩트만 방송한다, 권력에 타협 안 한다. 멋있지. 애들 표현으로 간지 난다고 하나? 연예인하고 똑같아. 강재희 입에서 나오는 말은 그 사람들한테 다 팩트지. 팬덤이란 게 그렇지 않나? 연예인이 뭐라고 한마디 하면 그대로 다 믿어 버린다고. 스타들이 왜 거만해지는지 알아? 그게 당연해지니까 그래."

담백한 말투의 밑바닥에 깔린 조소는 명백했다. 재희는 무릎 위에 놓인 손을 안으로 말아 쥐며 표정을 감췄다. 빤한 수 싸움. 그 잘난 강재희가 어떤 놈인지 보겠다는 게 틀림없었다.

재희는 가라앉은 목소리로 대답했다.

"죄송하지만 저는 저 연예인이라고 생각한 적 없습니다."

영직이 웃는 소리를 냈다.

"본인은 아니라도 대중은 그렇게 생각하잖아. 아니면 요즘 잘 쓰는 말로 셀러브리티라고 할까? 뭐, 좋아. 강 피디 비난하려는 생각 아니니까. 파워가 있는 사람이 그거 잘 쓰는 거 굉장히 중요하지. 나도 예전에 그런 과정 다 겪었어. 그런데 그 짓 하다 보면 어떤 지점에서 회의감이 온다고. 이게 전부 무의미한 일이라는 생각이 드는 거야."

재희는 순간 그의 마지막 말에서 뜻밖의 감정을 느꼈다. 착각인가 싶을 정도의 찰나에 지나친 그 감정은 분노라 해야 할지, 무기력이라고 해야 할지 명명하기 어려운 종류의 것이었다. 그게 뭔지 미처 생각하기도 전에 영직이 말을 이었다.

"혹시 담배 피우나?"

"끊은 지 오래됐습니다."

"아, 그래. 대단하네. 나도 요새 금연하려고 전자담배로 바꿨는데 쉽지가 않더라고."

영직이 주머니에서 전자담배 스틱을 꺼내 물며 전원을 넣었다. 몇 모금 빨아들였다 숨을 뱉을 때마다 옅은 증기가 허공에서 흩어졌다. 잠시 말없이 끽연을 즐기던 영직이 스틱의 전원을 끄고 내려놓으며 팔짱을 끼었다.

"우리 좀 솔직해질까? 지금 <비하인드 24> 한 지 십 년 넘었지? 방송할 때마다 사람들 난리 나고, 신문 방송 도배되고, 그러는 거 보면 좋을 거야. 그런데 돌아서면 이게 아닌데 싶지 않아? 대중들은 학습 능력 없잖아. 박정희, 전두환 시대 겪고도 아직 그 시절이 좋았다면서 독재자 원한다고. 전쟁 난 지가 반백년인데, 아직도 노인네들 귓속에 북한 빨갱이 소리만 속닥거리면 경기를 하면서 수구 정당 찍으러 달려가고. 안 그래?"

기묘하게도 그의 말에는 짙은 피로감이 배어 있었다. 재희는 그제야 조금 전 그에게서 느꼈던 그 복잡한 감정의 층위가 무엇인지 깨달았다. 드문 경우는 아니었다. 자신의 젊음이 실패했다고 생각하는 사람들, 자신의 시도가 아무런 의미가 없었다고 생각하는 사람들 특유의 염세주의. 영직의 목소리가 낮아졌다.

"강 피디같이 의식 있는 사람들이 백날 세상 바꾸려고 해 봐야 소용없어. 대중 수준이 겨우 그 정도야. 세상은 안 변해. 젊은 사람들한테 희망 있다고 생각해? 극우주의적 우경화가 전 세계적 대세야. 대중은 날이 갈수록 더 멍청해져. 미래가 없다고. 무슨 말인지 알겠어?"

"굉장한 회의주의자시네요."

재희의 말에 영직이 쿡쿡 소리를 내며 웃었다.

"강 피디는 아니고?"

"일반 대중의 힘을 불신하면 저희 방송은 의미 없습니다."

의외라는 듯 영직이 한쪽 눈썹을 슬쩍 치켜세웠다.

"그거 재밌네. 아주 시니컬한 친구라고 들었는데. 진짜 회의감 안 느낀다고 하면 그거 자기기만일 수 있다고. 가슴에 손을 얹고 생각해 봐. 본인이 대중 마음대로 휘두르면서 즐기는 건 아닌가. 어느 정도 선민의식 있는 거 사실이잖아. 우매한 대중들 계몽하겠다는 사명 가지고."

어디까지나 적당히 받아넘기는 게 최선임을 알고는 있었으나, 속이 뒤틀리는 건 어쩔 수 없었다. 재희는 자세를 고쳐 앉으며 영직을 마주 보았다. 안경 너머의 차가운 눈이 시선을 맞받았다. 언뜻 이지적이라고 느껴질 수도 있는 눈이었으나, 거기에는 인간적인 감정 따위는 존재하지 않았다.

"선민의식 가지고 할 수 있는 일이라는 생각 안 합니다. 제가 일반 대중과 다르다는 생각도 안 하고요. 어디까지나 대중의 상식에서 방송 만들자는 게 저희 원칙입니다. 언론인이 선민의식 가지면 언론은 망가집니다. 우매한 대중을 가르친다는 태도 아주 시대착오적인 겁니다. 대한민국 일반 대중들이 정보에 대한 가치 판단 자체가 불가능한 수준이라고 생각하십니까?"

말투가 날카로워지자, 영직이 장난스러운 태도로 두 손을 들어 보였다.

"아, 좋아. 젊은 사람이 희망적인 태도 갖는 거 아주 좋다고. 그런데 이런 말이 있어. 젊은 사람들은 심장이 왼쪽에서 뛰는데, 나이가 들수록 오른쪽으로 옮겨 간다. 항상 심장이 왼쪽에서 뛸 순 없어. 누구라도 마찬가지야. 아직 젊어서 내 말 이해 못 하겠지만⋯⋯."

재희는 즉시 그의 말을 끊었다.

"프레이밍하지 마십시오. 진보적이든 보수적이든 언론인은 선민의식 있어서는 안 된다는 게 제 생각입니다. 일반 대중도 쉽게 저널리즘에 편입될 수 있는 세상입니다. 수준 낮은 대중을 수준 높은 우리가 계몽한다, 이런 태도 뻔히 보이죠. 언론이 대중 우습게 보는지 아닌지 요즘은 대중들이 가장 잘 압니다."

영직은 재희를 물끄러미 바라보다 쓰고 있던 안경을 벗어 내려놓았다. 눈 앞머리를 몇 번 누르던 영직이 고개를 들었다. 약간 충혈된 듯 피로감 어린 그 눈동자가 유리알처럼 무표정하게 재희를 응시했다.

"강재희, 이상주의자 같은 얘기는 집어치우자고. 내가 실무 왜 그만뒀을 거 같아? 이 일 오래 하는 사람 다 천 년 묵은 여우 될 수밖에 없어. 인간들 속이 빤하다고. 구역질나지. 내가 기사 몇 줄 쓰는 거 가지고 조종할 수 있는 멍청한 놈들이 서로 밥그릇 놓고 싸우는 거 보면 웃기잖아. 하다 보면 그렇게 된다고. 신 같은 기분 들 때도 있지. 남자, 여자. 호남, 영남. 보수, 진보. 기사 몇 줄이면 편 가르는 거 쉽잖아."

재희는 대답하지 않았다. 대답할 가치를 느끼지 못했다고 하는 편이 더 정확할 수도 있었다.

영직 같은 타입은 언론계에 널리고 깔린 부류 중 하나였다. 펜 끝으로 세상을 휘두를 수 있다고 생각하고, 그런 믿음이 아집이라는 걸 모르는 부류의 인간들.

영직은 재희의 침묵을 긍정이라고 생각했는지 말을 이었다.

"내가 여기 왜 왔다고 생각해? 나 <비하인드 24> 도와주러 온 거야. 권력이 언론 다루려고 하면 머리 꼭대기에 올라앉으라고. 똑똑하잖아. 그거 못 하겠어? 적당히 가려운 데 긁어 주면서 주는 거나 받아먹고, 원하는 대로 해 주라고. 그러다 보면 알게 된단 말이야. 사실은 내가 원하는 대로 저 새끼들이 움직이는구나. 내가 뭐라고 주둥이 놀리는지 눈치 보는구나. 위로 더 올라가고 싶은 생각 없어?"

부러뜨리는 것보다는 휘게 만드는 편이 쉽다는 것일까. 재희는 그의 말을 들으며 그런 것을 생각했다. 셔터를 내리고 싶지 않다, 머리 꼭대기에 올라앉으면 된다…… 당의정 같은 말이었다. 입 안에 넣었을 때는 달콤하지만, 겉면이 녹으면 쓴맛만 남아 버릴 게 분명한. 그럼에도 그 일시적인 달콤함에 속는 사람은 분명히 있을 터였다.

재희는 문득 팀원들의 얼굴을 떠올렸다. 이런 말에 타협하느니 차라리 프로그램이 없어지는 편이 나았다. 그러나 다른 사람들도 같은 생각을 하고 있다고 확신할 수는 없었다.

정규직인 피디들은 프로그램을 옮기든 부서를 옮기든 하면 그만일 수 있었다. 그러나 비정규직인 작가들이나 일반 스탭들은 상황이 달랐다. 신념만으로 삶을 책임질 수는 없었다. 재희는 그 사실을 잘 알고 있었다.

"저희보고 그쪽 이용하라고 말씀하시는 겁니까?"

속에서 끓는 감정을 누르며 애써 누그러진 척 되묻자 영직이 고개를 끄덕였다.

"이제 좀 말이 통하네. 기는 척하라고. 시사 프로 아예 없앨 수는 없어. 그래도 공중파인데 구색은 갖춰야 할 거 아냐. 언론 탄압, 이런 얘기 나오는 거 솔직히 위에서 신경 안 쓴다면 거짓말이야. 그러니까 날 보낸 거고. 나 강압적으로 어떻게 하고, 이런 거 아주 싫어하는 사람이야. 현실적으로 생각했을 때 광고 완판나는 시사 프로그램 포기할 이유가 뭐야?"

영직이 내려놓았던 전자담배 스틱을 다시 쥐었다. 영직은 다시 전원을 넣는 대신 손끝으로 스틱을 만지작거리며 버튼을 딸깍이다 말을 이었다.

"고분고분한 척만 하면 된단 말이야. 강 피디가 그게 안 되니까 위에서 협박하는 거 모르겠어? 윗대가리들이야 당장 자기 기분 거슬리니 없애라고 난리 치지만, 우리 브랜드 이미지에 크게 일조하는 거 <비하인드 24>라고. 정권 영원하지 않아. 어차피 지금은 청와대랑 엄대진 딜 끝났어. <비하인드 24> 아니라 뭐가 와도 못 뒤집는 게임이야. 그러니까 앞으로 한 3, 4년. 레임덕 오기 전까지만 비위 맞춰 주자고. 그게 뭐 어려워?"

권력과 언론의 제로섬 게임이라는 건가, 속으로 생각한 재희는 침묵을 지켰다. 서로가 서로를 다룰 수 있다고 생각하지만, 이 게임이 끝났을 때 그 자리에 남는 건 아무것도 없을 게 분명했다.

고통 받고 지워지는 건 결국 가장 평범하고 선량한 사람들의 삶이었다. 재희는 단 한 번도 그런 것을 원한 적 없었다. 영직이

스틱 끝을 탁자 위에 천천히 톡톡 두드리며 입매를 슬며시 말아 올렸다.

"강재희 탐내는 사람들 많아. 정치하고 싶으면 그렇게 할 수도 있고, 이대로 한 십 년 하면 국장 자리도 그냥 맡아 놓은 거고. 계속 눌러앉아 있으면 사장은 못 되겠어? 평피디로 평생 <비하인드 24> 할 거야? 꿈 크게 가져. 거기 만족하기엔 강 피디 그릇이 너무 크잖아. 강 피디처럼 머리 좋고 인물 좋고 이미지 좋고, 그렇게 다 갖춘 캐릭터 드물다고. 겨우 시사 프로 하나에 연연하는 거 진짜 바보 같은 거야. 돈, 권력, 여자, 세상에 좋은 거 많잖아. 원하면 다 가질 수 있는 사람이 왜 그래. 즐기면서 살자고. 내 말 알겠어?"

돈, 권력, 여자. 그 중 어떤 것도 자신에게는 아무런 의미가 없었다. 그런 걸 원하지 않는 사람이 있을 리 없다는 그들의 자만심이 가시처럼 속을 긁었다. 입술 안쪽을 이 끝으로 누르며 재희는 애써 나지막하게 대답했다.

"네."

재희를 빤히 보던 영직이 피식 바람 새는 소리를 냈다.

"대답만 고분고분하게 하는 거 같지만, 뭐 좋아. 신념 중요하지. 그런데 기본적으로 이거 직업이라는 사실 잊지 마. 본인 신념 지키자고 팀원들 밥그릇 엎을 수 있나? 그게 강 피디가 생각하는 대중을 위한 저널리즘이야? 아닐 거 아냐."

순간 속을 꿰뚫린 듯한 감각이 지났다. 그건 재희에게 가장 약한 부분이었다. 방심하는 사이 급소를 찔러 놓고, 영직은 대수롭지 않다는 듯 스틱을 쥔 손으로 시선을 흘끗 내리며 툭 뱉었다.

"와신상담이란 말이 있잖아. 기다리면서 지키는 것도 좋은 전

락일 수 있어."

"생각해 보겠습니다."

재희는 최대한 감정을 누르며 웃는 얼굴을 만들어 보였다. 영직이 좋아, 하며 말을 돌렸다.

"위에서 이렇게 예민하게 구는 거 미방분 아이템하고 관련 있다고 들었는데, 기획안 제출할 수 있나? 내가 한 번 확인해 보고 싶은데."

어르고 달래다 빰치는 수준이 보통이 아니었다. 실무에서 떠나 관리직으로 간 지 오래인데도 말이 나오지 않았던 건 처세가 뛰어난 사람이라서일 수도 있겠다는 생각이 불현듯 스쳤다.

재희는 애써 얼굴에서 웃음기를 거두지 않은 채 고개를 가로저었다.

"미방분은 이미 백선경 국장님이 전부 승인하신 건입니다. 기획은 담당 피디 고유 권한이고, 승인된 기획안에 대해서는 상부에서 재열람이나 수정 권한 없는 게 원칙입니다."

안경을 다시 집어 쓴 영직의 눈이 순간 번뜩였다. 그러나 영직은 그 이상 요구하는 대신 한걸음 물러났다.

"아, 무슨 말인지 알겠어. 좋아, 일단 위에 <비하인드 24> 유지안 제시할 거니까 그렇게 알고, 조만간 술 한 잔 하면서 남은 얘기나 마저 하자고. 바쁠 텐데 내려가 봐."

"다음에 뵙겠습니다."

자리에서 일어나 고개를 숙여 보인 재희는 뒤도 돌아보지 않고 그 자리를 나섰다. 등 뒤에서 문이 닫혔다. 비상구 계단으로 내려가던 재희는 잠시 멈춰 난간을 움켜쥐었다. 손에 뭐라도 들고 있었다면 당장 집어 던지고 싶은 기분이었다.

숨을 고른 재희는 사무실로 돌아왔다. 문을 열기 무섭게 팀원들의 시선이 일제히 쏠렸다. 초조한 표정들이었다. 수십 개의 눈동자에 심장이 조이는 듯한 감각이 밀려들었다. 나침반을 잃어버린 채 낯선 곳을 헤매는 사람처럼 문득 눈앞이 막막해졌다.

자리에 앉아 있던 정언이 물었다.

"뭐래요?"

"이따가 얘기하자."

내뱉으며 회의실로 들어가 문을 걸어 잠근 재희는 테이블 앞에 앉아 깍지 낀 손에 이마를 대었다. 개새끼들, 소리 없이 중얼거린 욕으로는 속이 풀리지 않았다. 영직의 입에서 나온 수많은 단어들이 머릿속을 맴돌았다.

지키는 건 언제나 바치는 것보다 어렵기 마련이었다. 무릎을 꿇고 개가 되기를 선택하면 모든 게 쉬웠다.

그러나 쉬운 길을 택할 수 없는 건, 결국 이 길이 인간적이라고 믿기 때문일까. 그렇다면 희생을 통해 신념을 지키려는 행동 역시 인간적인 것일까.

답을 구할 수 없는 질문에 재희는 눈을 감았다. 내려앉는 침묵의 무게가 머리 위를 짓눌렀다.

정언은 차 안에 앉아 윤을 기다리고 있었다. 성이진 교수의 상담 센터에서 희경을 만나기로 했는데, 윤이 놓고 온 게 있다며 잠깐만 기다려 달라고 한 까닭이었다. 정언은 시트에 등을 묻은 채 어제 일을 떠올렸다.

새 CP로 발령받은 영직을 만나고 온 재희는 혼자 뭘 생각하는지 회의실에 한참을 앉아 있었다. 이유를 알 리 없는 팀원들은 무슨 일이 있었나 보다 짐작할 뿐이었다. 한동안 그러고 있더니 나중에 얘기하자며 나간 재희는 그대로 돌아오지 않았다.

뭐지, 하고 중얼거린 정언은 핸드폰의 연락처 화면을 켜서 하릴없이 스크롤을 하다 손을 멈췄다. 최영직이라는 이름이 눈에 들어왔다. 이미 십 년도 전부터 저장돼 있던 번호였기에 아직도 이 번호를 쓰는지는 모를 노릇이었다.

자신이 방송국에 입사한 걸 알았을 텐데도 입사한 뒤로는 영직과 한 번도 연락을 한 적이 없었다. 자신이 굳이 먼저 연락할 성격도 아니었던 데다, 영직의 입장에서도 죽은 선배의 딸에게 공연히 특별대우 같은 걸 하고 싶지는 않은가 보다 하고 막연히 짐작했던 게 고작이었다.

그러나 혹시 어쩌면 다른 이유가 있었던 건 아닐까.

정언은 핸드폰으로 포털 사이트의 뉴스 탭에서 '최영직'이라는 이름을 검색해 보았다. 오래된 순으로 기사를 정렬하며 내리던 정언의 눈이 문득 한곳에서 멈췄다.

'YBS <뉴스라이트> 서현국·최영직 기자 올해의 언론인상 수상'…… 이십 년도 더 된 기사의 제목이었다. 예상하지 못한 곳에서 발견한 아버지의 이름에 시선이 오랫동안 머물렀다.

때마침 윤이 조수석 문을 두드렸다. 퍼뜩 현실로 돌아온 정언은 서둘러 핸드폰을 내려놓으며 도어록을 열었다. 윤이 뒷좌석에 커다란 쇼핑백을 밀어 넣고는 조수석에 타 문을 닫았다. 저게 뭐냐고 묻기도 전 윤이 먼저 입을 열었다.

"최영직 CP님 있잖아요."

"응?"

윤의 입에서 영직의 이름이 나올 거라고는 생각도 하지 못해 저도 모르게 목소리가 커졌다. 잠깐 놀란 듯 눈을 동그랗게 떴던 윤이 안전벨트를 당겨 채웠다.

"기제국 친구 통해서 들었는데, 걔네 팀장 박지영 피디님이 그분하고 몇 년 있었대요. 보기보다 만만한 사람은 아니라고 하더라고요. 목소리 높이거나 하는 일 잘 없고 좋은 게 좋은 거다, 하는 스타일인데 속에 구렁이 천 마리는 들어앉은 사람이라고 조심해야 될 거라고 그랬다는데요."

"그래?"

정언은 기억을 더듬었다. 영직에 대한 이미지는 아주 어릴 적부터의 기억 속에서 단편적으로 떠도는 것이 고작이었지만, 윤이 말하는 영직의 모습은 어쩐지 낯설었다. 언젠가 아버지가 영직이 참 괜찮은데, 하고 어머니한테 지나치듯 말하던 장면이 뇌리를 지났다. 아버지가 사람을 잘못 봤을 거라는 생각은 들지 않았다.

정언의 속을 알 리 없는 윤이 말을 이었다.

"앞에서는 웃으면서 얘기하는데 돌아서면 얼굴 싹 바꾸는 타입이라고, 한 번 눈 밖에 나면 피곤할 거라고 했다던데요. 혹시 선배는 전혀 모르는 분이에요?"

"개인적으로 좀 알긴 하는데, 오래전 일이라 뭐……."

"개인적으로요?"

말을 얼버무리며 시동을 걸자 윤이 되물었다. 영직과의 관계에 대해 설명하자면 필연적으로 아버지 얘기를 꺼내야만 했다. 그러나 윤에게 구구절절 그런 내용을 읊고 싶지는 않았다. 정언은 대답 대신 백미러에 비치는 뒷좌석의 쇼핑백을 눈으로 가리키며 말을 돌렸다.

"저건 뭐야?"

쇼핑백의 로고가 대형 장난감 전문 쇼핑몰 로고라는 것을 알아차린 건 직후였다. 쇼핑백 입구 위로 비닐에 싸인 커다란 인형 꼬리가 삐죽 튀어나와 있었다. 고래 꼬리같이 생겼네, 하고 생각하기 무섭게 윤이 멋쩍게 뒷머리를 긁적였다.

"애들 주려고 산 거예요."

주차장에서 빠져나오던 정언은 생각도 못 한 대답에 다시 한번 백미러를 흘끔 보았다. 정언의 표정이 뭔가 좋지 않다고 생각했는지, 윤이 눈치를 슬쩍 살피더니 변명하듯 말했다.

"장 본 지가 너무 오래돼서 일요일에 마트 갔었거든요. 매장 앞 지나가는데 생각이 나서요. 지난번에 리아한테 고래 가져간다고 약속했는데 잊어버리면 속상해할 것 같아서……."

정언은 그제야 지난번 희경의 집에 갔을 때의 일을 상기했다. 헤어질 때 윤이 리아에게 고래 이야기를 했던 것이 퍼뜩 지나쳤다. 그냥 하는 말이라고 생각했는데, 그걸 여태까지 기억하고 있었나 싶어 조금 놀란 기분이 되었다.

"요샌 애들 인형 같은 것도 비싸던데."

무심히 중얼거린 말에 윤이 웃었다.

"비싸 봐야 술 한 번 안 마시면 되는데요, 뭐. 원래 안 마시고 요샌 누구 만날 시간도 없어서 괜찮아요."

"사람 만날 시간 없는 거 내 탓이라는 얘긴가?"

"전 사무실에서 선배 만나는 게 더 좋은데요."

농담처럼 되묻자 즉시 대답이 돌아왔다. 되로 주고 말로 받은 통에 아 또 괜히 말했네, 하고 얼굴에 써 붙인 표정을 하자 윤이 웃겨 죽겠다는 얼굴로 두어 번 헛기침을 했다.

억지로 웃음을 참는 게 뻔히 보여, 화를 내야 할지 말아야 할지 정언은 잠시 갈등했다. 이런 순간이면 아무리 생각해도 윤에게 이길 방법이 생각나지 않았다. 결국 대응하는 걸 포기한 정언은 손을 뻗어 라디오를 켰다.

자동으로 맞춰진 채널에서는 가수도, 제목도 모르는 최신 가요가 흘러나왔다. 아마 여자 아이돌의 노래인 듯했다. 윤 쪽으로 슬쩍 시선을 주자 윤이 무릎 위에 놓인 손끝을 까딱이며 박자를 맞추는 것이 눈에 들어왔다.

좋아하는 걸그룹인가, 하고 생각한 정언은 습관적으로 주머니를 뒤져 담배를 꺼내 물었다. 남자니까 뭐 그럴 수도 있겠지 싶으면서도 묘하게 신경이 당겨졌다.

"이 노래 좋아해?"

무심코 던진 물음에 윤이 멈칫하더니 곧 아뇨, 하고 대답했다. 얼굴에는 아직 웃음기가 남은 채였다. 잠깐 정언을 빤히 보던 윤이 되물었다.

"왜요?"

"아니, 그냥."

"저 아이돌 관심 없어요."

윤이 웃었다. 이거 혹시 초능력인가 하는 되도 않은 생각이 뒤통수를 후려쳤다. 어떻게 알았어, 라는 말이 목까지 올라왔으나 정언은 마지막 남은 이성으로 간신히 그 말을 입 안에서 붙드는 데 성공했다.

윤이 가끔 이렇게 남의 속을 빤히 들여다보는 것처럼 굴 때면 어떻게 해야 좋을지 몰라 머릿속이 하얘지곤 했다. 옆얼굴을 보는 시선이 느껴져 귀 끝이 화끈거렸다. 윤이 무슨 표정으로 자신을 보고 있을지 상상이 가지 않았다.

한동안 머물러 있던 시선을 거둔 윤은 아무렇지도 않다는 투로 물었다.

"이 노래 요새 자주 나오는데, 못 들어보셨어요?"

"원래 음악 잘 안 들어서."

애써 최대한 태연한 척 대답했으나 속으로는 핸들에 머리를 박고 싶은 기분이 되었다. 남이야 아이돌을 좋아하든 말든 그게 무슨 상관이라고 그런 말이 튀어나온 건지 모를 노릇이었다.

입을 다문 정언은 한마디도 하지 않고 운전을 했다. 센터 주차장에 차를 세우고 내리자, 때마침 눈에 익은 차가 뒤따라 들어왔다. 규형의 차였다. 차 안에서 정언과 윤을 알아본 희경이 가벼운 눈인사를 건네며 차를 세웠다.

얼른 달려간 윤이 먼저 뒷좌석 문을 열고 카시트에서 두 아이를 하나씩 안아 내렸다.

"얼굴이 안 좋으신데요. 몸은 괜찮으세요?"

정언이 말을 건네자 희경이 애써 웃는 표정으로 고개를 끄덕였다.

"네. 억지로라도 잘 먹으려고 하고 있어요. 피디님도 지난번에 뵈었을 때보다 살이 더 빠지신 거 같아요. 안 그래도 너무 마르셨는데……."

"저희야 뭐 워낙 바빠서 그렇지 괜찮아요."

두 사람이 대화를 나누는 사이 리아가 희경의 옷자락을 붙들고 당겼다. 수아는 희경의 한쪽 손을 잡은 채 무표정한 얼굴로 고개를 숙이고 있었다. 가로로 멘 빨간색의 동그란 에나멜 백이 눈에 들어왔다.

줄에 때가 타 지저분했으나, 수아는 가방끈을 꼭 쥔 채 놓지 않았다. 아마 규형이 사 주었다는 그 가방인 듯했다. 정언의 차에서 가져온 쇼핑백을 꺼내 온 윤이 몸을 숙여 리아의 머리를 쓰다듬었다.

"리아, 삼촌 누군지 알아?"

리아가 고개를 크게 끄덕였다. 씩 웃은 윤이 쇼핑백 안에서 고래 인형을 꺼냈다. 리아가 한 품에 가득 안고도 남을 정도로 큰 인형이었다.

"리아 못 본 사이에 많이 컸네. 저번에 삼촌이 고래 가져온다고 했지? 이거 리아 선물."

인형을 보자마자 리아의 입이 벌어졌다. 화들짝 놀란 희경은 팔을 뻗어 인형을 받으려는 리아를 잡아당기며 손을 내저었다.

"피디님, 아니에요. 뭘 드려도 제가 드려야지 왜…… 이런 거 주시면 안 돼요. 애들 버릇 나빠져요."

"제가 리아한테 약속한 건데요. 약속한 거 안 지키면 애들이 어른을 어떻게 믿겠어요."

윤은 리아에게 손짓을 했다. 쭈뼛거리는 리아에게 인형을 안겨 주자 리아가 배시시 웃으며 윤에게 꾸벅 고개를 숙였다. 희경은 난처한 기색이 역력해서는 어쩔 줄 몰라 하며 쩔쩔맸다.

"아휴, 이런 거 한두 푼 하는 것도 아닌데…… 가격 알려 주시면 제가 드릴게요, 피디님. 저 이거 그냥 못 받아요."

"진짜 그냥 제 조카 같아서 주는 거예요. 그렇게 부담스러워하시면 제가 더 서운한데요."

미소를 지으며 대답한 윤은 무릎을 접어 앉아 고개를 숙인 수아와 눈을 맞췄다. 윤을 흘끔 본 수아가 희경의 뒤로 몸을 반쯤 숨겼다. 한쪽 손으로 턱을 괴며 수아를 물끄러미 보던 윤이 짐짓 서운한 표정을 했다.

"수아는 삼촌하고 인사 안 할 거야?

수아가 빨개진 얼굴로 안녕하세요, 하고 웅얼거리더니 고개를 더 집어넣었다. 희경의 뒤에서 한쪽 눈만 내놓은 수아가 흘끔거리며 윤과 정언의 눈치를 살폈다. 한눈에 보기에도 몹시 불안해 보이는 표정이었다. 문득 CCTV 속 수아의 모습이 떠올라 가슴 부근이 선뜩해졌다.

윤이 수아에게 다정하게 말을 걸었다.

"삼촌이 처음에 수아 만났을 때 수아가 너무너무 예쁘게 웃어 줬는데, 삼촌한테 한 번만 더 웃는 거 보여 주면 안 돼?"

머뭇거리던 수아가 고개를 흔들었다. 그 모습을 본 희경이 아휴 참, 하고 속상한 듯 혼잣말처럼 중얼거렸다. 그러나 윤은 아랑곳하지 않았다.

"지금은 그럴 기분 아냐? 알았어, 그러면 수아가 그럴 기분 되면 웃는 거 보여 줘. 약속."

윤이 새끼손가락을 내밀자 희경의 옷자락을 붙들고 매달려 있던 수아가 눈을 굴렸다. 희경이 슬쩍 수아의 등을 두드리자 수아가 멈칫멈칫 손을 뻗어 윤의 손가락을 쥐었다가 놓았다. 씩 웃은 윤이 수아의 머리를 쓸어 주고는 몸을 일으키며 곁에 놓아 두었던 쇼핑백 안을 뒤적였다.

"삼촌이 수아 선물도 가져왔는데, 잠깐만."

윤이 안에서 꺼낸 것은 요즘 유행하는 애니메이션 주인공의 인형이었다. 수아가 눈을 동그랗게 떴다. 윤은 인형 상자를 흔들어 보이며 수아의 표정을 살폈다.

"수아 이거 좋아해?"

수아가 대답 대신 눈만 깜빡였다. 윤이 이리 오라고 수아를 부르자 수아가 희경의 눈치를 보았다. 윤이 희경 대신 괜찮아, 하며 다시 한 번 가까이 오라고 손짓하자 수아가 주춤거리며 윤에게 가까이 다가왔다.

윤이 내민 인형 상자를 두 손으로 쥐고 들여다보던 수아가 눈도 마주치지 못하고 고맙습니다, 하고 입술을 달싹였다. 한참 동안이나 포장 위를 만지작거리던 수아가 품에 상자를 꼭 안았다. 윤은 그러는 동안 내내 수아에게서 눈을 떼지 않았다.

"맘에 들어?"

윤이 묻는 말에 수아가 조그맣게 고개를 끄덕였다. 안도한 표정을 한 윤이 팔을 뻗어 수아를 번쩍 안아들었다.

"오케이, 그러면 이제 선생님 보러 가자."

한 팔로 수아를 안은 윤이 정언에게 손가락으로 센터 안을 가리켜 보였다. 먼저 그리로 걸어가는 윤의 뒷모습을 보고 있던 희경이 민망하다는 얼굴로 정언에게 죄송합니다, 하고 연신 고개를 숙였다. 정언은 손을 내저었다.

"아니에요. 김 피디가 수아하고 리아 예쁘다고 그런 거라 신경 안 쓰셔도 돼요."

"귀찮으실 텐데 괜히……."

"진짜 괜찮아요. 그런 생각 하지 마세요. 들어가시죠."

희경이 고래 인형을 꼭 끌어안고 얼굴을 부비적대는 리아의 손을 잡았다. 정언이 희경과 함께 센터 상담실 안으로 들어서자,

미리 기다리고 있던 성이진 교수가 인사를 건넸다. 수아는 이미 검사실 안에 앉아 있었다.

정언은 이진이 내민 손을 잡으며 말했다.

"교수님, 매번 도와주셔서 감사합니다."

"우리 사이에 새삼스럽게 왜 그래요. 저기 있는 애가 수아고, 이 친구가 리아 맞죠? 여기는 어머님이시고?"

이진이 희경 쪽으로 시선을 돌리자 희경이 두 손을 모으고는 고개를 숙였다.

"네, 이희경입니다. 처음 뵙겠습니다."

"성이진이에요. 오늘은 일단 수아랑 리아 두 친구 다 검사 진행할 거고요, 우리 선생님들이 검사 도와줄 거니까 같이 검사실로 가죠."

상담실과 연결된 검사실 문을 열자 앉아 있던 수아가 시선을 돌렸다. 따라 들어간 상담 교사가 리아를 수아의 맞은편에 앉히고는 문을 닫았다. 교사가 검사지를 나눠 주고 뭐라고 말하는 것을 지켜보고 있던 이진은 희경에게 먼저 자리를 권했다.

"이쪽으로 앉으세요. 피디님들도 좀 앉으시죠. 차 한 잔 하시겠어요? 주스 드릴까요?"

"아무거나 괜찮습니다."

희경은 조금 긴장한 표정으로 대답했다. 이진이 상담실 한쪽의 작은 냉장고에서 주스 병 몇 개를 꺼내 와 테이블 위에 올려놓았다. 이진은 마시던 것인 듯 탁자 위에 놓여 있던 찻잔을 들어 한 모금 마시고는 입을 열었다.

"제가 서정언 피디님한테 대강 이야기는 들었고요, 어머니한테 미리 메일로 설문지 발송해 드린 것도 받아 봤어요. 일단 문제는 남편분이 돌아가신 걸 애들이 아직 모르고 있다는 거죠? 수아가 이상 행동을 보이는 게 혹시 그거하고 관련이 있는지, 아니면 다른 문제가 있는지 궁금하신 거고요."

"네."

희경이 주스 병을 감싸 쥔 채 대답했다. 그러나 열 생각조차 없는 듯, 마른 손가락이 차가운 병을 감싼 채 초조하게 떨리는 것이 눈에 들어왔다. 그 모습에서 오래전 엄마의 모습을 겹쳐 보던 정언은 퍼뜩 스스로 놀라 움찔했다. 곁에 앉아 있던 윤이 이쪽을 흘끔 보는 것이 느껴졌다. 이진이 말을 이었다.

"남편분이 돌아가신 지가 벌써 몇 달 됐다고 들었거든요. 그런데 아직도 애들한테 얘기를 못 하신 이유가 뭐죠?"

"애들한테 어떻게 설명해야 될지도 모르겠고, 충격을 받으면 어떻게 하나 싶었어요."

"애들이 죽음을 받아들이기 어려울 거다, 어머니는 이렇게 생각하시는 거죠?"

"네."

희경의 목소리가 떨렸다. 마치 죄를 지은 사람처럼 안으로 움츠러든 어깨는 그렇지 않아도 작은 체구를 더 작아 보이게 만들었다. 그런 희경을 물끄러미 바라보던 이진은 부드럽게 물었다.

"그러면 언제쯤 얘기하려고 하셨어요?"

"저, 애들이 좀 이해할 나이가 되면……."

"그게 언제일까요?"

희경은 그 말에 대답하지 못했다. 아마 아무도 대답할 수 없는 질문일 거라고 정언은 생각했다. 만일 평생 동안 그 사실을 숨길 수 있다면, 누구라도 굳이 말하기를 선택하지 않을 터였다.

금테 안경 너머에서 이진의 눈이 가늘어졌다. 이진은 손끝으로 탁자 위를 가볍게 두드렸다. 고개를 숙인 채 시선을 바닥에 못 박고 있던 희경이 깜짝 놀라 고개를 들었다. 이진은 다 안다는 표정으로 고개를 끄덕였다.

"어떤 마음이신지 저도 충분히 이해해요. 그런 거 애들한테 쉽게 말할 수 있는 분들 없어요. 어머니만 그런 게 아니니까, 내가 잘못한 건가, 내가 여기서 회피하려고 하나, 이런 생각은 안 하셨으면 좋겠어요. 그건 아주 당연하고 인간적인 선택이에요."

희경이 하얗게 마른 아랫입술을 이로 지그시 눌렀다. 정언은 자기 앞에 놓인 주스 병의 뚜껑을 따 희경의 앞에 놓아 주었다. 희경이 들리지도 않을 만큼 작은 목소리로 감사합니다, 하고 중얼거리며 주스를 겨우 한 모금 마셨다.

이진이 몸을 앞으로 조금 숙였다.

"그런데 어머니, 어른들이 제일 많이 하는 실수가 이런 거예요. 애들이라고 그런 걸 모르는 게 아니거든요. 수아 정도면 또래보다 발달도 빠르고 아주 똑똑한 친구인데, 이렇게 우울증이 올 정도로, 그런 게 있다는 건 본인도 뭔가를 느끼기 때문이라고 봐야 돼요. 그게 뭔지 설명 못 할 수는 있어요. 우리 수아가 죽는다는 거, 다시는 누구를 만나지 못한다는 거, 이런 거에 대한 개념이 아직 확실히 없을 수 있으니까요."

이진은 안쪽 상담실로 시선을 돌렸다. 매직미러를 통해 보이는 상담실 안에서 수아가 자리에 앉아 색연필로 무언가를 그리는 것이 눈에 들어왔다. 희경이 잠시 거기에 눈을 못 박았다. 짧은 침묵이 흘렀다. 이진은 곧 다시 희경에게 주의를 돌렸다.

"제가 얘기를 듣고 가장 문제가 된다고 본 부분은 사실 이 부분이에요. 어린이집에서 수아가 일부러 숨을 안 쉬었다, 그래서 어머니한테 연락이 갔다."

"네."

그 일을 생각만 해도 괴로운 듯 희경이 핏기 없는 얼굴로 대답했다. 이진이 재차 물었다.

"자기만 없으면 엄마랑 리아가 행복할 거라고 그랬다는데, 수아가 왜 그런 얘기를 했다고 생각하세요? 혹시 어머니가 리아한테 신경을 더 많이 쓰셨나요?"

희경은 고개를 가로저었다.

"잘 모르겠어요. 제가 솔직히 리아한테 더 신경을 쓰고 그런 건 없었거든요. 차라리 수아한테 신경을 쓰면 더 썼던 것 같은데……."

"왜 그렇게 하셨어요? 리아가 더 어리고 손이 많이 가잖아요."

"리아는 아직 어리고 하니까, 수아는 혹시라도 제가 말 잘못하면 아빠에 대해서 눈치를 챌까 봐 조심하게 되는 게 있었어요."

희경이 입술을 달싹였다. 희경의 말을 주의 깊게 듣고 있던 이진이 희경을 마주 보았다.

"엄마 태도가 자기하고 있을 때 다르다는 걸 수아가 알았을까요, 몰랐을까요?"

그 말에 희경이 눈을 조금 크게 떴다. 그런 부분에 대해서는 생각해 본 적이 없는 것이 분명했다. 희경이 두 손을 모아 입가에 대며 말을 잇지 못했다. 가느다란 핏줄이 튀어나온 손등이 부들부들 떨리는 것이 눈으로도 보일 정도였다.

"어머니, 아이들은 어른들이 생각하는 것보다 훨씬 예민해요. 어른들은 애들이 모른다고 생각하는데, 애들도 똑같아요. 엄마

561

나 아빠는 자기 마음 모른다고 생각해요. 어른의 눈으로 애들을 보면 이해하기 어려운 부분이 많잖아요. 애들도 자기 눈으로 어른들을 보면 힘든 거죠."

희경의 눈이 새빨갛게 충혈되며 눈물이 고였다. 이진이 탁자 위의 티슈를 희경 앞으로 밀어 놓았다.

"저는 어머님이 마음의 준비가 되시는 대로 가능한 한 빨리 얘기해 줘야 한다고 생각해요. 수아가 지금 상황을 충분히 받아들일 수 있다고 보거든요. 수아는 아빠의 부재에 대해 이게 일상적인 상황이 아니다, 이걸 분명히 인식하고 있고요. 엄마가 슬퍼하는 게 자기 탓이라고 생각해요. 어머님이 괴로운 만큼 아이도 아프고 힘들다는 거 아셔야 돼요. 어머님이 극복을 하시고 아이를 안아 주셔야 아이도 어머님을 안아 줄 수 있어요. 무슨 말인지 아시겠죠?"

겨우 티슈 두어 장을 뽑은 희경이 눈가를 눌렀다. 이진은 고개를 들지 못하고 소리 없이 우는 희경을 한동안 가만히 내버려 두었다. 얼마나 지났을까, 안의 상담실에서 문이 열리며 상담 교사가 이진을 불렀다.

"원장님, 수아 검사는 끝났는데 먼저 내보내도 괜찮을까요?"
"그래요."

이진이 정언과 윤을 돌아보았다.

"피디님, 어머니랑 얘기하는 동안 수아 데리고 산책이라도 좀 갔다 오시겠어요? 뒤에 공원도 있고 놀이터도 있거든요. 리아는 저희 선생님이 더 봐줄 거니까요."

희경이 우는 걸 수아가 보면 아무래도 좋지 않을 것 같다고 판단한 듯했다. 윤이 즉시 자리에서 일어났다. 검사실 안으로 들어간 윤은 수아를 안아 들며 물었다.

"수아, 삼촌하고 밖에 잠깐 나갈까?"

수아가 고개를 끄덕였다. 윤은 수아가 희경을 보지 못하게 자기 품으로 작은 머리를 끌어당겨 안고는 서둘러 상담실을 나섰다. 정언이 그 뒤를 따라 나오며 상담실 문을 닫았다.

윤의 품에 안긴 수아는 가방끈을 꼭 쥔 채 말이 없었다. 센터를 나와 근처 공원으로 통하는 산책로에 들어서자, 수아가 내려 달라는 표시를 했다. 걷고 싶은 모양이었다. 수아를 내려 준 윤은 몸을 숙여 수아의 옷매무새를 다듬어 주고는 물었다.

"수아는 그 가방이 제일 좋아?"

그러자 수아가 고개를 숙여 가방을 내려다보았다. 얼마나 메고 다녔는지, 겉면에 인쇄된 그림이 거의 다 지워진 것이 눈에 들어왔다. 그때까지 거의 말이 없던 수아가 조그맣게 입술을 달싹였다.

"네. 아빠가 줬어요. 빨간색 좋아한다고. 리아가 갖고 싶어 해서 주려고 했는데…… 아빠가 이거는 언니 거니까 달라고 하면 안 된다고, 이거는 수아 거라고 그랬어요."

"착하네. 수아가 좋아하는 건데도 리아 주려고 했어?"

한 걸음 뒤에서 걷던 정언이 묻자 수아가 고개를 끄덕였다. 잠시 말없이 그림이 지워진 가방 위를 만지작거리던 윤이 애써 웃는 얼굴을 했다.

"여기 있던 그림 다 지워졌는데 괜찮아? 다음에 삼촌이 더 예쁜 걸로 사 줄까?"

그 말에 수아가 즉시 고개를 도리도리 흔들었다. 가방끈을 꼭 움켜쥐는 조그만 손에 정언은 시선을 피했다. 이런 건 어쩐지 쉽게 면역이 되지 않았다. 수아의 머리를 몇 번 쓰다듬어 준 윤이 그 손을 잡고 천천히 걷기 시작했다.

정언은 그 뒷모습에서 묘한 기시감을 느꼈다. 지금은 기억조차 나지 않을 만큼 오래전, 아버지와 집 근처에서 꼭 저렇게 걸어 다니던 언젠가의 저녁이 뇌리를 지났다.

생각 없이 넘기던 책 사이에서 떨어진 오래된 사진처럼, 그 장면이 따스하고 스산한 감각으로 스몄다. 어쩐지 낯선 기분이었다. 정언은 저도 모르게 가슴 부근을 눌러 보았다.

그때 윤이 정언을 돌아보았다. 무심코 시선이 마주치자 윤의 눈동자에 순식간에 미소가 번지는 것이 눈에 들어왔다. 떨어지는 햇살 사이로 눈을 깜빡인 순간 그 얼굴은 마치 폴라로이드처럼 머릿속에 남았다.

정언은 걸음을 멈췄다. 이토록 아무것도 아닌 순간이 더 각인되기 쉬운 건 왜일까. 윤을 생각하면 가장 먼저 떠오르는 모든 장면들이 늘 여상한 것임을 깨달은 건 직후였다.

가장 평범한 순간, 가장 일상적인 말들. '서정언 피디'의 삶에 허락됐다고 생각한 적 없는 모든 순간을 윤이 너무나 쉽게 자신의 안으로 가져온다는 걸 자각하자 머릿속이 서늘해졌다.

감당하기 어려울 정도로 많은 고백의 단어들을 쏟아 내던 윤을 보내고 텅 빈 새집에 혼자 남겨졌을 때, 정언은 자신이 느꼈던 그 낯선 감정의 정체를 불현듯 알아차렸다.

허전함.

그러니 윤을 곁에 둘 수 없다고 생각하는 건 결국 그 때문일까. 윤의 말대로 자신은 항상 가장 나쁜 것부터 생각하기에, 언젠가 생길지 아닐지도 모르는 그 빈자리가 두려워서.

머릿속이 복잡하게 뒤엉켰다. 그런 정언의 속내를 알 리 없는 윤은 수아의 손을 잡고 걷다 멈춰 섰다. 근처의 매점 앞에서 돌아가는 소프트 아이스크림 기계 때문이었다.

슬슬 더워지기 시작하는 날씨였다. 수아가 거기서 눈을 떼지 못하는 것을 알아차린 듯, 윤이 수아를 내려다보며 물었다.

"수아, 아이스크림 먹을래? 먹고 싶어? 무슨 맛 좋아해?"

잠시 고민하던 수아가 윤에게 말했다.

"딸기."

"딸기? 금방 갔다 올게. 여기 잠깐만 있어."

윤이 뛰어간 사이 정언은 수아를 데리고 가까운 벤치에 앉았다. 제법 걸은 탓인지 뽀얀 이마에 땀이 송골거렸다. 정언은 주머니에서 손수건을 꺼내 수아의 이마와 뺨을 닦아 주었다.

그사이 양손에 아이스크림 세 개를 사 들고 돌아온 윤이 수아에게 분홍색의 딸기 아이스크림을 건넸다. 정언에게는 바닐라 맛을 준 윤은 초콜릿 맛 아이스크림을 들고 곁에 풀썩 소리가 나게 앉았다.

아이스크림을 몇 입 먹던 수아가 근처의 그네를 가리켰다. 저거 타고 올래요, 하는 말에 윤이 고개를 끄덕이자 수아는 한 손에 아이스크림을 든 채 달려가 빈 그네에 앉았다.

수아가 조그만 운동화를 신은 발을 모래 바닥에 구르며 앞뒤로 흔들거렸다. 윤은 거기에 시선을 고정한 채 입을 열었다.

"금방 여름이겠네요."

"그러네."

무심히 대답하며 베어 문 아이스크림은 입 안에서 흔적도 없이 녹아들었다. 흔한 바닐라 맛의 입자가 혀끝에 달게 남았다가 곧 사라졌다. 잠시 말이 없던 정언은 앞을 보다 물었다.

"원래 그렇게 애들 좋아해?"

뜻밖의 질문이었는지 윤이 웃는 소리를 냈다.

"그렇지는 않은데, 그냥…… 모르겠어요. 이런 애들 많이 만나 봤으면 좀 무뎌졌을 수도 있는데, 여기 와서 처음 만난 게 수아 하고 리아라 그럴 수도 있고요."

잠깐 사이를 둔 윤이 말을 이었다.

"교양국 있을 때는 이런 사람들 만날 일 없었으니까요. 여기 와서 뭐라고 해야 되나, 제가 세상을 보는 방식 같은 게 변했다 는 생각 자주 해요. 예전에는 뉴스 볼 때도 그냥 집에 혼자 있으 면 외로우니까 습관적으로 틀어 놨거든요. 그런데 요즘은 내용 이 뭔지 자꾸 집중해서 듣게 되고 그러더라고요."

정언은 녹기 시작하는 아이스크림을 크게 한 입 먹다 말고 윤 에게 시선을 돌렸다.

"김 피디가 외로운 거 느낀다고?"

"저도 사람인데 당연하죠."

정언의 물음에 윤이 쿡쿡거리며 대답했다. 외로움이라는 단어 가 윤과 공존할 수 있는 것이라고는 생각해 본 일이 없었다. 윤 같은 사람도 그런 감정을 느낀다는 것이 어쩐지 낯설게 느껴졌 다.

잠시 말이 없는 정언에게 슬쩍 시선을 주던 윤이 물었다.

"왜 제가 그런 거 못 느낄 거라고 생각하셨어요?"

정언은 순간 대답할 말을 찾지 못했다. 어색한 정적을 넘기기 위해 무심코 베어 문 아이스크림이 입 안에서 차게 녹았다. 굳 이 대답을 기다린 질문은 아니었던 듯, 윤은 이마 위로 흘러내린 앞머리를 손끝으로 만지작거렸다.

"혼자 산 지 꽤 되긴 했는데 익숙해지진 않더라고요. 퇴근하고 현관문 열었을 때 집은 깜깜하고, 아무도 없고, 조용하고. 그럴 때 기분 있잖아요. 그게 맨날 좀 낯설고, 쓸쓸하기도 하고 그랬거든요. 그런데 선배는 항상 그런 게 너무 당연한 사람처럼 말씀하셔서 신경 쓰였어요."

독백처럼 떨어지는 단어들을 듣고 있던 정언은 마지막 문장에 멈칫했다. 수아에게 눈을 둔 윤이 나지막하게 말했다.

"전 그런 거 정말 아무렇지도 않은 사람 없다고 생각하거든요. 당연하다는 게 괜찮다는 뜻은 아니잖아요."

담백한 말투였으나 문득 종이에 벤 상처처럼 선뜩한 감각이 지났다. 불쾌하다기보다는 이상한 감각이었다. 말로 설명할 수 없는 그 느낌은 불편했다.

정언은 자신의 그 불편함이 무엇 때문인지 곧 깨달았다. 자신조차도 인식한 적 없는 그림자를 들여다보는 윤의 시선은 늘 명확했다. 마치 강제로 거울 앞에 세워진 사람 같은 기분이 되는 건 그 때문이었다.

윤이 웃었다.

"그러니까 자꾸 선배 옆에 있고 싶은가 봐요."

바닥을 보고 있던 정언은 저도 모르게 고개를 번쩍 들었다. 여상하지만 다정한 목소리는 손안에서 그사이 녹아내리는 아이스크림의 결을 닮아 있었다.

당황한 정언의 표정을 짐짓 모르는 체하며 마지막 남은 콘을 입 안에 밀어 넣은 윤이 손을 털고는 자리에서 일어났다. 양손으로 그네 줄을 움켜쥔 수아가 허공에 뜬 발을 앞뒤로 흔드는 것이 눈에 들어왔다.

"수아, 삼촌이 그네 밀어 줄까?"

윤이 크게 외치자 수아가 고개를 끄덕였다. 그리로 달려간 윤이 수아가 탄 그네를 뒤에서 천천히 밀었다. 그네는 부드러운 포물선을 그리며 쏟아지는 햇살 사이를 갈랐다가 다시 제자리로 돌아오기를 반복했다.

정언은 수아의 동그란 얼굴에 희미한 미소가 떠오르는 것을 보았다. 내내 무채색의 캔버스 같던 그 얼굴에 처음으로 색이 돌아온 듯했다. 윤과 있을 때라면, 누구든 저런 얼굴을 하는 걸까. 어쩌면 자신도…….

무심코 손끝으로 만진 얼굴은 서늘했다. 정언은 바닥으로 드리워진 자신의 그림자를 보았다. 그 그림자의 표정이 어떨지 불현듯 궁금해졌다. 덥지 않은데도 목덜미가 달아올랐다.

정언은 서둘러 셔츠 소매의 단추를 풀며 걷어 올렸다. 얼굴만큼 창백한 팔이 드러났다. 손목에 끼고 있던 머리끈으로 짧은 단발을 당겨 묶자, 미처 묶이지 않은 머리칼이 흘러내려 뺨 위로 스쳤다. 차지 않은 바람이 불었다.

하얗게 부서지는 햇살의 입자 사이로 윤이 웃었다. 찰나에 세상이 잠시 정지했다. 정언은 눈을 감았다. 우연히 셔터를 누른 순간처럼, 옅은 어둠 속으로 그 얼굴이 선명하게 떠올랐다.

―가끔 제가 선배 선 안에 있는 사람처럼 느껴져요.

윤의 나지막한 목소리가 되살아났다. 윤이 어느새 자신의 선 안에 들어와 있다는 걸 정언은 잘 알고 있었다. 이제는 밀어낼 수 없고 돌려보낼 수도 없다는 것 역시.

사실은, 언젠가부터 그러고 싶지 않았던 건 아닐까. 생각의 끝이 머무른 지점에서 가느다란 바늘 같은 것이 마음을 뚫고 지났다. 또렷한 감각이었다.

다치게 하기 싫어 먼저 밀어내고, 잃을 것이 두려워 곁에 두지 않으려 하고, 끝을 생각하기에 시작조차 할 수 없는 모순된 감정들. 정언은 그런 비논리성에 익숙하지 않았다. 설명할 수 없는 것들은 정언에게 불편하고 이상했다.

그 모든 낯선 것들의 귀결점은 단 하나였다.

김윤.

불러들인 적 없고 인지한 적 없이 스며든 그 존재를 생각하면, 정언은 지금까지의 자신을 잃는 듯한 기분이 되곤 했다. 때로 심장이 빨라지고 열이 오를 때면 알려진 적 없는 병을 앓는 사람처럼 느껴졌다. 판정 불가능한 병명.

그러나 실은 단 하나의 단어로 이 증상을 설명하는 건 쉬웠다.

좋아한다, 고.

그 말을 떠올린 순간 정언은 숨을 들이쉬었다. 그때 주머니 속의 핸드폰이 진동했다. 마치 누군가에게 모든 생각을 문장으로 읽힌 것 같아, 제풀에 놀란 정언은 서둘러 핸드폰을 꺼내 들었다. 이진으로부터 온 메시지였다.

— 어머니 상담 끝났어요

몸을 일으킨 정언은 윤과 수아를 향해 걸어갔다. 때마침 크게 떠올랐던 수아가 부는 바람에 가느다란 머리칼을 휘날리며 윤에게 되돌아왔다. 정언을 본 윤이 줄을 잡아 그네를 멈춰 세웠다. 정언은 핸드폰을 들어 보였다.

"교수님이 상담 끝났다고 하시네."

"아, 그래요? 수아, 이제 엄마 보러 가자."

윤이 수아를 품에 안아 들었다. 그네를 타는 사이 지친 건지, 수아가 윤의 어깨에 조그만 머리통을 올려놓았다. 햇살을 받은 얼굴이 아까보다는 조금 더 생기가 돌아 보여 안심이 되었다.

덜 먹은 아이스크림콘을 꼭 움켜쥔 채 수아가 눈을 감았다. 공원에서 다시 센터로 돌아가는 사이 잠이 든 수아는 윤의 품에 파묻혔다.

센터로 돌아오자 자리에서 일어난 희경이 수아를 보고 깜짝 놀란 표정을 했다. 피디님, 하고 부르는 목소리에 윤이 입가에 살짝 손가락을 댔다. 고개를 내밀어 잠든 수아를 확인한 이진이 웃으며 목소리를 낮췄다.

"피곤했나 보네요. 다음 주 금요일에 다시 뵙기로 했어요. 어머니, 그 전에라도 무슨 일 있으면 바로 연락 주시는 거 잊지 마세요. 자세한 검사 결과도 그날 오시면 얘기하죠."

"네, 교수님. 감사합니다."

희경이 고개를 꾸벅 숙이자 이진이 들어가세요, 하고 인사를 건넸다. 상담실을 나서자 희경이 먼저 후다닥 주차장으로 뛰어가 차에 시동을 걸고 리아를 뒷좌석에 앉혔다.

희경이 윤의 품에 안겨 있는 수아를 조심스럽게 받아 들자, 잠이 깬 수아가 얼굴을 찡그리며 울 것 같은 얼굴을 했다. 희경은 수아를 내려놓고 가방에서 꺼낸 물티슈로 얼굴과 손을 닦아 주었다.

"수아야, 이제 엄마랑 리아랑 같이 집에 갈까? 집에 가서 수아 좋아하는 돈까스 먹자."

그러자 수아가 고개를 돌려 윤을 쳐다보았다. 동그란 눈을 몇 번 깜빡이던 수아가 갑자기 울음을 터트렸다. 희경이 어쩔 줄 몰라 하며 수아를 끌어안았으나 수아는 울음을 그칠 기미를 보이지 않았다.

무릎을 접어 수아와 눈높이를 맞춘 윤이 희경에게 받아 든 물티슈로 그새 눈물범벅이 된 얼굴을 닦아 주며 물었다.

"삼촌 가는 거 싫어?"

수아가 울면서 대답 대신 윤의 옷자락을 잡아당겼다. 기겁을 한 희경이 쩔쩔매며 수아를 떼어 놓고는 윤에게 변명을 했다.

"어머, 얘가 왜 이럴까. 죄송해요, 피디님. 원래 이런 애가 아닌데……."

"괜찮아요."

웃으며 고개를 까딱인 윤이 수아를 달랬다.

"삼촌이 회사 일이 무지무지 많아서 오늘은 그만 가야 돼. 수아하고 더 못 놀아 줘서 미안해. 다음 주에 여기 올 때 삼촌하고 또 같이 놀자. 아이스크림도 먹고. 그럼 괜찮지?"

윤이 훌쩍이는 수아에게 몇 번이고 괜찮냐고 묻자 수아가 겨우 네, 하고 조그맣게 대답했다. 다시 한 번 눈물을 닦아 준 윤은 직접 수아를 데리고 가 희경의 차 뒷좌석 카시트에 앉혔다.

"엄마 말씀 잘 듣고, 리아하고 사이좋게 놀고. 다음 주에 만나, 알았지?"

안전벨트까지 채워 주고는 새끼손가락을 걸며 약속하자 수아가 고개를 주억거렸다. 문을 닫자 희경이 한숨 돌렸다는 표정으로 연신 죄송하다며 윤에게 사과했다. 아니라고 손을 내저은 윤은 희경을 보내고는 고개를 절레절레 흔들었다.

"엄마들은 애들 어떻게 보는지 모르겠어요. 진짜 대단하다니까요."

"김 피디처럼 보겠지. 애하고 잘 놀아 주던데."

정언의 대답에 윤이 멋쩍게 웃었다. 차 문을 연 정언은 운전석에 앉아 시동을 걸었다. 얼른 조수석에 앉아 문을 닫는 윤 쪽을 보자, 흰 셔츠 위에 점점이 묻은 분홍색 얼룩이 눈에 들어왔다. 정언은 아무 생각 없이 몸을 조금 기울이며 윤의 셔츠 칼라 부근을 만졌다.

"여기 뭐 묻었네."

어, 하고 윤이 고개를 숙여 셔츠 칼라를 내려다보더니 자기 손으로 그 위를 쥐었다. 윤의 손이 정언의 손을 거의 감싸듯 잡아왔다. 언제나처럼 따뜻한 손이었다. 반사적인 행동이었으나, 스친 체온에 정언은 저도 모르게 멈칫했다. 움찔하며 손을 떼자 윤 역시 순간 미묘해진 분위기를 의식한 듯 어색하게 귓가를 만지작거렸다.

"아, 이거…… 아까 수아가 아이스크림 덜 먹었던데 거기서 묻은 건가 봐요."

정언은 대답 대신 손을 뻗어 글로브 박스 안에 든 물티슈를 꺼냈다. 윤에게 물티슈를 건네자 윤이 감사합니다, 하고는 서둘러 옷에 묻은 얼룩을 닦았다. 별것도 아닌 거 가지고 왜 의식할까, 하며 속으로 자책을 한 정언은 이마 부근을 긁적였다.

차 안에 흐르는 정적이 부담스러워 라디오라도 틀까 생각하던 찰나, 때맞춰 정언의 핸드폰이 진동하기 시작했다. 죽으라는 법은 없나 보다 하며 재빨리 핸드폰을 집어 든 정언은 미간을 좁혔다. 액정에 뜬 글자가 선명했다.

'고원 이종규'.

"고원종합기술공사 이종규 팀장?"

중얼거린 말에 윤이 손을 멈추며 눈을 동그랗게 떴다.

"전화 왔어요?"

정언은 고개를 끄덕이며 바로 통화를 연결했다.

"네, <비하인드 24> 서정언 피디입니다."

말이 끝나기 무섭게 건너편에서 다급한 목소리가 돌아왔다.

『안녕하세요, 피디님. 저 고원 이종규 팀장입니다. 제가 생각을 좀 해 봤는데, 아무래도 말씀드려야 될 것 같아서…….』

"제가 지금 외부에 있는데요. 괜찮으시다면 혹시 만나서 얘기하실 수 있을까요?"

『아뇨, 아뇨. 저, 전화로 얘기하고 싶습니다.』

그가 몹시 떨고 있다는 건 전화만으로도 충분히 알 수 있었다. 정언은 알겠습니다, 하고 대답하고는 핸드폰을 잠시 귀에서 떼어 녹음이 되고 있는지 확인했다. 즉시 가방에서 다이어리를 꺼내 펼친 정언은 볼펜을 빼 들었다.

"네, 말씀하시겠어요?"

『저기, 피디님. 제가 여기 온 게 일 년 반 정도밖에 안 됩니다. 말씀드린 대로 감리에서 문제 있었다, 이거 지적하시는 거라면 저도 받아들일 수 있습니다. 그런데 지금 하청에서 말 나오는 부분, 그것까지는 전부 제 관할이 아닙니다.』

어딘가에 숨어서 전화를 하고 있는 건지, 핸드폰 너머의 목소리에서 묘하게 울리는 공간감이 느껴졌다. 정언은 메모를 하다 그에게 되물었다.

"하청에서 말 나오는 부분이라고요?"

『<비하인드 24>에서 허주경 사장 만난 거 알고 있습니다. 청명토목하고 노경건설, 금목건설, 이런 데서 저희에 대해 투서 들어가는 것도 알고 있고요.』

그 말을 듣는 순간 가슴이 덜컥했다. 하청에 대한 서온건설의 갑질과 비리 문제는 아직 언론에서 보도한 적도 없었고, 민권당 사반위 쪽에서도 공론화한 적 없었다.

제보하고 있다는 사실 자체를 서온건설에서 이미 알고 있고, 더구나 어떤 업체가 제보하는지까지 알고 있다는 건 심각한 문제였다.

정언은 핸드폰을 고쳐 쥐었다.

"본사에서 투서 내용도 알고 있습니까?"

『본사라면 어느 쪽 말씀하시는 겁니까? 저기, 저희 쪽도 있고 서온 쪽도 있는데, 아무튼 양쪽에서 다 이 사실 알고 있습니다. 며칠 전부터 시청 공무원들한테 증거 없애라고 연락 갔어요. 주경건설 허주경한테도 손쓴다고 했습니다.』

심장이 쿵쿵거리며 뛰는 소리가 점점 빨라졌다. 이건 위험했다. 정언은 다이어리에 '선배한테 바로 허주경 사장 연결해 보라고 해 지금'이라고 휘갈겨 쓰고는 그것을 윤에게 보여 주었다. 메모를 읽은 윤이 바로 차에서 내려 재희에게 전화를 걸었다. 정언은 서둘러 재차 물었다.

"그리고요?"

『자재 관리 부분, 그런 건 윗선에서 직접 지시 내려오는 겁니다. 녹취도 있고 제가 받은 메일, 메시지 캡처, 이런 거 다 있습니다. 증명할 수 있어요. 메일로 자료 보내겠습니다. 만약에 이거 문제가 된다면 저는 빠져나갈 수 있게, 아니 빠져나가지는 못해도 어떻게 도움을 받을 수 있게 좀 해 주십시오.』

사태가 나쁘게 돌아간다고 생각한 것이 틀림없었다. 정언은 머릿속을 정리하려 애를 썼다. 제보가 들어가는 부분을 서온건설에서 알고 있다는 건 좋지 않은 상황이었으나, 이종규 팀장이 연락을 해 온 건 자신이 침몰하는 배에서 탈출해야 한다고 생각했기 때문이 분명했다. 이런 케이스는 결코 드물지 않았다.

정언은 손을 바쁘게 움직이며 침착하게 대답했다.

"걱정 마시고요, 저희가 할 수 있는 부분은 최대한 도와드리겠습니다. 팀장님도 저희 계속 도와주실 수 있겠습니까?"

『지금 길게 얘기를 못 하겠습니다. 제가 애들도 아직 어리고, 장모님이 암 판정을 받으셨어요. 일 생기면 저도 그렇고 가족들도 정말 곤란합니다. 일단 제가 자료 바로 보내 드릴 테니까, 나중에 다시 연락 주십시오.』

멀리서 무언가 시끄러운 소리가 들렸다. 정언은 그가 현장 어딘가에서 전화했음을 직감했다. 네, 하고 대답하기 무섭게 종규가 서둘러 전화를 끊었다.

정언은 끊어진 전화를 내려다보며 미간을 문질렀다. 장모님이 암 판정을 받았다는 종규의 말에서 느껴지는 절박함은 진짜였다. 그가 마음을 돌린 이유가 어쩌면 그것일 수도 있었다.

재희와 통화를 마친 윤이 다시 차에 타며 문을 닫았다.

"바로 알아보겠다고 하시는데요. 허주경 사장은 갑자기 왜요? 이종규 팀장이 뭐래요?"

"느낌이 안 좋네. 하청에서 투서 들어가는 거 이미 자기들하고 서온에서 다 알고 있다는데. 허주경 사장 건도 그렇고. 담당 공무원들한테도 증거 없애라고 연락 돌리는 중이래."

정언의 말을 들은 윤이 걱정스러운 표정을 했다.

"어떻게 하죠?"

"일단 사무실로 들어가서 얘기해 보자고."

정언은 즉시 주차장을 빠져나가며 대답했다. 그렇지 않아도 복잡한 머릿속이 더 어지럽게 뒤엉켰다. 잠깐이라도 머리를 비워야 했다.

아무 생각도 하지 않으려 노력하며, 정언은 액셀을 더 세게 밟았다. 계기판 위에서 속도계의 숫자가 부드럽게 올라갔다. 닫힌 창 너머로 공기가 빠르게 흘렀다.

<3권에서 계속>